[韩天航文集] ⑦

牧　歌

韩天航　著

新疆生产建设兵团出版社

图书在版编目(CIP)数据

牧歌 / 韩天航著. -- 五家渠 : 新疆生产建设兵团出版社, 2020.12 (2024.4重印)
ISBN 978-7-5574-1602-7

Ⅰ. ①牧… Ⅱ. ①韩… Ⅲ. ①长篇小说—中国—当代 Ⅳ. ①I247.5

中国版本图书馆CIP数据核字(2021)第014062号

责任编辑:咎卫江
责任校对:王 帆

牧歌

出版发行	新疆生产建设兵团出版社
地　　址	新疆五家渠市迎宾路619号
邮　　编	831300
电　　话	0994—5677185
发　　行	0994—5677116
传　　真	0994—5677519
印　　刷	永清县晔盛亚胶印有限公司
开　　本	787毫米×1092毫米 1/16
印　　张	30.75
字　　数	440千字
版　　次	2020年12月第1版
印　　次	2024年 4 月第5次印刷
书　　号	ISBN 978-7-5574-1602-7
定　　价	98.00元

根据韩天航长篇小说《牧歌》改编的电视连续剧《大牧歌》剧照

长篇小说《牧歌》主要人物林凡清的原型人物之一——中国工程院院士、中国细毛羊之父刘守仁

目录

第一章

天色阴沉，江面上飘着灰蒙蒙的雾气，如墨染般厚重的云层缓缓跟随着江水涌动，上海黄浦江畔的公园里，每天都有许多年轻恋人聚集的堤栏边上，此刻显得有些冷清。

林凡清与许静芝面对面站在堤岸上，如雕塑般一直僵持在那里，两人的神色凝重。许静芝瞪着林凡清的眼睛，看得出她已经很努力地在克制自己。她已经21岁了，虽然长得小巧而美丽，看似很温婉的那种江南女子，但明亮的大眼睛里却不乏单纯热情和任性。许静芝低声说："你刚才的话是什么意思？"

一艘巨轮不合时宜地在他们身后驶过，鸣着笛朝吴淞口驰去。

林凡清比许静芝大两岁，英俊儒雅，是个有点内向但也不乏热情的人。他在努力向许静芝解释自己的想法，但汽笛的长鸣声遮盖了林凡清的话语，许静芝也不想再听下去，等巨轮的响笛声一平息，她立刻打断了林凡清的话说："凡清，你不用再解释,我现在只问你一个问题,如果你在我和你的爱情与你和你老师的事业之间做个选择的话,你选择哪一个?”林凡清说:“你能说得再明白一点吗?”许静芝说:“我的意思是,如果你一定要到新疆去继承你老师的事业,那么你就得放弃我!因为我不会跟你去那个地方!两者只能选择一个!”林凡清看着飘着雾气的江面,沉思了一会说:“你真的就不能跟我一起去?”许静芝任性而坚决地说:“对!我绝不会跟你去新疆的!”林凡清长叹一口气,用斩钉截铁的语气说:“那我只有放弃你了。”许静芝以为自己听错了,喊了一声说:“林凡清!”林凡清说:“没错,我只能放弃你。”许静芝不相信地说:“这么坚决?就没有一点余地?”林凡清说:“你不是也没有给我留有余地吗?”

水浪拍打着堤岸,哗哗回响。许静芝说话的声调也越来越激动,她高声说:“林凡清,在我的日记本上你曾为我写下了匈牙利诗人裴多菲的一首诗:生命诚可贵,爱情价更高。若为自由故,两者皆可抛。你这是在告诉我,爱情是比生命更可贵的东西,难道不是吗?”林凡清说:“是这样,但后面两句的意思不是更伟大吗?我把这首诗再改上两个字:生命诚可贵,爱情价更高。若为事业故,两者皆可抛。在我看来,事业高于一切,尤其是对一个男人来说。一个男人如果不为自己的事业去奋斗,那他就不配做男人,就白活在这个世界上了!”许静芝含着泪恼怒地说:“那我们的爱情呢?”林凡清说:“如果爱情能与事业同有,那是我希望的。但你一定要我在这两者之间选择的话,那我只好放弃爱情,就是说我只能放弃你!”

许静芝几乎是声嘶力竭地喊了起来:“林凡清,我们之间的感情就这么一钱不值吗?你太让我失望了!”说着,眼泪哗地涌出眼眶,她一甩头转身朝堤岸下的公园出口奔去。

林凡清看着许静芝远去的背影,一脸的失望、无奈和痛苦。

林凡清的家是一栋豪华的花园洋房,花园里树木苍翠,鲜花盛开。雨点拍打在地面上,激起无数朵水花。林凡清淋得透湿地走进楼房客厅,看到他父亲林沛钧正在客厅里等着他。林沛钧,五十几岁,微微有些胖,但很有气质和风度。林沛钧指尖点点桌子,表情严峻地说:“有你一份电报。出门怎么不带把雨伞？刘妈，给少爷放洗澡水！你洗一洗，换好衣服到我书房来一下。这一次，我们得好好谈一谈。”

林沛钧的书房，布置得很典雅。已换洗好衣服的林凡清走进书房，林沛钧指指椅子让林凡清坐。

林沛钧说：“对不起，你的电报我看过了。你那位在新疆的邵询美教授已经去世了，你还要去吗？”林凡清思考了一下，说：“阿爸，那我就更要去了！”林沛钧不悦地说：“为什么？”林凡清说：“阿爸，邵教授应当时新疆畜牧厅的邀请，去帮助他们搞畜种的改良工作，将近二十年来他一直奔波于上海与新疆之间，在我毕业的时候，他索性辞掉了学校的教职，在新疆的草原上住了下来。前些日子，他觉得自己的身体不行了，才写信给我，希望我去继承他的事业。他说，无论从人品上还是从知识上，我是去继承他在新疆的事业的最合适人选。他是我的恩师，他的精神与品格让我敬重。他又这么器重我，我怎么能让他失望呢？”林凡清抖着手中的电报说：“他人虽走了，但他的事业还在！所以无论从做事业与做人上，我都应该义无反顾地去！”林沛钧说：“但你是这个家的长子，你有责任继承我的家业。对家庭的责任与对社会的责任应该是一致的！”林凡清说：“但也有不一致的时候。在社会责任与家庭责任不一致时，社会责任应该高于家庭责任。阿爸，我是学畜牧专业的，搞经济不是我的专长。”林沛钧生气地一拍桌子，说：“儿子，你不孝顺啊！”林凡清说：“阿爸，你要这么说，我也没办法。但新疆我肯定要去！老师的事业我一定要去继承！”

林沛钧丧气地摇摇头，有些悲哀地说：“看来，我这个父亲，是个失败的父亲啊！那就这样吧。”一挥手，意思是让林凡清出去。

林凡清还站在原处，他看着老父低头沮丧的样子，有些迟疑要不要离开。自己刚才的话语过于生硬了，他还想着是否应该再解释一下。突然窗外一道闪光，接着就是一声炸雷。林凡清突然被震醒了，因为自己的抉择他已经失去了恋人，如果再用温和的话语安抚父亲，那会让父亲产生虚假的幻想，认为自己还能被圈在这里。如果能够继承老师的事业，我愿意做个不孝子！林凡清这样想着，一语不发地转身离开了书房。门在他身后掩上的那一瞬，屋内传来了林沛钧的一声重重的叹息。

窗外在闪电和打雷。夜已经深了，在一条静僻的弄堂里，闪电划亮夜空，雷声滚滚，雨越下越大。许静芝就住在弄堂深处的一间石库门房子里。

许静芝躺在床上，仰望着天花板在沉思。突然她翻身下床，走到电话机旁，坐下打电话。

电话的那一头，林凡清也躺在床上不能入眠。电话铃声同雷声一起响了起来。电话里，许静芝的声音说："凡清，我现在就要见你！"林凡清说："都深夜两点了。"许静芝抛下一句话说："乐祥咖啡馆是通宵营业的。"然后就把电话挂了。林凡清盯着电话发了一会儿呆，这才起身去拿外套。

上海是个习惯于夜生活的城市，虽然已是深夜，但乐祥咖啡馆里零零落落的还是有些顾客。窗外雨还在下，林凡清刚一坐下，许静芝就迫不及待地对他说："林凡清，你去新疆的决心真的不变了？"林凡清肯定地点头说："对！绝不会变，铁了心了。尤其是昨天我回家时接到了一份电报，邵教授已经去世了，所以现在没有任何力量能阻挡我去！"许静芝说："那好吧，我也想好了，我决定跟你一起去！我想了，既然你作为一个男人是为事业活着的，那我作为一个女人，就该为爱情活着，为我爱的人活着。爱情不是比生命更可贵吗?!"

林凡清舒了口气说："静芝，你不会是一时的感情冲动才这么说的吧？"许静芝说："你什么时候动身？"林凡清说："今天是5月10日了，我5月16日动身。听说通往兰州的铁路正在修，但现在火车还只通到西安。"许静芝说："那你就买两张去西安的车票吧。我父母死得早，是爷爷奶奶把我带大的，我得去湖州乡下看望一下我爷爷奶奶。"林凡清说："你是真下定决心跟我走了？"许静芝说："你要让我对天发誓吗？"林凡清说："那我买5月17日的火车票，给你五天时间，够了吧。千万别误了火车。另外，你爷爷奶奶不会阻止你去新疆吧？"许静芝自信地说："不会的，我爷爷奶奶从来也都是听我的。凡清，我也用你的话回答你，现在任何力量也阻挡不了我跟着你走，除非我真的变卦了”。林凡清激动而兴奋地紧紧握住许静芝的手。

江南小镇，许静芝的老家。到处是黑瓦白墙，院子里探出头的不是青翠的竹子，便是碧绿的芭蕉叶。沿着小河曲径，是一座古老而宽敞的江南小镇大户人家的院落。客厅里，许静芝的爷爷，一个六十几岁脸色红润留着山羊胡子的老人，神色严峻地坐在一把太师椅上。许静芝垂着双臂站在一边。

许静芝的爷爷吸了两口水烟，气恼地对许静芝说："你阿爸阿妈死得早，是我把你抚养大的。我可怜你年幼丧父丧母，什么事都顺着你。其实一个女孩子家识几个字就行了，但你偏要上大学，又上的是什么农学院，而且还是兽医系。一个姑娘，一个大户人家的小姐，去当什么兽医啊！那时我只以为你是闹着玩儿的，也就依了你了，心想长点知识也没什么错，只要不当真就行。现在倒好，不但当了真，还要跟着一个男人去新疆。这也太不像话了！我们这样人家的体面还要不要？再说，新疆是个什么地方你知道吗？"许静芝说："新疆也是我们中华人民共和国的一个省。"许静芝的爷爷一拍椅子，说："那是个荒蛮之地，不是你一个姑娘家去的地方！"许静芝说："姑娘家怎么不能去了？那地方就没有女人了？"许静芝的爷爷说："你还要给我犟嘴！"许静芝说："爷爷，我真的要去，求你了！"许静芝的爷爷说："不行！我这个当爷爷的不能不管了！要不，我就对不起你那死去的父母！从今天起，你就给我待在家里，哪里都不许去！"许静芝哭着喊："爷爷，你不能这样呀！"

许静芝的爷爷叫来了许静芝的三叔，一个壮实的中年汉子说："老三，把她关到三楼小房子去。关上她几天，让她好好反省反省，一个姑娘家的心怎么能这么野！"许静芝的三叔一点头说："是！"

许静芝被三叔关进三楼的一间小屋。她在房间里大喊大叫，狠狠地捶着门喊："爷爷，快让我出去呀！你毁了我的爱情，毁了我的幸福，也毁了我的前程，我会恨死你的！"

许静芝的爷爷在楼下吸着水烟，大声说："我就怕你自己毁了你自己的一生。你现在恨我，我不怕，以后你就会知道，爷爷这样做，全是为你好！我告诉你，我已经给你找了一个好人家，过几天见见面吧！"许静芝哭喊："爷爷,你这是在包办婚姻,现在是新社会了,是不允许的!”许静芝的爷爷说:“什么不允许?我就不允许你这么野!只要你不去新疆,老老实实在家待上几个月,收收骨头,然后在湖州找份工作,爷爷也不是不允许你自由恋爱。”许静芝说:“爷爷,我已经有爱人了。爷爷,放我出去吧……”她哭着滑坐在地板上。

入夜,三叔守在关着许静芝的房间门口,吃着小菜,喝着酒,嘴里哼着绍兴小调。

许静芝的爷爷也没有睡,他坐在床边,抽着水烟,皱着眉头在想心事。想着想着,不由得一声长叹。院外一声鸡鸣,窗棂间开始透出些天光。

后院,三楼的窗被许静芝轻轻地推开了。她用撕开的床单吊着,轻手轻脚地慢慢从三楼爬了下来。

后院外是碧绿的农田和桑园。一条弯弯曲曲的小路通向大路,许静芝慌慌张张地沿着小路向前奔跑。

远处,许静芝的三叔领着两个人朝小路上追来。

许静芝奔上一条通向船泊码头的大路。因为是清晨,大路上只有一个背着小提琴的青年在路上走着。许静芝看到身后和三叔他们之间的距离越来越近,赶紧加快脚步朝那青年奔去,一面喊:“同志!同志!”那背琴的青年转过身来,许静芝脸上顿时露出惊喜,那是她的同学郑君。许静芝喊:“郑君同学,救救我!”郑君也认出了许静芝,他俩虽不是同一个系的,却是一个年级的。郑君转回身迎了上去,说:“许静芝,你怎么啦?”许静芝急急地说:“一时也同你说不清,反正我爷爷要包办我的婚姻,我不同意,爷爷就把我关了起来。关了我几天,今天天不亮,趁他们都睡着了,我才逃出来的。现在我三叔领着人来追我了。郑君,看在同学的份上,你得帮帮我。”

二十出头的郑君,高额头,大眼睛,浑身充满了激情,是个情绪外露的人。他一听这种状况,立马就气愤地说:“现在是新社会了,怎么还有这样的事,太可恶了!许静芝你别怕,有我呢!”

许静芝的三叔领着两个人从农田奔上大路。

许静芝有些胆怯,对郑君说:“郑君,我三叔在镇上是个出了名的痞子,你千万别跟他硬来!"郑君无所谓地说:"怕什么! 水来土掩,兵来将挡,他还敢把我杀了?"

许静芝的三叔追到他们跟前,不由分说地一把抓住郑君的衣领对许静芝说:"怎么,他就是你看上的要去新疆的那小子? 你俩今天约好,准备私奔是不是?"郑君说:"请你文明点,把手给我拿开!"许静芝在一边说:"三叔,你胡说八道什么呀!"郑君一把拉开许静芝三叔的手说:"就是私奔又怎么样?现在提倡自由恋爱,你管得着吗?"许静芝的三叔也不客气,一拳把郑君打倒在地上,说:"我就要管! 小子,你想诱拐我们家小姐,还敢嘴硬,老子打死你!"郑君的嘴上流出了血,但他飞快地爬起来,一把抓住许静芝三叔的手,毫不畏惧地说:"走,我同你一起去镇政府!"许静芝三叔看到郑君这么强硬,心里也有些慌,说:"去镇政府干什么?"郑君说:"去镇政府评评理,你们包办婚姻,还随便打人、关人,还有没有王法!"许静芝又气恼又尴尬地哭喊道:"三叔,你要再这样不分青红皂白地胡来,我就一头撞死在你跟前!"

有个人在许静芝三叔的耳朵里咕哝了一句什么。许静芝三叔冷笑一声,然后说:"姓郑的,你们家在镇上也是有身份的人家,怎么也会做出这种伤风败俗的事!"许静芝说:"三叔,你把事情搞搞清楚再说话好不好? 郑君是我在大学的同学。"许静芝的三叔嗤地一笑说:"这不是在同学时就勾搭上了吗? 行了,行了,静芝侄女,你也不用再解释了。你爷爷让我来追你时,就发了话,他说,如果追上你,就劝你回去;如果你执意不听,那也是没办法的事。说你的心已经变野了,拗不过来也就算了。关得了人关不住心。静芝侄女,我现在再问你一句,你回不回?"许静芝坚决地说:"不回了!"许静芝的三叔说:"那好。"说着从口袋里掏出一个厚厚的信封说:"这是你爷爷给你最后的一笔钱,从此他就没你这个孙女了,从此你再也不许进许家的门!"

许静芝含着泪接过信封,朝镇上的方向跪了下来,磕着头说:"爷爷,孙女许静芝对不起了……"

傍晚,林凡清焦虑地在码头上等着。码头上的人走完后,工作人员把站上的铁栅栏拉了起来。

林凡清走上去问："同志，还有没有从湖州方向来的船？"工作人员说："刚才就是最后一班，再也没有了。"林凡清一脸的失望。

夜深了，马路上显得寂静而宁静。林凡清仍在江边徘徊，他凝视着江上零星的渔火，心里有些忐忑不安了。她会变卦吗？林凡清害怕这种一闪而过的臆测，但又不得不想。他不知道此时的许静芝正痛苦地埋头坐在她屋子的地板上，含泪的眼中透出的却是坚定和绝不会动摇的决心。

第二天，林凡清又来到码头等许静芝。直到最后一班船驶进码头，他也没有见到许静芝的身影。码头上，工作人员将铁栅栏拉了起来，林凡清又是一脸沮丧和失望地离开码头。

第三天早晨，林凡清提着一只旅行小皮箱，背上一个帆布包向林沛钧告别。

林凡清的情绪有些激动，他含着泪握住林沛钧的手说："阿爸，我走了。请原谅你这个不孝的儿子吧。"林沛钧也情绪激动地一把抱住林凡清，含着泪说："儿子啊，我舍不得你走啊。但我知道，你是个好男儿。"父子俩紧紧拥抱了好一会儿，连在一旁簇拥着的用人都眼角湿润了。林沛钧用手指擦去眼角的泪说："你让我想起我年轻的时候，你爷爷不让我到上海滩来闯事业，我是带着三个银圆一把雨伞来闯荡上海滩，现在终于有了这番家业。你既然下了这么大的决心非要去，我也不阻止你了，人各有志啊。"林凡清说："阿爸，谢谢你的理解。"林沛钧说："儿子，我不送你了，只是到了新疆，发个电报给我报个平安吧！"林凡清说："是。"

林凡清毕恭毕敬地朝林沛钧鞠了个躬，然后转身，大步走出了家门。此时许静芝在他心中的分量似乎变得不那么重要了，因为他的心胸已经被他即将的行程和事业填满了。他正在为自己的壮举感动着，恨不得马上插上翅膀，飞向那片神秘而辽阔的土地。

在上海火车站，进站的人群排着队，从入口处检票进站。

早已经进站的林凡清背着行李，提着皮箱看着涌进来的人，他手中仍捏着两张车票，心里还涌动着希望，一脸的焦急与期待。当他看到在不远处排着队的一位姑娘看上去有些像许静芝时，他就急不可待地喊："静芝！

静芝!”

那姑娘走近了,朝他一笑,意思是我不认识你,你可能是看错人了。林凡清也只好失望地朝那姑娘抱歉地点点头。

人流越来越稀少,最后三分钟的铃声在月台上刺耳地响了起来。月台进口处的铁栅栏门被关上了,再也无人进来。跟随着人流被挤上车厢的林凡清,还在车厢门口紧盯着站台的出入口,直到车厢门被哗的一声拉上了。火车一声长鸣,车轮开始徐徐滚动。林凡清的脸紧贴在车厢门的小窗上,他满脸的失望与痛苦。

在许静芝的老家,熙熙攘攘的轮船码头上,一艘小火轮上坐满了人,突突突地驰离了码头。许静芝与郑君坐在小火轮船甲板上,船在河面上颠簸。

郑君若有所思地说:“许静芝,有件事我觉得很奇怪。”许静芝说:“什么事?”郑君说:“你三叔怎么知道我要去新疆?”许静芝说:“你要去新疆?”郑君说:“是呀。我们家的情况你可能不知道,我那风流老爸娶了好几房姨太太。我老妈是大老婆,死得早,最近我老爸也一脚登天了,那几房姨太太就合起伙来挤我。我才不理她们那一套呢,不就为我家里的那点钱吗?惹不起我还躲不起吗?最近新疆的王震将军在华东地区招收一批知识分子去新疆参加建设。我一知道就报名参加了。离我爸的这些姨太太们远远的,眼不见为净!同她们闹,不惹一身骚才怪呢!”许静芝说:“你真去新疆?”郑君说:“我骗你干吗?怎么,你也想去?”

许静芝沉思一会儿,焦虑地把话转开说:“郑君,这小火轮什么时候能赶到上海呀?”郑君说:“要到深夜了。”许静芝难过地含着泪说:“可能赶不上了。”郑君说:“怎么啦?”许静芝说:“没什么。我好后悔啊,早知道事情是这么个结果,我就不该回来……”

小火轮在河水中划出小小的波涛。郑君在船上充满激情地拉着小提琴,曲调是《在那遥远的地方》。

许静芝看着水面,心急如焚。

郑君兴致盎然地拉完琴,说:“许静芝,你知道我为什么特别喜欢这首曲子吗？”许静芝心不在焉地说：“为什么？”郑君说：“因为在那遥远的新疆，肯定有一位美丽的姑娘正在等着我。”许静芝说：“郑君，我真的很羡慕你的这种性格，整天无忧无虑乐呵呵的，心中还充满了浪漫。”但她突然又问：“郑君，去新疆参加建设在哪儿报的名？”郑君说：“怎么，你也想去？”许静芝说：“我只是问问。”

火车在疾驰，离上海已越来越远了。

车厢里坐满了人。坐在火车上的林凡清耳边响起了许静芝说的那些话：“我也用你的话回答你，现在任何力量也阻挡不了我跟着你走，除非我真的变卦了。”林凡清痛苦、绝望，气恼而坚定地把手中的一张车票撕碎后扔出了窗外。车窗外，车票的纸屑在车厢外飘散了一阵后，纷纷扬扬地消失了……

林凡清的眼睛望着车窗外，心里有个声音在说：“她真的变卦了……”

夜幕降临，许静芝匆匆奔进车站月台，可月台上早已是空无一人。

许静芝呆立了一会儿，又不死心地找到月台上的工作人员问：“去西安的车开走了吗？”工作人员奇怪地看看她，说：“去西安的车，一早就开走了。”许静芝望着空旷的月台，眼泪从脸上滚了下来。

上海外滩一栋政府机关的大楼前，许静芝匆匆地从有轨电车上跳下来，径直往里冲。门口的岗哨想要拦住她，许静芝回头喊：“我是来报名的！”说着就往二楼跑。楼上一间写着“报名处”的办公室，许静芝推门进去，可办公室里空荡荡的，只有一个年轻的解放军军官在往一只纸箱里装东西。

许静芝对那个军官说：“请问同志，报名去参加新疆建设是不是在这儿？”年轻军官抬头看了看她，说：“是，是在这儿。”许静芝说：“我叫许静芝，我也是来报名的。”年轻军官一笑说：“许同志，对不起，报名在三天前就结束了。明天一早，队伍就要出发了。”许静芝说：“就不能再报名了吗？”年轻军官说：“刚才不是说了吗？三天前就结束了，不行了。”许静芝说：“能不能找你们领导再说说？”年轻军官说：“我们的领导报名结束后就回新疆去了。”许静芝说：“同志，你贵姓？”年轻军官说：“免贵姓向。我只是兵团干部部的一名干事。”许静芝说:“向干事,这儿总还有具体负责的吧?”向干事说:“有是有,但因为队伍明天就要出发,这两天忙着四处奔走,白天黑夜连轴转,连我都找不到他。”许静芝说:“那你给我想想办法吧。”向干事说:“我一个小干事能有什么办法!你没看见我这里也正忙着吗?”许静芝急了,说:“我说向同志,你怎么是这么个态度?我没有什么别的要求,我只是想报名去新疆参加建设!”向干事还是一板一眼地说:“我的态度怎么啦?我该给你解释的都解释了,你还要怎么样?”许静芝的嗓门提高了八度,大声说:“我要找你们领导!”

向干事见许静芝火气挺大,不想惹麻烦,只得敷衍着说:“要找你明天到火车站去找吧,部队坐火车出发,他准在。但现在我想找他都找不到。”许静芝说:“那好,明天一早我就去!”向干事说:“可火车票前天就全买好了,你没票怎么去?”许静芝说:“那我也要去!”

第二天,上海火车站的月台上人山人海,军乐队正在为即将出发的队伍演奏进行曲。向干事与另外一些穿着军装的工作人员指挥着队伍上车,郑君也挤在队伍中,他瞪大眼睛盯着月台上演奏着的军乐手,满脸的兴奋,一副跃跃欲试的样子。

许静芝背着行李,提着皮箱,费力地从送行的队伍中挤出来,走到队伍跟前。她一眼就看到背着琴的郑君。

许静芝喊:“郑君!郑君!”然后挤到郑君跟前。郑君回头看到许静芝,也高兴地说:“怎么,你也来给我送行啊?”许静芝说:“不,你看。”抖抖身上的行李。

郑君说:“你是?”许静芝说:“我也跟你们一起去新疆!”郑君说:“你报名了?”许静芝说:“他们说报名结束了,但我要跟着去。”郑君说:“行,跟着我吧。到了车上再说。”说着,从许静芝手上接过箱子。

车厢门口,向干事清点着正在一个一个上车的人。

郑君扶着许静芝让她上车,向干事看到许静芝,愣了一下,等缓过神来时许静芝已经上了车厢。向干事忙拦着许静芝说:“同志,你怎么真的来了?”许静芝说:“昨天你不是让我来火车站找你们领导吗?”向干事说:“是呀,我让你到车站来找领导,没让你带着行李呀!”许静芝说:“要是领导同意了呢?我再回去拿行李还来得及吗?”郑君说:“向干事,让她上车,上了车再说。她这样先斩后奏也没错。”向干事说:“这可不行!这样一来不就乱套了吗?而且车上的座位都固定到每个人的人头上了。”郑君说:“那就让她坐到我的座位上好了。”向干事说:“不行不行!许同志,请你下车。”许静芝说:“我不会下车的!我要见你们领导。”郑君说:“许静芝,不管他,咱们往里走!”

郑君拉着许静芝就往车厢里面走,向干事见挡不住他们,露出一脸的苦相和无奈。他想了想,探头从车厢外叫了名工作人员帮他继续点名,然后跳下车,一路小跑往火车前面的车厢奔去。

没过多久,向干事领着一位领导模样的解放军军官来到郑君和许静芝坐的那节车厢。向干事指着许静芝说:“李科长,就是这位女同志!”然后又对许静芝说:“许同志,这位就是我们领导,兵团干部部调配科的李国祥科长。”

李国祥,三十几岁,脸显得有些老相,下巴上还有一块明显的伤疤。他一见许静芝就感兴趣了,和善地笑了笑说:“许同志,请你到我那儿去一下好吗?”

在李国祥的卧铺车厢里,李国祥笑着对许静芝说:“许静芝同志,你很有个性啊!就冲着你这种坚定勇敢的精神,我也得收下你。何况你又是个大学生,人又长得漂亮,我们部队可是太需要啦!你在大学学的是什么专业?”

许静芝说:“我在农学院学的是兽医专业。”

李国祥如获至宝,一拍大腿高兴地说:“那在我们新疆可就更需要啦!”

上海火车站月台上站满了送行的人群。军乐队正在起劲地打着鼓吹奏着激昂的军乐。

月台上送行的人群还是熙熙攘攘,但西行去参加边疆建设的队伍大都已上了火车。

郑君待在他的那节车厢里,他从窗口探出脑袋出神地看着军乐队还在起劲地打着鼓吹奏着激昂的军乐。不一会儿他把头缩了回去,打开琴盒,拿着小提琴直奔到车厢门口跳下了车,挨着军乐队激情而投入地跟着乐曲拉起了琴。乐队指挥注意到了他,觉得这个人很有趣,于是友好地朝郑君笑着点点头。郑君感觉受到了鼓励,也就拉得更得意更投入了。

李国祥把许静芝领回车厢,热情地帮着许静芝往行李架上放行李。许静芝因为如愿以偿了,也是一脸的轻松。向干事在旁边插不上手而有些着急。

李国祥把郑君的行李也往行李架上放时说:“许静芝同志,这行李也是你的吗?”许静芝说:“不,是郑君的。”李国祥说:“就是那个整天背琴的郑君?那他人呢?”许静芝朝窗外看了看,一指说:“喏。”

站在军乐队边上拉着琴的郑君似乎已忘了周围的一切。开车前三分钟的铃声响了,郑君还在拉。

向干事从车窗探出半个身子朝郑君喊:“郑君!郑君同志,车要开啦!”

月台上的郑君没有听见向干事的喊声,随着军乐队拉得更起劲了。

向干事气恼地冲到车门口,跳下车,挤开人群,一把拉住郑君就往车厢跑。郑君说:“怎么啦?”向干事说:“车要开了!”向干事一把将郑君推上车,自己也飞快地跳上车,车轰隆一声启动了。

郑君意犹未尽地走进车厢,李国祥不满地看了郑君一眼。

车窗外的景色向车后退去,李国祥有些气恼地问郑君:“郑君同志,你到底是畜牧技术员还是个音乐工作者?”郑君说:“畜牧是我的专业,音乐是我的爱好,这两者并不矛盾呀。”李国祥说:“但有一点你要记住。你参加我们部队了,得懂得守纪律,得把你那知识分子自由散漫的毛病好好改一改!”郑君不服地说:“自由散漫?我刚才拉拉琴是自由散漫吗?”向干事在一边说:“你差点误了上车,还不算自由散漫啊!”

夜幕下,火车吐着浓烟在向前疾驰,车轮压着铁轨在咯噔噔地响。

郑君在车厢连接处抽完烟走回来。别人都已睡了,许静芝没有睡,望着窗外想心事。

漆黑的窗外点点渔火在闪光。

郑君坐在许静芝对面,开玩笑地问:“许静芝,你去新疆不是因为我的缘故吧?”许静芝一笑说:“你别自作多情了。我去新疆是要去找一个人。”郑君说:“什么人?”许静芝说:“心上人。”郑君说:“他是谁?”许静芝说:“你不认识,但他同你学的是同一个专业。是南京农大的。”郑君说:“那你不是像我一样,是为了参加新疆建设去的?”许静芝说:“这不矛盾吧?”郑君说:“可目的不一样呀。”许静芝说:“一样的!因为他也是为了新疆的畜牧事业才去的。”郑君说:“那你为什么不跟他一起去呢?”许静芝说:“我现在就是在弥补我的过失!”郑君很敬服地说:“许静芝,这么说你是千里迢迢去追寻爱情啊,很伟大!”许静芝说:“你这话说得有点酸!”

第二章

黎明时的霞光映照着天上的白云。

在甘肃边界的酒泉，县城中行人稀少的街道上，林凡清提着旅行小皮箱，背着帆布包，急匆匆朝城外走去。街面的墙上，依稀还可以看到解放军进军大西北时刷下的标语口号。此时由于长期旅途的艰辛，胡子拉碴的林凡清已是一脸的疲惫与憔悴。

酒泉的北郊，有一支部队的运输连正驻扎在那里。停车场的大院内停着十几辆军用大卡车，满载着物资。穿着解放军制服的驾驶员们都在忙着发动汽车，好些车辆的车屁股后面已经喷着一股股的浓烟。

林凡清走进大院，看到一位驾驶员还摇着摇柄在发动车辆，赶紧快步朝那位驾驶员走去。可话还没说两句，驾驶员小王就用很坚决的口气对林凡清说："同志，我们这是军车，运的是军用物资，是不允许随便带人的。"林凡清耐着性子请求说："解放军同志，请你通融一下行吗？"小王说："不行！"

这时，一位三十岁不到的解放军军官走到他们跟前，驾驶员看到那军官，忙笑着说："齐营长，你来啦，那咱们走吧。"

带头的卡车已开出院子，其他车也正陆续跟上。林凡清急了，一把拉住那位正要上车的军官说："首长同志，请你们帮帮忙。我从上海到这里，已经走了整整一个多月了。"

那位军官叫齐怀正，二十八岁，长得很清秀，一副军人的气派，但脸色却有些苍白。他打量了一下林凡清，说："你去哪儿？"

林凡清见有希望，忙回答说："新疆。我听说你们车队是直接去新疆乌鲁木齐的。"齐怀正问："你从上海到新疆去干什么？"林凡清说："去继承我老师的事业。我老师在新疆做了将近二十年的畜种改良工作。现在去世了，去世前他让我去继承他未完成的事业，我也想为新疆的畜牧业做出自己的一点贡献。"齐怀正用敬佩的眼神看看林凡清，说："所以你就一个人千里迢迢地从上海赶往新疆？"林凡清说："对。"齐怀正转头对驾驶员说："小王，你车上只带我一个吧？"小王点点头。齐怀正对林凡清说："那就上车吧。"林凡清激动地说："谢谢！谢谢！"

一长排的军用卡车在尘土飞扬的公路上行驶。路两旁是茫茫的戈壁滩，看不到一点绿色。驾驶员小王嘟着嘴开着车，他显然对齐怀正让林凡清上车感到有些不满，而齐怀正却正兴致盎然地同林凡清说着话。

林凡清说："现在火车只到西安，我就一直坐长途客车，可沿途的长途车也是隔上几天才有一趟。到酒泉后，我等了十几天，一直没有车。要不，我也不会来麻烦你们了。"齐怀正说："那是什么话！我们是人民的解放军，就是应该为人民服务的嘛。像你这样一位怀有远大抱负的大学生，有了困难，我们怎么能坐视不管呢？"小王说："可我们这是军车，拉的是军用物资！"齐怀正说："小王，你是不是怕担责任？不用怕，这责任我齐怀正来承担！人家林同志绝对不是什么坏人！而是个有理想有志向的大学生。"齐怀正拍拍林凡清的肩头说："在我们部队，像你这样的人就是宝贝疙瘩啊！"

黄土高坡上，尘土飞扬的公路上行驶着二十几辆大卡车的车队，车上堆放着行李，行李上坐着的却是郑君和许静芝他们的队伍。

西部高原的太阳炙热而且毫无遮掩，连几小片白云都成了奢侈品。大家都用衣服盖着自己的头挡太阳，有的还在小声说话，但大部分都已是昏昏欲睡。只有郑君依然坐在不时颠簸的车上拉着琴，那琴声也因车的颠簸在时停时响。许静芝笑着抱怨说："快别拉了，难听死了。"郑君也一笑说："行，不拉了，成噪音了。等一会停车休息时我再好好拉，过过瘾。"许静芝说："郑君，你应该去报考音乐学院。"郑君说："干吗挖苦我呀！正因为我考不上音乐学院，成不了专业的小提琴家。搞音乐是要有天赋的，我自知没那份才气，但有个个人爱好，这么自娱自乐总可以吧？爱好有时同专业是两回事，就像婚姻和爱情有时也是两回事一样。听说今天就可以到酒泉了。"许静芝、郑君的车队到达酒泉城郊的部队驻地停车场时，已是夕阳西下。大院外红彤彤的落日映射着车队，像披上了彩霞，每个人的脸上虽是一脸的疲惫，却个个红光满面。

李国祥跳下车，朝大家喊："酒泉到了。明天我们休整上一天，后天再走。"

车还没停稳，大家就已经争相扶持着从车上跳下来。郑君却依然气定神闲地坐在车上拉着他的琴。李国祥走到郑君坐的车旁喊："喂，郑君，下车了。"然后有些生气地说："你这位同志啊，就这么迷你的琴吗？真够呛！你要再这样，迟早有一天我会把你的琴处理掉的。"郑君认真地说："这可不行。拉琴可是我的第二条生命。"许静芝笑着说："郑君，我看你成了琴痴了。"郑君说："人生要自寻快乐，而最能让我获得快乐的，那就是音乐。"李国祥不理解也不满地说："你这话我咋听着有点酸不溜丢的啊？太小资产阶级情调了吧！"郑君说："无产阶级就不要音乐了？马克思就特别喜欢音乐。"李国祥说："你是马克思？咋说话的！"

第二天清晨，林凡清搭乘的军车已经再次出发了，公路两旁依旧是苍凉的荒漠和茫茫戈壁。

齐怀正在驾驶室里谈兴正浓，忽然注意到林凡清的精神有些萎靡不振，忙说:“林凡清同志,你的脸色不太好啊,身体不舒服吗?”林凡清强笑了一下,说:“没事!可能有点累。”

车队迎着即将滑向地平线的夕阳方向行驶着,林凡清觉得这阳光越来越刺眼,身子也像一块铅锭不住地往下沉,脸色也变得越来越难看。

齐怀正卷了支烟,问:“林凡清同志,你要不要抽上支烟?”林凡清摇了摇头说:“我不会抽烟。”齐怀正继续问:“那位邵教授去世了,你到新疆后准备怎么办?”林凡清回答说:“我要先到新疆畜牧厅打听一下有关邵教授的事,然后再……”说着,人就一头栽倒在齐怀正的肩上,晕了过去。

齐怀正喊:“林凡清同志,林凡清同志,你怎么啦?”然后摸了一下林凡清的额头:“天呐,这么烫!”小王说:“齐营长,你瞧瞧,这下你可是自找麻烦了吧?”齐怀正气恼地说:“小王同志,你这是什么话,怎么一点点同情心都没有?你还配穿这套军装吗?”小王知道自己话说得过分了,于是知错地闷头开车。

日落之前,车队进入到一座小县城里驻扎下来。小王打听到这里医院的地址,开车把齐怀正和林凡清送到了医院。这家医院的房子都是用土坯盖的平房。到了晚上,小王开车回车队了,齐怀正留在医院里陪林凡清。

林凡清整整昏睡了一夜,直到天渐渐亮了,他才醒了过来。正在椅子上坐着打瞌睡的齐怀正一见他醒了,忙俯身关切地说:“林凡清同志,怎么样?”林凡清说:“我好多了。大概是因为旅途劳累,再加上水土不服才闹成这样的。”

护士进来说:“这位解放军同志一晚上都守着你呢。”林凡清感动地说:“齐营长,让我怎么感谢你才好呢?”齐怀正摆摆手说:“快别这么说。”

窗外,天已蒙蒙亮。

齐怀正说:“林凡清同志,我得赶车去了,你就安心在这儿住上几天院吧。我不能陪你了,我得赶路去,要不我就要超假了。部队里超假轻的是挨批评做检讨,重的还要受处分呢!好,我走了。”林凡清不知道该说什么好,只是感激地朝齐怀正点点头。

车队驻地,领头的车已经率先驶出了停车场。齐怀正匆匆赶来,跳上小王的车。

小王问:“那位林同志不走啦?”齐怀正说:“烧还没退呢,怎么走?”小王启动车,跟着车队上了公路。齐怀正突然摁住小王握着方向盘的手说:“小王,停车!”小王疑惑地问:“又怎么啦?”齐怀正说:“我不走了,我不能就这样把林凡清同志孤零零撂在这儿不管。”

小王一踩刹车,齐怀正挎上挎包就跳下车,一挥手说:“你走吧。”说着转身就往回走。小王突然想起了什么,打开车门喊:“齐营长,你等等——”

医院里,正在查房的医生对林凡清说:“你得住上几天院。身上有炎症,白细胞还有些高。早饭还没吃吧?我让护士给你送点早饭来吧。”林凡清突然叫起来:“啊呀,不好了!”医生问:“怎么啦?”林凡清说:“我的行李还有小皮箱还在车上呢!这怎么是好啊!我一路上的盘缠都放在箱子里了。”此时的林凡清是一脸的绝望。医生问:“你要去哪儿?”林凡清说:“新疆呀。”医生说:“那还有上千里的路程呢。”林凡清敲了一下自己的脑袋喊:“我的天呐!”

医生同情地看着林凡清。林凡清心急如焚地说:“我这可怎么办啊!”

这时病房的门轻轻地被推开了。齐怀正出现在门口,手上拎着林凡清的行李和那只小皮箱。

林凡清有些不相信自己的眼睛,但脸上顿时又充满了惊喜,说:“齐营长,你给我送行李来啦?我正为这事犯愁呢。”齐怀正把行李和皮箱放到林凡清的床边。林凡清不好意思地说:“齐营长,又耽误你时间了。你快赶车去吧。”齐怀正一笑说:“车已开走了。”林凡清问:“你没赶上车?”齐怀正说:“车是赶上了,但我又下来了。一是我得把你的行李送来,二呢,我决定不走了。”林凡清问:“为什么?”齐怀正说:“特地来陪你呀,我不能把你一个人撂在这儿不管哪!等你病好后,我们一起去乌鲁木齐。中国有句俗语叫:帮人帮到底嘛。”林凡清说:“这怎么行呢?你不是说超假要受处分的吗?”齐怀正说:“到新疆路途还远着呢,就算你病好了,一个人在路上没个照应,万一再出个状况怎么办?想想那点处分算个啥,还是你这头重要!”林凡清突然间一阵哽咽,他眼里含满了泪,只是一个劲地握住齐怀正的手,什么话也说不出来了。

郑君和许静芝他们的车队再次浩浩荡荡地行驶在茫茫戈壁间直通向天际的土路上。车队一直开到中午,戈壁滩在烈日的煎烤下冒着一缕缕的烟。二十几辆军用卡车缓缓停下,一长溜地停在戈壁滩上。

李国祥朝大家喊:“大家在车背阴的地方休息一会,都不要走远了。想方便的女同志在车队的左边,男同志在右边。都不要搞乱了,搞乱了就要查你的作风问题了。”周围的人都笑起来,李国祥对自己的这句幽默话也感到蛮得意。

郑君背上琴就往车队的右边跑。李国祥喊:“郑君,你干什么去?”郑君一边跑一边喊:“方便,方便。”一会儿就没影了。

远处,隐隐约约传来了琴声。

大片大片的乌云突然从东边压了上来。接着大风呼啸,砾石乱滚,大地顿时变得一片昏暗。所有的人挤在一起,躲在车下。李国祥艰难地走到许静芝他们的车旁,焦急地喊:“许静芝,郑君回来没有?”许静芝也喊:“没见到他!”李国祥又回头朝另一边喊:“向干事,你看到他没有?”那边向干事也喊:“没见他回来。”李国祥扯着嗓子大喊:“其他人看到他没有?”有人喊:“没有。”李国祥对着摸索过来的向干事喊:“向干事,跟我一起去找!”

风沙把天空遮得一片昏暗,李国祥拉着向干事朝外走了几步又被狂风吹了回来。气得李国祥一脸怒气,满脸的担忧。骂道:“这个无组织无纪律的家伙!他要回来,看我怎么收拾他!”向干事也满腹担忧地说:“就怕他回不来了。”李国祥恼怒地说:“那咱俩都得做检讨,受处分!”

也不知过了多久,风沙渐渐小了下来,天也放晴了,太阳刚露了把脸,就急着往下沉。

躲在车底的人们全都已经是灰头土脸了。气急败坏的李国祥对向干事说:“郑君是不是朝这个方向走的?”向干事说:“走,去找找。”许静芝拿毛巾抹着脸上的沙尘,也走过来说:“我也去!”还有的人也要去,李国祥就说:“其他人原地待命!等会儿要是找到这个,又找不到另一个,反而更麻烦。”

李国祥、向干事和许静芝往戈壁滩上走,边走边喊。后面驾驶员们发动了汽车,天色很快就暗了下来。李国祥大声地喊着郑君,又是焦虑又是气恼。就这样走出两百多米后,突然远处传来了几声琴声。李国祥、向干事和许静芝赶忙朝琴声传来的方向奔去。这时,他们看到郑君提着琴踉踉跄跄地朝车队走来。他们看到郑君的脸上全是被砾石划开的伤痕,有的还渗着血。李国祥看了又是气又是恨但又觉得可怜。

李国祥怒气冲冲地冲着郑君喊:"我说郑君,你真是个混蛋!"郑君说:"嗨,李科长,你怎么能骂人呢!"李国祥说:"我骂你还算轻的,现在我真想揍你!把你的琴给我!"郑君一把抱住琴说:"干吗!"李国祥说:"把这琴给我砸了!差点就闯出大乱子。还好你活着,你要是有个三长两短,我怎么向组织交代!"郑君说:"那你也不能骂人啊!"李国祥说:"你就是欠骂!"郑君说:"你不要耍你的军阀作风,我不会吃你这一套的!"李国祥说:"郑君同志,你参加了革命的队伍,你就得服从命令听指挥,让你不要走远,你为什么跑得那么远?"郑君说:"没多远呀,我拉琴的地方看得到车队呀。"李国祥说:"哪儿不能拉,非要跑到那么远的地方去拉?"郑君满不在乎地说:"那有什么!一个人在宽广无垠的沙漠上拉琴,感觉就是不一样的。"李国祥说:"不一样个屁!你差点把你的命丢掉,你知道不知道!我不是有意跟你郑君过不去,我是在对你的生命负责,对人民的事业负责!"郑君说:"我郑君现在不是好好的吗?干吗大惊小怪呀!"李国祥咬牙切齿恨不得揍他。

夕阳只剩下半截脸还在地平线上,车队正加速往林凡清他们住着的那个小县城赶。李国祥让向干事去他待着的那辆车上,自己特意坐在了许静芝和郑君这辆车上。他似乎有意要严格地监督郑君。

车上。许静芝正细心地用酒精药棉在清洗郑君脸上被砾石划开的伤痕。酒精刺激着伤口,郑君不时地轻轻呻吟一声。许静芝笑着说:"这就是你在大沙漠上拉琴的代价!还有……"许静芝朝李国祥那边扫了一眼说,"你看看你,值吗?"郑君说:"怎么不值?人活在世上,有些事就该亲自去体验体验!一个人在大沙漠上拉着琴,多浪漫多富有诗意啊!"郑君还有意把这话说得特别响。

李国祥听出这话是冲着自己说的，眼里直冒火，骂了一声："狗屁！"

夜色已经浸染了大部分的天空，前方的小县城里闪烁着星星点点的灯光。车队终于在夜幕完全降临时赶到了林凡清养病的那个小县城，在一个广场上驻扎了下来。

由于着急又受了风，李国祥感到头上像绷了个紧箍咒，箍得一阵阵的生疼，身子也很沉。他艰难地从车后面爬下车，但眼一黑，手一松，整个身子就沉重地滑了一下，右小腿立刻被车后的铁挂钩剐了一道口子，小腿顿时血流如注。在他身边跳下车的许静芝看到了，赶紧从身上的背包里找出一件衬衫，给李国祥包扎。借着后面卡车照射过来的灯光，她仔细查看了一下伤口，说："李科长，你这伤得赶紧缝针，天热，很容易感染的！"李国祥说："包包就行了，缝什么针呀，眼前的事还一大堆呢！"

郑君也跳下车赶来扶李国祥。许静芝说："郑君，快背上李科长，去医院！这样的伤口不马上缝针后果会很严重的。"李国祥说："这会儿我不能走，还有事没安排呢！"扶着李国祥的郑君说："李科长，你身上怎么那么烫？"说着，郑君伸手摸了一下李国祥的额头："真的在发烧呢！"许静芝说："别再耽搁时间了，赶快去医院！"

郑君从背上取下琴，把琴交给许静芝，然后背起李国祥。向干事也赶来了，说："郑君同志，让我来背吧。"

下车的队伍咋呼成一片，有叫李科长的，也有叫向干事的。

李国祥说："我真的不能走！"许静芝说："李科长，现在你没权利说话，走！"郑君对向干事说："向干事，你忙你的吧！还是我来，你看这儿，有那么多事要你管呢。"

许静芝打听到的县城医院就是林凡清正在住着的医院。借着幽暗的路灯灯光，郑君背着李国祥，许静芝在边上帮忙扶着急急地奔进医院急诊室。

这会儿正是晚饭时间，齐怀正从食堂里打来热乎乎的饭菜，陪着林凡清一起在病房里吃着。齐怀正问林凡清说："林凡清同志，你结婚了吗？"林凡清摇摇头，说："我还是单身。"齐怀正说："那对鼻子的应该有了吧。"林凡清说："什么叫对鼻子？"齐怀正一笑说："就是对象，或者叫女朋友。"林凡清叹了口气说:“谈过一个。”齐怀正说:“现在呢?”林凡清说:“分手了。”齐怀正:“咋回事儿?”林凡清说:“原先她反对我去新疆,说我要去新疆她就跟我分手。后来又愿意跟我一起来了,说是爱情高于生命,但最后还是没跟来,变卦了。不说了,分手就分手吧。男人为了事业,不能让女人牵着鼻子走啊。”齐怀正说:“对,让娘们牵着鼻子走,哪算男人呀!男人就该活得有骨气!”

林凡清不想再继续这个话题,翻身下床。齐怀正说:“你要干吗?”林凡清说:“去方便一下。”

医院走廊,林凡清正从急诊室的窗户前走过。急诊室里正忙着帮李国祥拆绷带的许静芝刚好背对着窗口,虽然林凡清还朝窗口看了一眼,但他却根本想不到那个穿军装的女人就是许静芝。

上完厕所后,林凡清又从急诊室窗前走过,这次他没往窗里看。但他这次刚走过,许静芝就回头往窗外看了一眼。外面走廊上灯光昏暗,林凡清的身影从窗口一闪而过,她也没在意。

急诊室里,医生给李国祥清理完伤口,紧接着开始缝针,说:“同志,你这伤,要是送得不及时,伤口感染起来处理就困难了。还好没伤着动脉,万一要划着动脉,那可出大麻烦了!”李国祥看看许静芝和郑君。医生说:“你看,你的体温也很高,又得了重感冒。”医生给李国祥缝完针后说:“同志你得住两天院,还要观察观察。”李国祥说:“这绝对不行!这么重要的一支队伍全由我带着呢。”郑君说:“听医生的,住院吧!由我来照顾你。”许静芝说:“我留下照顾你也行。”李国祥说:“不行,不行!绝对不行!我知道我的责任有多重!你们这么一批知识分子去我们新疆,意义有多重大啊!我必须跟队伍一起走,没有任何商量的余地!”医生说:“那我给你开上一些针剂和药,你要按时吃药打针,多喝点白开水,伤口也要按时换药。你们有打针的人吗?”李国祥说:“队上有卫生员。”许静芝说:“这事包在我身上吧。”郑君脱口而出说:“你是兽医。”许静芝显得有点尴尬,生气地说:“郑君,你会不会说话呀!”

李国祥看到这两个人这么照顾他,感动了,忙打圆场说:“没啥,人也是动物么,是感情动物嘛。”

打完针,李国祥又由郑君背了出来。李国祥有些过意不去,说:“我自己走吧。”郑君说：“那怎么行，伤口会裂开的。”许静芝说：“李科长，现在你得听我们的，因为我们毕竟是知识分子。”郑君说：“我们这些知识分子这方面可比你懂。”李国祥说：“看看，说话又带刺了吧！”然后友好地一笑。

三人走出急诊室，正穿过院落往医院外走。齐怀正从院墙边上的厕所里出来，看他们三人都穿着军装，便迎面走来问许静芝说：“你们是哪个部队的？”

郑君没停步，继续背着李国祥朝医院门口走去。

许静芝对齐怀正说：“我们是华东参加新疆建设的知识分子。”齐怀正说：“是去新疆呀。”许静芝说“是。”齐怀正问：“什么时候走？”许静芝边走边回头说：“明天一早就走。”说完，就已追着走出院子。

齐怀正走进医务室，对医生说：“林凡清同志明天一早能不能出院？这儿刚好有车队去新疆。”医生摇着头对齐怀正说：“不行。炎症刚控制住，再住上两天院吧。路上再出现反复，就不好办了。”齐怀正很惋惜地叹口气说：“那好吧。”

直到清晨才知道有去新疆的车队的消息，林凡清也急了，抱怨齐怀正说：“齐营长，我们应该跟着走。”齐怀正说：“还是听医生的吧。再住上两天。有我陪着你，还怕没车坐吗？现在对你来说，养好病是第一位的！”林凡清感激地点点头。

越往新疆境界走，路的两旁就愈发荒凉，几天都见不到一个像样的村庄。这天，车队停在了戈壁滩的路边上，准备夜宿。沿着路边闪烁着一丛丛篝火，人们围着篝火休息，有的已在地上铺上铺盖睡了。

郑君拎着照明马灯，许静芝在给李国祥打针换药。许静芝说：“李科长，你的伤口愈合得很好，烧也退了。”李国祥说：“全靠你们这几天这么精心地照顾我，你们太会体贴人了。刚开始，我是戴着有色眼镜在看你们，觉得你们娇气、散漫，无组织无纪律，我看错你们了，真是对不起。”郑君说：“每个人都会有这样或那样的毛病的，能够互相体谅互相通融不就好啦！”说着伸出手：“李科长，那现在，咱们就是好朋友了吧！”李国祥笑着握了握他的手，说：

“郑君，你拉个曲儿给我听听吧。”郑君笑了，说：“你不烦我拉琴了？”李国祥说：“其实你的琴拉得挺好听的，我烦你不是因为你拉的琴，而是你自由散漫的那个态度。”郑君说：“你瞧，又来了！你那个眼镜还是没摘掉。”李国祥说：“我说的是实情，这就是你的毛病。”郑君说：“好啦，我的毛病我知道，我会改。现在，我给你拉个催眠曲吧。”李国祥说：“啥意思？”郑君说：“是想让你好好睡上一觉！”

郑君特意走到离车队不远的戈壁滩一块小高坡上，在明亮清澈的月光下拉琴。李国祥没有再追究他那小资产阶级式的浪漫做派，只是闭上眼睛，倾听着那被风吹拂着的抑扬飘忽的琴声，眼角上有点湿润。

经过几日的颠沛，车队终于进疆了，一直到了哈密境界。正午，车队停在一条河边休整，大家都在河边洗脸洗衣服。

李国祥也到河边，想把换下的衣服洗一洗。还没挨到河边呢，脸盆就被几个嘻嘻哈哈的女兵抢走了，李国祥有些不好意思。向干事一路小跑来找李国祥，说：“李科长，政治部的江副主任找你。”

李国祥赶到哈密招待所的一间屋内。

政治部的副主任叫江一涛，三十多岁，长得英俊，但性格粗犷。他一见李国祥就说：“国祥同志，给你一个任务，要立即就办！”

李国祥有些摸不着头脑，说：“江主任，什么事？”江一涛说：“我的秘书小冯病了，刚住进医院。今天我马上就要去跟地方上的同志开一个重要会议，身边没有秘书做记录怎么能行？你从你带的队伍里给我抽一个出来。”李国祥有些为难，说：“可干部部的杨部长说，我带的人要一个不少地到达乌鲁木齐。”江一涛说：“这事由我给杨部长解释。再说，干部部属我们政治部管，给你半个小时时间，把人派来，跟我出发。我只用几天，就让他归队，所以行李也不用带，有几件替换衣服就行了。”李国祥想了想，说：“那好吧。”

河边，许静芝正在洗脸，李国祥瘸着腿走到她跟前。

李国祥说：“许静芝同志，要交给你一个紧急而重要的任务。”许静芝说：“什么任务？”李国祥说：“让你给一位首长当几天秘书！”许静芝笑了，说：“我是学兽医的，怎么能去当秘书？”李国祥说：“你不是个大学生吗？写字写文章总会吧？首长一提出来我就想到了你，这是一次多好的机会啊！”许静芝说：“我不去。”

突然，江一涛的小车突突地开到他们身边停下了。江一涛是个急性子，李国祥前脚刚走，他就等不及了，索性直接坐车来到车队营地。

江一涛跳下小车，径直走到许静芝和李国祥面前。他已经听到了许静芝的话，说：“不去也得去！一个大学生，就是个大学问家了！当个秘书有什么难的，我现在的秘书只是个高中生，不也干得挺好的吗？拿上几件衣服，跟我走。”许静芝说：“我学的是兽医专业，不是秘书专业。”江一涛说：“一切都要服从革命的需要。我们还得赶路，耽误了会议，我处分你！”许静芝的倔脾气也上来了，说：“处分我，我也不去！”李国祥说：“许静芝同志，你已经参加革命工作了，得服从命令。”江一涛有些不耐烦了，看了看表，说：“在战场上，你这种态度不要说受处分，贻误了战机就不是关禁闭那么简单了！好了好了，快点，来不及了！上车，跟我走！”许静芝看看李国祥为难的样子，对江一涛说：“首长，那你得让我按时归队！”

齐怀正在他们滞留的那个小县城里，找到了当地的驻军代表。通过关系，他和林凡清终于搭上了直接前往乌鲁木齐的军车。军车把他们送到乌鲁木齐的一家招待所，齐怀正这才感觉像卸下了重担，和林凡清握手告别。林凡清把齐怀正送到招待所门口。

齐怀正说：“不要送了，林凡清同志，那你就好好办你的事吧。我呢，也要到部队去报到了。为了你，我要挨批评了。”林凡清感激地紧握着齐怀正的手，含着泪说：“那真是太对不住你了。齐营长，没有你这么一路照顾我，我还不知道会怎么样呢。”齐怀正说：“那就祝你一切都顺利。”林凡清说：“真希望我们以后还有见面的机会！”齐怀正说：“那就后会有期。”

林凡清目送着齐怀正消失在路的拐角处。

会议一结束，江一涛就如约要将许静芝送回队伍。太阳西斜，他们坐的小车在一条荒野的小路上行驶着。

许静芝坐在驾驶员边上的座位上，江一涛坐在后座。

江一涛心情很好地对许静芝说：“小许啊，没有想到你的字写得那么漂亮！到底是个大学生啊，会议记录也整理得这么好。我看哪，你是个天生的当秘书的料。”许静芝说：“首长，我的专业是兽医，不是秘书。”江一涛哈哈一笑，说：“那也可以转行嘛。”

这时小车在过一个土包时，车身倾斜得太厉害，一不小心滑进一个大水坑里。整个车头都浸泡在了水里。许静芝慌张地推开门，刚迈出腿，小车又向前滑了一下，车屁股也翘了起来，许静芝身子一歪就跌入了那个水坑里。水坑很深，她挣扎着，头一升一沉地，嘴里也被灌进了不少水。

江一涛对驾驶员喊：“快，下去救呀！”驾驶员紧张地苦着脸说：“首长，我是个旱鸭子。”江一涛说：“我也是个旱鸭子！”说着，推开后门一咬牙跳进水里，也连灌了几口水，但江一涛人高，站的地势也高些，于是仰着头，稳着身子把许静芝往上推，驾驶员忙拉住了许静芝的手。

黄昏，夕阳如火。驾驶员在荒野上燃起了一堆篝火。

浑身湿透的许静芝和江一涛冷得瑟瑟发抖。江一涛对驾驶员说：“看看周围有没有村庄，赶快找上几匹马把车拉上来。”

江一涛看到许静芝冻得嘴唇都发紫了，突然想起了什么，又走进水里，打开翘起的车后盖，从里面拉出了一件军大衣。

江一涛把军大衣扔给许静芝说：“换上！”许静芝说：“还是首长穿吧，首长重要。”江一涛说：“我让你换你就换上！战争年代，我们在水里一泡就是一两天！你这么个瘦弱的女大学生，出了事，我怎么让你归队！”许静芝说：“还是首长穿吧。”江一涛说：“我命令你穿上！要是在战场，不服从命令，轻的关禁闭，重的就……”许静芝倔强地说：“现在不是战场！”江一涛说：“那命令也得服从！”

第三章

载着援疆知识分子的车队如期抵达了乌鲁木齐。当夜,在兵团机关大礼堂里正举办着欢迎舞会,台上台下人声鼎沸,军乐队演奏着欢快的舞曲,舞台上拉着横幅:“热烈欢迎华东地区支援边疆建设的同志们!”

郑君跟许静芝跳了一圈舞,就立马混进乐队里兴致勃勃地拉着琴。

李国祥领着江一涛来到许静芝跟前。许静芝说:“首长好。再次谢谢首长救了我的命。”江一涛说:“让你准时归队了吧!我江一涛说话是算话的。不过为了救你,我也差点把命搭上!来,跳舞!”

许静芝的舞姿优美而轻盈,让江一涛有些心醉神迷。

翌日,李国祥被兵团机关干部部杨副部长叫去了办公室。

杨副部长跟李国祥握了握手,说:“国祥同志啊,这次你去上海招收知识分子的工作做得很出色，兵团领导也很满意。但是为了加强基层的领导工作，这次我们调了一些得力的机关干部到团场去当领导。你也是其中的一个，这是组织上对你的信任。”李国祥又高兴又有些紧张地说：“调我去哪儿？”杨副部长说：“到二十五师的柳家湖总场去当政委。这个农场目前是二十五师垦区最大的一个农场，它还管辖着一个很大的牧场。让你去那儿，就是要让你给大家做出一个样板来，我们不但要解决部队的吃粮问题，而且还要解决大家的吃肉问题。就是说要做到农牧业齐头并进！”

李国祥激动地搓着手，想了想，忙趁热打铁地又问：“杨部长，能不能让我带两个人走？”杨副部长说：“谁？”李国祥说：“郑君和许静芝，一个是畜牧技术员，一个是兽医，牧场刚好用得上。”杨副部长意味深长地一笑说：“郑君你可以带走，但许静芝不行。”李国祥说：“怎么？”杨副部长说：“你的下一个任务，就是有关这位许静芝同志的事。”李国祥说：“怎么啦？”杨副部长说：“政治部的江一涛副主任看上这位女大学生了。”谈完工作上的事后，杨副部长特意把李国祥送出门，叮嘱说：“江副主任和许静芝同志的事，只许成功，不许失败。国祥同志，你就把它当成一件政治任务去完成吧！你把这件事情完成了，就去上任！”李国祥很为难地敬了个礼，说：“是。”

艳阳高照，干燥的空气中弥漫着沙枣花的香气。在新疆建设兵团的某师师部，齐怀正跳下一辆大卡车，三步并作两步奔进了办公楼。楼里大喇叭正在播放着歌曲《南泥湾》：“花篮的花儿香呀，听我来唱一唱……”

齐怀正大步走到师长办公室门前喊：“报告！”

师长柴广元说：“进来。”

齐怀正进来向柴广元敬了个军礼。柴广元，长得高大结实，一副首长的派头。他看看齐怀正，说：“你小子怎么到现在才回来呀，伤治得怎么样啦？”齐怀正说：“治好了。到底是人家西安大医院，拖了那么几年的伤，做了个手术，不到半个月就好了。”柴广元说：“没留下什么后遗症吧？”齐怀正稍稍犹豫片刻说：“反正是没事儿了。可以活得好好的。”柴广元说：“那就好。再说，你来得也正是时候，有一项重要的任务要交给你。”齐怀正说：“啥任务，说吧。”柴广元说：“咱们师的柳家湖总场下面还管辖着一个牧场，叫沙门子牧场。这个牧场是从国民党手下接管过来的,现在已是个快要死掉的烂摊子了。所以师党委决定要派一个强有力的领导去那儿工作,振兴那儿的畜牧业!”齐怀正说:“师长,你的意思是让我去?”柴广元说:“对,让你去当那个牧场的场长兼党总支书记。”齐怀正说:“师长,这恐怕有困难,我是个种地的出身,养羊养牛的事,我可是一窍不通啊。”柴广元说:“开始时你这个种地的会打仗吗?不也是一窍不通吗?怎么现在就成了战斗英雄,成了一名营长了?不懂就学嘛!还有,你可以找个懂行的人来当你的老师,当你的参谋嘛。”

齐怀正愣了一下,突然一拍脑门喊:“师长,你的小车我能不能用一下?”柴广元说:“干吗?”齐怀正说:“我要再去一次乌鲁木齐!”

此时在乌鲁木齐的林凡清,已经连着往新疆畜牧厅跑了两趟了。在一间办公室里,一位中年业务员对林凡清说:“林凡清同志,我实话告诉你吧,我们畜牧厅过去的工作人员,走的走,调的调,原来的老工作人员没几个了。你讲的关于邵询美教授的事,我们也很重视,特意跑了一趟去询问过去在这儿工作的老人,他也不是很清楚,他只知道那时候邵教授在科克兰木县办过一个良种培育试验站,其他的他就什么也不知道了。”林凡清一脸失望,问:“科克兰木县离这儿多远?”工作人员说:“不到两百公里,那是个牧业县。”

林凡清站起来说:“谢谢你们。”工作人员说:“你看,为这事你一连跑了几次。但我们知道的也只有这么一点点。很抱歉,让你失望了。”

烈日当头,戈壁上冒着烟。一辆嘎斯车在路上疾驰。

齐怀正坐在车上,着急地喊:“小杨,能不能再快一点!”驾驶员小杨说:“再快车就要散架子了,你干吗呀!比师长办事还急!”

小车开在公路上,尘土飞扬。

夏日炎炎,在兵团机关招待所里传来郑君的琴声,响了一会儿,又静下声来,没一会儿又响几声,琴声显得十分烦躁。李国祥匆匆走进招待所院子。

郑君住的那个房间里,其他的铺位被子床单都整整齐齐地叠好了,行李也已经拿走了,整个房间空荡荡的。郑君的铺上扔着皮箱和衣物,他也懒得整理,只是烦躁地踱着步,手中握着小提琴。他越想越生气,对坐在凳子上的许静芝说:“他们搞的是什么名堂?其他人都分配走了,就剩下我和你了。”许静芝说:“那我们再找一下李国祥科长吧。”

李国祥推门进来,说:“不用找了,我这不来了?”郑君说:“李科长,我们的工作分好啦?”李国祥说:“对,本来我想叫你俩都跟我走,去柳家湖总场。因为下面还有个牧场,是你们俩的用武之地。但现在,只有郑君同志可以跟我走,许静芝同志另有任务了。”然后满脸堆笑地对许静芝说:“许静芝同志,我能不能单独同你谈谈?”

李国祥把许静芝领到招待所的另一间房子里。

李国祥有些为难地叹了口气,说:“许静芝同志,刚才我说了,本来想让你和郑君同志都跟我到柳家湖总场,下面有个大牧场,郑君可以去当畜牧技术员,你可以去当兽医。这一路上我们之间脾气都摸熟了,工作上肯定能配合得好。”许静芝说:“你到牧场去当领导?”李国祥说:“组织上让我去总场当政委,牧场归总场管。”许静芝说:“那不是很好吗?”李国祥说:“但现在上级决定让你到兵团政治总部的秘书科去当秘书。”许静芝说:“这肯定是江一涛副主任的主意。我们不是说好了吗?只给他临时当几天秘书,以后我还得干我的专业!”李国祥说:“当时就是这么说的,所以回来就让你归队,等待分配,但现在情况发生了变化。”许静芝说:“什么情况?”李国祥为难地搓了搓手,说:“许静芝同志,我还是实话对你说吧。江副主任看上你了,他今年才三十二岁,已经是个正师职领导了。所以呢,先把你安排在政治部的秘书科工作。”许静芝说:“那我就更不能去了!”李国祥说:“为什么?”许静芝说:“因为我已经有对象了!”李国祥不太相信地说:“你有对象了?我记得你跟我说过,你是反对家里的包办婚姻才从家里逃出来的。”许静芝说:“正因为我有了对象,我才从家里逃出来的呀!”李国祥说:“不会是郑君吧?”许静芝说:“你看像吗?”李国祥摇摇头说:“看不出来。”许静芝说:“我们是同学。”李国祥说:“这我知道,那你对象在哪儿?”许静芝说:“我正在找他。”李国祥说:“他在哪儿?”许静芝说:“也到新疆来了。”李国祥说:“许静芝同志,你不会是在搪塞我吧?我现在再把话给你说得直白一点,上级让我来做你的思想工作,是只许成功不许失败的。我告诉你,江副主任有过一个爱人,在战争中被俘后，宁死不屈，英勇就义的。所以兵团领导，还有军区领导都很关心他的婚姻问题。”许静芝说：“李科长，这跟我没关系！我告诉你了，我已经有爱人了！”李国祥问：“那你的爱人在哪儿呢？”许静芝说：“就在新疆，我正在找！李科长，你们分配我别的工作吧，秘书科我不能去也不会去！”李国祥站起来说：“许静芝同志，只给你三天的考虑时间，考虑好后就办结婚手续吧。要不，我李国祥可没法向上面交差。因为这是上级交给我的政治任务！”

许静芝也猛地站起来说：“那好吧，李科长，用不着你去交差，我去替你交差！”

下午，齐怀正坐着嘎斯车赶到林凡清住的那家小旅馆门前停住，他跳下车飞也似的冲进旅馆。

旅馆里，齐怀正跑去敲林凡清住过的房间门，里面没有应答。正好一个服务员走过来，齐怀正问：“三天前住进这房间的林凡清同志还在吗？”服务员说：“刚走，去长途汽车站买票去了。说是要去科克兰木县。”

齐怀正冲出旅馆又跳上了嘎斯车，车子一溜烟地赶到长途汽车站。车还没停稳，齐怀正已经一阵风似的跳下车冲进了车站。眼见着买票的人排成了一长串。他一眼就看到了林凡清，上前就把林凡清拉了出来。

林凡清惊奇地问：“齐营长，你怎么又来啦？”齐怀正说：“我就是来找你的。”

许静芝来到兵团机关大楼江副主任的办公室，被一位警卫员挡在办公室的门口。警卫员说：“你找谁？”许静芝说：“江一涛副主任。”警卫员说：“事先约好了吗？”许静芝说：“没有。”警卫员说：“对不起，首长很忙，有什么事先跟我说，我再去汇报。”许静芝说：“我这事，只能跟江副主任直接谈。”警卫员说：“你是什么人？”许静芝说：“我是他要见的人！”警卫员说：“首长要见你？你叫什么名字？”许静芝说：“许静芝，你进去汇报吧。”

正在这时，听到动静的江一涛热情地从办公室里走了出来。

警卫员有些吃惊，但马上朝许静芝赔了个笑。

江一涛领着许静芝走进办公室，忙着给许静芝让座、倒水。一脸的激动说:“许静芝同志,不知道国祥同志同你谈过了没有?”许静芝镇静地说:“谈过了,我就是为这事来找你的。”江一涛眯着眼笑着问:“怎么样?”许静芝说:“恐怕不行。”江一涛说:“为什么?”许静芝说:“因为我已经有对象了。”江一涛感到很失望,说:“你已经有对象了?”许静芝斩钉截铁地说:“是!”江一涛虽感到很失望,但他很快从失望中摆脱了出来,不失身份地洒脱地说:“既然这样,那就算了。我让李国祥同志跟你谈,也只是想征求一下你的意见。那好,这事也就到此结束。”

许静芝没想到事情会这么简单的了结了,于是站起来说:“谢谢首长的通情达理。”江一涛说:“不过,秘书科你还得去。因为这不是我个人的问题,这是革命的需要。希望你能服从命令,服从组织的分配。”许静芝想了想,说:“江副主任,我现在知道什么叫服从命令了,不然又是禁闭了,又是那个了……那好,我去。但首长,我还是要请求,希望你们能考虑,我是学兽医专业的,我希望以后仍能让我的工作与专业对口。”江一涛一笑说:“许静芝同志,我可以坦率地告诉你,我是对你动了真情的。尤其是你落水后我把你托起来的那一刻,所以,虽然我们之间的事不成,但这情却会留在我心里。你放心,我会关照你的!”

许静芝朝江一涛鞠了一躬。

江一涛看着许静芝走出办公室的背影,很遗憾地叹了口气,但他没有死心。

一从长途汽车站出来,齐怀正就把林凡清拉到乌鲁木齐的一个露天集市里。这是一条小街,街上摆满了卖烤羊肉串、卖馕、卖羊肉包子等各种小吃的摊子。

两人坐在一个摊子上吃着烤羊肉串和馕,天色也渐渐暗了下来。

齐怀正问:“你说要去科克兰木县?”林凡清说:“是。”齐怀正说:“去那儿干吗?”林凡清说:“这两天我去了畜牧厅,但畜牧厅人事变动很大。我只打听到邵教授在一个叫科克兰木县建过一个良种培育试验站。现在这个站还在不在,他们都不知道。我只有去科克兰木县找找再说。你知道,我是为了继承邵教授的事业才来新疆的。”齐怀正说:“我告诉你,我那个沙门子牧场就在科克兰木县境内，你去了我那个牧场，不就是到了目的地吗？”林凡清说：“我打听过了，科克兰木县的面积有半个浙江省那么大呢。邵教授那个试验站不会就在你那个沙门子牧场吧？所以我还得先去县里找，只有找到了那个试验站，我才能考虑你的要求。”齐怀正说：“那个县那么大一个地方，你一个人什么时候才能找到？”林凡清说：“慢慢找，总能找到的。”齐怀正说：“林凡清同志，我可不能等你那么久！我看，你还是先跟我走吧。”林凡清说：“齐营长，按理说，我是应该跟你走。中国人是讲有恩报恩的，你是一个有恩于我的人。”齐怀正说：“我想让你去沙门子牧场当畜牧技术员，跟这恩不恩的没关系。你想想，新疆目前啥都很落后，要发展新疆的农业、畜牧业，还有工业，这是国家的事，不是咱俩之间的私事。你那位邵教授，不也是为了发展新疆的畜牧业才来新疆，才让你来继承他的事业的吗？我现在是在求你，是在为革命工作求你！这还不行吗？”

林凡清吃着烤羊肉，想了一会儿，看看齐怀正那真诚期盼的目光，说：“好吧，既然你们沙门子牧场就在科克兰木县境内，那我可以跟你走，但我有两个要求。”齐怀正说：“说！”林凡清说：“一、到了你那个牧场后，我要继续寻找和打听我老师的那个试验站。二、去牧场后，我要从事我的畜种的改良工作。”齐怀正说：“当然可以！你的这两个要求刚好跟牧场的工作和发展联系在一起的。那我们今晚到兵团招待所去住一夜吧，明天一早我们就走。为了赶来找你，我的屁股被小车都要颠成四瓣了。”

清晨，兵团招待所院门外，驾驶员小杨已经发动了嘎斯车，等着齐怀正他们出来。齐怀正和林凡清匆匆走出房间，两人一边说话一边朝院门外走去。

刚醒来的许静芝正坐在自己的床上揉着眼睛，从窗口看到林凡清的侧影闪过。她愣了一会，立即扑向窗口，打开窗户朝外看，看到林凡清和一个军人走出了院门口。她想喊，但已看不到人影了。她飞快地翻身下床，穿上裤子，披上衣服冲出房门。

许静芝冲出院子，一辆小车飞也似的开走了。

许静芝远远地追着小车喊：“林凡清——林凡清——”但已开出几百米的小车腾起的尘雾很快就把她笼罩住了。

在门外洗漱的郑君看到许静芝急急地朝院门外奔,也立即跟着奔了出去。在许静芝后面追。

坑坑洼洼的土街道,小车在路上颠簸着,许静芝在尘土中追,郑君在许静芝的后面追。

小车里,驾驶员小杨说:“齐营长,刚才我从后视镜里看到好像有一个女同志在远远地追我们的车。”齐怀正说:“是个女的?什么人?”小杨说:“也穿着咱们解放军的制服。”齐怀正问林凡清说:“会不会是追你的?要不,返回去看看?”林凡清说:“我是一个人来新疆的,在新疆根本就不认识什么人,更不要说是女的了,而且还穿着你们解放军的制服。齐营长,可能是追你的吧?”齐怀正说:“追我?扯淡,我就更没有认识的女人了,那就继续赶路!”小杨说:“齐营长,又有一个男的在追那个女的。”

齐怀正一笑说:“那这事跟我们没关系了,肯定是小两口的事。小杨,快赶路吧,说不定师长也急等着用车呢。”

街道,小车扬起的尘土消失了。

许静芝绝望地站在土街上,眼睛还朝着已成一个小黑点的小车看。

郑君追上来问:“许静芝,你怎么啦?”许静芝伤心地说:“我看见他了。”郑君说:“看见谁?”许静芝:“我的那个他!”郑君说:“你看清楚了?”许静芝说:“只看到个侧面,但我觉得就是他!”

郑君和许静芝回到招待所,许静芝一见到服务员忙上去打听。服务员对他们说:“那人叫齐怀正,是我们部队很有名的战斗英雄。”郑君问许静芝说:“你的那位认识解放军的战斗英雄?”许静芝疑惑地摇摇头说:“他怎么可能会认识解放军的战斗英雄呢?我可能是看错了人。”她一脸的失望。

齐怀正领着林凡清走进柴广元办公室,他得意地向柴广元介绍林凡清说:“师长,这位是林凡清同志,是南京农学院毕业的大学生。他是为了继承他老师在新疆畜种改良的事业,特地千里迢迢从上海来到新疆的。我们是在路上认识的,我用你的车,就是去乌鲁木齐把他给硬生生拽过来的。他也同意跟我一起去牧场工作。”

柴广元有些喜出望外，急忙和林凡清握手说："是吗？齐怀正没有强迫你吧？"林凡清说："没有，我是自愿的。"柴广元高兴地说："那就太好了，齐怀正你可是捡了一个大宝贝啊！将来有这样的好事，你不要说用我一次车，你想用多少次，就用多少次！林凡清同志，今晚我请你吃饭！"

晚上，柴广元在师部招待所的餐厅请齐怀正和林凡清吃饭，不过桌上只有四个菜，新疆的手抓羊肉、抓饭、烤羊肉、拌黄瓜。

柴广元说："你们去牧场后，一定要把困难想得多一点。那个牧场过去是国民党军队办的一个小牧场，已经废弃了好多年了。所以你们去那儿以后，等于是白手起家，重新开始。"林凡清说："柴师长，听你话的意思是，那个牧场等于说就根本不存在？"柴广元说："也可以这么说，但地盘在，草场在，而且草场的面积很大；场部虽然是一片废墟，但也还在！"林凡清说："牧工呢？羊群呢？也都没有？"柴广元说："有几群羊。这几群羊主要都由我们的战士在放牧。他们现在就是牧场的牧工。你们这个牧场归柳家湖总场管，目前，柳家湖总场有位副团长在主持工作。过两天，从兵团机关要调来一位李国祥同志任政委兼团长，以后你们要好好服从他的领导。齐怀正同志，林凡清同志，全师畜牧业的发展，就从你们这个牧场开始。希望你们不要辜负师党委对你们的期望啊！"

吃完这顿饭，一回到师部招待所。林凡清与齐怀正就在他们住的房间里吵起来了。

林凡清气恼地说："齐怀正同志，牧场目前就这么个情况，你把我拽来干什么？"齐怀正说："同我一起白手起家呀！"林凡清气恼地说："你这不是在开国际玩笑么？你让我放下去寻找我老师的试验站这么件大事，跑到那个根本不存在的牧场去搞什么白手起家？这不是在白白浪费我的时间和生命吗？不行！明天我就去县城，去打听我老师的试验站。"

齐怀正也有些生气地说："刚才师长还说我捡了个大宝贝呢，你这个大宝贝就这么个熊样子吗？行，要走你明天就可以走，等于我捡了个宝，又丢了。不过林凡清同志，你好好想过没有？科克兰木县是个牧业县，这么大的牧区，交通又极不方便，你到哪儿去找？就是找到了，恐怕这些年没有人管理也跟我那个牧场一样成了废墟了！再说，你找到后，靠你个人，不靠组织，不靠政府，不靠我们党，你能干成吗？”林凡清说：“那也得去找，找到再说！我不会因为困难而丢掉我的理想和事业！”

夜很深了，窗外的天空上繁星闪烁。

林凡清躺在床上，辗转反侧不能入眠……

他的眼前浮现出与齐怀正相逢相识的每一幕画面，回想着那些事，林凡清愈发觉得自己要是真的就这么退缩了，那就显得太不仗义了。

门外，有脚步来回走动的声音。那是齐怀正在招待所的走廊里烦躁地来回走路。他已经抽了好几根烟，终于下定决心走到林凡清的房间门前停住，想敲门，但手悬在空中又停住了，然后点上一根烟，又在走廊里来回地走。房门打开了，齐怀正转身看着门内的林凡清，满脸写着想说的话，却又不知该怎么开口。突然，门开了，林凡清出现在门口。

这俩人默默地对视了好一会儿。

林凡清说：“齐营长，你怎么还没睡？”齐怀正说：“林凡清同志，你听我说。在战争里，我打仗，冲锋陷阵拼刺刀，从来眼睛都没眨过！无非就是挨个枪子，就算光荣了，也算是我为革命做了贡献，怎么说那都只是我个人的事。可现在，这么大一个牧场，这么重的一份事业，让我一个人担着，而且还是个门外汉，我真的有点怕！我怕我担不起这份责任，辜负党和人民对我的信任，所以林凡清同志，我真的希望你能留下来帮我，当我的主心骨，跟我一起挑这个大梁。”林凡清说：“齐营长，我想了，我得跟你去牧场。为了朋友，我林凡清也会两肋插刀的。这一路上，你是怎么帮我的，我都记着。再说，现在跟着你去建牧场跟我找老师的试验站并不矛盾。”

齐怀正喜出望外，说：“这才是朋友嘛！林凡清，你放心，等牧场办出个头绪来，我就跟你一起去找，哪怕是走遍整个科克兰木县，我也要帮你把你老师的试验站找到！”林凡清说：“明天我就跟你去牧场。”齐怀正说：“好，今晚，我总算能睡个踏实觉了！你也早点睡吧！”林凡清笑了笑，说：“还睡什么呀，都已经是早上了。”

齐怀正看看窗外，晨曦在地平线上已现出了一道细长的光带。

第四章

齐怀正和林凡清骑马在向导努尔曼的带领下走进科克兰木县的境内。

科克兰木县境内的草原广袤无垠，从乌鲁木齐翻山越岭一路走来，一旦进入到草原的境内，眼见着如海浪般翻滚的高坡原野，满目的苍绿，辽阔的花海，整个人都会在这片绿草鲜花中幸福得窒息。齐怀正和林凡清骑马走在山坡上，看着塔松苍翠，云雾缭绕。白色如云朵般的毡房在绿海中点缀着，一条闪着银光的飘带蜿蜒曲折穿梭其间，消失在天尽头。

林凡清拘谨地骑在马上，看到天空中，两只苍鹰在悠闲地盘旋。一望无垠的草原上鲜花盛开，浓密多汁的青草在风中翻着波涛，小鸟在空中啾啾地叫着。他被这景色感染了，兴奋地说："天哪，大草原比我想象的还要美啊！"但这草原的美景瞬间就让他想起了自己身上背负的使命，忙问努尔曼说："努尔曼同志，你有没有听说过有个叫邵询美的教授，在这儿搞了个良种培育试验站？"努尔曼摇摇头说:“没听说过,那个试验站在哪儿?”林凡清说:“就在你们科克兰木县。”努尔曼说:“我们科克兰木县的牧区很大很大嘛,有好多个牧业乡、牧业村,还有好多个牧场呢。现在我们去的沙门子牧场,地盘就相当别的地方一个县那么大,你说的那个试验站,我真的不知道。”齐怀正说:“林凡清同志,别着急,慢慢找吧,总能找到的。世上有些事,往往是‘踏破铁鞋无觅处,得来全不费工夫’。”

林凡清不以为然地一笑。

他们又翻过了几个坡,看到不远处,有一位姑娘正在放牧着羊群。

突然有两只锦鸡从林凡清的马蹄下飞起,有一只锦鸡的翅膀扇在了林凡清骑的坐骑的眼睛上。马扬起前蹄,差点把林凡清从马背上掀下来。马受惊了,在草原上狂奔起来。林凡清本来就不会骑马,此时紧张地死死拽住马缰绳大声地喊:“齐怀正,努尔曼,快来救我!”

马越奔越狂,吓得林凡清脸如死灰,马从那位牧羊姑娘前飞过。牧羊姑娘飞快上了自己的马,两腿一夹坐骑,飞也似的追了上去。马又扬起前蹄,把林凡清从马上掀了下来。但林凡清的一只脚挂在了马镫上。林凡清被拖出几十米。那姑娘灵巧地从自己马上跃起,跳到林凡清的马上,使劲勒住马缰绳,马转了半个圈,打着响鼻停了下来。

齐怀正和努尔曼赶到了,两人跳下马。努尔曼把林凡清那只挂在马镫上的脚收了下来,齐怀正扶起林凡清说:“没事吧?”

林凡清站稳脚,脸也被草茎划出了几道血痕,他拍拍身上的草和泥,说:“没事。”

姑娘跳下马说:“好险哪!”然后脸一板问林凡清:“你不会骑马吗?”林凡清说:“刚学。”姑娘不客气地说:“那你就把马骑利索了再到草原上来,不然会把你的命搭上的!”

林凡清看看那姑娘,那姑娘大约只有二十岁,有些微蓝的大眼睛,高鼻梁,皮肤白皙,看上去不像汉族姑娘,但却异样的美丽。姑娘的话虽然有些冲,但林凡清还是很有礼貌地朝她鞠了一躬说:“姑娘,谢谢你的救命之恩。”姑娘爽朗地说:“用不着谢!以后学好骑马再来草原。”说着翻身上马去追她的羊群了,那矫健的身段既匀称又柔美。

三个人看着姑娘远去的背影,然后又相互看看。

过了中午,阳光已经不是那么强烈了。齐怀正和林凡清跟着努尔曼继续走在草原上。

齐怀正不放心,关切地问林凡清说:“没摔坏吧?”林凡清说:“没什么,就是背上擦破了点皮。”

这时,对面山坡上有两名战士正在放牧着一大群羊朝这边走来,一位战士还横背着一杆枪。其中一位长得高大壮实的战士朝齐怀正喊:“嗨!齐营长,是我们呀!蒋有友,这是刘世棋。前几天我们就听说你要来牧场当场长了。”

齐怀正跳下马,上前去跟那两位战士握手。林凡清和努尔曼也跟着跳下马。

齐怀正对林凡清介绍说:“这两位是我手下的兵。”他指着那位高大壮实的战士:“这位叫蒋有友,是个大炮筒子。”又指着另一位小眼睛尖下巴的战士说:“他叫刘世棋,光会在肚子里做功夫。不过他们打仗都很勇敢,都立过功。这位是林凡清同志,他是我们牧场的畜牧技术员;这位是我们的向导,努尔曼同志。”

林凡清同蒋有友和刘世棋也握了握手。

林凡清看着羊群说:“你们放的羊怎么这么杂呀?什么样的羊都有。”蒋有友说:“林技术员,你别嫌弃我们这些杂种羊,你知道这些羊是咋来的吗?”林凡清说:“怎么来的?”刘世棋说:“我们现在牧场的这几千头羊,都是从战士们的牙缝里省下来的。那几年,战士们在开荒造田时天天吃盐水煮麦子,不少人得了夜盲症,得了浮肿病,上级拨了一批羊给我们改善伙食。战士们把母羊都留下了,舍不得吃,这才有了我们现在的羊群,才有了我们现在的牧场。”林凡清说:“那怎么还混放着这么几头公羊呢?”蒋有友说:“没有公羊母羊咋生崽呀?你这位技术员咋说出这么没知识的话呀!”林凡清长叹一口气说:“太原始了!”

齐怀正和林凡清、努尔曼骑上马继续赶路,只听得蒋有友在问:“刘世棋，啥叫太原始了？”刘世棋说：“不知道，这位技术员说话也太没水平了！”林凡清听到了，朝齐怀正看看，齐怀正什么反应也没有，林凡清只好自己苦笑了一下。

黄昏，红红的夕阳悬挂在山谷间。

努尔曼领着齐怀正和林凡清走进一个山口。眼前突现出现一片平坦广阔的草原，远处散落着十几户人家，有一条湍急清澈的小河从中间穿过。河边上竖着一顶帐篷，离帐篷不远处有几栋倒塌的房屋，屋后是一片广阔的草地，小河蜿蜒地流进草地。虽然青草繁茂，鲜花盛开，但却给人一种极其荒芜破落的感觉。

努尔曼对齐怀正说：“齐场长，这儿就是你们沙门子牧场的场部了。”

帐篷里走出几个人，朝齐怀正喊：“齐场长，我们在这儿等你们两天了。”

残阳照着那墙倒屋塌四处散落着土坯碎块的废墟，显得有些凄凉。

齐怀正看着林凡清说：“没想到吧？”林凡清凝视良久，长叹一声，但又用坚定的口气说：“风萧萧兮易水寒，壮士一去兮不复还。齐营长，作为朋友，我跟你是跟对了！”

夕阳已贴近地平线，齐怀正、林凡清、努尔曼等几个人正忙着扎帐篷。

一声鞭响，那位救林凡清的牧羊姑娘赶着羊群牵着马来到他们扎帐篷的不远处，她想再往前走，但又停住了脚步，犹豫不决又满腹心事地看着林凡清和齐怀正他们，但突然又像是放弃了自己原来的想法，转身赶着羊群向小河的方向走去。

林凡清看到了，想起什么，朝姑娘喊：“姑娘，请你等一等！”

姑娘看看林凡清，转回身说：“什么事？”林凡清说：“你看，你救了我，但我还没问你的尊姓大名呢，真是对不起。”姑娘说：“这儿的人都叫我红柳，你像是个有学问的人。”林凡清说：“有学问说不上，只是个大学生。”红柳眼睛一亮，忙问：“来这里干吗？”林凡清说：“喏，和齐场长一起来重建这个牧场，担任牧场的畜牧技术员。”

红柳的眼睛黯淡了下来，叹口气说：“大学生，记住我的话，在草原上，学好骑马，比什么都重要！”说着，骑上马，又吆喝着羊群，沿着小河消失在山坡的另一边。林凡清望着她的背影，觉得这姑娘脾气有点怪。

等支好帐篷，太阳已经下山了。众人随便吃了些东西，便钻进帐篷里睡下了。三个人都累得够呛，尤其是林凡清，这几天下来，坐车还好，骑马简直就是受罪，两个腹股沟被磨得都见血了。他躺在帐篷里虽然身体疲惫得不能自已，但脑袋里却似有根绷紧的弦，兴奋得怎么也睡不着，直到深夜，这才迷迷瞪瞪的似睡非睡。突然间，林凡清捂着小肚子大声地叫起来。叫得又痛苦又狼狈。

齐怀正、努尔曼被惊醒了，忙问：“林凡清同志，怎么啦？”

林凡清捂着小腹说：“痛死我啦！好像肚子上有好多小虫子在咬。”

努尔曼想了想，笑起来了，说：“林技术员，肯定是风流虫子在耍流氓了！”努尔曼爬起来点上灯，又点上一支莫合烟说：“林技术员，过这边来，我给你捉。”

努尔曼提着马灯，把林凡清拉到帐篷边上。过不了一会儿，努尔曼说：“好了吧？”林凡清点头说：“好了。”

努尔曼手指上捏着一只小虫子，对齐怀正说：“看见了吧，这虫子叫草蜱子，专爱往人的那个地方钻，所以我们又把这虫子叫风流虫。它钻到你肉里后，你得要用烟烧它的屁股，它才会退出来，你要用手拔，它就会越钻越深。”齐怀正笑着说：“林凡清同志啊，你长得太英俊太鲜嫩了，所以这些虫子就只爱你一个。”

齐怀正和努尔曼大笑起来。林凡清哭笑不得，不过他仍很有礼貌地对努尔曼说：“努尔曼同志，谢谢你。”

一大早，在废墟前的空地上，齐怀正和林凡清等人正忙着在打土坯。四周是一片碧绿的草地。

日复一日，这些人每天从清晨一直忙到夕阳西下，小河的河面上闪着夕阳的余晖。废墟前的空地上，已摆满了一排排打好的土坯。那片草地已是一片金黄。

已被太阳晒得黝黑的林凡清吃力地使出最后的力气把土坯模子抬起来,再把土坯拍在地上。他累得脸色苍白,腿一软,就瘫在地上了。

林凡清看着西下的夕阳,脸上笼上了一层阴影。每天夯着土坯,这种单调乏味的日子如水一般迅速淌过,眨眼间就入了秋。小河边上,林凡清洗去身上的污泥,凝视着波涛起伏的草原发呆。

齐怀正走到他身边问:“林凡清同志,你怎么啦?”林凡清说:“有烟吗?我想抽支烟。”齐怀正说:“你不是不抽烟吗?”林凡清说:“我现在想抽一支!”齐怀正说:“打土坯是不是太累了?”林凡清说:“苦和累是不好受,但我林凡清能顶得住。我现在最焦心的一件事是,我什么时候才能去找我老师的试验站!”齐怀正说:“等把场部办公室盖起来后,我跟你一起去找!”林凡清说:“齐场长,你是不是把我骗到牧场来给你打土坯来了?”齐怀正:“话怎么能这么说呢!你要是后悔,你可以回去,我决不强留!”林凡清说:“回哪儿去?”齐怀正说:“回上海也行。”

林凡清猛地站起身,说:“齐场长,你小看我林凡清了,好马不吃回头草,我林凡清不是孬种!我要找不到我老师的试验站,那我就在这儿再建一个!我一定要把老师的事业继承下去。要不,我林凡清死不瞑目!”

齐怀正抽了几口烟,想了想说:“是呀,让你这么打土坯,也真屈才了。这样吧,明天我和你一起去找。”林凡清说:“不用,你是场长,怎么能离开?打完土坯后,你们盖你们的房,我去找我的试验站。”齐怀正说:“你明天就可以去嘛,干吗非要等打完土坯后?”林凡清说:“因为我林凡清不是怕打土坯!再苦再累的活我林凡清一样顶得住!”

广袤牧场草原上映着一片金黄,在夕阳的余晖中,林凡清骑着马在草原上狂奔着,想赶走心中那些沉重的烦恼。

红柳姑娘赶着羊群朝小河边走来,羊群散开在河边饮水。

林凡清飞骑到小河边,但马一到河边就把前蹄往前一伸,后屁股往下一坐一个急停步,林凡清从马背上飞越过马头,一头扎进了河里。林凡清浑身湿淋淋地从河里爬起来，嘴和鼻子被河底的卵石碰出了血，一副狼狈相。

红柳一仰脖子，哈哈地大笑起来。用鞭子指点着林凡清说："不听老人言，吃亏在眼前。"

林凡清从河里掬起一捧水，洗了一把脸，然后灌了几口水漱漱口，说："红柳姑娘，你是老人吗？"红柳说："同你相比，我就是草原上的老人，不是吗？"林凡清说："那你也用不着这么挖苦人呀！"红柳说："我警告过你，在草原上，学不会骑马，是要丢掉性命的！对草原上的人来说，骑好马就是人的第二条生命。"林凡清说："你马就骑得那么好？"红柳说："我们比试比试？"林凡清自知不如，不再说话。

红柳说："明天这个时候你在这儿等着，我给你表演表演怎么样？"

第二天傍晚，太阳西斜，雪山顶上的夕阳余晖倾洒在草原上，晶莹莹地闪着光。一只小鸟站着草茎上，转着脑袋啾啾地叫着。

林凡清如约牵着马来到小河边，红柳也赶着羊群到了。

红柳从马兜里掏出一大把三角形的小红旗，说："喂，把这些旗插到草地上去。"林凡清接过小红旗问："干吗？"红柳说："你不是要看我表演骑马吗？"

红柳骑着马在草场上飞奔，她骑在马上的姿态矫健，优美灵活。突然间在马背上见不到她，她的身子紧贴着马肚在飞奔；一会儿她又翻身上马，站在马背上飞奔。当她回马过来时，就开始俯下身子把插在草地上的小旗一支一支地拔了起来。

林凡清看傻了，当红柳拔起最后一面旗子时，林凡清才醒悟过来，马上用力鼓掌。

红柳汗淋淋地勒住马，站在了林凡清面前，说："大学生，怎么样？"

林凡清竖起大拇指说："这个！"红柳说："那你就跟我学骑马怎么样？因为我看到你从马上摔下来的那副样子，真太可怜了。"林凡清说："红柳姑娘，你这话太伤我自尊心了。"红柳说："大学生，你是长期要在这草原上待呢，还是住上两天就要走的？"林凡清说："那当然是长期！我要长期在这个牧场工作。红柳姑娘，你是少数民族吧？"红柳说："不，我是汉族，我父亲是汉族，我母亲是俄罗斯族。"林凡清说:"怪不得你长得有点像少数民族。"

红柳看着林凡清,沉默了好一阵,然后长长地叹了口气说:"大学生同志,你要想学骑马,我一定好好教你。"林凡清说:"红柳姑娘,你怎么不问问我姓什么叫什么?"红柳马上说:"我不想问。"林凡清:"为什么?"红柳说:"不为什么,就是不想问。我只教你骑马,其他的我都不想知道。"林凡清:"这又为什么?"红柳说:"问这么多为什么干吗?你要肯学,明天就到这个时候来,你要不肯学,就别来了。"林凡清说:"明天我来不了,我要出去办件事。以后吧,以后我一定好好跟你学。"红柳说:"那好,一言为定!"说着,跃身上马,赶着羊群走了。

林凡清挠挠头皮,觉得这姑娘有点怪,但很可爱。

林凡清趁着天还没黑骑马回到沙门子牧场,但在废墟前一排排的土坯边上被齐怀正叫住了。

齐怀正对林凡清说:"本来我答应你一起去找你老师的试验站,但重建牧场的一大堆事都压在我身上,所以明天起我让小石陪你去。找到了自然好,但找不到就赶快回来。我答应你,给你在牧场重建一个试验站!"林凡清点点头。

第二天清晨,林凡清同小石走进科克兰木县政府,县政府里主持工作的大都是军人。小石朝一位军人行了个军礼,向他打听,那位军人看看林凡清摇摇头,但还是很热情地把他领到一位穿着便装的工作人员面前。那位工作人员是当地人,但他想了一会儿,也摇了摇头。林凡清一脸的失望。

草原上,林凡清和小石搭上一辆马车,一位老汉在赶着车。老汉也不太清楚邵教授的事情,但他还是热情地把他们送去当地的乡政府。眼看着前面有好几排土坯房错落在山坡后的林荫里,老汉回头对林凡清说:"再往前就是乡政府了,你们到那里去问问吧。"

在乡政府办公室里,一位年长的工作人员对林凡清和小石说:"有过一个叫邵教授的人来过我们这儿,主要是想询问一下我们当地牧民们放养的羊的品种之类的事,因为是我接待的,所以还记得。"林凡清觉着看到了些希望，忙问："那他在你们乡吗？"年长的工作人员摇头说："那已经是五年前的事了，他也不在我们乡，而且以后我也再没见过他。"

林凡清和小石走访了附近草原上的几个牧业村，还是一无所获。

直到黄昏，夕阳已经沉到地平线上，他们俩又进到另一家乡政府办公室里。林凡清看看窗外渐渐昏暗的天空，回头又把满眼的期望投向伏案查阅档案的工作人员。那个工作人员把最后一本厚厚的档案合上，抬头看着林凡清，有些爱莫能助地摇摇头。

即便如此，林凡清还是不放弃每一条线索，每一种可能性。但无论是乡里、村里，还有赶着羊群的牧民，都没法给他一个希望。

又是一个黄昏，林凡清和小石再次离开草原上的一栋毡房，骑马走在草场上。

林凡清看看在一旁闷声不响的小石，说："小石，我们找了有七八天了吧？"小石点头说："是。"林凡清说："你是不是有些泄气了？"小石摇摇头，很实诚地说："不，齐场长讲了，只要你找下去，我就一直陪着你找下去。这是齐场长交给我的死任务！"

在沙门子牧场里，齐怀正正热火朝天地带领着人清理着废墟。废墟清除后，齐怀正和其他人在平地上打地基。黄昏时，齐怀正抬头，看看渐渐西垂的太阳，脸上显出一丝焦虑，林凡清他们已经走了近一个月了。

林凡清和小石几乎已经跑遍了整个科克兰木县，在和其他县的一个交汇处，他们又摸到了一个小牧业村。村公所里一位中年人对林凡清说："这儿肯定是没有，要不你们到邻近的托克县去问问？今晚在这里住一夜，明天翻过了村口的那条沟就是托克县了。"林凡清说："你们这儿是属于科克兰木县吧？"中年人说："对，我们这个村是科克兰木县最边上一个村了。你确认你的老师就在我们县吗？"

林凡清点点头，满脸的疲惫和失望。

已经是深秋了，沙门子牧场的场部办公室也盖起了一半。筋疲力尽的林凡清和小石风尘仆仆地回到场部。齐怀正远远地看到他们，高兴地迎了上来。可那两人刚走到场部边上的帐篷前，就瘫坐在了一起。

齐怀正走到他们跟前，问："怎么样？"林凡清沮丧地看着他，连摇头的力气都没有了。齐怀正明白了，宽慰他说："林凡清同志，我不是说了嘛，找不到，咱们牧场自己再建一个！"

乌鲁木齐的兵团机关大楼，秘书科办公室。

被强留在兵团机关工作的许静芝虽然对这份工作很不情愿，但还是尽职尽责地在努力工作。她走进秘书科科长的办公室，把一份材料送到宋科长的桌前，说："宋科长，你要的这份材料我整理好了。"宋科长说："许静芝同志，你请坐。"

许静芝坐下，说："宋科长，还有事吗？"宋科长说："小许啊，你不愧是个大学生啊，不但材料写得好，字也写得好。首长对你的工作很满意，叫我要好好表扬你呢。"许静芝说："谢谢首长的夸奖。"宋科长说："小许同志，我想告诉你的是，江副主任不想放弃你啊，他一直希望你能回心转意。"许静芝说："宋科长，这不可能！我非常感激江副主任这么看重我，但还是请江副主任另外再找吧，不要在我身上再浪费时间了。另外，我再次请组织上考虑我的专业，不要让我学了四年的专业就这么白白浪费了。"宋科长有些不满地点点许静芝说："许静芝同志，你太固执了，这样不好。"许静芝说："不是我固执，是我心中对那个人的爱永远不会变。要不，我干吗要千里迢迢地从上海到新疆来呢？"宋科长说："你来新疆不是来参加革命工作的吗？"许静芝说："我更是来找人的，我懂得爱情在我心中的分量，不是有忠贞不渝这个词吗？我就是！"

宋科长有些恼怒地看着许静芝离开的背影，跟许静芝工作的这段时间相处下来，他发现这个看似柔弱的江南小女人，其实骨子里不是一般的犟。如果真的用行政手段强制她同意和江一涛结婚的话，只怕最后只能起到反效果，搞不好能出人命。他叹口气，只好把这事先搁一搁了。

草原已是一片枯黄,新盖的牧场场部办公室笼罩在纷纷扬扬的第一场大雪中。

林凡清再次把建试验站的事提上了日程,对齐怀正说:“齐场长,关于建试验站的事你去找过总场领导了吗?”齐怀正叹口气说:“林凡清,这些日子来,我一直在催促这件事。你着急,其实我也着急!但我现在不能不实话跟你说,这件事目前还办不成。我请示过总场的李国祥政委,也到师里请示过柴师长,但他们都说,你们牧场先恢复生产,这是第一位的!建良种培育试验站的事,过两年再说。”林凡清轻轻地拍了一下桌子,说:“齐怀正,我上你当了,我真上你当了!”齐怀正说:“林凡清同志,我理解你的心情。你老师的试验站没找到,就是找到了又能怎么样?现在咱们做什么事,都得靠组织支持,没有组织的支持,那你就什么事都做不成,包括建试验站。林凡清,你就耐心地等一等。我呢,就继续再努力,建试验站,不是你林凡清一个人的事业,而是我们大家的事业!我说了,你要不想等,你可以离开这儿,也可以回上海去。”林凡清说:“你用不着老拿这话来堵我。我也说了,我今天走出了这一步,就绝不会再回头!”

沙门子牧场场部已建好的消息上报到了柳家湖总场,李国祥要去视察一下。他刚骑上马,郑君身上背着琴牵着匹马追了上来,马上还驮着行李。

李国祥说:“怎么,你连行李都带上啦?”郑君说:“你不是答应我了吗,让我去牧场工作。”李国祥想了想说:“你就这么急着想去牧场工作?不先去看看再说?”郑君说:“看不看都一样,我学的就是畜牧专业,迟早要去牧场工作。在我看来,晚去不如早去!”李国祥说:“现在牧场的条件还很差,我想等牧场的条件好一点再让你去。”郑君说:“李政委,我可不是那种吃现成饭的人!创业自有创业的乐趣。”

第一场雪转瞬间就化了,太阳把金色的草原照得波光粼粼。李国祥和郑君骑着马走在草原上。

郑君背着琴,看着四下的景色激动得不能自已,说:“李政委,深秋的草原也这么美啊!”李国祥一笑说:“又想拉琴了是吧?”郑君说:“那当然!这地方拉琴,那感觉肯定很棒!”李国祥笑着说:“那你就拉吧。”郑君说:“那我们下马，让我拉会儿琴？”李国祥有点使坏地说：“这可不行，我们得赶路，去沙门子牧场还有好一段路呢！你想拉琴那就骑在马上拉，那感觉不是更棒了吗？”郑君说：“好吧，我试”

郑君解下琴，刚没拉几下，就从马上翻了下来，差点把琴都摔坏了。

李国祥笑着说：“把马骑好了，再找马上拉琴的感觉吧！”

齐怀正从办公室窗口看到远处骑马走来的两个人，他估摸着是李国祥到了，赶紧从办公室走出来。

李国祥和郑君下马，齐怀正迎上前热情地和二人握手。

齐怀正陪着李国祥在办公室周围转了一圈，走到河边的一块高地上，两人各坐在一块大石头上抽着烟聊了起来。

不远处传来琴声，郑君又在河边拉琴。

齐怀正说：“这家伙琴拉得不错。”李国祥说：“这是个琴痴，但人不错。知识分子都有些个性，现在来你这儿工作了，你要担待点。那个林凡清怎么样？”齐怀正说：“最近，他的思想波动很大，想找他老师的试验站，但几乎跑遍了整个科克兰木县也没找着。想要建个试验站，你又说，目前还没条件建。”李国祥说：“那也得给我留住！找到一个人才不容易啊，尤其是大学生，但建试验站的事，只能慢慢来。他人在哪儿？”齐怀正说：“到草原上去查看羊群了。”李国祥说：“什么时候可以回来？”齐怀正说：“下午吧。”李国祥说：“那我找他谈谈。”

太阳当空，林凡清满腹心事地从一位牧民放牧的羊群边离开。他骑在马上，慢慢地在草原上溜达着，一脸的阴郁。远处有人在喊：“大学生！大学生！”林凡清一时没回过神来，但还是回头张望了一眼。

在几十米远的地方，红柳喊：“喂，大学生，你不想跟我学骑马啦？”林凡清说：“学！明天我就跟着你学！”红柳说：“那明天我就在河边等你，不见不散啊！”说着，赶着羊群上了山坡。

林凡清回到牧场场部，看到齐怀正和李国祥正在场部门口等他。他跳下马，齐怀正给二人做了介绍就离开了。

清清的湍急的河水溅起浪花，卵石在河水下抖动。李国祥同林凡清边走边谈，一直走到河边。李国祥从烟盒里抽出一支烟，递给林凡清说："抽烟吗？"林凡清说："好，来一支。"李国祥说："林凡清同志，听说你有点不安心在牧场工作？"林凡清说："不是不安心，而是感到自己的生命在流逝，但自己想干的事情却连个眉目都没有，现在我的心情只能用四个字来形容：心急如焚！尤其是这几天查看了牧场的羊群后，更是这样！"李国祥说："林凡清同志，心急如焚也不行啊。在牧场建试验站的事，只能慢慢来。目前牧场的主要任务就是要发展生产，给国家上交更多的皮毛和肉。"林凡清说："这和建试验站并不矛盾。你看看现在咱们牧场喂养的那些羊，搞的是原始放牧，自然繁殖，品质差，不但产肉量少，羊毛质量也差。我们只有及时地把羊的品种改良好，才能上交更多的肉，更好的皮毛。俗话说，磨刀不误砍柴工！"李国祥说："但这需要经费。我们总场没有这笔经费。我们需要向上面申报项目，去申请这笔经费。"林凡清说："那这事能不能尽快去做呢？"李国祥说："这需要时间。"林凡清说："需要多长时间？"李国祥说："可能要两年。像这类预算是每年只审批一次。"林凡清苦笑一下说："好吧，那我就等！就是别让我等白了少年头！"

太阳西下，齐怀正、林凡清和郑君把李国祥送出牧场。

齐怀正说："政委，这儿条件是差点，盖的宿舍还没封顶，住不成人，不过在帐篷里住一夜也苦不到哪里去嘛。"李国祥说："不行啊，家里的事情太多。我来柳家湖总场快两个多月了，再不到牧场来看看就讲不过去了。不要说住帐篷，过去军队不是天天睡在露天吗？不过，刚才我听说了林凡清遭遇风流虫的故事，这我倒有些害怕。"说着，就哈哈地笑起来，"另外，郑君同志死缠着我要来牧场工作，我今天就顺道把他领来了。就这样，我走了。"齐怀正说："政委，天快黑了，路上要当心！"

夜晚的草原，渗透着浓浓的秋意。

人们围坐在篝火边，郑君充满激情地拉着琴，琴声在草原上飘悠。

齐怀正用嘴指指郑君，对坐在身边的林凡清说："李政委对我说，这家伙是一路拉着琴从上海到新疆来的。为这拉琴的事，政委同他针尖对麦芒地干了几次架，没想到反而干架干成了好朋友。"林凡清说："世上的事就是这样，不打不相识。”齐怀正说：“听政委说，还有个女大学生，学兽医的。政委也想把她带到咱们牧业队来，可惜啊，没弄成。”林凡清说：“怎么回事？”齐怀正说：“那女学生长得很漂亮，让政治部的江副主任看上了，就把她留在秘书科当秘书了。”林凡清说：“那专业不是不对口了吗？”齐怀正说：“那有什么办法，首长的婚姻也是政治问题呀。”

林凡清显然对这种话题不感兴趣，于是说：“齐场长，有件急事我想跟你商量。”齐怀正：“啥事？”林凡清说：“母羊的发情期又快到了。我们不能再搞自然繁殖了。我们得想办法在全牧场选出八到十头好的公羊，临时建一个配种站。把全场的母羊都赶到配种站来配种。俗话说，母羊好好一胎，公羊好好一坡。这事用不着什么经费，现在就可以办！”齐怀正说：“这主意好。”林凡清说：“可这事光靠我一个大概忙不过来。”齐怀正指了指拉琴的郑君，说：“郑技术员不来得正是时候吗？”

又过了一日，林凡清带着郑君熟悉了一下牧场的环境，晚上又在一起商讨了下一步的工作。直到旭日初升，林凡清和背着琴的郑君骑马出发去挑选公羊做种羊。

走在金色的草原上，林凡清感慨地对郑君说：“郑技术员，听你拉琴真是一种享受啊。”郑君说：“林技术员，谢谢你的夸奖。不过我知道，我琴拉得再好，也只是个业余的。我真正的专业，应该是畜牧业。所以我才坚决向李政委要求，到牧场来工作，现在总算如愿以偿了。你看，深秋的大草原也是这么的美丽！”林凡清说：“听说你因为拉琴还同李政委之间发生过摩擦。”郑君说：“已经化解了。现在李政委还特别喜欢听我拉琴，每次同他一起下基层，他都说，别忘了把琴带上。”林凡清说：“我很羡慕你，有这样的业余爱好。要不，那你现在也拉上一曲么。”郑君说：“不行，骑在马上我还不会拉。那天我同李政委一起来时就想骑在马上拉琴，结果从马上摔下来了。差点把琴摔伤，要那样就惨了。”林凡清说：“郑君同志，那你现在起，就得学好骑马，我现在正要跟一位姑娘学骑马呢。她告诉我说，在草原上学会骑马就是你的第二生命。”郑君向往地说：“跟一位姑娘学骑马？这太浪漫了，那我们俩一起跟她学！”林凡清想了想，一笑说：“等我学会了，你就跟我学吧。”

郑君瞪大眼睛说:“林凡清同志,你这话有问题呀!”

林凡清解释说:“那姑娘的脾气有点怪,我可不能代她答应你。行,咱们就这儿分手吧。这次一定要把公羊挑选好。虽说都是些杂种羊,但也得从矮子里拔将军。晚上见!”

黄昏,林凡清牵马来到河边,看到红柳已在河边等他。红柳说:“事情办完啦?”林凡清说:“没有办成。”红柳说:“为啥?”林凡清说:“跟你说也没用,心烦。从今天起,我就好好跟你学骑马,保住我的第二条生命。”

第五章

初冬,草原已铺上了积雪,雪地上插着小红旗,十分地显眼。

林凡清在马上俯下身子很熟练地拔旗。赶着羊群走上山坡的红柳,朝他鼓掌。林凡清看到红柳,策马上了山坡,跳下马,把旗子交还给红柳。

红柳接过旗子说:“大学生同志,你毕业了,想不到你学得这么快!”林凡清说:“世上无难事,只怕有心人嘛。”红柳一笑,把旗子收进马兜,说:“好,这旗你也用不上了,再见了,大学生同志。”说着,翻身上马。

林凡清说:“红柳姑娘,我还是很想问你,你为啥不想知道我叫什么?”红柳说:“我一直在找一个人,也是个大学生。有好长一段时间,我每碰上一个大学生,就会满怀希望地问他的名字,期盼着他就是我要找的人,可每次对方的回答给我的都是失望。这种失望给我的痛苦太沉重了,所以我不问了,也不想问了,再见!”

红柳赶着羊群准备离开。林凡清看着她的羊

群,突然眼睛一亮,奔到羊群中仔细地查看。

林凡清说:“红柳,你放的这群羊……”红柳说:“怎么啦?有什么问题吗?”林凡清说:“这群羊为什么跟我们牧场的其他羊群有这么大的差别?”林凡清抚摸着羊群身上的羊毛,疑惑地问:“这些羊应该是经过改良的吧?”红柳说:“是又怎么样?好啦,大学生,我要走了。”说着,一声呼哨,赶着羊群策马远去。

林凡清望着她的背影,猛地感觉到什么,朝红柳大声喊:“你找的大学生叫什么名字?”红柳回头喊:“他叫林凡清——”

沉默了一会儿,林凡清的眼睛突然模糊了,他激动地喊:“我就叫林凡清!”

红柳猛地勒住马,愣怔了好长时间,似乎有点不太相信。终于,她拨转马头朝林凡清走来,紧盯着林凡清问:“你叫林凡清?”林凡清说:“对。”红柳说:“双木林,凡人的凡,清白的清?”林凡清说:“是。”红柳说:“是南京农学院毕业的?”林凡清说:“没错。”

红柳跳下马,走近林凡清,还是不太敢相信地瞪了他好一会儿,说:“如果你真的叫林凡清的话,能跟我走一趟吗?”

夕阳抹在积雪上一片灿烂。林凡清跟随红柳赶着羊群来到一个院落前,院落在一个山坡下,前面就是那条小河。走进院子,里面的土房子虽然陈旧,但很整洁。院子中间有两棵粗壮的胡杨树紧挨在一起,繁茂的树枝上堆着雪花。

一位五十几岁的老汉背着杆猎枪从屋里走出来,警觉地瞪着林凡清。

红柳对老汉说:“榆木大爷,他说他就是林凡清,让他进屋吧。”

红柳将林凡清领进院内的一间大屋内,里面摆满了仪器。墙上,挂着两帧镶着黑框的照片,其中一个正是邵教授的遗照。红柳说:“你认识他吗?”

林凡清在照片前跪下了,眼里含着泪,说:“老师,我找你找得好苦啊……”说着,连磕了三个响头。红柳这才真的相信眼前这个青年确实是自己苦苦等候的林凡清,她的眼泪倏地落了下来,说:“林凡清,我等你等得也好苦啊……”

红柳擦了擦眼泪，打开屋里的一只大箱子说："凡清哥，这是我爸生前的试验资料，他说全留给你了。"红柳指着四周的仪器说："还有这些仪器，这个试验站，和我放的那群羊。"林凡清还是想不通一些事，问红柳说："红柳，你爸爸为什么把通信地址写在新疆乌鲁木齐畜牧厅，不写这儿呢？"红柳说："我爸不想让太多的人知道他的试验站在什么地方，因为那几年兵荒马乱的，什么事都可能会发生。这样吧，你先休息会儿，我去给你做晚饭，吃完饭，我再跟你说。"

林凡清走出屋子，看到榆木老汉正待在院子里，忙上去递了根烟。榆木老汉摇摇手，示意自己抽烟袋。因为知道了林凡清的身份，榆木老汉的脸上缓和了许多，两人便有一句没一句地聊了起来。林凡清这才知道，这个小试验站当年险些遭受灭顶之灾。

据榆木老汉说，就是新疆和平解放前的那一年，流窜到新疆的散兵游勇，还有很多土匪经常在试验站附近出没。虽然他们也防着，但豺狼虎豹一多，总免不了要遭劫。有一天红柳出去放羊，就有一群流窜的兵匪闯了进来。领头的一眼就看到榆木老汉在院子里圈养的那四只种公羊了，上前扒开羊圈就要把羊拉走。榆木老汉说："这是种羊，膻味儿太重，不能吃！"那个土匪头蛮横地说："是羊就能吃，拖走！"几个匪兵冲上来拖羊，榆木老汉跟他们扭打起来，领头的恼了，一枪托把榆木老汉砸倒在地，一帮土匪轮番地又踢又打。邵教授听到动静从屋子里冲了出来，说："不能打人！你们这帮土匪！"邵教授刚拦到榆木老汉的前面，也被士兵一枪托砸倒在地……

林凡清听着，心沉重得像块铅锭。

红柳很快就做好了饭，把林凡清叫进一间小屋。屋子里摆设很简单，一张桌子，几个小木凳。小桌摆上了晚饭，红柳和林凡清坐在桌前。

红柳托着腮回忆着父亲的事情。她告诉林凡清说，二十几年前，她父亲应新疆畜牧厅的邀请来这里，那时她父亲原先的妻子已经过世了。他在草原工作的时候，就认识了她的妈妈，后来就有了红柳。那时她父亲每年都要回内地教书，五年前，妈妈病了，父亲就把内地大学的教职辞了，在新疆定居下来。在这个试验站里继续他的工作。之后就像榆木老汉说的，就在那一年，种羊被那些闯进来的兵匪抢了。红柳那个时候还在草原上牧羊。红柳的母亲在那些匪徒冲进院子时就赶紧出来给她报信。红柳的母亲一脸的病容，但这位俄罗斯女人看上去依然美丽。她骑着马在草原上飞奔，挡住了正赶着羊群往回走的红柳。红柳不知道发生了什么，说："娘，你有病怎么跑出来了？"红柳母亲急急地说："你赶着羊进山去，国民党士兵正在到处抢羊呢！"

送走女儿，红柳母亲骑着马赶回试验站，一走进院子，就看到被砸伤躺在地上的邵教授和榆木老汉，眼睛一黑，从马上栽了下来。

红柳含着泪叙述说："我娘就这么死了，榆木大爷被砸断了一条腿，我爸爸也从此一病不起。他一想到自己辛辛苦苦奋斗了二十年的事业就这么断了档，他怎么也不甘心。那段时间爸爸的身体特别差，他觉得自己快不行了，这才想起了你林凡清，他就给你写了封信。你也知道，这里交通不便，发一封信到上海怎么也得一两个月甚至几个月，信发出去就没了音讯……"

沉默了一会儿，红柳继续说："那时在医院病房里，我爸在病床上对我说，林凡清有回信没有？我摇摇头。可爸坚定地说，他会来的，一定会来的。这是我最好的学生，我了解他！"

林凡清听得眼泪汪汪。

红柳说："爸爸说完这话第二天就过世了。虽然我一直对自己说：这个林凡清不会来的，他怎么可能会从上海到这个地方来呢？可我又天天盼着你来。那些日子，我每遇见一个从内地来的年轻人就拦住他问他的名字，但问一次就失望一次，失望一次就痛苦一次，直到后来我就不敢问也不想问了，因为失望后的痛苦实在太让人难受了，可是想不到……"

林凡清哽咽着说："红柳姑娘，对不起。"

红柳突然激动地猛冲上去，抱住林凡清悲喜交加地哭着说："凡清哥，我多么盼望你能来啊！我每天都期盼着这样的惊喜。凡清哥，你终于来了……"说着已泣不成声了。

林凡清策马赶回新建的场部办公室时，天已经完全黑了。他一跳下马，就冲进办公室，双手捶着齐怀正的办公桌，欣喜若狂地喊："找到了！找到了！"齐怀正说："找到什么啦？"林凡清喊："我老师的试验站啊！"齐怀正说："真的？"林凡清说："我刚从他们那儿过来。"齐怀正说："有几里地？"林凡清说："骑马只要半个小时。"齐怀正说："走，去看看！"

月光下那朦胧的山峦，若隐若现。林凡清、齐怀正和郑君骑着马沿着小河往试验站的方向走。

林凡清感慨地说："齐场长，想不到你说的给应验了。"齐怀正说："我说什么话了？"林凡清说："你不是说有些事往往是'踏破铁鞋无觅处，得来全不费工夫'吗？"齐怀正说："这是老天有眼！"郑君也兴奋地说："林凡清，你的这个故事真是太传奇了。我现在就想拉个琴，给你好好庆祝一下！"

皎洁的月光洒在银色的积雪上，林凡清、齐怀正和郑君来到院落前。

齐怀正说："离我们那儿很近嘛。"林凡清感叹地说："就在眼皮子底下的事，可这几个月来，却没有听到一点信息。"说着，摇摇头。

他们跳下马，朝院门走去。突然，榆木老汉从院门口蹿出来，端着猎枪大喊一声："什么人？站住！"林凡清忙说："榆木大爷，是我，林凡清。"试验站的小院内，林凡清把齐怀正和郑君介绍给了红柳，榆木老汉在一旁也难得绽开了些笑容。大家都围坐在胡杨树下，郑君情绪激昂地拉起那首《在那遥远的地方》。

夜色宁静，月色皎洁，琴声在草原上飘扬。郑君拉着琴说："林凡清，红柳，你们这事真是浪漫，太传奇了。想不到草原上真有这么一位美丽的姑娘在等着你，可我郑君却没有啊！遥远而美丽的草原啊，我那可爱的姑娘在哪儿呢？"林凡清不满地说："郑君同志，你胡说些什么！"齐怀正说："你们知识分子哪，都有些酸，可你这位郑君同志更酸！"

大家高兴地哈哈一笑。

第二天清晨，红柳喜气洋洋地和榆木大爷一起在清扫院子。院中间的两棵胡杨树的树枝在风中簌簌地响着，撒下一片雪花。

红柳对榆木老汉说："榆木大爷，我真的太高兴了，昨晚怎么也睡不着。前些日子我等啊，找啊，问啊，每次都让我很失望很伤心，后来我就不想再问了，甚至想都不敢想了。心想，人家在上海待得好好的，跑到这么远的地方来干啥？只有像我爸这样的人，才会大学教授不当，跑到这穷乡僻壤来受苦。可像我爸这样的人，世上能有几个呀！没想到，真的没想到，他居然来了，我爸看人真是没看错！"榆木老汉说："你爸教了那么多年的书，学生带了一茬又一茬，可他只看准了这个林凡清，可见这小子就有不一般的地方。"

红柳说："榆木大爷，我把我爸住的那间房昨晚就给收拾出来了，等清扫完院子后，你就赶着马车把林凡清接过来。只要他来了，我，你，就都安心了。我老爹的心愿也就了了，他在九泉之下也可以安心了。"

榆木老汉也兴致高昂地说："红柳姑娘，你放心，我现在就去把他接来。"

榆木老汉赶着马车一路小跑，清脆的马铃声响了一路，积雪上压出了两道深深的车辙。

在沙门子牧场，林凡清虽然激动得一晚上没睡着，但一大早还是和郑君从马厩里牵出马，下牧场去挑选种羊。郑君照例背着他的宝贝琴翻身上马。

林凡清说："郑君，咱们挑选公羊的速度得加快呀，母羊的发情期恐怕就在这几天了。"郑君说："行，我心里有数。"

林凡清说着也翻身跃上马，突然听到有人在叫他。他回头一看，见榆木老汉赶着马车迎了上来。林凡清说："榆木大爷，你早呀。"

榆木老汉说："林凡清林教授，你快下马吧。"林凡清又跳下马，摇着手说："榆木大爷，你千万别这么叫我，我离教授还差得远呢。"榆木老汉说："我想在试验站工作的都应该是教授，像邵教授一样，你也应该是。"林凡清说："就叫我林凡清吧，有什么事吗？"榆木老汉说："原来邵教授住的房子，昨晚红柳姑娘都给你拾掇好了。红柳让我来接你，让你搬过去住。"林凡清愣了半天，想了想说："榆木大爷，这几天恐怕还不行。"榆木老汉说："为啥？"林凡清说："榆木大爷，我现在是在牧场工作。目前牧场有件紧急的事要办，所以这几天我还不能住到试验站去。"榆木老汉说："林教授。"林凡清很计较称呼上的事，说："我说了，我还不是教授！请你不要这样称呼我，要不，你叫我林技术员也行。”榆木老汉说:“那好,林技术员,昨晚,红柳姑娘把试验站,把羊群,还有把我和她自己按邵教授的意思全交给你了,你不上试验站去住咋行? 红柳姑娘说了,今天一定要把你接回到试验站去住!”

林凡清捺着性子说:“回去告诉红柳姑娘,我就是应邵教授的要求来的,我来新疆后也苦苦地希望能找到邵教授的试验站。现在找到了,你不知道我有多高兴多激动。我肯定是要住到试验站去的,但这事我还得同齐怀正场长商量,所以我不能就这么撂下牧场的事不管,要不,我林凡清不就成了没良心没责任心的人了?”榆木老汉说:“可我就这么回去,没法向红柳姑娘交差啊。我榆木老汉的脸面又往哪儿搁? 我是下了保证的!”林凡清说:“榆木大爷,我没时间再同你多说了,今晚我就去试验站,我亲自去跟红柳姑娘解释。”说完转身上马,奔向草原。

榆木老汉望着林凡清的背影,两眼在冒火。

傍晚,红柳赶着榆木老汉赶过的那辆马车在草原上狂奔着。红柳气恼地还在空中狠狠地甩了几个响鞭。马车一路狂奔,扬起一团团雪花。

红柳赶着马车冲进场部,郑君也刚好骑着马回来。

红柳没好气地问:“喂,拉琴的,林凡清住哪间屋子?”郑君跳下马说:“红柳姑娘,我不叫拉琴的,我昨晚不是告诉过你吗? 我姓郑名君,拉琴只是我的业余爱好。”红柳没理他这个茬,只是问:“林凡清住在哪儿?”郑君很无趣地说:“他跟我住一个屋子。”

郑君打开集体宿舍的门,让红柳进屋说:“林凡清还没回来,有什么事吗?”红柳说:“哪个铺是林凡清的?”郑君说:“铺着蓝床单的那张,怎么啦?”红柳说:“姓郑名君的同志,请你帮一下忙,跟我一起把林凡清的行李铺盖都给我搬到马车上去。”郑君说:“红柳姑娘,你这是干吗? 就是要搬那也得等林凡清回来再搬呀。”红柳说:“你帮不帮我?”郑君说:“这个忙我可不能帮,只有得到他本人的同意后我才能做。”红柳说:“你只会拉琴,不会干活是吗?”郑君说:“我说了,那得等林凡清同志回来。”

红柳说:“现在试验站就是他的家! 他就应该住到试验站去! 他要是不肯到试验站去住,那我就怀疑他是不是我父亲说的那个林凡清!”红柳说着,卷起林凡清的铺盖就往屋外走，但一只枕头掉在了地上，正好掉在了郑君脚边。红柳对郑君说："喂，这个忙也不帮吗？"

郑君忙拾起枕头搁到红柳捧着的铺盖上。

鲜红的太阳正从山峦上慢慢地沉下去。红柳赶着装着林凡清行李铺盖的马车一路小跑地往试验站方向赶。

草原上起了风，夕阳在山峦间只露出了小半个脸。小路的远处扬起雪花，林凡清、齐怀正、郑君骑着马朝红柳这边追来。

林凡清在后面喊："红柳，你快停车！"

晚霞抹在雪原上，一群觅食归来的鸟儿飞向小树林。

林凡清、齐怀正和郑君赶上红柳的马车，在马车前跳下马。

红柳勒住马车，劈脸就问林凡清说："林凡清，今天早上榆木大爷来接你，你为什么不肯跟他走？"林凡清说："红柳，你听我说——"红柳说："我不听！我问你，你到新疆干什么来了？"林凡清说："是你父亲邵教授叫我来继承他的事业的。"红柳说："就为这个才从上海来新疆的吧？"林凡清说："对。"红柳说："那你从今天起，就应该住到我父亲的试验站去！"林凡清说："红柳，不错！我是为了继承你父亲的事业才到新疆来的，但你可能不知道，我来新疆有多不容易。同我交往了两年的女朋友跟我分了手，我父亲让我继承他的产业被我拒绝，父亲骂我是个不孝之子。"

齐怀正在一旁插嘴说："林凡清，这些事你咋没跟我讲？"林凡清说："这些事有什么好讲的，现在是红柳姑娘逼得我不得不讲。你可能也不知道，从上海到新疆这一路有多艰辛！我在路途中又病倒了，要不是遇见了齐场长，他一路上照顾我，我能不能到新疆还真的很难说呢。"齐怀正说："林凡清，这些小事扯它干吗？"林凡清又说："一来新疆后，我去畜牧厅打听有关你父亲的消息，但那里的人事变动太大，只知道邵教授的试验站在科克兰木县，我也发誓要找到你们，为这，我也真是踏破了铁鞋！齐场长可以作证。"齐怀正说："没错。"林凡清说："人活在这世上，得知恩报恩。那时我还没找到你们，齐场长就请我到他牧场来，让我帮他的忙，也答应帮我找你父亲的试验站，我能推辞吗？要是我找不到邵教授的试验站，齐场长还答应让我重建一个试验站来继承你父亲的事业。我这决心还不够大吗?”

红柳眼泪汪汪地看着林凡清,不说话了。

林凡清说:“母羊的发情期眼看就要到了,这关系到明年羔羊的质量和繁殖率。我们牧场的羊只,都是从战士们的牙缝里省下来的,这有多不容易啊!我们得让它们有个大发展呀!这就是我现在要做的事。这也是我应有的责任。”红柳含着泪说:“凡清哥,对不起。”说着,拨转马头说:“我把行李给你拉回去,请原谅我的粗野。”说着,伤心地哭起来说:“可你什么时候才能去试验站呀?只有你去了,我们才能安心呀。我爸在九泉之下才能得到安慰。”林凡清说:“红柳姑娘,试验站我是肯定要去的。当我昨天知道你就是邵教授的女儿,昨晚又去了试验站,你不知道我有多激动,多高兴呀!齐场长,郑技术员,都为我感到高兴。他们坚持要连夜过来看看,这你是知道的。”

这时齐怀正一把拉住马车说:“林凡清,我看这样吧,你和郑君都住到试验站去。”郑君说:“齐场长,怎么啦?”齐怀正说:“昨晚,我看了试验站的环境,邵教授真是选了个好地方。自然条件各方面都很好。我们不是要搞个配种站吗?我看把配种站就先设立在那儿。”林凡清说:“那我们跟你联系工作不就不方便了吗?”齐怀正说:“有什么不方便的?我每天早晨早起半个小时,骑上马到你们这儿来一次,不就解决问题了?”郑君高兴地说:“这点子好,齐场长,你不愧是当领导的。”红柳也高兴了,说:“那我们就走吧!”

红柳拨转马头,郑君挡住她说:“红柳姑娘,还得回我们那儿去!”红柳说:“怎么啦?”郑君说:“我的行李还没拉呢!”林凡清说:“齐场长,我觉得我们暂时还不能住到试验站去。”齐怀正说:“咋啦?”林凡清说:“这事我们回去再商量吧!”红柳又发火了,说:“林凡清,你安的什么心呀!人家齐场长都发话了,你怎么还要从中作梗呀!”说着,又拉转马车,用力甩一鞭,气呼呼地赶着马车流着泪直奔试验站而去。

林凡清叹了一口气,苦笑了一下说:“这姑娘的性子好烈呀。齐场长,郑技术员,咱们回吧。”郑君问:“那你今晚怎么睡?”林凡清说:“跟你挤一挤行吗?最多两三天。”

齐怀正对林凡清说:“今天我和红柳姑娘的面子你都没给呀。你和郑君就是住到那儿去又怎么啦?你从上海到这里心里就一直挂着寻找你老师的试验站的事,现在找到了,我以为你非常想住到那儿去。”林凡清说:“对,没错,我就是想马上住到试验站去。”齐怀正说:“红柳姑娘也急切地希望你去住,所以我才顺水推舟,说了那样的话。可没想到你却不领情。”

林凡清深吸了一口气,说:“齐场长,你听我说,我今天为这事想了一天。第一,试验站的归属问题你考虑过没有?红柳姑娘,还有那个榆木大爷的工作怎么安排?还有那一群母羊,可能是他们的私人财产,又该怎么处理?我去试验站后,我还属不属于你们牧场的技术员?我在牧场工作,是柴师长亲自批准了的,拿国家工资的。”齐怀正笑了,说:“你们知识分子啊,脑子就比我们多几根弦哪。我想,你当然还是我们牧场的技术员,试验站归我们牧场管,红柳和榆木大爷就在试验站工作,算是我们牧场的职工,你看行吗?”林凡清说:“我也是这么想。”齐怀正说:“那我明天就去找李政委去,这些事都由我来办,你就不用操心了。还有什么?”林凡清说:“我最关心的事是试验站的工作什么时候能开始?现在试验站里面的仪器设备都是现成的,又有那么好的一群基本母羊,关键是种公羊和试验经费问题,这些当然需要组织上来解决,我希望越快越好。”齐怀正一笑说:“你呀,真是个急性子。”林凡清说:“不急不行啊!一想到我老师的死,一想到他的那种可贵的精神,想到我老师对我的器重和信任,我怎么能不急呢?何况,现在试验站已经找到了!”齐怀正说:“行,我努力去争取!”

三个人调转马头,林凡清回望着已经走远的红柳的背影,说:“齐场长,住到试验站不是我的目的,我的目的是怎样尽快开展我们培育良种的工作!”

天色阴暗,空中飘着雪花。林凡清和郑君分别从草原上赶回牧场场部,两人都显得有些疲惫。林凡清对郑君说:“郑技术员,把你的行李打上吧。”郑君说:“干吗?”林凡清说:“我们去试验站。”郑君说:“你不等齐场长了?”林凡清说:“他走了两天了,不能再等了。母羊很快就要到发情期了,明天我们就把选好的公羊集中起来，配种站也得赶快搞起来，还得围上一个配种用的羊圈。”郑君说：“好，我这就打行李，我也不敢再跟你挤着睡了，你那睡相够呛！脚乱蹬，每天晚上我胸口都要挨上你几脚，踹得我都透不过气来！”

试验站院子里那两棵胡杨树的枯枝上又都堆满了积雪，纷纷扬扬的雪花在空中飘舞着。林凡清、郑君刚骑马来到试验站院子前，就看着红柳赶着羊群回来了。红柳表情很冷淡地说：“你们来啦。”然后喊：“榆木大爷，把他俩领到他们房子去。”红柳把羊群赶进院子边上的羊圈，不再理睬他们。

郑君跑到羊圈边上看看羊群，搭讪说：“这群母羊好！”红柳也没理他。

林凡清和郑君跟着榆木老汉走进院子。白天看这院子显然比上次感觉更为宽敞，正面一排三间房是试验室、资料室和卧室，东西两边是厢房，东边两间厢房是红柳的住房和储藏室，西边两间厢房是榆木老汉的住房和厨房，院子的右边角上是马厩。

榆木老汉把林凡清和郑君领进正面房子的那间卧室。那间屋有二十多平方米，有书桌，两边是两张单人床，一张床上整整齐齐铺着林凡清的铺盖。榆木老汉说：“林教授，你伤了红柳姑娘的心了，你也伤了我榆木老汉的心！就早两天过来住又能怎么啦？”林凡清说：“榆木大爷，你看，我们不是来了吗？只不过晚了两天嘛。榆木大爷，我不是教授，你别这么叫了行不行？”

榆木老汉对郑君说：“你小子好，琴也拉得好，我喜欢听。晚上再拉一曲我听听？”郑君说：“榆木大爷，好啊！”

试验站院子外的雪地上，夕阳无力地垂在天边，风很大，吹得树枝刺啦啦地响。林凡清、郑君、红柳和榆木大爷正在大风中砸木桩，围羊圈。但他们只是闷头干活，不说话，气氛有些僵。林凡清率先打破了沉默，对红柳说：“红柳姑娘，谢谢你把大房子给我们住，而且又整理得那么好。”红柳说：“我爸说了，你来这儿，就是这个试验站的主人。我咋敢怠慢你呀！可你对我却不友好。”林凡清说：“红柳姑娘，你别生气。以后我会解释给你听的。”

齐怀正飞马赶到他们跟前，跳下马。

林凡清说：“齐场长，事儿办得不顺吗？怎么整整去了三天时间？”齐怀正说：“很顺利，一路绿灯！我还赶到师部去了一次，把该敲的章子都盖齐了。现在试验站归我们牧场管理,邵红柳同志和刘榆木同志也都成了我们牧场的正式职工了。”林凡清问:“那试验站的工作什么时候可以开始?”

齐怀正沉默了好一阵,然后无奈地说:“还是得再等两年。”林凡清又惊又怒地说:“你说什么?还得再等两年!那你们这些领导是干什么吃的?这是不是也太官僚作风了?不行!我得去找李政委去!”说着,就直往试验站的马厩奔。齐怀正喊:“林凡清,你要干什么?”林凡清喊:“我现在就去找李政委!”齐怀正喊:“天都要黑了。”林凡清喊:“我没时间了,明天还有别的事呢!”

林凡清把马牵出院子,骑上马就往山下奔。齐怀正也立即骑上马,追了过去。林凡清对齐怀正说:“你来干什么?”齐怀正说:“我陪你一起去呀!你一个人走夜路,又是荒山野岭的,我怎么放心得了?”

夜空中,月亮高高地悬在树梢上,林带边的积雪表面反射着朦胧的月光。两匹马打着响鼻停下了,齐怀正看了看总场的场部办公室,里面还亮着灯。他跳下马对林凡清说:“你去吧,我在这儿等你。”林凡清点点头,策马飞奔而去。

在政委办公室里,林凡清抑制不住激动的情绪,几乎要跟李国祥吵起来。

李国祥正耐心地向林凡清解释说:“林凡清同志,我再三给你们齐场长说了,这事只能是慢慢来。我们总场现在经济上很困难,我们得先保证种子、肥料、燃料,这些生产必需用的经费。我实话告诉你吧,现在连我李国祥出差报销的钱都没有,所以我们总场不可能拿出经费给你们搞试验用。你们的试验经费还得由师,甚至由兵团来拨。这就需要打报告,需要申请,得一级一级地来批,所以你只能等。”林凡清说:“李政委,我觉得你这种态度太消极了,事情得人去做,不能报告打上去就完事了,还得不断地去催,去争取。”李国祥说:“但这需要时间,我们现在为了农场的生产,为了这些粮食和棉花都忙得焦头烂额的,哪有时间为了你这么个试验站的事一次一次往师里跑呢?从整个生产大局来看,你们的职责是局部的嘛。”林凡清说:“李政委,你是这么认为的吗?怪不得你对我们的事这么不积极,不重视!”

李国祥说:“你们的事我不是不重视。不重视我干吗要把郑君这么个大学生调到你们那儿去呢？我们总场生产科也需要这样的人才呀！我只是说，从大局来看，你们牧场上的事只是个局部嘛。”林凡清说：“李政委，你这话不对！从大农业这个大局来看，农业和畜牧业必须齐头并进，缺少畜牧业的农业就是瘸腿的农业。粮食和肉类，棉花和羊毛，都是人类生活所必需的！而要想发展畜牧业，改良和培育优良的畜种，是至关重要的！李政委，我不跟你谈了。过几天，我直接去找柴师长去！”李国祥说：“林凡清同志，你听我说嘛。”

林凡清说：“不谈了，我们之间的想法差距太大！”说着，站起身就走出了办公室。

林凡清带着一肚子的憋屈回到林带边。正在林带边溜达的齐怀正赶紧跑出来，问他说：“怎么样？”林凡清沮丧地摇摇头说：“根本说不拢！”齐怀正说：“怎么啦？”林凡清说：“不说了，回吧。”齐怀正说：“到招待所住一夜再走吧。”林凡清说：“明天还有明天的事呢。”齐怀正说：“怎么，一定要连夜回呀？”林凡清说：“也是想在草原上透透气，太憋闷了！你看，多好的月色啊。”

政委办公室里，林凡清执着的态度让李国祥也觉得他这样离开总有些不妥。他想了想，叫上警卫员小周一起赶到场部招待所，想再和林凡清好好谈谈。去了却发现林凡清根本没在里面住。

从招待所出来，李国祥对小周说：“既然没来招待所，那他就是连夜回去了。小周，备马。”小周说：“去哪？”李国祥说：“去牧场！”小周说：“连夜走？”李国祥说：“快去备马，啰唆什么！”

荒凉凄清的夜晚，草原上月光如水。

齐怀正和林凡清骑着马正往回赶。齐怀正对林凡清说：“林凡清同志，我觉得很有些对不住你，本来这些事都该由我出面去做的，但却让你去做了。”林凡清说：“齐场长，你别这么说。唐僧去西天取经，遇到了九九八十一难呢！我才遇到几难呀。”

东方露出了曙光，积雪上闪烁着刺眼的光亮。有两匹马朝齐怀正、林凡清追来。

李国祥与小周追到他们跟前。李国祥说：“你们跑得好快呀，追到天亮才追上。”齐怀正吃惊地说:“政委,追我们干吗?”李国祥说:“我有话要对林凡清同志说。林凡清同志,从你身上我感到了一种很可贵的精神。作为一个领导,没看到你身上的这种精神,就是我的失职。我来追你,就是要向你表个态。第一,总场经济上再困难,明年也要拨出钱来,把良种培育试验站的工作先开展起来再说;第二,从现在起,我们就向上申报这项科研项目,不达目的决不罢休。林凡清同志,你讲得对,粮食和肉类,棉花和羊毛,都是我们生活中不可少的。一个是农业,一个是畜牧业,都是大局,都得齐头并进!”林凡清也被感动了,紧握李国祥的手说:“政委,有你这态度,我就是赴汤蹈火,也在所不辞!”

第六章

清晨,郑君牵着马走出试验站,看到红柳已经骑在马上正眺望着远方,旁边羊群围着她,咩咩地叫着,似乎在催促她快些走。

郑君觉出味来了,说:“红柳姑娘,你在等谁呢?”红柳倒也不掩饰,说:“林凡清。”郑君笑着说:“他给你气受,你还等他啊。”红柳说:“我还在生他气呢!可我只有见到他了,我才能放心地放羊去。”

郑君笑着摇摇头,说:“红柳姑娘,你知道吗?我现在真想为你拉一首曲子。”远处,林凡清骑马的身影出现在回试验站的路上。红柳看到了,于是吆喝了一声,把羊赶上山坡。

林凡清骑马来到郑君跟前,说:“走吧!”郑君说:“不睡觉了?”林凡清说:“没时间睡觉了。今天怎么也得把从牧业队挑选好的公羊集中起来。”郑君笑着说:“林凡清,你知道刚才谁在这儿等你吗?”林凡清说:“谁?”郑君说:“你瞧,她刚赶着羊群走。她说只有见到你回来了,她才能放心地去放羊。”林凡清看着红柳远去的背影,心里隐隐也觉出了些什么,但他却不想往这方面想。许静芝离开他的生活后,爱情已经成了他思想的禁区。郑君故作夸张地说:“啊,这太让人幸福了。”林凡清有些反感,严厉地喊了一声:“郑君!”

下午,林凡清和郑君把精挑细选的十几只公羊赶进新的羊圈里。林凡清对榆木老汉说:“榆木大爷,你还在生我的气吗?”榆木老汉说:“你不是来了吗? 我还生你什么气呀。现在又让我有活干了,那我就更不生气了。可惜啊,你这些公羊,比邵教授的那些种羊可差远了,都是那些国民党反动派,把种羊都给拉去吃了,还打断了我一条腿。”林凡清说:“榆木大爷,现在先凑合吧,会有好的种羊让你放的。”

到了晚饭时间,红柳去敲林凡清和郑君房子的门,喊:“饭做好了,你们是自己去吃,还是我给你们送过来?”

正在休息的林凡清忙起来说:“我们自己去吃吧。”说着打开门,但红柳转身就走。林凡清说:“红柳姑娘!”红柳转过身说:“叫我干吗?”林凡清说:“我想同你谈谈。”红柳说:“凡清哥,在我爸死后的那些日子里,我天天盼着你来,盼得心里酸溜溜的。你来了,我有多高兴啊,而且我也很喜欢你,可我现在不想跟你说话,因为我还在生你的气。”林凡清说:“为什么?”红柳说:“因为那天,你在我愉快热烈幸福的心上浇上了一盆辣椒水,辣得我的心都疼死了! 吃饭去吧,饭在桌上搁着呢!”林凡清苦笑了一下说:“红柳姑娘,现在是你在我的饭菜里撒了一大把辣椒面,也够呛的。”

窗外雪花飞舞,师部的会议室却是烟雾缭绕,讨论得十分激烈。

散会后,柴广元走出会议室,李国祥紧跟着追出来说:“师长,我们要求建畜牧良种培育试验站的报告什么时候能批下来?”柴广元说:“我已经批给畜牧科了,你去畜牧科问问吧。”然后不满地说:“现在办事情就是这样,下面急得火烧屁股,上面却像一盆温暾水。”李国祥说:“那我们下面这把火,就直接举到他们的屁股上去烧!”

畜牧科刘科长是个中年人,尖下巴,尖鼻子,但模样却很儒雅。刘科长对跑来跟他蘑菇的李国祥说:“李政委,你每次来开会,就举把火往我屁股上烧，这谁受得了啊。"李国祥说："谁让你们办事这么拖拉的？师长刚才也这么批评你们。"刘科长说："同志，搞良种培育试验站，不是今天打报告明天就可以批的。你不知道，要引进国外的种公羊，就得办很多手续，而且试验站成立后，每年所需要的资金都得打进长年的预算。你知道现在农田建设，水利建设，工业开发，都需要大量的资金，目前师里的资金又那么紧张，关于建良种培育试验站的事，经费还得向兵团要，所以这事还得缓一缓，不过报告我们已经给兵团报了。"李国祥说："那报告什么时候能批下来？"刘科长说："那就要看兵团批不批，或者什么时候批了。李政委，你别生气嘛。我们努力争取，好吗？李政委，你们沙门子牧场有个叫林凡清的大学生是吗？"李国祥说："对，有。我就是为他来争取试验站这个项目的。"刘科长说："我听说，他是畜牧专家邵询美教授的得意弟子。怎么样？把他调给我们吧，我们畜牧科正缺这样的人才呢。"李国祥说："行。那你就先把我调到你们畜牧科来，那我就把他带过来。"刘科长说："我这小庙哪装得下你这个大菩萨啊。"李国祥说："那你就休想！只要我李国祥还在总场当政委。"刘科长说："你能不能让他到我这儿来一下？"李国祥说："干什么？你别跟我搞迂回战术！"刘科长说："李政委，你看你说的，你要不同意，我能迂回得动吗？我只是想让他来具体地谈谈有关他想要搞的良种培育试验站的事。这样我们也好向兵团汇报，尽快把项目批下来嘛。"李国祥说："这还差不多。"

傍晚，草原上开始起风了，大片的雪花在风中转着圈儿。红柳正赶着羊群顶风往回走，远处的天地间已是白茫茫一片。

试验站里，林凡清和郑君正在整理试验室的仪器。一阵狂风呼啸着猛地将窗门撞开，纷乱的雪花倏地涌了进来。林凡清赶紧冲过去关上窗，插紧插销。林凡清看着窗外的大风和雪花，有些担心起独自赶着羊群放牧的红柳，他转头对郑君说："郑君，我出去一下。"郑君问："干吗去？"林凡清懒得解释，说："这你就别问了。"

雪原上，风雪越来越大，羊群被风吹得四散逃开了。红柳顾着这头，却顾不了那头，急得眼泪都要出来了。突然她听到几声鞭响，逃散的羊群被赶了过来，羊又合群了。

林凡清骑马一直走到红柳身边跳下马，红柳这才看清来帮她的人是林凡清。她有些感动，说："凡清哥，你来干什么？我一个人能行。"林凡清说："两个人的力量总比一个人大嘛。天都快要黑了，你还没回去。"然后一笑说："我们正等着你做饭吃呢，做饭我和郑君可都是外行。不把你接回去，我们就得饿肚子了。"红柳也舒心地笑了笑，说："你们要饿肚子，那我爸也会不乐意的。"林凡清说："红柳姑娘，你还在生我的气吗？"红柳笑着摇摇头，笑得美丽又可爱。

红柳和林凡清刚把羊群赶回到圈里，齐怀正飞马赶来。齐怀正跳下马对林凡清说："凡清，李政委刚才来电话，让你明天到师部畜牧科去一下。"林凡清说："干吗？"齐怀正说："畜牧科刘科长想找你谈谈有关建良种培育试验站的事。你看，这不是有希望了？"

大雪下了一个昼夜，这会儿还在纷纷扬扬地飘着。红柳把马车套好停在院子里，一直等到林凡清背着挎包从房子里出来。林凡清说："红柳，我自己去吧。"红柳说："我送你，去路口车站的路很远，你又不知道怎么走。"林凡清说："你不放羊啦？"郑君把脑袋从门里探出来说："有我呢！昨晚红柳就同我说好了。"林凡清想了想，这才跳上马车。

一路上大雪纷飞，红柳赶着马车迎着风雪在草原上一条若隐若现的崎岖的小路上走着。

为了今天去师部，林凡清昨晚熬了个通宵才把手上的工作结束掉，这会儿他坐在马车上一个劲儿地打哈欠。红柳看着林凡清心疼地说："凡清哥，这二十几天来，你和郑技术员为了给牧场的母羊配种，忙得没白天没黑夜的，人都瘦了一大圈了。现在事都忙完啦？"林凡清笑笑说："忙完了，把自己想要做的事做成了，那比什么都快活。"红柳爽朗地一笑，伸出手说："凡清哥，咱们握个手吧！"林凡清说："为什么？"红柳说："因为你昨天冒着这么大的风雪来接我和羊群，说明你已经把试验站看成是你自己的了。我当然就不生你的气了。"林凡清说："这个手我还不能握。"红柳说："为啥？"林凡清说："你是不生我气了，但我觉得你并没有理解我，所以有些话我得说。你理解了,我才能同你握手,你要不理解,我一直要说到你理解为止。除非你能说服我,让我心服口服。”红柳说:“那你说呀!”

林凡清认真而又严肃地说:“那天我可以跟你来试验站,但我没有来,是有原因的。第一,那天你没有经过我的同意,就把我的行李拉走了,这是对我的不尊重;第二,我要走,也得经过齐怀正场长的批准,没批准就擅自行动,这是无组织无纪律的表现,我林凡清不能做这样的人;第三,试验站的归属,你和榆木大爷的工作等等都还没有定下来,我就这么到试验站去,这是对你和榆木大爷不负责任。”红柳脸有愧色地说:“凡清哥,这些我真的没想到。”林凡清说:“红柳,你父亲是让我来继承他的事业的,不是只让我住到试验站就了事的。现在这个时代同你父亲的时代不一样了,今后试验站的工作都得靠组织的支持和领导。我们只有把培育优良畜种的事业开展起来,才算是真正地把你父亲的事业继承下来了,你说是吗?”

红柳含着泪伸出手来说:“凡清哥,我理解了。”

林凡清也伸出手同红柳的手紧紧地握在了一起。红柳突然激动地哭了,说:“凡清哥,对不起……”

公路上,一辆沾满尘土落满雪花的公共汽车驰来。

红柳把林凡清送上车说:“凡清哥,路上当心。”林凡清说:“红柳,谢谢,你回去吧!”

林凡清赶到师部畜牧科时,已经是下午了。窗外,雪花仍在飞舞。在办公室里,刘科长给林凡清泡了杯茶,说:“林凡清同志,现在,不光是你们沙门子牧场在申请建试验站这个项目。我们师其他四个大牧场,南山牧场,北山牧场,前山牧场,苦树沟牧场,也都提出申请了。”林凡清说:“可我们沙门子牧场的试验站是现成的,我们还有一群很纯的基本母羊群,我们只需要几个种公羊和一些经费,马上就可以开展工作了。”刘科长一笑说:“林凡清同志,我告诉你吧,论条件,南山牧场要比你们沙门子牧场好得多,一是离师部近,离公路也近,交通方便;二呢,南山牧场的规模要比你们大,经济实力也比你们强。所以我们师部的意见是,就是要建良种培育试验站,放在南山牧场更合适。”林凡清急了，说：“那你约我来干什么？就告诉我你们的这个意见？”刘科长说：“所以我们认为，你还是调到我们畜牧科来吧，这样可以更好地发挥你的专业特长和聪明才智，南山牧场的事你也可以管了嘛。”林凡清感到自己被欺骗了，强压着怒气说：“刘科长，谢谢你的好意，但我绝不会到你们畜牧科来的，因为我是奔着继承我恩师的事业才来新疆的，现在我找到了我恩师的试验站，就是杀我的头，我也得死死地扎在那里！”刘科长也恼了，说：“我这个畜牧科是老虎洞吗？你来了我能把你吃了？我只是想要好好发挥你的专长！”林凡清说：“我认为，能更好地发挥我专长的地方，就是我老师的那个试验站！要不，我就对不起我老师在九泉之下的亡灵！”

刘科长没想到林凡清会是这么个态度，气得把自己手上的茶杯往桌上一蹾，挥手说：“行了，不说了，你回吧！”

深夜，红柳并没有回试验站，而是在雪原的路口燃起一堆篝火，她背靠马车坐在雪地上，啃着馕饼烤着火。雪花在她的头顶上打着转儿，远处，野狼的嚎叫声在草原上回响。马在吃着干草，时不时很不安地仰起头朝四周观望。

清晨，长途车在路口停了下来。

林凡清从车上下来，看到红柳站在马车旁笑眯眯地看着他。林凡清吃惊地问：“你怎么在这儿？”红柳一笑说：“我就没回去。”林凡清说：“你就这么在路口等了我两天？”红柳说：“对，怎么啦？”林凡清有些哭笑不得，摇着头说：“我以后再也不让你送了。”红柳说：“那让谁送？”林凡清说：“我自己骑马来！”红柳说：“那你上车后马怎么办？”林凡清说：“马不是认路自己会回去吗？”红柳说：“那你回来坐什么？走啊？”林凡清一时语塞。红柳说：“凡清哥，现在是冬天，荒原上有狼。你要有个意外怎么办？你倒给我掂量掂量，你的生命分量重，还是我在路口等两天的分量重？”林凡清说：“红柳，你不要这样，你这样让我很不是滋味。”红柳说：“我愿意！”

林凡清无奈地坐上马车。

红柳甩了一响鞭，马车在风雪中奔跑起来。红柳问：“事情办得咋样？”林凡清说：“吵架了，但我不会罢休。我还得去，不把项目争取到，我怎么向你父亲交代!”

在兵团机关秘书科的许静芝和政治部副主任江一涛之间的事似乎还在僵持着。但是科克兰木县来的一通紧急电话打破了这个僵局。许静芝被叫到江一涛的办公室。

许静芝说:“江副主任,你找我?”江一涛热情地说:“对,快请坐。我听你们宋科长说,你工作得很不错啊。”许静芝说:“既然做了,当然要想办法做好啦。”江一涛说:“我就喜欢有你这样工作作风的同志。”然后,和气而动情地说:“许静芝同志,这几个月来,你对个人问题有没有新的考虑?我对你可还抱有很大的希望啊。”许静芝说:“江副主任,我已经说过了,我有爱人了,所以别的人,我不可能再考虑了。”

江一涛虽然对许静芝的这番话已经有了心理准备,但还是有些不悦地说:“既然这样,那我也只好死心了。不过,你这个样子,我反倒更喜欢你了。”许静芝说:“江副主任,你找我就是为这事?”江一涛说:“不是,这事我只是捎带问一下的。我记得你学的是兽医专业吧?”许静芝说:“是。”江一涛说:“最近,科克兰木县有部分牧区的牲畜发生了疫情,情况有些严重。地方上要求我们在人力和财力上给予紧急支援,尤其是专业人员。领导上决定,让你也去。你看怎么样?”许静芝说:“这正是我的专业,我当然去!”江一涛说:“这专业不就对口了吗?你看,我答应过你的事,我一定做到。”

许静芝如释重负,高兴地说:“谢谢首长。”

长途汽车在公路上颠簸着,公路两旁是茫茫的铺满积雪的戈壁滩。车厢里挤满了穿着都很臃肿的旅客。前往科克兰木县的许静芝也穿着件军大衣,挤在靠窗的座位上。

售票员突然在前面喊:“王师傅,你把车停一下。这儿有个没买票的!”

汽车停在了公路边上。女售票员对一个满脸污垢,但又长得很漂亮的姑娘说:“喂,姑娘,你要么补票,要么就从这儿下去!”姑娘哀求着说:“大姐,你行行好,我要去沙门子牧场,你把我拉到柳家河站,我就下车。”售票员说:“那你得买票呀!不买票,你就下去,别耽搁大家时间了!”有位乘客说:“怎么这么不自觉呀！没买票坐什么车呀！快下车吧，我们好赶路，天这么冷。”也有人喊：“快下车！快下车！还磨蹭什么。”那姑娘哭了，说：“我要有钱我还不买票吗？我都两天没吃东西了。求求你们，让我坐到柳家河吧，等我找到人，我一定把票给你们补上，要不，我把这包衣服押上吧。”售票员火了，说：“不行，下车！”姑娘扑通跪下说：“求求你们了！你们就帮我个忙吧。”有个五大三粗的小伙子要把那姑娘拖下车，姑娘哭喊起来。

许静芝看不下去了，说：“售票员同志，这位姑娘的票我给她补上，你们快开车吧。”姑娘朝许静芝磕头说：“谢谢！谢谢！”许静芝拉起那姑娘说：“快别这样，来，咱俩挤一挤，你叫什么名字？”姑娘说：“我叫月亮。”

柳家湖总场那里也接到了牧区发生疫情的报告。李国祥神色凝重地接着电话，电话是畜牧科刘科长打来的。

刘科长说：“疫情正在扩散，很有可能会危及你们团的沙门子牧场，还有我师的南山牧场。现在各方面，包括我们垦区总部都已派出技术人员去控制疫情。所以师长指示，要抽调你们的林凡清同志也来参加这方面的工作。”李国祥知道刘科长是个老滑头，对他一百二十个不放心，于是强调说：“只能是借用！”刘科长打哈哈说：“李政委，你怎么这么小心眼啊！当然是借用。希望你们顾全大局，让他明天就来报到。”

许静芝和月亮坐的长途汽车在柳家河站停下了。车站上有位哈萨克青年举着块牌子，上面写着“许静芝”三个字。许静芝赶紧拉着月亮从车上下来。

许静芝对哈萨克青年说：“我就叫许静芝。”那位哈萨克青年说：“我叫哈里木，阿吾斯齐乡的。”许静芝说：“哈里木同志，沙门子牧场离你们乡有多远？”哈里木说：“不太远，有五十多公里。”许静芝说：“去你们乡经过不经过？”哈里木说：“顺路，不过路过时要往里拐一下。”许静芝说：“要绕多少路？”哈里木说：“十来公里吧。怎么，你还要去沙门子牧场？”许静芝说：“我不去，这位姑娘要去。你看能不能——”哈里木热情地说：“可以。不过你要到我们乡，天可就黑透了。”许静芝说：“那我们先找个饭馆吃点饭吧，这姑娘两天都没吃东西了。"哈里木说:"你们去吃吧,我就在马车上等你们。"

许静芝和月亮从车站一家小饭馆出来,许静芝问:"月亮,吃饱了吗?"月亮感激地说:"吃饱了。"许静芝说:"你看你,稍稍收拾一下,有多漂亮啊。"

月亮不好意思地一笑。许静芝塞了几元钱给月亮。月亮推着说:"静芝姐姐,你这样帮我,我都不知道咋感激你才好。这钱我不能要,到了那儿,我什么都有了。"

太阳西下,哈里木把马车赶到沙门子牧场场部。

月亮跳下车说:"静芝姐姐,去见见我的那位再走吧,我好让他把钱还你。"许静芝说:"不用了。哈里木说,就这样我们也要到夜里才能赶到他们乡呢。"

哈里木笑笑,意思是我们得赶路,不能再耽搁了。然后甩了一个响鞭。

月亮朝许静芝深深地鞠了一躬。

看着马车走远了,月亮才朝场部办公室的方向走去。刚好齐怀正与林凡清从场部办公室走出来。

被刘科长点名指派到南山牧场,林凡清是一肚子的不乐意,他对齐怀正说:"齐场长,能不能换个人去?"齐怀正摇摇头说:"恐怕不行,是师部畜牧科的刘科长非要你去!而且听说还是师长点的名。"林凡清不满地说:"这个刘科长,不知又在耍什么把戏!"齐怀正说:"你还是去吧。李政委都帮你挡了,但也没挡住。而且,听说南山牧场的疫情正在扩散,南山牧场离我们沙门子牧场可不太远啊。紧靠在南山牧场的阿吾斯齐乡的疫情就更严重了。阿吾斯齐乡跟我们的牧场也交界。所以他们的事也就是我们的事。明天你就准时到南山牧场去报到吧。"林凡清想了想,齐怀正这话是不错,疫情这种事,一旦扩散开来,后果实在是太可怕了。毕竟在牧区像自己这种有技术含量的畜牧专业人员少之又少,如果一味推诿回避,反而是自己太小肚鸡肠了。反正一切以大局为重,至于刘科长又要耍什么手段,兵来将挡吧。于是他说:"这我清楚。我们牧场的防范措施你让郑技术员抓紧一点。一点疏漏都不能有。出一点差错,后果就不堪设想。"齐怀正深有感触地说:"这次配种工作,你们做得很好,牧民们说,这次母羊的怀孕率比前两年都高。所以做好目前的防疫工作,就是保卫我们的胜利成果嘛,我们会做好的。按你的建议,从今晚起在牧场的各个路口,我们都设上卡子,严禁病畜踏进我们的牧场。”

月亮走到齐怀正、林凡清跟前问:“请问你们牧场有个叫齐怀正的人吗?”

林凡清看看姑娘,又看看齐怀正。

齐怀正说:“我就是呀,你找我?”月亮细看了一下齐怀正,立马就认出来了,惊喜地叫了一声:“怀正哥!是我呀,我是月亮呀!”齐怀正吃惊地看着月亮说:“月亮?你怎么到这儿来了?”月亮说:“来找你呀。我爹让我来找你呀!”齐怀正说:“你爹让你来找我?怎么啦?你家里发生什么事啦?”

月亮涨红着脸,跺了两下脚说:“怀正哥,爹让我来是……”齐怀正说:“咋啦?”月亮说:“怀正哥,你装什么糊涂呀!”齐怀正说:“我咋装糊涂啦?”月亮说:“咱俩订娃娃亲的事你忘啦?”

在边上的林凡清早就听明白了,忙说:“齐场长,那我回试验站去了。明天一早我就直接去南山牧场报到,不过你这边来了。”说着,赶紧走了。

齐怀正满脸尴尬地把月亮带到场部自己的办公室。他把门一关上,就气恼地对月亮说:“你看看你们办的事,就是要来那也得来信告诉我一声,我也好上车站去接你呀!其实你就不该来。”月亮说:“怀正哥,怎么不该来啦?你参军时,我爹和你爹就给我们定下了亲,那时我还小,不大清楚,但你应该是记得的。”齐怀正说:“这事当时就那么一说,并没当真。”月亮急了,说:“咋没当真?要不我爹为啥要让我来找你?”齐怀正说:“你爹的意思是……”月亮说:“让我来跟你完婚。”

齐怀正像挨了当头一棒似的,变得一脸的痛苦。他一咬牙说:“月亮,这事不行!”月亮说:“为啥?那时你爹和我爹给咱俩定亲的时候,你不也在吗?那时你也没说啥呀!为啥现在就变了呢?”齐怀正说:“光嘴上讲讲的事,咋能就作数呢?”月亮急了,含着泪喊:“你说不作数就不作数啦!这不行!”齐怀正为难地说:“月亮,你就在这儿住上几天吧。然后我给你盘缠,你就回家去,再另外找个男人吧。”

月亮大哭起来说:“我吃尽千辛万苦,差点饿死,找到了你,你却说出这样的话。你是在用针尖尖刺我的心呢！我不走！我死也不走!”

第七章

清晨，林凡清牵出马，把行李驮在马上，准备出发去南山牧场。郑君、红柳和榆木老汉把林凡清送到院门口。

林凡清骑上马对郑君说："郑君，这儿的事就拜托给你了。"郑君说："你放心去吧，但什么时候能回？"林凡清心事重重地说："我也说不上，有可能是半年，要是疫情控制得不好，两三年都有可能。可是我们育种的事情怎么办呢？我的心情好沉重啊。"郑君说："凡事都要想开点，上马吧。要不要我拉首曲子为你送行？"林凡清说："省了吧，够烦心的了。"

红柳盯着林凡清骑马离去的背影，一扭身进院子把自己的马也牵了出来。郑君看看她，说："怎么，你还要送？"红柳说："对，我有话要跟他讲。"郑君一笑说："不能让我们听的话吗？"红柳说："对！"翻身上马就去追林凡清。郑君看着她的背影，笑着摇摇头，歪头又想了想，叹口气自语说："唉，我的姑娘到底在哪儿等我呢？"

林凡清骑着马在雪原上走着，听见后面马蹄声响，回头一看，是红柳骑马追了上来。林凡清说：“你怎么来了？”红柳说：“我送送你呀！”林凡清说：“去南山牧场的路我认得，你不用送了。”红柳说：“你认得路我送送你就不行了？”林凡清说：“你不是也忙着吗？”红柳说：“我就想送送你，而且有话要单独跟你说！你不知道你这一走，我心里有多难受！”林凡清说：“我心里也不好受啊。试验站现在只是个空壳子，项目到现在还没批下来。我们什么时候才能走上正轨，开展实质性的工作……”

红柳猛地打断他的话说：“我说的不是这个！我说的是我的心我的感情！”林凡清说：“红柳，你说的话我不明白。”红柳说：“凡清哥，我跟你直说了吧！凡清哥，你看着我。”

林凡清看着红柳的眼睛，那双火辣辣的湿润而美丽的大眼睛里含满了深情。红柳说：“我爸临死的那些天，他天天提到你，总是赞不绝口地夸你，说你怎么好，怎么用功，怎么有责任心，怎么有事业心，怎么有信用讲义气。在我心里你就是一朵花，而且深深地刻在了我心里。这些日子相处下来，我觉得你比我父亲说的还要好！”林凡清说：“我有这么好吗？不会吧？我只觉得作为一个男人，为自己从事的事业奋斗终生，那才是他的本分。”红柳说：“凡清哥，你说了，你因为要来我们这儿，甚至同你的女朋友分手了，那么我告诉你，我现在就是你的女朋友！”林凡清说：“红柳，你说这话有些离谱了！”红柳说：“我说的是真心话，离什么谱！”林凡清说：“红柳，我郑重地告诉你，我到新疆来是继承你父亲的事业的，不是来追求爱情的！”红柳说：“凡清哥，你这话说得好怪啊！继承事业就不能追求爱情了？这是你定的规矩？”林凡清说：“对！就是我给自己定的规矩！”红柳说：“那从现在起，我就要破你这个规矩！我告诉你，凡清哥，你是我的！你就是逃到天涯海角，我也不会放过你！从我爸临死的那天起，我爸就把我交给你了！”说完，拨转马头往回走，但又回过头喊：“到南山牧场后，自己照顾好自己，我会去看你的！”

林凡清骑在马上傻愣了好一会儿。他在大城市里看惯了扭捏作态的小姐们，一说到感情问题就会变得很矜持。许静芝在那里已经是个异类了，但也绝不会这么直白赤裸地表白自己的感情。他突然想到，红柳是在草原上长大的女人，又有外国人的血统，在她的心目中，喜怒哀乐都该毫无掩饰地表达出来。更让林凡清烦躁的是，红柳说她还没见到自己就爱上了，这算什么呢？他苦笑一声，继续赶自己的路。我来就是为了做事业的！老师交给我继承的事业才是我的一切。一路上，林凡清不停地在告诫自己，但许静芝和红柳的音容，还有很多莫名其妙的想法一起蜂拥着冲击他的心灵，原本被许静芝冻结着的那潭死水，又被搅得翻起浪来。林凡清抬头仰望天空，想要平静下来，只见蓝天上，有两只鹰在高空中盘旋。

南山牧场笼罩在疫情即将扩散的阴影下，有好几个牧业队和牧业乡都传出了疫情。刘科长已经把整个县里所有能调动的畜牧技术员全都征集了来，他在场部办公室里忙着划分区域，指派任务。当然，把林凡清借来可并不只是单纯为了防疫工作。刘科长的算盘是，先把人弄来，等疫情一结束，就告诉林凡清，上头原本就打算把良种试验站建在南山牧场，到时候林凡清就得斟酌一下了，毕竟南山牧场的条件要优越得多，而且对他一心要传承他老师的事业绝对是利大于弊。但这事不能做得太明，否则那小子就会有抵触情绪。刘科长特意选了一个地方让林凡清去蹲点，那里很适合他。

任务都指派得差不多了，林凡清这才走进办公室。刘科长一看到他就说："林凡清，你来得正好！"林凡清挤到刘科长跟前。刘科长："现在情况很严重，你得去你们沙门子牧场的牧业三队蹲点。"刘科长摊开地图说："你看，你们牧业三队刚好在南山牧场和阿吾斯齐乡的交界处。一定要严密地把住你的这个关卡，防止疫情扩散。所有病畜一旦发现，立即就地埋掉！"林凡清一听还是让他回沙门子牧场，这才放下心来，说："知道了。"

许静芝是被兵团机关直接调派到地方防疫站的，她蹲点的位置是阿吾斯齐乡的甘沟子牧业村。在路口，许静芝领着几个人在路上打桩，设卡。许静芝在路口上撒上草木灰，然后喷上药水。

正在挖草木灰坑的小青年小何说："许兽医，你办事也太认真了。"许静芝说："不认真不行啊。这种病是泡沫传染，只要一群羊里有一只染上病，整群羊就得全部埋掉，一只都不能留！"小何伸伸舌头说："天呐，有这么厉害啊！"

此刻,临近的沙门子牧场牧业三队队部,办公室挤满了人,吵嚷声一片,大家都是来给自己放牧的羊群求情的。

牧工刘世棋想要蒙混过关,他跟贾队长吵吵说:“贾队长,春天快到了,我们的羊群得往春牧场转呢。现在往春牧场的所有路口都设了卡子,不许羊群过。我放的这群羊可没什么病啊。”

队上的畜牧卫生员小黄说:“刘世棋,你放的这群羊有好几头都染上病了,怎么说没有?”刘世棋说:“我这群羊有三百多头呢,才病了几头,算什么?你总不能为这几只病羊,让其他几百只羊都饿肚子吧?”小黄说:“按规定,你的羊都得埋掉!”刘世棋啧啧地咂巴着舌头,说:“贾队长,你听听小黄说的话,是不是神经不正常啊。你别忘了,这羊可是国家的财产!”贾队长把这烫手山芋扔了出去,说:“这事我做不了主。场里派林技术员来了,有关队上疫情的事,得由他说了算!”刘世棋说:“那他人呢?”贾队长说:“他昨晚到师里汇报情况去了。大概很快就会回来。”小黄说:“可林技术员这十几天都没有好好休息过,最近又几天几夜没合过眼了,就是回来,也得让他睡一会儿觉呀。”

门口突然一阵骚动。有人喊:“林技术员来了。”林凡清红着眼睛,胡子拉碴地从人群中挤进办公室。一见着林凡清,一帮人全都涌了上去,七嘴八舌地陈述情况,想要林凡清给个说法。林凡清示意大家安静,并强调所有出现病羊的羊群一律挖深坑掩埋,这句话就像是在人群中扔了个重磅炸弹,瞬间就炸开了锅。办公室里的这些牧工可不是地方上的老百姓,全都是扛过枪打过仗的,房间里顷刻间火药味弥漫。大家全都情绪激动地怒视着林凡清,有的甚至握着拳头。

林凡清依然镇静地说:“刘世棋同志,我昨天就同你说了,你的这群羊得全部埋掉,一只都不能留!”刘世棋说:“我们牧业队里十群羊有三群都染上病了。这三群羊全都要埋掉?”林凡清说:“对!”刘世棋指着林凡清的鼻子喊:“你是个坏人!”林凡清说:“你爱怎么说我都行,但你的羊群现在就得全部埋掉!”蒋有友挤开人群冲到林凡清的跟前说:“林技术员,你脑子是不是有毛病?染上病的羊埋掉,我们理解,没染上病的羊为啥也要埋掉?”林凡清说："你怎么知道其他羊没染上？就是羊没出现有病的症状，但它身上已经带菌了，它也就会传染到别的羊群。现在刘世棋同志的这群羊里，每一只羊都是传染源！"贾队长也不舍地说："那咋处理？"林凡清严肃而坚决地说："挖深坑，埋掉。"

蒋有友一把揪住林凡清的衣领说："姓林的，你知道咱们牧业队的羊是咋来的吗？"林凡清说："我知道，是从每一个战士的牙缝里省下来的。"刘世棋说："姓林的，我知道你为啥要这么干，你这个臭知识分子压根儿没看上我们的羊，什么杂种呀，什么原始呀，你他妈就没安好心！现在又要下令把羊全埋掉，你这个人也太狠心了！"蒋有友说："要是在战场上，老子就一枪毙了你！"

林凡清毫无惧色地说："你杀了我事小，你要把疫情扩散开来，整个牧区都会让你毁了，那事儿就大了。"

贾队长说："刘世棋，蒋有友，你们这是干什么，放手！一切都按林技术员说的办。小黄……"他对畜牧卫生员小黄说："你监督执行！"小黄说："是！"林凡清说："埋的深度一定要够！"小黄说："林技术员，你就放心吧。你是不是休息一会去，两只眼睛红得都像小白兔的眼睛了。"

阿吾斯齐乡那边，许静芝也碰上了麻烦事。她坐在一辆马车上，一位哈萨克青年在急慌慌地赶着车。

赶车的青年叫木拉，他说："哈里木要把羊群赶往春牧场。守南路口卡子的老杨说，没有许兽医的同意，你不能过卡子。可哈里木说，他和你已经是好朋友了，你会同意他过卡子的。"

许静芝果然看见哈里木和他的妻子阿依霞古丽正赶着羊群，牵着骆驼和马，准备过卡子。她忙跳下车拦住他们的马说："哈里木，阿依霞古丽，你们不能过卡子。"哈里木说："许兽医，我们可是好朋友啊。我把你接到乡里来，不就已经是好朋友了吗？"许静芝说："正因为我们已经是好朋友了，所以我就更不能让你们过卡子。"哈里木说："为啥？"许静芝说："为了保护你的羊群！"哈里木说："许兽医，你这就不够朋友了。"许静芝说："我要让你们过卡子,那才叫不够朋友了,因为我那是在害你们。哈里木,阿依霞古丽,过了这个卡子,就等于进入疫区了,你们要想再出去,就非得等疫情结束才行。现在你们的羊群都很健康,如果进了疫区,谁都不能保证你们的羊群会不会染病,只要有一只被染上了,那一整群羊就都得陪葬。”哈里木说:“那我们从哪儿走?”许静芝说:“绕道走吧。”哈里木说:“那得多走两天的路。”许静芝说:“为了保住你的羊群,那就多走两天吧。”

哈里木虽然被说动了,但一想到要多走两天路还是觉得不太情愿,所以只是站着不动。

许静芝说:“哈里木,阿依霞古丽,算我求你们了,还不行吗? 要不,我给你们跪下磕个头,表示我的诚意?”阿依霞古丽说:“哈里木,许兽医已把话说到这份上了,是真正把我们当好朋友才会这么说的。咱们得听许兽医的。”哈里木调转马头说:“许兽医,你们汉族兄弟有一句话说:路遥知马力,日久见人心。让时间来证明你的心吧。”

几天几夜的蹲守,再加上一天一夜从师部一个来回跑下来,林凡清真有些撑不住了。在牧业三队队部给他安排的一个小房间里,林凡清坐在火炉边,歪着脑袋睡着了。

小黄突然冲进来喊:“林技术员,不好了。我们正在挖坑时,刘世棋和蒋有友突然赶着羊群逃跑了。”

接着贾队长也跟进来了。

林凡清猛地睁开眼说:“跑哪儿去了?”小黄说:“是往阿吾斯齐乡方向跑的。”林凡清说:“去阿吾斯齐乡有几个路口?”小黄说:“只有一个,其他地方都过不去!”林凡清站起来就往屋外冲,说:“那赶快追! 小黄你跟着我。贾队长就在队部守着,如果他们回来,不能让他们再乱跑了! 立即把羊全埋掉,一只也不能留!”贾队长说:“知道了。”

雪原上,小黄领着林凡清骑马在山路上飞奔。两人赶到的甘沟子村路口,正是许静芝在这儿挖了坑撒了草木灰和药水的地方。

小黄停下说:“林技术员,这个路口已不属于我们沙门子牧场的了,是属于阿吾斯齐乡管的。”林凡清说:“是不是都属于咱们科克兰木县的?”小黄说:“是。”林凡清说:“那就是一盘棋的事。”

守在路口的小何和另两个人迎了上来。林凡清下马后问小何:“有没有人赶着羊群过来?”小何说:“还没有。你们是……”小黄说:“我们是沙门子牧场的,这位是我们的林技术员。”小何说:“有什么事吗?”林凡清说:“我们担心有一群病羊会来冲你们的卡子,我们得等着。”

小黄突然喊:“林技术员,你看!”

不远处,刘世棋、蒋有友骑着马,赶着羊群急急地朝这边奔来。刘世棋、蒋有友一见林凡清、小黄等人守在路口,拨转马头就想往回走。林凡清和小黄跃上马冲上去,一下就拦住了他们。刘世棋和蒋有友相互看了看,只好下马。

林凡清气愤地说:“你们这两位同志,太不负责任了!你们想干什么?”刘世棋说:“我们要去春牧场。”林凡清说:“带着这些病羊去春牧场?那这个牧区就全让你们给毁了,这几年就没法再放羊了!你们就眼盯着你们的这几百只羊,你们就没想到整个牧区那上万只羊吗?你们要想过去,就从我身上踩过去!”刘世棋说:“林技术员,你别拿这些话来吓唬我们!我小时候在农村也放过羊,哪有为了一两只病羊,把整群羊都埋掉的?我们都没听说过。蒋有友,我们不能听他的,走!这些羊都是属于我们战友们的,不属他这个姓林的臭知识分子的。我们得用生命来保护我们的羊群!”

蒋有友突然拾起一根干木棍朝林凡清的头上砸来,林凡清的头顿时鲜血直流。林凡清捂着头说:“你们吓不倒我,只要有我林凡清在,你们的羊一只也别想过去。”

林凡清头上涌出的血流得满脸都是,刘世棋和蒋有友也有些害怕。刘世棋知道蒋有友这个二杆子闯了大祸,自己也脱不了干系,忙求饶说:“林技术员,对不起,对不起,我们错了!”小黄愤怒地说:“你们这是在犯罪!”说着,从棉大衣里面扯出一块布来,给林凡清捂着伤口。林凡清说:“把羊从原路赶快赶回去,全部埋掉!”他想了想,又说:“小黄,走,我们跟着他们一起回!”

夕阳西下,雪原上,许静芝又坐着马车在往回赶。突然红柳骑马奔到马车跟前,她让马放慢了速度,问许静芝他们说:“请问,甘沟子的路口在哪儿?”赶车的木拉回答说:“就在前面。”红柳说了声:“谢谢!”策马而去。

红柳是从牧业三队赶来的，她跑去队部找林凡清，却扑了个空。贾队长告诉她林凡清有事上甘沟子村的路口去了，让她先等等。红柳是个急性子，哪里肯等，快马加鞭就赶了过来。到了甘沟子村的路口，小何指着前面对红柳说："你看，他们刚走。"

红柳看到林凡清、小黄、刘世棋和蒋有友等人正赶着羊群往山坡下走。她立刻策马追了过去。好不容易追上林凡清他们，红柳正高兴地想打招呼，却看见林凡清头上包着的从衬衣上撕下来的布上面还渗着血。红柳吃惊地问："凡清哥，你怎么啦？"林凡清说："没什么。"却眼前一黑，从马上摔下来。红柳赶紧跳下马扶起林凡清，小黄帮红柳把林凡清托到她骑的马上，红柳立刻上马抱着林凡清，急急地在山路上奔跑着。小黄牵着林凡清的马，刘世棋和蒋有友垂头丧气赶着羊群在后面紧跟。

许静芝回到哨卡，小何向她叙述了刚才发生的事。小何心有余悸地说："那位技术员说，你们想过去，就从我身上踩过去！其中一个牧工就用木棍把那位技术员的头砸了一个大口子，血流得满脸都是。"许静芝又惊又怒说："怎么这么野蛮！"小何说："那位技术员捂着流血的头毫不畏惧地说，你们就是打死我，你们的羊也别想出去一只，那两个牧民也吓得认错了。"许静芝说："那他们人呢？"小何说："那位技术员把他们带回牧业队去了。许兽医，你看，他们在那儿！"

对面山坡上的公路，可以看到几个人影骑着马，其中一匹马空着，另一匹马上骑着两个人，后面还有两个人赶着羊群在往山坡下走。许静芝心念一动，问："那位技术员叫什么？"小何说："不知道，他们都叫他林技术员。"许静芝冲下山坡喊："喂，林技术员！"但那几个人已赶着羊群，拐到山坡后面不见人影了。

许静芝很失望地叹口气。

林凡清等人回到牧业三队，贾队长一面狠狠地批评着刘世棋和蒋有友，一面叫小黄去叫队上的卫生员。在林凡清休息的房间里，卫生员给林凡清的头包扎上绷带，说："林技术员，你得好好静养上几天。"

林凡清看着身边扶着他的红柳说:“你怎么来啦?”红柳说:“我想来看看你呀！十几天都没见你了,你这是怎么啦？流了这么多血。”说着就心疼地趴在林凡清的肩头上哭了。

小黄气哼哼地在一边说:“让蒋有友用木棍打的。”红柳说:“他人在哪儿？我得找他算账去!”说着,猛地站起来要往外走。

林凡清一把拉住她说:“别去找他们了,他们已经知错了。”

到了晚上,贾队长派人找来了两个公安人员,说要依法处理刘世棋和蒋有友。因为这事已经演变成严重的刑事犯罪了。在队部办公室,搁在办公桌上的马灯在幽幽地闪着光。

贾队长坐在办公桌前,小黄坐在一边,两个公安人员站在另一边。

刘世棋和蒋有友被五花大绑捆在墙角上。

贾队长对小黄说:“小黄,你看看林技术员能不能过来,对他俩的处理也得听听受害者的意见。”

小黄点点头走了出去。

林凡清坐在床上,红柳正在为他换纱布。

红柳说:“蒋有友这一棍也打得太狠了,这么大一个口子！得去医院缝两针呀。”林凡清说:“只要不流血就行了。”

小黄走进来说:“林技术员,贾队长让你去一下,公安人员都来了。”林凡清问:“羊全深埋了吗?”小黄说:“全深埋了,是他们两个自己埋的。两个家伙一面埋一面哭,咋也舍不得那群羊啊!”林凡清说:“那他们俩呢?”小黄说:“给捆起来了。贾队长说,要听听你的意见。”

红柳扶着林凡清走进队部办公室,小黄跟在后面。

贾队长说:“林技术员,你看他们两个咋处理好？他们可是犯下法了。”一位公安人员说:“这事还是我们来处理吧。”

林凡清很动感情地说:“贾队长,放了他们吧。他们的心情我理解。那些羊都是战士们从嘴巴上省下来的。人心都是肉长的,不容易啊!”另一位公安人员说:“可是他们犯了法了。”林凡清说:“教育上几天,还是放了他们吧。他们放了那么些年的羊,同羊有了感情,现在一只不剩地全埋掉了,连我们都舍不得，何况他们呢！听说他俩埋羊时，哭得很伤心。”林凡清对两位公安人员说：“他们是一时想不通，也是一时的感情冲动。我作为受害者，理解他们，也原谅他们。况且他们已经知错了。”

刘世棋和蒋有友感动地哭了起来。

红柳觉得这事处理得有些轻了，她瞪着那两人说：“刘世棋，蒋有友，下次你们要再这样，我可饶不了你们！”

第二天清晨，林凡清把红柳送到队部门口。

红柳有些眷恋地说：“凡清哥，我真放心不下你。”林凡清说：“以后别再来看我了。这样不好，既影响你的工作，也妨碍了我的工作。”红柳说：“我妨碍你什么啦？”林凡清说：“快走吧，你还得放羊去呢。”

红柳想拥抱林凡清，林凡清轻轻地把她推开了，说：“红柳，别这样。”但红柳还是冲上去，把林凡清紧紧拥抱了一下，这才骑上马离开。她一路上不时地朝林凡清挥着手，依依不舍地走了。

林凡清回到房间，点燃了一支烟，斜躺在床上，他心里乱得很。

那天离开试验站时，红柳火辣辣的眼睛在灼烤着他：“我告诉你，凡清哥，你是我的！你就是逃到天涯海角，我也不会放过你！从我爸临死的那天起，我爸就把我交给你了！”

眼前闪现的是红柳依依不舍地在向他挥着手的样子。还有江边公园，黄浦江的江水拍着堤岸的哗哗声也钻了出来，许静芝的声音在说：“林凡清，你太让我失望了！”

那天深夜的大雨声，噼噼啪啪敲着他的耳鼓，咖啡馆里许静芝的声音在说：“什么力量也阻挡不了我，除非我真的变卦了……”

在上海火车站，林凡清从车窗探出脑袋拼命往进口处张望，但那铁栅栏门哗的一声关上了。林凡清觉得，那扇铁门已经彻底把自己和许静芝割裂开来。火车上，列车在铁轨上咯噔咯噔地响着。林凡清绝望地把车票撕碎，那车票就是自己的爱情，已经变成了碎屑，随风飘出了窗外，彻底离开了他……

林凡清的头脑里嗡嗡作响，红柳迎面扑来的炙热的情感让他眩晕，这份爱来得也太快太热烈。他是喜欢红柳,这个美丽单纯热情如火一般的女人,就算是石头也会被她融化。但他还是在犹豫,该不该接受?因为这太快了!过去的被撕碎的爱情并没有真的离开他,一想到许静芝,他还是会心乱如麻,林凡清猛地翻身下床,走出屋子。他仰望着阴沉的天空,深深地吸了一口气,好像下了什么决心似的把烟头扔进雪堆里。

天空中,又纷纷扬扬地飞起了雪花。

林凡清的感情问题似乎已经理出了些头绪,但在场部办公室里的齐怀正,他的麻烦才刚刚开始。月亮气狠狠地推开齐怀正的办公室门,看到齐怀正正端坐在办公桌前看文件。

月亮说:"怀正哥,你到哪儿去啦?这些天我怎么也找不到你!"齐怀正说:"牧场的事太多,现在牲畜又出现了疫情,我哪有时间待在办公室啊。你看,这么多文件,都没时间看。"月亮说:"那咱俩的事咋办?"齐怀正说:"还能咋办?你就回老家去吧。盘缠我明天就给你。"月亮说:"这可不行!咱俩是定了的事,我回老家去算啥?"齐怀正说:"定了的事也可以变嘛。"月亮说:"定了的事就是定了的事!你爹死时,我爹去看他,他还叫我爹是亲家公呢。"齐怀正为难地说:"你回家吧,我没法同你结婚。"月亮说:"我不能回家,我爹就是让我来跟你完婚的!"

齐怀正愣了半天,脸色变得一片死灰,他一咬牙说:"月亮,很对不起,这事不行,绝对不行!"月亮不明白这到底是怎么了。她爹决定要她离开村子来找怀正哥时,整村的女人都在用羡慕嫉妒的眼神目送她,那时她也得意幸福得无以言状。一路上不管吃了多少苦,受了多少罪,一想到只要见到了怀正哥,我就幸福了,就冲着这个念想,哪怕是讨饭我也要支撑下去。可现在,见到怀正哥了,为啥他就不要我了呢?月亮悲愤地哭着喊:"这是为啥嘛!"齐怀正觉得自己根本无法解释,他一甩手离开办公桌说:"我不是说了吗?我没法同你结婚,就是没法同你结婚!你回家吧,回家另找一个男人去。"月亮一抹泪说:"怀正哥,你知道我从老家到这儿来有多苦吗?我不走!你是嫌弃我还是另外有人了?"齐怀正说:"不是……反正我不能跟你结婚。啥原因你就别问了。问了我也不会告诉你。”月亮说:“可老家的人都知道我是你媳妇了。”齐怀正说:“咱俩啥事都没办,证也没领,你咋就是我媳妇了呢?”月亮说:“咱俩的事是定死了的,你人活着,我就得同你结婚。你就这么让我回去,我有啥脸面再去见我爹? 要不,我就去死!”说着,她就要往墙上撞。齐怀正一把把月亮拽住,正纠缠着呢,郑君突然冲进齐怀正办公室。

郑君也顾不得眼前这状况,心急火燎地说:“齐场长,不好了,红柳放的那群羊也出现了情况。怎么办? 红柳哭得死去活来的!”

齐怀正吃了一惊,忙说:“走,去看看! 月亮,你赶快给我回家,明天一早我就让人把盘缠给你!”说着,跟着郑君急匆匆地奔了出去。

月亮冲到办公室门口,大声哭喊:“我不……”

刘世棋和蒋有友的事情为林凡清在牧业三队开展工作铺平了道路,牧工们对防疫工作也不再那么有抵触情绪。贾队长很是佩服林凡清看似文弱的身板居然有这把硬骨头。两人准备骑马外出时,贾队长说:“林技术员,自从你这么处理刘世棋、蒋有友的羊群后,其余两群感染的羊处理起来就比较顺利了。牧民们说,谁也别想溜号,林技术员都敢把命搭上,你还能怎么着?”林凡清惋惜地说:“这也是迫不得已的事。每只羊身上都凝结着牧工们的心血啊!”贾队长说:“作为队长,开始时我也想不通,但人总得顾全大局啊。”

齐怀正的通信员小石骑马突然奔到林凡清跟前。小石勒住马对林凡清说:“林技术员,齐场长让你马上回试验站一次。”林凡清说:“怎么啦?”小石说:“有件急事要让你亲自回去处理。”林凡清说:“郑技术员不是在吗?”小石说:“齐场长说,这事只有让你回去处理。”林凡清说:“怎么了?”小石说:“红柳放的那群羊里也发现了病羊。”林凡清大惊:“你说什么?!”

林凡清感到当头一棒,眼前火星直冒,坐在马上又差点摔下来。林凡清没敢耽搁,赶紧和小石策马往试验站赶。两匹马狂奔在雪原上,林凡清狠命地甩着鞭子,此刻他觉得自己绝望得都要发狂了。

两人赶回到试验站,一见到羊群,林凡清就彻底死了心,病羊所有的症状都吻合这次疫情。羊圈的围栏边,红柳趴在围栏上哭。她心里隐隐感到,这次羊群染上病,绝对跟她跑去看林凡清有关。那里是疫区,如果自己身上带了菌,她放牧的羊群就会被感染上。虽然林凡清什么都没说,也没有责怪她的意思,但她心里清楚得很,是自己害了这群羊,她被自己单方面的爱情冲昏头了。羊在圈里咩咩地叫着。林凡清抽着烟看着那群羊发呆。齐怀正、郑君和榆木老汉都眼巴巴地盯着林凡清,心里也都是说不清的滋味。

林凡清抽着烟,转身离开羊圈朝雪原上走了好长一段路,他的脚步很沉很沉,一直走到空阔的雪原上这才停下脚步,望着远处积雪的群山。

齐怀正踩着积雪来到他身边,说:“还有救吗?”

林凡清含着泪,牙关一咬说:“挖坑埋掉吧。”

虽然早知道肯定是这么个结果,但红柳还是无法接受。她冲向林凡清哭喊:“凡清哥,不能埋呀!这是我爸生前试验的最后成果呀!是我爸生前所有的希望啊!”

此刻林凡清已经冷静下来了,平静地说:“红柳,这群羊也是我们大家的希望,但现在只能埋掉。”

红柳哭着喊:“凡清哥……”林凡清走到红柳面前,紧抓住红柳的双肩说:“红柳,让我们争取新的希望吧!如果邵教授活着的话,他也会这样处理的。”说着,泪也滚了下来。

傍晚,黯淡的天空散发着青灰色的光,地平线上的那条黄带渐渐在变窄。羊圈空了,众人的心也空了。红柳扑向已埋掉羊群的松土上,悲痛欲绝地大声号哭着。

林凡清去拉她。她突然站起来,雨点般的拳头便捶在林凡清的身上,边擂边喊:“还我的羊群!还我的羊群啊!”林凡清让她捶了一阵后,抓住了她的双手,他不知道该怎么安慰她才好。他必须得做点什么。红柳为了她的父亲,为了他林凡清付出得太多了,这群羊原本是她的依靠她的希望,现在自己却无情地剥夺了这一切。我该补偿她,用另一个希望来补偿。那一刻,有一股热血猛地冲进林凡清的心房,他突然一下紧紧地抱住红柳。红柳气恼地要挣开林凡清的拥抱,但林凡清把她抱得更紧了。他在红柳的耳边说:“红柳,你说了,你爱我,是吗?”

红柳惊讶地看着林凡清,接着用力地点点头。

林凡清说:“那你要让我为你做什么?除了让这群羊复活以外,我什么都愿意为你做。”红柳泪流满面地说:“我想同你结婚。”林凡清说:“好吧,我们结婚。”

红柳也紧紧抱住林凡清,把脸贴在林凡清的胸前,觉得伤心但又得到了宽慰,她说:“母羊群没了,我们该怎么办呀。”林凡清说:“只要你和我还在,我们的决心还在,再加上大家的齐心合力,我们就可以披荆斩棘,再从头开始!”红柳点点头,说:“凡清哥,你为了继承我爸的事业,把什么都抛弃了,所以我一定要嫁给你,我要用我的全部生命来支撑你的事业。”

在阿吾斯齐乡,许静芝又被木拉的马车载着,赶去另一个关卡。马车急急地在草原上奔驰着。

许静芝问木拉说:“那个闯关的牧民是哪个村的?”木拉说:“跟哈里木是一个牧业村的。叫李春生,还有他老婆赵彩霞。老杨他们怎么挡也挡不住。”许静芝说:“那他们人呢?”木拉说:“被老杨派的人围在草原上了。”许静芝说:“进了疫区了?”木拉说:“就因为进了,老杨才让我叫你呢。现在他们又想赶着羊群回去。”

雪原上,老杨他们几个人骑着马围着李春生和赵彩霞的羊群。李春生不停地在说好话想请老杨放他们一马。赵彩霞的嘴也不闲着,骂骂咧咧的。

许静芝跳下马车。老杨看到她来,这才下了马,老杨对许静芝说:“许静芝同志,你看怎么办?他们想把羊群赶回去!”

许静芝对李春生和赵彩霞说:“李春生同志,你们回不去。上级防疫指挥部有命令,凡是疫区外的羊群一律不许进疫区,而已进入疫区的羊群也一只不能出去。要不政府就用不着在这儿设卡子了。”李春生哭丧着脸说:“许兽医,求求你了,让我们回去吧!我们再也不敢私自闯卡子了。”许静芝说:“那你为什么不肯听老杨同志的劝?你们村的哈里木同志就听劝了,借道去春牧场了,而你们为什么非要闯卡子呢? 那现在你就得为你的行为付出代价!”赵彩霞说:“那我们的羊群怎么办?”许静芝说:“就地放牧吧。等疫情解除了,要是没事,你们爱去哪儿就去哪儿。”李春生说:“要是羊染上病了呢?”许静芝说:“我们当然希望不要这样,真要出现这种情况,那我也无能为力了。”许静芝同情而满含情感地说:“李春生同志,你们干吗不听劝啊!”

第八章

第二年春天,师部要召开防疫工作总结表彰大会,林凡清被通知去开会。一到师机关,他就被刘科长请到了办公楼畜牧科,窗外已是满眼的春色。

刘科长照例又给林凡清沏了杯茶,对林凡清说:“林凡清同志,这次控制疫病的工作,你完成得很出色,我们准备给你评个先进啊。头伤怎么样了?”林凡清说:“就是破了一层皮,现在全好了。”刘科长说:“没什么后遗症吧?”林凡清说:“没有。”刘科长说:“你这脑袋可值钱哪,砸坏了对我们的损失就大了。林凡清同志,怎么样?还是调到我们畜牧科来工作吧。”林凡清说:“不行。”刘科长说:“不要一下就拒绝嘛,我们商量商量怎么样?”林凡清说:“没商量的余地!”

刘科长叹口气,想了想,试探着说:“我这个畜牧科科长让你来当!或者你提出你的条件?”

林凡清说:“刘科长,你别费口舌了,我主意已定,人的一生恐怕只能干成一件事情,只要能把自己想干的事情干好了,也算没虚度自己的一生了。

我这一生想要干的事，就是要把老师的事业继承下来，搞好畜种的改良和选育工作！希望你能理解我，支持我。争取把我们的项目尽快批下来！”刘科长说：“林凡清同志，我可以坦率地告诉你，兵团就是把这个项目批下来，我们畜牧科的意见就是，试验站放在南山牧场要比放在你们沙门子牧场更合适，所以你还是到我们畜牧科来工作吧。”林凡清说：“刘科长，你别压我，我不会屈服的。我就要在我老师那个试验站工作，无论有多大的困难，就是赴汤蹈火，我也在所不辞！”刘科长说：“你老师留下的那群羊不是也不在了吗？”林凡清说：“只要人在就行！”

刘科长苦笑一下，心说这个软硬不吃的驴粪蛋，但还是握了握林凡清的手说：“那我就祝你成功。”林凡清说：“刘科长，我希望你能理解我，支持我！”

在阿吾斯齐乡的春牧场，草原上春意盎然。

阿吾斯齐乡当地的牧民，一直受着缺医少药、牲口死亡率高的困扰，虽然也有畜牧员，但是兽医这块儿，却一直是空缺。许静芝表面上是为了防疫工作临时调配到地方上的，但实际还是有些被下放的意思。江一涛是想让她到牧区过几个月苦日子，吃了苦才能知道在机关工作的好处，或者就能回心转意。但他没想到的是，这个大城市来的娇小文弱女人来到草原进了牧区，反而是如鱼得水。牧民们对这位医术高明的女兽医顶礼膜拜，许静芝因为自己的专业特长终于能学以致用，心情也变得十分舒畅，很快就融入了当地生活，还学会了骑马。这天，阿依霞古丽跑来请许静芝去他家的毡房，两人离开村公所，一起并肩骑马走在草原上。

许静芝说：“阿依霞大姐，这么老远跑来找我干什么？”阿依霞古丽说：“哈里木骑的马病了。他骑的马又是咱们牧区最好的马啊，哈里木心疼得坐卧不安，连饭都不想吃了。”

哈里木已经等不及了，也策马跑来接许静芝说：“许兽医，快救救我的马吧！”

马卧在毡房前的草地上。哈里木在许静芝的指导下，用木棍把马的嘴撬开，许静芝把一盆药灌进马的嘴里。许静芝说：“哈里木兄弟，马没什么病，就是积食了，灌上药，放两个屁就会好的。”哈里木不敢相信这事就这么简单,说:“真的没什么大事吗?这匹马可是我的命啊。”许静芝笑了,说:“你要不放心,等马好了我再回去。”

哈里木刚松开手,马打了个喷嚏,喷出一些药,溅到许静芝的脸上。

阿依霞古丽提着一壶水过来说:“许兽医,赶快洗个脸。”

阿依霞古丽倒水,许静芝接水洗脸。

阿依霞古丽钦佩地说:“许兽医,你可真了不起!一个姑娘家干吗要干这种又脏又累的活呀?”许静芝说:“既然我学了这个专业,那就得吃这份苦啊。你看,你们牧区不就需要我这样的人吗?要不,你的马、你的羊病了,谁来帮你们看呀?”许静芝说这话是有深意的,她想留下来,留在牧区就意味着自己有更多的自由能去寻找林凡清。

哈里木也深有感触,说:“就是这话!我一想起那天的事,心里就后怕啊!要是不听你的劝,就会像李春生的羊群一样,硬是闯卡子,结果春牧场没走成,羊都染上了病,只好全埋掉。两口子哭得呀,懊悔死了。我嘛,听了你的劝,转道走,现在羊群嘛,只只都好好的!许兽医,我真要好好感谢你呀!”

许静芝叹口气,说:“哈里木,阿依霞古丽,现在牧区的疫情已经控制住了,过上几天,我也就要回去了。”哈里木说:“什么?你要走?那可不行!说什么你都不能走呀!过去,我们阿吾斯齐乡从来就没有过像你这样的大学生兽医。有时,也来过一两个给牲口看病的郎中,可医道不行,要的钱又多!你怎么能走呢?”许静芝说:“那我得服从组织分配啊。”她真是不想走啊,回去,就意味着还得被江一涛的事纠缠。虽然江一涛在她面前一直表现得很大度,可许静芝知道,在机关里,所有人都已经在她身上贴了个标签,机关秘书科的工作虽然舒适而安逸,但江一涛和宋科长的目光就像芒刺在背,多待一天都让她觉得是一种煎熬。

那匹卧着的马放了几个响屁,突然站了起来,看上去全好了。

哈里木看着马又精神了,高兴得不知道该说什么好。他想到许静芝要真是走了,那他的马怎么办?还有他的羊群,还有老母亲养那几头奶牛……他对许静芝说:“许兽医,看在朋友的份上,你不能走啊!”

没过两天,全乡的人都知道了许静芝要走的这个消息。阿吾斯齐乡政府前,许多牧民围着许静芝和赵乡长。大家都喊:“许兽医,你不能走啊!”赵乡长说:“许静芝同志,你就留在我们乡吧。我们牧区,多么需要像你这样的人啊! 只要你肯留下,我去找你们的领导。”牧民们都喊:“许兽医,你就留下吧!”

许静芝满眼闪着感动的泪,她真没想到会有那么多人想要她留下来。

乌鲁木齐那边,防疫时外派出去人员大都已返回。秘书科宋科长接到一份上头关于许静芝工作调动的批文,很是吃惊。他赶忙找到江一涛,把这个情况汇报给江一涛。

江一涛挠挠头,对宋科长说:“既然地方政府坚决要求许静芝同志留在那儿,上头也批了,她本人又愿意,那就让她留在那儿吧。”宋科长说:“那你的事儿?”江一涛说:“我真的很喜欢这个姑娘,既漂亮又聪明,又有学识,而且还有事业心。我最欣赏她的就是她那鲜明的个性。”

宋科长说:“江副主任,既然你对她那么……还是让她回来吧,再努力努力?”江一涛苦笑着摇摇头,然后果断地一挥手说:“不用了,在她身上再努力也起不了作用的,还是让她去干她喜欢的工作吧。”

草原上一座毡房边。山坡上已是鲜花盛开,百灵鸟三三两两地在草丛中飞起飞落。

许静芝为一头母牛打完针,一位哈萨克老大娘感激地端上一碗热奶茶让许静芝喝。阿依霞古丽骑着一匹马过来,在许静芝身边下了马。

阿依霞古丽笑着说:“许兽医,哈里木,木拉,还有其他乡亲们都让我来叫你,你快去吧。”许静芝说:“有什么事吗?”阿依霞古丽笑着说:“你去了就知道了。”鲜花盛开的山坡下有一栋小木屋,四周围用围栏围了起来。院里有牛棚马厩,木屋外还有一个小羊圈。几棵高大的白杨树耸向天空,树叶在风中哗哗响着。

赵乡长、哈里木、木拉、小何等几十位乡亲站在木屋前,他们一见到阿依霞古丽领着许静芝来了,都热烈地鼓掌。

赵乡长热情地说:“许静芝同志,欢迎你在我们乡落户!”

哈里木说："许静芝妹妹，你能留下，我们全乡人都高兴啊！为了能让你留下，赵乡长找县长，县长找地区的书记，地区的书记找自治区的大领导，然后又找到你们兵团的大领导，这才总算把你留住了。"

小何把十几只羊赶进羊圈。赵乡长说："许兽医，这十几只羊，是我们政府送给你的。"许静芝说："谢谢，谢谢！"

哈里木说："你的羊，我来给你放。"

有一位老大娘牵来了一头奶牛，木拉说："许兽医，这奶牛是我们乡亲们合伙儿送你的。"许静芝说："那我怎么好意思呢！"哈里木说："收下吧，这是我们一片真诚的心意。"许静芝点点头，她很感激乡亲们这份真诚的热情。但她的眼里依然满含了惆怅，她想要找的人会在哪里呢？她突然想起了什么，眼里便流下泪来。

小木屋的木床上铺着毡子和毯子，墙上挂着壁毯，用木头隔成两间的小木屋显得温馨而舒适。外间还有铁火炉和铁火墙。陆续还有牧民给许静芝送来日用品，有人给许静芝送来毡子和毯子，还有人给许静芝送来了一串串熏羊肉，小木屋里很快就堆满了挂满了各式各样的东西。许静芝感动地说："乡亲们，太谢谢你们了。"

在沙门子牧场场部，齐怀正刚跑了几个牧业队回来，听小石说他不在的时候，月亮天天去办公室找他。齐怀正心里烦，林凡清又不在，想找人说话都没地方。他思忖着总这么回避也不是办法，要么再把话说狠点让她回去，或者想辙儿让月亮转移一下注意力，拖上段时间再说吧。于是齐怀正去了月亮现在住的集体宿舍，敲了敲门。

月亮开门一见是齐怀正主动来找她，高兴了，她以为有了转机，忙说："怀正哥，你找我？"齐怀正说："月亮，这些日子忙得我晕头转向的，也没把你安排好，你在这儿过得还好吗？"月亮说："雪一化，草一长，这儿比我们老家漂亮多了。肉吃得也比我们老家的多。我喜欢这地方。"齐怀正叹口气，用恳求的口气说："月亮，回老家去吧。"月亮失望了，说："你还要赶我走啊！"齐怀正说："不是我要赶你走。我说了，这婚我没法同你结。"月亮哭了，说："可在老家,定了亲了,我就是你的女人,死也是你的人!你赶不走我的。”

齐怀正看说不通,转头想走,但想想还是耐着性子说:“你硬要赖在这儿,我也没办法。但这婚,我是不会跟你结的!”

月亮急得哭喊:“怀正哥!咱俩这婚不结是不行的!我要就这么回去,我有啥脸面再去见我爹,再去见家里的亲戚?”

齐怀正为难地想了想说:“那你说这事该咋办?反正这个婚我是没法跟你结的!”月亮抹着眼泪说:“这个婚不结,我就去死!”齐怀正叹了口气,说:“这样吧,你先在这儿住下,咱们的事拖一拖再说。但你不能老这么闲置着。”月亮这段日子一直闲着没活干,早就心惶惶了。她说:“那你就给我一个活干吧。”齐怀正想让她离开场部,但牧业队又不太好安排,考虑了一下说:“这样吧,你先去试验站,那儿的活儿多,人手少,你去帮他们搭把手吧。”月亮说:“去干什么?”齐怀正说:“放羊。”

林凡清也回到了沙门子牧场,他推门走进齐怀正的办公室说:“齐场长,我回来啦。”

齐怀正赶忙迎上来握着林凡清的手说:“真怕你回不来呢。”林凡清说:“恐怕是回不来了。”齐怀正一惊说:“怎么回事?”林凡清说:“刘科长要调我到师里的畜牧科工作。”齐怀正说:“不是以前就调过你吗?怎么你这次同意啦?”林凡清说:“不同意不行啊!他说试验站不放在我们沙门子牧场,而是要放到南山牧场。那我还留在沙门子牧场干什么?”齐怀正不相信地说:“你真同意啦?”林凡清说:“他说我到师畜牧科后,可以更好地发挥我的作用。”齐怀正开始相信了,生气地说:“就是说你同意了?”

林凡清慢条斯理地说:“我能不同意吗?”

齐怀正大怒说:“你要走你就走吧!不过林凡清,你可真不够朋友啊,就这么撂下我不管了?我现在完全看到你们的作用了!去年,你和郑技术员搞优化配种,今年年初的产羔率和双胎率,还有羊羔的成活率都比以前高。疫情发生后,我们的防治也做得好,全场几十群羊只处理掉三群羊,再包括红柳的那一群。年初报表上来,全场的羊只总数比去年还多了五成!”林凡清说:“这不就是科学的力量吗?”齐怀正说:“那你干吗要走?还有,红柳的那群羊处理掉了，但为了给试验站再配上一群母羊群，我让郑技术员和红柳到全场所有的羊羔中，去挑最好的三百八十只母羊羔调给了你们试验站。红柳现在放牧的就是这群羊！”林凡清说：“可试验站要真正开展工作，仅仅这些是不够的。”齐怀正说：“还要什么？我再去争取呀！李政委不是说总场党委决定了，不管上面批不批，我们牧场良种培育试验站今年一定要成立！工作一定要开展！因为我们已经尝到了甜头。”

林凡清说：“这是真的？”齐怀正说：“你可以去问李政委去，春节后总场党委开会定的。”林凡清说：“那你干吗不早告诉我？”齐怀正说：“你不是正在忙着防疫吗？”林凡清笑了，说：“齐场长，我不会走。刘科长是带着威迫口气同我谈的话，但我回答他说我哪儿也不去，我就在老师的那个试验站工作。无论有多大的困难，就是赴汤蹈火，我也在所不辞！”

齐怀正猛地醒悟了过来，知道林凡清在哄他，哈哈大笑起来，说：“林凡清，你是在要我呀！你这个鬼东西，我想你也不是那样的人！不过李政委说，如果兵团把项目批下来了，我们还是要从师里去争取过来。”林凡清也笑着说：“我也这么想。关键要看我们有没有这股坚忍不拔的韧劲！”

齐怀正把林凡清送出门口说：“林凡清，我怕你们的试验站人手不够，让月亮也去你们那儿帮把手。你让郑君明早赶马车来接一下。总场给牧场的清油和面粉今晚就送到了。明天顺便把你们的清油和面粉也拉走吧。”林凡清说：“怎么？那姑娘不是来跟你完婚的吗？婚不结了？”齐怀正一挥手说：“结什么婚呀，扯淡！”林凡清说：“怎么啦？”齐怀正说：“走你的！你也不是什么正经人，刚才差点把我吓得个半死！”

鲜花盛开的草原上，红柳正放着羊群。因为有了林凡清的承诺，她很快就从失去羊群的痛苦中解脱了出来，在她的眼中，林凡清就是她的希望，她一生的幸福所在。

林凡清骑马过来喊：“红柳——”

红柳看到是林凡清在喊他，便飞也似的冲了上去。林凡清跳下马，红柳什么话也没说，就同林凡清吻在了一起。郑君正好骑着马走上山坡，一看到红柳和林凡清正在热吻，便顺势从背上取下琴，拉起了小夜曲。林凡清看到郑君赶忙推开红柳。

郑君笑着说："嘿嘿，我刚才可什么也没看见噢。"林凡清说："你怎么来啦？"郑君说："林凡清，我不知道你回来了，我是来给红柳拉琴的。你看，我可以骑在马上拉琴了。"说着，得意地在马上熟练地拉着琴说："怎么样？不过你们继续，你们继续。"说着骑着马拉着琴下了山坡。琴声在山坡上回荡。

晚上，郑君提着琴从外面回来，看到林凡清正躺在床上看书。他想到下午林凡清和红柳的事，不由地嘿嘿一笑，把琴往琴盒里装。林凡清白了他一眼，说："干吗？"

郑君说："凡清，你和红柳快要结婚了吧？我看着你俩那热烈的样子，我真是又妒忌又羡慕。"林凡清说："结婚的事还顾不上吧，先得把试验站的工作开展起来再说。其实……"他脑海里许静芝的身影瞬息间闪过，心里不由咯噔一下，脸色也变得有些茫然。郑君说："怎么啦？说话吞吞吐吐的。"林凡清说："其实，这事我决定得有些太匆忙了。细想起来，我对红柳还谈不上……算了，不说了。"郑君说："但她很爱你！我早就看出来了。你呢，对她也有些半推半就的。"林凡清说："那天，我看到她的那群羊被处理掉后，她的那份悲痛太让我不忍了。我不知道怎样才能让她得到一些慰藉。"郑君说："但同情和怜悯可不是爱啊。"林凡清似乎是在给自己一个说法，他努力赶走刚才在心里的那一刻恍惚，说："不过我肯定会同她结婚的，男人的承诺就应该是铁一样的承诺。坦白地说我很喜欢她，她有很多可爱的地方，爱也是可以培养的嘛。那天，她对我说，她要用她全部的生命来支撑我的事业。这些话，怎么能让我不感动。"郑君说："凡清，你是幸福的。红柳姑娘长得这么美丽，谁见了都会爱上她的。事业未成就，爱情先到来，这也是一种幸运啊！"

林凡清一笑说："别酸了你，睡觉吧！"

下午，蓝天上飘着白云，太阳开始西斜。

郑君赶着已装上面粉和清油的马车来到场部门口。

齐怀正帮月亮把行李装上车。

月亮说："怀正哥，试验站我去，但你别以为这就把我给打发了。我是你的女人,这点啥时候都变不了!”

齐怀正没有正面回答月亮的话,只是对郑君说:“让月亮跟着红柳一起放羊吧,红柳一个人放那么大一群羊也太累了。按定额,三百只一群的羊得三个人放。”郑君说:“现在哪有三个人放一群羊的?有两个人放就很不错了。”齐怀正说:“就这样吧,月亮去后,你和林凡清都多关照点儿。”郑君说:“齐场长,这个你尽可放心。”齐怀正烦心地一挥手说:“上路吧。”月亮伤心地哭了。

郑君赶着马车在草原那崎岖的小路上走着,时不时偷眼看看月亮。月亮还坐在车上哭泣,水汪汪的眼睛里噙满了泪,脸颊被夕阳映得红扑扑的。他在办公室里撞见过这姑娘,听刚才她和齐怀正的对话也大概猜得出姑娘的身份,但为什么齐怀正会把她打发到试验站来,郑君有些好奇,却又不好意思问。

月亮伤心地哭了好一会,一直到离场部很远了,这才抹了把泪停下不哭了。月亮不甘心地对郑君说:“郑技术员,我怀正哥在这儿是不是有相好的了?”

郑君一时没明白,说:“你说什么?相好?什么相好?”

月亮说:“就是齐怀正有没有别的女人了?”

郑君说:“噢,你说的是这个相好啊。”他想了想说:“这好像不太可能,牧场的女同志本来就少,而且都有主了。我也没见他同哪个女人有往来。”

月亮说:“那他为啥不要我?”郑君吃惊地说:“他不要你?为什么?你长得这么漂亮,又这么年轻,他会不要你?不可能吧!”月亮说:“我十几岁时,我爹和他爹就为我俩定了亲。现在我爹让我来同他完婚,可他说啥都不同意。”说着,又伤心地哭了。郑君有些打抱不平地说:“这事就有些怪了。部队为了解决战士和干部的婚姻问题,组织上从山东、从湖南、从江苏、从上海招来一批批女兵,现在还是僧多粥少,分配都分配不过来。许多人眼巴巴地希望能相上一个。可他倒好,你这么年轻,这么漂亮,千里迢迢地找上门来,他反而不要。他会不会……”月亮说:“咋啦?”郑君说:“没根据的话我不敢瞎说。世上啊,难说清楚的事恐怕也真不少。”

大车又走了一会儿，月亮似乎把烦心的事暂时搁下了，问郑君说：“郑技术员，你有对象吗？”郑君说：“还没有。”月亮说：“那你为啥不找一个，你有文化长得也俊。”郑君说：“怎么说呢？我来新疆时，总觉得有位美丽的姑娘在这儿等着我。到这儿来后，才发觉一个都没有。”月亮说：“总会有一个的！”郑君笑着说：“说不定我要找的人还没出世呢。”月亮乐了，说：“郑技术员你可真逗。你身上背的是个啥呀？我看你整天都背着它。”郑君说：“是小提琴。”月亮说：“小提琴是干啥的？”

郑君从背上解下琴，拿上琴就在马车上拉起来。悠扬的琴声回荡在草原上。

月亮从来没听过这种音乐，虽然不懂，但还是听得入了神。等郑君一首曲子拉完，月亮问：“郑技术员，我们老家唱的花儿调，你会拉吗？”郑君说：“你们西北的‘花儿’？我不但会拉我还会唱呢。在我上大学时，我们班就有几个西北同学，他们都爱唱花儿，我听着好听，也就跟着他们学着唱。”说着，突然亮开嗓子唱起来：“天上的星星落下了，不知落一哪搭了，妹妹啊你嫁人嫁走了，却把心儿留下了，哥哥啊你只知去追人了，却忘了把心儿带走了……怎么样？”这首“花儿”触动了月亮的心思，她突然从车上跳下来说：“不行，我不能跟你去试验站！”郑君说：“为什么？”月亮说：“我一去，怀正哥就等于把我甩了，那我啥希望也没有了！不行，我得回去。”说着，从车上抓起包袱，转身就往回跑。

郑君慌了，忙喊：“月亮，快回来！”说着，跳下车去追。

太阳悬在山顶上，开始变红。

月亮跑得飞快，郑君追了好长一段路才追上。郑君一把抱住月亮说：“月亮，你不能走！”月亮一下挣开郑君，气恼地说：“你这是干啥！”

郑君有些尴尬地说：“对不起，但是你不能走。”月亮说：“为啥？”郑君说：“我们已经走了一半的路程了。你这样往回走，天就黑了。要是发生意外，我怎么向齐场长交代。”月亮说：“能有啥意外呀！”郑君说：“这儿有狼！甚至有狼群！”月亮说：“你别吓唬我！”郑君说：“谁吓唬你啦？前几天，靠近我们试验站的一个牧业队，几只狼闯进羊圈，咬死了二十几只羊呢！”月亮倒吸一口冷气说："真有这事？"郑君说："我骗你干吗！他们牧业队还给我们试验站送来了一只，让我们改善伙食呢。"郑君想了一下又说："那样子惨呐，脖子给咬断了，肚皮给撕破了，肠子都露了出来。"月亮说："郑技术员，你要骗我，你不得好死！"郑君说："你要不信，你就一个人回吧。反正我得回去，煮好的羊肉还有大半锅呢！"

月亮有些害怕了，犹豫了半天说："郑技术员，那你把我送回去吧？"郑君说："齐场长给我的任务是，送你去试验站，而不是送你回去。"

月亮只好跟着郑君又上了马车。郑君甩了个响鞭，马车轱辘又在雪地上转起来。郑君知道自己刚才差点闯祸，这一路上闭上了嘴，不敢再卖弄了。两人气氛有点僵，一直这样闷了好一会儿，月亮的心思才又从怀正哥身上移到了眼前，她说："郑技术员，你唱的花儿真好听，比我唱得还地道呢。"

已经快黄昏了，在阿吾斯齐乡的小木屋前，古丽大妈正在教许静芝挤牛奶。土根老汉拉着哈里木气咻咻地来到木屋前，说："许兽医，你是个大学生，明事理。你来给我评评这个理。"哈里木一脸的委屈，说："许静芝妹子，你倒帮我去看看，那羊到底是咋回事？"许静芝站起身说："土根大爷，哈里木兄长，到底出什么事啦？"土根老汉说："我那只公羊被哈里木用棍子在头上砸了两下，脑子给砸坏了，现在光转圈，连草都吃不成。他得赔我的羊！"哈里木说："我根本就没打，那只公羊光往我的母羊群里拱，我只是拿根棍子把它赶走。可今天早上那只公羊光转圈，这是咋回事？土根大爷非说是让我给打的，可我真的没打啊！"土根老汉说："哈里木，你也不用赖，我外甥媳妇亲眼看见你用棍子打羊的。"哈里木说："赵彩霞的话你也能信？"土根老汉说："她是我外甥媳妇，她的话我为啥不信？"

许静芝说："别吵了，那就去看看吧。"

赵彩霞挺着个大肚子正在雪地上放牧着一群羊，她看到了许静芝，就狠狠地瞪了许静芝一眼。

羊群边上，有一只公羊走起路来跌跌撞撞，而且不时地在转圈。有时还摔倒在地上。

土根老汉说:“看到没有?哈里木,你的手也太狠了,把羊打成这样,你得赔我的羊。”哈里木委屈地说:“土根大爷,我真的没打。”

许静芝一看那羊就明白了,说:“不要吵了,土根大爷,你这只公羊得了一种病叫羊脑包虫病,就是脑子里长虫子啦。”

土根老汉说:“脑子里进虫子了?这是咋回事?”许静芝说:“是狗传染的。就是打,也打不成这个样子。所以肯定不是打成这个样子的。”哈里木松了口气,说:“你听听。”赵彩霞说:“舅舅,你别听她的,她和哈里木一个叫兄长,一个叫妹子,好得都快穿一条裤子了。她不帮哈里木说话才怪呢!你得让哈里木赔羊,我亲眼看见他打的。”哈里木火了,说:“赵彩霞,你这话说得太难听了吧!什么合穿一条裤子?男人和女人能合穿一条裤子吗?”赵彩霞说:“合没合穿一条裤子你俩自己知道。”

哈里木恼怒极了,要冲上去打她,说:“你这么侮辱人,当心我扇你!”许静芝一把拉住他说:“哈里木,身正不怕影子斜。”土根老汉说:“彩霞,这种话你可不能随便胡说!”赵彩霞说:“全是这个女人害了我们的羊群啊!”哈里木说:“谁让你们不听劝的?那是你们自找的!能怪许兽医吗?”土根老汉说:“彩霞,这事只能怪你和春生自己,怪不到许兽医头上的。”

许静芝观察着羊群说:“土根大爷,你不光是这只羊染上了病,你瞧,那里有两只羊也染上这种病了。”许静芝往羊群里指了指。

羊群里有两只羊也在转圈摔跤。

哈里木说:“这两只羊我可没赶过,咋也这样了?”

土根老汉说:“那咋办?许兽医你给我想想办法吧。别整个羊群都传染上了。”

许静芝说:“土根大爷,这病是狗传染的,羊自己是传染不上的。哈里木走吧,这事跟你没关系了。”然后回头说:“土根大爷,把羊宰了吧,肉还能卖点钱。”

秋去冬来,齐怀正快马从沙门子牧场场部赶到试验站,他急急地走进试验室对林凡清说:“林凡清,李政委叫你赶快跟他一起去师部,听说明天师党委就要研究有关良种培育试验站的事了。”

林凡清跟着李国祥赶到师部机关大楼，师党委的会议已经在小会议室进行了。两人都没有到能参加这个会议的级别，只能在门前的走廊里焦急地等待。

林凡清知道刘科长当时说过他更支持在南山牧场建良种培育站，那就意味着党委肯定有其他成员也同意这个观点，再加上他们失去了邵教授培育的那群优质羊群，这个局面对于沙门子牧场十分的不利。林凡清心急如焚，他觉得他们不能这样坐以待毙，便对李国祥说：“李政委，不行！我得进去。”李国祥严厉地说：“正在开师党委常委会，怎么能随便闯进去？”林凡清说：“刘科长说了，他们畜牧科报了两个牧场让师党委来定，一个是我们沙门子牧场，一个是南山牧场。刘科长说，南山牧场的可能性比我们大。但我觉得由我们办更有利，条件更好，因为我们已经有了大量的试验资料。”李国祥说：“那也得由师党委常委们来定！”林凡清说：“不！我得进去向首长们说明一下，真要定了，就不好办了。”说着就要去推会议室的门。

李国祥喊：“林凡清！”

林凡清已经推开会议室的门走了进去。

林凡清进入会议室说：“首长们，我是沙门子牧场的畜牧技术员，叫林凡清，有件事我想说明一下，用不了两分钟……”

对林凡清的闯入，师党委常委们都有些惊愕。

列席会议的刘科长也吃了一惊，他瞪了林凡清一眼，但对林凡清的这种执着又感到钦佩。柴广元在惊愕的同时，也会心而友善地笑了笑说：“那好，林凡清同志，说吧，就给你两分钟！”

师部畜牧科办公室。刘科长开完会出来，看见林凡清还候在办公室里，便问：“李政委呢？”林凡清说：“总场的事情太忙，他先回去了，让我在这儿等消息。”刘科长说：“你那两分钟的发言很精彩啊，打动了好几位常委。”林凡清说：“师党委决定了没有？”刘科长说：“在正式文件没下达之前，我不能告诉你。一个星期后你再来一次吧。”

小河在积雪的草地上穿过。红柳不再是独自一个人放牧着羊群，月亮也在跟她学骑马，两个女人的个性都很开朗，奔到哪里就是笑声一片。那些羊群前蹄刨开积雪，在吃着积雪下的枯草。

月亮骑在马上，眺望着空阔的雪原和远处隐隐的雪山，亮开嗓子唱起了花儿："哎哟喂来，姑娘长到一十几来，辫子留得长呀么长哎，千里迢迢来寻夫啊，却让夫把魂儿丢来，伤心的泪花花直直地流哎……"

试验站院的门口，响起了几声郑君的琴声，接着郑君也跟着唱了几句花儿："哎呀嗨来，河道行着船也，大道道上走着车也，远走的姑娘啊，你总会找到落脚地也。"

月亮咯咯笑着，对红柳说："这个郑技术员，他的花儿比我还唱得地道！"红柳也兴奋地打趣说："你俩都唱得好！再对一曲呀！齐场长要是真不要你，那你就跟着他吧。"月亮的脸唰地拉了下来，正色说："红柳姐，你这是说的啥话呀！我可不是那种水性杨花的女人！下次你可再不能这么说了，不然我就要生气了！"

郑君和月亮对花儿的声音传到试验室里，林凡清听到了，轻轻地摇了摇头。郑君这方面一向是不拘小节，他想着以后是不是该找个机会提醒提醒他，但念头很快就转到师部党委那边的回音上了。这几天他几乎是掰着指头在算日子，每天都过得很煎熬，晚上也睡不好。明天就能去师部了，林凡清想着，抑制不住自己的兴奋，猛地站了起来，突然一阵天旋地转，他又重重地跌回到椅子上。

天还没亮透，风雪呼啸。郑君急急地跑去敲开红柳房间的门。

郑君对红柳说："红柳，快去劝劝林凡清。"红柳说："怎么啦？"郑君说："林凡清昨天烧了一夜，现在额头还是烫烫的呢，可他今天还非要去师部。"

正说着呢，林凡清晃晃悠悠地已经走出房间，正朝马厩走去。红柳拦在他前面说："凡清哥，你烧发得这么厉害，怎么去师部啊？"林凡清说："刘科长让我今天去听回音。为争取试验站这个项目我们整整努力了快一年多了，现在看到希望了，我们不能功亏一篑啊。"红柳说："那我送你去！"

风雪漫天，整个草原都被大雪弥漫。阿吾斯齐乡这边的风雪更大。

土根老汉顶着风雪敲开了小木屋的门，许静芝把土根老汉让进屋。

土根老汉不好意思地对许静芝说:“许兽医,我知道我不该来找你,可我没办法了,才来的。”许静芝说:“什么事?”土根老汉说:“我家外甥媳妇赵彩霞要生了,春生让我来找你的。”许静芝有些哭笑不得,说:“土根大爷,那你可真找错人了。赵彩霞要生,你得去找队里的卫生员!”土根老汉说:“就因为队里的卫生员不在,怎么找也找不上,春生这才让我来找你的。”许静芝说:“土根大爷,你听我说,我给牛呀马呀羊呀都接生过,就是没给人接生过,这可是人命关天的事。”土根老汉急得要哭,说:“就因为是人命关天,我才来找你的呀!你不是个大学生吗?给牲口接生跟人接生,道理上不都一样吗?”许静芝为难地说:“土根大爷,这可不一样!牲口是牲口,人是人,咋能一样呢?你还是再去找找卫生员吧。”

土根老汉碰了一鼻子灰,叹着气回到李春生家。赵彩霞躺在里屋的床上痛得满头是汗。一见土根老汉进门,李春生忙迎了上去,土根老汉摇了摇头。

李春生生气地说:“赵彩霞,不是我说你,你的嘴也忒损点了!你怎么能那么说许兽医呢?现在你看,求着人家了吧?”赵彩霞说:“都是因为她,我们的羊群才没的!”李春生说:“那都怪你!那天你非要闯卡子,我被你逼得没法子,才硬闯了过去,怎么能怪到许兽医身上呢?”

赵彩霞还想嘴硬,又一阵疼痛袭来,她哭着喊:“痛死我啊!李春生,你要不要你的孩子?你要是不想要你的孩子,我就一刀捅死自己。你知道我有多受累呀!痛死我啊!快再去求求她吧!”

土根老汉看着两口子打嘴仗,又叹口气,说:“我再走一趟吧。”李春生说:“我去,我去向她认个错。”然后一指赵彩霞说:“你个臭嘴女人,遭报应了吧?”

草原上风雪交加。红柳赶着马车,林凡清裹在皮大衣里,但还是冷得发抖。红柳心疼地说:“凡清哥,别去了吧。”林凡清说:“往前走,我死不了!”

红柳摸了摸林凡清的额头,说:“凡清哥,我自己也不知道我咋会这么爱你。现在我明白了,从你身上我看到了我爸的影子。看到了我爸那可敬的精神，还有我爸身上那份让人感到可爱的脾性。”

林凡清自嘲地一笑，说：“我哪比得上邵教授啊。我来这儿后，才感到这儿的条件有多么的艰难。我们现在还有领导和组织上的支持。那时你父亲只能靠自己，太不容易了！”

红柳深情地看着林凡清说：“凡清哥，你爱我吗？”林凡清说：“我已经答应跟你结婚了，这还用问吗？”他看着红柳，在雪花的飘舞中，红柳那张脸显得越发的美丽。

红柳说：“凡清哥，咱俩快点结婚吧。这样我才能更好地照顾你。”林凡清说：“那么急干吗？”红柳说：“我怕你会变卦。”林凡清说：“一诺千金重，这才是男人！等试验站成立后，我们就结婚。”到了路口，红柳扶林凡清下车。然后卸下马，在马屁股上一拍。马奔向草原，消失在风雪中。

林凡清说：“你不回去了？”红柳说：“我陪你去师部。等我们回来，会有人来接我们的。”林凡清说：“谁呀？”红柳一笑说：“这你就别管了。”

阿吾斯齐乡的雪原上，李春生一脚深一脚浅地往小木屋方向赶，他远远地看到一个娇小的身影正迎面而来。那是许静芝背着药箱，急匆匆地冒着风雪在雪地中走着。李春生赶紧奔了过去，问许静芝说：“许兽医，你去哪儿？”许静芝说：“去你们家。”李春生说：“许兽医，我代表彩霞向你认个错，她不该那么说你。”许静芝说：“早就过去了的事儿，别再提了。土根大爷讲得对，人命关天，快走吧！”

两人赶到李春生家，赵彩霞已经号得嗷嗷叫。土根老汉一见到许静芝，差点就没跪下了。许静芝二话没说，让李春生赶紧烧开水，她自己消完毒，就进到里屋给赵彩霞接生，李春生和土根老汉在外屋候着。

里屋传出了婴儿的啼哭声。许静芝在里屋喊：“母子平安！”

土根大爷和李春生都松了口气，一屁股坐在地上，但都满脸的笑容。

红柳扶着林凡清披着风雪走进师机关办公大楼，已经是下午了。两人走到畜牧科门口，林凡清说：“你等着，我进去。”林凡清刚一推门进去，就晕倒在地上。

红柳忙冲进去，扶起林凡清喊：“凡清哥，你怎么啦？”

刘科长吓了一跳，赶紧帮着红柳把林凡清扶到椅子上，又给他倒了杯水。红柳给林凡清灌了两口水后，林凡清醒了过来。

刘科长感动地抱怨说："发那么高的烧，你赶来干什么？师党委已经决定了的事，迟上两天就会改变了？"林凡清说："试验站定在我们沙门子牧场了？"刘科长说："对！"

林凡清一下子变得激动起来，人也突然有了精神，说："刘科长，谢谢你，谢谢你的支持和关照！"

刘科长感慨地说："要不是你那天闯了师党委常委会，恐怕结果不会是这样。我不是说了嘛，你那天两分钟的说明，打动了师党委常委的大多数人。"

林凡清一下抱住红柳，含着泪说："红柳，这事儿成了，终于成了啊！"

第九章

六月的鲜花开满草地，仿佛铺上了绒绒的花毯。远处的雪峰消融在旭日中，清澈的小河水在涓涓地流淌。

试验站院门前的草地上，站满了场部的职工和宾客。都是来参加沙门子牧场良种培育试验站成立揭牌仪式的人。红柳从来没有接待过那么多人，脸上满是兴奋。林凡清更是激动得满脸都绽放着笑容。柴广元带领着李国祥、刘科长还有些师机关的干部站在门前准备主持揭牌仪式。齐怀正和郑君一面指挥着摆放鞭炮，还要招呼牧工宰羊点火，忙得不亦乐乎。

试验站院门前鞭炮齐鸣。揭牌仪式正式开始了，大家热烈鼓掌。

李国祥对齐怀正、林凡清和郑君说："上级决定拨给你们六只阿尔泰种公羊，过上几天，你们就可以派人去接了。"然后李国祥开始发表讲话："我们沙门子牧场良种培育试验站在上级党委的关怀下，现在正式成立了！现在我宣布，经场党委研究，报请师党委批准，齐怀正同志兼任试验站的站长，林凡清同志任副站长，主持日常工作。下面，请师长柴广元同志讲话。”

大家热烈鼓掌。林凡清显得很庄重，觉得自己背负上了一个重大的使命，眼里闪着激动的泪花。

李国祥把柴广元让到前面，柴广元在开场白里加了几个关于沙门子牧场成立初的笑话，引得众人哄堂大笑。突然月亮从人群中挤到李国祥跟前，说：“李政委，你是这儿的大领导吧？我有话要单独跟你说。”

柴师长讲完话，气氛被引到了高潮，大家又热烈地鼓掌。

试验站门口牌子上的红布被柴广元掀开了，林凡清和红柳，还有齐怀正、郑君和榆木老汉看着那块挂在院门口的牌子，白底的牌子上用黑漆写着：“沙门子牧场良种培育试验站”。几个人的眼眶全都潮润了。

齐怀正感慨地指着牌子说：“这就叫‘有志者，事竟成’啊。”

院子边上，月亮把李国祥拉到一边问：“政委，你官大，还是怀正哥……不，齐怀正的官大？”李国祥说：“如果论功劳，可能是齐怀正大，他是个特级战斗英雄，如果论官，那还是我比他大一点。”月亮说：“你领导他，是吗？”李国祥说：“可以这么说吧。你问这干吗？”

月亮跟李国祥把自己千里迢迢从老家来找齐怀正，却被拒绝完婚的事叙述了一遍，然后委屈而心酸地说：“政委，我哪里还有脸面回去啊。”说着，哭了。

李国祥生气地说：“这个齐怀正，怎么能这样！好吧，这事我给你做主了。人家找媳妇急得都烧焦了头，可你这么个漂亮年轻的媳妇找上门来，居然还不要！他还想干吗？”

揭牌仪式结束了，齐怀正陪着柴广元去参观试验站，郑君站在胡杨树下激情地拉着琴。那些场部的职工们烤羊，摆酒，点燃篝火，准备着迎接晚上的狂欢。红柳挽着林凡清的胳膊，满脸幸福地看着林凡清。林凡清被她看得有些不好意思，小声说：“怎么了？”红柳在他的耳边说：“凡清哥，我们可以结婚了吧？”林凡清心里咯噔一下，说：“红柳，你瞧，工作才开始，过上些日子等工作走上正道了再说好吗？”红柳嘟着嘴，但还是爽快地说：“好吧，听你的。”

入夜了，院门口的几丛篝火把整个试验站照得亮堂堂的。大家围着篝火在喝酒，吃手抓羊肉。郑君的手就没停过，还在忘情地拉着琴。

李国祥把齐怀正叫进试验站的一个房间里，开始给他做工作。李国祥语重心长地说：“你的个人问题，柴师长和我都操过心，来的那批湖南女兵中，我们正在为你物色呢。后来有人说，李政委，你不用为他操心了，他在老家定过亲的姑娘来找他了。我把这事儿还告诉了师长，师长和我都松了口气。可没想到，刚才那姑娘来找我，说你不要人家！”齐怀正苦着脸说：“政委，我不想结婚！”李国祥说：“为啥？你不是男人？”齐怀正说：“我怎么不是男人？我三天不刮胡子，就胡子拉碴的了，怎么不是男人？”李国祥说：“那你身体有问题？”齐怀正说：“我是受过伤，但现在伤好了，没问题！”李国祥说：“你看不上那姑娘？”齐怀正不答。

李国祥说：“那姑娘叫啥？”齐怀正说：“叫杨月亮。”李国祥说：“怎么？月亮你不要，难道你要太阳。晒不死你！”齐怀正说：“政委，我真的不想结婚！”李国祥用命令的语气说：“没有特别的原因，就把这婚结了，别让师长和我再为你的个人问题操心了！你这个战斗英雄的个人问题没解决，我和师长都感到有压力。你也帮着师长和我减轻点负担好不好？”

院门前篝火旁，郑君终于放下了琴，喝了两大碗酒后，开始跟月亮对唱着花儿。两人唱得都投入了感情，两双眼睛都在闪光。大家听得兴起，吆喝着为他俩鼓起掌来。

房间里，李国祥对齐怀正说：“你听听，姑娘人长得好，歌儿也都唱得这么好，英雄就该爱美女嘛！”齐怀正烦躁地说：“政委，战斗英雄跟结婚的事有啥关系。反正这个婚我不能结！”说着甩门就出去了。李国祥也只好充满疑惑地苦笑了一下。

一回到师部。李国祥就问柴广元说：“师长，有件事我想问你。”柴广元说：“啥事？”李国祥说：“齐怀正是你的部下，他是不是生理上有什么问题？干吗不肯结婚呢？”柴广元说：“说不上。他被评为特级战斗英雄的材料上，他受伤的部位就是那个部位，老是有问题，后来我批准让他到西安去治，他说动了个手术,就彻底治好了。”李国祥说:“那他为啥不肯结婚?”柴广元沉思一会儿说:“老李啊。我看这事儿我们得尊重他自己的意见。他要不想结婚,咱们也不要勉强他。”李国祥说:“那也不能让他打一辈子的光棍啊!”柴广元说:“他不想结婚自有他不想结婚的原因。我们也用不着非要追问出个根底来。一个男人,尤其像齐怀正这样性格刚烈的男人,这种事是难以启齿的。你不知道,那次那个仗打得有多惨烈……”

夕阳西下,余晖染红了鲜花盛开的草原。自从揭牌仪式的那天晚上同月亮对唱了花儿后,郑君发现自己的情感开始出现了些异样。他有时候会整晚整晚睡不着,白天一听到月亮的声音就会兴奋。郑君不知道齐怀正为什么会把这么好的一个女人撂在边上不理不问,他很想主动出击一下,或者在那个大草原上等着他的就是这个姑娘。月亮赶着羊群回到试验站,看到郑君在围栏边上等着他,觉得有些奇怪。郑君殷勤地为月亮打开羊圈,月亮把羊赶进圈里。

月亮看看郑君说:“郑技术员,你找我有事?”郑君说:“我想跟你说两句话。”月亮一笑说:“啥话?说吧。”郑君说:“我给你拉上个曲子再说吧。这曲子是外国的小夜曲,是男人专门拉给女人听的曲子。”月亮说:“曲子里有男人讲给女人听的话?”郑君点头说:“是。”月亮羞赧地一笑说:“肯定是那种事,我不听。”

郑君鼓起勇气,直率地说:“月亮,如果齐场长不要你,那我就娶你,行吗?”

月亮正色说:“郑技术员,这话你以后可别再说了。这不可能!我只能嫁给怀正哥。我爹让我嫁的就是怀正哥,我要是不嫁给怀正哥嫁给别人,我就是不孝。乡亲们也让我要嫁给怀正哥,因为怀正哥是个战斗英雄,是我们全村的光荣,他应该娶我们村里的女人,不能让战斗英雄娶别村的女人,把光荣让别人占了。”

郑君一笑说:“这话说得有点儿自私了吧?”

月亮说:“啥自私!我们村里人就是这么看的!所以你以后别再跟我说你刚才说的话,我会讨厌你的。我知道你是个有学问的好人,可那样的话你别再跟我说了。我生是怀正哥的人,死是怀正哥的鬼。"

试验室里,原先邵教授的仪器摆满桌子。林凡清在清点仪器,红柳在做记录。

林凡清说:"我们需要补充的仪器你全记好了。"红柳说:"全记好了。"林凡清说:"那好,明天我就去场部,把它寄给我父亲,让我父亲在上海买好后,给我们托运过来。"红柳说:"凡清哥,这是我的一张照片,把这照片也顺便寄给你父亲吧。"林凡清看看照片,陷入沉思。因为照片上红柳那张美丽的脸,突然变成了许静芝的脸。耳边响起了许静芝的声音:"既然你作为一个男人是为事业活着的,那我作为一个女人,就该为爱情活着……我跟你一起去新疆!"

红柳在一边说:"凡清哥,试验站也正式成立了,工作也正常开始做了,咱俩结婚的事是不是该办了?"

林凡清眼前又出现了那一幕:月台的进口处已关上门,没有人再进来。林凡清在火车上失望地把车票撕碎扔出窗外……

红柳说:"凡清哥,你在想什么呀,我在跟你说话呢!"林凡清说:"你在说什么?"红柳说:"我们结婚的事!"

齐怀正敲门走了进来。

林凡清说:"齐场长,你怎么来了?"齐怀正看看红柳,显得有些生分地说:"林凡清,我有件私事找你。"

两人走出试验站,一直走到试验站院前的小河旁,夕阳照在小河上泛出红色的粼粼波光。河边有两块巨大的岩石,齐怀正和林凡清坐在岩石上。

齐怀正说:"凡清,咱们现在是同事加朋友了吧?"林凡清说:"早就是了,甚至可以说是异姓兄弟了。"齐怀正说:"那好,我问你,两个人在一起生活是不是比一个人打光棍要好?"林凡清说:"如果指夫妻的话,那当然是!少年夫妻老来伴么。"齐怀正说:"要是结了婚,不生孩子行不行?也就是,不生孩子是不是也可以结婚?"林凡清说:"不想要孩子的夫妻,无论在世界上或者在我们中国都有,可是你干吗不要孩子呀?"齐怀正说:"你不要问这个,我只问你不要孩子是不是也可以结婚?"林凡清说:"当然可以。"齐怀正站了起来,仿佛下了很大的决心说:“行,我只问你这个。”林凡清对齐怀正这种吞吞吐吐的问话方式很有些不太习惯,他总觉得齐怀正肯定对他隐瞒了什么,而且还是最关键的部分。

西边的天空被夕阳映得越发灿烂。齐怀正和月亮走在山坡上,晚霞把他俩映得红红的。齐怀正说:“月亮,咱俩的事到底咋整好?”月亮说:“不管咋整,你都得要我!”

齐怀正卷了支莫合烟说:“月亮,这些天我也在想,我不能总这么孤零零地过一辈子,有个伴总比没有伴好,是吧?”月亮高兴地说:“怀正哥,听你这话,你答应娶我了?”齐怀正说:“但有句话我要说在前头。”月亮说:“啥话?”齐怀正沉默了一会儿,下了一阵决心说:“我不会生孩子。”月亮说:“那咱们就不要孩子。”齐怀正说:“还有……我也没法同你过夫妻生活。”月亮扭捏地一笑,轻声地问:“你是说同房的事?”齐怀正点点头。

月亮似乎还是没明白状况,她正高兴于齐怀正态度的转变,觉得自己在李国祥那边使的劲儿终于起了作用。她此刻充满了胜利的喜悦,完全没有领会齐怀正这些话究竟在暗示着什么。她斩钉截铁地说:“那我也嫁给你!”齐怀正说:“月亮,你听明白我的意思了没有?”月亮天真地说:“你总是个男人吧?”齐怀正说:“我当然是男人,你看我的胡子。”月亮说:“是男人就行。我说了,我活着是你的人,死了是你的鬼。”齐怀正说:“月亮,我说的意思你全明白了?”月亮傻傻地说:“全明白了呀。我只要能做你的媳妇就行。这样我爹满意,全村的人也都满意。”齐怀正说:“你真听明白了?”月亮说:“明白了呀!”齐怀正说:“行,那我就娶你。”

天刚黑,月亮兴奋地冲进房间,见到红柳,就一把抱住红柳喊:“红柳姐,我要结婚了!怀正哥答应娶我了!”红柳说:“是吗?”月亮说:“当然是!我要嫁给一个战斗英雄。我爹,还有我们村的乡亲们,肯定也要高兴坏了!我要嫁给怀正哥了!红柳,你和林站长啥时候结婚呀?”

红柳气鼓鼓地推门走进试验室,林凡清却仍在无知无觉地整理那些仪器。

红柳说:“凡清哥,齐场长和月亮要结婚了,你知道吗?”林凡清说:“齐场长刚告诉我,怎么啦?”红柳说:“咱俩啥时候结婚?”林凡清说:“齐场长和月亮要结婚，我们急什么呢？”红柳说：“那不行，他们结，我们也得结。我们和他们一起结！”林凡清说：“我们什么准备也没有。”红柳说：“他们现在不也啥也没有准备吗？他们能行，为啥我们不行？你要不同意跟他们一起结，那咱俩今晚就结，就在这儿结！”

林凡清看着红柳，一脸的无奈。勉强地说：“那好吧。”

科克兰木县城里热闹非凡，大巴扎上人群熙熙攘攘，阿依霞古丽领着许静芝在赶巴扎。

红柳和月亮也来到巴扎上购置结婚用品，既然两个男人都是工作起来什么都不顾不管的人，那么这些琐事就让浑身充满了幸福感的女人多承担一些吧。

许静芝和月亮擦肩而过，月亮眼睛尖，一下就认出了许静芝。忙转身追上去喊：“静芝姐，静芝姐姐！”

许静芝转身，也认出了月亮。虽然隔了那么长时间，月亮也不再是那个又饿又脏狼狈不堪的农村丫头了，但那明亮的眼睛和甜甜的笑容，还印在许静芝的记忆里。她说：“啊，是月亮啊。也来逛巴扎？”月亮点头说：“嗯。”许静芝问：“你要找的那个人找到了吗？”月亮说：“找到了，我和他下下个星期也就是八月一号结婚。静芝姐姐，你来参加我们的婚礼吧。”许静芝说：“好，我先祝贺你！到时我争取来。”月亮拉住许静芝的手央求说：“不是争取，一定要来哦！全靠你的帮忙，我才有今天。”

红柳跟了上来，站在月亮身边。月亮介绍说：“她叫红柳，是和我一起工作的姐妹。我和怀正哥，还有她和林站长，我们同时举行婚礼！”许静芝握住红柳的手说：“那也祝贺你，你长得好漂亮啊！你不是汉族吧？”红柳说：“我爸是汉族，我妈是俄罗斯族。”许静芝说：“怪不得长得这么漂亮，真的太漂亮了！”

月亮从钱包里拿出几张票子说：“静芝姐姐，这钱还你。”许静芝说：“还我钱？什么钱？”月亮说：“车钱呀！那次不是你帮我买的车票吗？”许静芝说：“这钱还要还啊？你也太小气了，快收回去！你放心，你的婚礼我会去参加的。”月亮说：“就在咱们牧场场部，就是那天你把我送到的那个地方。”

八月一号，在沙门子牧场场部，一间作会议室的大房子已经被布置得喜气洋洋。房子中间墙上贴着大红喜字，房间里拉满了彩条，挂上了灯笼，好不热闹。

红柳和月亮都穿上了新衣，戴着红花。两人绯红的脸颊被红花映衬着，显得更加美丽。她们被其他女人们簇拥着，都是满脸的幸福，兴高采烈的。而两个男人也被人围堵着，往新娘的身边推去。虽说齐怀正与林凡清脸上也洋溢着笑容，但总有些阴云在不经意间闪过。

草原上，小吉普在草原上的小路上行驶。

柴广元和李国祥坐在小车里。

柴广元笑逐颜开地说："齐怀正要结婚了，真让我高兴。那次战斗要不是齐怀正一个人死守住了阵地，我那个团哪能取得那么大的胜利呀！他得了个特级战斗英雄的称号，我们团也立了集体二等功啊！所以他的这杯喜酒，我怎么也得去喝啊！"

李国祥得意地说："你看看，还是我的思想工作做对了吧？我琢磨人的思想还是有一套的，有些人有时就会有些怪想法。比如像齐怀正，认为自己是个英雄，就不应该近女色。其实世上哪有这样的事，英雄爱美女，自古以来就是这样！"

结婚现场，郑君也显得很兴奋。对齐怀正、林凡清、红柳和月亮说："结婚典礼的时候，我为你们拉个曲子，你们想听什么？"月亮说："拉个小夜曲吧。"郑君有些懵，说："拉小夜曲？"月亮说："你不是说那是男人拉给女人听的曲子吗？"郑君有些尴尬地说："对对对！我代表齐场长、林站长他们两个男人拉给你们两个女人听。"大家笑起来，月亮笑得特别的甜。

在阿吾斯齐乡，许静芝如约要去参加月亮的婚礼，阿依霞古丽骑着马也跟了上来。

许静芝说："阿依霞古丽，还是我一个人自己去吧。"阿依霞古丽说："那怎么行！哈里木说去沙门子牧场有二十几里地呢，你一个人去他不放心，一定要我陪着你去也陪着你回来，你现在可是我们乡里的宝呀！"

婚礼此时已经进入了高潮。场部会议室的屋子里已挤满了人,一条拼起来的长桌上摆满了糖果。刚到场的柴广元和李国祥被请到桌子中间。

李国祥说:“下面请柴师长致贺词,大家欢迎!”

掌声雷动。

齐怀正、月亮、林凡清、红柳胸前都戴着大红花,分站柴广元的两边。整个屋子已经是水泄不通了。不但屋里挤满了人,屋外来凑热闹的也有不少人。郑君站在门口帮忙招呼着客人。

柴广元在屋里说:“我送你们两句话,叫‘白头偕老齐向前,同走革命康庄道!”

大家又是热烈鼓掌。

场部会议室门前,许静芝和阿依霞古丽跳下马,齐怀正的通讯员小石走了上来。小石说:“你们是来参加婚礼的?”许静芝说:“是。”小石说:“那快进吧。”

许静芝和阿依霞古丽刚挤到门口,许静芝一下就站住了。她从人头的缝隙间看到了林凡清与红柳戴着红花,站在一起,正在你一口我一口地咬着吊在他俩跟前的苹果。许静芝猛地感到天塌了,差点摔倒,被跟进来的阿依霞古丽一把扶住了。阿依霞古丽说:“静芝妹子,你怎么啦?”许静芝说:“阿依霞古丽,咱们回去!赶快!”

郑君从人群中看到了许静芝,刚举手要叫,许静芝拉着阿依霞古丽已消失在门口。

场部门口,许静芝冲到拴马的地方,解下马缰绳,头晕得几乎上不去马背了。她咬了咬牙猛地跨上马背,策马就走。阿依霞古丽也紧紧地跟了上来。阿依霞古丽看到许静芝满脸都是泪水,问:“静芝妹子,你怎么啦?”许静芝摇摇手,示意她现在不想说话。

郑君从人堆里挤了出来,看到许静芝刚跨上马。郑君喊:“许静芝!许静芝!”

许静芝和阿依霞古丽已飞马奔远了。

小石也满脸疑惑地站在门口。

郑君说:“小石,快把你的马借我用一下!”

许静芝和阿依霞古丽骑马在前面飞奔,后面郑君追了上来。郑君喊:“许静芝!我是郑君——”

许静芝伤心欲绝地伏在马背上,突然听到了郑君的喊声,她勒住马,停了下来。许静芝转头,有些吃惊地说:“郑君,你怎么在这儿?”郑君气喘吁吁地说:“我现在就是在这个牧场工作呀。你是来参加婚礼的?”许静芝说:“是。”郑君说:“那干吗就走呀?”许静芝的泪情不自禁又流了下来,说:“郑君,你知道我为什么来新疆?”郑君说:“想找你的心上人啊!”许静芝说:“那我告诉你,我要找的那个人今天却跟别的女人结婚了。”然后撕心裂肺地喊:“我做梦都不会想到事情会是这样啊!”郑君说:“你,说的是谁?”许静芝说:“林凡清!”

郑君呆了呆,突然喊:“许静芝,你等一等!”说着拨转马头就往回奔。

场部会议室里,婚礼正举行得格外热烈,喧哗声一片。郑君急急地从人群中挤到林凡清跟前,上气不接下气地喊:“林凡清,许静芝!许静芝!”林凡清没反应过来,怔怔地说:“郑君,你在说什么?”郑君语无伦次地说:“许静芝,我的同学!到新疆找你的,她,刚从这儿走!”月亮高兴地说:“我的静芝姐姐来了?”

李国祥也很吃惊,说:“许静芝,她来这儿了?”

林凡清也蒙了,晕了,忙说:“对不起,我出去一下。”

草原上,许静芝和阿依霞古丽已骑马上了山坡。

林凡清和郑君策马朝她们追来。林凡清喊:“许静芝!许静芝——”

许静芝转马回身,在林凡清他们追上来距离有二十几米的时候,许静芝镇静而愤怒地大喊:“站住!听见没有,林凡清,你给我站住!”

林凡清和郑君勒住马,林凡清还想往前走几步。

许静芝喊:“林凡清,你再走近一步,我就从这山坡上跳下去!”林凡清大声喊:“许静芝,你听我说!”许静芝大喊道:“你什么也不要说!也不用说。现在,说破天也没用了。回吧,好好地结你的婚去!”许静芝又坚定地转马回身说:“阿依霞古丽,咱们回!”

许静芝和阿依霞古丽的身影消失在山坡下,林凡清闷闷地站在原地好一会儿,也转马准备回。郑君急了,对林凡清说:“怎么,就这样啦?”林凡清心情沉重地说:“木已成舟,一切都无济于事了,回吧。”

林凡清背过脸去,眼眶里满是泪。这老天到底是在给他开什么样的玩笑呀!参加完婚礼,已经是夕阳西下。柴广元和李国祥坐着的小吉普车在草原上颠簸着。

吉普车上,两个人都在为林凡清和许静芝的事唏嘘不已。李国祥感慨地对柴广元说:“师长,你瞧这事闹的。你不知道,兵团的江一涛副主任对这个许静芝钟情得不得了!追呀追呀,可这个许静芝却对这个林凡清钟情得不得了,从上海到新疆来找啊找啊!现在怎么样?找着了,人家却结婚了。江副主任等不及了,找了个大学生也结婚了。而这个许静芝呢?两头都落空!这全是命啊!”柴广元说:“什么命!唯心主义的东西。”李国祥说:“这不是命,是什么?你没法解释嘛!”

第十章

暮色低垂,许静芝独自坐在山坡上,望着一轮新月已淡淡地浮现在深蓝的夜空中。山坡下她的那间小木屋静谧地隐没在暮霭里。

阿依霞古丽走上山坡,俯身安抚许静芝说:“静芝妹子,别多想了,多想也没用。回去吃饭吧,我把奶茶给你熬好了。”

许静芝一下扑到阿依霞古丽身上,放声地大哭起来。

林凡清沉默地坐在新房里。红柳搂住林凡清的肩,轻声说:“凡清哥,那这事咋办?你来定,要是你让我离开你,我会离开的。”

林凡清拍了拍红柳放在他肩头的手,说:“别说傻话了。我同你结婚,这是我承诺了的,我和你已经结婚了,所以绝不会再改变什么了。而许静芝呢?我没对她有过承诺,而她来找我我也不知道。不过红柳,你也不要生气,这件事,我心里很难过,真的是很难过,我不知道以后该怎么去面对她。”说着,又陷入沉思。

红柳没再说话,她不想再触及这个话题。许静芝是林凡清过去的恋人,这件事她了解得不多,但她爱上林凡清时,她只知道这人是自己父亲最看重的得意门生。当见到林凡清,又知道他为了继承父亲的事业被女友抛弃,红柳的心就完完全全地扑在了他的身上。虽然此刻林凡清很痛苦,但她并不真想把自己拼命争取到的幸福再让给别的女人。凡清哥是我的,谁也不能夺走他!红柳关上门,吹熄灯,就一下扑在林凡清身上,抱住林凡清说:"凡清哥,不管怎么样,你是我的男人了,我好幸福啊!"林凡清抚摸着红柳的背。眼中却流露着无限的愧疚与不安。他又想起了许静芝,一脸的惆怅和心酸。

齐怀正的新房里,月亮在床上铺好一床被子,对齐怀正说:"怀正哥,闹了一天了,快歇着吧。"

齐怀正走到床前想了想,又拉开一床被子铺上。月亮惊奇地看看齐怀正。

齐怀正回答她说:"各睡各的被吧?"月亮说:"为啥?"齐怀正说:"结婚前我不是都告诉你了吗?"月亮说:"告诉我什么呀!"齐怀正说:"我不会跟你生孩子。"

月亮傻了,蒙了,呆了,说:"你不是男人?"

齐怀正说:"是男人!但是个不会跟女人生孩子的男人。你不要再问了,该说的我在结婚前全部跟你说了。睡吧。"

月亮想了好一阵,喊:"不!怀正哥,我还是没有弄懂!"

齐怀正在灯光下卷了莫合烟,抽了两口说:"月亮,你还没有搞懂?那我把这事跟你说得详细点。十年前,那是我们部队打到大西北的时候。在一次战斗中,我们团长也就是现在的柴师长,让我们的那个排坚守一个阵地,要求我们再坚守上六个小时。敌人派一个营的兵力来抢我们的阵地,我们一次次地把他们打退了。我们的战友大部分也牺牲了,到最后只剩下我一个人了。敌人又朝我们阵地冲来,可我还要再坚守上半个小时,我就端着机枪扫,抓起手榴弹扔,我只感到下面针刺一样地疼了一次。我一个人坚持打了半个小时,援兵到了,把敌人又一次打退了,我这才感到下面热辣辣的疼,裤腿上流满了血。"

月亮有些明白了，嗫嚅地说："是下面受伤啦？"

齐怀正说："我去了战地医院，医生给我上了些药，然后包扎了一下。就是那次战斗，团党委给我向上报了个特等功，后来就得了这个特级战斗英雄称号。"月亮说："那伤呢？"齐怀正说："我以为医生上了药，会慢慢好的。新中国成立后，也上了几次医院，但那伤怎么也好不了，连尿尿都困难，不要说正常工作了。那时柴师长就批准我去西安的大医院看。医院请了位老专家给我诊断，老专家说，要动手术，会痊愈的，但动了手术后就不会生孩子了。"月亮说："你就动手术了？"齐怀正说："当然动了，不动你不知道有多受罪，其实那时不动也没法生孩子呀，所以不如动了。半个月不到就好了，不再受罪了，能正常工作了。"

月亮这下全明白了，一下扑进齐怀正的怀里说："怀正哥，你好可怜啊！我跟你！你不会生孩子我也跟你！"说完，就又大哭起来。让齐怀正感到很不是滋味。

夜深了，许静芝洗了把脸，点上灯，然后坐在床上发呆，一直呆坐到窗外一抹阳光投射到她的脸上。

许静芝似乎突然被惊醒了，她望着窗外那轮红日，自语着说："爷爷，你关了我几天，却毁了我一生的幸福啊！……可是林凡清，你干吗不再等等我呢？我不是对你说过吗？我把爱情看得高于生命，你就这么不信任我吗？……"说着，潸然泪下。她突然像下了什么决心似的，从床下拉出皮箱，开始整理东西。

下午，哈里木领着赵乡长走进小木屋。小木屋收拾得干干净净，整整齐齐，床上放着皮箱和铺盖。

赵乡长说："许兽医，我听哈里木说，你要走，回老家去？"

许静芝说："赵乡长，哈里木，我实话告诉你们吧。我来新疆是来找一个人的，找到后我要同他在一起生活。这个人我找到了，但他已经同别的女人结婚了，所以，我决定要回去，因为我已经没有必要再留在这儿了。"

赵乡长说："许兽医，你到门口看看。"

许静芝拎着皮箱走出小木屋。赵乡长和哈里木也跟了出来。

小木屋前黑压压地站满了人。老老少少,男男女女的眼睛都看着她,里面有阿依霞古丽、古丽大妈、木拉、土根老汉、李春生、抱着婴儿的赵彩霞,他们都用眼睛在说:"许兽医,你不要走呀!"

那眼光震撼着许静芝的心。

赵彩霞抱着婴儿跪了下来,说:"许兽医,请你不要再计较我说的那些难听话吧!你就留下吧,我给你磕头都行!"

李春生也跟着跪下了,说:"你要一走,乡亲们会责怪我的!因为我和彩霞惹你生气了。"

土根老汉说:"许兽医,你就留下吧,别让我们全家为难了!"

乡里的老老少少都在喊:"许兽医,你留下吧!"

哈里木说:"许兽医,你只是为了那个人才能留在新疆吗?那你心眼也太小了,肚肠也太短了!"

一只雄鹰在长满塔松的山头上翱翔着。

许静芝望着大家,眼里含着泪,手中的皮箱突然掉在地上,她激动地说:"乡亲们,你们都回吧,我不走了。哈里木兄长说得对,我不能因为对一个人的感情,而抛下这么多乡亲们对我的感情。你们都回去吧,我会永远同你们在一起的。"

赵乡长和哈里木跟着许静芝走进木屋。

哈里木说:"静芝妹子,你真不走了?"许静芝说:"刚才乡亲们的眼睛,让我想通了一个道理。不光是男人可以为事业活着,女人也可以,女人也可以活出自己的价值来。女人干吗非要为爱情活着呢。"哈里木紧握着许静芝的手说:"静芝妹子,我一定会像亲妹妹一样地待你的!"

赵乡长和哈里木走出小木屋。赵乡长对大家喊:"乡亲们,许兽医决定不走了!大家也都别走了,今晚我请客,宰羊吧!"

众乡亲们齐声欢呼起来。

小木屋里,许静芝听着外面的欢呼声,百感交集,泪水禁不住涌了出来。

早晨，齐怀正洗漱完毕，正准备去上班。月亮整着被子，面有苦色。

临出门前，齐怀正侧眼看了月亮一眼说："月亮，你咋啦？"月亮脸上马上露出笑容说："没什么呀？"齐怀正说："你后悔了是吧？"月亮说："怀正哥，你这话说得也真是的，我高兴还来不及呢，咋会后悔呢？跟你结婚了，我真的感到很幸福！"齐怀正有些不相信，说："你真这么想？"月亮急忙说："那哪能有假呢？怀正哥，中午你回家吃饭吗？"齐怀正说："我要去试验站，中午不回来了，你自己吃吧。"

齐怀正走出门。

月亮从窗口看着齐怀正走远了，便捂着脸伤心地哭起来。她觉着，自己就这么一辈子守活寡了。

试验站院前的那条小河，河水清澈见底，波光粼粼。林凡清和郑君在小河边洗着各式各样的瓶子，有墨水瓶，药瓶，酒瓶。

郑君背着他的小提琴，蹲在河边洗着瓶子说："林站长，你从哪儿搞来这么些瓶子？"林凡清说："我每次去总场场部，去师部，就收罗这些瓶子。做试验，需要大量的器皿啊。"他看着郑君背的提琴说："有件事我一直憋在心里没跟你说。"

郑君说："什么事？"林凡清说："就是你这琴的事。你整天背着这么个琴，不觉得累赘吗？"郑君说："背习惯了，不背反而觉得背上缺点什么，空落落的。"林凡清说："你这么洗瓶子也背着，你不觉得难受吗？我看着都感到挺别扭的！"郑君嘻嘻笑着说："多看看就不别扭了。时间长了，你要是看到我没背琴了，反倒会感到别扭的。"林凡清说："这怎么可能呢？郑君，我有责任想提醒你一句。我不反对个人有业余爱好，但专业工作与业余爱好一定要分清轻重，不要搞颠倒了。"郑君有些不乐意了，冷笑一声说："林站长，谢谢你的提醒。不过我也说了，专业工作与业余爱好之间孰重孰轻，我会把握好的，这点觉悟我还有！"但他说着，手一滑，一只瓶子落在一块卵石上，砸了个粉碎。

林凡清看了郑君一眼。

林凡清和郑君把洗好的瓶子用柳条筐抬进试验站的院子里。齐怀正也下马走进院子。林凡清指指洗好的瓶子，对齐怀正说："齐场长，我们是万事俱备，只欠东风啊。种公羊什么时候能引进啊？"齐怀正说："我就是为这件事来的。上级给我们调配了六只阿尔泰种公羊，你看你们谁去接？最好派个懂行的。"林凡清说："这么大的事，我自己去吧。"郑君一拍胸脯，说："我去！"齐怀正说："林凡清，让郑技术员去吧。什么事你都亲自出马，那也太累了。"林凡清说："还是我去吧。"郑君说："林凡清，我同你一样，都是畜牧系的大学生！来新疆工作，我也是积极主动报名的，觉悟水平不见得比你差吧！你怎么这么不相信人呢？"

齐怀正下命令说："那就郑技术员去吧。刘科长在电话里说，他是花了九牛二虎之力，才给我们争取到这六只阿尔泰种羊的。"

林凡清话中有话地说："我们有了这六只种公羊，那我们试验站的工作就可以正式开始了，所以这种公羊，也就是我们试验站的命根子。"

郑君不满地说："这我也懂！"

郑君抱着柳条筐把洗好的瓶子送进试验室去，小河边就剩下林凡清和齐怀正，河水在涓涓地流着。

齐怀正和林凡清坐在两块大岩石上。齐怀正对林凡清说："林站长，把你的好烟给我抽一支。"

林凡清拿出一包"大前门"，扔给齐怀正说："你抽吧。"

齐怀正接过烟，抽出一支点燃后说："你看我这个人，把你弄到我这儿来，让你学会了抽烟，结果你让你老爹经常寄好烟来，我呢，也跟着沾光。以前我平时只抽莫合烟，可抽上你的好烟后，也时常想抽抽这些好烟。"林凡清说："这有什么，烟酒不分家嘛。"齐怀正说："林凡清，你看，我又有私房话要同你说了。"林凡清说："说吧，自在酒泉相识后，我们已经成好朋友了，不是吗？"齐怀正说："林凡清，我不该结婚！这一个多月下来，我越来越觉得我结婚是犯了一个大错！"林凡清吃惊地说："怎么啦？"齐怀正说："我这婚结得没名堂啊！算啥结婚嘛。跟婚姻的那个……那个意义一点儿也不合拍。"林凡清说："怎么？"齐怀正说："男女结婚，不就为了有个男欢女爱、养儿育女吗？可我既不能同她男欢女爱，又不能同她养儿育女。你说我这个婚结它干吗?”

林凡清吃惊地说:“齐场长，你说这些话我不明白。”

齐怀正痛苦地说:“林凡清，我告诉你，我只能告诉你一个人，因为我们已经是最好的朋友了。”

齐怀正回忆着那个战争年代，那段他自己从不愿给人提起的战争经历。

那时候是在西北战场，齐怀正在的那个排正死守着一个高地。那场战役打得真惨烈，双方的伤亡都很大，可以说是尸横遍野。国民党的部队也下了死命令，不惜一切伤亡夺回高地，他们一趟趟往高地上冲，齐怀正和营里的战友们都杀红了眼，根本就看不到身边的人一个接一个倒下了，最后只剩下他一个人站在制高点压着轻机枪向下扫射，他掷出的手榴弹在敌群中爆炸。他身边躺着战友的尸体。直到一颗炸弹在他身边爆炸，把他掀翻在坑道里。

齐怀正从短暂的眩晕中清醒过来，挣扎着爬起来继续抱着机枪扫射。他的裤腿上流满了血。支援部队从山后奔了过来。齐怀正还没喊一声，就倒在了坑道里。

齐怀正说:“我那地方被打烂了，一直好不了。后来我到西安动了手术，在我回新疆时就在酒泉遇见了你……”

林凡清同情地点点头说:“我明白了。”

齐怀正说:“对一个男人来说，这事咋也说不出口呀！除了西安的那位专家医生知道，我没告诉任何人，你是我告诉的第一个人!”林凡清说:“齐场长，我由衷地敬佩你！但对月亮来说，这也太残酷了。让个女人这么守着活寡，从严格的意义上来说，这也是种不道德。”齐怀正说:“当时我也是迷糊呀。上面李政委压我，月亮呢?又说我不娶她她就去死！我呢，就迷糊了，心想，那就结吧，反正身边多个伴总比没有伴好。可是结婚后这么几十天过下来，我知道我错了，彻底地错了!”林凡清说:“是呀，齐场长，我也说个实话吧，这个婚你就不该结。”齐怀正说:“那怎么办呢?我想，现在就闹离婚也不好。刚结婚嘛，再过上些日子吧，过上些日子我再同她离。你看呢?”

林凡清叹了口气，说:“这是你和月亮之间的事，这事由你俩自己决定，我不好说什么。但我还是那句话，从人道这个角度讲，这个婚你真的不该结。”

正值秋老虎，天气炎热。一大早郑君就上师部接种羊去了，这大半天，林凡清就一直提心吊胆，刚过正午，就和红柳，还有榆木老汉一起到场部候着。齐怀正和月亮、小石也都等在场部门前的广场上。

直到太阳西斜，大家终于看到一辆沾满尘土撑着帐篷的大卡车停在了场部门前。郑君背着琴从驾驶室里跳下来，高兴地对齐怀正和林凡清说：“齐场长、林站长，拉回来了。这六只种羊都挺棒的！”

大家都兴奋地拥到卡车后面，可把车厢的后挡板打开，所有的人一下都惊住了，尤其是齐怀正、林凡清、榆木老汉等人。卡车里，六只羊只有两只是站着的，喘着粗气，有一只已经死了，僵硬地躺在车板上，另三只卧着，也喘着粗气，已奄奄一息。

林凡清瞪着眼睛问：“郑君，这是怎么回事？”郑君也傻了，说：“上车的时候都好好的呀。”林凡清说：“你们中午休息过没有？”郑君说：“天特别热的时候我们在小河边树荫下休息了一会。”林凡清说：“喂水，喂草了没有？”

郑君愣了半晌，摇摇头说：“没有。”

林凡清严厉地说：“那你干什么了？”

郑君没回答，脸僵了。

林凡清的眼睛在冒火了，说：“是不是只顾自己在河边拉琴消闲，把羊忘了？”

郑君知罪地垂下脑袋。

林凡清怒不可遏，喊：“你现在就把琴给我砸掉！听见没有，你自己把琴砸掉，要不，你就离开试验站！”

郑君突然从背上解下琴，拿出琴就狠狠地往地上砸去。齐怀正冲上去挡，但已挡不住了。琴的把柄砸成了两截，琴箱也开裂了。

齐怀正有些不平地对林凡清说：“林站长，郑技术员这事是做错了，但也没有必要让他砸琴嘛。”林凡清说：“他这是在犯罪，不仅仅只是做错了事。

不让他把琴砸掉，他就会犯更大的罪！”齐怀正也冲着郑君喊：“郑技术员，那个时候你还拉哪门子琴呀！”

郑君垂着脑袋，悔恨交加地说：“我知道我错了，林凡清！”

榆木老汉对红柳说：“红柳，快！把羊弄下来，让它们在凉快的地方歇歇，再喂些水和草。”

榆木老汉爬上车，抱着羊让红柳在车下接着。月亮也上去帮着接羊。红柳和月亮赶着两只种羊朝河边的树荫下走去，榆木老汉、齐怀正和林凡清也吃力地把那三只病羊抱到树荫下。榆木老汉嘟囔着说：“真不像话！对待工作怎么能这样！林站长对他还算客气的，只让他把琴砸了，要搁在邵教授身上，一脚就把他踹在地上让他滚蛋了！”

红柳说：“榆木大爷，你别说了，郑技术员在砸琴时，他已经把自己也恨死了。他是痛恨自己才砸的琴。”

榆木老汉说：“你没看到林站长那难受的劲？眼睛全红了，泪在眼眶眶里转着呢。”齐怀正瞅瞅树荫下那几只垂死的公羊，心痛地说：“林凡清，你看这事咋处理？这样吧，让郑君同志写份检查，当然我也要检讨，是我坚持让郑君同志去的。主要责任由我来负！”

郑君沮丧地说：“齐场长，这肯定是我的错。给国家造成的损失我来赔！”

红柳朝他们奔来。

林凡清气恼地说：“你怎么赔?!”红柳气喘吁吁地奔到他们跟前。林凡清问：“又怎么啦?”红柳说：“又有一只羊也不吃东西不喝水，怎么办?”林凡清气急了，喊：“郑君，你是个混蛋！”说着，要冲上去打郑君，齐怀正一把抱住他。

齐怀正说：“林站长，你冷静点，冷静点。”林凡清说：“你叫我怎么能冷静下来。好不容易盼来的六只种羊，死了一只，病了三只，叫我怎么向总场交代，向师里交代？为了争取这个项目，我们真是花了九牛二虎之力，甚至犯了纪律闯了师党委的常委会。我都无脸活在世上了。郑君，我现在真想狠狠地咬你几口。”郑君说：“林站长，我有罪，你要想咬，你就咬吧。”齐怀正说：“你们不要再吵了，先把这事搁一搁吧。目前最要紧的是赶紧把那两只病羊救活。”齐怀正问身边的小石:“小石,你去找一下孟兽医!”王股长说:“孟兽医昨天去师部开兽医工作会议去了。是你叫我通知的他,你忘啦?”齐怀正说:“这个时候去开什么会呀!”

郑君拽过齐怀正骑的马,翻身上马。齐怀正说:“你去哪儿?”郑君喊:“我去找个人!”林凡清气急败坏地喊:“你找谁去?”郑君喊:“许静芝!”

郑君快马消失在草原上。

黄昏,河边的树荫下,两只种羊在吃着草,另三只种羊病恹恹地卧在草地上喘着气。齐怀正、林凡清、红柳、榆木老汉围坐在病羊边上。

月亮朝他们走来,说:“都去吃饭吧,我把饭都做好了。”齐怀正挥挥手说:“现在谁还吃得下饭? 你回吧。”月亮不敢回,走到红柳身边坐下了。

榆木老汉看着那几只羊,说:“羊跟人一样,也会中暑的。”林凡清说:“榆木大爷,我知道,你放了将近二十年的种羊了,有什么办法吗?”榆木老汉说:“郑君不是去请兽医了吗?”林凡清对郑君能否把许静芝请得来,并不抱太大希望,叹口气说:“不一定能请得来。还是你想个办法吧。”榆木老汉说:“那先用土办法治一下吧。再拖下去恐怕就没救了。”齐怀正说:“那你就先用土办法治一下,反正现在是只能死马当作活马医了。”榆木老汉说:“那我去采草药去。”

齐怀正和林凡清把榆木老汉送走,两个人往回走时,林凡清说:“齐场长,给我卷支莫合烟吧,我想辣辣地吸上两口。”

齐怀正为林凡清卷了支莫合烟,递给他说:“林凡清,我现在要说你两句了,遇到什么事,你得沉得住气。在战场上沉不住气的指挥员,那就很难打得了胜仗。”林凡清猛地抽着烟说:“这事他做得也太不像话了!”齐怀正说:“其实,这事我比你还要气还要急呢! 我兼着试验站的站长么。我不是也说他了吗? 但事情已经发生了,你气你急又有什么用? 你让他把琴砸了,他也把琴砸了,但死掉的羊能活过来吗? 病了的羊马上就能好吗? 好好的一把琴,多可惜啊!”

傍晚,郑君赶到阿吾斯齐乡的小木屋前,夕阳已经开始缓缓地往雪山后滑落。郑君跳下马,敲开许静芝的门,气喘吁吁地说:“许静芝,你先跟我走吧,什么事我路上再跟你说。看在老同学的分上帮帮我!”

夕阳已隐没在群山后,郑君和许静芝骑马在草原上一路小跑。

郑君说:“要是那几头种羊也死了,林凡清肯定会把我杀了的!我觉得自己的罪孽有多深重!”许静芝说:“你帮过我,我当然也得帮你,那快走吧。”

两匹马在草原上飞奔起来。

天色有些昏暗,夜幕低垂。红柳和月亮守在病羊的边上。月亮说:“红柳姐,我这是第一次看到林站长发这么大的火。平时看上去总是那么温文尔雅的。”

红柳叹了口气,说:“这也难怪他,郑君去接种羊的那几天,他就坐卧不安的,整夜整夜的睡不着觉,就怕会出事。他说,只要种羊一到,我们试验站的工作就算是真正地开始了。谁会想到呢?真出事了,他能不生气吗?为了试验站,可以说他是把命都搭上了。”

月亮说:“郑君自己砸琴的那样子,也怪可怜的。我知道,他有多喜欢他的那把琴呀。我在试验站的那些日子,天天都能听到他拉琴。可现在,啪的一声,琴断了,裂了,琴声也没有了。”

红柳话锋一转,低声说:“月亮,咱们不说这些了。你这地方有了没有?”红柳指指月亮的肚子。月亮说:“红柳姐,你说的是啥呀?”红柳说:“肚子里有了没有?”月亮说:“那你呢?”红柳说:“可能有了。”月亮痛苦地摇摇头。红柳说:“怎么啦?”月亮说:“怀正哥说了,我们不要孩子。”

齐怀正和林凡清朝他们走来。

天已经完全黑了下来,河边燃起了一堆篝火。齐怀正、林凡清、红柳、月亮围着篝火。病羊卧倒在草地上。

林凡清看着病羊,心急如焚地说:“他们怎么都还没来呢?郑君他们来不了,榆木大爷总该回来了吧。”齐怀正说:“不急,再等等。”

月光下,马蹄声越来越近,两人骑马朝他们奔来。

林凡清他们几个人朝郑君和许静芝迎了上去。

许静芝跳下马说:“快去看病羊吧。”林凡清说:“许静芝……”许静芝立马打断他的话说:“林凡清同志,请你不要同我说话,咱俩之间没有什么话好讲!”林凡清说:“我以为你不会来呢。”许静芝说:“怎么不会来?我是个兽医,给牲口看病这是我的职责!”林凡清不再说话。

许静芝在给三只病羊打针,灌药,郑君在一边当帮手。林凡清也想去搭把手,被许静芝推开了。林凡清很不自在。月亮悄悄地问许静芝说:“静芝姐姐,怎么啦?”许静芝说:“月亮,没你的事!”

正说话间,榆木老汉也赶到了。许静芝看看他手中的草药说:“先熬上,还不行的话过两个小时再灌。”

齐怀正和林凡清等人都坐在病羊边守着。篝火染红了卧在树下的那三只病羊。大家眼盯着羊,都沉默无语。树下,那三只卧着的病羊突然陆续站了起来,而且咩咩地叫了两声,大家都紧张地看着它们。过了一会儿,那三只羊开始低头吃草了。

榆木老汉高兴地说:“啊!没事儿了。”大家这才长舒一口气。

郑君闭上眼睛,合着双手说:“谢谢马克思保佑。”

天边露出了一抹霞光。许静芝翻身上马说:“我走了,你们都不要送!”齐怀正、林凡清、郑君、红柳也都翻身上了马。许静芝厉声地说:“我说了呀,你们都不要送!”林凡清知道她的脾气,说:“齐场长,听她的!你们都不要送,她是在生我的气呢。”许静芝头也没回,策马就走。

红柳一扬眉,翻身上了自己的马说:“不,我偏要送!忙活了一夜,她水也没喝东西也没吃上一口,连送一送都不让送,哪有这个理!”

清晨,天边有几朵淡淡的彩霞,两匹快马疾驰在草原上。

在山坡下的一个路口,许静芝勒住马对红柳说:“不用送了,再有几里地我就到家了。”红柳跳下马,深深地朝许静芝鞠了一躬说:“静芝姐姐,对不起,是我抢走了你的男人,可我不是故意的。”许静芝看着她没说话,眼睛里泪水不自主地涌了上来。她赶忙一扭头,迅速地策马离去。

草原上,榆木老汉赶着那几只种羊,林凡清和郑君骑着马正往试验站方向走。林凡清对郑君说:“郑君,对不起。昨天,我感情太冲动了,不够冷静。话说得也太过分了,还骂了你,请你原谅。你的琴,我赔你。”郑君冷冷地说:“不,林凡清,琴是我自己砸的,而且该砸!你说得对,我不是在犯错,而是在犯罪!”红柳骑马赶了上来。

林凡清说:“送她到哪儿了?”红柳说:“送她到阿吾斯齐乡的路口。”林凡清关切地问:“怎么样?”红柳说:“你别问了,这是我们女人间的事。”

第十一章

早晨,齐怀正穿好衣服对月亮说:“月亮,这些日子过下来,你不觉得咱俩都过得挺别扭吗?”月亮说:“咋啦?”齐怀正说:“唉!别扭不别扭,咱俩心里都清楚。我不该答应跟你结婚,我太自私了。”月亮说:“怀正哥,你干吗要说这样的话呀?是我硬逼着你结的。我说了,我生是你的人,死是你的鬼!”齐怀正愧疚地说:“月亮,你别这么带着情绪说话。这些日子以来,我一直在想,男女为啥要结婚?结婚就是要过夫妻生活,就是要养儿育女,可我根本做不到,为啥还要跟你结这个婚呢?这不是白白地在耽误你的青春吗?所以我说我自私了。”月亮说:“怀正哥,你别再说了,我不想听!”虽然这么说着,但她的眼里却满含着泪。齐怀正后悔而自责地叹了口气,说:“我知道你这些天心里也不好受,我也不是个榆木疙瘩,你夜里偷偷地抹泪,我感觉得到。昨晚你不又哭了?这样吧,你看看有没有你合适的男人,只要你喜欢上一个男人,我随时都可以跟你离婚。就这么说吧,只要你啥时候想离,我就跟你离。”月亮喊:“怀正哥,我不是那样的人!”齐怀正说:“我说了,我现在真正感到我在这件事上,犯了错了!”

月亮捂着脸哭了。

齐怀正往外走了两步,但想了想,回过身来对月亮说:“月亮,你看我每天早出晚归的,把你一个人撂在家里,你也孤单。场机关,也没有你可干的工作。要不,你还是回试验站去工作吧。”月亮想了想,说:“那你咋办?”齐怀正说:“我一个人过惯了,你去吧。每个月,我接你回来住上几天,你看咋样?”

月亮点点头。齐怀正说:“我今天就去试验站,你就跟着我去吧。”

初秋,草已开始变黄,红柳正在放牧着羊群。

小路上齐怀正同月亮骑着马朝他们走来,月亮的马上还驮着行李。红柳看见了,高兴地策马迎了上去。红柳同月亮迎面而至,两人跳下马,月亮情不自禁地拥抱了红柳。月亮含着泪,有些伤感地说:“红柳姐,我好想你们啊!”

齐怀正看着拥抱在一起的红柳和月亮,心里也触动了一下,说:“你们聊吧,我去试验站。”

红柳和月亮坐在山坡上。红柳说:“你们怎么啦?齐场长待你不好?”月亮含着泪说:“好着哩。”红柳说:“那到底咋啦?还让你回试验站工作。”月亮扭捏地说:“红柳姐,我没法跟你说。”红柳说:“咱俩都是女人,有啥不好说的?”

月亮犹豫了好一会儿,但还是在红柳耳边叽咕了几句。红柳耿直地说:“那你这不是守活寡吗?”月亮说:“红柳姐,你这话跟谁都不能说呀。”红柳说:“这个齐场长,他是那么个情况,干吗要跟你结婚呀!”月亮说:“这事不怪他!结婚前他就告诉我了,是我逼着他娶我的,是我情愿的。”红柳说:“那他也不能这么做!男人嘛,就该给女人幸福。不能给女人幸福的男人,就不是男人!”月亮说:“红柳姐,这是我自愿的呀!”

还是试验站院门前的小河,河水在潺潺流淌,齐怀正和林凡清又坐在河边的那两块大岩石上。

齐怀正抽着烟对林凡清说:“林凡清,这些天我一直在担心着你和郑技术员的关系。”林凡清说:“你不用担心,我已经向他道过歉了。我也写信给我父亲,让他代我买把好琴,随同我要买的仪器一块儿寄来。那天,我是太鲁莽了。这事儿虽说过去了,但他的情绪还是有些低落,主要是心里有负罪感,他毕竟还是个有责任心的人。”齐怀正想了想,觉得林凡清在这方面心思比他细致得多,两个都是知识分子嘛,应该更容易沟通些。于是说:“那就慢慢开导开导他。”林凡清知道齐怀正来找他绝不只是想说郑君的事,便问:“你和月亮的事怎么样了?”齐怀正说:“你说郑君在种羊的事上有负罪感,可我在月亮的事上也有负罪感呀!我不该结这个婚,所以我让她回试验站来工作了。慢慢等事情过去后,我就同她办离婚手续。你看咋样?”林凡清说:“这是你俩的私事,我可不好表态。”齐怀正说:“你们知识分子哪,就这一点我看不惯,说话一点都不爽快!”林凡清反驳说:“我不是表过态了吗?你就不该结这个婚!”

山坡上。月亮因为自己的心事终于能跟人吐露一番了,一下子轻松了许多,她对红柳说:“红柳姐,我又能回试验站来工作,又能同你在一起,真的很高兴。”红柳说:“月亮,你唱个花儿吧。那么长时间没听你唱花儿了。”

月亮站在山坡上唱:“河边长着青青的草哎,牛儿吃草是为的啥呀;哥哥过河出西口哎,妹妹眼睛把路望穿了哎,不见了哥哥的影子,妹妹心儿也在流泪花。”唱着唱着她眼里含满了泪花。

郑君正在试验室里工作,打开的窗户外传来了月亮的花儿,他兴奋地一下冲出试验室。

听完了月亮的花儿,郑君习惯性地在背后摸了一下,琴没了,他沮丧地叹了口气,接着也唱了起来:“撂下妹妹上了路吔,跑穿了双鞋是为了啥?等我攒上钱来再回转啊,给妹妹买上个金灿灿的项圈银晃晃的环。”

草原的山坡上。月亮高兴地说:“红柳姐,郑技术员接上了。他那嗓子真亮,比我唱得好!”接着唱:“头顶上刮风树林响吔,只盼哥哥早回家哎,风尘尘不动树叶叶落哪，妹妹是真魂魂跟上你走吧。”

歌声在草原上飘悠。

红柳看到月亮的腮上滚下了泪。

听着月亮的歌声，郑君无限感慨地长叹了口气，转身走回自己住的房间。他从墙上拿下了琴盒，打开琴盒，里面是那把砸坏了的琴。郑君看着那把琴，情绪突然变得十分低落。

林凡清刚好推门进来，看到郑君正垂着头生闷气。

林凡清随口问一句说：“郑君，你怎么啦？”郑君就像被爆竹炸着了似的，一下子爆发出来。他冲着林凡清大喊说：“林凡清，我是做错了事，也可以说我犯了罪！但你没有权力剥夺我拉琴的权利！我要拉琴！”林凡清说：“郑君，你冷静点。”郑君继续喊：“我要拉琴！不让我拉琴，我都不想活在这个世界上了！”林凡清说：“郑君，你冷静点好不好？为这事我现在再一次地向你道歉！”

郑君猛然感到了自己的失态，让自己镇静下来说：“不不不，林凡清，对不起，我不该发火，我没有理由发火。”

林凡清说：“郑君，我知道你最近心里有些不好受，但事情已经过去了。其实，我也一直在反省我自己，我在想，人在感情冲动下做出的事往往是错的，有时甚至会让自己后悔一辈子。”郑君说：“林凡清，不要说了。这次我去接种羊的事，我郑君会痛恨我自己一辈子的！”林凡清说：“郑君，你用不着这样。你可以继续拉你的琴，继续唱你的花儿。”郑君说：“不，我不会再唱了！”林凡清说：“刚才我就听你在唱嘛。”

郑君说：“但我不会再唱了！我真的要彻底地反省我自己。林凡清，我想，现在种羊也到了，虽说种羊因为我的原因死了一只，但还有五只，对整个工作影响不是很大，再说，羊群的配种期也快到了，咱们试验站的工作走上了正轨，也会越来越忙，所以我郑君不能像以前那样对啥都满不在乎，吊儿郎当了。总而言之，我郑君得学会重新做人了！”

林凡清感到郑君的话里仍带着很大的情绪，只是看了他一眼，也没再说什么。

河边，初升的太阳倒映在水中，河水闪着红光。

郑君提着只装满各种各样瓶子的柳条筐朝河边走去。月亮赶着羊群来到河边饮水。

郑君朝月亮点了一下头，说："月亮，你又回试验站来工作啦？"

月亮也满面笑容地朝郑君点了一下头说："郑技术员，昨天听了你唱花儿后，我以为你还会拉一会儿琴呢。"郑君苦笑一下说："你不知道我已经把琴砸了吗？"月亮叹了口气，说："真可惜，再也听不到你的琴声了。不过，你对的花儿对得可真好。"郑君一摆手说："我不会再拉琴了，因为想拉也拉不成了。花儿呢，也不想再唱了。"月亮奇怪地说："这为啥？"郑君说："不为啥，就是不想再唱了呗！我呀，要正儿八经做人做事了。"月亮说："你这话我咋听不懂？"郑君说："这话你用不着懂，只要我自己明白就行了。"

月亮眨了眨眼睛，郑君这话她还真是听不懂。

郑君不再说话，蹲在河边开始洗瓶子。

第二天清晨，太阳冉冉升起，月亮把羊群赶上山坡。山坡下可以看到又在河边洗瓶子的郑君。

月亮唱了个花儿朝河边扔去："提起老天爷来它不亲，清风细雨它不往我心窝窝里下；我心窝窝干干的草也不长哎，啥时候我心窝窝才能开出朵花儿来？"

郑君听到月亮扔过来的花儿。他抬头朝山坡上看看，摇了摇头，叹了口气，埋头把洗好的瓶子装进柳筐里，然后提起筐往试验站的院子走去。

月亮被晾在了山坡上，她感到好失望。

放了一天羊，月亮一直在想着郑君，还有他以前跟自己唱的"花儿"。直到夕阳西下，月亮才无精打采地把羊群赶进羊圈。月亮正往回走呢，看到郑君也骑着马往试验站走。

月亮突然有些生气，大喊一声："郑技术员，你站住！"郑君勒住马，问："有事吗？"月亮说："郑技术员，今天早上，我特地为你唱了个花儿，你为啥不回？啥人嘛，连个礼尚往来都不懂？还是个大学生哩！我们农村人都懂，女人扔过来的花儿，男人不接就不是个男人！"郑君还是那套死样怪气的说辞，他一板一眼地说:“月亮,对不起,从昨天起我就下了决心了,不光是琴不拉了,也不再唱什么花儿了,我要一门心思好好地做好我自己的本职工作了。”月亮真是猜不透这人心里到底是咋想的,气恼地说:“郑技术员,怀正哥让我回试验站工作,你不知道我有多高兴。因为我又可以同你一块儿对花儿了。可你,多扫人的兴啊!”

阳光照在金色的草原上。在离试验站不远的草地上,林凡清和郑君、红柳正在打木桩围羊圈。

不远处的山坡上,月亮正在放羊。

红柳对郑君说:“郑技术员,你瞧,月亮在坡上放羊呢!你们对个花儿吧。你俩唱的花儿太好听了,我特别爱听。”郑君说:“对不起,不要说没琴了,就是有琴我也不拉了。花儿呢,我也不想唱了。一门心思干好活,这才是正事!我想,林站长也希望我能这样。”林凡清说:“郑君,你的这些话都是带着情绪说的,我既没有让你不拉琴,也没有叫你不唱歌,我只是希望你摆正娱乐和工作的关系。”郑君说:“那你为什么非要逼着我把琴砸掉?”林凡清说:“我已经向你道歉了。”郑君说:“那我也已经改邪归正了,琴拉不成了,花儿我也不想再唱了,工作第一,不行吗?”林凡清知道他是成心在跟自己较劲儿,但还是控制住自己的情绪说:“郑君,你这是在曲解我的意思!”红柳可不高兴了,说:“郑技术员,你也真是,凡清为这事已经向你道了几次歉了,干吗还要这样不依不饶呢?”郑君说:“红柳,对不起,我不说了,好吧?”

夕阳西沉,月亮赶着羊群走下山坡。郑君在羊圈边上等着,月亮把羊群赶过来,郑君为她打开羊圈。

月亮说:“郑技术员,你在这儿等我,有事吗?”郑君说:“月亮,我是特地来向你道歉的。”月亮冷冷地说:“没跟我对花儿有啥好道歉的,不想唱就不唱呗!”郑君说:“月亮,你听我说,这些天我心情一直很不好。”月亮说:“可一开始你不也唱了吗?”

郑君说:“是呀,可我唱过后就后悔了。我想,我犯了那么大的过错,把琴都砸了,怎么还有心思唱花儿呢。我把检讨也交了上去,本来听说还要给个处分，后来李政委说了句话，给处分是要进档案的，写了检讨就行了，检讨写得还是深刻的，下不为例。再说，每天拉惯了琴，现在没琴拉了，心里总感到空落落的。”

月亮说：“琴不是你自己砸的吗？”

郑君说：“琴是我自己砸的。但月亮你不知道，在我来新疆的路上，有一次停车休息时，我跑到大沙漠里去拉琴。突然沙漠上起了风暴，风沙吹得昏天黑地的，我差点丢了性命。当时带队的李国祥政委气得要砸我的琴，我保护着我的琴说，这琴是我的第二条生命！后来李国祥政委也理解我，他和我一起下去检查工作时，看我没背琴，还说，把琴带上吧，休息时，也为大家拉个琴，娱乐娱乐。”

月亮说：“那你为啥这次就把琴砸了呢？”

郑君说：“因为我要诚心诚意地向齐场长和林站长认错，表示我下次决不再犯这种错误了。”

月亮同情地叹了口气，说：“郑技术员，我觉得你也怪可怜的。拉琴咋就拉出这么一档子事来了呢？”

傍晚，试验站院子里的那两棵胡杨树上飘落下一片片的枯叶，郑君和月亮一起走进院子。郑君问：“月亮，这么多天，你怎么不回齐场长那儿去住？”月亮满腹心事地说：“回去不回去都一样。”郑君奇怪地问：“怎么啦？”月亮含着泪沉默了一会说：“这事没法同你说。”郑君说：“齐场长待你不好？”月亮说：“怀正哥咋会待我不好呢。你别把我怀正哥往歪里想！”郑君又追问说：“那你刚才说那话是什么意思？”月亮说：“我说了，这事没法同你说！”说着，一拧身子就回自己屋了。郑君一个人呆呆地站在胡杨树下，此刻，他多想痛痛快快地拉一会儿琴哪。

夜很深了，试验室的房间里已整整齐齐地放置好了各种仪器。林凡清似乎还不想回自己的房间，独自一人坐在试验室桌前闷闷地抽着烟。结婚后，和红柳一起生活的日子可以说是美满的，红柳是一个完美的妻子，她在情感和工作上毫无保留地支持着林凡清，婚前的那一点小性子如今都很难再看得见，一切都是那么无可挑剔。可是……在林凡清的心里，也许只是某个角落里，总有那么些阴影沉淀着，只有在夜深人静时，这才从最底层翻上来，灼烤着他的心。

自从婚礼后，那天同许静芝再一次见面，林凡清依然能强烈地感受到许静芝对自己的愤怒。他真的做梦都没想到，原以为彻底断线的风筝，会追随他到新疆来。

在这万籁俱静的深夜里，许静芝在咖啡馆里的声音清晰地在他耳边回响："那好吧，我也想好了，我决定跟你一起去！我想了，既然你作为一个男人是为事业活着的，那我作为一个女人，就该为爱情活着，为我爱的人活着。爱情不是比生命更可贵吗！"

"你要让我对天发誓吗？"

"不会的。我爷爷奶奶从来也都是听我的。凡清，我也用你的话回答你，现在任何力量也阻挡不了我跟着你走，除非我真的变卦了。"

那时究竟发生了什么？如果她没有变卦，那一定是发生了什么事。林凡清心情沉重地抽着烟。

一直等不到林凡清回屋，红柳有些不放心，她走到试验室，从窗口往里张望了一下，看见林凡清还在屋里发呆，心里便咯噔一下。红柳几乎猜得到此时林凡清在想什么，她轻轻地推门进来喊了声："凡清。"林凡清这才如梦初醒，抬头看着红柳。红柳从林凡清的神情中感觉到什么，说："凡清，你怎么啦？"林凡清苦笑了一下，说："有件事，一直压在我的心头，有时沉得让我透不过气来。"红柳故意说："郑君的事？"

林凡清摇摇头，说："是啊，郑君的事也是个事儿。到现在，他跟我之间的那个结还是没能打开，当时我干吗非要让他砸琴呢？犯错的是郑君，又不是他那把琴。从来没干过领导，一上手就这么沉不住气！看来，这方面齐场长比我成熟多了。不过这事也不算什么，毕竟我同他一起共事，总能化解的。"

红柳心里有数，便挑明了说："要不是郑君的事，那是许静芝的事了？"

林凡清沉默了一会儿，虽然说出来会让红柳不高兴，但是闷在心里不说反而更会伤她的心。他掐灭了烟头，说："是。一开始，我告诉她说我要来新疆，希望她能跟我一起来，她不同意，还要我在事业和她之间做个选择。你知道我这人的，当然不会妥协。后来她又答应同我一起来新疆，但要回家去跟她家人道个别，而且还对我说除非她自己变卦，不会有任何力量能阻止她跟我来新疆。但约好出发的那天她却没有来，我在火车站上一直等到火车开了，她还没来。到火车出了上海，我才把她的那张火车票给撕了，扔出了车窗外。心想，她肯定是变卦了……我与她的关系也就此结束了。我万万没想到，她会到新疆来找我，这中间肯定是发生了什么事。”

红柳歪着头看着林凡清说：“那你就去问问她呀。”林凡清摇摇头说：“问清楚了又能怎样呢？我现在才感到，生活和命运，有时是很残酷很无情的。无奈的是，我不知道怎样才能帮她去寻找到宽慰和新的希望。”红柳说：“凡清，你也不要太自责，其实我送她的那天，我告诉她，我不是故意的，还向她鞠了一躬。”林凡清说：“红柳，那是你的态度，她也不会因为这事去责怪你的。她心里怨恨的应该是我，可我却不知道该怎样向她表明我的态度……”

红柳突然一下紧紧地抱住林凡清，说：“凡清，我要告诉你一件事……我怀孕了……”

林凡清先是一愣，但立刻也把红柳抱得紧紧的。他知道为什么红柳会在这时告诉他这个消息，他也明白自己绝不可能为了许静芝离开深爱着自己的妻子。但对许静芝的那份愧疚和痛苦他没法抹去。

林凡清搂着红柳的肩，两人关上灯走出试验室，突然看见齐怀正披着月光走进试验站的院门。林凡清惊异地说：“齐场长，有急事？这么深更半夜的。”齐怀正说：“对，是有件急事，我是下了班赶过来的。”林凡清说：“什么事？”齐怀正看看红柳，有些抱歉地说：“林凡清，这件事我想同你单独谈谈。”

两人走到小河边，河水在月下闪着粼粼的波光。齐怀正对林凡清说：“凡清，月亮的事真把我弄得寝食不安，良心天天都在受折磨呢！不能再这么拖下去了，再这么拖下去也太对不住月亮了！”林凡清说：“那你准备怎么办？”齐怀正说：“想赶快同月亮把离婚手续办了。这样，我和她也都解放了，你说呢？”林凡清说：“这得看你们俩双方的意见。我的意见还是那句话，作为一个负责任的男人，你这个婚就不该结。”

齐怀正和月亮分居的事其实在场部已经传出了很多闲话,他听到了些,就愈发觉得对不住月亮。这次想征求林凡清的意见,其实就是想给自己一个推动力,下个决心卸下这块大石头。一旦真的决定了,他的心情也轻松了许多。说:“那行!快刀斩乱麻,把这事了了,我也好安心工作了。”

郑君起夜到院外小解,从月亮宿舍的门口经过时,突然听到齐怀正在说:“月亮,咱俩还是把婚离了吧。”郑君走出几步,想了想,赶紧又回过身来听。

月亮的宿舍里,月亮说:“我不!刚结婚还不到半年就要离婚,我咋向我爹交代啊!我说了,我活是你的人,死是你的鬼!”齐怀正说:“结婚为啥?结婚就是两口子能恩恩爱爱地过日子,可咱俩恩爱不起来,这日子咋过?”

郑君觉得再偷听下去就很不道德了。于是赶紧快步走开,回到自己的房间。

屋子里,月亮哭着说:“怀正哥,这个婚我是不会跟你离的!”

郑君回到宿舍,坐在凳子上,想着刚才听到的话。他看看墙上挂着的琴盒,走到琴盒跟前,想伸手去拿,但手又收了回来。他知道琴盒里是把破碎的琴,没法拉。郑君只能跌坐在床上,把头深深埋在手里,满脸的沮丧。

一轮火红的夕阳斜挂在天空,月亮从山坡上赶着羊群往试验站走。

郑君骑马来到她身边,跳下马说:“月亮,我有话想问你。”月亮:“啥事?”郑君说:“你跟齐场长之间到底发生什么事啦?”月亮说:“啥事也没发生呀。”郑君说:“不对!!月亮,对不起,我在无意中偷听到了齐场长对你说的一句话。”月亮说:“啥话?”郑君说:“齐场长说,‘月亮,咱俩还是把婚离了吧’。你俩之间肯定发生什么事了,要不,齐场长干吗要这么说。”

月亮赶着羊继续往前走,说:“我说了,这事我没法跟你说,你也别再问了!”郑君说:“我偏要问!而且还偏要知道!”月亮说:“你一个大男人,咋跟女人说这样的话!”郑君说:“就因为我是个男人,我才要问!”郑君真诚地恳求说:“月亮,告诉我吧,我真的特别想知道。”月亮说:“这跟你有啥关系?你干吗要知道?”郑君说:“因为……我觉得你现在生活得很不好。我不是说物质上的,而是你的精神和你的内心,你心里藏着苦藏着累,我想知道为什么。”

月亮被郑君的真诚感动了,她看着郑君,半天没说话,接着眼泪哗哗地流了下来。

郑君说:“月亮,到底怎么啦?”月亮抹着泪,抽泣了一会,终于说:“他不是男人。”郑君吃惊地说:“怎么,他是女人,或者是? ……”月亮说:“都不是!是在战争中,他那个地方受了伤,就不会跟女人生孩子了。”郑君说:“那他干吗要同你结婚?”月亮说:“是我逼的。我说,你要不跟我结婚,我就去死。”郑君说:“他告诉你这事了吗?”月亮点点头说:“告诉了。”郑君说:“那你干吗还要跟他结婚?”月亮说:“我以为他是骗我的,我没想到这是真的!”郑君说:“那你怎么办?”月亮说:“还能怎么办? 嫁鸡随鸡,嫁狗随狗,嫁个棒槌抱着走呗。”郑君说:“这是什么话。你这种想法太消极了。既然他提出离婚,那你就该离。”

月亮坚决地说:“我才不离呢! 要不,我爹,还有乡亲们会怎么看我?!”

郑君在月亮那里碰了个钉子,有些丧气地走进试验室,他对林凡清说:“林站长,我到三个牧业队都去过了。”林凡清说:“怎么样?”郑君说:“有些母羊已经开始发情了。”林凡清说:“你辛苦了。从明天起,我们把别的事都搁一搁,集中力量搞好全牧场基本母羊群的配种工作。”郑君回到自己的桌前,依旧用那种特生硬的语气说:“林站长,这你放心吧,我会比去年做得更好!”林凡清有些听不下去了,停下手中的工作说:“郑君,干吗现在一口一个林站长的? 还是像以前一样叫我的名字吧。为了那琴的事,你我之间显得好生分哪。弄得我有些私事想问你都不敢问了。”郑君说:“因为我现在懂规矩了。不过你有什么私事想问我,尽管问!”林凡清说:“你这样不友好,我还敢问吗?”郑君说:“是不是有关许静芝的事?”林凡清说:“我不问了。”

深秋,枯黄了的草原上,各牧业队的牧民们都赶着羊群朝试验站拥来。试验站临时围起来的两个大羊圈都已被羊只挤得满满的。四下里羊叫声此起彼伏。

许多牧民围着郑君在嚷嚷。牧民甲说:“郑技术员,我们路远,你们得先考虑我们队啊。”牧民乙说:“总有个先来后到吧。”牧民丙说:“我们的母羊已经全发情啦,弄得那些公羊一嗅到味道就往我们的羊群里钻。”

已经是焦头烂额的郑君大声说:“你们都不要急,先来登记。你是牧业几队的?”

试验站离河边不远处的羊圈。林凡清穿着工作服,同两个身强力壮的牧民正在羊圈里测验发情母羊。

几只肚上捆上白布的公羊正在往发情的母羊身上趴。只要公羊趴一个,林凡清就在那只母羊身上用红墨水打个圈。然后牧民就把这只母羊拖到羊圈的另一边拦起来。

郑君抽个空子跑了过来,他对林凡清说:“林站长,这怎么办?”林凡清说:“怎么啦?”郑君说:“各牧业队的牧民把羊群都赶来了。现在已经接待不了了,临时搭的两个大羊圈全挤满了。听说,有的还正在路上往这边赶呢。”林凡清一笑说:“这是好事嘛。去年我们给羊配种,还得做耐心的说服工作,现在牧民们都尝到了甜头,不用再做工作,他们就主动地把羊群往这边送。这倒是我们没想到的……”

贾队长带着刘世棋、蒋有友赶着羊群也来了。

贾队长握着林凡清的手说:“林站长。我们可是好朋友了,我们队得优先啊!”

刘世棋和蒋有友也争着握了握林凡清的手,蒋有友动情地说:“林站长,多亏你,全是你宽宏大量,我们才有今天。”林凡清说:“去年你们的羊群处理掉了。今年放的羊是——”刘世棋说:“去年我们牧业队的羊群来这儿配了种后,下的羔都很健壮。贾队长就从羊羔中挑了最好的三百只母羊,让我们放牧了,现在你看看,一只只都膘肥体壮的。”林凡清高兴地说:“这就好。”

忙活了将近一天,郑君累得浑身的骨头架子都快散了,他望着即将西沉的太阳,突然好想拉一把琴,可是……他抬头望着蓝天长叹一声。天空中隐隐约约显出一弯新月,郑君突然跃上马,朝月亮放羊的那个山坡奔去。月亮正赶着羊群下山坡,郑君急急地骑马来到月亮身边,跳下马。

郑君跟连珠炮似的说:“月亮,我正忙着呢。但有句话我得告诉你,嫁鸡随鸡,嫁狗随狗,嫁个棒槌抱着走,那是封建主义的糟粕,是对女人的不尊重!”月亮摇摇头,说:“是我逼着怀正哥娶我的。”郑君说:“齐场长是个开明的领导,现在,他主动提出同你分手,他是对的!你应该听他的,不要再固执了。”月亮想了想,又是摇摇头,说:“可我咋向我爹我们村里的人交代呢?”郑君说:“这是你自己的事,你自己做主就行了,干吗要跟别人作交代呢?”

月亮看着郑君,心里感觉到什么,但又不敢相信地说:“郑技术员,你的意思是……”郑君说:“你要是愿意,你同齐场长办完手续后,我就娶你。我跑来就是要跟你说这句话,因为我爱上你了!”月亮说:“可你是个大学生啊!”郑君说:“大学生怎么啦,大学生也得娶老婆呀。”月亮在心里挣扎了好一会儿,还是痛苦地摇摇头说:“不!这不行。我不能跟怀正哥分手。”

郑君无奈地调转马头,说:“月亮,你再想想,我得干活去了!”

月亮看着郑君远去的背影,满脸的痛苦。心里唱了两句花儿:“小流水清悠悠哎,妹妹就想跟着哥哥走哪——”

晚上,月亮把红柳拉到她的宿舍,嘀咕了好一会儿,说着说着,眼泪止不住地往下落。她抹着泪对红柳说:“红柳姐,你说我该咋办?”红柳心直口快地说:“原来事情是这样!这事人家齐场长可是做得光明磊落的。要说错,就是你的错!你干吗非逼着他娶你呢?”月亮说:“可我爹和乡亲们为我凑盘缠,让我到这儿来,就是让我来同怀正哥完婚的。我不嫁给他,我咋向我爹和乡亲们交代呢?”红柳说:“这有啥好交代的?说齐场长不想同你结婚,不就完了?”月亮说:“红柳姐,事情要有这么简单就好了。我爹和乡亲们都会不依不饶的,把责任都会推到我身上,我就没法做人了!”红柳说:“你就不回去了呗!就在这儿工作,再找个男人,他们就是想不依不饶也鞭长莫及了。”月亮说:“才不是呢!我爹会派人把我带回去的,那我就惨了。”红柳说:“你是个活人,硬是不回去,他们还能把你咋着?现在可是新社会了!我看齐场长是个好心肠的很正直的人,现在又主动跟你提出离婚,他全是为你好,为你着想,你可不能辜负他的这片好心。”月亮说:“红柳姐,这决心我咋也下不了。”红柳真是快被月亮这种优柔寡断的个性给磨得没脾气了,她站起身,拍了拍腿说:“行了,我该说的都说了。这是你自己的事,最后的主意你自己拿!”

清晨,河边树荫下。一群膘肥体壮的母羊正在树荫下吃草。

刘世棋、蒋有友领着林凡清和郑君来到树荫下。刘世棋说:“林站长,你看,这就是我们的羊群。”

林凡清看后高兴地说:“刘世棋、蒋有友,你们这群羊喂得好呀!郑君,你把这群羊记下。这群母羊也可以作为我们试验站品种改良的基本母羊群。”郑君点头,说:“好。林站长,目前来配种的羊群还不断在来,怎么办?”林凡清说:“这是我们工作上的疏忽,没有想到。但牧民们既然赶着羊群来了,不能再让他们把羊群赶回去呀。让牧民们都帮帮忙,再临时围个羊圈吧。”

郑君揉揉发红的疲惫的眼睛说:“那好吧。”

太阳高高地悬在清澈高远的蓝天里,几抹白云扫过山坡的一角。草原上,几株松塔边,月亮放着羊群,她看到郑君疲惫不堪地骑着马上了山坡。

月亮忙迎上去说:“郑技术员,你找我?”

郑君跳下马,想要说什么,但只觉得眼皮发沉,脚下也软绵绵的。他已经连着两天没怎么睡觉了。郑君努力让自己的精神稍稍集中一些,对月亮说:“我想来跟你说几句话,但我现在太瞌睡了,想先睡一会儿。站里现在人又多,又太吵,没法睡,林站长让我出来找个地方休息一下……”说着,往草地上一躺,就呼呼地睡着了。

月亮心疼地看着郑君,从自己的马鞍下抽出一条军用毯子轻轻地盖在了郑君的身上。她想起了郑君的那句话:“你要是愿意,你同齐场长办完手续后,我就娶你。……因为我爱上你了!”

郑君睡在草丛里,他在做梦,梦见自己正在同月亮举行婚礼,脸上露出了幸福的笑容。

正守着郑君的月亮突然看到有一只公羊朝她放牧的母羊群冲过来。月亮吓坏了，赶紧朝公羊那里冲去，一面大声喊："郑技术员，郑技术员……"

郑君被惊醒了，他看到月亮奔上山坡去挡那只冲进母羊群的公羊，却被那只公羊狠狠地抵了一下，月亮跌倒在地，从山坡上翻滚了过来。郑君立即冲上去，把月亮接住。然后又疾步跃上山坡把那只已冲进母羊群的公羊拽了出来。年轻有力的郑君一下把公羊掀倒，但公羊一翻身，羊角又把郑君的手臂蹭去了一层皮，郑君再次把公羊掀翻在地。

那只险些闯祸的公羊被郑君牢牢地拴在一块大岩石上，怎么挣扎也无用了。

月亮在给郑君包扎伤口。郑君深情地凝视着月亮，轻声说："月亮，你赶快跟齐场长去办离婚手续吧，然后你就嫁给我。"月亮含着泪，摇摇头说："我不能……"但却捏着郑君的手，慢慢地投入到郑君的怀里。

有几只小鸟在草丛中飞起飞落，天空中，白云徐徐地飘了过来。

第十二章

试验站的小羊圈里，榆木老汉正在拌食，要给那几只劳顿的种公羊补充营养。郑君牵着那只肇事公羊走来说："榆木大爷，我把这只公羊交给你，有人来找你就还给他，但不能让这只公羊再到处乱跑了。"

林凡清虽然也是好几天没怎么合眼，但却像铁人一般仍在大羊圈忙着照顾母羊。郑君走上去说："林站长，我们站上的那群母羊赶快给配种吧。"林凡清说："怎么啦？"郑君说："你先人后己，当然风格很高尚。但将来生下一些杂种羊，咱们的试验数据不就不准确了？现在草原上到处流窜着一些公羊，月亮一个人可挡不住！别捡了芝麻丢了西瓜！"

月亮的宿舍里，月亮和红柳又在说悄悄话。红柳看着月亮的眼睛说："郑君真是这么说的？"月亮点点头。红柳说："那你咋回答他的？"月亮说："我说这不行！我不能跟怀正哥离婚。"

红柳生气地站起来，说："我问你，你喜欢不喜欢郑君？"月亮点点头。红柳说："你爱上他了没有?”月亮又点点头。红柳说:“是现在爱上的?”

月亮扭捏着说:“第一次来试验站的路上,我们对了一次花儿我心里就……”红柳说:“月亮你怎么活得这么累呀! 在我看来,世上的事本来就都简简单单的,你干吗要把它弄得这么复杂? 你瞧,你这事其实也就这么简单! 你跟齐场长结婚了,但齐场长觉悟到了,这样让你守活寡是很不道德的,他想让你得到幸福,于是坚决要跟你离婚,你离了不就得了? 谁都不会责怪你的。何况你心里已有了一个你爱的人,而那个人也爱上了你,你同齐场长离婚,然后同他结婚,这完全是件顺理成章的事,你干吗要这么折腾自己,也折腾别人呀!”

月亮哭着说:“红柳姐,我不敢呀! 虽说我爹不在我身边,可我老觉得我爹的眼睛在盯着我呢!”

红柳咬着牙说:“月亮,你是个没出息的女人!”

阿吾斯齐乡,背着药箱的许静芝骑马走在金色的草原上。她来到哈里木放牧的羊群边上跳下马。哈里木笑嘻嘻地迎了上来。哈里木说:“静芝妹子,你不是要去托卡牧业村吗? 怎么又回来了?”

许静芝笑着说:“我想起一件事,特地来告诉你,再过上几天可能就晚了。”哈里木说:“狼追羊屁股,什么事这么要紧?”许静芝一笑说:“哈里木,你把你羊群里的这几头公羊全弄走吧。”哈里木说:“这可不行! 没有公羊,我的这些母羊明年咋产羔呢?”许静芝说:“你的这几只公羊的品种都不好,产下的羔不但品种不好,数量也少。沙门子牧场你知道吗,他们那儿成立了一个良种培育试验站。你把母羊赶到他们那儿配种去。他们那儿有几只品质很好的阿尔泰种羊。”

哈里木不以为然地摆手说:“不用不用,我们牧羊人祖祖辈辈都这么过来的。羊群不也好好的嘛。”

许静芝依然耐心地动员哈里木说:“哈里木,你要相信科学。你已经把我看作你的妹子了,我这个当妹子的还会害你吗?”哈里木有些心动了,但还是犹豫着说:“可我也不认识他们。”许静芝说:“他们的站长我认识。我给你写封介绍信过去。你今年去试一下,不行的话明年就可以不去。这总行了吧?”

次日,哈里木揣着张纸条赶着羊群来到了试验站院门前。一个牧民领着哈里木到羊圈去见林凡清。

羊圈里,穿着工作服的林凡清正在羊圈为母羊忙碌着。哈里木把一张纸条递给林凡清。林凡清一看纸条,忙走出羊圈,哈里木也跟了出来。林凡清又把纸条看了一遍。许静芝的条子上写得简单明了:“林凡清,请你为我们阿吾斯齐乡的羊只改良工作也帮一把力。许静芝。”

林凡清对哈里木说:“哈里木同志,许静芝还对你说别的什么了吗?”哈里木摇摇头说:“没有。”

林凡清有些失望地叹了口气,立即领着哈里木朝试验站走去。

试验站的三个临时大羊圈里挤满了羊。林凡清把哈里木领到郑君跟前说:“郑技术员,这是阿吾斯齐乡的哈里木同志,是许静芝同志介绍过来的。你看。”他把纸条交给郑君说,“先安排民族兄弟的羊群吧。”郑君说:“那我们站里的那群羊又配不成啦。”林凡清说:“还是先人后己吧,这个原则不会有错。”郑君说:“林站长,你厉害啊!”林凡清说:“厉害什么啦?”

郑君冷笑一声说:“你杀的回马枪呗!”

羊圈边上,林凡清把哈里木拉到一边说:“哈里木同志,你能不能带我去见见许静芝?”哈里木摇摇头。林凡清说:“怎么啦?”哈里木说:“林站长,你和许兽医的事阿依霞古丽告诉过我,我也问过许兽医,你把她伤害得太厉害了,她说如果没有什么工作上的事,她说什么也不想见你!”林凡清的脸顿时灰灰的。

配种房边上小屋里,林凡清和郑君正在忙碌着。

林凡清说:“郑君,有件事我在心里已经憋了两天了,不知道该不该同你谈?”郑君说:“有话就说,有屁就放,整天憋在肚子里干什么!”林凡清说:“我听红柳说,你喜欢上月亮了?”郑君说:“不光光是喜欢,我是爱上她了,而且还爱得很深很深。怎么啦?你反对?”林凡清说:“不是我反对,而是她现在是齐怀正的妻子，你不能去爱一个有夫之妇呀！”郑君说：“她和齐场长的婚姻是个什么婚姻你知道不知道？”林凡清严厉地说：“知道！但在月亮和齐场长的婚姻解除之前，她还是个有夫之妇！”郑君说：“林凡清，你这个人好虚伪啊！”林凡清说：“不是我虚伪，我是在对你负责！”郑君说：“对不起，这是我的私事，用不着你负责！一个女人，遇到了这样一种婚姻，你不去同情她，怜悯她，还要极力去维持这种婚姻，林凡清，你不道德！”林凡清说：“爱上一个有夫之妇就道德了？”郑君说：“我就是爱上了月亮，我不虚伪，爱就是爱，而且是往死里爱！我觉得我的爱很坦荡、很高尚，因为月亮也爱我！”

林凡清冷笑一声说：“你倒成了英雄了。我只是提醒你一下，别在这上面犯错！犯了错误，谁也帮不了你！我劝你，等齐场长和月亮解除了婚姻关系后，你们怎么相爱都行，但现在不行！这有违道德！”

郑君也冷笑一下，说：“那就谢谢你的关心了！”

深夜，月色皎洁。

林凡清回到家，疲惫地往床上一躺，对红柳说：“红柳，郑君还在上夜班呢，你给他做点夜宵送去。”说完，鼾声就起了。

红柳做好饭提着个柳条筐从屋里出来，月亮迎面走了上来。月亮说：“红柳姐，你去哪儿？”红柳说：“郑君在加夜班，我给他送点吃的去。你放了一天羊，够累的，怎么还不休息？”月亮说：“你不也跟着林站长忙了一整天吗？怎么也不休息？”红柳说：“给郑君送夜宵，也是我的工作呀。”月亮说：“红柳姐，我今晚怎么也睡不着，我去送吧。”红柳说：“怎么啦？”月亮说：“我有话要跟郑技术员说。”

实验室里，郑君吃着夜宵，对月亮说：“面条做得好香啊，你做的？我的肚子还真饿了。”月亮说：“是红柳姐做的。林站长让红柳姐给你送来，我接上了，因为我有话要对你说。这几天来，我心里好乱呀，整夜整夜睡不着。”郑君说：“怎么啦？”月亮说：“那天下午，咱俩都犯错误了。”郑君说：“那天我也很恨我自己，怎么能跟你这样。咱俩都太冲动了。”月亮说：“所以我想告诉你，这事不能再有第二次了。”郑君说：“那你能不能快一点跟齐场长离婚，咱俩结婚吧。”

月亮含着泪摇摇头说：“郑技术员，我不知道该怎么办好，我爱你，这不假，但我不能跟你结婚！因为，虽然我做了件对不起怀正哥的事，但我不能跟怀正哥离婚。”

郑君放下碗，一把抓住月亮激动地说：“月亮，你不能这样啊！这样我们俩都太痛苦了，我一定要跟你结婚！”

月亮挣开郑君的手哭着说：“郑技术员，你别再说这样的话了！”然后冲到门口，但又不忍心地回过头来，含着泪深情地说：“你吃吧，我走了。”说着，便轻轻地掩上了门。郑君的嗓子里像噎了块什么东西，堵得慌。

天刚蒙蒙亮，林凡清走进小屋，看着郑君裹着棉大衣，靠在一边睡着了。

林凡清推醒郑君说：“郑君，回屋去睡吧。”郑君睁开眼说：“不睡了，再忙两天，配种的事也就结束了，到时候再好好地睡吧。林站长，你回去谢谢红柳，她的夜宵做得很好吃。”林凡清说：“郑君，有一件事——”郑君不满地白了他一眼：“又有什么事？”林凡清说：“有一件事我还是想问问你。”郑君说：“怎么，夜宵不是白吃的啊？是不是有关许静芝的事？不是说不问我了吗？”林凡清说：“我想知道许静芝是怎么跟你到新疆来的？”

郑君冷笑一声说：“现在问这些有必要吗？你不是说过木已成舟，一切都无济于事了吗？”林凡清说：“可这事压在我心头压得太沉了，我想知道问题究竟出在哪里。”郑君看着林凡清那副备受煎熬的神情，多少也有点同情，说：“许静芝和我是同学，这你已经知道了对吧。”

林凡清点头。

郑君点了一支烟，开始讲述自己报名参加支援西北建设的知识分子队伍，一大早偷着离开家时，遇见许静芝和她三叔的情景。林凡清也听许静芝说起过她的三叔是个什么样的人，郑君说自己被误会是和许静芝一起私奔，许静芝三叔还狠狠给了他一拳。林凡清从郑君的描述中真切地感受到许静芝在逃离家乡时有多艰难，多么不易。他真没想到，许静芝为了能追随自己，居然放弃了一切，还不惜跟自己的家庭决裂。林凡清听着郑君的叙述，仿佛听到他们在小火轮上的对话，看到许静芝赶到月台时的绝望，看到许静芝执着地挤进西行大军的队伍……

林凡清听着，一脸的懊恼与痛苦。

郑君说："现在回想起来，那时候在乌鲁木齐，兵团招待所院子里，许静芝看到的，肯定是你和齐场长。"郑君回想到在乌鲁木齐兵团招待所院门前。许静芝奔出招待所，小车已开走，后面尘土飞扬。许静芝一面追一面喊，郑君去追许静芝……

郑君叹口气，说："回到招待所问服务员，服务员说，那个解放军军官是个战斗英雄，另一个不认识。我就问许静芝，你的心上人认识解放军的战斗英雄？许静芝也有些糊涂了，她说可能看错人了。"

林凡清心如刀绞，他压抑着内心的痛苦站起来说："郑君，谢谢你告诉我这些。不说了，咱们干活吧。"

厚厚的云层遮住了昏暗无力的夕阳，枯黄的草叶随风扑倒在大地上，入冬的第一场雪纷纷扬扬地飘落下来。

郑君等在羊圈边，一看到月亮赶着羊群过来，他赶忙把羊圈打开。郑君说："月亮，你啥时候去跟齐场长办手续？"月亮看着郑君，泪水流了下来。

羊群咩咩地叫着簇拥着挤进羊圈。

郑君关切地问："怎么啦？"月亮哭着说："郑技术员，咱俩出事了。"郑君说："出什么事啦？"月亮说："我怀上孩子了。"郑君蒙了。

月亮说："这咋整啊？"

郑君脑子里一片空白，愣了半晌，自责地说："那天下午，咱俩都太冲动了。"他低着头思索了一会儿，索性横下心说："事情既然这样了，反而可以解决得快一点。这样，那我去找齐场长去，我来承担责任！"月亮忙拦着他说："不！还是我去同怀正哥说吧。"郑君说："这事该由男人去承担责任，哪有推给女人的！"月亮说："还是我去，我去要比你去好。"

月亮心事重重地回到沙门子牧场的场部，她在齐怀正的办公室门口踟蹰了好一阵儿，这才咬咬牙走进办公室。齐怀正看看月亮说："你咋来了？"

月亮低头说:“怀正哥,回家说吧。”

齐怀正和月亮一起回到家。月亮把门一关,就噗地跪在了齐怀正的跟前。

月亮流着泪说:“怀正哥,你杀了我吧。”齐怀正吃惊地说:“月亮,你这是怎么啦?”月亮哭着说:“怀正哥,我对不住你,你杀了我吧。”齐怀正说:“别说这种没边际的话了,我要杀了你,我不也得去死。到底出什么事了,说!”月亮的眼泪哗地冲出眼眶,羞愧地说:“我……我怀孕了。”齐怀正的头嗡的一声,几乎不相信自己的耳朵,他问:“什么?你怀孕了?谁的?”月亮说:“是……怀正哥,不过这事是我主动的。”齐怀正厉声说:“先不说这个,你只要告诉我,这孩子是谁的?”月亮说:“是……是郑技术员的。”

齐怀正大吼了一声,怒不可遏地喊:“这个家伙怎么搞的,一次次地犯错误。这个流氓,我去宰了他!”

齐怀正撩起袖子就往屋外走,跪着的月亮一把抱住了他的腿。月亮哭着央求说:“怀正哥,你饶了他吧,这事全是我的错!是我主动的,是我勾引的他!”齐怀正用力挣脱开月亮,冲出屋外。

林凡清和郑君在试验室里正忙活着,郑君明显的有些心不在焉,总是打翻什么或者撞着什么。林凡清看看郑君,话到嘴边又咽了回去。

试验室的门砰的一声被推开了。齐怀正怒气冲冲地走进来,看着林凡清和郑君。

齐怀正对林凡清说:“林凡清,你出去!”林凡清看着两眼冒火的齐怀正说:“齐场长,怎么啦?”齐怀正说:“林凡清,没你的事,出去!”林凡清说:“齐场长,到底出什么事啦?”齐怀正一把拉住林凡清,把他推出门外。

齐怀正把门一关,走到郑君跟前,说了声:“郑君,你干的好事!”说着一拳把郑君撂倒在地上喊:“你这个流氓!”

郑君捂着脸,马上明白发生了的事,忙站起来说:“齐场长,你听我说。”齐怀正说:“你用不着再说什么,你起码是犯了生活作风上的错误!难道不是吗?”郑君说:“齐场长,月亮怎么样了?”齐怀正说:“她是我的女人,我能把她怎么样?”郑君说:“齐场长,能让我解释吗?”齐怀正说:“你还解释什么!我知道,月亮可能把我的事讲给你听了,但这个理由我不想听。因为这咋也成不了你犯下作风错误的理由，反正你是错定了！”郑君说：“那我什么也不想解释了，一切都是我的错，一切责任都由我来承担！”

齐怀正一股闷在肚里的怒气发泄出来后，突然平静了下来，他卷了支莫合烟坐下来，抽了两口后，用很平缓的口气说：“郑技术员，对不起，我不该打你。我向你做检讨。”郑君说：“齐场长，能不能让我说句话？我不是想为自己辩护，组织上怎么处分我都可以，但我想说的是，能让我和月亮结婚吗？因为我们两个都深深地爱着对方。”齐怀正一拍桌子恼怒地说：“你们俩干吗要提前做这种事呢？等我同月亮把婚离了，就不都没事了吗？月亮不懂，你这个大学生还不懂吗？”

院门前的小河，雪花在飞舞。林凡清和齐怀正坐在河边的大岩石上，两个人的表情都很凝重。

林凡清说：“抽烟吗？”齐怀正说：“不，我卷莫合烟抽。这时候纸烟抽着就没劲了。”林凡清说：“那让我也卷一支吧。”齐怀正说：“凡清，我真是恨我自己啊！我干吗要结这个婚呢。我不但把月亮害了，现在还搭上了个郑君。”林凡清也有些痛心地说：“这事真的是挺可悲的。我也劝过郑君，谁能想到他们已经发展到这一步了呢？齐场长，我这个人做做技术工作还可以，但做人的思想工作，我真的太幼稚了！”齐怀正说：“感情上的事，可不像做思想工作那么容易。你仔细琢磨琢磨，这能全是他们的错吗？可郑君这小子，受处分是怎么也免不了了。为这受处分，多划不来呀！还有，让月亮明天回到我那儿去吧，等我和她的事情解决后，她要是想回来，再让她回来吧。”林凡清深吸一口烟，点点头说：“我看这样也好。”

夜晚，试验室内灯光幽暗。郑君垂着脑袋坐在那里。

林凡清说：“郑君，你丢人现眼啊！这事也怪我，我还是对你提醒得晚了。”郑君说：“林站长，你不用把责任往你身上揽。我承认，我做了件很越轨很不道德的事。但我不后悔！只要我能把月亮从苦海里拉出来，把禁锢着她脑子的那种封建主义的东西给击破了，我就绝不后悔我所做的。”林凡清苦笑一下，说："拿无耻当光荣了是吗？"

郑君说："我没有这样认为！是，我与月亮之间应该还有更好的选择，但现在已经这样做了。最主要的是，月亮早就爱上了我，我也爱上了她。我们把我们的爱告诉了大家，这是我们迟早会做出的选择。"

林凡清痛心地说："郑君，你们干吗要这么做呢？就像齐场长说的那样，再等上些日子不行吗？不过，事情既然已经这样了，那你就得拿出男人的样子来面对他！"

月亮也回到了宿舍，哭得伤心欲绝。

红柳又气又可怜地对月亮说："事情已经是这样了，你再哭又有什么用？月亮，不是我说你，这全是你的错！你明明已经爱上了郑君，可你还非要逼着齐场长娶你，这是何苦来着？现在你不但害了自己，把郑君也拉上了，把齐场长这么好的一个人也套了进去，让他作难。"月亮抽噎着说："可我爹……"红柳说："别再说你爹和你的那些乡亲们了！是他们找对象结婚还是你找对象结婚？事情已经这样了，你还没明白过来？"月亮抹着眼泪说："红柳姐，我现在真的感到好后悔呀！不过我也下决心了，不管郑技术员会咋样，我都要跟着他，跟他在一起过一辈子，因为我着实是爱他的。"红柳说："你早明白过来该多好啊！干吗非得转那么大一圈呢？"

林凡清回到家，红柳说："这个月亮，真是没出息透了！真不知道她到底是为谁活着！明明喜欢人家郑君，齐场长那边又不肯放手，整天我爹我爹的。现在倒好，把个郑君也给搭进去了！"林凡清说："红柳，你也不要这么说月亮，月亮总还是月亮嘛，她不是你。你想想，是她父亲让她来这儿跟齐场长完婚的。齐场长是个特级战斗英雄，这在她心中，在她父亲和乡亲们的心中是个多么了不起的人物！月亮能嫁给这么个英雄，这是件多么光彩的事啊！但现在要让月亮去重新选择，月亮怎么会不左右为难呢？"红柳说："世上的事就是这样，该断不断，麻烦就来。结果弄得他们三个都很为难。"林凡清说："我担心的不是齐场长，也不是月亮，而是郑君。当然他现在对我有点看法，但我还是觉得这个人不错，有很多可爱的地方，人很聪明，心底坦荡，为人热情,工作又很认真很卖力。可惜就是有点不拘小节,又爱感情用事,这个跟头可是摔重了。”红柳说:“凡清,那你就帮他挡一挡。”林凡清叹了口气,说:“我要是能帮我自然会帮,就怕我没有这么大的力量。”红柳说:“那你就尽你自己最大的力量吧。”林凡清说:“到时候再说吧。”

清晨,天色有些阴沉。郑君把马车套好,红柳帮月亮把行李装在马车上。

林凡清走出屋子来送行。郑君说:“林站长,让我送她一阵吧。”林凡清摆摆手,意思是你去吧。

旷野上,天色愈发阴沉,茫茫积雪的草原上只有那辆马车在吱吱扭扭地叫着。郑君赶着车,月亮依偎在他的身边。

月亮说:“郑技术员,全是我害了你。”郑君摇摇头说:“不,月亮,咱俩谁都没有害谁!现在对你对我来说,都是很幸福的。”月亮问:“为啥?”郑君宽慰她说:“因为咱俩只要过了这个坎,就会永远在一起了。压力越大后面的幸福就越有味儿!”月亮扑在郑君的肩头哭了,说:“今后也只能是这样了。”

郑君说:“怎么,你不愿意?”

月亮坚定地抹着泪点头说:“愿意!咋能不愿意呢?现在我是一百个愿意!”入夜了,林凡清家里灯光幽幽,窗外在刮着风。

林凡清对红柳说:“红柳,羊群配种的事忙完了,我想抽空到阿吾斯齐乡去一趟。”红柳说:“想去见许静芝?”林凡清说:“这事总得解决啊!她这么来新疆,是为我来的。我跟你结婚,对她的伤害太大了,我总得去见见她,哪怕是鞠个躬道个歉,我心里都会踏实些。你看行吗?”红柳说:“你想去见你就去见呗。你想要我陪你去,我就陪你去,你要想一个人去见,那你就一个人去!这有什么为难的。”林凡清说:“我感到为难的,一个是你,怕你心里有想法,会吃醋。”

红柳说:“想法当然会有,吃醋是女人的天性嘛!但你可以放心地去见她,我这点醋还没灌满一坛子呢,不值得把它打翻。再说了,要是这点度量都没有,那我红柳就真成了个小女人了。有一就有二,那二呢?”林凡清说:“二是,我听哈里木说,许静芝不想见我。他说我要去见她,就是在往她受伤的心上撒盐。”红柳一笑说:“那你就别去。”林凡清说:“为什么?”红柳说:“人家不想见你你偏要去见,你这不是为难人家也在为难自己吗?世上的事越简单越好,想爱就爱,想见就见,没希望就拉倒。你瞧,月亮就把事情搞复杂了吧,弄得我们大家都好为难!”林凡清不再说话了。

郑君在宿舍里坐着发呆,他抬头看到墙上挂着的那个琴盒,走过去把琴盒从墙上取下来放在床上。郑君打开琴盒,里面是那把断柄开裂拉不了的琴。他抚摸着琴,突然像疯了似的抓起那把琴,狠狠地把它摔在了地上。本来就破裂的琴这会儿更是四分五裂了。灯光映在他脸上,他满脸的痛苦,眼里还闪着泪。

第十三章

柳家湖总场打来电话让林凡清上场部去一趟，林凡清已经隐约猜到是什么事了。虽然月亮已经回到齐怀正那儿，但牧场场部早就有风声透了出去，一时间谣言满天飞。齐怀正因为这事被柴广元叫去师部问话，听说柴广元气得摔了杯子。如果真是这样的话，李国祥应该也知道了这个情况。估计这次，郑君他是很难保得住了。雪原上，林凡清骑着马急匆匆地在崎岖的路上奔跑着。

林凡清走进李国祥的办公室。

李国祥寒暄了一下说："林站长，辛苦你了，这么冷的天，让你跑了这么远的路。"林凡清说："没什么。政委，你叫我来有什么事？"李国祥阴着脸说："快到年底了，农场的工作就特别的多，我腾不出时间到你们那儿去，但这件事又得尽快处理，所以就把你叫来了。本来这事应该由齐怀正同志去通知郑君的，他是牧场的场长兼你们试验站的站长，但这事他是当事人，由他去通知郑君显然不合适。因此我们只好找你来谈。"

林凡清说:“政委,是关于郑君的事?”

李国祥神色严峻地说:“郑君同志犯的这个错误影响极坏!而且玩的是齐怀正同志的老婆!太不像话了!所以场党委决定,立即送郑君同志去水利工地参加劳动。你通知他,明天就去!水利工地在四棵树,离你们牧场不太远。”林凡清说:“政委,郑君是犯了错误,我想这种错误应该属于人民内部矛盾吧?”李国祥说:“我也没说是敌我矛盾呀。”林凡清说:“那干吗要把他调离试验站,去水利工地呢?”李国祥说:“这事我们也考虑过。尤其是我,我同郑君同志的私人关系很不错。是我特地请求上级把他带到这儿来的。但俗话说,成也萧何,败也萧何。正因为是我把他带来的,所以我在处理这事上更为棘手。你知道,上次让他去接种公羊他捅了娄子,你让他把琴也砸了。柴师长知道后,非要处分他,是我从中调停,只是通报批评了一下,把这事也就压了下来。但没想到,事情刚过去没几个月,他又捅了这么大的娄子。我怎么再帮他?你要知道,齐怀正是柴师长最亲密最得意的部下,是战斗英雄。柴师长听了这事,气得把办公室杯子都摔烂了。他对我说,李国祥同志,你这次要是再袒护郑君,你就是在姑息养奸!”

林凡清说:“李政委,这不行,郑君同志不能调离试验站!虽然他犯了错误,但这毕竟还是生活作风上的错误,我们看人不能只看他的一时一事,得全面看。他是个有能力又很懂行的畜牧技术员,从去年到今年,每年羊群配种的任务又这么繁重,羊的人工授精工作全压在他身上,他毫无怨言不分昼夜出色地完成了任务。这是个不可多得的人才啊!怎么就这样轻易地调到水利工地去劳动呢?”

李国祥说:“这是柴师长下的令,又是场党委的决定,你就执行吧。”

林凡清坚决地说:“不,要通知你们去通知,我不会去通知郑君同志的。我现在就找柴师长去,反正郑君不能走!”

离开总场,林凡清忧心忡忡地骑着马在雪原上飞奔着。让一个畜牧专业的人才去修大渠?他们的做法真是太荒诞了!但拒绝执行命令只是个消极的做法,处理的结果是不可能改变的。郑君是犯了错,但这种错误绝不是什么不可原谅的大错。林凡清放缓了马的速度。或者还有一个办法,有句话说解铃还须系铃人,如果他肯出面,也许还能有一线生机。林凡清打定了主意,拨转马头朝牧场场部方向奔去。

黄昏,林凡清赶到齐怀正的办公室,把场部通报处理郑君的结果跟齐怀正大致说了一下。他焦虑地对齐怀正说:“齐场长,这事只有你去找李政委和柴师长谈了。总之,郑君不能走啊! 我们得从工作上着想啊。”齐怀正也觉得这个处理过于重了。他有些生气地说:“怎么能这样处理呢! 无论从用人上从工作上考虑,都不该这么处理嘛。行,我去找他们去。”说着就往屋外走。林凡清说:“齐场长,天这么晚了,明天去吧?”齐怀正一甩手说:“这事咋能拖过夜?”林凡清说:“那我陪你去。”齐怀正说:“不行,你得回试验站去,去把郑君给我挡住。我知道李政委办事的风格,你不通知郑君,他会让别的人去通知郑君的。你就跟郑君说,这事只有等我齐怀正回来再说。”林凡清说:“那好。”

已是深夜,齐怀正敲开柴广元家的门。

柴广元睡眼惺忪地开门,看到是齐怀正。柴广元说:“出啥急事了? 深更半夜地跑到我这里来,进来吧。”

齐怀正说:“师长,是你逼着我这么晚来打搅你的!”柴广元说:“怎么啦?”齐怀正说:“郑君不能去水利工地,得留在试验站工作。”柴广元说:“这事你怎么来找我呀? 那是你们场党委的决定。”齐怀正说:“那是你发的话! 我不来找你找谁? 你是师长,你发的话谁敢不听?”齐怀正从口袋里掏出一本残疾人证搁在桌上说:“师长,你先看看。”

柴广元打开残疾人证一看,说:“这事你怎么不早跟我说?”齐怀正说:“我是个男人,这种残疾能到处去说吗?”柴广元说:“可你这事跟郑君同志犯的作风错误有什么关系?”齐怀正说:“怎么没有关系? 你想想,一个年纪轻轻的女人守活寡是什么滋味? 月亮告诉我,她和郑君的事是她主动的。”柴广元说:“那也不能减轻郑君同志犯的错误的性质。”齐怀正说:“师长,我不是来为郑君的错误开脱的。但话又说回来,民不告,官不究,我是月亮的男人,我是受害者,这事现在我不计较了,我只有一个要求,让郑君留在试验站工作。生活作风的问题，当然也不算小，但毕竟还是个人的事。跟革命工作比起来，哪个重哪个轻，师长你比我清楚！”柴广元说：“那你是什么意思？”

齐怀正说：“师长，试验站去年一成立，生产上立马就有了成效，不要说我们场的牧民，就连阿吾斯齐乡的牧民也赶着羊群来试验站配种。在这种时候，你却把一个大学生技术员调走，去水利工地劳动，这样做合适吗？首先我这个牧场的场长兼试验站的站长就通不过！把郑君给我留下！师长，你发话！”

柴广元气恼地说：“你这是姑息养奸！”齐怀正说：“像郑君这样的奸我养了！要不，我这个牧场场长，试验站的站长也不当了。你把我的人才弄走了，让我怎么工作！你不想想，得一个人才，多不容易啊！”柴广元沉思了一会说：“那我再跟你们李政委通个气。”

齐怀正走出屋外，长舒了一口气。他看到了漫天的飞雪，而东边已有些光亮了。

清晨，漫天的飞雪纷纷扬扬。

齐怀正说得没错，昨天林凡清前脚走，李国祥就已经另派人把这个处分决定通知了郑君。郑君宿舍的灯亮了一夜。夜里，林凡清回到试验站想要找他谈谈，他却不肯开门。林凡清没办法，只能隔着门告诉郑君，齐怀正已经帮他去活动了，让他安心工作，不必有别的想法。

但林凡清的话却更刺激了郑君，天刚蒙蒙亮，他就把行李驮到马背上，要去水利工地了。林凡清冲上去，把行李拉下来，说：“郑君，你不能走！”

郑君说：“昨天总场的组织科王科长就通知我了，要我去水利工地劳动。我没有必要再赖在试验站！”林凡清说：“郑君，我是试验站的副站长，是主管日常工作的，你要走那也得由我来通知啊！”郑君说：“王科长说，就是因为你不肯通知我，才由他来通知我的。我犯了错误，应该受到惩罚！我也心甘情愿地到水利工地去接受改造。”林凡清说：“你要走，也得等齐场长来了再走！”郑君说：“有这个必要吗？”

郑君又抱过行李，要往马背上放。林凡清再次把行李抢了下来。

林凡清又急又气地喊:“再等上一天你就等不住了吗?”郑君说:“林站长,你干吗要这样?我郑君跟你相处得又不好,老是跟你磕磕碰碰的,而且错误不断,你这是何必呢?”林凡清说:“你这话不对!人与人之间在一起相处,怎么会没有磕磕碰碰?何况人自己跟自己内心都还要有碰撞呢!我不能让你走,是因为我们的这个事业,是因为你郑君的价值,是因为我俩之间已开始相互了解建立起了共同的志向和友谊!郑君,我恳求你,等齐场长来再走吧。”郑君说:“林凡清,我承认你这番真诚的话确实打动了我,但我还是得走!你说过,要拿出个男人的样子来面对它。既然犯了错,我也不想让人家说我是赖皮虫、软骨头!我郑君也是个敢作敢当的人!”说着,翻身上马,行李也不要了,两腿一夹,纵马奔向雪原中。

林凡清从马厩里牵出一匹马,骑上去追郑君。马蹄在雪地上掀起一团团的雪花。

风卷着雪花搅乱了阴沉的天空,齐怀正骑着马在风雪中奔跑着。快到试验站时,刚好与郑君相遇。齐怀正对着郑君喊:“站住!”

郑君勒住马。

齐怀正说:“郑技术员,你这是要去哪儿?”郑君说:“去水利工地。”齐怀正说:“你行李都不带,就这么走?”郑君说:“林站长不让我走。”齐怀正说:“这就对了,快跟我回去!”

林凡清也骑马追了上来。林凡清、齐怀正、郑君三个都跳下马。

齐怀正说:“郑技术员,还回试验站工作吧。”郑君说:“为什么?”齐怀正说:“柴师长、李政委都发话了,他们让你留在试验站工作。”郑君说:“我用不着你们的怜悯,我犯了错,就该去受惩罚!”齐怀正说:“你犯的这个错误是不是跟我齐怀正也有关?”

郑君点点头。

齐怀正厉声地说:“民不告,官不究。我齐怀正都不计较了,你还倔个屁啊!跟我回去!”林凡清说:“齐场长,真的没事了?”齐怀正说:“我都原谅他了,他还能有个屁事!”

郑君感动了,眼里含着泪。

中午，雪花依然在飞舞。齐怀正、林凡清、郑君牵着马走进试验站院子。他们看见一辆落满雪花的马车停在院子里，马车上装着几只木箱，红柳正和赶车的一位穿着邮政制服的人说话。

红柳看到林凡清，高兴地迎上去说："凡清，你从上海托运来的仪器都到了。"林凡清喜出望外，说："太好了，来得正是时候。"

大家都围了上去。

郑君发现有一只木箱与众不同，是个扁扁的长方形箱子，于是问："林站长，这箱子装的是什么？"林凡清一笑说："这是你的，你打开吧。"郑君感到奇怪地说："我的？我并没有叫人邮寄什么东西呀。"林凡清说："你打开吧。"

郑君打开木箱盖，里面是一只崭新的小提琴。

林凡清说："这是我赔给你的，是我父亲让他的一位在音乐学院当教授的朋友挑选的。你看看，行不行？"

郑君打开提琴盒，那琴一看就是把好琴。郑君闷了一会儿，嗫嚅地看着林凡清，突然一把抱住林凡清说："林凡清，谢谢！我又有了我的第二条生命，不只是这把琴。"

河边，雪花飞舞。郑君在疯狂地拉着琴，他已泪流满面了。

夜幕低垂，齐怀正回到家里。

月亮紧张地问："怀正哥，郑技术员咋样了？"齐怀正气恼地说："处分是少不了的，还能咋样？月亮，你是生生地把人家给害了。当然这事也怪我，我就不该跟你结婚！你要死你就死去，我就不信你真会去死！我真不明白，我把我的情况都跟你讲了，你干吗非要跟我结婚？你心里已经有了别人了，我提出跟你离吧，你又不肯！我不知道你到底要图啥？"月亮哽咽着说："为图个让我爹满意，让家里人满意，让村里的乡亲们满意！"齐怀正说："现在你满意了吧？闹出这么个事来，那你现在咋向你爹你家里人交代！"月亮有些害怕地说："怀正哥，这事你不会告诉我爹吧？要真这样，我爹会先杀了我，他自己也会去死的。"齐怀正说："这事你以为光彩啊，我捂还来不及呢！柴师长和李政委讲了，这事只有领导和当事人知道，不许扩散。处分也只通知本人，不开会宣布。可婚你得跟我离，不然，你咋和郑君相处？还这么偷偷摸摸的？那我齐怀正成了个啥？”月亮说：“可离婚的事，咋向家里人讲呢？”齐怀正说：“这还不好说，是咱俩没有感情基础，性格不合，结婚后没法在一起相处。是我提出离婚的，你把所有的责任全推到我身上就行了！”

深夜，试验室里摆满了新的仪器。红柳也在帮着林凡清整理。

林凡清看看红柳，想了又想，终于开口说：“红柳，我明天和郑君一起去见一下许静芝。”红柳笑了，说：“刚才就觉着你肚子里有事。那你就去呗！简简单单的一件事，干吗要在肚子里绕上好几圈？去吧！我不是说了吗，我度量没那么小，这点醋淹不死我！”

林凡清看看这个可爱的妻子，眼里流露了满腔的感激与爱。他走上前，紧紧拥住了红柳，轻声说：“谢谢……”

第二天中午，林凡清和重新背上琴的郑君骑马来到许静芝的木屋前。

郑君说：“凡清，我先去探探口气，你看怎么样？不然可能会让许静芝很难堪的，事情反而会弄僵。”

郑君走进许静芝的小木屋。许静芝一见是郑君，忙热情地招呼他坐下，要给他端上奶茶。郑君说：“许静芝，林凡清也来了。他很想见你，你见不见？”许静芝脸色顿时阴沉下来，说：“我同他之间还有见的必要吗？”郑君说：“总还是朋友吧？”

一提到林凡清，许静芝心里就是一团乱麻。她也曾经反省过自己，从到了新疆，她几乎就没能认认真真地找寻过林凡清。在兵团机关秘书科，她的心思几乎都用在躲避江一涛的事上。到了阿吾斯齐乡，一开始是忙着防疫，被乡亲们留在这里后，也几乎是天天被人请去给牲口看病，有时候甚至被当成医生要求给人看病，根本就找不着空隙去干自己的事。那天去赶大巴扎，也是阿依霞古丽心疼她太辛苦，硬拉着她去散心的。老天偏是这样残酷，因为自己的懈怠，一心一意思念的男人就这样成为别人的新郎。许静芝长叹一声，说：“按理讲，相互帮帮忙，谈谈别的事当然是可以的。但要一提到感情上的事,我心口上的创伤就会开裂流血,像无数的针在扎一样难受。”许静芝缓了一会儿,问郑君:“他今天来找我干什么?”郑君说:“他想是跟你做一些解释。”许静芝苦笑一声,说:“一切都已成定局了,还解释什么? 他来跟我解释无非是想减轻一些自己的负罪感,可他的解释对我来说只能增加我的痛苦。算了,你让他走吧! 我不需要他的解释也不想听他的解释。”郑君说:“这不好吧,人家冒着严寒,大老远来到你家门口,你连见都不见。你俩毕竟有过那么一段——”

许静芝立即打断郑君的话,说:“郑君,你不要再说了! 再提这事我就要生气了!”

郑君无奈地牵着马来到林凡清跟前。林凡清一看到他的脸色,就知道了结果。他一言不发地跳下马,径直向小木屋走去。郑君拉住林凡清,说:“咱们走吧,她不想见你,也不想听你解释!”林凡清说:“不,不管怎样,有句话我必须得跟她说!”说着,直奔小木屋。

郑君走后,许静芝独自坐在屋里,她还在想着林凡清,满腹的悲悯和凄凉。突然林凡清砰地推开门。许静芝吃了一惊,站起来。她见是林凡清,先是一怔,但顷刻间满肚子的愤懑委屈一起涌上心头,眼泪再也止不住了。林凡清也一时僵在那里,原先想好的话全都堵在喉咙口,一句也说不出来。两人就这样面对面地站着,沉默了好一会儿。

林凡清开口说:“静芝,我知道,一切都无法挽回的时候,我所有的解释对你来说都是多余的了,是吗?”许静芝说:“是。”林凡清说:“但道歉总可以吧? 这句话压在我心头太沉了,静芝,真的很对不起!”然后深深地朝许静芝鞠了一躬,说:“我没有等到你,以为你改变了主意,更没想到你会来找我,说明我还不够了解你信任你。事情变成这样,这都是我的错,请你原谅我,不要再记恨我了。”许静芝看着向她鞠躬的林凡清,眼里还是满含着深情和眷恋。当林凡清抬起头时,她迅速把目光转向了别处,说:“林凡清,我是个女人,所以把感情看得很重。每见一次你,我心里的伤口就被你再划开一次。没事你不要再来找我了,我求你了。”停了一会,又说:“你走吧,我接受你的道歉。”

林凡清和郑君骑马走在回沙门子牧场的雪原上。林凡清还没有从刚才的情绪里出来，自语说：“不能怪她，是我深深伤害了她。”

郑君叹息着说：“是她爱你爱得太深了。”

距离阿吾斯齐乡不远的牧业三队队部，蒋有友在办公室跟贾队长死缠烂磨。他对贾队长说：“贾队长，你给个话儿，我孩子的工作啥时候能批下来？”贾队长说：“我怎么知道？那是总场劳资科的事。但批个工作哪有你想的那么简单，申报上去，那也得等机会。”蒋有友说：“得等多长时间？”贾队长说：“说不准，有时一两年也批不下来。”蒋有友说：“那怎么办？老让这么个大小伙子整天赖在家里也不是个事呀！贾队长，队上的工作随便让他干一个再说嘛。”贾队长说：“队上也没什么工作可以安插的。让你儿子就在家等着，要不，跟着你一块儿去放羊。”蒋有友发火说：“你们当领导的就是这么打发人的啊！”贾队长手一摊，说：“我也没办法，你生气也没有用。”

蒋有友气得呸了一声，说：“没见过你这样当领导的！”

积雪铺满了大地，在阳光下闪着光。

走到牧业三队的地界，林凡清勒住马对郑君说：“郑君，你先回试验站吧。我想顺便去趟牧业三队，看看刘世棋和蒋有友他们放的那群羊。”

太阳斜斜地靠在雪峰边上，晚霞映红了覆盖着积雪的山坡。林凡清骑着马往牧业三队走，远远看到有一个牧民，甩着羊鞭，骑在马上，把羊群赶得满山坡地在积雪里奔跑，牧羊犬也在狂叫着，像出了什么事似的。林凡清两腿一夹，策动着马，奔了过去。跑近了才看清，那个牧羊人正是蒋有友。

林凡清忙问：“蒋有友，出了什么事啊？”蒋有友没好气地说：“没出什么事。”林凡清说：“那你为什么赶着羊群满山坡地乱跑？”蒋有友说：“天冷，让羊儿活动活动筋骨，暖暖身子呗。”林凡清有些生气，说：“你不知道这些母羊都是怀孕母羊吗？你这样赶，母羊是会流产的！”蒋有友敷衍着说：“林站长，我知道了。”

林凡清拨转马头朝队部方向没走多远，蒋有友又甩着响鞭，赶着羊群狠命地跑起来了。林凡清气得两眼冒火，又策马追了上去，一把把蒋有友从马上拉下来，喊："蒋有友，你这是干什么？"蒋有友说："没想干什么，我放羊就是这么放的！"林凡清强压住怒气说："蒋有友，你这个情绪不对呀，到底出了什么事，能告诉我吗？"蒋有友说："告诉你，你也解决不了。"林凡清说："但你不能在羊群身上撒气呀！我不知道谁得罪了你，但羊群没得罪你吧？母羊要是流产了，你是要负责任的！"蒋有友说："林站长，你是不是管得太宽了？要是出了什么事，有队领导管教我，也轮不到你林站长呀。"林凡清说："那好，我找你们贾队长去。"

林凡清立刻去了牧业三队队部找到贾队长。

贾队长跟林凡清解释说："林站长，蒋有友最近是有些思想情绪。"林凡清说："怎么啦？"贾队长说："他有个儿子初中毕业了，没考上高中，在家待着，想参加工作。总场劳资科还没批下来，队上也没有合适的工作可以安排，因此闹情绪发牢骚。这个家伙的脾气本来就爆，是个二杆子。"林凡清问："孩子多大了？"贾队长说："可能有十八岁了吧，所以蒋有友才那么急。"林凡清说："他也不能在羊身上撒气呀！而且贾队长你也知道，我们试验站虽然自己有试验用的母羊群，但也在你们牧业三队选了蒋有友和刘世棋放的这群母羊做试验。除了这群羊的基础好外，主要也是想给各个牧业队做个示范，这是齐怀正场长也同意批准了的。"贾队长说："林站长，这一点我知道，齐场长也特地关照过我。我们队上会做好蒋有友的工作，你放心吧。"贾队长看看天色说："天不早了，就在这儿吃了饭走吧？"林凡清说："不了，我得走了。站里还有好多事等着我去做呢。贾队长，那这事你多操点心。"

齐怀正领着月亮到柳家湖总场办离婚手续，但事情办得并不顺利。齐怀正没法子，只好上政委办公室找到李国祥。齐怀正说："政委，我和月亮离婚的事，你去和行政科说说吧。"

李国祥说："咋啦？"齐怀正说："行政科的同志问我离婚的原因，我怎么说呀？我说，性格不合，没感情基础。行政科的同志说光这点理由不行，没感情基础今后好好培养，性格不合，相互体谅相互理解，多磨合磨合。"李国祥说:“人家没说错啊,你俩结婚的事也怪我,我不了解情况,还使劲地施加压力,结果弄出了这么个结果。行,我帮你们说去。”

李国祥推门领着齐怀正和月亮进了行政科办公室。李国祥对行政科的工作人员小方说:“小方,他俩的情况我了解,给他们把离婚手续办了吧。”小方说:“政委,这恐怕不行。”李国祥说:“为啥?”小方说:“月亮同志已经怀孕了。《婚姻法》有规定,在女方怀孕期间不能离婚的。我要给他们办离婚手续,那我就违反《婚姻法》了。”李国祥说:“有这规定?”小方说:“政委,我这儿有《婚姻法》,你看吗?”李国祥一挥手说:“不看了,我脑子里装不下这么多问题。”然后对齐怀正和月亮说:“那就等等再说?今天你们上我家去吃饭吧。”

事没办成,齐怀正和月亮只好骑着马回牧场去。

月亮说:“怀正哥,我想回试验站去干活,行吗?”齐怀正说:“怎么,离不开那个人?”月亮的眼泪在眼眶里打转,说:“怀正哥,光我一个人整天待在家里,我会憋疯的。”齐怀正说:“那你明天就回吧。但要注意影响。咱俩的婚还没离呢,啊?”

月亮含着泪点点头。

郑君牵马走进院子,看到月亮提着行李,推门走进她的房间里。郑君忙拴上马,上前去敲月亮房间的门。

月亮开门,郑君就想进去。月亮把郑君推到门外说:“郑技术员,我和怀正哥还没办离婚手续呢,你可别进出我的房子。”郑君说:“月亮,在你和齐场长没办手续前,我郑君不会再对你有什么越轨的举动的。”月亮摇摇头说:“我不放心,我让你犯了错误,受了处分,我不能再让你受第二次处分!”郑君说:“那你和齐场长的事呢?”月亮说:“怀正哥领我到总场行政科去办离婚手续了,李政委也帮着去说了话。”郑君说:“那办成没有?”月亮说:“没有。”郑君问:“为什么?”月亮说:“《婚姻法》上有规定,女人在怀孕期间不准离婚。”郑君说:“可这……”月亮说:“这原因能说吗?首先怀正哥就不让说。”郑君说:“那你怎么又回来啦?”月亮轻声地说:“我想回来,因为我见不到你我想得慌,怀正哥就让我回来了。只是提醒我,别让我们再犯错,给他添麻烦。为了替你解脱,他去找师长时,把他那残疾证书都带上了,这是他对谁都不肯讲的，也不肯让别人知道的事。为了我们，他只好讲了。”月亮抹了一把泪水，说：“虽说他……但他才是个真正的男人！”

夜已经深了，郑君住的房间里传出激奋而深情的琴声。

清晨，草原上铺满了积雪。

刘世棋骑马一溜烟地跑进试验站的院子，跳下马，急急地敲林凡清家的门。林凡清披上棉衣开门，一看是刘世棋，忙问：“刘世棋，你怎么来了？”刘世棋说：“林站长，你快去看看吧，我们放的那群母羊，已有好几只流产了，也不知道是啥原因。贾队长说，这群羊虽说是我们牧业队的，但也是试验站的试验用羊，所以他特地让我来找你。”林凡清问：“是什么时候出现流产的？”刘世棋说：“前天！”林凡清立刻联想到蒋有友那天的行为，生气地说：“像蒋有友他这样放羊，出问题是迟早的事！”刘世棋卖乖地说：“我也对蒋有友这么说，可他就是不听！他是个粗人，又是个二杆子。”林凡清说：“如果这样下去，那怎么行！你们那群母羊，我们同样寄予了很大的希望，走，去看看吧！”

两人赶到牧业三队羊圈，正赶上又有两只母羊流产了。林凡清瞪着蒋有友，蒋有友站在贾队长边上，看那样子刚和贾队长也吵过，正拧着头，一副倔样。贾队长说：“林站长，你看这是怎么回事？”林凡清恼怒地问：“蒋有友同志，你说是什么原因啊？”蒋有友板着脸，不服气地说：“我咋知道是什么原因！我放羊又不是一年两年，以前我放的怀孕母羊，也让它们跑过，有的比这次跑得还厉害呢，也没有出现流产呀！”贾队长说：“大前天林站长就看到你赶着羊群满山遍野地跑，批评你还不服气！现在不是那个原因，还会有什么原因？你不能因为家里的一点事，就拿公家的羊群去撒气呀！”刘世棋也在边上说：“家里的事再大也是私事，公家的事再小也是大事！蒋有友，不是我说你，你这觉悟也太低点儿了。”蒋有友说：“你们这么说，我就是不服气。拿出证据来！如果这些母羊流产，真的是我蒋有友赶羊赶的，就由我蒋有友来负责！”

贾队长看着林凡清，林凡清想了想说：“你们先放羊去吧。”

牧业三队队部办公室，贾队长问林凡清说：“林站长，你看这事咋办？”林凡清给贾队长递上一支烟，说："贾队长，你看这样行不行？我们试验站自从去年引进了几头阿尔泰种羊，对羊的品种改良工作也就正式开始了，你们队上的这群母羊也是我们的试点之一。科学实验是一项非常严肃认真的工作，所以干这项工作的人也需要有一个严肃认真的态度。就是放羊的人，也要具备这种素质。你看呢？"贾队长说："林站长，我懂你的意思了。那就把蒋有友这个二杆子换下来，让他去放牧育肥羊去。那都是些阉过的公羊，他再往狠里赶也出不了事！"林凡清说："那就谢谢你贾队长的支持了。"

雪原上，蒋有友和刘世棋在放牧着羊群。蒋有友恼怒地对刘世棋说："刘世棋，真不够朋友！领导批评我时，你不但不帮我开脱两句，反而在一边烧火添柴！那天下午你说你家里有事，我知道你是啥事，不就是想你那个从口里接过来的小媳妇了嘛！你倒好，脚底抹油先跑了，留下我一个人赶这几百只羊，让我作难，我不朝羊发火我朝谁发火？"刘世棋说："你别把这事往我身上推，你还是把你这个二杆子脾气改一改吧！在路上，林站长对我说，他最烦那些对工作毫不负责的人。你瞧，这话不是针对你说的吗？"蒋有友说："他说他的话，我放我的羊，屁事没有！"刘世棋冷笑一声，说："不见得吧？"

傍晚，林凡清回到试验室里，把情况告诉了郑君。郑君也有些紧张，说："那群母羊流产严重吗？那可也是我们头一批的试验羊啊。"林凡清说："已经有十几头母羊流产了，什么原因，我也拿不准。看上去不只是一个原因，当然，蒋有友那样赶羊，肯定是原因之一！"郑君想了想，说："造成母羊流产的原因是多种多样的，跑得太狠太累，进圈时的相互挤压，或者受到强烈的刺激，还有就是疾病。"林凡清说："但对牲畜疾病上的事，我们掌握的还不太多。"郑君看了一眼林凡清，说："凡清，我有个建议，把许静芝请来，让她也帮忙找找原因。"林凡清犹豫着说："我们牧场不是有兽医吗？"郑君说："老孟是个土兽医，还是我去请许静芝吧。"林凡清确实很想知道母羊流产的原因，而许静芝这条路也是非走不可，但一想到许静芝那时说的话，想到自己一趟趟地欠她的人情，心里就乱得很。他一挥手说："行，那你去！反正我是请不动她。"

第二天，蒋有友气呼呼地策马冲进院内，一跳下马就狠命地捶试验室的门。

林凡清开门,一看是蒋有友就说:“什么事?敲门不会文明点吗?”蒋有友说:“啥叫文明?我就是个大老粗,文明不了咋的嘞!我问你,从牧场成立开始起,我就和刘世棋搭伙放羊,一直放得好好的。你凭什么要把我调开?”林凡清说:“对,把你调去放牧别的羊群是我向贾队长建议的!”蒋有友说:“为啥?母羊流产你认定就是我犯下的错?”林凡清说:“母羊流产的原因我们正在找,没咬定就是你的责任。”蒋有友说:“那为什么要把我调开?姓林的,你的手伸得也太长了!”林凡清说:“因为你放的这群母羊,对我们羊的良种培育试验很重要。你现在的这种工作态度不适合放这群羊!”蒋有友说:“就算我犯错误了,难道就不让改正了?”林凡清说:“允许呀。只要你真的改变工作态度了,我当然会向贾队长再建议的,问题是你得拿出实际行动来!”

阿吾斯齐乡,郑君在小木屋前下马,从背上解下琴,拉起琴来。

屋里的许静芝听到琴声,立即拉开门,高兴地喊:“我一听琴声,就知道你来了。你可真浪漫,连敲门都省了。怎么?又是林凡清派你来的?你都成林凡清跑腿的了。”郑君说:“许静芝,你说错了。虽然我每次来,都跟林凡清有关,但每次都是我主动想来的。来看看你,对我来说也是件愉快的事。”

炉子上烧着热热的奶茶。许静芝说:“郑君,你每次到我这儿来都匆匆来匆匆走,今天就好好说说话吧。”郑君想了想,说:“行,反正事情也不是那么急。许静芝,你同那个江副主任的事就没有成?”许静芝说:“怎么可能成呢?我的心中只有林凡清。现在还是这样!”郑君说:“可林凡清现在已经结婚了。”许静芝说:“但他在我心中的位置没有变!”郑君说:“你知道吗?为这事,林凡清心里也很痛苦很内疚。但这不能怪他,他以为你没有去火车站,就是同他分手了,因为你说过这样的话。”许静芝说:“可我最后对他说,在我看来爱情高于生命,我决定为爱情而跟他一起来新疆!”郑君说:“可他走时,你并没有出现在他身边呀!所以我觉得这事要怪,就怪你那个封建思想严重的爷爷。他要不把你关起来,会是这样的结果吗?”许静芝沉默了好一会儿,说:“我不怪他,但他毕竟在我心上扎了一刀,扎得太深了,我的心还在流血呢。”说着痛苦地流下泪来,“因为我还深深地爱着他。”郑君说:“许静芝,我能理解,但你也应该体谅他。林凡清为什么要到新疆来,甚至不惜同你分手?你不知道,为了继承他老师的遗愿,他的每一步都迈得多么艰难啊!他同红柳的结合,也是在这一艰难路上的结合。我可以同你讲讲我的事,我也不怕丢脸。”

蒋有友气咻咻地回到牧业三队,一肚子的气没地儿撒,又跑回办公室来跟贾队长吵。蒋有友质问贾队长说:“咱们牧业队又不归试验站管,你为啥只听姓林的,不考虑我们队上牧工的想法?”贾队长说:“林站长建议得有道理。再说,把你调去放另一群羊,也属于队上正常的工作调动。你和刘世棋都是老牧羊人了,把你们分开,让你们每个人都带个年轻人,这不很正常吗?”蒋有友可不买账,说:“反正我跟那个姓林的没个完!”说完摔门就走。贾队长在后面喊:“蒋有友,你别忘了!那年,你在人家头上砸了一棍,人家可没跟你计较啊,还帮你说了不少好话,要不,你就得蹲班房!”

小木屋里。许静芝听完了郑君和月亮的事,一笑说:“这件事你也做得太荒唐了。不过你的这份同情心也很让人敬佩。”郑君说:“不光光是同情心,还有我对月亮的那份深深的爱。你不知道,她一唱花儿时,我的心就会绽放出一朵激情的花儿来。事情发生后,林凡清把我痛骂了一顿,他说,你就等着受处分吧,我不会帮你说一句话!但当总场要把我调离试验站,去水利工地劳动时,林凡清不干了,他说服不了李国祥政委,就找牧场的齐场长出马去说服师里的领导,总场这才又把我留在了试验站。我现在拉的这把琴,也是林凡清送我的。”许静芝说:“林凡清这个人,他是为自己的事业才活着的。所以我很钦佩他,也因为我没能得到他而感到痛苦。”郑君说:“你不准备再找一个吗?”许静芝说:“目前还没有这种想法。”郑君说:“你没考虑过回老家去吗?如果待在这里那么痛苦的话,离开这里也是个不错的选择。”许静芝说:“回去做什么?你又不是不知道,家里人已经不认我了。但作为一个女人,我也完全可以为事业而活着呀!我为爱情而来,但我为事业而留,不也很好很高尚吗?不说这些了,拉个琴给我听听吧。”

郑君在激奋地拉着琴。许静芝静静地听着,她和郑君都想起了自己的心事，两人眼睛里都湿漉漉的。郑君拉完琴，许静芝站起身说：“我就跟你走一趟吧。因为我现在不也正是为事业而活着吗？”

许静芝和郑君骑马赶到牧业三队，进到羊圈检查流产的羊只。正放牧育肥羊的蒋有友得到消息也赶到羊圈。许静芝检查完后，对郑君、贾队长、刘世棋、蒋有友等人说：“有几只流产的母羊，都患上了布氏杆菌病。”蒋有友抢话说：“母羊患这种病就会流产？”许静芝说：“是。”

蒋有友转身去解马缰绳说：“我去找林凡清去，看他再冤枉人！”刘世棋上去一把抱住他说：“你去干什么？”蒋有友挣开刘世棋说：“我要找姓林的算账去！”贾队长喊：“你去找林站长算什么账？”蒋有友早骑上马，一夹马肚就飞也似的跑了。

贾队长气恼地说：“刘世棋，你赶快去把他给我追回来！”

郑君想了想，说：“不用追了，让他去给林站长报个信也好。”

蒋有友冲进试验站，一把把试验室里的林凡清拽了出来说：“林站长，你是个官僚主义分子！”林凡清说：“又怎么啦？”蒋有友说：“阿吾斯齐乡的许兽医来了，她看了羊后说是羊患了什么布氏什么病才流的产！”林凡清说：“好，既然这个许兽医来了，我就跟你走一次。如果真是这种情况，我就向你道歉。但是，我还是不会同意你去放牧那群母羊的。”蒋有友说：“凭啥？”林凡清说：“因为你为了自己的一点私事就拿羊群来撒气，这种工作态度，到什么时候都是要不得的！”

林凡清跟着蒋有友到了牧业三队的羊圈，贾队长早就把许静芝和郑君请到办公室里去了。他们一走进办公室，贾队长就冲着蒋有友说：“蒋有友，你把林站长拉来干什么？”蒋有友理直气壮地说：“让他听听许兽医是咋说的！”

林凡清对许静芝点了一下头说：“静芝，你来啦。”许静芝还是冷冷地说：“我是兽医，当然应该来。”林凡清有些尴尬，但还是切入正题说：“母羊流产是因为布氏杆菌病？”许静芝说：“不全是。而且大部分是受了外伤或是强烈的运动、挤压才导致流产的。”

蒋有友急了，说："刚才你不是说得了什么布氏病才流产的吗？"贾队长说："人家许兽医还没把话说完，你就跑了。没见过你这样急性子的人！现在谁冤枉了谁？快给人家林站长道歉！"蒋有友说："我不道歉！反正我有一半是被冤枉了的！"说着，就转身大步走出办公室。

贾队长说："真是个二杆子！"

林凡清笑了笑，说："不过这样性格的人也有个好处，就是很透明。"

太阳正滑向积雪的山顶。贾队长、刘世棋把林凡清、郑君和许静芝送出队部。林凡清对郑君说："郑君你先回吧，我想送送静芝。"郑君一笑说："应该，应该。"

林凡清和许静芝骑着马，默默地走在雪原上。

许静芝说："凡清，你干吗要送我？"林凡清说："还是想同你说说话。"许静芝说："是想平衡一下自己的良心吗？我想我与你之间几乎是无话可谈了，要谈的话，也就只能谈谈今天的云怎么样，明天的羊群又会出什么状况。除此之外，还能有什么话题可谈？"林凡清说："如果你能够不像前几次那么排斥和我交流的话，我们之间的话题有很多。"许静芝说："那你想谈什么？事业？感情？我们之间还有什么实质性的东西可以交流？"林凡清说："谈谈生活可以吗？"许静芝说："你已经离开了我的生活，在你的生活里也有了另外的人，我们还有什么好谈的？"林凡清说："我不这么看。"许静芝说："那你能放弃那个红柳吗？"林凡清说："不可能！"许静芝说："那我与你之间就没有什么实质性的话题了。"林凡清说："除了爱情就没有别的了？"许静芝说："我与你之间联系起来的纽带当然只有爱情，还能有什么？我就是为了这份爱情，才会背弃我的家庭，冲破重重阻力，千里迢迢来这儿找你。这份爱情曾经是我在这块陌生的土地上支撑下来的唯一依靠，可有一天，我发现这个依靠崩塌了，纽带被切断了，希望没有了，你还想让我跟你谈什么？"

林凡清沉默了一会儿，说："我们总还有别的话题可以谈吧。"许静芝苦笑，说："我同你不一样。你是为事业而来的，我是为爱情而来的。你当然可以同我谈你的事业，你的生活，可我呢？我跟你谈我的生活，你想听吗？"林凡清说:“静芝,有时候,生活就是这样无情。现实生活好像比戏剧更富有戏剧性,它神出鬼没地让你无法预测。但有一条,就是人面对变化无常的生活时,只有积极地去面对它,而不是消极地去应付它。我想,无论你面对的是多么残酷的现实,你只要把事业永远放在心中,你的生活也将永远是充实的。”许静芝心酸地说:“凡清,你说的道理我都明白,但我要告诉你的是,我对你的爱没有变也不会变!虽然这个爱不可能再开什么花结什么果,但这个爱是生了根的,它的根深深扎在我的心里,就同你心里的那份事业一样!我能跟你说的就是这些,你不要再送了,再见吧!”

林凡清心情复杂地看着许静芝骑马消失在雪原上。

第十四章

清晨，红柳腆着个大肚子从马厩里牵出马，她的身子已经有七个多月了，此时上马都显得有些困难。

郑君从屋里走出来，一看这状况，就喊："红柳，你干吗去？"红柳说："放羊去呀！我和月亮不是有分工吗？她放羊，我就在家做饭；她在家做饭，我就去放羊。一个星期轮换一次。"郑君说："你们俩都别去放羊了。"红柳说："那羊谁去放？"郑君说："我去放！"红柳说："郑技术员，你别开玩笑了。试验室的工作，就你和凡清每天都要忙到深更半夜的。你瞧，天还没亮，他就又去试验室了。"郑君说："那就让他一个人干！累死他也是活该。"红柳说："郑技术员，你这话可不友好。"郑君说："我可是出于友好才说这话的！你和月亮肚子都那么大了，他又不是没看见，还让你们去放羊，这像话吗？既不关心你们，更不关心咱们的第二代。"红柳说："试验站不就只有咱们这几个人嘛。"郑君说："你们俩都生孩子时，让谁去放羊？总不能让羊饿死在羊圈里吧？"红柳说:“那怎么办?”郑君说:“他林凡清不是试验站具体管事的副站长吗?他得去找齐场长要劳力去!没见他这么个一头扎在试验室里其他事什么都不管的人。红柳,你回家休息,我放羊去!”

红柳还想推辞,可最近林凡清扎在试验室的时间越来越长,有时都让她觉得那人似乎已经忘记了家庭的存在。她虽然不是娇气的女人,但被忽视的那种失落感多少还是会有一些。红柳想一想,笑了笑说:“那行。”

一大早,蒋有友风风火火地又冲进贾队长的办公室。

蒋有友说:“贾队长,我请半天假可以吗?”贾队长说:“干吗?”蒋有友说:“我要去找林站长。”贾队长说:“蒋有友,这几天你就这么跟林站长较上劲啦!你还要去找他干什么?照我看,林站长压根儿就没冤枉你!”蒋有友说:“对!这几天我就是跟林站长较上劲了,但今天我去找他不是想同他吵架,我想要去跟他认个错。昨晚我一宿都没睡,心里越折腾越不是滋味,前年,我在他头上打了一棍子,人家没计较我,还为我开脱;这一次,人家也是好心劝我,一是为了国家的财产,二也是为了我好,我反而给人家要态度,所以我想,我再不给林站长去认个错,我成了个啥人了!”贾队长一笑说:“你真该去好好向林站长认个错了,人家林站长是个知识分子,多有涵养哪!”

试验室里,林凡清一早就在整理资料,他聚精会神地核算数字,登记各种数据。直到很晚才发现房间里只有他一个人。他看看郑君的办公桌,办公桌上除了堆放着一堆表格外没有人。他低头看看表,不满地摇摇头,继续他的工作。

雪原,大地一片苍茫,郑君骑马背着琴赶着羊群走在雪原上。

已经快中午了,林凡清又抬头看看郑君的办公桌,仍没人。林凡清的脸色有些难看,站起来推开门,冲着郑君的房间喊:“郑君,郑君!”

院子里空荡荡静悄悄的。林凡清火大了,又提高了嗓门大声喊:

“郑君!”

郑君的房间还是没有动静。

红柳听到林凡清在院子里叫,觉得这人真迟钝,怎么快到中午了才发觉屋子里少个人。她从屋子里走出来,对林凡清说:“别喊了,郑技术员放羊去了。”林凡清眉头一皱,说:“不是轮到你去放羊了吗?”红柳拍拍鼓起的肚子说:“凡清,你看我这样还能骑着马去放羊吗?”林凡清说:“没这么娇气吧?”红柳不高兴了,说:“对!我是不会那么娇气。但再过些日子,不要说我上不了马,恐怕你的孩子也会向你提出抗议的。你不在乎你的孩子,可我在乎呀!我爸在九泉之下也会在乎的!”林凡清为难地说:“那怎么办?”红柳说:“问你自己呀!你是这个站的领导,是具体负责的,你得拿主意呀!再说,月亮也比我晚不了多少日子,不见得你让我和月亮都放着羊在雪地里生孩子吧?”

林凡清拍了一下自己的脑门,说:“对不起,红柳,我以为还能再拖上些日子呢!这样吧,你到屋里把我的皮大衣拿来,我去找齐场长。”红柳说:“在关心人方面,你比郑技术员可是差得远了!你也不想想,没有了人,工作谁给你去做!”

林凡清从马厩里牵出马,穿上红柳递给他的皮大衣,说:“红柳,今天你还是把郑君给换回来吧。他得抓紧时间把手头的工作做完,要不,后面就跟不上趟了。”红柳说:“郑技术员这么做,也是为了将你的军。我也不是那种娇气的女人,再放上半个月一个月的羊也没问题,但这事你迟早总得要解决。”林凡清很自责地拍了拍自己的头,骑上马奔出了院子。

林凡清走了没一会儿,蒋有友在院子里跳下马,风风火火地就去敲试验室的门,高声地喊:“林站长,林站长!”

屋里没人应。

红柳走出来问:“蒋有友,有事吗?”蒋有友说:“我找林站长。”红柳说:“他去牧场场部了,有啥事跟我说也行。”蒋有友说:“这事我得当面跟他讲,跟你说没用!”说着飞快地跨上马,奔出院子。

雪原上，蒋有友飞马追上了林凡清说：“林站长，我有话要跟你说。”林凡清说：“对，关于母羊流产的原因，我是有一半冤枉了你，但我向你道歉了。”蒋有友急了，说：“不对！林站长，我找你来不是计较这事的！”林凡清说：“那你找我还有啥事？”蒋有友说：“你就不能允许我给你认个错吗？林站长，你下马吧！”

林凡清跳下马，蒋有友也跟着跳下马。

蒋有友诚恳地说：“林站长，我错了！你大人不记小人过，我向你认错赔罪来了。”林凡清说：“事情已经过去了，只要你知错能改就行。”蒋有友说：“我坚决改！林站长，我有个请求，就是……还是让我和刘世棋一起放那群羊吧。你不是说，我们放的这群羊是给其他牧业队做示范的吗？”林凡清说：“是。”蒋有友说：“这是件很光荣的事，所以林站长，我求你了，人活在这世上，总还要个脸面吗！”

林凡清有些被蒋有友的真诚打动了，说：“我听贾队长说，你最近家里有烦心的事？”蒋有友说：“孩子工作上的事，儿子初中毕业没考上高中，快十八岁了，在家待着，我申请让队上安排个工作，贾队长说，这事目前还有困难。”林凡清说：“蒋有友，你放了几年羊了？”蒋有友说：“我参军前就是个放羊娃。”林凡清说：“既然这样，那你那天就不该这么赶羊。”蒋有友说：“是我脾性不好。有一年，在老家，我放羊时，有一只羊老跟我闹别扭，气得我把那只羊从山崖上推了下去，被地主老财揍了个半死，这也是我后来跑去参军的缘由。”林凡清笑笑，说：“好吧，我接受了你的道歉，你回吧。”蒋有友说：“林站长，那我的请求……”林凡清说：“这事总还得跟贾队长商量吧？”

到了场部，林凡清见到齐怀正，半开玩笑地说：“齐场长，红柳和月亮在闹罢工，不放羊了。”齐怀正不信，说：“凡清，你不是又在唬我吧？这怎么可能！”林凡清认真地说：“谁唬你啦，是她们肚子里的孩子不让她俩再放羊了！在这方面你比我还迟钝哪！”齐怀正不好意思地一笑，说：“对，总不能让她俩生孩子时还放羊吧。这事你早该提醒我，你这个副站长当得不称职！”林凡清说：“站长是你！”齐怀正说：“我这个站长是挂名的，你才是具体负责的。”

林凡清刚要出门,想了想又折回来说:"还有,产羔棚马上要盖,再不盖就来不及了。"

齐怀正有些犯难地说:"现在牧场的劳力也很紧张啊!放羊的人是一个萝卜一个坑,另要劳力也很难抽得动。"林凡清说:"总不能让我和郑君,还有两个大肚子盖产羔棚吧?榆木老汉年纪也很大了,还瘸着一条腿呢。"齐怀正说:"你用不着跟我叫苦,产羔棚我马上派劳力去盖,但顶替月亮和红柳放羊的人你来物色一个吧。"林凡清说:"我想让牧业三队的蒋有友来。"齐怀正忙摇头说:"不行不行,你怎么看上了这么个二杆子?他在我营里当过兵,打仗倒是把好手,就是脾气太倔,不好管理。你降不住他!"林凡清说:"放羊也会是把好手的!再说直肠子的人好相处,把什么事都摆在面上。而且这个人的本质不错,我最怕那种闷葫芦,做什么事都瞒着人,搞科研这是最要命的!"齐怀正说:"你看上他了?"林凡清说:"我跟他也是不打不相识,目前我就相中他了。"

齐怀正把调人这事想得挺简单,想着去牧业三队跟贾队长打声招呼就行,没想到贾队长这次倒顶上了牛。他很不满地对齐怀正说:"齐场长,你也是个当领导的,你想想,林站长干事咋能这么整?是他看到蒋有友放那群母羊不负责任要求我把他调开,去放育肥羊。我想他也是为工作着想,也就这么做了。为这事蒋有友还来跟我闹,我是连劝带压刚把蒋有友的工作做通了。他林站长倒好,又要蒋有友去他试验站放他们的母羊群,还让你来做工作!那我这个队长还怎么当?这事不行!"

齐怀正也有些为难地搓搓手说:"既然林站长想让蒋有友去,就让蒋有友去,都是为了工作嘛。"贾队长说:"齐场长,你别跟我和稀泥。事情不是这么干的!你硬要把蒋有友调到他们那儿去,也行,那你先把我这个队长撤了吧!"齐怀正笑笑说:"怎么,还顶上牛了?那就过上两天再说。其实林凡清这个人还是挺可爱的,知识分子就是知识分子,爱感情用事嘛。"贾队长说:"他可以感情用事,我这个当队长的可不能随着他的性子来。要不,我这个队长就没法干了!"齐怀正说:"贾队长,你也为我考虑考虑,我还兼着这个实验站的站长呢。眼看着两个大肚子女人在大冬天里放羊,那是啥滋味?其中一个是林站长的女人,还有一个是我老婆。于公于私都得想个办法解决呀!”贾队长说:“那调其他人不行吗?非要调蒋有友吗?”齐怀正说:“可人家林凡清就看中蒋有友了!”贾队长说:“蒋有友走了,谁顶他的班?我这儿可是一个萝卜一个坑。”齐怀正说:“林站长提醒我说,蒋有友的儿子不是想工作吗?我听说还是个初中生,多少也是个文化人嘛,让他跟着刘世棋一起放羊吧。”贾队长说:“那把刘世棋调给他们,让蒋有友跟他儿子再回去放刘世棋的那群母羊。”齐怀正说:“这不是换汤不换药吗?有啥意思,还不如干脆把蒋有友调去得了。”

贾队长说:“齐场长,你也别跟我绕圈子玩,反正调蒋有友去试验站,我就是不同意!整天让我跟着他林凡清的指挥棒团团转,我这个队长还有啥威信可言!”

林凡清从场部一回来,就开始着手准备建产羔棚的事。过了几天,齐怀正那边派来支援他们的几个牧民也到了,林凡清、郑君、榆木老汉同这几个牧民在试验站羊圈边上,用厚木板开始建产羔棚。

榆木老汉对林凡清说:“邵教授把试验站盖在这儿,什么都好,就是离风口近了些,一到冬天,这儿的风雪就特别大,所以这边的山墙光用木板不行,还得抹上厚厚的草泥。”

齐怀正骑着马朝他们走来。郑君对林凡清说:“凡清,齐场长来了。”

林凡清从房顶上跳下来,走向齐怀正说:“齐场长,蒋有友什么时候能过来?你看,我们这儿的人手可是越来越紧了。要是两个女人一生孩子,你就是把我劈成四瓣,我们也忙不过来。”

齐怀正跳下马说:“把刘世棋调给你们怎么样?”林凡清说:“那刘世棋的那群羊由谁放?”齐怀正说:“再让蒋有友回去放呗。”林凡清说:“这不是脱裤子放屁吗?直接把蒋有友调来不就行了?”齐怀正说:“你这个知识分子说话怎么越来越像大老粗了?这怎么是脱裤子放屁呢?都是我们做实验用的羊群,只不过一群在你们试验站,一群在牧业三队,谁放不都是一样的嘛。”林凡清说:“可我心里已经答应蒋有友了。”齐怀正说:“嘴上不是还没说吗?”林凡清说:“不管口头上有没有约定,这都是个原则问题。”齐怀正说:“嘴上没说不算,就调刘世棋吧!”林凡清说:“我要的是蒋有友!心里答应了,也应该是种承诺!”齐怀正说:“蒋有友是个二杆子,有啥好的?”林凡清说:“虽然脾性上有些暴躁,但他的心是透明的。我喜欢这样的人,好合作!”齐怀正说:“刘世棋就不好合作了?我看刘世棋有点文化,更明事理更好合作,就刘世棋了。”

雪原上,齐怀正骑着马往回走。

天色昏暗,风有些大。月亮鼓着个大肚子骑在马上,赶着羊群正往回走。迎面遇见齐怀正,月亮亲切地喊了声:“怀正哥,你咋来了?”

齐怀正看着骑在马上鼓着肚子的月亮,说:“我找林站长有点事,红柳呢?”月亮说:“这个星期轮到我放羊,她在家做饭。不过红柳恐怕放不了几天羊了,估摸着下个月她就该生了。”齐怀正说:“行,我知道了。”说完,拨转马头就直奔牧业三队方向。

试验站,人们正在产羔棚的顶上上房泥。榆木老汉用铁锹往桶里放草泥,郑君在边上等着。

郑君向林凡清说:“凡清,刚才你跟齐场长在商量什么?”林凡清说:“调人的事!我想把蒋有友调到试验站顶红柳和月亮放羊,可贾队长不同意,说把刘世棋调给我们。”郑君说:“刘世棋也行啊,总比没有强。这事不能再往后拖了,再拖我可对你有意见了!”林凡清说:“可蒋有友来找过我,而且很真诚地请求过我。我嘴上虽然没有表态,但心里已经答应他了。要是我们把刘世棋调来,蒋有友会怎么想?对别人请求的尊重也是对他本人的尊重嘛。”郑君说:“话是没错,但你也得尊重一下那两个大肚子女人呀!让她们继续腆着大肚子风里来雪里去放羊?世上的事不可能样样都考虑得那么周到。”

郑君提着两桶草泥浆,踩着斜搭到顶上的一块木板使劲往屋顶上跑。

林凡清喊："郑君，小心！"郑君脚一打滑连人带泥桶从木板上摔了下来，桶里的泥浆全泼在了身上和脸上。

林凡清走上去扶起他说："慢慢走嘛，急什么？生气也不能跟自己过不去呀！伤着了没有？"

郑君弄掉身上的泥浆，强忍着疼痛说："你要的不就是这种精神吗？"林凡清说："盖个产羔棚那也用不着把命搭上，伤着了就别干了。"郑君一挥手说："轻伤还用得着下火线吗？你赶快把那两个女人换下来是正事！"

晚上，齐怀正赶到牧业三队。

队部办公室里，贾队长正准备回家，还没推门呢，齐怀正进来了。贾队长有点吃惊，说："齐场长，你咋又来了？还有啥事？"齐怀正板着脸说："我限你三天内，把蒋有友调到试验站去！"贾队长说："可——"齐怀正说："你不要再争了！你得从大局考虑，这是命令。你要违抗，我真撤了你！"贾队长说："那他的羊谁放？"齐怀正说："让蒋有友的儿子顶他！"贾队长说："可他儿子的工作上面还没批呀。"齐怀正说："先让他工作再说，后面的事我来办！"

贾队长看着齐怀正那张铁板着的脸，也不敢再顶，说："那好吧。"

清晨，红柳牵着马朝羊圈走去。试验站边上，羊圈里的羊急着想出栏，圈里咩咩声响成一片。

月亮追上来说："红柳姐，还是让我去放羊吧。"红柳说："为啥？今天不是该轮到我去放羊了吗？"月亮说："你看你这肚子！走那么远的路，要有个闪失咋办？"红柳一笑说："你不也一样吗？"月亮说："差几个月呢，能一样吗？"红柳说："我没那么娇气，定好了的事咋能说变就变！我把这个星期的羊放下来再说吧，听说齐场长已经给咱们调人了。"

牧业三队那边，蒋有友被贾队长叫去办公室，心里七上八下不知道又出了啥状况。

贾队长看了一眼低着脑袋忐忑不安的蒋有友，苦笑了一下说："你这个二杆子，还闹出个名堂来了，二杆子也有二杆子的福啊！”蒋有友听得莫名其妙，说：“咋啦？”贾队长：“林站长要你去试验站放羊。原来放羊的两个娘们都大肚子了，林站长点名要你去，你他娘的打人家一棍子还打出好运来了。”蒋有友惊喜地说：“这是真的？”贾队长：“这还能有假？齐场长亲自过来给我下的命令。说是林站长坚持要你去，你去不去？”蒋有友：“既然林站长这么看重我，我能不去吗？”贾队长：“还有呢，你不是想让你儿子蒋进江参加工作吗？你去试验站后，让你儿子顶你的班，跟刘世棋放羊，那也是林站长推荐的，说一个初中生，也是个文化人，会成为一个好牧羊人的！”蒋有友有些不放心地说：“贾队长，你同意我去吗？”贾队长说：“齐场长下了死命令，我敢抗命吗？”

雪原，红柳在放牧羊群。天边压上来大片大片的乌云。红柳看着天空，知道要变天了，于是赶着羊群往回走。

大风说来就来，夹着雪花呼啸起来，羊群被风雪吹散了。

红柳骑在马上急急地把羊群往一起赶，刚把羊群聚拢在一起，一阵狂风，又把羊群吹散了。山坡又滑又陡，马行走得有些困难，红柳只好跳下马，奔跑着把羊群往一起赶。

风雪越来越大。

试验站这边的产羔棚也即将封顶，林凡清还在跟着大伙埋头苦干，眼见着风雪越来越大。

月亮朝他们奔来喊：“林站长，红柳姐还在山上呢！这么大的风雪！”林凡清说：“郑君，这儿再加上一桶草泥就可以了。”郑君说：“你快去接红柳吧，剩下的这点活我和榆木大爷来干。谁嫁给你谁就倒霉！”月亮说：“林站长，我跟你一块儿去吧！”郑君说：“你去干什么！你这状况跟上去还不够添乱的！”

风雪中，蒋有友飞马奔来。他在羊圈边上跳下马，眼睛里闪着泪光，一双大手紧紧握着林凡清的手，激动地说：“林站长，从此以后，我一定死心塌地跟着你干，指哪干哪，绝不含糊！”

林凡清拍拍蒋有友的肩膀，对郑君说：“郑君，让蒋有友跟着你们一起干吧。我接红柳去。”

风雪在边上呼呼地叫着，郑君急得就想踹林凡清一脚，大声说：“我们这儿用不着帮手了，让蒋有友跟着你去接红柳吧！风雪这么大，要不，我也跟你们一块儿去！”

榆木老汉也在喊：“别啰唆了！现在最要紧的是赶快把红柳接回来，别的事都不重要！快走吧！”

林凡清翻身骑上马说：“那好，蒋有友，跟我走！”

雪原上，红柳坐在山坡的一块岩石上，羊群挤成一团都围着她。红柳捂着肚子，感到肚子一阵阵地疼，额头上渗满了汗珠。缓了一阵儿，红柳焦急地看看四周，空旷的雪原上除了茫茫的飞雪外，什么也没有。

天色开始变得异常昏暗，风雪呼啸。

红柳咬着牙，又一阵剧痛袭来，她咬着牙强忍着疼痛，但内心陡然生出一种绝望。

林凡清和蒋有友骑马奔来。他们在风雪中叫着喊着，但狂风呼号着把他们的叫喊声迅速卷走了。

红柳在绝望中似乎听到了一些动静，林凡清的声音若隐若现地传了过来。红柳痛苦的脸露出了惊喜，她用足力气喊：“凡清——”

林凡清看到了羊群，红柳捂着肚子蜷缩在羊群中。

林凡清急忙跳下马，冲进羊群，扶着红柳问：“红柳，你没事吧？”红柳说：“凡清，我可能要生了……”

月光照在积雪上，闪着银光。

郑君和月亮在试验站院门外焦急地等待着。背着卫生箱从场部赶来的姚医生飞马奔到院门前，跳下马问：“产妇在哪儿？”月亮忙把姚医生迎进林凡清家里。

不一会儿，林凡清从屋里走了出来。郑君忙问："怎么样？"林凡清说："姚医生正在检查，月亮在里面陪着红柳。医生说羊水可能在回来的路上已经破了。"郑君说："你看这有多危险啊！凡清同志，不是我说你，我真不知道你整天都在瞎忙些什么！"林凡清说："我瞎忙？这些天我在忙着油印表格，在忙着盖产羔棚，在忙着我的事业，这怎么叫瞎忙呢？"郑君说："但你也不能把要生产的老婆撂在一旁不闻不问啊！"林凡清说："什么叫不闻不问，我不是已经把蒋有友调来了吗？"郑君说："可红柳和孩子的命今天差点叫你给弄丢了！"

林凡清说："这只是突发事件，谁也没法保证它什么时候会发生！我可以告诉你，红柳在我心中的位置已经变得越来越重了，我对她的爱比你郑君想象的要深得多！但男人忙自己的事业也没有错！我问你，郑君，你跑到新疆是干什么来了？"郑君说："来支援边疆建设呀。"林凡清说："不也是为事业而来吗？"郑君说："我跟你完全不一样！"林凡清说："怎么不一样？"郑君说："你是为事业而来，你可以为了你的事业抛弃家庭抛弃爱情，可我是为了寻找新的生活而来，因为在这遥远的地方，有一个美丽的姑娘在等着我。"林凡清说："那个姑娘就是月亮啰？"郑君说："当然是她！还能是谁！无缘相见不相识，有缘千里来相会。这就是缘分，我会永远爱她！"林凡清说："对红柳，我也一样！"郑君说："可你为了你的事业已经伤了一个许静芝，现在红柳既然已经嫁给了你，她是你的妻子，是你即将出生的孩子的母亲，你就有责任爱她关心她，照顾她！这也是个做男人的责任！"林凡清说："郑君，我是在尽我男人的责任！事业和爱情，我都要顾全，但总要有个侧重！"郑君说："对，你侧重的是事业！所以你才会忽略把整个人生都交给你的另一半，那你也就不算是个尽责的男人！"林凡清说："那照你说，怎样才算是个尽责的男人？"郑君说："你说过，红柳要用整个生命来支撑你的事业，你也为此感动过。那你呢？如果你爱她真的有她爱你这么深，就应该在她最需要体贴需要照顾的时候及时出现在她身边，而不能老是让人提醒你该怎么做！"

凌晨，林凡清家的小屋内传来一声婴儿的啼哭声，迎来了寒冷冬天里朦胧的一道晨光。一直守在门前的林凡清和郑君，帽子和眉毛上都挂满了霜花。

月亮打开门探出头说："生了，是个男孩，母子平安！"

林凡清和郑君已被冻僵的脸上都绽出了笑容。

林凡清说："郑君，真对不起，让你也陪了一夜。"郑君说："我才不是陪你呢！我是在等着能听到婴儿的第一声啼哭，世上又多了一个新生命，这是多么有意义的事啊！"

姚医生已经离开，帮忙守了一夜的月亮和郑君都各自回房去休息了。林凡清深情地看着躺在床上的红柳，自责地说："红柳，对不起。昨晚，郑君数落了我一个晚上，说我在你最需要体贴需要照顾的时候不能及时出现在你身边，说我不算是个尽责的男人，今后我一定会注意的。"红柳恬然一笑说："你没有什么对不起我的地方，这次是意外。我知道，你的心在事业上，这真是我，尤其是我爸想要看到的。"林凡清说："话是这么说，可我仍感到很内疚。"

红柳摇摇头，林凡清这几句贴心的话早已把她内心曾有的不满赶走了，她笑着说："忙你们男人该忙的事吧。你千里迢迢从上海到新疆来，不就是为继承我父亲的事业来的吗？所以你身上不仅担着你自己的事业，也担着我父亲的事业呢！我不该让你分心，孩子这边有我呢。那些女人该承担的事儿，就由女人来承担。像生孩子，你们男人想承担也承担不了呀！现在母子平安就好，给孩子起个名字吧。"林凡清点点头，凝视着已经熟睡的婴儿，说："叫新晨吧，是新疆的早晨生的。"红柳轻轻吻了吻婴儿的额头，说："林新晨，满顺口的，就这名字吧！"

第十五章

上午，熬了一夜的郑君小睡了一会儿，然后洗漱完准备去试验室。走过月亮的房间时，他停住了脚步。红柳此次的意外让他也担心起月亮来，他走上去敲了敲月亮的门，听见里面应声了，便推开门站在门口。

月亮看看郑君，想迎上去，但又坐回到床边上说："找我有事？"郑君说："对。"月亮说："不是说好了嘛，这段时间你不要再来我屋里。"郑君说："我有话要对你说，就站在门口，开着门说不就行了？"月亮说："哪有大冬天开着门说话的？关上门，就在门口说吧，说了就赶快走。"郑君走进门说："下次齐场长来这儿，你就跟着回场部吧。"月亮说："干吗？"郑君说："你看红柳这次多玄乎，差点出事！场部条件好，你们住的地方离卫生队只有几步路。"月亮说："急什么，我还有两个多月呢。等红柳姐满月后我再走吧。"郑君说："就这段时间怕出事，还是早点回齐场长那儿住吧。这样，我也好放心。你肚里，毕竟是咱俩的孩子。昨天晚上我还对林凡清说起，说我是为你而到这儿来的,我要永远永远地爱你。”月亮听着这话,心里又甜又酸,眼眶里也满是泪花。她低头说:“那谁给你们做饭?总不能让红柳姐在月子里给你们做饭吧?”郑君说:“我们自己也能凑合,做啥吃啥,没你们女人,我们男人就不活了?”

过了几日,得到消息的齐怀正来试验站看望红柳和孩子。月亮便收拾了一下东西,跟着齐怀正回场部。雪原上,齐怀正赶着马车,月亮坐在马车上。

月亮说:“郑技术员怕我也会像红柳姐那样出事,所以非要让我跟你回场部去住。”齐怀正说:“你是该回家去住了,再不回去住,我也会挨人骂的。毕竟,现在你还是我老婆嘛。”月亮突然哭了,说:“怀正哥,我越想越对不住你,逼着你要我,结果我又喜欢上了别人。反正我觉得,不管咋说,我也不是个好女人。”齐怀正说:“世界上的道理都可以掰开分成两头说。有一头可以这样说,嫁鸡随鸡,嫁狗随狗,嫁个棒槌抱着走。你嫁给我了,我就是个棒槌你也得抱着走。起码我还是个人吧?那你就不该再喜欢别人。但这事掰到另一头也可以这样说,男女结婚就该相亲相爱,生儿育女,恩恩爱爱地过着幸福的夫妻生活。可要是你给不了人家这样的幸福,总不能拖着人家不放,跟着自己一起不幸福。用林凡清的话来说,这也是种不道德,也是损人利己。我齐怀正不是那种人,所以我觉得后头掰的那个理对!”月亮说:“怀正哥,你越这样,我就越觉得对不住你。”齐怀正开玩笑说:“那咱俩就别离了。”月亮羞赧地一笑说:“那郑技术员咋办?”齐怀正说:“你不是说对不住我吗?所以这种话以后就别再说了,听着让人心烦!”

雪花纷纷扬扬地飘着,刘世棋和蒋进江顶着风雪,正赶着羊群去试验站。

产羔棚里,林凡清、郑君和蒋有友正在打扫卫生,铺着麦草。趁蒋有友出去倒垃圾的空儿,郑君对林凡清说:“凡清,你能不能给我一天假?”林凡清说:“干吗?”郑君说:“月亮带信来说,她就要生了。”林凡清说:“你这样去看她合适吗?你俩的事现在只有小范围内的几个人知道,再说,接羔工作马上就要开始了。”郑君说:“不还没开始吗?”林凡清说:“据我估计,第一羔今晚就会生下来！”蒋有友探头进来说：“林站长，刘世棋他们的羊群到了。”

林凡清说：“那赶快让他们把羊群赶进圈里。”然后对郑君小声说：“你的这个假我不准！”郑君央求说：“就半天行不行？”林凡清说：“你就是一个来回半天也不够呀！”郑君说：“那就晚上去，晚上行不行？”林凡清说：“羊产羔可不分白天黑夜，说不定晚上更忙！”郑君急了，说：“凡清，你太没有人情味了！”林凡清说：“不是我没有人情味，我知道你是个性情中人，但你太感情用事了。你得理智点，你这样去看月亮绝对不合适！”

郑君在一旁生着闷气。

蒋有友拉着蒋进江进来，走到林凡清跟前。林凡清见蒋进江和蒋有友虽然是父子，模样也有些像，但却是两种气质，蒋进江显得非常文静。蒋有友说：“进江，这就是林站长。你的工作全靠林站长帮的忙，快给林站长鞠躬。”

蒋进江朝林凡清深深地鞠了一躬。

林凡清忙摆手说：“不必这样，不必这样。这全是因为工作需要，跟我个人没什么关系。”

场部的卫生队产房里，火墙烧得热热的，助产的护士陪在月亮身边。风雪在窗外呼号着。

临产的月亮痛苦得满头是汗，她想喊，但不知该怎么喊才好。月亮看着身边的护士。

护士问：“齐场长就在产房门口，你想叫他吗？”

月亮摇摇头，泪忍不住流了下来。她想看到的当然是郑君，虽然消息已经送去给红柳了，她也知道红柳肯定会告诉郑君，但她心里清楚得很，郑君不可能来也不该来。

夜幕低垂，外面的风声似乎停了一会儿，雪花慢悠悠地飘落着。齐怀正坐在产房前的长条凳上，不断地抽着烟。虽然不是自己的，但不知为什么，齐怀正对这个未出生的孩子一直揪着心。护士一从产房里走出来，齐怀正忙紧张地站起来问：“护士同志，月亮生了没有？”护士一笑说：“还没呢，但一切都很正常，最多再过两个小时，你就可以当爸爸了。”

齐怀正先是一愣，但随即不自主地就绽开了笑容，他心里也是在这么对自己说，是啊，你可以当爸爸了。

深夜的产羔棚里，羊羔的叫声已是此起彼伏。窗外风雪漫天，产羔棚里羊羔一只一只地生下来，林凡清、郑君在忙碌着。郑君已经把月亮的事抛在了脑后，他此时显得比林凡清还要紧张兴奋。

郑君刚接生完一对双羔羊，大声朝林凡清喊：“凡清，你快过来看呀，这儿产的一对双羔真的很棒！”

已显得疲惫不堪的林凡清跑到郑君跟前，看着两只湿漉漉的羊羔咩咩地叫着。林凡清抱起那两只羊羔看了又看，小心地揣进了怀里，满脸的幸福。

林凡清激动地说：“郑君，琴带了没有？”郑君说：“带了。”林凡清说：“快拉上一曲，一定要欢快点的。”漫天的雪花在飘舞着，产羔棚里传来郑君热情洋溢的琴声。

郑君在热烈地拉着琴，满脸的陶醉。林凡清坐在草堆旁，抱着那对双羔闭着眼睛哼着郑君拉的那首曲子，他脸上洋溢着笑容，在琴声中睡着了。郑君拉着拉着身子也不由自主地滑坐在地上，头一歪，靠着墙板也睡着了。

林凡清和郑君那疲惫的脸上，满是幸福和满足。

等到半夜，齐怀正在产房门前突然听到了一声啼哭，他心里一紧，猛地从长条凳上站了起来。护士从产房出来，朝齐怀正喊：“齐场长，你女人生了，是个女儿！好漂亮啊，像你！”齐怀正拿烟的手都有些抖了，他扔掉烟头，问护士说：“我能不能进去看看？”护士一笑说：“可以啊。”

在产房里，筋疲力尽的月亮已经昏昏沉沉地睡了过去。齐怀正从护士手里抱过那婴儿看了又看。

护士说：“齐场长，当爸爸了，你是啥感觉？”齐怀正满眼是泪说：“啥感觉？就是想哭呗！我没想到我齐怀正还能当爸爸啊！”

齐怀正真的流泪了：“是呀，我当爸爸了！我有了这么漂亮的一个女儿。”激烈的战斗场面，冲锋、厮杀、坚守阵地、急行军，一幕幕往事都展现在他的眼前。齐怀正感慨地自语说：“活着多不容易啊！能当爸爸就更不容易了……可我真的可以当爸爸了。”他轻轻地抹去了兴奋与激动的泪。

天已经蒙蒙亮了。榆木老汉走进产羔棚，看到睡得死死的林凡清和郑君，叹了口气摇摇头，把两件皮大衣盖在他们身上，又把郑君的琴从他手上拿下来，装进琴盒里。

红柳提着饭筐走进产羔棚，问榆木老汉：“榆木大爷，他们人呢？”榆木老汉指指棚角说：“几天几夜没合眼了，让他们睡一会吧。”红柳说：“让他们吃了饭再睡吧。”榆木老汉说：“现在可是睡觉比吃饭还重要。”红柳说：“不过，我得把郑君叫醒。”榆木老汉：“为啥？”红柳说：“你别管了。”

红柳看着榆木大爷走开，这才推着郑君说：“郑技术员，郑技术员，你醒醒，醒醒啊！”郑君半睡半醒地眯着眼睛说：“怎么啦？”红柳在郑君耳边说：“月亮生了！”郑君依然在睡梦中说：“生了，是单羔还是双羔？”红柳说：“什么单羔双羔？是月亮生了！生了个女儿，听说齐场长高兴得又是流泪又是咧着嘴一个劲地乐。”郑君这才全醒过来，说：“红柳？你说什么？月亮生了个女儿?!”说着披上皮大衣就往外跑。

清晨，郑君骑着马在雪地上飞奔，大雪在天空中飞扬。

郑君突然勒住马，他耳边响起了林凡清的话：“你这样去看月亮，绝对不合适。”郑君犹豫了好一阵，叹了口气，拨转了马头。

郑君垂头丧气地回到产羔棚。林凡清、榆木老汉、蒋有友、刘世棋、蒋进江正围在一起吃饭，红柳在一旁张罗。

林凡清看到郑君说：“你去哪儿啦？”郑君说：“出去透透新鲜空气。啊，我也饿了。好香的面馍啊！”说着，伸手从饭筐里去抓了个馍，然后狠狠地咬了一口。林凡清喊：“洗手去！哪有接过羔不洗手就吃东西的，你不怕染上病啊！这点起码的常识都没有，还当什么畜牧技术员！”郑君觉得很没面子，强词夺理地说：“不干不净，吃了没病。”林凡清说：“郑君，我这是对你负责！也是对……”他把话咽了下去，这后面的话当然不能说。

红柳听明白了，说："郑技术员，凡清说得对！快洗手去吧。"然后使了个眼色，悄悄伸了两个指头晃了一下。

天放晴了，湛蓝的天空纯净光滑得如缎子一般覆盖在积雪上，和煦的阳光照耀着雪原。羊圈里满圈的羔羊跟着母羊在咩咩地叫着。

柴广元和李国祥在齐怀正的陪同下来视察试验站新产下的这批羊羔。林凡清、郑君、蒋有友、刘世棋、蒋进江和榆木老汉也都站在羊圈边上兴奋地看着。

柴广元笑呵呵地说："看看，多好的羔羊啊！我还从来没有看到这么漂亮健壮的羔羊。"李国祥说："林站长啊，你们这第一步走得很漂亮，但后面的步子，你们得迈得更大更结实，咱们总场牧业的发展，就拜托你们了。"柴广元说："是全师畜牧业的发展，拜托你们了！"

林凡清还没说话，边上一直是满脸自豪的郑君已按捺不住，抢着说："请首长们放心，我们一定努力！"

试验站院门前的小路上，停着辆小车。齐怀正陪着柴广元和李国祥朝小车走去，齐怀正说："这些日子，林凡清和郑君真的是累坏了，没有好好睡过一个囫囵觉。郑君表现得也很不错！那时，要是真的把他弄到水利工地去，林凡清可顶不下来。"柴广元说："小齐，你这是在批评我是不是？"齐怀正说："我不敢。"柴广元说："而且还在自己表扬自己。"齐怀正说："那我更不敢，我不过是实话实说。"李国祥瞪了齐怀正一眼，说："齐怀正！"柴广元一笑说："让他说吧，他这么刺刺我对我有好处，我就喜欢他这脾气。"齐怀正笑着说："老领导就是老领导！"

送走了柴广元等人，林凡清和郑君一起从羊圈往试验站的院子走，刚走到将近一半的路，郑君突然脚一滑，一头栽倒在雪地里。林凡清吓了一跳，赶忙扶起郑君喊："郑君，你怎么啦！"郑君恍惚了一会儿，这才睁开眼。他一看林凡清那副紧张的样子，忙站起来说："没什么，就是感到有点儿累，想好好睡一觉。"林凡清松了口气，说："那你赶快回去好好休息。"郑君摇摇头说："我还是回产羔棚休息吧，还有最后几只母羊也快要生了。师长不是说了嘛，全师畜牧业的发展全靠我们了。”林凡清一笑说：“郑君，你是属毛驴的吧？”郑君说：“这话怎么说？”林凡清说：“毛得顺着摸。”郑君说：“对，没错！我就喜欢听好话。”

又是一个不眠的夜晚，但产羔棚已经空荡荡的没有几只羊了。给最后一只母羊接产完，郑君抱着羊羔瘫倒在了地上。

林凡清用力扶起郑君说：“行啦，羔都接完了，你回去休息吧。好好睡上两天，放你两天假。郑君，我觉得你有点发烧！”郑君放下羊羔对林凡清说：“凡清，现在我反而不觉得那么困了，只想拉一会儿琴。”林凡清说：“那你就拉吧。”

悠扬的琴声从产羔棚里传了出来，在寒冷的夜空中飘扬。

林凡清抱着羊羔，听着琴，靠在板墙上睡着了。

这天下午，齐怀正拉着个架子车来卫生队接月亮出院。女护士扶着月亮坐上架子车。齐怀正抱着婴儿舍不得放下，看了又看。

女护士小梁笑着说：“齐场长，你咋看你女儿都看不够啊！”齐怀正乐呵呵地说：“小梁，你不知道，现在女孩儿有多金贵哪！”月亮伸手要接婴儿，齐怀正说：“让我再看看。”月亮说：“回家你不可以看个够了！”

齐怀正把婴儿送进月亮怀里，然后悄悄地问小梁：“小梁，你说我女儿是不是很像我？”小梁笑着说：“你是她爹，怎么会不像！女儿像爹的多的是，而且都有好福气！”齐怀正自语：“是啊，这是我女儿，多像我呀！”

月亮看看怀里的婴儿，又看看齐怀正，脸上顿时笼上了一层阴影。

蒋有友在雪原上放牧着羊群。小羊羔跟着母羊，在积雪上欢快地蹦跳着。齐怀正骑马正往试验站方向走，看到这些羔羊，忍不住又跑来看。

蒋有友迎上去说：“齐场长，你来啦。”齐怀正欣喜地看着活蹦乱跳的羔羊说：“你看看这些羊羔，又健壮又漂亮，多心疼人哪！”蒋有友说：“而且一胎双羔的母羊特别多。”齐怀正说：“这就叫科学的力量啊！”蒋有友说：“齐场长，你别看林站长和郑技术员，两人没有一天不叮当的，有时候吵得脸红脖子粗！可干活时，两人的劲儿就全拧在一起了。”齐怀正说：“那你就在这儿好好把羊群给我放好喽。红柳生了孩子不能再让她放羊了，月亮呢，也不可能再回这儿来了。”蒋有友说：“对！齐场长，你当上爹了，我还没向你道喜呢！女儿一定长得很漂亮吧？月亮长得就漂亮。”齐怀正说：“医院里的人都说，女儿长得像我！”蒋有友也会卖乖地说：“女儿像爹，黄金成山。”

林凡清和齐怀正一同走出试验室。林凡清说：“齐场长，你找我肯定是私事吧？”齐怀正说：“你怎么知道？”林凡清说：“公事你不会把我叫出来说，又是这么冷的天。”

试验室的窗口可以看见郑君的脸，他朝他俩看了一眼。

院前的小河边。河面上已经结了冰，但冰下依然有水在流动。

齐怀正对林凡清说：“林凡清，关于月亮和郑君之间的事，除了你和我，还有团里的两位领导知道外，其他人都不知道，连红柳都不知道是不是？”林凡清说：“红柳知道，因为月亮把你们的事都告诉她了。但她肯定没有对任何其他人说，这毕竟不是什么光彩的事，知道的人自然越少越好。”齐怀正说：“那好，那么从法律上来讲，我现在应该是月亮生的女儿的爹，是吧。因为我同她现在还是夫妻呀。”林凡清说：“应该是这样。”齐怀正说：“所以，我不同月亮离婚了，我要当我女儿的爹！你不知道，我有多喜欢我的女儿，不但长得漂亮，而且还像我！我没想到这辈子我还能当爹，还有这么一个漂亮的女儿能管我叫爹。”

林凡清有些蒙，但他提醒齐怀正说：“这是你们的私事，我不好说什么，也不想说什么。但齐场长，我想提醒你的是，郑君可是为这事受了行政警告处分的。”齐怀正说：“他犯了错误还能不受处分吗？这跟我当爹没啥关系吧？”林凡清很为难，不知说什么好。齐怀正说：“就这样了，你可以跟郑君通个气，不通也没关系，反正我跟月亮再不会离婚了。月亮也不上你们试验站来上班了，劳力不够，我另外再调两个人给你！”

沉默了一会，林凡清说：“顺便问一句，孩子叫什么名字？”

齐怀正说：“叫齐美兰，我给起的名。”他把“我”字说得特别重。

冰冻的河边，满是积雪的枯草地。母羊群用前蹄扒开积雪，吃着里面的枯草，羊羔在雪地上又蹦又跳。蒋有友在放牧着羊群。林凡清同郑君离开羊群往回走。

郑君问："凡清，我想去场部看看月亮。"

林凡清摇摇头。

郑君说："怎么啦？还不合适？月亮和我们共过事，她生孩子，作为同事去看看也不行？何况那孩子是我女儿！"林凡清无奈又坚决地说："不行！"郑君说："为什么？那是我的女儿呀！"林凡清说："是你女儿？不假！但能摆到桌面上来吗？郑君，这事憋得我心里也挺难受，可就是不知道该怎么同你说才好。"郑君说："你有话就直说，别卖关子！"林凡清说："好吧，那我就直说，齐怀正决定不同月亮离婚了。"郑君呆了，缓了半天才说："怎么会！这是真的？"林凡清说："齐怀正亲口跟我说的！"郑君说："我去找齐怀正去！"林凡清一把拉住郑君说："你有什么理由去找他？齐怀正和月亮是合法夫妻！月亮生的女儿就是他俩的女儿，你算什么？"

郑君沮丧而痛苦地捂着脸蹲在地上，从牙缝里挤出一句："我的天哪！"

西边，乌云从山那边黑压压地爬了过来。

夜色深沉，原本一入夜就开始哀号的风声突然变得寂静无声，黑漆漆的天空中，大团大团的乌云在汇集。齐怀正回到家，月亮正在给孩子喂奶。

孩子甜甜的吃得很香。齐怀正走到月亮身边，出神地盯着孩子看，脸上的笑容里有种说不出的幸福和满足。

齐怀正对这孩子的态度，让月亮感到不安。她小心翼翼地说："你咋啦？看孩子看不够似的。"齐怀正轻轻地摸摸孩子的脸说："我就是看不够，这是我的女儿！"月亮看看齐怀正，想了想，还是忍不住说："这是谁的女儿，你心里清楚。"

齐怀正急了，说："她就是我的女儿！她姓啥？姓齐，叫齐美兰，报户口时就是这么写的！"

月亮听他口气，愈发觉得有些不对，追问说："怀正哥，你这话是啥意思？"齐怀正说："啥意思你没听出来？"月亮摇摇头说："没。"齐怀正一本正经地说:“女儿是我齐怀正的,你是我齐怀正的老婆,我们这个家就齐了。我说的就是这么个意思!”月亮愕然地说:“可……可郑技术员呢?”齐怀正说:“郑君还有他什么事?他的错误已经处分过了,这事不也就了了?好好跟我过日子吧,你也不用再去试验站工作了,我跟林站长已说过了。”月亮心里有什么东西顷刻间崩塌了,她傻了,忽然间她大喊一声说:“怀正哥!”

婴儿一惊,松开奶头哭了起来。

齐怀正慌着夺过婴儿,抱怨说:“你看你,把孩子都吓着了!”

月亮的泪哗地流了下来。

齐怀正哄着婴儿,又回头严厉地对月亮说:“月亮,你给我记住,美兰自生下来那天起,就注定是我齐怀正的女儿!”

乌云阴沉沉地压迫着大地,夜空中开始纷纷扬扬地下起雪来。

大雪已经下了两天两夜,地上厚厚的积雪把天空映得透亮。榆木老汉走出屋外,屋外没风,雪花也飘得很大。他抬头看看天空,脸上罩满了忧愁。抬眼望去,大片大片的雪花依然捺着性子在不屈不挠地下着。

大雪没日没夜地下着,夜里天空也透着亮,分不清白天还是黑夜。月亮坐在屋子里看着窗外的雪还在不紧不慢地飘着,她看看孩子,想着郑君,泪水滴滴答答地落在了孩子的脸上。齐怀正披着雪花走进屋,看到月亮又在抹眼泪,有些不高兴地说:“月亮,你又怎么啦?”

月亮鼓足勇气说:“怀正哥,我能不能去见见郑技术员?”齐怀正说:“你想去见他是什么意思?”月亮说:“我只是想见他一面。”齐怀正说:“去见他干吗?你跟他再去犯作风错误?你这不是又在害他吗?”月亮说:“怀正哥,我求你了。”齐怀正说:“不行!你不能去见他,因为你去见他已经没有啥意义了。我问你,你能离开孩子吗?”月亮含着泪,坚决地摇摇头说:“不能!”齐怀正说:“那我也明确地告诉你,我也不能离开女儿!咱俩现在都不能离开女儿,那咱俩就只能跟女儿生活在一块儿!所以我也不会再跟你离婚,我想了,我这辈子还能有机会当爹,这是连做梦都没想到的事,我要当爹!我这个出生入死的人真的很想当爹呀!”月亮说:“怀正哥,咱俩不离,就像你说的那样，咱俩和女儿好好地生活在一起。可是让我去见见郑技术员吧！要不，也太伤害他了。”齐怀正说：“这是原则问题，不能去也不许去！我不会同意的，这事就到这儿为止，你不要再提了！”

清晨，雪还在稀稀疏疏地下着。月亮背着孩子，从家里出来。地上的积雪很厚，月亮顶着雪花艰难地踩着厚厚的积雪朝试验站的方向走去。

月亮背着孩子刚走出场部，齐怀正就从后面骑马追了过来。齐怀正跳下马厉声地问：“月亮，你去哪儿？”月亮坚定地说：“去试验站！”齐怀正严厉地说：“不许去！”月亮把心一横，说：“我偏要去！怀正哥，你总得让他看看孩子吧？”

齐怀正看着月亮那带着愤懑和不屈的神情，把口气放软了些说：“回去吧，这么大的雪，倒春寒的风雪是最毒的，你还在坐月子呢！再说，这么远的路，雪又那么厚，你走到天黑也走不到呀！就算你熬得住，可孩子受不了呀！”月亮含着泪说：“我不！为了孩子，我不同你离婚了，但总得跟人家说一声，让他另外再找吧！总不能让他永远等下去吧！”齐怀正说：“他已经知道了。”月亮说：“你跟他说的？”齐怀正说：“我让林站长给他捎的话。”月亮真是没想到齐怀正居然会做得那么绝，她绝望地说：“但我一定要见他一面！”齐怀正没耐心再蘑菇下去，他心疼孩子，这么大的雪，孩子冻坏了咋办？他恼怒地说：“但今天你不能去！要见也要等以后再说！我再说一遍，你还在月子里呢，尤其是孩子受不了，出了事怎么办！我命令你，回去！如果你还认我这个丈夫，认我这个怀正哥的话！”

下了几天的雪，羊圈的围栏都很难打开。蒋有友费力地清出一条道，想把羊往山坡上赶，但羊群出了羊圈就怎么也前进不了，积雪已经埋过羊的膝盖，贴着羊肚皮，小羊羔更是走不动了，羊群咩咩叫着乱成一片。

蒋有友急得光吆喝。

榆木老汉走了过来。他站在羊圈边上，心疼地看着被厚厚的积雪挡着前进不了的羊群咩咩乱叫。小羊羔们转回羊圈，母羊也转身回羊圈。蒋有友跳下马，束手无策地看着羊群回到羊圈。羊群朝着蒋有友在咩咩地叫着要吃的,叫得很可怜。蒋有友只好再次把羊群往圈外赶。

榆木老汉说:“别赶了,羊群上不了坡,就是上去了,这么厚的雪,羊也找不到草吃。”蒋有友:“那咋办?羊吃什么?你瞧,羊都已经饿成这样了!还都带着羔呢!”雪花还在飘散,榆木老汉看着天空心事重重地说:“遇到雪灾了,不好办哪。”蒋有友把林凡清和郑君叫到羊圈边上说:“林站长,你看怎么办?”林凡清看着饿得叫成一片的羊群说:“动用备用草吧。”榆木老汉在一边说:“林站长,不能动啊,那点备用草,只够羊群吃两天的。吃完了,种羊吃什么?这雪还不知道什么时候能停呢。”蒋有友说:“榆木大爷,你不能只顾你的种羊呀!”榆木老汉说:“种羊是试验站的命根子,当然要先保证种羊的料!”蒋有友看着林凡清说:“林站长,你说咋办?”林凡清说:“只好找齐场长求救了。”郑君自告奋勇地说:“我去吧!”林凡清把郑君送到院门口。林凡清看到郑君仍背着琴,说:“这种时候你还背着琴干什么?把琴留下吧。”郑君说:“琴是我的伴儿,啥时候我都不想离开它。而且,我今天一定要带琴!”林凡清想了想,又说:“郑君,本来这事该由我去,但我知道你想去的意思。齐场长愿意让你见月亮和孩子,你就见;如果齐场长不愿意,你可不能强来。这事本来只有几个人知道,所以这事影响面越小越好!”林凡清压低声音说:“我再说一遍,这不是什么光彩的事。”

郑君含着泪点点头:“凡清,你不知道我现在有多痛苦,但现在我知道了你的心,你是为了我好,不让我再惹麻烦。我向你保证,我不会乱来的!”

第十六章

这几天的大雪让齐怀正也有些心神不宁。在办公室，郑君刚说完情况，齐怀正就给李国祥通了个电话，郑君眼巴巴地站在他边上。齐怀正说："政委，我向你求救了，能不能给我们运几车饲料来？麦草、玉米秆、苜蓿草都行！只要能挨过这几天就行！"

李国祥在电话那一头也很为难，说："这么大的雪怎么往你们山上运？就是拖拉机也运不进去呀。"

齐怀正说："政委，我知道，其实上山只有几公里的陡坡路，拖拉机开着有困难，我可以组织劳力铲雪开路呀！"李国祥说："那好，我给你组织车辆运饲料。你那边，把劳力组织好。"齐怀正说："那好。"齐怀正放下电话对郑君说："赶快回去，告诉林站长，你们试验站能够腾出手的人，统统给我上，我把场机关的人也组织起来。"郑君说："是。齐场长……"郑君欲言又止。齐怀正说："有话就说。"郑君犹豫着说："能不能让我看看孩子。"齐怀正说："你就把这件事情忘掉吧。今后也别在我跟前提这事了。这对你来说不是什么光彩的事！忘了吧，我不跟你计较，你也就该知足了！”郑君说：“齐场长。”齐怀正不由分说地一挥手，示意郑君赶快走。他说：“郑君，赶快回去，叫林站长组织好人，铲雪清路！”

中午，蒋有友火急火燎地冲进试验室对林凡清说：“林站长，你快去看看！母羊不让羊羔吃奶了。”林凡清一惊说：“什么？母羊这么快就拒哺了？”

忽然起了一阵狂风，密集的雪花被风席卷着横冲直撞，纷纷扬扬又把天空搅得乱乱的。

林凡清和蒋有友艰难地走到羊圈边上。母羊那乞求的眼神都紧盯着他俩看，叫得分外凄凉。吃不上奶的羔羊想蹭到母羊的肚皮下，却被母羊顶开滚在地上，叫得更是凄惨。林凡清心焦如焚地拍着羊圈的围栏说：“郑君怎么还不回来呢！”

郑君沮丧地骑着马走出场部，大雪扑在他的脸上，仿佛在阻挡他往回走。郑君望着场部，他想了又想，终于下定决心，取下背上的琴，在风雪中拉起琴来。拉的是他同月亮对唱过的“花儿”调。

风变缓了，雪花还在飞舞，琴声在雪原上飘荡。

月亮正坐在床边给孩子喂奶，突然听到琴声。她放下孩子打开一扇窗，琴声卷着雪花扑了进来，月亮的眼泪哗地冲出了眼眶。

郑君停下拉琴，他在侧耳倾听。那是月亮唱的“花儿”正悠悠地飘了过来，“星星围着月亮转哎，妹妹的心儿向着哥哥哎，啥时候哥哥能来见妹妹哎，妹妹为哥去摘那星星哎……”

郑君的泪从脸腮上流了下来。他拨转马头，又朝场部走去。远处，被积雪覆盖的大地，风雪苍茫中月亮背着孩子的身影出现在场部的路口上。郑君想迎上去，但又勒住了马。

齐怀正也出现在月亮的身边。他看看远处骑在马上的郑君，又看看月亮。齐怀正说：“月亮，你要真想跟郑君，你可以回去把东西整理整理，现在就跟着他走。但你得听我把话说完了再走。”月亮说：“我不是想跟着他走，我只是想见他一面。”齐怀正说：“光见一面有啥意思呢？你要想跟他走你就跟他走吧！我想要告诉你的是，当初我最后答应娶你，是因为觉得虽然我不能同你生儿育女，但身边能有个伴儿也好。但我知道我错了，我不能成为一个真正的丈夫。现在我有了一个女儿，我想，我当个真正的丈夫不行，但我完全可以当个真正的父亲！我能同我的女儿生活在一起，我这辈子也知足了。”月亮说：“怀正哥，你的意思是女儿你想要？”齐怀正点点头。月亮流着泪说：“可我也离不开女儿呀！”

齐怀正动情地说：“月亮，我想当爹。”然后调转马头说：“如果你连爹都不想让我当，那你就走吧！”说完，大步往场部办公室走去。

月亮看看齐怀正的背影，又看看远处骑在马上的郑君。郑君看到齐怀正走了，刚想策马朝月亮走，却突然看见月亮背过身去，飞快地消失在风雪中。

郑君又勒住马，呆呆地望着场部路口，那里只剩下大片的雪花随风狂舞。

林凡清走进种羊室，榆木老汉在捧草喂种羊。林凡清走到他身边说：“榆木大爷，母羊现在都拒哺了，怎么办？这么冷的天，小羊羔可能顶不到明天！”榆木老汉说：“林站长，你还想打我那点儿备用料的主意？”林凡清说：“我想起码可以救救急。”榆木老汉说：“别干这种傻事。邵教授在时，有一年，也是遇到了雪灾天，他把所有的备料全用完了，结果呢，母羊没留下几只，把种羊也全搭了进去。让他后悔啊，一提到这事，他就痛恨自己痛恨得不得了！现在这种时候，只能顾一头，两头都想顾，结果一头也顾不上！”

林凡清知道榆木老汉说得有理，也不再坚持。他神色黯淡地走出种羊室，看着阴沉的天空中，大片大片的雪花依然执拗地在飘洒着。林凡清从来没有处理这方面问题的经验，一筹莫展。远处，郑君飞马而回。

时间刻不容缓，林凡清、郑君和蒋有友带着铁铲，策马疾驰在雪原上。红柳背着孩子也跟了上来。林凡清急了，说：“你来干什么？”红柳说：“多个人多份力嘛。”林凡清说：“你就这么背着新晨干活？”红柳说：“不是要路过场部吗？我把新晨放到月亮那儿，吃她的奶不是一样吗？最多一两天的事！”

已经是深夜了，四辆拖拉机拉着满车的麦草和玉米秆停在路上，亮着灯，灯光里雪花还在飞舞。齐怀正、林凡清、郑君、红柳、蒋有友还有场部职工都在拼命地铲着路上的雪。他们全都脱掉了厚重的棉衣，即使在寒风凛冽中依然是满头大汗，灯光下一个个头上都冒着热气。

车在缓缓地前进着。一直到天光大亮，齐怀正和林凡清等人仍在奋力地铲雪。

郑君咬着牙，恶狠狠地挥动着铁锹，一副豁出命的架势在干。齐怀正看看郑君，郑君也看看齐怀正，眼里冒着火。齐怀正说：“郑技术员，你不要用这种眼神看我。”郑君说：“齐场长，人总不能说话不算数吧！”齐怀正说：“郑君，我对你说过什么了？什么也没说过！”郑君说：“可你答应月亮了！”齐怀正说：“那是我同月亮之间的事！”郑君说：“齐场长，我知道，无论从道德上讲，还是从现状来讲，我都不该说什么，也无权说什么。但这件事本不该这样，就因为……后面的话我不想说了，因为我不想伤害你！你是因为革命战争才造成这样的，所以我很敬重你，但有一句话我不得不告诉你，我是真心地深深地爱着月亮……”

齐怀正看了郑君一眼，眼神中流出了许多的同情，说：“我知道，可我……”齐怀正没把话说完，转身又使劲铲起路上的积雪。

独自留守在试验站的榆木老汉一宿没合眼，他早上赶往羊圈，发现有十几只小羊羔因为又饿又冷已死在圈里。榆木老汉看看天，雪花依然在飘着。榆木老汉悲怆地喊：“老天爷，咋就不开眼哪！”

榆木老汉来到种羊室边上的草垛旁，捧起一把草，但突然又放下了，自语：“我不能把种羊也搭上啊，把种羊搭上，也就是把这试验站的命根子搭上了。”榆木老汉又回到羊圈。又有两只小羊羔倒下了。母羊和小羊羔凄惨地叫着。榆木老汉含着泪说：“孩子们，你们都挺一挺，挺过今天就会有吃的了。再挺一挺好吗？”

天近黄昏,山坡公路上,积雪已清除开来。清除积雪的人一个个都累得筋疲力尽了。

齐怀正对郑君说:“郑技术员,你还是另外再找个女人吧。我要当孩子的爹。月亮也离不开女儿,事情就是这样!”

红柳歇了会儿对林凡清说:“凡清,你先回吧。我去月亮那儿接孩子去。”红柳骑上马,林凡清心疼地看着也已筋疲力尽的红柳强撑着策马朝场部方向奔去。

到了傍晚,大雪说停就停,云开了,鲜红的夕阳抹在雪原上。

一辆装满饲料的拖拉机开到试验站。齐怀正、林凡清、郑君、蒋有友骑着马直奔羊圈。

已是老泪横流的榆木老汉绝望地看着他们。羊圈旁,已有三十几只死去的羊羔堆在雪地上。

林凡清震惊地看着这一幕,头皮一阵阵地发麻,心里像堵了一团东西蒙在那里。郑君一下跪倒在雪地上,哭喊着说:“老天爷啊,你干吗要这么折磨我们呀,每一只羊羔身上,都有我们的血汗在里面啊!这以后,你还让我们怎么干呀!老天爷……”他又想到月亮和孩子的事,悲从中来,再也控制不住自己的情绪,号啕大哭起来。

窗外是血红的夕阳,红柳的脸也被映得红彤彤的。她的奶已经涨得快不行了,挤掉了些,这才敢给新晨喂奶。月亮愁眉苦脸地坐在床边,看着正在床上熟睡的婴儿发呆。

红柳真是见不得月亮那副怨天尤人的可怜相,在一旁数落她说:“这事有啥好犯难的呢?要说吧,齐场长的想法也不过分,也在情理之中。当丈夫当不成,但当爹总可以当的呀!身边有个孩子,总比孤零零一个人过日子要强。你和郑君还可以再生嘛。”月亮说:“红柳姐,你咋把啥事都看得这么简单!”红柳说:“世上的事本来就没啥复杂的,是啥事就是啥事,想开了,也就啥事都没有了。孩子给齐场长,你们再生一个,你好好地跟着郑君过日子!这不也很好吗?”

积雪上映着鲜红的晚霞。羊圈旁,郑君跪在雪地里号啕大哭。

林凡清也极其痛苦,但他一把将郑君拉了起来。林凡清喊:“郑君,你这是干什么!鬼哭狼嚎的,这点打击你就趴下了?”郑君呜咽着说:“对!我就是受不了,我就是趴下了!”林凡清说:“什么叫男子汉?顶天立地才是个男子汉!怎么才能顶天立地?在什么打击面前都能把腰杆挺得直直的那才叫顶天立地!”齐怀正说:“林凡清同志这话说得对!”郑君冲着齐怀正喊:“你要处在我的地位你来受受看!”

齐怀正知道郑君这话不光是指着羔羊饿死这件事,林凡清也听出来了。林凡清说:“那也得顶住!世上没有过不去的火焰山!”

榆木老汉说:“这么好的羊羔死了那么多,是让人心痛啊,但后面还有好多的事比在这里心痛更重要!”齐怀正说:“打仗总会有牺牲的,先赶快给羊喂料吧!”郑君看了齐怀正一眼,不满地说:“说得好轻巧呀!如果你没黑夜没白天地接过羔试试?”齐怀正说:“我没黑夜没白天地行过军,出生入死地打过仗!也差点死过去好几回!难不成每次都像你这么哭天抢地的?不过是接了几天羊羔,有什么好吹的!郑君你这小子是不是欠揍了?”郑君说:“那你揍揍试试!”

齐怀正此时也怒火中烧,捏起拳头就想去给郑君一拳,被林凡清一把抱住。林凡清喊:“你们有气都揍我吧!揍死我,我也就不再受这份罪了!你们都是什么人哪!就这么点打击至于吗?”齐怀正这时也突然冷静下来,说:“我太冲动了,请你们原谅。我是这儿的站长,羔羊死得这么多,我来承担责任!郑技术员,对不起,我把话说过了,你没白天没黑夜地接羔真的很辛苦。”

林凡清等人忙了一整晚,把母羊和剩下的羊羔安顿好,一直到羊羔们吃饱了奶,安静地蜷缩在母羊身边睡着了,林凡清才回到家。红柳早就做好了饭,正在给孩子喂奶。

红柳已经知道死了羊羔的事,她问林凡清说:“凡清,这事怎么办?”林凡清长叹一声说:“齐场长已经打电话给李国祥政委了,看他怎么处理吧。死了这么多羊羔，这责任重大啊！我是试验站负具体责任的副站长，这责任就得我担下来呀！”红柳说：“他们会把你怎么样？”林凡清说：“我也说不上来，受处分是难免的了。”红柳说：“这是天灾！谁也顶不住。”林凡清说：“天灾那是客观，但主观上呢？”红柳说：“主观上我们也努力了呀！你瞧你的手，我的手，还有其他人的手，谁不都是满手的紫血泡！”林凡清说：“事情要是像你说的这么简单就好了。他们还是会让我从主观上找原因的。死了这么多羔羊，他们也没法向上级交差呀！”

蒋有友敲门进来，看到红柳在喂奶，忙又抽身回去。

林凡清走出门，问蒋有友说：“什么事？”蒋有友说：“齐场长陪着李政委来了。”林凡清说：“这么早就赶来了？”蒋有友说：“李国祥政委气得脸都发青了。林站长，你可要顶住啊。”林凡清叹了口气说：“顶不住也得顶啊！”

林凡清赶过去时，郑君已经在那里挨训了。李国祥指着羊圈边上堆成一堆的死去的羔羊，厉声地对林凡清和郑君说：“这是国家的财产，人民的财产，你们怎么向人民交代！”郑君说：“政委，这是天灾。”李国祥说：“我不知道这是天灾吗？可我要问的是，你们在天灾前做过什么思想准备？为什么饲料储备得这么少？不要老强调客观，你们得从主观上找原因！”郑君说：“客观就是客观，天灾就是天灾，干吗非要扯到主观上去！要说主观，我们已经尽到最大的努力了。你看！”郑君伸出手，手掌上布满了血泡，“这是什么？铲雪清路，整整一天一夜，人都差点累死在路上！”李国祥说：“打起这么点血泡算什么？我们在战场上冒着枪林弹雨，随时把命都搭上，可打了败仗，照样要做检查！在这件事上，你们必须做出检查来！我再说一遍，不要强调客观，要从主观上找原因！”齐怀正说：“李政委，我是实验站的站长，这份检查我来做！”李国祥说：“你作为牧场场长，兼着试验站的站长，你当然要做检查，包括我李国祥，也得向上级做检讨，死了这么多羊羔，我作为总场的领导，总得向上有个交代吧，但林凡清同志是试验站的副站长，是负责具体日常工作的，怎么能不做检查呢？先做检查，然后总场常委再做出处分意见。”

郑君大声喊起来：“不行！这太冤枉人，太不公允了！”

林凡清拉住郑君说:"政委,对这件事,我一定做出深刻的检查,也应该受到处分!我是负责具体工作的,责任当然全在我。"郑君说:"不行!这不公平。"李国祥说:"那怎么才算公平?"郑君说:"这检查首先让老天爷作!等它做完了,我们才做。天灾就是天灾!哪有天灾该由人来负责的!"李国祥说:"你这话不对!天灾下面有人为!大江大河边上为什么要筑堤坝?就是为了要防洪水。洪水是天灾,筑堤坝就是人为,就是主观努力!现在我要问的是,你们筑的堤坝在哪儿?备用料为什么备得那么少?"林凡清说:"政委,你批评得对!"

李国祥说:"希望你们从这件事上好好吸取教训!"说着,很生气地上了小车:"齐怀正,跟我一起走,再到受灾的牧业队去看看!"

李国祥和齐怀正坐着小车走后,郑君冲着林凡清喊:"天塌下来,你顶得住吗?你要顶不住也要写检查吗?世上哪有这么不讲理的人!"林凡清平静地说:"政委说得有道理,我们过冬的饲料没有备够,这不是责任是什么?就像防洪水的河堤,河堤被洪水冲垮了,那不是筑河堤的人的责任,难道去怪洪水吗?"郑君一挥手说:"林凡清,我不干了!我真的不想干了,这样干太憋气了。豁出命在干,却还要受指责,受这冤枉气!"林凡清说:"你想当逃兵吗?"郑君说:"对,我就想当逃兵!我受不了了,我的精神都快要崩溃了!"

李国祥的小车在雪原上疾驰,长长的车辙深陷在雪地里。齐怀正对李国祥说:"政委,让林凡清写份检查就行了,要处分就处分我。"李国祥说:"为什么?"齐怀正大声地说:"因为我是站长!再处分他不公平。他们已经干得够艰难够辛苦了。政委,我把话说白了吧,我就是要保护林凡清这个人,不能让他受伤害。"李国祥说:"那他的责任呢?"齐怀正说:"不是让他写检查了吗?这就够了,还要咋样?"

已是凌晨,林凡清从试验室回来,就趴在桌子上写检查。

红柳把熟睡的儿子放到床上,心疼地看着林凡清说:"你真要写检查?"林凡清说:"不写过不了关啊。"红柳说:"不写又怎么啦!能把你怎么样!郑君说得对!豁出命在干,干吗还要受这冤枉气!"

林凡清苦笑着摇摇头，说："不写不好吧？再说，从主观来讲，我是有很大的责任。如果夏天割更多的草，备更多的料，哪会出现现在这样的事？"

红柳坐在床边想着月亮和郑君的事，她有些担心地说："郑君他真的想走吗？"林凡清说："不知道，最近这些日子，他心情一直不好。"红柳说："是不是为月亮的事？"林凡清说："齐场长不肯同月亮离婚了，因为他想当孩子的父亲。他有这种想法也不奇怪，一个从死亡线上爬出来的人，又丧失了生育的能力，突然有了个从法律意义上讲属于他的孩子，这是件多么喜出望外的事啊！"红柳说："他这样做，不是苦了月亮，也苦了郑君了吗？"林凡清说："所以郑君就想走啊。"红柳说："那你呢？"林凡清说："我能走吗？你老爹把我钉在这儿了，再大的委屈，再大的苦难，也得坚守在这儿呀。男人把事业一丢，活在这世上还有什么价值呢？"红柳说："我问的是郑君想走你是什么态度，我知道就是要杀你的头你也不会走的！"林凡清说："那当然不能让他走！他这个人，身上毛病不少，但有一条，就是干事踏实认真，有股子拼劲，业务上也很在行。"红柳叹了口气说："那时我总觉得月亮和他处得挺好的，能成为一对。可月亮偏要嫁给齐场长，不过也难怪，齐场长也是个好人，又是个战斗英雄，美女爱英雄嘛。"

有人敲门。林凡清打开门，看到郑君牵着马，马上驮着行李。

林凡清惊呆了，说："郑君，你真要走？"郑君说："对！"林凡清说："你这样做好吗？"郑君说："没什么不好的。"林凡清厉声说："那你就是个逃兵。"郑君一副无所谓的样子说："去哪儿都可以工作，而且都是革命工作。"林凡清说："如果再遇到现在这样的情况呢？在这世上哪儿都有委屈，都有打击，都有冤枉，你再逃？"郑君不想再分辩下去，故作潇洒地挥了挥马鞭说："我走了，此处不留爷，自有留爷处！再见！"转身就走。

林凡清上去一把拉住郑君压低了声音说："你不要你女儿了？你不要月亮了？"

这话一下子扎到郑君的心坎儿里了，他强忍着泪说："她们已经不再属于我了。"林凡清说："郑君，我劝你不要走！你瞧，我们的事业虽然遇到了一些挫折和困难，但毕竟开始了，而且有了成果。"郑君愤懑地说："那是你的事业，不是我郑君的事业！我同你不一样，你是为了继承你老师的事业来的，又有一位爱你的姑娘死心塌地地跟着你，还有齐怀正这样的领导跟你称兄道弟的。可我有什么呢？除了我背着的这把琴外，什么都没有！还要吃苦受累再加上受气！我决不在这儿干了，我要离开这个让我痛苦的地方！”说着，牵着马就往院外走。

林凡清大声说：“郑君，你这一走，你就是个逃兵，你身上就会烙下一个永远的污点！”

郑君向院门口走了几步，回头说：“我身上已经烙下污点了，再加上一个又有什么！”林凡清又上前拉住郑君说：“郑君，你只有留下的义务，没有走的权利。因为你是自愿到这儿来参加革命工作的，你不能当这样的孬种！”郑君说：“林凡清，你不要再拖住我不放了，我的义务到此为止！你也没有权利硬拽着我叫我陪你在这儿受这份苦，遭这份罪！”郑君用力一挣，林凡清倒在了地上。

天空依然是繁星闪烁，积雪把夜空衬得很亮。郑君骑上马，头也不回地离开了试验站，走向苍茫的雪原。

林凡清奔进试验室，摇电话机。但他想了想，把电话搁下，又奔出试验室，冲向马厩。

林凡清骑着马在雪原上狂奔。

地平线上露出一线曙光。郑君并不像他自己声称的那么坚决，原本骑着马的他不知什么时候又跳下马来。积雪很厚，他每走一步，双脚都会深深地陷入雪中。他牵着马在雪原上慢慢走着，走得很慢，走得也很艰难。就这样走走停停，停停走走，或者他是真的希望林凡清能再追上他，更坚决地把他拦下来。

天刚亮，齐怀正走进办公室，正把大衣挂到墙上的衣钩上。林凡清满头白霜地冲进办公室。齐怀正吃惊地问：“林凡清，出什么事了？”林凡清痛心地说：“郑君走了！”齐怀正说：“他去哪儿了？”林凡清说：“走了！离开试验站了，你还不明白吗？”齐怀正还没反应过来，说：“为什么？羊羔死的事？责任我已经担了，检查你也写了，跟他没什么关系呀！”林凡清一时不知道该怎么跟齐怀正解释好，齐怀正其实是个直肠子，如果不把话往明里说，他是很难拐过弯来的。林凡清想了一下，对齐怀正说：“齐场长，我能不能说上几句我本不该说的话。”齐怀正说：“说吧，我与你之间还有什么不能说的话。”林凡清说：“齐场长，我林凡清能跟你这样一位战斗英雄搭档做朋友一起工作，这是我的荣幸。”齐怀正说：“你别给我戴高帽子，有话直说。”林凡清说：“你同月亮的事，我无权说三道四，但现在关系到我们的工作和事业。本来，你就不该跟月亮结婚，我说了，你这样让月亮守活寡是不道德的。后来郑君同月亮之间出了事，郑君还受了处分。当时为了不让郑君去水利工地，你做得也很让我钦佩！你答应等孩子生下后，同月亮办手续，让月亮和郑君得到幸福，这一切，你都让我由衷地敬佩！但现在……”齐怀正明白了，但他还是不能痛下决心，如果让月亮跟着郑君，那就意味着他齐怀正又将是孤家寡人一个，他忘不了从护士手里接过那个孩子时的幸福和满足，那是他过去从不敢奢望的：我已经是孩子她爹了，现在又要让我放弃，这怎么可能？他放不下，齐怀正的心被揪得生疼，他说：“凡清，我真离不开我的女儿，月亮走了，我女儿也会跟着她走。”林凡清能理解，但他必须得让齐怀正清醒过来，他说：“但你为郑君想想，也为月亮想想啊！”齐怀正站在那里想了好一会儿，抬头问林凡清说：“郑君真的走了吗？”林凡清看到了希望，说：“天还没亮，就把行李驮到马上走的，可能已经快到车站了。”

齐怀正跺了一下脚，拍了拍自己的额头，自责地说：“我自私，我太自私了！林凡清，咱们走！”林凡清说：“去哪儿？”齐怀正说：“直接去车站，这儿离车站近。”

齐怀正和林凡清策马在雪原上飞奔。

快到路口车站时，郑君骑的那匹空鞍马朝齐怀正、林凡清迎面而来。林凡清懊恼地说：“糟糕，走了！这是郑君骑的马。”

远处，一辆长途客车在路上消失。齐怀正看到了，说：“林凡清，追长途车，现在还追得上！”

林凡清追了几步喊：“等等，齐场长，你快听，郑君可能没走！”

齐怀正拉住马，四下张望了一下，说:“没听见什么呀!”

林凡清:“你听呀，这风声中还有琴声，肯定是郑君在拉琴。”

小提琴声从车站路口悠悠地传来。齐怀正也听到了，赶紧说:“快，林凡清，把他的马也牵上!”

郑君在路口车站伤感而深情地拉着小提琴，脚下堆着一堆的行李。齐怀正和林凡清策马奔来，他们在离郑君不远处跳下马。郑君也看到了他俩，放下了琴。

齐怀正和林凡清走到郑君跟前。

郑君有些愧疚地望着两人，说:“我是个感情用事的人，可当汽车在我跟前停住了，我却迈不动脚了。一直到那车开走，我才明白，其实根本不想走!因为我的脚一上了那辆车，我就真成了一个彻头彻尾的逃兵！你林凡清说得对，一个没有事业心的男人就不算是个男人。我也想起许静芝说过的话，她说，她为爱情而来，为事业而留。她心中的委屈还不够大不够沉吗？凡清，我这里没有责怪你的意思，我只是想说，一个女人都能这样，我郑君堂堂七尺男人难道还不如一个女人?”

林凡清什么也没说，只是紧紧地握住郑君的手。

齐怀正也有些懊悔，上前说:“郑君，我对不住你，也对不住月亮，我太自私了!”

郑君摇摇头，没有说话。

齐怀正说:“其他的我不多说了，但有一条我必须得提！郑君，咱们三个是为一个事业走到一起来的，如果你肯留下，我们三个就得立个规矩，不管咱们三个之间怎么吵，怎么骂，实在不行就打一架，都行！但为了咱们的事业，绝对不允许散伙!”林凡清说:“齐场长，这个规矩立得好!”郑君说:“齐场长，我会留下！而且，这个规矩我郑君该第一个来遵守!”

三双手紧紧地握在一起。

春色明媚，绿草如茵，顶着风寒的矢车菊开得正艳。齐怀正帮月亮把行李放到马车上，说:“咱俩的手续是办完了，可你和郑君的手续也要尽快办，不然人家要说闲话的。”月亮轻轻地拍拍孩子说：“知道了。怀正哥，郑君说了，这孩子永远姓齐，永远叫齐美兰，你永远是她的爹，等孩子长大一些，就让她回到你身边。”齐怀正依依不舍地看着婴儿，说：“既然郑君和你都这么说了，那我就再自私一次。不瞒你说，女儿现在黏在我的心上，分开来就跟划拉我的肉一样痛！好好把我的女儿带好吧，我真的太想当爹了。月亮，谢谢你和郑君这么体谅我。”月亮说：“怀正哥，那我就走了。”

齐怀正点点头，眼里含着无限的温情在婴儿的小脸上轻轻地亲吻了一下。然后说：“月亮，现在林凡清和郑技术员忙得没日没夜的，红柳也带着娃娃跟他们一起熬夜，所以郑君不能来接你了。本来我也该送你去，但我这里也忙得脱不开身，你就自己去吧。”

月亮抱着孩子说：“去试验站的路我已经走了好几回了，我自己能去，你就放心吧。”齐怀正说：“走吧，你要像红柳帮林凡清一样，帮着郑君把工作做好。”月亮含着泪点头说：“知道了。”然后拉拉齐怀正的手说：“怀正哥，我好对不住你呀！”齐怀正说：“是我对不住你。不是你对不住我。你们的事情早该办了，是我私心重了点，才把这事拖成这样。快走吧，赶到试验站就要过晌午了。把美兰给我带好！”月亮赶着马车走向草原。齐怀正含着泪朝他们挥手。

路上，矢车菊艳艳地开满了草原。

第十七章

初夏,刘世棋的那个年轻老婆因为难产被送到县城的大医院去,住了半个多月才出院。刘世棋抱着刚出生的婴儿,搀着还很虚弱的妻子去挤长途汽车回牧业三队。

车站上,等车的人很多,刘世棋大声嚷嚷着请大家给借个道,众人看刘世棋抱着婴儿,老婆头上又缠着布,一副病恹恹的样子,也自觉地让他们站在了前面。

长途汽车到站,车尾喷出一股浓烟。

刘世棋抬头看车,发现车里挤满了人。车门一开,他就紧抱着婴儿,用力地把老婆推上车,自己也挤了上去。

长途车又冒出一股黑烟,开动了起来。

车上,刘世棋推着老婆往里挤,里面人喊:“别挤啦!里面也没空地了。”刘世棋看看身边坐了一位十七八岁的年轻人,他碰了碰年轻人,说:“小伙子,你给我老婆让个位子好吗?她刚生完孩子,是在县里医院做的剖宫产。身子弱,帮帮忙让个位子吧。”年轻人说:“我买的可是有座位的票！我大老远从口里来，一路上也辛苦着呢。”旁边一位年纪大的乘客说:“你一个大小伙子，人家是产妇，还有个刚出生的娃呢！你就该让座，年纪轻轻的怎么连这起码的道理都不懂啊?”年轻人不情愿地站起来给让了座。刘世棋说:“小伙子，谢谢了。”刘世棋的老婆坐下，从他怀里接过了婴儿。

刘世棋打量了一下年轻人，见他穿着土布衣服，一副农村人的模样和打扮。刘世棋问:“小伙子，你说你是口里来的，上哪儿呀?”年轻人说:“我要上我姐夫那儿去。”刘世棋说:“你姐夫在哪儿工作?”年轻人有些得意，说:“在沙门子牧场，叫齐怀正，是那个牧场的场长。”刘世棋来了兴致，说:“那你叫啥?”年轻人说:“我叫杨北斗。”刘世棋说:“哦，你姐叫杨月亮吧?”年轻人说:“对，你咋知道?”刘世棋伸出手说:“来，认识一下，我叫刘世棋，以前我是齐场长营里的兵，现在是他牧场里的牧工。不过我可告诉你，现在你的姐夫可不是咱们齐怀正场长，是一个叫郑君的畜牧技术员。”

杨北斗一开始挺高兴，听到后面的话变了脸，说:“你胡说个啥!”

刘世棋说:“一年前，你姐就跟齐场长离婚了。”杨北斗说:“为啥?”刘世棋说:“你姐姐又看上了那个郑君呗。人家是大城市来的，长得又英俊，还是个大学生！所以齐场长一气之下，就把你姐姐给休了。”杨北斗说:“我姐不是那样的人!”刘世棋说:“是不是，你去了就知道了。”杨北斗说:“你再说我也不信！我怀正哥是个战斗英雄，又是个领导，我姐干吗看上那个大学生呀!”

刘世棋冷笑了一声，说:“那这事你得去问你姐。别说你了，我们想破脑袋也没想通。你姐还跟咱们齐场长生了个女儿呢!”刘世棋说着看了看他老婆抱着的婴儿，疼爱地用手指摸了摸婴儿的脸，说:“库兰，我的宝贝女儿哎!”

杨北斗满脸的疑惑、绝望和痛苦，说:“你说的这事，也传到我们老家了，可我爹就是不信!”

到了沙门子牧场场部的路口，杨北斗下了车，刘世棋还在车上笑着朝他挥了挥手。杨北斗对刘世棋讲的事还是有些半信半疑，他背着个布包，朝沙门子牧场走去。齐怀正带着小石骑着马从杨北斗的身边飞奔而过。杨北斗回头朝那两个骑马的人看看,但马已迅速消失在草原上。

林凡清和郑君正在试验室里工作。林凡清看着显微镜在念数字,郑君在做记录。

齐怀正带着小石骑马来到试验站的院子,两人跳下了马。齐怀正去推开试验室的门,大声说:“嗨,嗨！都别干了,跟我走。”林凡清不明所以,抬头说:“出什么事啦?”齐怀正说:“啥事也没出,想让你们出去玩一天,别老窝在试验室里捣鼓你们的数据。”郑君感兴趣地问:“到哪去玩?”齐怀正说:“阿吾斯齐乡赵乡长的儿子结婚,特地来邀请我们去,他们按哈萨克的婚礼办喜事,有赛马,有叼羊,有姑娘追,还有跳舞、唱歌,还有手抓羊肉,还有大碗的酒。赵乡长说,这三年你们帮阿吾斯齐乡的牧民搞优育,羊的数量质量都大大地提高了,所以一定要把你们俩都叫上。”

郑君是个喜欢凑热闹的人,一听立马就来了精神,放下笔说:“那就走！我也想参加他们的赛马呢,现在林站长骑马,也成了把好手呢！”

林凡清也兴致勃勃地说:“那好,我们也该放松上两天,走！”

杨北斗走进场部办公室。值班员问他:“你找谁?”杨北斗说:“我找齐怀正,他是我姐夫。”值班员先一愣,接着一笑说:“你姐是谁?”杨北斗说:“我姐叫杨月亮,我叫杨北斗。”值班员说:“那你直接去找你姐吧。你姐现在在良种培育试验站。”杨北斗说:“为啥?”值班员说:“齐场长早就不是你姐夫啦。现在你的姐夫叫郑君,这你还不清楚吗?”杨北斗说:“那我能见见我的怀正哥吗？就是见见齐场长！”

值班员说:“齐场长不在,他上山了,恐怕两三天后才能回来,你还是先去找你姐吧。”说着,示意窗外的小路说:“顺着这条小路往西走,大概五六公里的路。”

杨北斗说:“不行！我爹说了,真要出了那种事,叫我要先找怀正哥,然后再去找我姐。同志,请你告诉我,我的怀正哥在哪儿?”

阿吾斯齐乡的一个草原上，搭起了无数个毡房，牧民们骑着马蜂拥而至。人们穿着节日盛装，载歌载舞，举行各种活动。歌声、冬不拉的琴声响成一片。齐怀正、林凡清和郑君跳下马，同来迎接他们的赵乡长热烈握手。

到了赛马的环节，郑君在赛马场边上把背上的琴解了下来，交给齐怀正。

齐怀正说："你咋的，琴都不要了？"郑君认真地说："齐场长，我也想参加赛马。"齐怀正说："你在马上的功夫不如林凡清啊，你的功夫只能在马上拉拉琴，可林凡清的功夫，比我这个当兵的还强啊。"郑君说："他是跟着红柳学的，那是爱情的力量。所以说爱情的力量是最伟大的力量。"齐怀正说："你别酸了，我可不这么看。男人哪能只为了爱情呀！林凡清我看就不这样。"郑君说："齐场长，我说了你别生气。我郑君就是为了爱情才跑到这里来的，所以齐场长，你永远是我的恩人！"郑君说着跨上马，朝赛马的人群奔去。

林凡清已经在赛马的人群中，他挺直腰，勒着缰绳，那英姿勃勃的模样，在赛马的人群中特别的显眼。观看赛马的人群中，许静芝也在里面。她已是一身哈萨克女人的打扮，完全变了个模样，但依然非常漂亮。她早就看到了林凡清，看到林凡清依然是那样的儒雅而英俊，不由得脸上也有了些激动的神情，但随之而来的伤感也涌上了心头。

赛马场上，旗手把小旗一挥，马匹围着个大圈开始争相奔跑起来。林凡清夹在马群中间，身子前倾，臀部微悬，显得镇静沉着。他的马撒开蹄子，不断地追过前面的马。郑君也夹在马群中，被诸多牧民们夹击着，显得有些慌乱，几匹马从他身边擦过，他差点从马上摔下来。但郑君还是镇静了一下自己，稳定情绪，继续往前追，虽然他已经落到最后的几匹马中间了。

许静芝看到郑君，对他喊："郑君，加油！别气馁！"

郑君也看到了许静芝，朝她点点头，两腿夹了夹马肚，奋勇向前。

许静芝的眼光也射向了林凡清，林凡清已经在领头的几匹马中间了，一会儿第三，一会儿第四。场外观众都在呐喊加油，许静芝的情绪被这赛马场上的气氛调动了起来，她也开始紧张地在为林凡清加油。

赛马场上，郑君虽然在奋力向前，但还是落在最后的几匹马中间。

小旗又挥了一下，最后一圈了。这会儿所有的骑手都拼出了最后一把劲。林凡清咬了咬牙，终于超过第三，向第二追去。只差一个马头，林凡清屈居第三。

郑君也跟着大队伍冲过了终点线，是倒数第三。

赛马场外，许静芝激动得眼泪都流出来了。齐怀正、小石也在热烈地鼓掌。在齐怀正身边的赵乡长说："想不到林站长得了第三名，我们那些三四岁就骑在马背上的牧民都没赶上他，了不起啊！"

不少人围着林凡清和郑君。林凡清满头是汗，气喘吁吁，但对自己的赛马成绩感到满意，一脸的兴奋。

齐怀正走了过来，说："行，我们试验站的人得了两个第三，一个是正数第三，一个是倒数第三，都不简单！"

郑君在林凡清耳边嘀咕说："我看到许静芝了。"林凡清一惊说："她在哪儿？"说着，用眼睛到处找，虽然已经很久没见过面，但一听到许静芝的名字，他心里还是会咯噔一下。林凡清若有所思地说："已经快有两年没见她了。"郑君说："她还没原谅你？"林凡清摇摇头说："那次我追了她一路，她同我吵了一路。她越是这样，我心里的内疚也就越深。"

在沙门子牧场场部，来找齐怀正的杨北斗坐在值班室的地上撒泼打滚，又是蹬腿又是哭。值班员哪见过这阵势，一时间也不知道该拿他怎么办好。

值班员说："要不，你先到场部招待所住下，等齐场长回来了，你再见他？"杨北斗哭着喊："不行！我现在就要见我的怀正哥，我咋地也要把这事情搞清楚！要不，我没法向我爹交代。"值班员说："齐场长到阿吾斯齐乡参加人家的婚礼去了。"杨北斗说："那你现在就带我去找他，我要立马见到他！"值班员说："我还在值班呢！"

杨北斗突然爬起来噗地跪下说："求求你了，帮我去找找我的怀正哥吧，求求你了呀！"

已是黄昏，夕阳把草原抹得一片灿烂。值班员领着杨北斗来到草原，朝齐怀正喊："齐场长，有人找你！"

齐怀正应声走过来,值班员把杨北斗领到齐怀正跟前说:“齐场长,这位同志死活要找你!说今天找不到你,他就不活了。所以我只好把他带到这里来了。”齐怀正对杨北斗说:“你找我有什么事?”杨北斗说:“怀正哥,你不认识我了?”齐怀正认不出他来,说:“你是——”杨北斗说:“我是杨月亮的弟弟,杨北斗呀。”齐怀正有些记起来了,说:“你是月亮的弟弟北斗啊!来找你姐的?”杨北斗说:“不,是来找你的,是我爹让我来找你的。”齐怀正一愣说:“是你爹让你找我的?有什么事吗?”杨北斗说:“我爹想让我问问你,我姐做了什么对不起你的事,你要把我姐给休了。”齐怀正窘迫地说:“谁把你姐给休了?”杨北斗说:“你呀。我姐肯定做了对不起你的事,你才把我姐休了。”

齐怀正卷了支烟拼命地抽了两口,他真不知道该怎么回答好。

杨北斗说:“我爹说,我姐要是做了那种辱没家门的事,我爹让我把我姐带回老家去。”齐怀正说:“干吗?”杨北斗说:“把她活埋了。”齐怀正喊:“胡来!”杨北斗说:“我爹说,反正他也不活了。”齐怀正说:“你姐没有做什么对不住我的事,是我对不住你姐!”杨北斗说:“那你为啥要把我姐休了?”齐怀正说:“因为我和你姐脾性不合,过不到一块儿,所以离了。”杨北斗说:“那你就是把我姐休了吗!”齐怀正说:“不是休了,是离婚了!是双方都自愿的。我跟你姐离婚后,她再找个男人,那是她的权利!杨北斗,我告诉你,你别把农村封建的那套东西搬到我们部队来!你要为这事来,你就赶快回去!”杨北斗固执地说:“我爹说,一定要怀正哥说出为啥要休掉我姐,不说清楚,不许我回去!我要没问清楚就回去,我爹就要打断我的腿。”齐怀正说:“我说了,是两个人脾性不合!所以离婚了!”杨北斗说:“我姐长得那么漂亮,你咋会同她脾性不合呀!我不信!”

有人在毡房边上喊:“齐场长,快来!新郎新娘要敬你酒呢!”

齐怀正指着杨北斗对值班员说:“你先把他带回去,等明天我回去后再说。”杨北斗说:“怀正哥,你要不跟我说清楚我就不走!”

夜幕低垂,一堆堆篝火燃起。手鼓声、琴声、欢笑声响彻草原。

在一堆篝火旁,一群男女正在跳舞,许多人拍着手围观。齐怀正、林凡清、小石也在围观的人群中。郑君挤进人群，把林凡清拉了出来。

郑君说："我刚从许静芝那儿来，你想不想再同她谈谈？"林凡清说："那当然。"郑君说："你瞧，在那边站着呢，穿着哈萨克女人的衣服。我同她说了，你去吧。"

郑君丢下林凡清挤进人群，把提琴交给小石，兴致勃勃地走进跳舞的人群。他的舞姿优美，节奏感强，跳得很是潇洒。在这方面，他要比林凡清强。

齐怀正赞许地点着头，把杨北斗拉到身边说："你瞧，那个跳舞的，就是你现在的姐夫。他叫郑君，是个大学生，比我可强多了。"

在两堆篝火之间，火光一明一暗。林凡清朝许静芝走去。许静芝犹豫了一下，也朝林凡清迎来。火光一亮，照亮了两个人的脸。还有一米的距离，两人都站住了。

两人沉默着，都不说话。飘忽的火光依然在一明一暗地闪烁着。

许静芝说："我听郑君说，你找我？"林凡清清了清喉咙，说："是，静芝，我想再同你谈谈，希望你能原谅我。"许静芝摇摇头说："林凡清，我可以明确地告诉你，这不可能！什么时候我原谅你了，也就是我不爱你了。在我看来，爱情是非常小气的，尤其是对一个女人来说就像眼睛一样容不得一点沙子。"林凡清说："既然你不能原谅我，那就不谈这事了，谈点别的行吗？"许静芝说："别的我不想谈了。"林凡清说："静芝，你别这样好不好！"许静芝说："我怎么啦？我许静芝不像别的女人那么大度，心爱的人离开了自己还要祝他幸福，我许静芝做不到！红柳可以对我说对不起，我不是故意的。但你林凡清不能这样说！我们毕竟交往了两年，也深深爱着对方，可你居然一点都不了解我，不了解我的心。当我说出我愿意跟你到新疆来的话时，我已经把一切都交给你了！"说着，哭了。

在篝火旁，一曲终了，郑君走出舞圈。

齐怀正拉住郑君说："郑君，这是月亮的弟弟，叫杨北斗。杨北斗，叫，这是你姐夫。"杨北斗恶狠狠地瞪着郑君，说："我才不叫他姐夫呢！我的姐夫就是你怀正哥!”

杨北斗气呼呼地从郑君身边走开。齐怀正喊他:“北斗!”杨北斗转过脸来哭着喊:“怀正哥!你得给我说清楚,你为啥要休了我姐?要不,我没法回去跟我爹交代!”

齐怀正回头看看郑君气急地说:“这事咋能跟他说得清楚呢!”

郑君不在意地说:“这事用不着给他说清楚。他愿意叫我姐夫他就叫,他要不愿意那也随他去,我得拉琴了。今天玩得可真尽兴啊!”说着,走到小石身边拿过琴,又挤进圈里拉起琴来。

齐怀正看着郑君被欢乐的人群围住,更激情洋溢地拉着琴,摇摇头,苦笑了一下,心说:这人咋就能活得这么潇洒呢?

圆月在薄薄的云中穿行。林凡清与许静芝坐在离篝火不远处的小土包上。许静芝今晚肯接受郑君的提议,是因为白天在赛马场上再次见到林凡清,她已经不再像过去那么备受煎熬难以承受了。时间真是最好的良药,能让她的心平静下来,逐渐开始接受这个现实,但她和林凡清之间还有些未能解开的结,需要这样的沟通。

林凡清回忆说:“我一直等到火车开,都不见你的人影,我以为你决定要跟我分手了,因为你说过,如果你不来,那就是你变卦了。”许静芝咬着嘴唇,委屈地说:“那你就没想到还可能会有别的原因呀。”林凡清说:“我也问过你,你爷爷会不会不同意你到新疆来,可你说绝对不会!你爷爷一直是听你的。”许静芝不说话,只是流泪。

过了一会儿,许静芝抹去眼泪说:“那天到半夜里,我把你叫到咖啡馆里,我跟你说的,你说你为事业去,我说那我就为爱情跟你去!我就这么容易变卦吗?”林凡清说:“可问题是你没有来呀!”许静芝说:“我不是来了吗?我不是紧跟着来了吗?”林凡清说:“可我并不知道呀。”许静芝说:“林凡清我问你,你到乌鲁木齐是不是住的兵团招待所?”林凡清说:“开始我住在人民饭店,后来跟齐怀正在兵团招待所住了一夜。”许静芝说:“同一个战斗英雄住在一起?”林凡清说:“对。他叫齐怀正,是我们牧场的场长。他今天也来了，喏，在那儿。”许静芝说：“那天一早我看到你了，当我追出招待所的院子，你们已经坐上车走了，我又是追又是喊，可车就是没有停。”林凡清说：“天呐，那是你在追啊？我们驾驶员小王看到了问我，你在这儿有认识的姑娘吗？我说没有。后来又说，有一个男的在追那个姑娘，齐场长就说，那就肯定不关我们的事了。于是车就继续开，我怎么会想到是你呢！”

许静芝说：“三年前，我是为了防疫才到阿吾斯齐乡的，后来就留在了这儿。本来我一直盯在一个哨卡上的，后来有事离开了哨卡，回来后有人告诉我，一个姓林的技术员被一个牧民打伤了头。我在山坡上看到你们在对面的山路上，我叫了，你们当然听不见，后来我才知道，这个被打伤的人就是你。可当我知道的时候，你已经同红柳姑娘……”

林凡清瞪大着眼睛，一句话也说不出来，嗓子似乎被什么东西噎住了。

两人之间的气氛瞬间像凝固了似的，谁都不再说话，许静芝把目光转向别处，两腮还挂着泪。林凡清凝视着她脸部的侧影，虽然草原上的气候已经在许静芝的脸上镌刻出些痕迹，但她那南方人特有的清秀柔美的线条依旧让人心动。林凡清心里翻江倒海般一阵阵地心痛，他对许静芝说：“静芝，你再找一个吧，不是有位首长在追你吗？”许静芝说：“不，那位首长他已经结婚了，就是他没结婚，我也不会跟他。”林凡清说：“为什么？”许静芝转过脸，盯着他说：“这还用问吗？”林凡清低下头，避开她质询的眼神说：“那你不是让我太沉重了吗？”许静芝猛地站起身，内心的伤口再次被撕开了。她说：“对！我就是要让你为我沉重一辈子！我还是那句话，因为我爱你，所以我不会原谅你！”

许静芝说完奔向另一堆篝火，留下林凡清一个人独坐在那个土包上，一脸的无奈和痛苦，此刻他觉得，过去和许静芝之间的爱情带着甜蜜和温情，但眼前的许静芝更像是被山崩震落的巨石，沉沉地压在他的心头，让他喘不过气来。

欢腾了一夜的人们都在沉睡。直到天光大亮，最后一堆篝火的余热也已渐渐冷却。

毡房内。林凡清把郑君推醒,说:“郑君,快醒醒!咱们得回去了。家里还有那么多事没干呢。羊毛这几天也要开始剪了。”郑君揉揉眼睛,打着哈欠说:“昨晚闹得好过瘾啊!齐场长他们呢?”林凡清说:“他和你的那个小舅子杨北斗天刚亮就走了。那个杨北斗非要跟着齐场长,不肯跟你。”郑君苦笑一下,叹口气爬起来说:“怎么突然冒出了这么个小舅子,而且对我很不友好,还不肯认我这个姐夫。你知道他看我啥眼神么?满眼的苦大仇深。我估摸着他在乡下斗地主时,那眼神都没这么狠。”

林凡清和郑君在毡房前收拾好马,正准备翻身上马。许静芝领着哈里木骑马朝他俩奔来。

许静芝跳下马说:“凡清,你这次也帮我个忙吧。”林凡清说:“怎么啦?”许静芝对也已跳下马的哈里木说:“哈里木,你说。”哈里木说:“林站长,我的羊群,今天一清早,吃了带露水的野苜蓿,肚子全都鼓胀起来了,卧在地上喘着粗气,都快不行了。”许静芝说:“所以只有灌肠了,不然,一只也活不下来。几百只呢!可我只有一个人,所以你们得帮帮我,能救活几只就救几只。”哈里木说:“林站长,郑技术员,我的母羊群全都是你们帮着培育的细毛羊。”

林凡清跃上马很有把握地说:“那快走!郑君,你回试验站去吧,这事有我去处理就行了。”许静芝说:“多一个人帮着灌肠不就能多救几头羊吗?”林凡清说:“这事用不着灌肠!就算拉上十几个技术员帮忙灌肠,羊也得死一半。”

林凡清、许静芝、哈里木一起赶到羊群边。那几百只母羊喘着气都卧在地上,眼神里透出行将死亡的悲哀。含着泪的阿依霞古丽迎上来说:“林站长,许兽医,你们得救救这些羊啊!”林凡清说:“哈里木,把这些羊都赶起来。”哈里木说:“可它们都走不动了。”林凡清说:“全都赶起来,卧在地上就只能等死!”

林凡清和哈里木赶着羊群满山遍野地跑,鞭子甩得啪啪响。哈里木问:“林站长,这样能行吗?”林凡清说:“哈里木,等一会儿你就可以看到效果了!现在别心疼羊,它们跑得越狠越好,这是在救它们的命呢!”

林凡清和哈里木满头大汗,筋疲力尽地把羊群赶了回来。羊的肚子都瘪了,咩咩地叫了几声后低下头来又开始吃草了。

林凡清笑着说:“哈里木,羊群没事了。”

哈里木也松了口气说:“林站长,你这一招可真管用!”

许静芝把林凡清送到山下路口,也就是上次林凡清和许静芝告别的地方。许静芝一直在想刚才那事,连她这个兽医都束手无策的事情,居然被林凡清这么轻易就解决了。她忍不住问:“凡清,你刚才那一招是跟谁学的?”林凡清一笑说:“跟我的老师也是我的岳父学的。”许静芝说:“他不是已经过世了吗?”林凡清说:“在他的工作日记上有记录。我老师不但是个有学问的教授,还是个很有经验的牧羊人。”许静芝点了点头,拨转了马头说:“怪不得你那么死心塌地地非要到你老师这儿来。”

许静芝策马走出了十几米远了。林凡清突然觉得自己要把一些事情跟她说清楚,于是他大声地喊:“静芝,不管你肯不肯原谅我,但我要再说一遍,男人是为了自己的事业活在这世上的!”许静芝听见了,她也回头喊:“那我要再说一遍,女人就是为爱情活在这世上的!因为这是女人的本性和天职!”

中午,齐怀正把杨北斗带到场部食堂。齐怀正到窗口端了一碗面两个馍走过来,搁到杨北斗跟前说:“吃饭吧!”杨北斗拿起一个白面馍看了又看,说:“怀正哥,你们天天都吃这种纯粮食的馍吗?”齐怀正不置可否地说:“对。”杨北斗香香地咬了一大口馍,又吸溜溜地吃了好几口面。齐怀正坐在桌子对面,也端着面和馍准备吃饭。杨北斗突然说:“怀正哥,你说你跟我姐没感情,为啥还生了个孩子?”齐怀正说:“你问这事干吗?这是你问的事吗?”杨北斗固执地说:“我就想知道,你为啥要跟我姐离婚!”齐怀正说:“你姐已经跟我离了婚,她又跟别人结婚了,就这么回事!”杨北斗说:“可为啥是这样?总得有个理由呀!”齐怀正火了,说:“理由就是你姐和我感情不好,你姐跟那个郑技术员的感情好,就是这么个理由!有感情才能生活在一起,没感情咋能生活在一块儿?”杨北斗说:“怀正哥,你是在哄我!我姐跟怀正哥之间肯定是出了什么事!要不,不会有那么多难听话传到老家去!”齐怀正说:“什么话?”杨北斗说:“说我姐在外面找野汉子,所以怀正哥你才把我姐给休了!”

齐怀正举起拳头,但又放下了,这些话传得虽然难听,但真实的事情又没法跟这个一根筋的傻小子讲。齐怀正郁闷地说:“这样的屁话你也信?你姐是这样的人吗?!你要信这种话,你就给我滚回老家去!”

郑君已经回到试验室,他把前两天摊在办公桌上的资料收拢一下,正准备工作。齐怀正领着杨北斗走了进来。

齐怀正一看林凡清不在,便问:“凡清咋没跟你一起回来?”郑君说:“哈里木的羊群吃了带露水的野苜蓿,胀肚了,他去处理了。”齐怀正一指杨北斗,说:“郑君,那你就把你这个内弟,带去见月亮吧。”杨北斗执拗地说:“我不让他带!怀正哥,还是你带我去吧。”齐怀正说:“他是你姐夫,我带你去算什么!”杨北斗说:“我的姐夫是你,不是他!老家的人都知道你怀正哥就是我姐夫!”齐怀正说:“嘿嘿,杨北斗,你这个人咋跟你说不清啊!你就没长脑子吗?”郑君懒得跟这傻小子纠缠,说:“我说内弟啊,不管你承认不承认,我就是你姐夫,那个叫杨月亮的女人就是我老婆。啥时候也改不了!你想见你姐,我就带你去。你要不想叫我带,不肯认我这个姐夫,那你就自便吧,我这儿正忙着呢!”

杨北斗缩在齐怀正身后,很敌意地看看郑君,央求齐怀正说:“怀正哥,还是你带我去吧。”郑君嗤笑说:“齐场长,你辛苦一趟吧。世上怎么有这么拎不清的人!让他姐跟他说去。”

齐怀正无奈地领着杨北斗出门,回头说:“凡清回来,你让他等我,我有事找他。”

齐怀正又把杨北斗领到郑君家门口,说:“你进去吧,你姐在里面呢,我还有事儿。”说着,一拍屁股就走了。杨北斗傻愣愣地站在那里,犹豫着要不要敲门。

月亮听见外面有动静,走过来开门。她打开门先是一愣,这才惊喜地叫了起来:“北斗,你咋来啦?快进屋!”说着去拉杨北斗的手。

杨北斗闪开月亮的手,说:“你别拉我!”月亮说:“北斗,咋啦? 你咋用这样的眼光看我?”杨北斗说:“姐,你给我说实话,怀正哥为啥要把你休了?”月亮说:“休了? 你咋问这话?”杨北斗说:“是爹特地让我赶到这里来问你的。”月亮有些心虚,说:“为啥?”杨北斗说:“反正家里的乡亲们都在传你的话呢,很难听!”月亮的脸唰地变白了,说:“传什么了?”杨北斗说:“说你跟别人乱来,怀正哥就把你休了。”

月亮气得一抬手就要扇杨北斗的耳光,但手在空中停了好一阵子,还是收了回去,她恼怒地说:“你胡说八道些什么!”

第十八章

延绵不绝的草原上，碧浪翻滚，青草翠绿。各色的野花镶嵌在绿色的绒毯里，空气中溢满了花香。小鸟儿在空中忽高忽低，追逐着飞翔欢鸣。

刘世棋和蒋进江把羊群赶上山坡。蒋进江说："刘叔，这草场不是老陈叔他们在放牧吗？"刘世棋说："不管他，哪儿草好，咱就到哪儿放牧，因为咱们这群羊特殊。"蒋进江说："不都是队里的羊群吗？"刘世棋说："我不是跟你说过嘛，这群羊还归试验站管，你想不想跟你爹一样到试验站去工作？"蒋进江说："那当然想啦！试验站是科研单位，咱们牧业队是生产单位，听上去也不一样。"刘世棋说："到底是初中毕业生，没白喝那几年墨水。所以呀，咱们得把这群羊放好，调到试验站工作就有希望。要是把羊放得皮包骨头的，你要想去就没门喽！"蒋进江一点头，说："知道了。"

正在草场上放羊的陈士前看到刘世棋和蒋进江把羊群赶上了坡，就喊："刘世棋，你讲不讲理呀？这草场贾队长已经派给我的羊群了。"刘世棋说：

“全是国家的羊，草场也都是国家的，什么你的我的！”陈士前生气了，说：“刘世棋，你也太霸道了！两个月前，我听贾队长的劝，已经让过你一次了。说你的羊群情况有些特殊，我就把草场让给你了，但我跟贾队长说好了，就让一次，下次不让了！”刘世棋说：“让不让是你的事，但在哪儿放羊，是我的事，反正都是国家的事！”陈士前气得眼睛都红了，说：“刘世棋，你再敢进这草场一步，咱们就白刀子进红刀子出！”刘世棋说：“那你来呀，谁怕谁呀！打过几年仗的人，谁没见过白刀子进红刀子出是咋回事？草场是国家的，羊也是国家的，羊群在哪儿放都一样！”

陈士前怒不可遏，朝刘世棋冲来，两人扭打成了一团。蒋进江吓坏了，想要拉架，但那两个都是他爸的战友，也全是当过兵打过仗的，他不敢上去，只好拔腿往队部跑。

贾队长接着信儿，也是焦头烂额。他找了两个壮小伙儿跟蒋进江一起去拉架，自己挂电话给林凡清说：“你们在我队上搞一群羊做典型，这是好事，我也很欢迎。可你们也不能就这样不管了呀！”林凡清一头雾水地说：“贾队长，又怎么啦？出什么事了吗？”贾队长说：“不是出什么事，而是刘世棋老打着你们试验站的旗号，称他放的这群羊特殊，经常跟别的牧工争草场，哪儿的草好就到哪儿去放，我的话他也不听，理由充分得很，说，我把这群羊放砸了，我怎么向试验站的林站长交代。”林凡清说：“刘世棋这样做肯定不对！”贾队长说：“林站长，你索性把这群羊和刘世棋他们一起调到你们试验站算了。”林凡清说：“这事得通过齐场长，我可做不了主。”贾队长发牢骚说：“我反正是管不了了！今天他们跟陈士前争草场，打得差点出人命。”

林凡清想了想说：“好吧，我先让郑技术员过你们那儿去看看，然后我再向齐场长汇报吧。”

贾队长领着郑君来到草场。只见刘世棋和陈士前两个人都打得鼻青脸肿，各坐在一边喘着气。蒋进江在一旁看着羊群。

刘世棋一见郑君就喊：“郑技术员，你得给我做主！我是为了试验站培养的那群羊，才被他打成这样的！”

郑君一听就火了，说：“你放的这群羊，还是三队的羊，怎么是我们试验站的呢？刘世棋，我警告你，你不能打着我们试验站的旗号在这儿搞什么特殊呀！”

刘世棋也恼了，说：“郑技术员，我可是全为了你们试验站着想噢！我放的这群羊，可是你们试验站为咱们牧场的牧业队树的典型噢！”郑君说：“那也不能搞特殊呀，更不能打着试验站的旗号耍威风呀！”陈士前在一边说：“你听听，你听听！人家试验站的郑技术员多讲理，你连个试验站的边儿都没沾上呢，跟我一样也是牧业队的牧工就这么霸道！”刘世棋一看苗头不对，忙改口说：“行，既然连试验站的人都这么说了，那咱就走！进江，咱们走。咱们不给试验站的人添麻烦。”

刘世棋赶着羊群走了几步，又回过头来对郑君说：“郑技术员，虽然你没给我面子，但我还是听你的话，咱可是一个懂道理的人。”

郑君听了这话反而更感到不舒服，于是他看看贾队长。

贾队长叹口气，说：“要比心机，在队上的牧工里，没几个能赶上这个刘世棋的。”

从三队回来已经是晚上了，林凡清和郑君在院门前的小河边散了会儿步，讨论着刘世棋他们的事。说着说着，郑君忽然想起昨晚在阿吾斯齐乡林凡清和许静芝见面的事，回来也一直忘了问林凡清，这次见面有成效没有。

郑君问林凡清说：“你跟许静芝谈得怎么样？”林凡清摇摇头说：“见也难受，不见也难受，见了比不见更难受。她就是不肯原谅我，她要在我心里永远压上块沉重的石头。”郑君说：“也难怪她呀，为了你，她把什么都搭上了。”林凡清说：“在我们分手的时候，我告诉她，男人就是为事业活着的，男人为了事业可以丢下一切，就是希望她能体谅我。但她却回答我说，女人就是为爱情活着的，这是女人的本性和天职。她的意思就是作为女人，她没法原谅我。”郑君长叹了口气，说：“唉，这是老天捉弄。”

月光如水，夜色如梦。

郑君一路叹惋着许静芝的事回到家，推门一进屋，就看到月亮在哭，杨北斗在一边站着。郑君问：“怎么啦？”

月亮一看到郑君，这才想起自己晚饭还没做，忙抹去眼泪说："没什么。喔唷，我饭都忘了做了，我给你们做饭去。"

郑君看了一眼杨北斗，没好气地说："你姐怎么啦？你跑来找你姐，是给你姐怄气来啊？"杨北斗嘟着嘴说："是我姐骂我了。"郑君说："她为啥要骂你？"杨北斗说："因为我说，她做下了丢脸的事，怀正哥才休了她。"郑君说："你姐做下什么丢脸的事啦？简直是一派胡言！因为齐场长同你姐没有感情，合不到一起，就离婚了。后来就跟我结婚了。你姐现在跟我过得很幸福！"杨北斗说："在咱老家可不是这么说的。"郑君压根就不想听他再说下去，打断他的话说："你就该挨骂！传说的话也能信？"

月亮端上两碟菜，几个窝头，又把一碗汤放在桌上说："来，吃饭。"然后又问杨北斗说："爹让你来就是问这事？"杨北斗说："爹说，这事要是真的，爹就要先打死你，然后他就去死。"月亮脖子一梗说："你回去，说这事就是真的，你让爹来打死我吧！"郑君喊："月亮！"

杨北斗傻愣愣地瞪着月亮说："姐，这事是真的吗？"

月亮一不做二不休地说："对，是真的。你明天就给我回老家去，去告诉爹去，我等着他来打死我！"郑君说："月亮，你这是怎么啦？就是赌气，也不该这么说呀。北斗，你先吃饭吧，你姐是在跟你说气话呢。"杨北斗已经认定这些话是真的了，他跺着脚喊："姐，我恨你！我恨死你了，你让怀正哥给休了，全家人都恨死你了！"接着又冲郑君喊："姐夫，我也恨你！你干吗要从我怀正哥身边把我姐拐走！"郑君把筷子一放，说："你小子说话怎么越来越不着调啦？谁把你姐拐走啦？齐怀正不还在牧场当领导吗？你姐不还在这儿吗？"月亮说："郑君，你不要说了。北斗，你就回去跟爹说，我月亮就是做了出轨的事了，齐怀正就是把我休了，但不是郑君拐我的，是我情愿死心塌地要跟着郑君过日子的，爹想咋处置我，就让爹来处置我吧！"杨北斗不相信地看着月亮，说："姐，我回去真跟爹这么说？"月亮也在气头上，大声说："对！就这么说！这些事都是你姐主动做的，责任就让姐一个人担，跟别人都没关系！"

晚上，杨北斗睡在试验室临时搭的一张小床上，睁着眼睛想心事。

林凡清开门，进来点亮灯，看见杨北斗，杨北斗忙坐了起来。林凡清说："你怎么在这儿？"杨北斗说："是我姐夫让我睡这儿的。"林凡清说："那好，你就睡吧。"杨北斗说："林站长，这么晚了，你还来上班？"林凡清说："有些试验资料的数据我还没登记完。一天是一天的数据，不能差，现在差一点，以后就差老鼻子了，你睡吧。"

林凡清坐在油灯下登记数据。杨北斗翻了几个身都没能睡着，索性爬起来问林凡清说："林站长，我姐也归你领导吧？"林凡清说："可以这么说，因为她现在也是试验站的人。"杨北斗说："林站长，有件事我想问问你行不？"林凡清说："说吧。"杨北斗说："我姐为啥不跟怀正哥过了，而跟我现在这个姐夫郑君过了呢？"林凡清说："这事你要问他们，因为这是他们之间的事。你是不是因为这件事怨你姐？"杨北斗说："是。她干吗要让怀正哥把她休了呢？"林凡清说："这事你不要怨你姐，也不要怨你现在的姐夫郑君，更不要怨你的怀正哥，要问这事的原因我也不能跟你细说。但我可以告诉你的是，他们三个人都没有错。"杨北斗说："我怀正哥和我姐不是生了个孩子了吗？"林凡清说："我说了，这中间的事你不要细问。你要相信我林凡清，你怀正哥和你姐离婚，你姐后来又跟郑君结婚，是件很正常的事。"

杨北斗坐在床上，突然哇地哭起来了。

林凡清吓了一跳，说："嗨，你怎么啦？"

杨北斗哭着自语着喊："爹啊，这事是真的呀！我们指望怀正哥可指望不上了啊！姐你咋能这么干呀！你干吗让怀正哥把你给休了呀！"

郑君跑了一天，累了，往床上一躺就睡着了。可月亮满腹的心事怎么也睡不着。

郑君在旁边打起了呼噜，月亮烦躁地捅了捅他，说："郑君，这事咋办呢？我都揪心死了。我爹那脾气我知道，我弟弟要回去真这么说，我爹会来杀死我的！"

郑君迷迷瞪瞪地说："哪有这么严重！人命是闹着玩的吗？"翻个身又睡着了。

齐怀正在场部挂了个电话给林凡清："贾队长来找过我，他建议把他们队上刘世棋、蒋进江放的那群羊转给你们试验站。"林凡清说："我也有这个想法。"齐怀正说："那就行，把人跟羊全调给你们！你们试验站也真该把底子打得更厚实些了。"

旁边郑君对林凡清说："把羊群调来可以，但刘世棋这个人不能要！"林凡清说："为什么？"郑君说："这个人我看不惯！他又不像蒋有友，有什么事都写在脸上了。可刘世棋这个人，嘴上说的和心里想的不是一码事，他眼睛背后还有一双眼睛。"林凡清一笑说："哪有十全十美的人？这个人有一点起码是可以肯定的，就是工作还是很负责任的，放羊也很有经验，这就行了。"郑君说："我怕这个人以后会给我们带来麻烦。"林凡清说："郑君，你这话可太带主观意识了，对人怎么能说出这么不负责任的话？"郑君说："我说的是真心话，是对试验站负责任的话！"林凡清说："好啦，别争了。这事不但齐场长同意了，我也点头了，再反悔也是不可能的了。再说，他们来得也正是时候，过两天就要剪羊毛了，我们可以直接掌握这群羊的第一手资料了。明天早上，你把红柳、月亮都叫上，我们再建一个羊圈吧！咱们试验站多增加点人手不是件好事吗？"郑君虽然没再吭声，但却把手中拿着的资料重重地往桌上一放，来表达他的不满。林凡清习惯了，也不以为意。

到了晚饭时间，杨北斗一脸沮丧，满腹心事地蹲在郑君家门口。

月亮打开门冲着门外喊："北斗，吃饭。"看看没动静，恼了，喊了一声："北斗，你在哪儿？你要气死你姐啊？"

杨北斗这才闷声不响地从墙边转出来。

郑君正坐在饭桌前吃饭。杨北斗跟着月亮走进屋子，他也不理郑君，端起碗就蹲在墙角赌气似的闷闷地吃着。

月亮说："北斗，你装出这副熊样子，到底想干什么？"杨北斗狠狠地瞪了月亮一眼，喊："给我钱，我要回家！"月亮说："你真要回家？"杨北斗说："对，我要回家！"月亮说："你回家咋跟咱爹讲？"杨北斗说："我啥也不讲，他要想知道个啥，自己来看！反正我要跟爹讲，怀正哥咱们是指望不上了。"郑君说:“你要指望齐场长什么?”杨北斗说:“我不跟你讲,你又不是战斗英雄,也没当场长。”郑君说:“你真要回老家?”杨北斗说:“就是!”郑君对月亮说:“月亮,你弟既然要走,把盘缠给他吧。”月亮说:“怎么给?”郑君说:“你就把我们这个月发的工资全给他吧。”月亮说:“那我们花什么?”郑君说:“我们也没什么要花的。面粉、油,还有孩子吃的牛奶都是先领后扣款的,给吧。”月亮说:“那你抽烟的钱呢?”郑君说:“都给他。我那儿还有几包烟呢,省着点抽不就行了。”

月亮把一叠钱包括几张零钱全给了杨北斗。

杨北斗惊奇地睁大眼睛说:“姐夫,姐,你们每个月挣这么多钱啊! 我们那儿,一年也挣不上这么多钱呀!”月亮说:“你姐夫是大学生,工资高一点。姐一个月挣不了几个钱,但比在老家也强多了。”杨北斗看着钱,眼睛都在放光了。

第二天下午,林凡清和郑君在试验站旧羊圈边上用石灰粉划了个大圈,榆木老汉运来木桩,试验站里的几个人就开始着手忙着砸木桩围羊圈。两个孩子在草地上爬着玩。杨北斗朝他们走来。

月亮挺奇怪,说:“北斗,你咋还没走呀? 你今天赶不到场部,明天就坐不上车了。”杨北斗说:“我看你们忙,来帮个忙。明天赶到场部,后天走也来得及嘛。”他走到郑君跟前说:“姐夫,我来干!”昨天郑君大方地把那么多钱给他,他显然对这个姐夫有了好感。杨北斗从郑君手里接过木锤,很利落地干了起来。可以看出,他干活倒是把好手。郑君对月亮说:“月亮,你去照看孩子吧。”说着,自己代替月亮扶着木桩。

到了黄昏时,羊圈已经围了一大半。远处一声鞭响,刘世棋和蒋进江赶着羊群往这边走。刘世棋大老远就高兴地喊:“林站长,我们来报到啦!”

林凡清说:“不是让你们后天再来报到吗?”刘世棋说:“早上我们听贾队长一说,我们就等不及了,所以现在就赶来了。怕夜长梦多,过一夜你改变主意咋办? 贾队长也巴不得我们赶快过来呢。”郑君冷笑一声说:“那你还高兴呀! 贾队长该留你,你才有面子嘛。”刘世棋说:“我要那面子干啥? 能到你们试验站来工作才是最有面子的事呢！反正我的目的是达到了。”刘世棋说着径直把羊群赶到旧羊圈边上，二话不说打开羊圈门就把羊赶了进去。

郑君说：“那是蒋有友的羊圈。”刘世棋说：“现在我们的羊群和蒋有友的羊群不都是咱们试验站的羊群吗？干吗分那么清呢？”

郑君不满地看着林凡清。

林凡清说：“那你俩就赶快过来围羊圈吧！争取在天黑前把羊圈围好。”

蒋有友赶着羊群回来了，看到羊圈里已挤满了羊，就喊：“谁的羊啊？”刘世棋喊：“也是试验站的羊！”蒋有友说：“那我的这群羊咋办？”刘世棋说：“你瞧，不正在围嘛。”蒋有友的羊群习惯性地往旧羊圈走，一边叫着一边往圈门上撞，圈里的羊也叫成一片。

郑君气恼地走到旧羊圈边上，打开门，把刘世棋的那群羊往外赶。

刘世棋说：“郑技术员，你这是干啥？”郑君说：“谁的羊圈就是谁的羊圈，别打着个旗号就眉毛胡子一把抓。要说，我们每个人都是国家的，都是国家公民，可你随便闯到别人家去住试试？”林凡清打圆场说：“蒋有友，你也来帮一把手吧，这个羊圈不也快完工了吗？”郑君已经把刘世棋的那群羊给赶了出来，较真地说：“蒋有友，把你的羊群赶进来！”刘世棋一笑说：“行，咱们是新人，就住新羊圈吧。”

夜深了，林凡清照旧来到实验室加夜班。杨北斗心里还有事，翻来覆去地睡不着。

红柳轻轻地敲了敲门，提着个小柳条篮子走了进来。她看林凡清还在煤油灯下写着东西，就把一碗热腾腾的面搁在桌子上，面上还放着两个黄灿灿的荷包蛋。

红柳轻声说：“吃吧。你不要弄得太晚了，我等你。”林凡清说：“新晨睡着啦？”红柳说：“睡着了。”林凡清：“好，我把这些数据抄录完就回。”红柳走后，林凡清看到杨北斗还没睡，就找了一个空碗，拨出一半面条，又捡上一个荷包蛋，递给杨北斗。杨北斗摇摇头。林凡清说：“吃吧。”杨北斗抵不住这美食的诱惑，咽了咽口水，接了过来说：“林站长，你每晚都熬夜，也太辛苦了，今天又干这么重的活。”林凡清一笑说：“习惯了，白天我得跟羊打交道，晚上就得跟这些数据打交道。快吃吧。”杨北斗一面吃一面说：“林站长，我姐真的是跟怀正哥没感情才分开的吗？”林凡清说：“你多大啦？”杨北斗说：“十九。”林凡清说：“那你就是个成年人了，就该懂事了。每个人都有每个人的隐私。”杨北斗说：“啥叫隐私？”林凡清说：“就是只属于自己，不想让别人知道的事。所以这事你再也不要问你姐和你姐夫，问你怀正哥了。他们都是非常好的人。”杨北斗想起了昨天，郑君把一个月发下来的工资都给了他，于是赞同地点了点头。

初夏的早晨，空气中已经有一些燥热了。林凡清从窗口看到，有一团乌云黑压压地朝他们这边飞来，不一会儿就传来一阵刺刺啦啦的响声。

林凡清走出试验室，听到声音越来越响。他走出院子，望见那团黑压压的东西已近在眼前了。郑君、红柳、月亮和榆木老汉也都跟着跑出院子。榆木老汉的脸都变了，大声喊：“不好！是蝗灾！”

顿时，黑压压的蝗虫铺天盖地压在了他们的头顶上，早晨的天空变成混沌朦胧的一片。草地上爬满了蝗虫，传出一片咀嚼声。

林凡清望着他从未见过的这种蝗灾场面，在惊恐的同时，神色也变得越来越凝重。蝗虫从他脸上扫过，脸上顿时划出一道血印。郑君拼命地挥着手去赶。

榆木老汉说：“别赶了，没用！认命吧。”

红柳走上前，紧紧抱住林凡清的手臂。林凡清的身体在微微颤抖，她感觉到了，心里顿时有种揪心的痛。红柳宽慰林凡清说：“凡清，没办法，蝗灾隔上几年就会来一次，顶过去就是了！”林凡清紧抓着红柳的手，他总能从红柳身上感到支撑的力量。

郑君脱下衣服，发泄似的拼命挥舞着驱赶蝗虫，一面愤愤地痛骂道：“老天爷也真会给我们凑热闹！这两天咱们就要剪羊毛，收获我们的成果了，它却给我们来了这么一场灾难！就像上次雪灾一样，死了我们多少只羊羔啊！”

试验站院外，草地上爬满了蝗虫。

林凡清听到甩鞭和吆喝声，看到蒋有友、刘世棋和蒋进江神色慌张地赶着羊群飞奔而来。而这时，地上的草瞬间就被扫荡一空，蝗虫又一次腾飞起来，黑压压地朝远处飞去。试验站四周的草场，蝗虫过后，草原已是光秀秃的一片。

林凡清问榆木老汉说："榆木大爷，过去遇到蝗灾后，你们是怎么做的？"榆木老汉说："提前转场，没有别的办法，要不羊都得饿死。"

附近的草场也已被扫荡一空，蒋有友、刘世棋和蒋进江在围栏外面看着饿了一天的羊群发愁。两个羊圈里的羊都挤在围栏前咩咩直叫。蒋有友看着受不了了，把羊赶出羊圈。刘世棋喊："你赶出去又有啥用？地上的草根羊不吃。"蒋有友说："能啃一点算一点！"蒋进江也把羊赶了出来。

蒋有友、刘世棋、蒋进江把羊群赶到山坡上。山坡上也是光秃秃的，羊根本吃不到草，依然饿得咩咩直叫。蒋有友焦急地说："赶快转场吧，羊群饿得顶不住了。"刘世棋指着试验站说："李政委、齐场长都来了，还在研究呢。"

试验站院门前，李国祥、齐怀正、林凡清、郑君看着光秃秃的草地发愁。

李国祥说："转场可以，但剪羊毛的事怎么办？"郑君说："为了保住羊只，羊毛只能放弃。剪羊毛又不是一天两天的事。两群羊，六百多只呢，剪上十几天，羊不都饿死了。况且这些是我们培育的第二代品种羊，要都饿死了，等于我们白干了两三年！"齐怀正说："是啊，政委，赶快转场吧。"李国祥说："你说得倒轻巧，几百只羊的羊毛就这么扔了？上缴羊毛的任务完不成，我怎么向上级交代？"郑君说："世上有些事就是熊掌与鱼不可兼得嘛！"李国祥说："现在我就要求你们兼得，羊不许饿死一只，每只羊身上的毛一斤也不能少，都得给我剪回来！"郑君说："政委，这恐怕办不到。"李国祥说："林站长，你怎么闷在边上一声不吭呀？你是试验站具体负责的，你得说话。"林凡清说："李政委，我看只有一个办法，就是我们只能一边转场，一边剪羊毛。把剪下的羊毛从山上运下来。"李国祥说："这不就是办法吗？"齐怀正说："但这样做，需要更多的劳力。我们牧场可抽不出劳力来，蝗虫一过，全牧场的羊群都得提前转场！"李国祥说："我看这样，你们试验站的人全上，我再从总场连队调出一些劳力来支援你们。不过现在农场也是田管的关键时刻，腾不出更多劳力，就给你们试验站三个吧。”齐怀正说：“也只能这样了，林站长，你出的主意，那你们这苦可就吃大了。”林凡清说：“反正又不是下油锅，吃点苦就吃点苦吧。我得保住我的这些羊啊！”李国祥说：“对！革命工作嘛，该冲锋陷阵的时候就得冲！”林凡清说：“那明天一早，我们就出发转场！”

晚上，杨北斗满脚泥水地来到郑君家门口，犹豫了一下，还是推门进去了。

月亮看到杨北斗很吃惊，问：“怎么？你没走？”杨北斗说：“没走，我不走了。”月亮说：“干吗？”杨北斗说：“我不想走了。我想在这儿找份工作干，在这儿放个羊都能赚那么多钱，而且每顿都能吃上干干的纯粮食馍馍，还能吃口肉，在老家吃的糠里还要掺上野菜，我不回家了！”月亮说：“你想工作就能工作啦？那得有领导批！”杨北斗说：“所以我说嘛，你干吗要跟怀正哥离婚呀！”月亮说：“既然你不想走了，就把盘缠还给我。这是我和你姐夫两个人整整一个月的工资呢。”

杨北斗站在那儿不吭声。

月亮说：“钱呢？”杨北斗说：“我全寄给我爹了。爹收到这么多钱，会很高兴的。”月亮瞪大眼睛噎在那儿，气得说不出话来。

郑君和林凡清正在试验室里收拾东西，杨北斗推门进来。

郑君也吃了一惊，说：“咦？你怎么回来了？”杨北斗说：“我不走了，我不想回老家了。”郑君：“为什么？”杨北斗说：“我就是不想回去了。”郑君说：“不想回去也行，就慢慢找份工作吧，饭吃了吗？”杨北斗说：“还没呢。”郑君说：“那赶快回家，让你姐给你做饭吃呀。”杨北斗说：“我姐把我赶出来了。”郑君说：“为什么？”杨北斗说：“我把你们给我的钱，我全寄给我爹了，我一分也没留。”郑君瞪大了眼睛，气不打一处来地说：“你怎么能这样！就是要给你爹寄钱，那你起码也跟你姐说一声吧？你不知道为了让你回家，我们这个月就得打饥荒了吗？你这样做是不是太不像话了？”杨北斗刚被月亮骂了一顿，正生着闷气呢，这会儿被郑君训斥，脸拉不下来了，便赌气说：“这钱我以后还你，有什么了不起的！我去找我的怀正哥去！怀正哥不是我姐夫了，但还是我老乡呀,他会帮我忙的!”郑君也火了,他最烦这种势利货。一拍桌子喊:“那你就找去!”杨北斗嘴硬说:“我现在就去找!”说完就摔门跑了出去。

林凡清说:“郑君,天都黑了,他怎么去找呀?明天一大早我们就要赶着羊群转场,站里就没人了,他要回来,你叫他找谁去?快去把他追回来!为了几个钱,你们至于那样吗?”郑君还在气头上,说:“他爱去哪儿去哪儿,我不管!在这种时候跑来添乱,你说烦人不烦人!”林凡清说:“他的做法是有点欠妥,但总还是你的内弟嘛。行,你不去我去!天这么黑,又是荒山野岭的,出了事怎么办!”

杨北斗并没有走,他在门口偷听着,林凡清说的那些话让他听了很感动。

林凡清拉开门,看到杨北斗还站在门口。杨北斗一见林凡清就哭了,抹着眼泪说:“林站长,给我找份工作吧!等我赚了钱,我还他们!”

郑君在房间里一挥手说:“行了,这么点钱还什么还!上了山,有钱也没地方用。你今后只要把活干好,比什么都强!快回家帮你姐收拾东西去吧,明天一早我们都要上山!”

草原上的天气说变就变,刚出发时还是艳阳天呢,到了中午就风雨交加。蒋有友、刘世棋、蒋进江和瘸着腿的榆木老汉赶着羊群在前面走着,杨北斗也饶有兴趣地跟着他们,时不时地学样甩一下鞭子,吆喝两声。一辆马车上驮着帐篷,锅碗瓢勺,红柳和月亮抱着孩子坐在马车上,跟在羊群后面。林凡清、郑君等人骑着马在马车两边行进。山路坑坑洼洼,羊群和人都走得十分艰难。林凡清和郑君最后也只好跳下马,牵着马步行。榆木老汉滑了一跤,差点跌进山沟里。杨北斗忙上去把榆木老汉扶起来,榆木老汉摇摇手,意思是没什么。

郑君喊:“榆木大爷,咱们干吗非要走这条路呀?”榆木老汉说:“郑技术员,你这就不懂了。这些羊两三天都没吃什么东西了,要走平坦点的路,得绕上两三天才能到好一点的草场,羊可熬不住。走这条路,翻过这架山,半天工夫就可以到草场啦!那儿是个真正的夏牧场。下了山就到,到了你就知道了!”林凡清说:“好,听榆木大爷的。杨北斗,你要照顾好榆木大爷!你要想留下来工作的事，就看你这次表现了。”杨北斗说：“林站长，我听你的！”郑君对林凡清说：“凡清，我拉拉琴给大家鼓鼓士气吧。”林凡清说：“这么大的雨，拉什么琴呀，你不怕把琴淋坏了？”

红柳说：“郑技术员，你坐到我们马车上来拉吧。我和月亮撑着雨衣给你挡雨，这种时候怎么也不能没有音乐呀。”月亮说：“这么大的雨，撑起雨衣也没用。要不，我给大家唱个花儿吧。”林凡清说：“月亮，那你就唱个花儿，好长时间没听你唱花儿了。郑君，到时候你也对一个。不能把花儿对出果实了，花儿也就谢了。”郑君说：“爱情谢不了，花儿也谢不了。月亮，唱！”

月亮唱着“花儿”，歌声在雨中的青山绿水间回荡。

翻过山岭，眼前是一片绿茵似锦的草原，这就是夏牧场了。在山坡上，大家支起了一顶帐篷。煦暖的阳光普照在草原上，遍地的野花开得五颜六色。红柳悠然地放牧着羊群。

林凡清和郑君带领着众人在剪羊毛，齐怀正还给他们支援了几个很有经验的牧工。蒋进江和杨北斗也在学着样地剪。没一会儿，蒋进江剪的羊突然挣扎着跳起来，逃上山坡，羊肚子上滴滴答答在流血。蒋有友觉得没面子，上去给了蒋进江一记耳光，说：“你这是怎么搞的！”蒋进江哭丧着脸说：“没剪过羊毛，手生嘛。”郑君抱不平喊：“嗨，嗨！蒋有友，你怎么能随便打人呢？”林凡清也说：“蒋有友，你这暴躁的脾气什么时候能改改呀？”蒋有友说：“你看人家杨北斗，跟你同岁，比你还小一个月呢！人家不是跟你一样刚学的吗？”蒋进江不服气地说：“他是在偷工减料！”

郑君走过去一看，生气地推了一下杨北斗的脑袋说：“你是怎么剪的毛？毛茬子留得那么长，你还像干活的样子吗？”杨北斗一指刘世棋说：“是他这么教我的。”刘世棋也过来一看说：“谁让你留这么长的毛茬的呀！我是这么教的吗！你看看我留的毛茬，有这么长吗？”杨北斗说：“你说毛茬留长点没事，就是千万别把皮剪破了。”刘世棋说：“我是这么教你的吗！不识好人心，狗咬吕洞宾！”林凡清说：“吃一堑长一智，你和进江都是年轻小伙子，好好学就行了，但一定要捺得住性子。现在剪羊毛的任务那么重，都把心搁在干活上吧。”郑君说：“北斗，你既然想留下来在这儿工作，就好好干好好学，别给你姐和我丢脸!”

月亮从帐篷里走出来说:“北斗,你又做错啥事了?”郑君说:“你回帐篷去带好两个孩子,这儿没你的事!”

夜晚,帐篷前燃起了篝火。

红柳在篝火旁为林凡清绑扎已布满紫血泡的手。红柳心疼地说:“凡清,你歇一天吧,羊毛我来帮你剪。”林凡清说:“你说这话是在帮我还是害我?”红柳说:“怎么害你啦?”林凡清说:“这手一天好得了吗?血泡消不掉,再干起活来更痛!只有血泡磨破了,才会生出老茧来,后面再干就不痛了。再说,我现在坐在这个位置上,能歇吗?所有的眼睛都看着我呢!人就是这样,既然你干上这份差事了,那就得承担这份差事所带给你的责任。”红柳说:“唉,有时我也挺恨我爸的。”林凡清说:“怎么啦?”红柳说:“为啥偏要你来受这份罪呢?”林凡清说:“但我不来受,总也有人来受。社会就是这样,有许许多多工作摆在那儿,每件事就像一个坑,每个坑总得有个萝卜去填上。所以我不来谁来?你想叫别人来填我这个坑?”

红柳听出话外音来了,说:“去你的!”然后靠在林凡清的肩头上,说:“其实我真得感谢我爸,要不我哪有今天这样的幸福……”

红柳又往火里加了些柴,篝火燃得更旺了。

郑君走出帐篷,月亮从里面追出来,手上拿着副手套说:“郑君,你戴上手套吧。要不,你这只手就全被剪子磨烂了。”郑君说:“戴着手套怎么剪羊毛呀?一点感觉都没有,还不把羊身上剪得一个窟窿一个窟窿的?你不心疼我还心疼呢。这些羊,全是我一只只接生下来的!”月亮说:“可看看你的手,都烂成这样了。”郑君说:“熬一熬也就过去了,大家不全都这样!”

林凡清看看月亮又看看红柳,一笑说:“全知道心疼自己的男人。但不知道,羊毛不能及时剪下来,男人的心有多焦虑。六百多只羊,只剪了一百多只,工作量还大着呢。”

第十九章

黄昏，帐篷前的马车上已装满了扎成包的羊毛，林凡清同一些工人正往马车上捆绳子。

林凡清对一位年纪稍大的工人说："老周，今晚你把这车羊毛先运下去，快去快回。"老周说："是。"林凡清叮嘱说："路上要小心。"老周说："林站长你就放心吧，这路我熟。"

夜深了，红柳、月亮带着孩子进了帐篷休息。其他男人都在帐篷外铺块毡，盖上被子准备睡觉。林凡清说："郑君，你不是想拉琴吗？那就拉个琴再睡吧。"郑君苦笑着说："你看看我这剪过羊毛的手，全是血泡，还能拉琴吗？"林凡清说："在冰天雪地的时候，你那手冻僵了不还在拉琴吗？这点血泡算什么，拉给月亮听的时候什么都不怕，拉给我们听听就不行了？"郑君说："行，拉什么曲子？"林凡清说："就拉澳大利亚的《剪羊毛歌》，什么'手推着剪刀嚓！嚓！嚓！'。"郑君说："行啊。"

郑君在拉琴，蒋进江盯着琴，十分的好奇，心想："这么个玩意儿怎么能拉出这么好听的声音。"

帐篷里突然传出孩子哇哇的哭声。月亮从帐篷里钻了出来。

郑君收起琴:“怎么啦?”月亮说:“郑君,美兰好像有些不太舒服,是不是病了?”郑君说:“有没有发烧?”月亮说:“你进来看看吧!”

郑君进了帐篷,摸了摸美兰的额头。

月亮说:“怎么样?”郑君说:“好像有些烧。”月亮着急地说:“那怎么办?”红柳说:“月亮,你别急。离这儿二十几里地有个牧业队,我明天抱着美兰去牧业队的卫生室看看。”月亮说:“我自己去吧。”红柳说:“你找不到路。要是迷了路就更麻烦,还是我去吧。我从小就在这儿长大,对这儿每座山头都很熟,你只要把我的新晨看好了就行。”月亮说:“红柳姐,那就谢谢你了。”红柳说:“你和我的男人都拧着劲儿在干事业呢。这个时候,你还客套什么!”

晨曦刚吐出一点儿橘红色。红柳背着美兰,骑上马。

郑君说:“红柳,你现在就走?”红柳说:“孩子烧得厉害,不能再耽搁了。”说着红柳一夹马肚,马就下了山坡,上了小路。月亮喊:“红柳姐,你当心点!”红柳回头喊:“你放心好了,我很快就回来的,新晨就拜托你了——”

又过了一天,太阳刚露出半边脸,蒋有友赶着羊群对林凡清说:“林站长,这儿的草羊群吃得差不多啦,咱们得再拔帐篷继续往前转草场啊!”林凡清说:“红柳带着孩子去看病了,我们走了她到哪去找我们?再在这儿待两天吧。”蒋有友说:“待一天可以,再待两天,羊又得挨饿了。先这样吧,今天我们得把羊群赶到对面的山坡上去放,羊毛你们也得跟我们到那儿去剪。”

蒋有友和刘世棋带着蒋进江、杨北斗还有其他剪羊毛的工人,赶着羊群往另一个山坡走去。林凡清和郑君也骑上马。

郑君关照月亮说:“你就留在这儿把新晨看好,我们就在对面的山坡上,离你这儿不远,看得到的,不用怕。”月亮点头说:“你们放心去吧。”

路上,郑君黑着个脸对林凡清说:“凡清,你看我身上少了什么了?”林凡清一愣说:“少什么了?”郑君说:“你仔细看看!”林凡清这才发现郑君背上一直没离身的小提琴不见了。他惊诧地问:“咦,你的琴呢?”郑君说:“今天一早起来就不见了。”林凡清说:“在这儿谁会拿你的琴?肯定你是搁错地方了。”郑君说:“琴是我的命根子,睡觉时我都搁在身边的,怎么会搁错地方?昨晚我不是还拉了吗?”林凡清说:“那谁会拿?”郑君说:“我怎么知道!反正就在我们这几个人中间,你得帮我查查。”林凡清想了想,说:“好吧,但你不要声张,要不会影响工作。”郑君气恼地说:“这种人怎么这么可恶,他偷了琴能有什么用!能跟他一起生儿子啊!”林凡清说:“话不要说得这么难听,人家不一定是偷,可能只是出于好奇,拿着想看看玩玩。”郑君说:“想玩那也得跟我吭一声呀!”林凡清说:“在这种前不着村后不着店的地方,他拿了琴能到哪儿去?能找到的,别急。”

中午,大家团坐在草坡上一起吃饭。

林凡清站起来对大家说:“同志们,有件事我想问问大家,就是谁看到郑技术员的小提琴了?如果看到了,就告诉郑技术员。”杨北斗喊:“我看到了!”郑君说:“在哪儿?”杨北斗说:“是蒋进江趁我姐夫睡着时偷的!”蒋进江紫涨着脸说:“我没偷,是我拿着想看看。”郑君说:“那琴呢?”蒋进江说:“丢了。”郑君恼火地说:“丢了?丢在哪儿了?”蒋进江说:“我把琴藏在林子里,再去找就找不到了。”

郑君冲上去,朝蒋进江就一记耳光甩了过去。

林凡清喊:“郑君,你怎么能这样!”蒋有友也不乐意了,说:“郑技术员,你怎么能打人呢!”郑君说:“你不也打了吗?”蒋有友说:“他是我儿子,该我打,但你不能打,你打了我就不乐意!”郑君说:“可他偷了我的琴!”蒋进江委屈地说:“我不是偷,我只是想拿着玩玩。”郑君说:“强词夺理,那琴呢?现在琴在哪儿?”蒋有友说:“我赔你!”郑君说:“你赔得起吗?这琴是林站长的父亲特地请上海音乐学院的教授替我挑选的,我拉着特别地顺手,可——蒋进江,你说,琴呢?琴到底到哪儿去了?”蒋进江怯怯地说:“我真的找不到了。”

郑君已经控制不住自己,冲上去还要打,蒋有友横过去挡住他,两人便你推我搡地对打了起来。

林凡清喊:“都给我住手!”

帐篷里,月亮正拍着新晨睡觉。有一青年牧民掀开帐篷门帘喊:“月亮嫂,快去看看吧,郑技术员和蒋有友打起来了,林站长怎么劝也劝不开。”月亮看看新晨已经睡着了,马上走出帐篷跟着那青年牧民朝对面的山坡奔去。

草原上,一股很大的龙卷风黑压压地朝营地方向卷来。一瞬间,龙卷风把枯叶和枯枝腾空卷起来在空中狂舞,天空顿时也变成了黑压压一片混沌。

月亮赶到郑君边上,郑君和蒋有友已不在争吵,两人都已打得鼻青脸肿的。林凡清气得脸色铁青,蒋进江还在一边伤心地哭着。

龙卷风虽然离他们还有些距离,但外围带起的狂风已经让他们挤成一团,羊群也拥在一起,惊慌失措地咩咩叫着。龙卷风狂吼着从他们的边缘掠过,天色昏暗得像黑夜一样。

月亮想冲出去,但郑君把她拽了回来。郑君喊:“你不要命啦!”月亮急得直哭,说:“新晨还在帐篷里呢!”林凡清安慰地说:“别急,等风过去了咱俩再一起回营地看看。”郑君恼火地说:“我跟蒋有友的事,你跑来干吗?”林凡清说:“郑君,你还像个大学生吗!还像个技术干部吗!做事就这么不冷静!”郑君一挥手说:“行,我动手,我错了,我做检讨!”月亮心急如焚地哭着说:“可孩子咋样了呀!”

龙卷风拖着尾巴走远了,月亮跳起来就跑。林凡清站起来也想跟着去,但走了几步又折回来了。郑君说:“怎么,你不跟着过去看看了?”林凡清更担心剪羊毛的进度,说:“有月亮去看就行了。现在风过去了,咱们还得赶快继续工作。你看,又白白耽误了半天工夫,这鬼天气!”

月亮赶到帐篷那儿,发现草地一片凌乱,帐篷和孩子都无影无踪了,只有扎帐篷的两根铁杆还竖在那儿。月亮吓得一下子瘫坐在地上,傻了。

风瞬息间就平息了,刚才被大风肆虐过的草地,凄凉地散落着片片的花瓣和碎叶。林凡清招呼大家赶快开工,继续剪羊毛。

月亮走到他们跟前,眼睛呆呆的直直的。林凡清觉得有些不对,说:“月亮,你怎么啦?”月亮流着泪木木地说:“帐篷让风吹没了,新晨也让风吹没了。”说着,一头栽倒在地上。

林凡清和郑君等人跟着月亮赶回到原先扎帐篷的地方,看到除了两根扎帐篷的铁杆外，草地上什么也没有了。

大家四下散开找孩子。在林子里，蒋进江突然惊喜地叫起来：“找到了！”

人们以为是孩子找到了，都朝林子那儿涌去，蒋进江兴奋地夹着琴走出林子，然后一下子跪在郑君面前，举着琴说：“郑技术员，还你琴！我以后再也不敢了。”郑君哭笑不得地说：“你现在找到琴又有什么用？眼下我们只想找到林站长的儿子！”

第二天，林凡清和郑君等人又散开找了整整一天。眼看着山坡顶上托着个像烧红了的铁饼似的太阳，孩子还是没能找着。一群人陆陆续续回来，汇集到原来扎帐篷的那片草地上。林凡清闷头抽着烟，他不知道该怎么面对红柳。远处传来马蹄声，是红柳背着孩子骑马回来了。

红柳跳下马，高兴地抱着孩子对月亮说：“美兰在那儿打了一针，睡了一觉，烧就退了，好了。我往回走时，遇到的那阵风好大啊，我在山洞里躲了一阵。”红柳正说着呢，发觉所有的人情绪都不对，忙问：“咦？你们这都是怎么啦？”月亮一下就哭倒在红柳的脚下说：“红柳姐，让我咋跟你交代啊！”

血红的太阳悬在半山腰上。哈里木、阿依霞古丽也赶着羊群在转场。

哈里木突然勒住缰绳，他隐约听到山脚下的草丛中有孩子嘶哑的啼哭声。两只牧羊犬叫着朝那孩子哭声的方向奔去。哈里木也策马直追了过去。

草丛中，新晨蜷伏在一片破碎的帐篷布里。哈里木抱起孩子，看看四周，四周一个人影也没有。

哈里木竖起毡房。夜幕降临，西边的天际只留下一条青紫色的光带。

阿依霞古丽正在给新晨喂鲜奶泡的馕。哈里木说：“我们就在这儿住两天吧，找找孩子的亲人。他们丢了孩子该有多着急啊！”阿依霞古丽说：“这儿好像没有看到有人来过的样子。”哈里木说：“那也得找找，要不孩子是从哪儿来的呢？”阿依霞古丽说：“刚才那场风好大呀！”哈里木说：“你看，孩子蜷在破帐篷布里，肯定是那场风把帐篷给吹跑了？孩子就蜷伏在帐篷里了。”

已经两天过去了，下午，又有两车羊毛在往山下拉。

蒋有友跑到正在埋头剪羊毛的林凡清跟前说："林站长，这儿的草快吃光了，得继续转场啊！要不羊就要掉膘了。"郑君在一旁说："可孩子还没找到呀！怎么走？总不能撂下孩子不管呀。"林凡清说："已经找了三天了，别再找了，明天一早我们就走。"郑君说："干吗不找呀！"林凡清说："连丢掉的那一天，已经四天了，在这荒山野外，就是找到了，也……"郑君说："那也得找！哪怕是……"林凡清说："如果真是这样，我和红柳不是就彻底绝望了吗？给我们留点希望吧！"

红柳骑着马还在草原上继续找着哭喊着："新晨……新晨……"除了山的回响，再也没有听到任何回声。红柳也快绝望了，可她不甘心哪，为什么老天会突然给她降临这种灾祸？

红柳精疲力竭地回到帐篷前，林凡清倒了杯奶茶递给她。

林凡清说："别再找了。"红柳说："不！我要找，就是他死了，我也要找到他！"林凡清说："明天我们怎么也得上路了。"红柳说："你们走你们的，我一个人留在这儿找！"林凡清说："你一个人留在这儿，就能找得到了？"红柳说："那不去找，就什么希望也没有了！"林凡清说："可我们不能搁下工作，搁下这么多人不管呀！"红柳冲动地说："林凡清，丢了的是我红柳的儿子，也是你林凡清的儿子！你咋能说得那么轻松，就这样一走了之？你不要儿子了？"林凡清说："我要！如果用我的生命能找回儿子，那我情愿去死！但现在办不到！"红柳说："办不到也要办，反正我不能把新晨一个人撂在这儿！"林凡清说："红柳，你实际一些！"红柳流着泪喊："不行，我要找到我的儿子！"

月光下，林凡清远离营地，独自走到山坡的塔林旁。只有在没人的时候，他才能放下自己的自尊，失声痛哭。

郑君看到林凡清离开，便跟了过去。他还没走到跟前就听见林凡清痛哭的声音。郑君一时不知道该怎么办好，呆呆地站在那里。

林凡清发现了郑君，忙停止抽泣，擦了擦眼泪说："郑君，你找我有事？"郑君尴尬地说："你哭你的吧，我没事。要不，我陪着你一起流泪，如果我流泪能减轻你的痛苦的话。这事全怪我,我不该同蒋有友打架,要不月亮就不会离开帐篷了。月亮现在也是吃不下饭,睡不成觉啊!”林凡清拍了拍郑君的肩头,说:“这事怎么能怪你和月亮呢?这是天灾,谁也怪不得的。”

篝火旁。月亮把美兰抱给红柳说:“红柳姐,我的美兰赔给你吧。”红柳推开说:“孩子有赔的吗?再说,你可别忘了,这孩子姓齐。”郑君过来说:“红柳,你去看看凡清吧。”红柳说:“他怎么啦?”郑君说:“在那儿哭呢,眼泪哗哗地就止不住。”红柳心头一惊,心疼了,说:“他在哪儿?”郑君说:“就在山坡上坐着呢。”

红柳走到林凡清身旁,林凡清的脸腮上闪着泪光。红柳深情而内疚地轻轻地摸了摸林凡清的肩头。红柳在林凡清身边坐下说:“我是女人,爱哭,你哭什么!不是男儿有泪不轻弹吗?”林凡清说:“可我有些承受不住了。”红柳一咬牙说:“我听你的,孩子不找了,明天一早咱们上路吧。”林凡清含着泪说:“红柳,我知道话是该这么说,可就像你说的,儿子是你红柳的,也是我林凡清的。儿子丢在这儿,我的心也跟着落在了这儿。让你离开这儿,作为母亲,下这个决心有多难,对我这个父亲也就有多难!虽然我拼命说服自己,说这都是为了我和你父亲的事业,可说来说去,心里还是堵得慌。”

红柳说:“凡清,别再说了。”

林凡清说:“就这样离开,我觉得对不住你,对不住孩子!可要是不离开,对不住的人会更多!我不想下这个决定,可又不得不下,我真的快承受不住了!”

红柳的眼泪也止不住了,说:“凡清,对不起,我光想着自己的感受,想着丢了的儿子,却让你心里添堵,也让郑君和月亮跟着难受!为这事,月亮的眼睛就没干过,她看我的眼神,就像是她害了我们新晨似的。还有郑君,我们解脱不了,他们也会陷在里面没法出来。凡清,我们上路吧,我想了,我们还可以再生一个的。”

林凡清一把把红柳紧紧地抱在了怀里。

清晨,一个青年牧工赶着辆马车来到林凡清他们驻扎的营地,马车上拉着一顶新的帐篷。

青年牧工对林凡清说:“林站长,齐场长听到你孩子的事,也很着急,他问,是不是再派些人来帮着找。”

林凡清说:“不找了。我们这么多人,整整找了四天了。再找下去,所有的工作都耽误了,我就成了罪人了!”红柳说:“不找了,这么大的地方,这么深的草,谁知道风把孩子刮到什么地方去了,何况这么多天,孩子就是找到了,恐怕也……”林凡清一挥手说:“我们上路。”

下午,哈里木来到林凡清他们扎帐篷的地方,看到两堆熄灭了的篝火的炭灰,又看到两根露在草地外面扎帐篷的铁杆,铁杆上还有残留着的帐篷的帆布条。哈里木拿下帆布条,然后从口袋里掏出包在孩子身上的帆布,对比着看一看,果然是同一顶帐篷的。于是他立刻策马绕着这片草地飞奔,一边寻找一边双手做成喇叭形朝四下喊:“有人吗?有人吗……”

除了山在回响,没有任何其他的声音同他呼应。哈里木失望地勒住马,叹了口气。

哈里木回到阿依霞古丽的羊群边。阿依霞古丽说:“找到了吗?”哈里木摇摇头说:“他们已经走了。慢慢找吧,总有找到的一天。只要孩子活着就好!我们就把孩子当成自己儿子吧。”阿依霞古丽说:“那就给他起个名吧。”哈里木想了想说:“在没有找到孩子亲人前,他就是我们儿子,但还是起个他们汉族名字吧。”阿依霞古丽赞同地点头说:“好,那你就给他起个汉族同志的名字吧。”哈里木说:“在草窝子里找到他的,那就叫茂草吧。”阿依霞古丽说:“这个名字好。”

绿草如茵,鲜花遍野的夏牧场,林凡清他们把最后剪下来的羊毛装满了两马车。

林凡清对那几位工人说:“老周,老张,小王,你们跟着车回吧,这些天,跟着我们试验站的人一起吃苦,辛苦你们了。”老周握着林凡清的手说:“林站长,我们看到了你的这种工作精神,我们这点辛苦算啥!不过林站长,我们要回去了，你一定要保重身体，万事要想得开。”林凡清说：“没什么，我和红柳都已经想开了。好了，你们走吧，路上要当心。”

老周等几个工人都同林凡清紧紧地拥抱了一下。

夜晚，一顶新帐篷竖了起来。帐篷前又燃起了篝火。

郑君对帐篷里的月亮喊：“月亮，你抱着孩子出来。”月亮抱着孩子出来说：“啥事？”郑君在月亮耳边叽咕了几句，月亮点着头说：“好，好。”月亮出来后，郑君拉着林凡清说：“凡清，你去帐篷睡吧。”林凡清说：“你这是干什么！”郑君说：“进去吧，我和月亮求你了。”月亮说：“林站长，这事全是我的错。你进去安慰安慰红柳姐。你要不肯进去，就是你不肯原谅我和月亮，要不，我给你跪下。”林凡清说：“别……”

郑君把林凡清推进了帐篷里。

帐篷里，红柳看到林凡清进来了，就一把抱住林凡清低声痛哭起来。

林凡清说：“红柳，我也没想到，搞这么点事业，会这么艰难。看来，天灾人祸，想躲都躲不开。”红柳反而宽慰林凡清说：“我说了，我们再生一个。”

帐篷外传来郑君那带着浓厚的哀伤的琴声……

篝火旁。郑君在投入地拉琴，月亮抱着孩子坐在他身边。刘世棋、杨北斗、榆木老汉已在山坡下的草地上铺好毯子，盖上棉大衣睡了。只有蒋有友和蒋进江仍坐在郑君对面的篝火旁看着郑君拉琴。

蒋进江对蒋有友说：“爹，我也想学拉琴。”蒋有友说：“那你就去拜郑技术员当老师。”蒋进江说：“可我怕他不肯收我。”蒋有友说：“郑技术员这个人，我是看明白了，刀子嘴，菩萨心。你去给他跪下，磕上三个拜师头，他会收的。”

蒋进江站起来，走到郑君跟前，等郑君一曲结束就扑通跪了下来，连磕了三个头。

郑君吃惊地说：“蒋进江，你这是干啥？拿琴的事我不是已经原谅你了吗？”蒋进江说：“郑技术员，我要拜你为师，教我拉琴吧！”蒋有友也走过来，说：“郑技术员，请你别跟我这个粗人计较，教教孩子拉琴吧。这孩子上学时，老师就说他音乐学得好。”郑君：“你识谱吗？”蒋进江说：“我识简谱。我上小学和初中的时候，老师教过。”郑君高兴地说：“行啊！这样我也就有个音乐的伴儿了。其实，我拉琴也是个半吊子，不过教教你还可以。但第一你要放好羊，第二才是学好拉琴。”蒋进江说：“知道了，谢谢郑技术员！”郑君把琴递给蒋进江说：“来，我现在就开始教你。”

夏季一晃而过，转眼间秋风萧瑟，夜晚的草原上透着寒意。蒋进江在篝火旁跟着郑君学拉琴，他的琴已经拉得有模有样了。

郑君在一边指着谱子说：“不对，不对！你看到没有？这儿是从后半拍起，前面你没有看到有一个休止符吗？你瞧，停，起！对，就这样！记住啦？这一段，起码再拉上十遍！”蒋进江说：“那我就拉上二十遍。”郑君说：“对，学东西就是要有这股子精神！”

秋风吹拂着枯黄的草原，泛着金色的波涛。哈里木和阿依霞古丽赶着羊群转场回到林凡清他们扎过帐篷的地方。哈里木要在这儿扎毡房。阿依霞古丽背着茂草不满地说：“天还早着呢，干吗要在这儿扎毡房。”哈里木说：“我们不但要在这儿扎帐篷，而且还要在这儿住几天。”阿依霞古丽说：“这为啥？这儿的草又不好，羊又不爱吃。”哈里木说：“那也得在这儿住几天。你看看这两根铁杆杆，可能就是这孩子的父母在这里扎过帐篷。不管这孩子在不在，他父母说不定都会来这儿找的。”阿依霞古丽说：“他们要是不来呢？”哈里木说：“如果今年不来，明年我们夏天转场的时候再来这儿住上几天，秋天转场回来，也再住上几天，我想，我们总有一天会碰上他们的。只要心诚，老天爷会帮助我们，也会保佑他们的。”阿依霞古丽点点头说：“我明白了，愿老天爷帮助我们！”

林凡清他们赶着羊群也在往回走，就在快要转向哈里木扎毡房的地方时，红柳一把抓住林凡清。林凡清说：“怎么啦？”红柳含着泪说：“不要走这条路！看到新晨丢失的地方，我会受不了的。”红柳摸着肚子说：“我不想让肚子里的孩子感受到他失去哥哥的痛苦。”郑君说：“对，凡清，不要让红柳再触景生情了。”林凡清说：“那好吧。”

当他们经过那片山坡时，可以远远地看到哈里木的毡房和烟囱里冒出的袅袅炊烟。

林凡清轻轻叹了口气，继续前行。他们没有看到，哈里木的毡房前，茂草正迈着小腿追着哈里木的一只牧羊犬在玩耍。

阿吾斯齐乡的赵彩霞家，自从许静芝帮她接生了一个大胖小子后，就总想着怎么报答这个恩人。她也观察到这两年许静芝一直背着个药箱独来独往的，就想张罗着帮她介绍个对象。她心里盘算着，许静芝是大城市里来的，又是个有文化的，必定眼睛里挑人，一般的愣头小子肯定看不上。但有个人选赵彩霞还是很有自信的。这天，一个英俊的年轻人走进她的屋，对赵彩霞说："表姐，你找我有事？"赵彩霞笑着说："何玉田，那天我上你们家去吃饭，你娘不是让我给你介绍对象吗？我们这儿就有个现成的，绝对配你！"何玉田说："我想找个有文化的女人。"赵彩霞说："人家是个大学生，人也长得漂亮，只怕是你配不上她。"何玉田说："她是干什么工作的？"赵彩霞说："咱们乡的兽医。人漂亮，有文化，心眼儿也特别好，我们乡里的牧民都很敬重她。"何玉田一笑说："那我恐怕就配不上了。"赵彩霞说："配上配不上，见了面再说！要说呢，你也是个中专生，又是托克里乡的畜牧技术员，人又长得这么英俊，哪一个女人见了你不都心痒痒的？"何玉田不好意思地说："哪有这回事呀！要不，我对象不早就找上了。"赵彩霞说："没找上是因为你眼光太高！那些排着队找你的姑娘你都没瞧上。今天我陪你去见见她，你要是看上了，我再给你们撮合。"

赵彩霞兴冲冲地领着何玉田来到许静芝的小木屋前。

赵彩霞热情地喊："许兽医！"许静芝打开门，一看是赵彩霞就说："是赵彩霞呀，你找我有事？"赵彩霞说："我带个人来看看你。这是我的表弟，叫何玉田。"

何玉田很有礼貌地朝许静芝鞠了一躬。许静芝虽然是哈萨克女人的打扮，但她美丽姣好的容颜和那种大家子出身的气质一下子就深深地吸引住了何玉田。何玉田朝许静芝腼腆地一笑，敏感的许静芝也感觉到了什么，对赵彩霞说:“有事吗?”

赵彩霞说:“没事就不能来串串门啦?你瞧我这表弟,长得有多英俊哪!”何玉田不好意思地拉了拉赵彩霞,说:“表姐!”许静芝立马意识到了赵彩霞是在给自己介绍对象。她顿时很反感,冷淡地说:“赵彩霞,你有事来就说事,要是没事,我还有事呢。”赵彩霞以为许静芝只是害羞,大大咧咧地说:“要说有事呢,也有事。我想把我表弟介绍给你,你看看要合适就谈谈,要觉得不合适呢,就算!”许静芝心里更不是个滋味,说:“赵彩霞,谢谢你的好意,如果就是为这事,那你们请回吧!”赵彩霞不高兴了,说:“许兽医,你这人怎么这样!我赵彩霞是个直肠子,说话不会拐弯。我赵彩霞把你许兽医看得很高,很重,很了不起,我才想把我表弟介绍给你的,真是热屁股碰到了冷面孔。”

许静芝这时也觉得自己的态度有些过了,缓和了一下口气说:“赵彩霞,对不起,我真的有事要出去。你表弟叫什么?”何玉田有些尴尬地说:“我叫何玉田。”许静芝说:“何玉田,对不起,我话说得有些不近人情了,请你们原谅。但我想告诉你们的是,这辈子我决心过单身生活了,所以不会再考虑个人问题了。”赵彩霞说:“男大当婚,女大当嫁,有群孩子热炕头。干吗要过单身生活呀!”许静芝说:“这是我的私事。”说着许静芝走向马厩,解下马说:“赵彩霞,何玉田同志,失陪了。”许静芝跨上马走了。

赵彩霞撇撇嘴说:“真是个怪女人。”何玉田说:“表姐,是你这事做得有些莽撞了。事先得告诉人家一声,再来见面也不迟呀。”赵彩霞说:“放屁!她真是好心当成驴肝肺了!”

许静芝骑马走在草原上,感到情绪有些恶劣。天色阴沉,几片雪花飘了下来。许静芝其实没什么事,但此时又不想再回去,于是策马信步朝哈里木家走去。

天空中雪花越聚越多,纷纷扬扬飘洒着,许静芝走到哈里木的毡房前,跳下马。哈里木的几个孩子正在同茂草玩,一见到许静芝就亲热地奔了过来。茂草蹒跚着跟在后面,突然一个趔趄摔倒了,许静芝赶紧过去把他抱了起来。哈里木听见声音,也从毡房里迎出来。

许静芝说:“哈里木,你的羊群怎么没到林凡清他们的试验站去配种啊?”哈里木说:“用不着了。”许静芝说:“怎么啦?”哈里木说:“去年,林站长不是跟我们赵乡长商议,让我们乡里派两个人去学习,乡里自己就可以成立配种站了,用不着把羊赶到那么远去配种了。林站长这个人真是个大好人哪。”许静芝冷笑一声,说:“好人可以说,大好人,那可还算不上。”哈里木说:“静芝妹妹,你对他的仇准备记到哪一天呀！对我们来说,他就是个大好人。”许静芝岔开话题,看看茂草说:“哟,哈里木,这是谁家的孩子?”哈里木说:“是我在草原上捡来的。”许静芝说:“捡来的?怎么回事?”

哈里木和抱着茂草的许静芝走进毡房内。阿依霞古丽给许静芝端来热热的奶茶,又给茂草热好奶子让他抱着奶瓶喝。哈里木把捡到茂草的经历跟许静芝叙述着,许静芝怜爱地看着靠在自己怀里咕嘟咕嘟喝着奶子的茂草,同情地深叹一口气说:“那孩子的父母会多伤心啊!”哈里木说:“是这样啊。所以我和阿依霞古丽下决心要找到孩子的父母。我们还给孩子起了个你们汉族同志的名字。”许静芝说:“叫什么?”哈里木说:“叫茂草。”许静芝说:“这名字有意思。”她对这孩子陡然有了一种说不清的疼爱,央求哈里木说:“哈里木,你已经有三个孩子了,把这个孩子给我带吧。”哈里木说:“静芝妹妹,我真不明白,你为什么不肯结婚?除了林站长,世上就没有别的男人了?像你这样的条件,找个男人有什么难的。”许静芝说:“哈里木老哥,你又在戳我的心。今天赵彩霞带着她表弟来找我,要把她表弟介绍给我,弄得我好难堪。我把她跟她表弟也给得罪了。世上找个男人当然不难,难的是我这个心,我这个心,已经让林凡清装满了,它怎么也装不下另一个男人了。”

哈里木又敬佩又不以为然地摇摇头说:“静芝妹妹,你也太痴心了。”

许静芝看着茂草,茂草喝完了奶子,蜷缩在她的怀里睡着了。许静芝实在是太喜爱这个孩子了,再次请求说:“哈里木老哥,把这个孩子给我带吧!我一见这孩子,就感到特别地亲切,特别地喜欢。”

哈里木犹豫了一会说:“那好吧,你就当他的妈妈吧。不过,我和阿依霞古丽也还是他的爸爸妈妈。等我找到他的爸爸妈妈后,我们就得把孩子还给人家,这是做人的良心!”

林凡清推门走进齐怀正的办公室,拍打着身上的雪花。

齐怀正刚放下电话,高兴地对林凡清说:“凡清,你们这次任务完成得不错啊。政委对你们的工作也很满意。你们的羊毛,通过检验,被评为一等品了。经济收益也上了一个台阶。只是……”齐怀正想起丢失的新晨,心里也酸酸的,说,“可惜,多好的一个孩子啊!怎么一点线索都没有?”林凡清说:“那场风刮得天翻地覆的,连帐篷都被刮得无影无踪。那时的草长得又深又密,在那儿找孩子,就像大海捞针一样。”齐怀正说:“我听月亮说,全是因为齐美兰病了,才惹出这个事来。我心里真是很过意不去。好兄弟,你跟红柳讲,我齐怀正会永远记住她这份情的!”林凡清说:“齐场长,你千万别这么说。这也是天灾,谁都不怪。要怪,也只能怪我们太粗心。齐场长,不说这个了,你找我来,不只是为这件事吧?”齐怀正说:“总场党委决定,经师党委的批准,要把咱们的试验站提格为种羊场,下设两个牧业队。我兼种羊场的场长,也是挂个名。你呢,任副场长,具体工作还是由你负责。”

第二十章

天空中飘着雪花，纷纷扬扬。许静芝在院子里给奶牛挤奶。两岁多的茂草依偎着许静芝，看着她挤奶，而且也饶有兴趣地摸摸奶牛的乳头。许静芝看着茂草笑，那眼里透出的是深深的母爱。

茂草突然指着山坡下说："妈妈，来人了！"许静芝往他指的方向看去，见是何玉田骑着马往她住的小木屋方向走来。许静芝其实并不讨厌这个人，但一想到是赵彩霞给介绍的相亲对象，心里就有着说不出的厌烦。她马上抱起茂草，提着牛奶走进小木屋。没一会儿，许静芝和茂草便已骑着马往哈里木家方向去了。

何玉田来到小木屋前跳下马，他上前轻轻地敲着门喊："许兽医！许兽医？"但小木屋里已空无一人。因为看出何玉田对许静芝动了心，赵彩霞在他面前可没少说许静芝的事。何玉田这次来虽说是找了个名目来的，但也做好了思想准备要碰几次钉子。现在面前的这个闭门羹也是意料之中，他用马鞭扫了扫小木屋的台阶上的雪，坐在那里准备捺着性子等。

在柳家湖总场场部，齐怀正从李国祥手里拿到了把试验站提升为种羊场的红头文件。高兴虽然高兴，但他还觉得不够。齐怀正用很坚决的口气对李国祥说："把试验站升格成种羊场，我举双手赞成。现在我看到，别看小小一个试验站，它的作用有多大！羊毛质量变好了，母羊的产羔率大大提高了，羊肉的产量和质量也不一样了。所以，我向你要求，就让我当种羊场场长吧，牧场场长我就不兼了。"李国祥听了直摇头，说："不行！让你兼种羊场的场长，只是挂个名的，你主要还是得抓牧场的工作。种羊场，还是让林凡清折腾去吧！"齐怀正说："这不行。试验站就那么几个人，林凡清的主要工作还是搞实验。可一成立种羊场，下面还设两个牧业队，那事儿就多了，光行政事务都忙不过来，他哪还有空去搞科学实验？林凡清的主要精力还是得放在搞科学实验培育良种上。在这个问题上，一点都不能含糊！所以我得把全部精力放在种羊场的行政事务上，牧场场长我就不能再当了。"李国祥说："这事儿我可做不了主，我得请示柴师长。"齐怀正说："政委，你跟柴师长说，齐怀正坚决要求只当种羊场的场长！"

天寒地冻，屋外雪花飞扬。

郑君走进种羊室，拍着身上的雪花，喊了一声："榆木大爷……"但一看不对，马上把话咽了下去，说："红柳，怎么是你在这儿？"

红柳的肚子很大了，正坐在小木凳上给未出生的宝宝织毛衣。她一见郑君，笑了笑说："榆木大爷病了，所以凡清叫我来顶几天。郑君，你有事？"郑君皱着眉头说："牧场的配种工作明天就要开始了，所以我特地来看看。你知道，虽然凡清没有明确分工让我管这事儿，但每年都是我在主管，所以特地来看看种羊的情况。喂种羊的活儿比放群羊要辛苦多了，尤其是现在这种时候，它们一闻到母羊发情的味儿，每一只公羊都会变得非常的狂躁。你这么个情况，怎么能让你来喂种公羊呢？"红柳说："我只顶几天班，等榆木大爷病好了，我再下来。"郑君有些生气，在他看来，林凡清这种人显然是个很不够格的丈夫。他抱怨说："在我看来一天都不行！凡清怎么能这样！"红柳解释说:“你不知道,榆木大爷这大半辈子都跟着我爸,帮我爸照顾种羊,每天都是勤勤恳恳任劳任怨的。他对我爸也是忠心耿耿,就像周仓跟着关公似的。那么大的年纪,连个老婆都不肯讨。现在他病了,不管凡清叫不叫我来,我都得来。”郑君摇摇头说:“不行,这活儿你不能干!”说着,转身就往外走。

红柳追到门口喊:“郑君,你去哪儿?”郑君说:“我找凡清去!”红柳一听急了,忙奔出种羊室,拉住郑君说:“郑君,你别去找凡清!”

郑君说:“红柳,我不但关心你,我更关心你肚里的孩子。自从新晨丢掉后,不但是我还有月亮,心里都空落落的。自打知道你怀上孕后,我们才感到一丝的安慰。所以你肚里的孩子不但是你和凡清的,也牵着我和月亮的心哪。”

红柳说:“郑君,你们别这样。新晨的事月亮没有责任,你就更没有责任了。”郑君说:“红柳,你这么说,当然可以,但我和月亮不能这么想啊!当时要是月亮守在帐篷里,当时要是我不和蒋有友打架,事情就不会这样。顶榆木大爷的班,谁都可以顶,但你不能去顶!因为现在这种时候,种公羊可都不老实,而且一只只几百斤重的种羊,都是力大无穷,年轻力壮的男人都很难对付,何况怀着几个月身孕的你!”

红柳说:“郑君,你听我说,你不要再往凡清身上增加压力了。那天晚上,我看到他在山坡上流泪,你不知道我有多难受。当时我想,他干吗要到这个偏僻荒野的草原上来受这份罪。他完全可以在上海过那种舒适的生活,他为了来继承我爸的事业,为了这儿牧业的发展,他把什么都抛弃了。我觉得我红柳没有任何权利来指责他抱怨他,我所能做的,只有为他减轻身上压力,支持他的事业,这是我的责任。为了事业他牺牲的已经够多了,所以别去找他,我就顶几天班,我会当心的。就像你说的那样,我肚里的孩子,不但是我的,也是他的安慰和希望。”

郑君说:“红柳,你这话说得很让我感动。但你有没有想过,如果,我是说万一你在这里发生了什么事,出了什么状况,你给凡清带来的会是更沉重的打击。所以,我还是要去找凡清,让杨北斗来顶榆木大爷的班!或者让蒋进江来。”

红柳见郑君执意要去，焦躁地说：“郑君，你这样我要生你气了！”

郑君说：“你要生我气你就生去。但在我看来，你肚里的孩子比什么都重要！”说着，就直奔试验室去。

可林凡清觉得郑君有些小题大做了。他对正絮絮叨叨发着牢骚的郑君说：“郑君，你这个人怎么这么啰唆！你没看到，眼下是试验站最忙人手最不够的时候？两群母羊的试验工作你总不能让红柳去做吧？那不是更危险吗？还是得让蒋有友、刘世棋、蒋进江、杨北斗去做！你说抽谁好？”郑君说：“那就让月亮顶榆木大爷的班吧。”林凡清说：“那也不行，月亮得给大家做饭。这个时候大家都是很忙很累，吃不上饭怎么能行？”郑君一看林凡清这里他说不通，转身走出试验室说：“我去想办法！反正不能让红柳去冒这个险！”

雪已经停了，才露出脸的太阳已经斜倚在雪峰顶上。何玉田仍坐在小木屋前，身上披着雪花。

许静芝从哈里木家出来，抱着茂草骑马回到小木屋。她正准备下马，突然看到何玉田从屋后解完小手走出来。许静芝吃了一惊，没好气地说：“你怎么还没走？”何玉田说：“没见到你前我不能走。”许静芝说：“你刚才在我屋后干什么？”何玉田说：“对不起，我在这儿整整等了五六个钟头了，方便一下。”许静芝说：“你不能跑到远一点的地方去方便吗？一个女人住的地方，有一大摊男人的尿，像什么话！”何玉田说：“许兽医，太对不起了。我怕跑远了，你回来又见不到你。等会儿我帮你铲掉。”许静芝说：“你找我有什么事？”何玉田说：“我在的那个乡，有个牧民的奶牛病了。我怎么也找不出原因，所以特地来找你，想请你去看看，都说你的医道高明。”许静芝说：“天都快黑了，跟你去的话，我这孩子怎么办？”何玉田说：“在我表姐赵彩霞那儿放一会儿吧，刚好顺路。”

许静芝想到了自己作为兽医的责任，看看等了那么久的何玉田，也有些不忍，只好说：“那走吧。”

赵彩霞一看到许静芝和何玉田双双到她家，高兴得不得了。何玉田说：“表姐，我陪许兽医去给古丽大娘的奶牛看病，你帮忙看一下许静芝的孩子。”

赵彩霞抱着茂草。许静芝在茂草脸上亲了一下说：“好好在阿姨家玩，晚上妈妈就回来接你。”茂草摇着小手说：“妈妈再见。”

许静芝走出几步，又走回去在茂草脸上亲了一下。她觉得自己对这孩子真的有一种说不出的特殊的感情。

赵彩霞说：“许兽医，你这么喜欢孩子，干吗自己不生一个？”何玉田喊：“表姐！人家许兽医这样做，肯定有她自己的原因。你对人家尊重一点好不好！”赵彩霞说：“好了好了，我是个没心没肺的人，老说错话，许兽医你别见怪。你们走吧！”

太阳的余晖铺洒在雪原上，映射出大片大片的绯红，在寒冷的冬日里渗出些暖意来。许静芝与何玉田并排骑着马走着。许静芝说：“何玉田同志，真对不起。看到你来，我是带着孩子有意走开的。因为我以为你来找我，又是为了那件事，让你等了那么长时间。”何玉田说：“许兽医，我也实话实说吧，我是特意借请你去给古丽大娘的奶牛看病的机会，也来看看你的。因为从我表姐对你的介绍中，我就对你很敬佩很仰慕了。等见到你后，我顿时由仰慕转到了爱慕。我来见你，也是想来表达我的这份感情。”许静芝说：“何玉田同志，我也坦率地告诉你，请你不要再有这样的想法。这辈子我已经不会再结婚了。我领养了一个孩子，就说明了我的决心。”何玉田说：“为什么呢？”许静芝说：“刚才你对你表姐说的那句话我很欣赏。这是我的隐私，请你尊重我，我没法告诉你。”

郑君出了试验室，直接上场部去找了齐怀正。两人一同骑马回试验站。在路上，郑君焦虑地对齐怀正说：“齐场长，这事只有你帮忙去解决了。”齐怀正说：“行，这事我来解决。不过郑君啊，我想来想去，从工作上考虑林凡清也只能这样做。试验站就那么几个人，怎么折腾也折腾不过来呀。啥叫无私？林凡清这样的人才叫无私。走吧，要是红柳再出点什么意外，我齐怀正也该遭天谴了！”

太阳已经落到山后了，天色昏暗，齐怀正和郑君走进种羊室。

齐怀正大声说：“红柳，下班了，你回去歇着吧。”红柳一笑说：“齐场长，这儿哪有下班的时候。整天都得窝在这儿，晚上还得给它们上一次料呢。”齐怀正说：“回去休息吧。这个班我来顶。我替榆木大爷顶几天班。”红柳说：“你这个当场长的事儿这么多，哪有时间来顶这种班呀。”齐怀正说：“来顶这个班，也是我场长的工作。你看，让你们这么几个人，干着这么多繁重的活，连个周转的人都没有。像你红柳这种状况，其他单位早就该减轻工作了。我这个场长兼站长没当好啊！所以我决定，自己罚自己来喂几天羊。红柳，快回去歇着吧，我已经很对不起你和凡清了。”郑君说：“红柳，听齐场长的，回去。你只有离开这儿，我的心才能放得下来。”

红柳感动地看看他们俩，朝他俩鞠了一躬说：“齐场长，郑技术员，谢谢你们的关怀。我知道你们全是为了支持凡清的工作。”

话虽然是那么说了，但红柳心里还是有些不安。她走进试验室，看着正在埋头工作的林凡清，叫了一声：“凡清。”林凡清抬起头说：“红柳，有事？”红柳说：“齐场长来顶我班了，你知道吗？”林凡清一怔，说：“齐场长来了？他没到我这儿来呀！怎么他去顶你的班？”红柳说：“是郑君把齐场长叫来的。齐场长说，榆木大爷病好以前，由他来顶班。”林凡清说：“这不是乱弹琴嘛！你同意了？”红柳说：“所以我来找你呀。”

林凡清急匆匆地赶到种羊室，对郑君和齐怀正说：“郑君，你也太不像话了！怎么能叫齐场长来顶红柳的班呢？”郑君手一摊，事不关己的样子说：“不是我让齐场长来顶红柳的班的，我是求齐场长来想办法的。”齐怀正说：“我来顶红柳班的事，是我齐怀正自己的决定，跟郑技术员没关系！”林凡清说：“齐场长，你这样做不是在打我林凡清的脸吗？”

齐怀正不乐意了，说：“凡清，你这话说反了。让红柳挺着这么大个肚子，还让她来伺候种公羊，你这是在打我齐怀正的脸，因为我还兼着这个试验站的站长。要说呢，目前也算个非常时期，要是红柳有个啥差错，我这个站长就得负主要责任。”

林凡清不以为然地说:“齐场长,你到这儿顶班,怎么说也不合适。你是牧场场长,从明天起,全牧场的母羊群都要来这儿配种,这是牧场每年最重要的一件事,你不在牧场场部坐镇,跑到这儿来伺候种公羊,出了什么事,你就是失责。”

齐怀正说:“林凡清同志,你别给我扣大帽子。每年母羊配种的事,都有牧场生产股的同志调度,我现在的任务就是伺候好这几头种公羊。”

正僵持着呢,榆木老汉突然出现在种羊室门口,.说:“齐场长,这不是你的事,这是我榆木老汉的事。”齐怀正说:“榆木大爷,你病了,就好好在家养病!离了你,这些种公羊就没人伺候了?”榆木老汉说:“我刚出了一身大汗,病已经好了!你们统统该干啥就干啥去,这儿用不着你们操心了。”林凡清说:“榆木大爷,你还是回去歇着吧。”榆木老汉说:“你们把这儿闹腾成这样,连齐场长都要来顶班,我还能安心歇着吗?再说,我的病真的好了,不信,林站长你摸摸,烧退了。”

郑君上前摸了摸榆木老汉的额头,再摸摸自己的说:“哟,烧倒真退了。”

榆木老汉开始往外轰人了,说:“你们都回吧!”

齐怀正正在兴头上呢,这会儿让他回去,那岂不是白跑一趟,太没面子了。他顶真地对榆木老汉说:“榆木大爷,今晚让我顶顶班行不行?我不能光做个姿态呀!我齐怀正从来不当口头革命派,就是你病好了,今晚也得好好睡一觉!我告诉你,今晚这个班,我齐怀正顶定了!我命令你们,全回去忙你们自己的活去。”

夜色朦胧,天空中飘着淡淡的云彩。何玉田把许静芝送到托克里乡的路口。

何玉田钦佩地对许静芝说:“许兽医,我表姐没说错,你的医道就是高明。就这么折腾几下,奶牛的病情马上就好转了。”许静芝说:“没什么大病,关键是要对症下药。好了,你不用送了。”何玉田说:“你还是住一夜再走吧。”许静芝说:“不用了,十几里地,一会儿就到了。我主要是放心不下孩子。”何玉田说:“孩子不是有我表姐关照着嘛。我表姐嘴是碎了点,但人心肠特别好,你就放心好了。”许静芝说:“现在是晚上睡觉孩子离不开我,我呢,也离不开孩子。孩子一天不在我身边,我就感到特别地不踏实。”何玉田说:“现在是冬天了,我怕你走夜路不安全,遇到狼群就麻烦了。”许静芝说:“你也别吓唬我。我来这儿好几年了,也走过不少夜路,从来没遇见过狼,马鹿倒是遇见过几次。好了,再见!”说着,策马就走。何玉田见留不住她,只能在后面喊:“有马鹿的地方就会有狼,你千万要小心。”

月亮在云层中时隐时现。许静芝骑着马在雪原上一路小跑。在夜色中,她仿佛看到茂草朝她奔来喊:“妈妈……”

许静芝用力夹了夹马肚,马便又加速跑了起来。

夜晚的荒野一片寂静,月光被薄云遮掩着,时明时暗。寒风瑟瑟中,许静芝骑的马突然扬起前蹄,嘶叫了一声。前面有四对闪着绿光的眼睛朝她奔来。马顿时停住了脚步,不安地踏着碎步。许静芝害怕了。

雪原上,狼群散开,把许静芝的马围了起来。许静芝慌了神,从马背上滑了下来。她紧紧地抱住马脖子。马突然扬起前蹄,长长地嘶叫一声,挣开许静芝的手,转身撒腿朝后跑去。

这时,马奔去的方向山坡上亮起了几个火把。马蹄声声,火光越来越亮。许静芝的坐骑转回身,引领着举火把的人朝许静芝奔来。火光逼近了,狼群又聚拢到一块儿,撒腿跑开,隐没在黑夜中。

何玉田同两个牧民举着火把来到许静芝跟前。

深夜,惊魂未定的许静芝冲进赵彩霞家,一把抱住迎上来的茂草说:“儿子啊,妈妈今天差点见不到你了……”然后回过头对跟上来的何玉田说:“何玉田,谢谢你。”又对茂草说:“儿子,快谢谢你何叔叔。”茂草摆着小手说:“谢谢叔叔。”

何玉田很感慨地叹了口气,说:“许兽医,我想问一句恐怕不太合适的话。”许静芝说:“问吧。”何玉田说:“我能经常来看你吗?”许静芝说:“你救了我的命,当然可以。但希望你能尊重我的意愿。”何玉田说:“我会的。”

许静芝抱着茂草走了。赵彩霞问何玉田说:“刚才许兽医讲的话是什么意思?”何玉田说:“让我可以经常去看她,就是这个意思。”赵彩霞说:“那不是有门了?”

许静芝那里到底有没有门,何玉田心里也没底。但至少能确认的是,她应该不会再给自己吃闭门羹了吧。

冬去春来,在沙门子牧场场部会议室里坐满了人。柴广元要正式宣布种羊场成立的消息。李国祥、师畜牧科的刘科长和齐怀正等人坐在主席台上,下面坐着林凡清、郑君等人。

李国祥正在讲话:“自沙门子牧场良种培育试验站成立以来的这几年里,工作是有成效的,成绩是巨大的,不但全师羊只的品种得到了改良,羊的繁殖率,羊毛、羊肉的品质和产量都得到了很大的提高,而且也帮助和促进了地方牧民养羊业的发展。为了进一步加强这方面的工作,师党委决定,把沙门子良种试验站提格为沙门子种羊场,由齐怀正同志担任种羊场场长,由林凡清同志担任种羊场副场长。”下面一阵热烈的掌声。李国祥又说:“为了让齐怀正同志集中力量搞好种羊场的工作,经师党委的批准,齐怀正同志就不再担任沙门子牧场场长的工作了。下面请师长柴广元同志做重要指示。”

坐在主席台上的齐怀正脸上洋溢着春风,他终于如愿以偿,可以一心一意地投入到种羊场的事业中来,而这份事业是绝对值得他全身心投入的。

初春,冰雪融化,载着冰凌的河水欢畅地流淌着。羔羊们跟着母羊在已露出尖尖嫩草的雪地上奔跑。

林凡清陪着齐怀正、柴广元、李国祥和刘科长等人在参观试验站培育的第三代杂交羔羊。刘科长看了看羊后,很有感触地说:“林场长,当初不是你的那份执着和牛皮糖精神,哪会有今天这份成绩啊。这就叫天道酬勤啊!”林凡清满脸喜悦。齐怀正自豪地说:“师长,政委,今年的双羔率比哪一年都高,这就叫科学的力量啊。”柴广元说:“你这个当场长的就要有这种认识。”

回试验站的路上,柴广元对齐怀正和林凡清说:“齐场长,林场长,既然种羊场成立了,你们就要把种羊场的场部建设好。师里可以为你们拨上一笔钱,让你们的李政委也出点血。在科学实验的投资上,不能太吝啬!”

这时,有人看见月亮急急地朝他们奔来。大家都不知道出了什么事,相互看看。月亮气喘吁吁地对林凡清说:“林站长,红柳可能要生了!”林凡清吃惊地说:“不会吧,不是还没到预产期吗?”月亮一跺脚说:“就是呀,可现在的样子好像就是要生了。”柴广元一挥手说:“那快!坐我的小车去场部医院!”

坐在车里,林凡清对红柳说:“不是还没到预产期吗?”红柳说:“是呀,也可能我把日子算错了。”林凡清在红柳耳边说:“怎么可能?就是从月亮给我们让帐篷那天算起,也没有到时间呀!”林凡清又想了想说:“新晨也是提前生的。”红柳说:“这会不会成习惯了?凡清,我们的新晨会在哪儿呢?一想到他可能已经不在了,我的心就像刀绞一样痛。”林凡清说:“红柳,我们能不能不要再提新晨了。他不但让我们俩痛心难过,也让郑君、月亮,甚至包括齐场长都不得安心,他们都好像欠了我们一笔无法还清的债似的。”林凡清说着,有些眼泪汪汪的。

红柳忙说:“好,我们永远不再提了!我们又要有孩子了,最好是个女儿……喔唷!”林凡清说:“怎么啦?”红柳说:“肚子又痛了。”

小车把红柳送进场部卫生队,天已经全黑了。林凡清坐在产房前的走廊里等着,窗外的夜色越来越浓。齐怀正匆匆走进来,问:“咋样?”林凡清摇摇头说:“还没呢。师长、政委都回去了?”齐怀正说:“回去了。师长、政委让我告诉你,羊羔接完了,种羊场也宣告成立了,让你这段时间安心好好照顾红柳!你也趁机歇一歇,接完羊羔,大家都很累呀。我也几天几夜没好好合眼了。”

林凡清看看齐怀正。齐怀正说:“咋啦?”林凡清说:“现在几点了?你不是好几夜没合眼吗?还不赶快回去睡一觉,跑来干啥?”齐怀正说:“红柳这次生孩子的意义不一样,我当然得来关心关心了。另外,我有句话要同你讲。凡清,今天这一宣布,我俩才真正成了工作上的搭档了。”林凡清说:“以前不是吗?”齐怀正说:“以前算不上!我那试验站的站长是挂个名的,现在才是正经八百的。所以我觉得咱俩要分分工,不然工作起来肯定会扯皮。”林凡清说:“你是场长,我听你的就是了。”齐怀正说:“这不行!再说,以前你也没咋听我的呀。所以咱俩要分工。哪些事,最后我说了算,哪些事,最后你说了算。”林凡清说:“你是场长,我是副的,是你的助手。最后都由你说了算。”齐怀正说:“科学上的事情我不懂,我咋能说了算?还得你说了算。比如打仗上的事,我要比你懂,当然是由我说了算。”林凡清说:“现在不打仗了。”齐怀正说:“我只是打个比方。咱俩事先把工分好了,工作起来就会顺溜了,配合起来也会默契了,怎么样?”林凡清说:“齐场长,怎么分工由你定。”齐怀正说:“我看这样,种羊场行政上的事我负责,最后由我拍板定。专业上的事你负责,最后你来拍板定。咋样?”林凡清说:“行吧,就这么定!”齐怀正说:“那好,定了就是法律,咱俩都得遵守。”

一位护士从产房出来。林凡清上前问:“护士同志,有什么问题吗?”护士说:“林站长,你耐心地等待吧。就是有问题,医生也会采取措施的。”齐怀正说:“小赵,照你的话说就是有问题喽?”小赵一笑说:“生个孩子,哪有这么容易的。齐场长,你跑来瞎嚷嚷啥!”

走廊里突然涌进了一群人,郑君和抱着孩子的月亮,蒋有友提着一筐鸡蛋,刘世棋抱着两只老母鸡。

林凡清说:“夜都这么深了,你们跑来干什么?”郑君说:“我们冒着严寒,星夜里跑了几公里的路,还能来干什么?”齐怀正说:“他们跟我是一样的,都是来关心关心嘛。”

这时产房里传出一声婴儿的啼哭声。

护士打开产房门说:“林站长,你爱人生了。”林凡清问:“是……”护士说:“女儿!”林凡清说:“太好了!”

齐怀正等人也一齐欢呼,鼓起掌来。

护士说:“嗨,嗨,你们干吗呢?没看墙上的字吗?安静!”

林凡清看看大家,眼睛不由地湿润了……

清晨,林凡清抱着婴儿坐在红柳床边上。

红柳拉着林凡清的手说:“凡清,儿子要是在,我们就一儿一女一枝花了。”林凡清:“红柳,不是说好了,再也不提儿子的事了吗?你没看到昨晚那场景，大家都这么关心我们，我已经知足了。”红柳笑了笑，意思是我知道了。林凡清把已经熟睡的婴儿放回到红柳身边，轻轻地在她额头上吻了一下，说：“再睡会儿吧，我去抽根烟。”红柳点点头，侧着脸甜蜜地看着婴儿。过了一会儿，她闭上眼睡着了。林凡清蹑手蹑脚走出房间，轻轻地把门带上。

林凡清靠在门外走廊的窗户边上抽烟，齐怀正兴冲冲地走来。

林凡清笑着说：“齐场长，你怎么这么早又来了？”齐怀正：“昨晚我一夜都没睡。”林凡清：“怎么啦？”齐怀正：“给你女儿想个名呀！”林凡清说：“咱俩的分工里，没这一条吧。”齐怀正说：“那我也得起！你不知道，你们生了个丫头片子我有多高兴啊。我就喜欢丫头片子，我的美兰就有个妹妹了。”林凡清：“那你想了一夜，准备给我女儿起个什么名？”齐怀正：“林丽兰呀！咱们是兄弟，她俩就是姐妹。加在一起就是美丽！你看咋样？”林凡清一笑说：“俗是俗了点，但就按你说的叫林丽兰吧。”齐怀正说：“林丽兰，多好听的名字啊，俗什么俗呀！就这么叫！”林凡清说：“那我得去做做红柳的工作。”

初春的草场上依然覆盖着还没融化的积雪，但阳坡上的绿草已经顶出了土地，在风中摇曳。转瞬间，茂草已经长到四岁了。哈里木挑了匹深栗色的小儿马，把茂草放在马上。

哈里木说：“茂草，你有四岁了吧，该骑马了。”阿依霞古丽喊：“哈里木，你让自己四岁的儿子学骑马可以，可茂草不行！摔下来出事怎么办！”“茂草现在也是我儿子。在草原上，他就该学骑马了。小伙子。”哈里木拍着茂草的小脑袋说，“从今天起，这匹小儿马就是你茂草的了。你怕吗？”

茂草一晃小脑袋说：“不怕！”

阿依霞古丽说：“那你也得征得静芝妹子的同意，茂草也是她的儿子！”

许静芝走过来说：“让他骑吧。既然生在草原上，那就按草原上的规矩办。他也是你们的儿子，所以也得按你们哈萨克的规矩去做。”

第二十一章

初夏,种羊场的羊群又壮大了许多。齐怀正感觉到试验站的小院落已经不够用了。他跑了趟师部,今天刚回来,就把林凡清叫到他的办公室里。房间很小,以前显然是堆放杂物的,现在临时成了齐怀正的办公室。

齐怀正在桌子上展开图纸对林凡清说:“凡清,你看,这是我们种羊场场部的规划。我是请师部设计院一位同济大学规划系毕业的姓韩的技术员绘制的。”

林凡清仔细地看着图纸,赞许地点头说:“好,到底是专业水平的。规划得很科学也很大气。”

齐怀正往图纸上一指说:“看,咱们的场部办公室就盖在这儿!”林凡清端详着,眉头皱了起来说:“这儿不刚好是我们试验站院子的位置吗?”齐怀正说:“是呀。”林凡清说:“那试验站怎么办?”齐怀正说:“推掉重盖呀!你看,这不是试验室的位置吗?”林凡清说:“这不行!不要说红柳不会同意,我也不同意!”齐怀正说:“为啥?”林凡清说:“这些房子、院子都是她父亲,也就是我的恩师千辛万苦盖起来的,怎么能推掉呢！不行,这绝对不行！”齐怀正说:“那我们种羊场的场部办公室往哪儿盖?”林凡清说:“盖到别的地方嘛。”齐怀正说:“你自己看看,盖在哪儿合适?”林凡清说:“这么大的草原,哪儿不能盖?”齐怀正说:“我也这么想过,可我跑遍了这儿的每一片草地、每一个山头才知道,那个邵教授,也就是你的老师,红柳的老爹,他就是行！所以他才把试验站的院子盖在了这儿！这儿,前有河,后有山,四周可以很方便地朝向山里的每一个草场。门前的这条小路,可以直接通往大公路,所以场部办公室只有也只能盖在这里！”林凡清没有自信能让红柳接受这个规划,而且无论有怎样的理由,这个院落是红柳家的私人财产,是否同意推倒重建,都得由红柳做出决定。即便是她的丈夫,他也没权利帮红柳做出这个决定。林凡清犹疑不决地说:“齐场长,话虽这么说,但要把我们现在的院子推掉,恐怕难。就是我的思想通了,红柳那儿也很难通过。”齐怀正对这种小农意识很是嗤之以鼻,他说:“为了工作,为了将来咱们种羊场的发展,我们只能这么做！在这件事上,我齐怀正也不会让步的！”说着,坚定地一拳砸在图纸上。

夜幕低垂,试验室的灯还亮着。这些天,林凡清并没有把齐怀正的规划告诉红柳,因为这个口实在是很难开。但齐怀正等不及了,他推门走进试验室,说:“凡清,你每天都要工作到深夜吗?”

林凡清说:“就是这样,我还是感到时间不够用。试验数据要越详细越好。”齐怀正也没拐弯抹角,他就是要催促林凡清快点行动,因为现在天还不是很热,正是破土动工的好时候,而且他原本就是个雷厉风行的人,说干就干,容不得半点拖拉。他向林凡清施压说:“师里和总场把我们盖办公室的钱都拨下来了,可见上面多么重视咱们种羊场。这事儿你同红柳说了没有?我们不能再等了,得马上开工啊！”林凡清说:“我还没告诉红柳,我总觉得不合适。你想,这试验站的房子是红柳的父亲盖的,现在是属于红柳私人的,我们只是无偿地借用了她的房子,产权还是红柳的,你不能想拆就拆啊！”齐怀正说:“那怎么办?我们把这个院子买下来?或者赔偿她钱?不管咋样,场部办公室就得盖在这儿,我主意定了！今晚你就同红柳谈,不然的话,我就直接找红柳说。打仗要错失时机准打败仗!”

深夜,林凡清很无奈地走进家门,红柳正在给孩子喂奶。林凡清说:“你还没睡啊?”红柳说:“在等你呢。凡清,你不能每天都熬夜呀,身子要顶不住的。”

林凡清看着红柳,深吸一口气,用严肃的口吻说:“红柳。”红柳抿嘴一笑,说:“有什么大事要发生吗?用这种口气说话?”林凡清说:“我们试验站的房子可能要拆。”红柳大吃一惊说:“要拆我们试验站?干吗拆?”林凡清说:“要在这儿盖种羊场的场部办公室。”红柳说:“这怎么行!这试验站的房子是我父亲盖的,谁都别想动这儿的一块砖一把土!草原这么大,盖在哪儿不行?干吗非要盖在这儿呀!”林凡清说:“你父亲真是个很了不起的人哪,我看了,你父亲选在这儿盖试验站,就是因为这儿真是块风水宝地啊!”红柳有些怀疑地瞪着林凡清,说:“凡清,这不会是你出的主意吧?”林凡清叹口气,他就知道红柳会有这样的反应。他说:“你瞧,我已经顶了好些天了,怎么也不同意。但齐场长说,我要再不同你谈,那他就来找你谈。我要再不告诉你就不好了,我恐怕又要成为风箱里的老鼠两头受气了。”

第二天一大早,齐怀正就把林凡清拉上,骑着马在种羊场四周转着。一连转了好几天,也没找到比试验站更好的地势。

两人站在一个高坡上,碧绿的青草里夹着一簇簇的鲜花在风中摇曳。望着远处影影绰绰的试验站的院落,齐怀正严肃地对林凡清说:“林凡清,看到没有?转了这么几天,你觉得场部办公室盖到哪儿合适?还是你们那儿最合适吧!要凑合当然在哪儿盖都可以凑合。可打仗地形把握不好,准吃亏,准打败仗!”

林凡清心里已经被说服了,但还是说:“问题是红柳的思想工作不好做呀!”

齐怀正说:“不是我齐怀正不通人情,你看看,哪儿还有比这儿更好的地方?”齐怀正指着试验站的院落,说:“前有河,后有坡,房子就盖在坡下最平坦的地方,还是后高前低,雨水下来正流进河里,积不上水。交通呢,又很方便,一片沿河的平地直通东西。我真是很佩服你的这位老岳父,找了这么块好地方盖房子。你林凡清能找到更好的地方吗？要是你能找到更好的地方，我齐怀正就不强求，但现在找不到，那就这么定吧。我们不能把公家的钱胡乱扔吧！”齐怀正后几句话说得很严厉。

林凡清一回到家，就对红柳说：“红柳啊，这事你还得做好思想准备，这几天我和齐场长在周围转了一圈，齐场长的想法也不是没道理的，他要把种羊场场部办公室盖在这儿，确实是从工作上考虑的。”红柳根本就不为所动，说：“你去忙你的吧！这是我父亲留下的房子，我绝不会让你们动的！你要感到不好办，就叫齐场长直接来找我好了。”林凡清为难地叹了口气。

阿吾斯齐乡的小木屋四周青草繁茂，鲜花盛开。

清晨，茂草骑在深栗色的小儿马上。他已经骑得很稳了，正得意扬扬地来到小木屋前，哈里木紧紧跟在后面。

茂草大声喊：“妈，妈！你快来看呀！”

许静芝听到茂草的喊声，忙走出屋来。茂草说：“妈，你看，我会骑马了。”

许静芝高兴地走到茂草跟前，摸着他红扑扑的脸说：“儿子，你是个勇敢的孩子！”哈里木笑着说：“是个勇敢的小伙子！”茂草说：“妈，我学会骑马了，以后就可以给你放羊了。”许静芝说：“那还早着呢，过上两年再说吧。来，回家吃饭。”

吃完早饭，许静芝骑上马，对茂草说：“儿子，妈今天要到阿依霞大婶家去，她的马病了。你是跟我一起走，还是在家自己玩？”茂草说：“妈，你什么时候回来？”许静芝说：“阿依霞大婶家离这儿不远，我最多两三个钟头就回来了。”茂草说：“妈，我就在家里等你，我跟羊一起玩。”许静芝说：“那你就在家玩，千万别走远了。”茂草说：“妈，我知道了。”

许静芝骑马走下了山坡。茂草看她走远了，打开羊圈把那十几只羊放了出来。他想了想，又把小儿马牵到小木屋的台阶边上，他踩着台阶上了马，赶着那十几只羊走了。

中午，背着药箱的许静芝匆匆赶回小木屋。她发现羊圈是空的，就急了，叫：“茂草？茂草！”

没有回音，赶回屋里一看，房子也是空的。

许静芝骑着马赶到哈里木家，看到哈里木的母亲阿拉木汗在。许静芝问：“阿拉木汗大婶，茂草来过吗？”阿拉木汗大婶说：“没有啊。”许静芝说：“哈里木呢？”阿拉木汗大婶说：“昨天就和阿依霞古丽赶着羊群转场走了。茂草怎么啦？”许静芝大致说了一下情况，阿拉木汗大婶说也要帮着找，可许静芝还是让她留在家里，万一茂草要回哈里木家没人怎么办。

离开哈里木家，许静芝一下子没了方向，这么大的草原，茂草会去哪儿呢？许静芝突然想起赵乡长。她策马奔到乡政府，找到赵乡长说：“赵乡长，你帮帮我忙吧。”赵乡长问：“怎么啦？”许静芝说：“我儿子骑着马出去放羊，我找不到他了。”赵乡长说：“茂草才四岁吧？你怎么能让他出去放羊呢？”许静芝急得都快哭了，说：“我没让他出去放羊呀！现在我也跟你说不清，你赶快派人帮我找儿子吧！”

落日已碰到了山顶。在一个山坡下的背阳处，茂草在青草鲜花之中睡得正香。十几只吃得肚子鼓鼓的羊围卧在他的身边。那匹小儿马也在悠闲地吃草。

许静芝和两个年轻人急急地骑着马从山坡前走过，高声地喊着：“茂草……”几只卧着的羊忙都站了起来，齐声地回了声：“咩……”但许静芝他们已经分开方向跑远了。

茂草也醒了，揉揉眼睛看看太阳，太阳已沉入山顶了。茂草感到肚子饿了，揉揉肚子，然后爬到一块岩石上，骑上马，吆喝着羊只往回家的方向赶。

三个年轻人和许静芝分散开来，在小木屋附近的草原一直找到太阳沉入山谷，西边横着的那条青紫色的光带也渐渐变得黯淡。四个人又聚到了一起。许静芝问：“没找到吗？”

三个年轻人都摇摇头。

许静芝哭了，说：“我好后悔啊，我不该把他一个人留在家里的！”一个年轻人说：“许兽医，你别急。你先回家吃上两口饭，我和小王去找赵乡长，让赵乡长再派些人去找。”许静芝虽然还不想就这么停止寻找，但此刻也只能点点头说：“只有这样了，你们也回去吃口饭吧。”

许静芝回到小木屋，天已经快黑了。她正抹着泪，突然发现羊圈里的羊在叫，拴马桩上拴着茂草的小儿马，小木屋里也亮起了灯光。许静芝跳下马冲进木屋，看到茂草在给炉子里加火。

茂草看到许静芝，笑着得意地说："妈，我把炉子给你生着了。快做饭吧，我肚子饿了。"许静芝一把抱住茂草，眼泪夺眶而出，说："儿子啊，你把妈可吓坏了！要是没有了你，妈也不想活了！"

种羊场扩建的事一直停滞不前，红柳就像一道难以逾越的坎儿，横在那里，谁也迈不过去。齐怀正在这件事上，已经把耐心隐忍到了极致。所有的建筑材料、设施、器械和人工都已经全部到位，但他还是一趟又一趟地跑林凡清家，给红柳做工作。

齐怀正对红柳说："红柳，你看，我齐怀正也不是不讲理的人，我也懂得你们对这院子的感情。可是，你想想，国家拿出了这么多钱在这儿盖房子，建种羊场的场部，发展我们培育良种的事业，这不也是你父亲生前的愿望吗？而且林凡清又是副场长，是领导，你这样做影响有多不好。"红柳固执地说："这个院子是我父亲盖起来的，我父亲、母亲和我，在这儿生活了快有二十年了。现在我和凡清也在这儿生活了好几年，这儿留下了我这么多的感情，怎么能说拆就拆呢？"齐怀正说："拆了旧房盖新房，咱们人不都是世世代代这么传下来的吗？"红柳说："那北京的故宫你也拆？咱们国家的万里长城你也拆？"齐怀正说："红柳，你这话说得可不在理了，故宫，长城，那是文物，国家还要拿钱维修呢。可你这是土房子，不是文物！谁家的旧房子里没有留下感情，留下念想？可该拆的时候不都拆了？有的还是高高兴兴地拆的，因为要盖新房了嘛！"红柳说："我不！"齐怀正说："那种羊场的办公室还盖不盖？种羊场还要不要？"红柳说："这是你的事！"齐怀正的怒气快被撩起来了，他厉声说："这不光是我的事！也是林凡清的事，也是你红柳的事！我们一定要在入冬前，把种羊场的办公室盖起来！所以这事再不能耽搁了！"

齐怀正走后，林凡清也埋怨红柳说："红柳，你平时很顾全大局的，这次怎么这么固执呢？"红柳哭了，说："我舍不得离开这房子，我看到这房子，就看到了我爸还有我娘。院中间的这两棵胡杨树就是我爸和我娘生活在一起时栽的。”林凡清说:“那我跟齐场长商量一下,把这两棵胡杨树保存下来。把场部办公室往后移一移?”红柳喊:“凡清,我不离开这儿！我决不离开这儿!”林凡清为难地说:“房子明天就得拆,这是我们场领导的决定!”红柳说:“这些房子都是我的！你们没有权利拆!”林凡清着急地说:“红柳,你父亲的事业还要不要我继承下去？我们的事业还要不要发展壮大？我们不能总生活在过去的记忆里,我们得朝前看哪!”红柳执拗地说:“道理上我懂,但在感情上我没法接受!”

一大早,齐怀正和林凡清就领着几个工人来拆房子。

榆木老人端着猎枪从试验站院子里冲出来,喊:“都给我站住！谁要再走一步,我就要开枪啦!”齐怀正说:“榆木大爷,你吓唬谁呢？你这把老猎枪我上次就检查过,早废啦,打不出子弹了,只是根拨火棍,所以我才没报告给上级把你的枪收走。我齐怀正带着一个排的人,顶过一个营的敌人,我还会怕你这根拨火棍吗?”林凡清叹了口气,说:“齐场长,拆吧,红柳的思想工作我来做。”齐怀正说:“不,没有红柳的同意,不能拆!”

这时,红柳抱着孩子出现在院门口。

林凡清想上去同红柳说话,但齐怀正把林凡清拉住了,说:“凡清,我去!”齐怀正走到红柳跟前,但林凡清还是跟了上来。

齐怀正说:“红柳,我齐怀正向你保证,你不点头,我们不会动这院子的一草一木！但道理我还是要讲,我们动这院子,完全是从工作出发的,没有一点点我齐怀正的私利!”

林凡清紧跟着说:“红柳,拆房子的事,我开始也不同意,因为我是你的丈夫！建这院子的人是我的恩师。我千里迢迢千辛万苦,从上海到这儿来,为的就是这个试验站！现在这个院落要拆了,我也很心痛。但我看了规划图,又跟齐场长在试验站的周围转了两天,我觉得齐场长是对的。从规划图上看,不仅仅想到了现在的发展,也考虑到了将来的前景,所以我现在也同意齐场长的意见。我相信邵教授在,他也会同意的,因为这跟他所从事的事业是紧紧地连在一起的!”

齐怀正继续说:“所以我很敬佩你的父亲,在这么大的草原上,你父亲找到这么个地方建试验站,也是费了很大的周折费了很多心血的。我们现在想要继承的除他的事业外,还有他的这种精神!在这儿,我随处都能感受到他的这种精神!”红柳被打动了,眼睛变湿润了。

林凡清说:“红柳,你知道为什么齐场长不愿意再担任牧场的场长,只担任种羊场的场长吗?本来上面还是让齐场长任牧场的场长,是齐场长自己提出不再担任牧场的场长,而只担任种羊场的场长。他说种羊场的工作更重要,因为种羊场的工作关联着整个师的牧业以及包括这个地区在内的整个牧区的繁荣。他对上级说,让我专心当种羊场的场长吧,这样我可以全力协助林凡清他们培育良种的工作,做好他们的后勤。你琢磨琢磨他的话,他想的不就是支持我们的事业吗?不正是邵教授生前为之奋斗的事业吗?为了这个大事业,我们连生命都可以献出去,还有什么东西舍不得的呢?齐场长说了,把那两棵胡杨树留下来吧,谁没有个念想啊!”

红柳默默地把怀里的孩子往林凡清的怀里一塞。她走出院门,齐怀正、林凡清抱着丽兰紧跟在后面。

红柳从一个牧民手里拿过镐,爬上屋顶。她站在屋顶上泪如雨下,但抹了一把泪后,在屋顶上砸下了第一镐……几天后,试验站的院落已被拆除,四周竖起了几顶帐篷。齐怀正从山上拉了一马车石头来到两棵胡杨树下。林凡清、郑君、红柳都看到了。

红柳说:“齐场长,你拉这车石头干什么?”齐怀正庄重地说:“在盖办公室和我们的家属房前,我得先把这两棵胡杨树用石头围起来。因为这两棵树,不仅仅是两棵树,它们代表的是一种精神。”红柳被感动了,说:“齐场长,谢谢啊,我小家子气了。”齐怀正说:“你父亲母亲种胡杨树是种对了!这胡杨树可以活一千年呢!就是死了,它也会在这儿挺上一千年,就是倒了,它也是一千年不朽。要想给你父母留下个念物,这才是真正该留的。你那土房子,不要说一千年,就是一百年也顶不住啊!”

红柳点点头,看看林凡清。

林凡清搂住红柳的肩,在她耳边说:“红柳,你知道我现在有多爱你!你是我的好妻子,更是我事业上的好帮手。还有这位——”他努起嘴指指齐怀正说:“不愧是个战斗英雄啊!”齐怀正说:“来,咱们和泥,垒石头!”郑君说:“等一等,先让我拉上一首曲子,咱们再干!”林凡清说:“拉什么曲子?”郑君说:“《在那遥远的地方》呀!”

草原又变成一片金黄。哈里木和阿依霞古丽赶着羊群又来到林凡清他们扎过帐篷的地方,那两根铁杆已经生锈了。阿依霞古丽说:“哈里木,你好固执呀!我们在这儿扎帐篷等人已经等了四年了,从来没人来过。干吗还要在这儿等?”哈里木说:“只要没找到茂草的亲人前,我就要在这儿等,哪怕是等上一辈子!只要我们在这儿等,就说明我哈里木没有忘记茂草的亲人,没忘记我找茂草亲人的责任。这就是做人的良心!你要不愿意到这儿来,你可以赶着羊群先回去。”阿依霞古丽说:“不,哈里木,我听你的!”

秋高气爽,曾经绿意盎然的碧草此时已被深秋浸染成一片迷离的金色。种羊场场部办公室已盖好,门口挂上了白底黑字的木牌,上面写着:“沙门子种羊场”。

办公室门前那两株用石头围起来的粗壮的胡杨树,茂盛的树叶黄里加红,十分灿烂。在办公室不远处,盖起了两排新房子。

齐怀正、林凡清、红柳、郑君、月亮、蒋有友、刘世棋、杨北斗、蒋进江,还有其他牧民都在往新房子里搬家,收拾新房。

整个种羊场都给人一种欣欣向荣的情景。

场部办公室前,是一片金黄的草地。齐怀正、林凡清、红柳、郑君、月亮、刘世棋和他的老婆,收拾完房子后,看着三个孩子,齐美兰、林丽兰和刘库兰在草地上玩。已一岁多的林丽兰正在蹒跚学步。

齐怀正看着孩子们,满脸的幸福和喜悦,他悄悄地问旁边的月亮说:“月亮,你们为啥不再生一个?”月亮轻声地说:“郑君说了,等美兰再长大点,让她回到你的身边后,我们再生。”齐怀正点头说:“你们都是好人哪!心里一直在想着我这么个……真的很谢谢你们,你看,美兰长得有多漂亮啊!”月亮看着几个孩子,眼里闪过一抹阴影,但她很快笑了笑,掩饰过去了。

看着三个孩子在草地上玩耍，红柳又想起了自己的新晨，心酸地对林凡清说："你看，三个都是小姑娘，要是新晨在就好了。"林凡清说："不是说不要再提了吗?"红柳说："我知道，但我怎么也做不到！那是你的儿子呀！"林凡清叹了口气，也不再说什么。

阿吾斯齐乡，小木屋前的草地也是金黄一片。哈里木已经转场归来了，他在小木屋不远处下了马。

哈里木喊："静芝妹子，我是哈里木。"许静芝打开门，说："哈里木兄弟啊，进来吧。"

哈里木走进屋。茂草喊："阿爸。"哈里木摸摸茂草的脸说："长得这么高了，像个小伙子了！"许静芝说："转场回来啦?"哈里木说："回来了，今年入冬晚，到现在还秋高气爽的。静芝妹子，我想同你商量件事。算起来，茂草今年也该有五岁多了，要按我们哈萨克的习惯，就要行割礼了。茂草也是我哈里木的儿子，我想过上几天，就给他办这件事，你看咋样?"许静芝说："这事你说了算。大家都转场回来了，就热闹上两天吧。"哈里木说："好，这事就由我和阿依霞古丽办吧。"许静芝说："疼不疼?"哈里木说："疼也要办呀！他是个男子汉了，不会哭的！"

哈里木领着茂草在阿吾斯齐乡转了好多人家，茂草身上已别了不少花布条，每一块花布条，就代表着一个祝福，茂草又是新奇又是高兴。到了乡政府时，已经是中午了。赵乡长也在茂草的身上别了块花布条，他对哈里木说："齐场长和林场长那儿你也得去请吧?"哈里木说："肯定要请！我这就走，你儿子结婚，不也请他们了吗?"

哈里木带着茂草来到种羊场，齐怀正也给茂草身上别了个布条后，就领着他们朝试验室走去。

现在试验室是栋单独的房子，虽然还是用土坯盖起来的，但里面要宽敞明亮多了。红柳现在不放羊了，试验室里缺人手，红柳就做了林凡清和郑君的助手。

齐怀正走进来说："林场长，郑技术员，红柳，快出来吧。哈里木的儿子要行割礼啦，请我们都去热闹热闹。你们都去给孩子别块小布条吧。给孩子行割礼，对他们哈萨克族来说，也是件很隆重的事啊！”红柳笑着说：“这我知道。”

试验室门前，当红柳给茂草别花布条时，出神地盯着茂草的脸看了好一会儿。林凡清给茂草别布条时也感到有些吃惊。

哈里木领着茂草离开时，回头喊：“你们一定要来啊！”

哈里木走后，红柳有些怅然若失地呆坐在试验室里。林凡清说：“红柳，怎么啦？”

红柳一把抓住林凡清的手，紧张得有些喘不过气来，说：“凡清，哈里木的儿子，我一看到他，心里就一紧，好像，好像……看到了我们的新晨！”林凡清说：“是呀，我也有这种感觉。”郑君说：“那孩子一点都不像哈萨克的孩子，那张脸跟凡清倒真是很像，眼睛鼻子都像红柳的。”红柳站了起来，说：“凡清，我要去问问！”说着就要往外冲，林凡清一把拉住红柳。

林凡清说：“红柳，你又沉不住气了。就这么莽莽撞撞地跑去问是不是太失礼了？要不是呢？多尴尬啊！人家的割礼还怎么去参加呀！”郑君有了主意，说：“对，凡清，我觉得这件事由你们直接去问，还不如让我出面问得好，这样你们就有退路了。”林凡清点点头，这种事如果郑君出面反而更好开口些。他握住红柳的手，安慰她说：“是啊，红柳，由郑君出面去问应该更妥当些。”红柳没有说话，但她心里已经认定那个孩子肯定就是自己的新晨。

到了割礼那天，齐怀正、林凡清和郑君牵着马走出场部，红柳也牵着马跟过来了。

红柳说：“凡清，我也要去！我把丽兰交给月亮了。”林凡清说：“你去可以，但我得跟你约法三章。”红柳说：“我什么也不说也不做，一切都听你的！但我一定要去！”齐怀正在一旁有些莫名其妙地问：“发生什么事啦？”

阳光和煦，暖暖的秋风轻抚着金色的草丛，几只小鸟轻盈地掠过。齐怀正、林凡清和红柳，还有背着琴的郑君骑着马走在草原上。

郑君对齐怀正说：“红柳和凡清都觉得哈里木带来的儿子，像是新晨。”齐怀正说：“你这么一说，我也觉得挺像。这个儿子肯定不是哈里木自己的，这个孩子确实看上去像个汉族娃娃,但是——”齐怀正看了看红柳,说:“更像个二转子。”

红柳一直低头不语,但她内心却在由衷地祈祷说:“但愿这个孩子就是我们的新晨。”

哈里木的毡房前已是热闹非凡,草地上已经拥满了人。距离大约四五百米,远远地可以看到许静芝的小木屋静谧地隐在几株松树旁。

哈里木和茂草喜气洋洋地骑着马回到毡房前,茂草的身上别满了花花绿绿的布条。阿依霞古丽和许静芝在毡房门口等着他们。哈里木和茂草在离毡房不远处准备下马,许静芝赶快迎上去,把茂草从马上抱了下来。

哈里木还没走到毡房前,就已经被客人们围住了。木拉在帮着哈里木宰羊,许静芝帮着阿依霞古丽烤馕。马在嘶鸣,羊群在欢叫,牧羊犬也在互相追逐。

齐怀正、林凡清、郑君和红柳也到了,赵乡长和哈里木带着茂草迎了上来。

红柳把一包礼物递到茂草手里,摸了摸茂草的脸看了又看。茂草接过礼物,朝红柳鞠了一躬,说:“谢谢阿姨。”红柳眼里突然涌满了泪,心里说:“这孩子肯定是我的新晨!”

要施割礼了,哈里木把茂草领进毡房。一位操刀老汉也跟着进去。许静芝也想跟进,被阿依霞古丽挡在了毡房外。阿依霞古丽笑着说:“静芝妹子,你可不能进去。行割礼,女人是不能进去的。”

毡房内,茂草刚疼得一张嘴,哈里木就把一只剥好的白鸡蛋塞进他的嘴里。哈里木说:“茂草,男子汉是不能哭的。”茂草含着泪说:“阿爸,我没哭!”

茂草被哈里木领出了毡房。他嘴里吃着鸡蛋,眼里含着一滴泪。许静芝心疼地一把抱住茂草说:“疼不疼?”茂草说:“不疼!阿爸说,男子汉不能怕疼。”哈里木笑着拍拍茂草的头说:“咱们茂草是个男子汉!”

红柳在一边看着,她真想冲过去拥抱茂草,但她忍住了。林凡清一直站在她身边,紧握着她的手。

红柳把林凡清拉到没人的地方,说:“凡清,你的那个许静芝怎么对新晨那么好？新晨怎么叫她妈妈？新晨现在不是哈里木的儿子吗？这不才行割礼的吗？”林凡清说：“红柳，你这话是怎么说的？许静芝什么时候成了我的那个了？还有，你怎么能肯定那孩子就是新晨呢？”红柳说：“我心里都烦死了躁死了，你还那么斤斤计较我的用词。”林凡清说：“你那些话说得就是不当嘛，怎么是我计较了？”红柳说：“哈里木的那个儿子叫许静芝妈妈总是事实吧！而且那孩子肯定就是我们的新晨，你现在就去问问许静芝去，你要不好去问，我去问！”林凡清说：“我真不该同意你到这儿来。对！我现在也肯定那孩子百分之九十就是我们的新晨，但现在看来这事情变得更复杂了。这事你不要急躁，不要感情用事，弄不好反而会砸锅的。”红柳说：“我才没你那么多弯弯绕呢！我只问你，你去不去问许静芝？”林凡清说：“我当然去。但我得先同郑君商量商量再说。你瞧，现在哈里木和许静芝正忙着招呼客人，等她有空闲了，我再去问，我保证一定去问。我也看到了，许静芝在这儿已经生活得如鱼得水了。”红柳说：“现在我真的一分钟也不想等了。”林凡清说：“那你就回去吧。”红柳说：“你用不着赶我，在没有问清事情前，我是不会回去的！”林凡清说：“那你就耐心地等，而且再也不许说出那种出格的话！红柳，就算我求你了。”

夜晚来临，几堆篝火在毡房前的草地上熊熊燃烧，每堆篝火前都围着一群人。人们在吃着手抓肉，喝着酒。歌手在弹唱着当地的民歌，有些牧民还跳起了舞。林凡清与许静芝都坐在不同的篝火旁，许静芝紧紧地搂着茂草。

篝火映红了人们的脸。林凡清、红柳与许静芝都看到了对方，许静芝朝他们点点头算是打个招呼。

红柳对林凡清说：“现在你该去问了吧？不然我就去了。”林凡清说：“你瞧那边，郑君正在问哈里木呢，等郑君问好了，有准确消息了，我再去问也不迟嘛。”红柳一下子站了起来，林凡清一把拉住她说：“红柳，你这是干吗？”红柳说：“那你现在就去问！我不想再等了！”林凡清说：“好吧，我去。”

篝火旁，林凡清走到许静芝身边，说：“许静芝，我能同你说几句话吗？”许静芝说：“工作上的事，就在这儿说。有关咱俩之间的事，最好别再说了，你看你的夫人也来了。而且我也不想再说不会有结果的事，再说也没用！”

林凡清说："既不是工作上的事，也不涉及咱俩的事呢？"许静芝说："那还能有什么事？"林凡清说："肯定有！"

郑君同哈里木连碰了三大碗酒。哈里木说："郑技术员，你也是好酒量啊！"郑君说："哈里木，我想问你件事行吗？"哈里木说："来，这碗干了你再说！"郑君又喝了一大碗，说："哈里木，你的儿子茂草好像有点像我们汉族的孩子嘛！"哈里木一笑说："哈哈，这孩子是我从草原上捡回来的……"

郑君听着哈里木的叙述，激动得心都在颤抖。他记忆中的那场龙卷风，和哈里木口中形容的那场大风几乎都能重叠到一起了。当哈里木说到大风过后，他从草丛中抱出被帐篷的破帆布包裹着的孩子，郑君内心一阵的狂喜，他说："这孩子是从草丛中捡的？"

哈里木说："是呀！是你们汉族孩子，所以我给他起名叫茂草嘛！从那以后，我们每年转场的那个时候，都要在那个扎帐篷的地方住上几天，心想，不管孩子在不在，总有一天他的父母会来看一看的，那是自己的儿子嘛！"郑君抑制不住兴奋，想要把林凡清和红柳丢失孩子的经过告诉哈里木，他急切地对哈里木说："哈里木，你知道孩子的父母是谁吗？"哈里木却突然收敛了笑容，很认真地说："不知道。但不是谁来认我都会把孩子给他们的。他们得到他们丢孩子的地方去找，这个地方不是谁都知道的。我说了，每年春天和秋天在转场时，我们都会在他们丢孩子的地方住上几天。再说，你看到了没有，静芝妹子在抚养这孩子呢。现在她把那孩子看成她的命根子，他们现在谁也离不开谁了。所以只有孩子真正的父母来领，我们才能把孩子还给他们。"郑君的话被堵在了喉咙口，他有些失望，但很快就觉得哈里木是对的，他是在为孩子负责，为孩子真正的父母负责。他也认真地问哈里木说："那怎么证明他们是孩子的真正父母呢？"哈里木说："那就在他们丢孩子的地方去等！"

林凡清和抱着茂草的许静芝离开篝火，坐在一个山坡上。许静芝说："凡清，你想说什么？"林凡清说："能不能让孩子暂时到别的地方去玩？"许静芝说："茂草，到你阿爸阿妈那儿去玩。"

茂草朝哈里木、阿依霞古丽那儿奔去。

许静芝说:“凡清,你看,我从来没有问过你,你们有孩子了吧?”林凡清一时不知该怎么回答好,说:“有了。”许静芝说:“是儿子还是女儿?”林凡清想了想,说:“是个女儿。”许静芝说:“女儿好呀!不过,我更喜欢儿子,你瞧,我的儿子有多棒!”林凡清说:“这孩子是你领养的吧?”许静芝说:“当然是领养的!我许静芝会是那样的女人?不过,这儿子已经像我亲生的一样了,甚至比我亲生的还要亲!”林凡清说:“能告诉我是领养谁家的吗?”许静芝说:“孩子是哈里木从草原上捡的,怎么了?这孩子跟你林凡清有关?”

林凡清一时语塞,犹豫了一会儿说:“不,我随便问问。”说完就站起来说:“你看,郑君在叫我呢。”

林凡清、红柳、郑君走出哈里木家毡房,在离篝火不远处坐了下来。

红柳迫不及待地问:“你们打听到了?是不是我们的新晨?”郑君说:“肯定是新晨,但……”林凡清插嘴说:“这孩子是哈里木从草原上捡的。”红柳眼泪涌了出来,激动地站起来说:“那就是我的新晨,我现在就把他要回来!”

林凡清一把拉住红柳说:“红柳,现在你怎么能去要?”红柳说:“我的孩子,我为什么不能去要?”林凡清说:“你有什么证据来证明这孩子是我们的新晨?”郑君说:“是啊,红柳,你先坐下,听我说。凡清说得对,现在不能去要!哈里木说了,不是谁来要孩子他都能给的。他说,自从捡到孩子后,他每年转场的时候都要在我们扎过帐篷的地方住上几天,等孩子的父母来找。只有去那个地方找的人,他才信!所以,我们只有等到转场的时候到那个丢孩子的地方去,因为只有我们知道那个地方,如果我们去那里认,比什么都有说服力!”林凡清说:“郑君说得对,红柳,我们再等等吧。而且现在情况也变得复杂了,许静芝在抚养着我们的孩子,她对孩子的感情又特别地深。”郑君说:“这话哈里木也说了。”红柳说:“那我们的孩子就不要了?”林凡清说:“怎么不要!但我们只有去丢孩子的地方找哈里木要。”红柳坐了下来,眼泪却止不住流下来说:“我怕我等不了那么久。”林凡清说:“红柳,这么多年都熬过来了,再等上几个月吧。最主要的是,我们知道了我们的新晨还活着,这比什么都强!”郑君说:“是呀!新晨还活着!我和月亮的心思也可以落下来了,这几年,为了新晨我和月亮心里压着块多沉的石头啊!我要拉琴去了!”

第二十二章

初夏，鲜花在草原上盛开，正是牧民们转场的时节。林凡清和红柳骑着马匆匆朝草原深处奔去。

中午时分，哈里木和阿依霞古丽赶着羊群来到林凡清他们扎过帐篷的地方。

阿依霞古丽看着天说："哈里木，还去吗？我们还是赶路吧。我们这么做都好几年了，一直没有人来过，他们不会来了。"哈里木："你看看，你又来了！我不是跟你说过吗？每年我们来这儿等，那是做人的良心！你阿依霞古丽只要是我的老婆，那你就得每年两次都跟我在这儿等上几天。你不想做我的老婆，那你就走！"阿依霞古丽说："哈里木，你这话说得让我伤心。"哈里木说："他们就是真的永远不来，我们也得这么做。这会让我们的良心得到安宁，真主会保佑我们的。"

远处，林凡清、红柳看到了哈里木的毡房，毡房上的烟囱在冒着青烟。林凡清与红柳对视了一眼，策马朝毡房奔去。

毡房前。阿依霞古丽看到两匹马朝他们奔来，于是兴奋地喊:“哈里木,有人来了!”

哈里木走出毡房,看到直奔而来的林凡清和红柳,激动得满眼是泪水,说:“天啊——”

林凡清和红柳在离毡房五十米外跳下马,朝哈里木、阿依霞古丽走来。哈里木吃惊地说:“林场长,怎么是你们啊!”

毡房前,哈里木和林凡清夫妇围坐在草地上。林凡清在叙述着他们丢失孩子的经过……

林凡清叙述完经过,指着他们坐着的这片草地说:“事情就是这样,这儿,就是当年我们扎帐篷的地方。”哈里木点头说:“好人会有好报的,所以你的孩子老天爷也会保佑的。”红柳急不可待想见到茂草,她看看四周说:“哈里木,孩子没跟着你们?”哈里木说:“每年转场都很辛苦,所以我们的孩子让我母亲带着。茂草,也就是你的儿子,由许兽医带着呢,她也是孩子的妈妈。”

林凡清心里一颤,他眼前闪过那天晚上,许静芝紧紧抱着茂草的情形,不由地陷入了沉思。

哈里木说:“林场长,等我们秋天转场回来,我们一定把孩子送到你们身边。”红柳流着泪说:“哈里木兄弟,太谢谢你们了,我给你们磕头吧!”哈里木说:“红柳,你们种羊场为我们做的好事,我不知道要给你们磕上多少次头呢! 千万别这样。”

林凡清也动了情,泪流满面地拥抱了哈里木,说:“哈里木,谢谢,真的谢谢!”

入秋了,小木屋前,草原微微有些泛黄。许静芝背上药箱,对已有六岁但长得却像八岁的茂草说:“儿子,妈到甘沟子牧业队去一下,昨晚就有人来叫,说是有匹马病了。我吃完中午饭就可以回来,你要放羊,你就放去,但不要走远了。”茂草说:“妈,到时我接你去吧。”许静芝说:“用不着,甘沟子离这儿又不远。”

许静芝一离开,茂草利索而熟练地站在木屋的台阶上,跳上马,吆喝着羊群走向长满青草的山坡。

下午，几个甘沟子牧业队的牧民千恩万谢地把许静芝送出村口，西边山上有几块乌云在翻滚。有一位老者说：“许兽医，一会儿会有雨的，雨过了再走吧。”许静芝说：“不了，路不远，一会儿就到家了。儿子还在家等我呢。”

许静芝看看天气，稍稍夹了夹马肚，马就一路小跑起来。可是风变得越来越大，惊得小鸟从草丛中飞起又飞落，小鸟被风倒吹着毛，像一团团的小绒毛球。

雨云很快就聚集在了一起，瓢泼大雨迅速地倾泻了下来，而且越下越大。许静芝忘了带雨衣，只好脱下外套包在头上。就在马下坡时，后腿一打滑，许静芝连人带马滑倒在山坡下。许静芝从马上摔下时，头撞在石头上，晕了过去。雨水顺着山涧的缝隙哗哗地流着，流过许静芝身边时，鲜血沿着她湿透的头发渗流在雨水中。马倒没什么，一个翻身又站了起来，走到许静芝身边，用鼻子嗅着许静芝的脸。

羊在圈里咩咩地叫着，雨还在下。

茂草看了看天空，走进木屋，拿出一件雨衣，披在身上，然后跳上马。

天色昏暗，雨仍在淅淅沥沥地下着。茂草骑在马上叫着：“妈妈——妈妈——”

山坡下，雨在下，山上冲下来的水变大了。全身浸在水中的许静芝被冷水泡醒了。她艰难地站起来，天色已变得越来越灰暗了，她听到了茂草的喊声，用尽全身力气喊：“儿子，我在这儿！”

茂草听到了许静芝的喊声，策马向叫声处奔去。

山坡下，雨停了，云破了。许静芝想站起来，两腿一软，又一屁股坐在了山石上。

茂草赶到许静芝身边，说：“妈，你这是咋啦？头上还在流血呢！”茂草脱下外衣，又脱下小内衣，把外衣披在身上后，就把内衣捂在许静芝的头上，然后拿起雨衣，披在了许静芝的身上。

许静芝微笑着抱着茂草，支撑着站起来说：“儿子，咱们回家。”

圆圆的月亮在窗外的薄云中穿行。小木屋里,许静芝躺在床上。茂草从炉子上提下热水倒进长卡盆里,然后用手摸摸水说:“妈,你洗个澡吧。”

木屋内拉上了个布帘子,布帘的一边,许静芝泡在长卡盆里,另一边,茂草坐在火炉旁背唐诗。

许静芝说:“儿子,这诗你能背出来了吗?”茂草说:“能。”许静芝说:“那背给妈听听。”茂草说:“独在异乡为异客,每逢佳节倍思亲。遥知兄弟登高处,遍插茱萸少一人。”许静芝满脸的泪,说:“茂草,你知道今天是什么日子吗?”

茂草看看窗外天上那圆圆的月亮,说:“妈妈,今天是八月十五中秋节。”许静芝说:“你看,本来妈妈该给你做些好吃的,让你过节。可现在妈妈却什么也做不了,还要你来服侍妈妈。”茂草说:“妈,等会儿我给你做熏羊肉吃吧,家里还有馕呢。现在我再给你添点热水吧,妈妈?”许静芝含着泪说:“儿子,妈妈没想到你小小年纪就会这么懂事体贴人。你在妈妈的身边,就是妈妈的幸福!”

转眼间已经深秋了,哈里木敲门走进小木屋。

正在教茂草读书识字的许静芝抬起头,看到是哈里木,高兴地说:“哈里木,你转场回来啦?”哈里木说:“这日子过得真快呀,眼睛一眨,茂草行割礼已经快有一年了。静芝妹子,我要告诉你一件事,是件好事。不过对你来说,可能是件坏事。”许静芝一笑说:“既然是好事,怎么对我会是坏事呢?”哈里木说:“茂草的事。”许静芝马上敏感地察觉到了什么,说:“他的父母找到了?”哈里木说:“对,找到了。你知道是谁吗?”许静芝压根就不想听,她耳朵里充满了刺耳的金属声,整个头像被什么罩住了似的,里面充斥着无数个声音在喊,我不要离开这孩子,不管是谁都别想夺走他!她一把将茂草揽进怀里,说:“不!不管是谁,茂草不能离开我!”哈里木的声音幽幽地传进她的耳鼓说:“是林站长和红柳。”

耳鸣声瞬间消失了,许静芝觉得自己什么也听不见,屋子里死一般的安静。她仔细审视着茂草，林凡清的影子清晰地从茂草的五官中显现。许静芝抚摸着茂草的脸，突然紧紧地抱住茂草，痛苦地说："不，我不给！"

哈里木叹口气，说："静芝妹子，这事不是说好了吗？只要找到了孩子的父母，我们就要把孩子还给他父母。在你想收养茂草时，我们就把这话说明了的。更不要说，是林场长的孩子了。"许静芝哭了，自语着说："真是个冤家啊。"茂草看到许静芝落泪，他也哭了，抽噎着说："妈，我谁也不跟，我就跟你在一起。"许静芝擦拭着茂草脸颊上的泪，情绪反而了平静下来，说："林凡清什么时候来接孩子？"哈里木说："孩子找到了自己的父母，是件好事。我们要举行个仪式，找上一些朋友，一起好好庆祝一下。那时，我就把茂草亲手交给林场长夫妇他们，你也要参加。"许静芝苦笑一声，每一次碰上那个人的好事，就只会给自己带来痛苦。她摇摇头说："不！孩子你来接，仪式我就不参加了。"哈里木长叹了口气，既同情又理解地说："好吧。"茂草似乎明白他是要被人从妈妈身边带走了，他扑到许静芝怀里，大声说："妈，我哪也不去！"

阳光灿烂，草原上又是金灿灿的一片。林凡清一家，郑君和月亮背着美兰还有齐怀正，一起骑马前往哈里木家。

林凡清找到了儿子，齐怀正的脸上也带着喜气，他说："凡清，红柳，哈里木跟我说，孩子找到了父母，父母找到了儿子，这是件多么让人高兴的事呀，所以怎么也得举行个仪式，让大家都高兴高兴。你还记得吗？今天就是去年孩子举行割礼的日子。"林凡清一想到哈里木年年转场都会在他们丢失孩子的地方驻留，也是一阵感慨，说："这件事，回想起来太让人感动了，尤其是哈里木和阿依霞古丽，每年都要在我们丢失孩子的地方等我们。什么叫金子般的心？他们就有金子般的心！"比起男人注重情怀，女人的想法要实际得多，红柳问齐怀正说："齐场长，你说我们该怎么感谢他们才好呢？"齐怀正想了想，说："他们的这份情谊，什么东西都比不上的。所以情谊最终还是要用情谊去还。"

小木屋里,许静芝给茂草穿上了一身新衣服。许静芝说:“茂草,回到爸爸妈妈那儿去,别忘了学文化,啊?”茂草搂住许静芝的脖子说:“妈,我不离开你嘛。”许静芝流泪了,抹了把眼泪说:“你应该回到你爸爸妈妈那儿去,因为你是他们的亲生骨肉……”

哈里木走进来说:“好了吗？茂草,跟我走吧。”

许静芝把自己从上海带来的皮箱给哈里木说:“这里装的都是茂草的东西,带上吧。”哈里木接过皮箱,看着许静芝说:“静芝妹子,你真的不去了?”许静芝说:“我没法去。你代我向他们问声好吧。”说着,背过脸去,眼泪又流了下来。

哈里木提着皮箱,领着茂草一起走出小木屋。许静芝倚在门后看着他们,突然眼前一黑,顺着门框就滑倒在地上。

茂草打心里不肯走,不停地回头看。他见到许静芝晕倒,转身就扑过去喊:“妈妈——”哈里木也回去扶起许静芝说:“静芝妹子,你怎么啦?”许静芝缓了一阵儿,这才睁开眼。她这些天几乎没吃什么东西,整晚整晚的失眠,刚才这一下,或许是身体给她的警钟吧。她勉强冲着茂草笑了笑,说:“没什么,这些天一直没睡好,过一会儿就会好的,你们去吧。”

哈里木牵着马,拉着茂草的手,正往自家的毡房走去,茂草的小儿马跟在后面。茂草一直拧着眉,满脸的不高兴。他突然拿定了主意,停下了脚步,挣开哈里木的手,奔向自己的小儿马,骑上就往山坡上跑。茂草喊:“我不走！我不离开我妈妈!”

哈里木骑上马追了过去。

许静芝听到茂草的喊声,也走出小木屋。看到茂草骑着马在前面飞奔,哈里木骑马在后面追。许静芝也走向马厩,她身子还有些虚弱,费力地骑上自己的马追了过去。

山坡上。哈里木好不容易追上了茂草,在他马前一横说:“茂草,你给我站住!”茂草这才勒住了马。许静芝也策马追了上来。

哈里木说:“茂草,你是个好孩子,是一只能展翅飞翔的小雄鹰,但你知道是谁让你来到这个世上的吗？是你的亲爹和亲妈！所以你得回到他们身边去，不然他们会多伤心啊！”许静芝说：“儿子，哈里木阿爸说得对，你得回到你亲生父母那儿去。如果你只认我这个妈妈，不认你的亲生父母，那我这个妈妈你也不用认了！你要离开妈妈，妈妈很伤心，但你要不认你的亲生父母，那妈妈就更伤心。”茂草在犹豫着。许静芝说：“茂草，你要不肯跟你的哈里木阿爸去认你的亲生父母，那你也不用再叫我妈妈了。你要还想叫我妈妈，那你就去认你的亲生父母！回到他们那儿去，妈妈还会去看你的。”

茂草跳下马朝许静芝奔去，许静芝也跳下马，展开双臂，茂草扑进许静芝的怀里，叫了声妈妈，并且亲着许静芝的脸，许静芝泪如雨下。

林凡清和红柳他们都已经坐在毡房里等了好一会儿了，赵乡长和几个牧民陪着他们喝奶茶聊天。郑君显得比林凡清还激动，不停地对向为他们端奶茶的阿依霞古丽道谢。红柳好几次想站起来去外面看看，林凡清悄悄地握紧她的手，示意她耐心点。终于哈里木提着皮箱领着茂草走了进来。哈里木像卸下了一副重担，长舒一口气说：“让你们久等了。来，阿依霞古丽，给我们都倒上酒。”

阿依霞古丽给大家碗里都倒上了酒。

哈里木端着酒碗说：“今天是个喜庆的日子，林场长和他的儿子分开后，今天终于又团聚了，我心里嘛，特别地高兴！来，干杯！”

大家举起酒碗，一饮而尽。

喝完酒，哈里木把茂草拉到林凡清和红柳的跟前说：“茂草，林场长就是你的亲爸爸，红柳就是你的亲妈妈。林场长、红柳妹子，来，我把你们的儿子还给你们！你们原来给他起的什么名字？”林凡清说：“林新晨，他是在新疆的早晨生的。”哈里木说：“我给他起的名字叫茂草，我从草窝子里把他抱起来的。来，茂草，叫爸爸妈妈！”茂草迟疑着，他想起许静芝的话：如果不认你的亲生父母，那我这个妈妈你也别认了。茂草眨了眨眼，轻轻地喊了一声：“爸爸，妈妈。”

红柳一下子抱住茂草，喜极而泣。茂草看看红柳，虽然他一直把许静芝当成自己的妈妈，但对眼前这个既美丽又陌生的亲妈妈，他心里也有些异样的亲近感。

林凡清握住哈里木的手说:“哈里木,我真不知道该怎么感谢你才好。”哈里木说:“那你们还得感谢一个人,就是我的许静芝妹子。”林凡清说:“那她人呢?她为什么不来?”哈里木伤感地说:“她舍不得离开孩子。孩子要走,她都晕倒在地上了。”红柳有些紧张,其实刚才在毡房里等着的时候,她就有点担心许静芝不肯还回自己的新晨,现在新晨送回来了,她又觉得许静芝好可怜,心里也揪着。她忙问:“那她现在咋样?”哈里木说:“茂草也不想离开她,不肯来,骑着马逃跑了。是她骑马追上茂草劝说茂草来认你们的,她说你要不认你的亲生父母,不回到你的亲生父母身边,你就别再叫我妈妈。”

茂草这时哭了,林凡清的神情也有些黯然,他亏欠许静芝的太多。不知道为什么,命运总是喜欢把他俩纠缠到一起,每次给自己一些补偿,就又会在许静芝那边拿走些什么。

红柳觉得自己应该对许静芝说些什么,哪怕是感谢的话也好。她拉着茂草就往毡房外走,说:“那我们去见她!”林凡清一把拉住她,说:“红柳,你现在这样去见她,不是在她伤口上撒盐吗?以后吧。”齐怀正也说:“对,现在还是不要去见的好。”郑君说:“凡清,我去见见她吧。”林凡清心里早就有了个想法,但此时不能说也不能做。许静芝那边现在也最好不要去打扰她。他对郑君说:“你也不要去。以后,我和红柳有谢谢她的机会。哈里木,你代我们谢谢她吧。”

林凡清在红柳耳边说了几句话,红柳点点头。林凡清端起碗说:“刚才,我同红柳商量了,让孩子就叫茂草吧!因为一叫到这个名字,我们就会想到你们的恩情!”哈里木说:“好,林场长,那我们再干一杯吧!亲人团聚总是件让人高兴的事!”

茂草一直坐在红柳旁边看着大人们喝酒,他看了看林凡清,又看看红柳。茂草迟疑了一下,拉了拉林凡清和红柳,说:“爸爸,妈妈,我有话要跟你们说。”

茂草拉着林凡清和红柳走出毡房。茂草看看林凡清、红柳,鼓足勇气说:“爸爸,妈妈,我不跟你们走行吗?”红柳说:“为什么?”茂草说:“我想回到妈妈那边去,我一走,妈妈就只剩下她一个人了,没人给她做伴了。”林凡清说:“儿子,这事咱们回去再说,好吗?”

夜晚,茂草和丽兰都睡着了。红柳心疼地看着失而复得的儿子,闪烁的灯光下,茂草的眼角还挂着点泪花。林凡清坐在靠窗的椅子上抽着烟,一家团聚并没有给他带来多少欢愉,反而让他心情更为沉重。

红柳走到林凡清身边,搂着他的肩头说:“凡清,你在想什么呢?”林凡清说:“红柳,我也不瞒你,我在想许静芝的事,她太可怜了。”红柳也有同感,点头说:“这事也太巧了。”林凡清说:“是呀,红柳。你想……”

林凡清同红柳讲述着他和许静芝的往事:黄浦江畔,他为了来新疆与许静芝分手;深夜两人在咖啡馆里的谈话;还有火车开了,自己还没见到许静芝的人影,就把撕碎的车票扔出窗外……

还有郑君告诉他的那些事,在许静芝家,许静芝却被她爷爷关进房里,许静芝砸着门。

凌晨,许静芝用床单从三楼窗户爬了下来。

入夜时,许静芝赶到车站,她望着空旷的铁轨,绝望地泪流满面。

林凡请讲到这时,红柳的眼睛里也有泪光在闪。作为女人,她真的理解那时许静芝的处境。但之后许静芝又那么执着地追到新疆来,几次和林凡清擦肩而过,这些事也让红柳有些许担忧。无论是在兵团招待所,还是那次在防疫哨卡,如果他们当时真的遇见了……

红柳不敢再想下去,她看着沉浸在往事中的林凡清,她确实该感谢老天给她如此的眷恋,在失去父母后,能把孤身一人的林凡清送到她面前。但也正是如此,另外一个女人却从此失去了她的所爱,她的幸福。

红柳又想起自己结婚时,林凡清跟着郑君奔出去的情形。那时的她几乎也以为自己从此将失去林凡清,失去现在跟她相濡以沫的丈夫。

还有哈里木的那些话,儿子的恳求……

讲述完许静芝的故事,林凡清含着泪说:“她太不幸了。”红柳把头依靠在林凡清的肩上，说："凡清，没想到我找到了自己的幸福，却夺走了另一个女人的幸福。虽然我不是有意这样做的，但事实却是这样。"林凡清点点头说："我很同情她，我也感到很内疚。"红柳不是个迟钝的人，林凡清一直把许静芝放在心底，因为他亏欠她太多。再加上老天捉弄，又将自己的儿子送到许静芝的身边……或者，红柳突然想到，这也许是老天成心给自己一个补偿许静芝的机会。如果真是这样，一直压在丈夫心头的那块大石头就会有了平衡点，他告诉我这些，不正是有这样的想法嘛。她对林凡清说："凡清，你的意思我懂了。"

清晨，草原上晴空万里，阳光灿烂。林凡清和红柳背着丽兰，茂草骑着他的小儿马走在草原上。

茂草还是有些无精打采的样子，他问："爸爸，妈妈，我们去哪儿？"林凡清说："你不是想回到许静芝妈妈那儿去吗？"茂草立刻来了精神，说："是。"

林凡清说："今天我们就送你回去。"茂草说："爸爸，妈妈，真的？"红柳说："真的！"茂草说："爸爸妈妈，你们是好人。我的亲爸爸妈妈就应该是这样！妈妈现在又只剩一个人了，多可怜啊。"林凡清说："茂草，你能这么想，就是我和你妈妈的好儿子！"

阳光灿烂，秋意浓浓，枯叶在风中飘曳。林凡清、红柳、茂草在离许静芝的小木屋两百米远的地方下了马。

红柳说："茂草，回到你妈妈身边去吧。"

茂草高兴地向小木屋方向奔去，突然又停住脚步，跑了回来，使劲抱了一下红柳。茂草转身向小木屋冲去，喊："妈妈——"

小木屋里，许静芝在收拾屋子。在床下看到了茂草的小靴子，于是拿起小靴子看看，一脸的思念与伤感。她突然听到茂草的喊声："妈妈——"

许静芝立刻打开窗，看到茂草朝小木屋奔来。她也冲出木屋。茂草张开双手飞快地冲向许静芝，许静芝紧紧抱住茂草，看到了站在远处的林凡清和抱着丽兰的红柳。许静芝看着他们。红柳指指抱着的丽兰，又挥了挥手。

意思是茂草就跟着你吧，我们有丽兰呢。林凡清肯定地朝许静芝点了点头。林凡清拍了拍驮着皮箱的小马，小马朝小木屋方向走去。然后他和红柳一起上马，朝许静芝挥挥手，转身走了。

许静芝抱着茂草不知道怎么喊怎么说好，眼泪顿时夺眶而出。

林凡清、红柳骑马回到种羊场，两人虽然再一次同儿子分开了，但这次心情却远比一家团聚时更为轻松愉悦。郑君在场门口迎上他们说："怎么？给许静芝送去了？"林凡清说："在家住了几天，天天跟霜打了的茄子似的没精打采，夜里做梦都吵着要去找妈妈。孩子跟许静芝的心已经连在一起了。"郑君说："红柳你舍得吗？"林凡清说："这事是红柳主动提出来的。"郑君说："红柳你真是伟大！"红柳白了一眼郑君，说："你别捧我了。只要儿子还活着，这比什么都强！既然孩子跟许静芝那么贴心，许静芝又这么心疼孩子，我有什么不放心的呢！"郑君说："这也是缘分哪！但许静芝对你林凡清也太痴了。"

林凡清喝了一声："郑君！"

郑君说："行，我错了，没看场合乱说了。"红柳说："这有什么！我不过是多喝了一口醋罢了。"郑君说："红柳，你真的太可爱了。所以林凡清在这方面还真是有福啊！"林凡清说："郑君，你又来了！"郑君说："好，不说了，不过林凡清，齐场长到哪儿去了？好些天没见着他了。"林凡清说："他说要去办件事。"郑君说："什么事？"林凡清说："他也没告诉我。他说，反正是件会让我们惊喜的事情。"郑君说："我以为他跟我一样，是个直肠子。可有时候做事也藏着掖着让人有点琢磨不透。"

林凡清下马，一笑说："最后他还是会敞亮给你看的，他其实是个很透明的人。"

又过了几日，林凡清、郑君和红柳正在试验室里忙活，齐怀正兴高采烈地推门进来说："凡清，郑君，红柳，你们快来跟我看！"

他们走到门口，齐怀正又说："红柳，你去把榆木大爷也叫来。"郑君说："齐场长，这些天你去哪儿啦？"齐怀正说："你去看了就知道了。"

一辆有篷的大军车停在场办公室门口。齐怀正对一位驾驶员喊："小张，打开。"小张把后挡板打开，架上两排木板。一只只澳大利亚美利奴种羊蹒跚着走了下来，一只，两只，三只，四只……一共是八只。

林凡清、郑君、红柳、榆木老汉睁大了眼睛，满脸的惊喜。

郑君抚摸着这些种羊，抱怨说："齐场长，这么大的喜事你为什么事先不告诉我们呀？"齐怀正得意地说："一是不想让凡清和你分心；二是这样的事我得自己去办，别人去办，我还真不放心呢。"郑君听出味儿了，说："齐场长，你又在揭我的短。"齐怀正说："是呀，再要出差错，你又得把琴砸了，到那时，可再也不会有人赔你了。"大家哄笑起来。

齐怀正看看边上合不拢嘴的榆木老汉，说："榆木大爷，你高兴吧？"榆木老汉说："咋不高兴！就像又娶了几个新媳妇似的。唉，那几只阿尔泰种羊老了，也该淘汰了。"郑君打趣儿说："榆木大爷，那你为什么不娶个媳妇呢？"榆木老汉笑着说："娶了媳妇就分心了，我就一心一意地伺候这些种羊吧。自从跟了邵教授后，我这辈子就跟种羊较上劲了。"大家又笑。

齐怀正把林凡清拉到一边儿说："凡清，这次上面进了十二只这样的种羊，一下就给了我们八只，你们可以看出上级对我们种羊场抱着多大的希望！"林凡清点点头，他也很激动，觉得任重而道远。

第二十三章

秋风萧瑟，儿日的冷空气来袭，气温已经降到冰点。齐怀正从办公室里刚一出来，冷风一灌，忍不住打了个寒战。他看到红柳正从试验室出来，也是缩成了一团。

齐怀正说：“红柳，你去哪儿？”红柳说：“凡清让我去顶榆木大爷一天班。”齐怀正说：“那还是让我去顶吧。试验室的活儿这么忙，你现在不是凡清的助手了吗？”红柳说：“你是场长，是领导，哪能老叫你去顶班呀！”齐怀正说：“我啥时候顶过班呀？那年冬天我想顶个夜班结果榆木大爷陪了我一夜。走，一起去看看吧。”

两人一进种羊室，榆木老汉不乐意了，生气地说：“你们两个别来，我好好的。要你们顶什么班呀！”红柳说：“凡清说你病了。”榆木老汉粗着嗓门说：“我没病！昨天林场长来看我，看到我鼻子堵了，就说我感冒了，非要让我今天休息上一天！不就是受了点寒，鼻子有点堵，至于吗？！我知道，又要到母羊配种的时候了，大家都很忙，你俩都回去吧!”

齐怀正刚回到办公室,林凡清进来了。原来红柳被榆木老汉赶回了试验室,林凡清想想不妥,跑来找齐怀正。齐怀正对林凡清说:“榆木老汉都六十的人了,该给他配个助手和接班人了。”这两人想到一块儿去了。林凡清说:“我也为这事来的。齐场长,那你就物色个人选吧。”齐怀正说:“这是技术上的事,还是你来定吧。”

晚上,月亮正在家里做饭,杨北斗走进来,堆着笑喊了声:“姐!”

月亮看看他说:“咋?有事?”杨北斗说:“姐,我听说场里要给榆木大爷配个助手,我想去。”月亮说:“给榆木大爷配助手?我咋没听说。”杨北斗说:“姐夫没告诉你?”月亮说:“他告诉我这事儿干吗?那是领导们的事。”杨北斗说:“姐,你跟姐夫说说嘛,让他跟齐场长、林场长说说,让我去嘛。”月亮说:“有没有这事,姐不知道,但就是有这事,姐也不会去跟你姐夫说!”杨北斗说:“为啥?”月亮说:“因为你不合适。这八只种羊是今年才进的,是种羊场的命根子。就是去当榆木大爷的助手,责任也大着呢!”杨北斗说:“那我好好干不就行了!姐,你就帮帮我这个忙吧。”月亮说:“你为啥一定要去?”杨北斗说:“拿钱多呀!你看,榆木大爷的工资比我高一倍呢。”

月亮猜着这小子就是这么个小算盘,数落他说:“榆木大爷是老同志,所以工资定得高。你去干,还是拿现在拿的钱。去年把工作给你批了,每个月有三十几块钱可以拿,你就知足吧!那比咱爹一年干下来拿的钱还要多呢!”杨北斗说:“反正我想去!总有一天我能拿到像榆木大爷一样多的钱。”月亮说:“要说你去跟你姐夫说去,我是不会帮你说的!”杨北斗不乐意了,嘴一撇说:“摊上你这个姐姐真倒霉,什么忙都帮不上。”月亮一轮铲子,指着杨北斗的鼻子说:“那你就给我滚回老家去!”杨北斗哼了一声,一掀布帘说:“我走!”月亮说:“去哪儿?”杨北斗说:“我直接找榆木大爷去!”

齐怀正和林凡清两个正在开碰头会,商量着怎么预备冬天草料的事。榆木老汉怒气冲冲地闯进齐怀正的办公室。

榆木老汉是来兴师问罪的。刚才杨北斗跑去找他,拐弯抹角地说要跟他学放种羊。榆木老汉莫名其妙,杨北斗这才告诉他说上面要给他安排个助手。榆木老汉这个气大呀,这不是卸磨杀驴吗?他冲着齐怀正和林凡清说:“齐场长,林场长,你们俩刚好都在。听说你们要给我派个助手,有没有这事?”林凡清心想这消息够快的,他问:“榆木大爷,你是听谁说的?”榆木老汉说:“你们别管我是听谁说的,有没有这事吧?”齐怀正说:“有这事,怎么啦?”榆木老汉气哼哼地说:“还怎么啦?我榆木老汉做错啥事啦?是我没把种羊喂好还是咋的,你们要张罗着给我派助手?”林凡清说:“给你派助手,跟你有没有做错事有啥关系?”榆木老汉说:“从邵教授开了这个试验站到现在,都是我老汉一个人喂的种羊!为了保护种羊,我的腿都被打折了,你们要给我派助手,就说明你们不信任我了,嫌我了!”齐怀正说:“榆木大爷,你扯到哪儿去了!给你派助手不是不信任你,更不是嫌弃你,只是为了加强这方面的工作。”林凡清说:“榆木大爷,你年岁大了,找个人来帮你分担一些工作不是很好么。”榆木老汉说:“听听,这不是在嫌我老了嘛!我告诉你们,我没老!用不着给我派助手!”说着转身要走。

齐怀正喊了声:“榆木大爷,你给我回来!”

榆木老汉说:“还有啥话?”齐怀正严正地说:“给你派助手,这是领导的决定,是对这八只新来的种羊负责,是对国家的财产负责!是对种羊场的工作负责!也是对你榆木大爷负责!”榆木老汉说:“那我坚决不同意呢?”齐怀正说:“榆木大爷,我告诉你,种羊不是你个人的。你要不接受组织的决定,那你就不要再喂种羊了,我们另外派人去!”榆木老汉说:“齐场长,你说这话是不是太绝了?”齐怀正说:“对!在这件事上没有讨价还价的余地。要么,给你派助手,你好好带个徒弟;要么,你就离开种羊,我们另外给你安排工作。”榆木老汉既委屈又生气,他见齐怀正有点要发火的意思了,生怕再闹下去真的就把他从种羊室给赶出去,只好不再反对,但还是嘴硬说:“杀了我,我也不会离开我的种羊!”说着,转身出了门。

林凡清看着齐怀正,他看到了齐怀正作为领导在这时所显示的权威。

齐怀正一笑,榆木老汉的脾气秉性他早就摸透了,所以才敢以这么硬的口气说话。他对林凡清说:“行,接受了。凡清,你物色好人了吗?这事不能再拖了。”林凡清心里早就有了一个人选，他说：“我想让蒋进江去，这孩子有文化，有头脑，办事也认真。”齐怀正对这个人选很满意，点头说：“我看行。”

榆木老汉回到种羊室，一个人在屋内生闷气。到了傍晚，杨北斗拎着两瓶酒，两盒罐头，一包花生米，走了进来。榆木老汉看看杨北斗和他手上的东西，知道这小子又来找他走后门了。

榆木老汉说：“杨北斗，你这是要请我喝酒吗？”杨北斗说：“是，我知道您老爱喝两口。”榆木老汉说：“不会是白喝吧？”杨北斗说：“是我请你喝，当然是白喝。”榆木老汉说：“是白喝，我就喝。要是鸿门宴，你就拿走！”杨北斗说：“我不是说了吗，白喝就是白喝，跟您老拉拉交情嘛。”

因为心里一肚子气，再加上杨北斗一气猛灌，榆木老汉喝得有些醉了。杨北斗趁机说：“榆木大爷，让我来当您的助手吧？”榆木老汉舌头很不利索地说：“谁……谁来当助……手，那是领导……定的事儿，我可不敢……答应你……你不知道……对抗领导是……是个啥滋味……我差点要跟我的……我的种羊……分……分开了……”杨北斗说：“榆木大爷，我这酒你真的白喝啦？”榆木老汉说：“你不是说了……让我……白喝吗……”说着摇摇晃晃地站起来说：“你走吧，我要去喂牲口了……”

杨北斗又沮丧又心疼地说：“你这个老滑头，让我花了那么多的钱！”

晚上，杨北斗又来到郑君家里。

杨北斗对月亮说：“姐，我的事你跟姐夫说了没有呀？”月亮说：“没有说，说了也是白说！”杨北斗说：“那你嫁给姐夫干啥？”月亮说：“我是为了你才嫁给你姐夫的吗？你打错算盘了！你不是自己去找榆木大爷了吗？”杨北斗说：“榆木大爷说，那得领导说了才行。所以你让姐夫去求求齐场长和林场长吧。”月亮说：“你就死了这条心吧，你姐夫才不会去干那种求人的事呢！”

这时刚好郑君回家。月亮说：“你自己跟你姐夫说吧。”郑君说：“什么事？”月亮说：“就是他想去喂种羊的事。”郑君说：“这事已经有人去了。”杨北斗说：“谁呀？”郑君说：“齐场长、林场长已经安排蒋进江去了。”杨北斗抱怨说：“我姐嫁给你亏死了，我的忙你一点都不肯帮。”郑君说：“不是我不肯帮，是你想去那儿的动机就不对！我听你姐说，你说榆木大爷喂种羊，工资那么高，你去喂种羊，将来工资也会高。”杨北斗说：“就是嘛，我们农村就是干啥活拿啥活的钱呀。”郑君说：“我们这里可比不得你们农村，你们农村放放羊每个月能拿那么多工资？”杨北斗说：“那蒋进江有啥了不起的？凭啥他能去我就不能去？”郑君说：“我看领导这样安排完全正确！人家蒋进江有文化，你有文化吗？而且，你这个人私心太重！人家蒋进江就没你这么重的私心！”杨北斗说：“姐夫，我知道，反正你看我啥都不顺眼，看我老瞪着个乌鸡眼。可待蒋进江就那么好，天天教他拉琴。我咋说也是你的小舅子嘛，说来他还偷过你的琴呢！”郑君说：“就冲他跟我学拉琴那个刻苦认真的态度，拿琴的事我早就原谅他了。而且他学拉琴是在学文明，你要想学拉琴我也可以教你呀。”杨北斗说：“我才没那份闲心呢！那马尾巴拉在那几根弦上就像鸡在放屁。”郑君说：“鸡放屁你听见过？是啥声音？你爹就这么教育你的？”月亮说：“别吵了！吃饭吧。郑君，你不帮北斗说话我也不计较你，但这事再怎么也扯不到我爹身上呀！我也是我爹教育出来的，不也成了你老婆了？”

第二天清早，接到通知的蒋进江兴高采烈地朝种羊室走去，杨北斗一下拦在蒋进江的跟前。

杨北斗说：“蒋进江，你去哪儿？”蒋进江得意地说：“去种羊室上班呀！领导上已经通知我，让我去当榆木大爷的助手。”杨北斗说：“蒋进江，咱俩是好朋友吧？”蒋进江说：“别套近乎！我跟你只能算是同事，好朋友可说不上。”杨北斗说：“为啥？”蒋进江说：“因为我没法同你这样的人交朋友，整天只打个人的小算盘。”杨北斗说：“好，就算是同事吧。那你也帮我一个忙行吗？”蒋进江说：“啥事？”杨北斗说：“给榆木大爷当助手的事，你让给我。”蒋进江说：“杨北斗，你不是在说梦话吧？这是场领导定下的事，能随便换吗？”杨北斗说：“你听我说嘛，我不让你白让。我从我们老家给你接个媳妇来，咋样？而且绝对是个漂亮媳妇！你没看到，这儿要找个媳妇有多难哪！”蒋进江说：“你别用美色来诱惑我，我才不是那样的人呢！林场长对我说过，做人要像孟子说的那样，富贵不能淫，贫贱不能移，威武不能屈。这是咱们的民族精神！媳妇我自己会找，用不着你操心！”杨北斗说：“你能找到个屁！”蒋进江说：“就是找不到，也没啥。榆木大爷为了革命工作，不也打了一辈子光棍吗?”

蒋进江一把将杨北斗推开,有意挺着胸朝种羊室走去。

满脸沮丧的杨北斗朝蒋进江的身后呸了一下。

白白的积雪再次铺满了大地,寒风在呜呜地喘息着,种羊场的产羔房里又满是羔羊的叫声。

深夜,林凡清、郑君、蒋进江、杨北斗等人又在紧张地接生。郑君抱着一对双羔,高兴地猛地站起来,刚喊了一声:“凡清!……”眼一黑,一头栽倒在墙脚边。

蒋进江离得最近,立即奔到郑君跟前,扶起郑君的头说:“郑技术员,郑技术员!”然后喊:“林场长,林场长,郑技术员晕倒了!”郑君很快醒来了,说:“叫什么叫!”

林凡清过来一摸郑君的额头说:“郑君,你有点发烧呀!快回去休息吧。”郑君不以为意地坐起身来,说:“是有点烧,没关系的。你瞧瞧今年下的羊羔多棒呀!”林凡清说:“郑君,听我的,回去休息!”郑君冲着蒋进江摆了摆手,说:“进江,你忙你的去!”

蒋进江走后,郑君低声同林凡清说:“凡清,我实话告诉你吧,去年接羔时,我就染上了布氏杆菌病。你也知道,染上这病后,目前还没办法治。”林凡清震惊地说:“那你为什么不早说?”郑君示意他说话声音轻一点,然后压低嗓音,有些惭愧地说:“早说晚说不都一个样?凡清,这事就你一个人知道,你也千万要当心。你知道我这个人没心没肺,做事大大咧咧,满不在乎,稀里糊涂,卫生上又不太讲究,才染上这病的。”林凡清说:“我警告过你,接过羊羔后,一定要洗手!你不是拿自己的生命在开玩笑吗?”郑君说:“没这么严重,得了这病虽然没法治彻底,但也没什么太大的生命危险。你洗手了吧?”林凡清说:“我刚洗过手。”郑君说:“我口袋里有四环素,你给我往嘴里塞上几片就行了。”

林凡清一面从郑君口袋里掏出药喂他,一面说:“还是回去睡一会儿吧。”

郑君朝蒋进江喊:“进江,拉个琴,鼓鼓咱们的士气。”

蒋进江拉起了琴,琴声在产羔房里回响。屋外,悠扬的琴声穿透了寒风的呜咽声,在夜空中,在雪原上飘荡。伴着琴声,羊羔的叫声也在此起彼伏地响应着。

初春的草原,浅灰色的天空与还未消融的积雪,把天地仿佛连成了一体。成群的母羊和欢蹦跳跃的小羊羔们在草原上蠕动着。齐怀正和林凡清在高岗上看着,满脸的喜悦。

齐怀正意气风发地捋了捋被风吹乱的头发,说:“林凡清,有一条我对我自己感到很满意。”林凡清笑着说:“是什么?”齐怀正说:“就是跟你一起搭档搞科学呀。你瞧瞧这满山坡肥壮的羊群,看了多让人高兴和自豪啊!”

秋天,在金黄的草原上,百灵鸟依然在婉转地鸣叫。一个叫金巧花的姑娘在草原上的小路上风尘仆仆地走着,肩上挎着个蓝布包包。她是从月亮老家来的,才十九岁,圆圆的脸,嘴角上有两个酒窝,在老家曾跟杨北斗一起上过学。

夕阳懒懒地滑落到雪山上,几条橘红色的火烧云还亮闪闪的横在天边。金巧花走累了,正坐在一块大石头上休息。突然有两只牧羊犬狂叫着朝她奔来,吓得她跳起来,又喊又叫往前跑,跑了没几步,两腿一软跌进草丛中。

这时蒋进江正赶着种羊往回走。听到叫声,看到一位姑娘被狗追着跌进草丛里,他忙奔上去拦住了那两只狗,又抽了几个响鞭,那两只狗哀鸣一声,跑了。金巧花被吓哭了。蒋进江说:“起来吧,狗跑回去了。”

金巧花看到狗跑没影了,这才从草丛里站起来,一身的枯草叶很是狼狈。她抹了把眼泪,捋掉身上的枯草叶说:“同志,谢谢你救了我。”蒋进江说:“这算啥?”他看看这姑娘不像本地人,便问:“你上哪儿去?”金巧花说:“这儿是沙门子种羊场吗?”蒋进江说:“是。”金巧花说:“请问杨北斗是在这儿吗?”蒋进江说:“你找他?他还没下班呢。”金巧花说:“那在哪儿能找到他?”蒋进江说:“不知道。”金巧花说:“他不是在这儿工作吗?”蒋进江说:“是在这儿工作,去草原上放羊了。至于他在哪儿放羊,我真的不知道。”金巧花说："同志，我是从老家来这儿找他的。现在我又累又饿，希望能马上找到他。"

蒋进江想起了杨北斗之前说的话，犹豫了半天，问金巧花说："他让你来这儿干什么？"金巧花说："找工作呀。"蒋进江脱口而出说："不是找对象吧？"金巧花的脸臊得通红，一跺脚说："不是！你这个同志咋这么问话呢！"蒋进江有些尴尬，说："那你先到我们那儿歇一会儿，我给你弄点吃的。"

太阳已经落到山背后了，西边的光带已经被大片的云层遮住。蒋进江把金巧花领到杨北斗那群羊的羊圈边，说："金巧花同志，你就在这儿等杨北斗吧，他很快就回来了。"金巧花鞠了一躬说："蒋进江同志，谢谢你，救了我的命，又给我吃的。"蒋进江说："用不着谢，但这些事你都不要告诉杨北斗。"金巧花说："为啥？"蒋进江说："不为啥，最好不要跟他讲！"他说着看看天，天有些阴了。蒋进江说："要等不到杨北斗，你就上我们种羊室来吧。"说完，就走了。

深秋的天说变就变，白天还是艳阳天呢，到了傍晚就阴沉沉的，还起了风，把枯叶刮得漫天飞舞。

李国祥刚从师部开完会回到柳家湖总场，师里的几个老干部已经被下放了，畜牧科的刘科长首当其冲。李国祥铁青着脸回到办公室，齐怀正正在那里等着他。李国祥神色凝重地掏出烟盒，抽出一支烟递给齐怀正说："齐怀正同志，目前的形势你也看出来了，不太乐观啊。"

齐怀正早就等得不耐烦了，他急切地想知道这次会议究竟传达了什么样的信息。他着急地说："政委，有什么话你就直说吧，是天要塌下来了？"

李国祥叹了口气，点着手中的烟说："天是塌不下来，但你们的种羊场可能要解散。"齐怀正说："为啥？"李国祥说："上面有人提出，你们的种羊场是个资本主义的黑窝窝，是资产阶级反动路线的产物，是个崇洋媚外的典型，用的种羊都是外国的种羊，不是苏修的，就是资本主义的。"齐怀正说："这挨得上吗？扯淡！"李国祥说："这是你在说扯淡，但上面有些人是很认真很严肃地看待这件事的。撤销你们种羊场的文件已经在我手里了，我想先压一压再说，但你要做好思想准备。我真要顶不住了，也就只能解散了。”齐怀正说：“种羊场解散了，让林凡清他们干什么？”李国祥说：“先劳动一段时间再说吧。”齐怀正情绪激动地说：“你还说天塌不下来，在我看来，这比天塌下来更严重！不行，种羊场绝不能解散！”

李国祥说：“齐怀正同志，这不是你说了算的。”齐怀正说：“我说了不算，但我可以顶着不办！”李国祥说：“我都不一定顶得住，你能顶得了吗？”齐怀正说：“顶不了也得顶，我顶！就是实在顶不住，那也得想办法保住现在取得的成果，还要保证把试验进行下去！要不，那就是我在战场上没有守住阵地，吃了败仗！”

天还没全黑，几颗星星在云层空隙里闪着光。杨北斗洋洋得意地把金巧花领进郑君家里。

杨北斗指着月亮对金巧花说：“巧花，叫姐。”金巧花甜甜地叫了声：“姐。”月亮疑惑地说：“北斗，这是咋回事？”杨北斗说：“姐，你不认得她啦？她是余家崖的金巧花呀，金满筐的女儿。”月亮更怀疑地问：“你咋来这儿啦？”杨北斗说：“是我写信让她来这儿的。我说，这儿赚钱多，光放放羊，每个月就可以拿三十几块钱。在咱老家，累死累活的，一年也挣不上二十块钱。”

月亮气得咬牙切齿，说：“好啊！那你把村里的人全都叫到这儿来吧！为了能让你留在这儿工作，我和你姐夫托林场长，林场长又拉着齐场长去总场劳资科，磨破了嘴，跑断了腿，这才把你工作的事解决了，你以为上这儿来工作有那么容易啊！现在你把个人弄来，怎么办？”

杨北斗说：“那人都来了嘛！”月亮说：“来也不行！你个脑子缺弦断筋的东西，还吵着想去喂种羊呢，你姐夫就是把你看透了，你个不长进的货！巧花，听姐的话，在这儿玩上两天，就回老家去。北斗在哄你呢。”杨北斗说：“巧花，我没哄你！我每个月就拿三十几元嘛。”他从口袋里掏出一把钱说：“你瞧，刚发的工资！”

金巧花眼睛亮了，说：“姐，你就让我留在这吧。”

郑君这时推门进来，说："月亮，饭做好啦？我肚子饿了。"

金巧花乖巧地抱起美兰说："姐，你们吃饭吧。"

郑君看着金巧花问月亮说："这姑娘是……"

月亮说："先吃饭吧，吃了饭再说，真是气死我了！"郑君说："怎么啦？"月亮对北斗和巧花说："你们俩都来吃吧。"

金巧花看着那黄灿灿的玉米饼子和一大盘炒鸡蛋，嘴里直咽口水。但她依然逗着美兰玩。月亮说："巧花，过来吃吧。"金巧花这才上了桌。

吃完饭，郑君领着金巧花走后，月亮就问杨北斗说："你把金巧花叫到这儿来到底想干啥？"杨北斗说："做我的婆娘呀！我都二十二了，该有个婆娘了。"月亮说："人家答应了？"杨北斗说："她不是来了吗？要不，她来这儿干啥？"月亮说："你把话给她挑明了？"杨北斗说："没直说。但她来了就是同意做我的婆娘了。"

月亮说："放屁！我看出来了，人家是奔着每月三十几元的工资来的，哪是冲着你来的，你别自作多情了！"

杨北斗一甩手就往屋外走，说："这不可能！我现在就去跟她挑明了！她要不肯做我婆娘，那就让她回老家去！"

试验室边上一个堆杂物的小房间，郑君为金巧花搭好一张床，他看看那姑娘，忍不住问："姑娘，你到这儿干什么来了？"金巧花倒真是没别的想法，杨北斗的信里把这儿说得跟天堂似的，而且刚才她也看到了，这儿真是能吃得饱，还能拿到在老家一年都赚不上的钱。就冲着这，她才来投奔杨北斗他姐弟俩的。可刚才月亮劈头盖脸把杨北斗那么一骂，再加上郑君这么一问，她也有些吃不准了，难道这里面还有其他啥？这么一想，金巧花说话也有点怯生生的。她说："是杨北斗写信让我来的，说这儿活好干，钱又拿得多，让我在这儿找份工作做。"郑君说："你别听他瞎说！这儿工作可不那么好找的。再说，从目前这形势看，就更不容易了。他让你来，会不会还有其他想法？"金巧花心里更打鼓了，说："他信上可没有说。"郑君心里有数了，但又没挑明，只是说："那你先休息吧。"

金巧花说："姐夫，谢谢你。"

金巧花送郑君出门后,关好门,连打了几个哈欠。这一路上的辛苦不用提了,今天又走了那么多的路,还受了惊吓,她真的是又困又累。至于杨北斗信上还说了些啥,她也想了老半天,那信她都快背下来了,真的除了那些没别的啥呀!唉,不想了,有啥明天再说吧。这么想着,金巧花正脱衣服准备睡。

杨北斗在外面敲门喊:“巧花,开开门。”金巧花只好又起来开门说:“北斗哥,有事吗?”杨北斗走进屋,说:“当然有事,我问你,让你来这儿你知道干啥吗?”

金巧花说:“你在信上不是说,这儿只要放放羊,每个月就能挣上三十几块吗?而且顿顿都吃纯粮食的饭,这才让我来的吗?”

杨北斗说:“还有呢?”金巧花说:“还有什么呀?你信上不就写的这些吗?”杨北斗说:“信上没写,但你也应该明白啊!”金巧花疑惑地说:“明白什么啊?”杨北斗说:“你没想想,我为啥只给你写信让你来,没给别的姑娘写信让她们来呢?”金巧花摇摇头。杨北斗说:“你咋就不明白呢?”金巧花又摇摇头。杨北斗一跺脚说:“我是让你来当我的婆娘的!”金巧花这会儿彻底清醒了,说:“那你为啥不在信上写明白?”杨北斗觍着脸说:“要是写明白了呢?”金巧花恨得牙咬得痒痒的,大声说:“打死我也不来!”

郑君一走进家门就对月亮说:“你弟把那姑娘叫来干什么来了?”月亮叹口气说:“想让姑娘做他的婆娘。”郑君说:“姑娘同意了?”月亮说:“还不知道呢。”郑君说:“我问那姑娘,姑娘说是你弟弟让她来这儿找工作的。现在这时候,不是添乱吗!”

又到了一年一度的配种时间了,种羊场里所有的准备工作都已就绪。林凡清、郑君和齐怀正候在羊圈边上,等了快三四天了,可两个大羊圈空荡荡的,一只羊都没有。而广阔的草场上,也没有看到过去成群结队的羊群,只有焦黄的枯叶和凄凉的草地。

郑君叹口气说:“这是怎么啦?前几年,来配种的羊群,几个羊圈都不够用。可现在,除了我们种羊场的羊群外,才来过两群母羊来配种,那也是咱们牧场的。地方上的羊群一群也没来过。”

齐怀正恼怒地说：“早知道会是这样，那个牧场场长的位置我就不该辞掉。现在这个杜场长，胆小如鼠，一有点风吹草动，就什么也不敢动了。”林凡清说：“这也不能怪他们，他们也怕戴上崇洋媚外的帽子么。”齐怀正说：“什么崇洋媚外，不就是那么几头种公羊嘛，又怎么啦？人家的羊品种就是好嘛，有什么不服气的！用别人的种羊来改良我们牧场的羊的品种，这叫洋为中用，扯不到崇洋媚外这个罪上去嘛。”

快到傍晚时分，郑君突然叫了起来，说：“你们瞧，那儿来了一群羊！”

是哈里木赶着羊群过来了。

林凡清迎过去紧握住哈里木的手，说：“哈里木，你怎么过来啦？”哈里木说：“是许兽医说服我过来的。别人都劝我不要来，说是我们中国的羊怎么能让外国公羊去配种呢？那是个路线问题。”郑君气得敲了一下羊圈的围栏，怒斥说：“荒唐！”哈里木说：“我也就不敢来了。可静芝妹子说，这几年来，你的羊品种改良了，羊毛羊肉的产量都高了，羊娃子也产得多了，有什么不好呢？这跟路线问题有啥关系？我一想也对啊，于是我就来了。”林凡清心念一动，说：“许静芝还好吗？”哈里木摇摇头说：“不好。”林凡清说：“怎么啦？”哈里木说：“不让她当兽医了，把她给下放劳动了。”林凡清的神情有些黯然，他知道，如果不是齐怀正在前面顶着，他和郑君也早就被下放了。这年头，只要顶上知识分子的帽子，就都会是这个下场。他又说：“那茂草呢？”哈里木说：“茂草啊？长得好高了！”他比画着，说：“这么高了，好壮实啊！他跟他妈在一起放羊呢。虽说静芝妹子给下放了，可牧民的牲口病了，还都去找她，谁也拦不住。”

郑君凑到林凡清跟前说：“既然把她下放了，那就让她来咱们种羊场工作吧？”林凡清不语。

天高云淡，收在眼底的是一片凄清的秋色。齐怀正和林凡清走到小河边，看着潺潺流水，两人的脸上都布满了阴云。

林凡清抽了根烟，忧心忡忡地说：“这个月来，我一直在担心种羊场的命运。看来我们也难逃一劫了。如果种羊场就这么解散了,我们这些年的努力和取得的成果都将付之东流。”齐怀正说:“所以我才对李国祥说,绝不能让种羊场解散!就是顶不住,也得死顶。”林凡清摇摇头,说:“死顶也顶不住呢?”齐怀正说:“车到山前必有路,船到桥头自会直,到时候再说吧!”林凡清觉得齐怀正的想法太单纯。现在不是打仗,但趋势却与战争无异。一味地死守只能全军覆没,必须得想办法,突出重围,才能有生机。他掐灭了烟头,说:“不行,这太消极了!我们得想别的辙,不能这么等死。”

齐怀正一回到种羊场办公室,就接到师部打来的电话,已退居二线的柴广元给他透了个风儿,关于撤销种羊场的文件已经批下来了。下午,李国祥拿着一份红头文件匆匆赶来。齐怀正瞪着他,知道风暴终于要降临到种羊场了。

李国祥说:“齐怀正同志,我把撤销种羊场的文件带过来了。你召开全场大会,我要宣读一下。”齐怀正说:“你不顶了?”李国祥说:“不是我不顶了,是我顶不住了。我不能拿我的政治生命开玩笑!”

齐怀正脱口而出说:“孬种!”

李国祥说:“齐怀正同志,你骂吧,我能理解,所以我不同你计较,召开大会吧。”

李国祥让齐怀正把种羊场所有的职工召集到会议室,然后他开始宣读文件:“根据上级有关精神,经柳家河总场党委研究决定,撤销沙门子种羊场建制。齐怀正同志改任沙门子牧场第二场长,主持日常工作。林凡清同志、郑君同志暂时下放劳动。其他同志仍各自回原牧业队工作。”

林凡清和郑君等人也都坐在下面,神色凝重地听着李国祥在念文件。

红柳一听到自己的丈夫被下放劳动,热血一下子就涌到了头顶。她突然大声喊:“既然你们把种羊场撤销了,那你们得还我父亲的试验站!”林凡清一把把红柳拉住说:“红柳,冷静点!”

开完会,林凡清回到试验室,对跟进来的郑君、红柳和月亮,指着房间里的那些仪器说:“郑君,红柳,月亮,把这些仪器全部装箱。”

齐怀正也跟着走了进来。他一听林凡清这话就急了,说:“林凡清,你们这是干啥?”郑君一脸玩世不恭的神情说:“种羊场不是撤了吗? 还要这些仪器干什么? 如果再来一伙打、砸、抢的人,这些仪器不就都遭殃了!”齐怀正走到林凡清面前,抓住他的肩膀说:“林凡清,你就这么歇手不干了?”没等林凡清说话,郑君在一旁说:“不干了! 辛辛苦苦干了这么多年,出了这么大的成果,却是这么个结果,谁还想干啊!”齐怀正痛心地说:“你们好没出息啊! 林凡清,你怎么不说话呀! 我们三个可是立了规矩的呀,不许散伙!”郑君说:“不是我们想散伙,是上面让我们散伙,我们有什么办法!”

林凡清不吭声,拿起早已准备好的纸箱子走到桌旁,把仪器往箱子里装。

齐怀正急了,说:“林凡清,你就给我回个话行不行?”

李国祥不放心,走进来想看看情况。一看屋里这状况,他就问:“你们这是干什么?”齐怀正愤怒地说:“散摊子了,你这还没有看出来!”李国祥倒是松了口气,说:“我还以为你们会想不通呢,所以特地留下来,再做做你们的思想工作,想不到你们比我还要雷厉风行。好了,那我就可以放心地回总场去了。”

第二十四章

夜色如水，一轮残月挂在枝头上。试验室里所有的仪器都已经装了箱，林凡清坐在一只木箱上抽着烟。郑君、红柳和月亮也都没回屋，陪着他。

郑君靠着墙，絮絮叨叨地说："凡清，我知道现在心里最难受最痛苦的人是你，因为你为种羊场付出的最多。"

林凡清抽着烟，没理他。

郑君还在叨叨："但你也想一想，不是我们不想干，是上面不让干了，我们有什么办法？到后来，真正受损失的，又不是我们。"林凡清听不下去了，恼怒地说："郑君，你给我闭嘴！"郑君说："又怎么啦？我说的是大实话。"月亮拉了拉郑君说："郑君，别说了，我看出林场长的心事了，他才不会就这么歇手了，他在想怎么重新再干呢！"红柳起先也有些担心自己的丈夫受不了这个打击，真的就这么甩手不干了。听到月亮这话，心里亮堂了许多。她走到林凡清身边说："凡清，你真是这么想？"林凡清说："邵教授为畜牧业的品种改良工作付出了自己的一生。

我也是为了这个事业才来到这儿的，这些年来，你们跟我一样，付出的都还少吗？种羊场可以解散，但我们的事业不会也不能解散！”红柳一下子搂住了林凡清，脸贴着他的背，含泪说：“凡清，这就是我想要听到的话！”郑君恍然大悟，说：“那我们该怎么办？”林凡清跳下箱子，一挥手说：“你们都回吧，我找齐场长去！”

林凡清一走进齐怀正的办公室，齐怀正就恼怒地说：“林凡清，我没想到你会是这么个人！碰到这么点挫折，就收摊子了！”林凡清说：“我说我要收摊子了吗？”齐怀正说：“你把仪器全收起来了，还没收摊子？”林凡清说：“齐场长，你还记得几年前我们遭蝗灾的情景吗？”齐怀正说：“咋不记得！”林凡清说：“这些日子我一直在想，上面如果真要把种羊场撤销，我们该怎么办？不但几年辛苦的成果毁于一旦，就是刚开始的试验也会成为泡影，这损失就太大了。”齐怀正说：“所以我们咋能收摊子呢！”林凡清说：“摊子当然不能收，但不能待在这儿硬顶呀！一旦有些人跑到我们这儿来采取一些革命行动，把羊全弄走了，我们不是什么都没有了吗？我不是跟你说了吗，我们得另外想辙。”齐怀正说：“你想到什么办法了？”林凡清说：“刚在我不是说了吗？几年前遭蝗灾时，我们就转场。这次，我们也来个转场，转到天山深处去，让他们找不到我们，我们不但可以保存住我们的种羊和羊群，还可以把试验继续下去。”

齐怀正一拍桌子，说：“对，就这么干！”

林凡清说：“但这事宜快不宜迟，越快越好！我们要做到神不知鬼不觉地从这儿消失。”齐怀正说：“对！翻过冰坂，到天山深处去！但往深山里走，得有个向导啊。”林凡清说：“我想去请阿吾斯齐乡的哈里木当我们的向导。他说，他翻过几次冰达坂，到天山深处去放过牧。”齐怀正说：“好，明天一早你去找哈里木，我给大家开会，争取后天一早就出发！”

清晨，蒋有友正把羊赶出羊圈。刘世棋把蒋有友拉到羊圈边上说：“蒋有友，你听说了没有？”蒋有友说：“啥事？”刘世棋说：“齐场长和林场长要违抗上级的命令，把种羊场迁到深山里去，继续搞他们的试验。”蒋有友说：“知道,咋啦?”刘世棋说:“你也跟着去?”蒋有友肯定地说:“对!”刘世棋说:“蒋有友,我警告你,我们是当过兵的人,服从命令是天职!”蒋有友说:“那你准备咋办?”刘世棋说:“按照上级的指示,回原先的牧业队去呀。”

蒋有友甩了一记响鞭,说:“那你就回你的牧业队去,我可要跟林场长他们走。我看准了,这些年来,林场长他们辛辛苦苦的为个啥?不就为了牧区畜牧业的发展吗?你看看现在培育出来的羊,跟我们刚开始放的那些羊比,咋样?没法比!可这些羊里,哪一只是属于林场长他们私人的?没有!他们在为公家干事,为老百姓干事!为发展国家的畜牧业干事!不会有错!再说林场长的为人,所以哪怕是杀头,我也跟定他了!”

刘世棋说:“不听好人言,吃苦在眼前!”

蒋有友说:“跟着好人走,就是吃苦我也愿意!”说着,赶着羊群走向草原。

吃完早饭,郑君去了齐怀正办公室。金巧花哭丧着脸来找月亮说:“姐,我这事咋办呀?”月亮说:“种羊场已经解散了,这儿也没工作给你做,你就回老家吧。”金巧花说:“可我身上一分钱都没了,来这儿的盘缠是全家东挪西借凑的。”月亮恨死那个不争气的弟弟了,她现在也忙着,懒得管这事,就甩了张冷脸说:“那你找北斗去,不是他叫你来的吗?”

杨北斗正把羊群赶出羊圈。

金巧花走过来,犹豫了一会,上前叫杨北斗说:“北斗哥。”杨北斗说:“叫得这么好听啊,再叫一个。”金巧花说:“我这事咋办呀?”杨北斗说:“啥咋办呀?只要做我的婆娘,啥事都解决了。”金巧花说:“那我的工作呢?”杨北斗说:“做我的婆娘就是你的工作,我养活你。”金巧花说:“呸!杨北斗,你是个骗子!”杨北斗说:“我可没有骗你,是你自愿来的。”金巧花跺脚说:“我才不会做你的婆娘呢!你死了这条心吧!”

杨北斗说:“那我就没办法了。”说着,骑上马,赶着羊群走了。

金巧花站在羊圈边上,眼泪哗哗流了下来。

金巧花没办法,只好又回到郑君家,对着月亮哭。月亮咬牙切齿地说:“这个北斗,怎么能这样!巧花不是我说你,你就不该听他的。”金巧花抹着泪说:“可我来都来了。姐,你就帮帮我吧。”月亮说:“这样吧,我跟姐夫商量一下，借点钱给你，你就回老家吧。”金巧花哪有脸回去，当时在老家借盘缠时，她没少说夸口的话。要真这么回去了，不要说自个儿丢人，她爹妈的脸都被她丢尽了。她央求说：“姐，我不想回去，我想在这儿找份工作做。”月亮干脆地说：“这恐怕不行，种羊场都解散了，没事儿给你做。”金巧花伤心地大哭起来说：“反正我是不回去了！”月亮又气又急，说：“你再哭也没用，这个忙我可帮不上。晚上你来拿钱，拿了钱就回老家吧。”

金巧花想起了蒋进江，他救过自己，又对自己那么好，或者他能帮上忙。可到了种羊室，蒋进江也犯了难。他同情地对金巧花说：“这事我们也没办法，你去求个人吧，这个人恐怕可以帮上你的忙。”金巧花一听有门，赶紧问：“谁？”蒋进江说：“林场长。我的工作，就是他帮忙解决的。”金巧花说：“可他是场领导呀。”蒋进江说：“去找他吧，他这个人心肠特别的好。”

金巧花坐在试验室的门前等林凡清，她思前想后，一下子觉得好无助啊，眼泪哗哗地往下流。

林凡清从齐怀正的办公室出来，走到试验室门口。金巧花看到林凡清，忙站了起来。林凡清关切地问：“姑娘，你怎么啦？”金巧花抽噎着说：“你就是林场长吧？”林凡清苦笑了一下说：“我现在已经不是场长了，你找我有什么事吗？”金巧花点点头说：“我就是想找你，人家都说你是个大好人。你帮过月亮姐姐的忙，帮过蒋进江的忙，林场长，你也帮帮我吧。”林凡清说：“你不是来找杨北斗的吗？你叫什么？”金巧花说：“金巧花。”林凡清说：“外面风这么大，到房子里来说吧。”

试验室里，林凡清对金巧花说：“这事现在可不好办，我们种羊场已经撤销了，我们也要到各个牧业队去劳动。”金巧花哭着说：“林场长，你怎么也得帮帮我呀！为了能来这里，凑盘缠我们家把所有积蓄都给我了，我回不去了。而且我也不想回去！你就帮帮我吧！”林凡清很同情地叹口气说：“金巧花，我很同情你，但你的这事，我真的是无能为力。”

金巧花哭得更伤心了。

林凡清说：“金巧花，你看，我现在马上要去阿吾斯齐乡，等我回来再说吧，好吗？”金巧花哭着鞠躬说：“林场长，求求你，真的求求你了。”

郑君也从齐怀正办公室里出来了，因为已经商量好了下一步棋，郑君的心情也格外舒畅。他走进家门，对月亮说："月亮，收拾东西。"月亮说："干吗？"郑君说："明天一早要进山。"月亮觉得奇怪，说："冬天都快到了，现在进什么山？"郑君说："你别问了，收拾东西吧。原先凡清不让我走，让我留守在这儿，但在这种时候，我不能当逃兵，得帮着凡清一起挑担子。"月亮说："出什么事啦？"郑君说："你别问了，你也得跟我一起进山。"月亮说："那孩子呢？"郑君说："会有人带的。齐场长还要留在这儿。"月亮说："北斗呢？"郑君说："也跟着走。"月亮说："那金巧花咋办？"郑君说："那个姑娘啊，让她回老家呀。"月亮说："她想在这儿工作。"郑君说："这不可能！"月亮说："让她回老家，她也没盘缠呀。"郑君说："那就给她点钱。"月亮说："是借还是给？"郑君说："给吧，借什么！不是你那个活宝弟弟叫她来的吗？就算我们给他擦屁股吧。再说，那姑娘也是你老家的人嘛。"

金巧花的事到底还是让林凡清挂心了，他上阿吾斯齐乡后，傍晚回来又去找了趟齐怀正。两人先说到了郑君的事。齐怀正对林凡清说："既然郑君坚持要跟你们去，那就让他去吧，让月亮也跟着一起去。"林凡清拐弯抹角说："就是这样，我感到人手还是不够。"齐怀正说："我也是这样想。刘世棋硬是不肯去，说不定还会到李政委他们那里打小报告。现在我也调不出更多的劳力给你。"林凡清说："齐场长，你看这样行不行？让那个金巧花跟着我们一起走吧。"齐怀正说："现在批工作的事已经停办了。"林凡清说："她来求我，我也这么对她说。可是我想，让她跟我们去，每月给她二十元的工资，从我的工资里扣下来给她。因为这种不正常的状况，我想不会永远这么下去的，今后总有机会给她正式工作的。"齐怀正说："那你就找她谈谈，她的二十元工资还是从我的工资里扣下来给她。"林凡清说："从我的工资里扣吧。"齐怀正说："不要争啦，你只是个二十二级干部，每月才七十多元钱，还拖家带口；我呢，十九级，每月有一百多元钱呢，光棍一个！从我的工资里扣吧。哈里木怎么样？"林凡清说："明天一早就过来。"

晚上，齐怀正和林凡清在会议室给郑君、红柳、月亮、蒋有友、刘世棋、蒋进江、杨北斗和榆木老汉等人开会。

齐怀正说："红柳留下，带孩子。我也留在这儿，给你们当后勤。我还是牧场的第二场长，给你们提供粮食、清油应该没问题。你们谁不肯跟着走的，现在就可以提出来。"刘世棋高声说："我不能跟着去。"齐怀正本来没打算叫刘世棋来开会，可这人自己来了。他以为刘世棋转变了态度，可没想到这会儿出来将军了。齐怀正没好气地说："为啥？"刘世棋一脸正义地说："因为我觉得你们这样做是无组织无纪律的表现。上级已经把种羊场撤销了，可你们还这样干，这不是违纪吗？我不能跟着你们犯错误！"齐怀正懒得跟他理论，说："那你就留下，回你的牧业队去。还有谁不想跟着走？"

蒋有友指着刘世棋说："刘世棋，你不是怕犯错误，你是怕吃苦！你还劝我不要走呢，我凭什么不走？种羊场办得好好的，为啥要撤销？没道理嘛。现在你看看那些人做的事，像话吗？还说是什么革命行动！我坚决跟着走，保护我们的胜利成果，这才是正事！"

齐怀正一挥手，意思是让蒋有友不要再说了，然后又环顾一下开会的人，说："还有谁不想走的？"

大伙喊："没有！"

齐怀正说："榆木大爷，你年纪大了，就不要去了。把那几只种羊交给蒋进江吧。"榆木老汉说："这不行！种羊在哪儿，我榆木老汉就在哪儿！我这一辈子，就跟种羊做伴了。"

金巧花知道自己可以留下了，激动而高兴地对林凡清说："每月有二十元钱啊？我去！再大的苦我也能吃，再累的活我也能干！林场长，谢谢你！"说完，跪下要给林凡清磕头。

林凡清赶紧把她拉起来，说："别这样，只要你好好工作就行了。"

灰蒙蒙的天边亮起了一长条苍凉的光带。

种羊场羊圈边的草场上，一千多只羊群聚集在一起，咩咩地叫着，九匹马上都驮着行李。

齐怀正焦急地看着远处说："哈里木怎么还没来？他真同意了吗？"林凡清肯定地说："同意了，还说赶着羊群一起来。再等半个小时吧，如果还不来，我们就出发！不能再耽搁了。现在我担心的是刘世棋，他开完会人就不在了，说不定是去总场打小报告了。”

阿吾斯齐乡，许静芝和茂草正在小木屋前给马装鞍，准备出门。何玉田骑着马过来了，在离木屋二十几米远的地方，何玉田跳下马。

茂草看见了，说：“妈，何叔叔来了。”

何玉田拎着个装满熏肉干的布袋朝小木屋走来。

何玉田说：“许兽医，准备出门啊？”许静芝说：“下放劳动了，准备跟哈里木一起上山去放羊。”何玉田说：“上面也真是，你是个兽医，不就在基层吗？整天东奔西跑的，比放羊还累呢！再让你下放劳动又有啥意义嘛。”许静芝看了看那布袋，说：“何玉田，你又给我送熏羊肉干来了。你上次送的我们还没吃完呢！”何玉田说：“我听茂草说，你就爱吃这熏羊肉干，新鲜的羊肉还不爱吃。这是刚做好的，就留着吃吧。”许静芝说：“何玉田，我这次上山恐怕要有段时间。我知道你经常来送羊肉干，其实是有别的意思。今天，你就把话说明白吧。”何玉田说：“许兽医，那好，我就说了。许兽医，我对你并没有死心，尤其是那次，我从狼群里把你救出来，我觉得这是老天又给了我一次机会。”

许静芝微笑一下，说：“何玉田同志，我告诉你，我刚来新疆时，部队里的一位大首长看上了我，有一次他也救了我的命，但我还是拒绝了他。所以，我也只能对你说，你救了我一命，我会永远感激你，但我不会用爱情来做交易。因为爱情就是爱情，我心里爱着一个人，现在我还爱着他！虽然这是一段没有结果的爱情，但我的心永远只被这份爱占据着，不会再有别人。事情只能是这样，所以何玉田，对不起，请你原谅我！”何玉田说：“真的一点余地都没有了吗？”许静芝摇摇头，说：“哈里木正等着我们呢，我们不能再耽搁了！”

太阳虽然还没露出头，但天已经亮了。齐怀正和林凡清等人都在焦急地等待着哈里木他们。郑君眼尖，指着远处的黑影喊：“看，他们来了！”

哈里木、阿依霞古丽、许静芝和茂草骑着马来到齐怀正、林凡清他们面前。林凡清看到许静芝和茂草也来了，感到很吃惊。

哈里木对林凡清说："许兽医要跟我们一起去，她就下放在我们牧业队劳动，就让她跟着我们一起去吧。"郑君说："那太好了！"许静芝说："凡清，哈里木把你们的事告诉我后，我决定跟你们一起进山，你们也需要我！我知道，你是个把事业看得高于生命的人，所以我想来助你一臂之力。进了深山，总还要有个医务人员。我虽然是兽医，但人畜有相通的地方，我也起码可以成为半个医生。"林凡清说："那就太谢谢你了。茂草也跟着走吗？"许静芝说："孩子们都跟着走吗？"林凡清说："红柳留下来带孩子。"许静芝说："那就让茂草跟着他妈妈吧，他九岁了，可以帮妈妈的忙了。"

九岁的茂草长得结实得有点像小伙子了，也显得很成熟。他跳下马，懂事地来到红柳跟前说："妈，我跟着你吧，我可以帮你带好两个妹妹。"红柳一把搂住茂草，亲了一下说："好孩子！"

人齐了，林凡清上马，庄重地大喊一声说："出发！"

齐怀正也跳上马说："我送你们一阵儿。"

红柳看看许静芝，又看看林凡清，心里突然有种说不出的滋味儿。她放开茂草，冲到林凡清的马前。红柳说："凡清，我也要跟你们一起走！"林凡清一怔，说："为什么？"红柳说："就因为我现在想跟你走，而且一定要跟你走！"林凡清从红柳的神情中读出了些什么，他对齐怀正说："齐场长，你们先走，我等一会儿就赶到。"

郑君等一行八人跟着哈里木和阿依霞古丽离开种羊场，朝山里走。齐怀正跟着送他们一程。齐怀正和郑君不时地回头看看离得越来越远的林凡清和红柳，林凡清朝他们挥挥手，示意他们快走。

羊圈边上，林凡清继续同红柳谈着话。

林凡清说："红柳，我们不是说好的吗？你怎么说变卦就变卦了呢？"红柳坦率地说："因为没想到许静芝会跟着你们走，所以我也要跟着你走！我觉得你们好像是商量好的！"林凡清说："她来，我一点也不知道。我去找哈里木，同她就没见过面，怎么商量？"红柳说："我不信！"林凡清说："你不信我也没办法，但你不能跟我走，你得留下照顾孩子。以后还有更重要的任务让你去做！齐场长会告诉你的。”红柳说：“我不！”林凡清说：“红柳！我告诉你，开始，你是我事业上的助手，再后来又成为我生活中的伴侣，现在，你是我两个孩子的母亲。从我同你结婚的那天起，我就决心和你相守一生。许静芝和我的关系早就成为过去，你现在怀疑我就是在怀疑我的人格！”红柳说：“我不管，既然我是你的妻子，那我就更应该跟着你走！”

林凡清看着远去的队伍和羊群，已经失去了耐性，说：“红柳，我没时间再跟你磨嘴皮子！但你必须留下！如果你硬要怀疑我有什么，那你就怀疑好了。我绝不会因私人的情感而损害或者放弃我的事业，哪怕你想同我分手都可以！”说完，拨转马头就去追队伍了。

红柳追了几步，然后站住喊：“林凡清，你不能这样伤我的心哪！”

茂草走上去，拉了拉满脸是泪的红柳的胳膊。茂草说：“妈，你怎么跟爸爸吵架了？”红柳搂着茂草说：“我们没有吵架，我只是舍不得你爸爸走……”茂草说：“那爸爸怎么伤你心了？”红柳含着泪说：“你爸爸越是这样伤我的心，我就越爱你爸爸。正因为你爸爸是为了事业而舍得其他一切的人，你爸爸才是个真正的男人。”茂草说：“那妈妈，你就别伤心了。”说着，用袖口为红柳擦拭眼泪。

太阳已跃出了山坳，青黄相间的草坡上，鲜花在风中摇曳。队伍和羊群正走向山谷，杨北斗突然指着后面喊：“齐场长，后面有两个人朝我们这边追过来了。”

齐怀正心里咯噔一下，赶忙策马走上山坡看了看，果然是李国祥和刘世棋。

齐怀正回到队伍中，对林凡清说：“是李政委和刘世棋。凡清，你就带着队伍先进山吧。我去会他们。”说着，就往进山的路口去了。

山口风很大，耸立在山坡上的塔松在风中哗哗地响着。齐怀正一马当关站在进山的路口中央，等着李国祥与刘世棋策马气喘吁吁地奔到他面前。齐怀正偷眼朝后看了看，队伍早已消失在山谷里了。

李国祥气急败坏地说：“齐怀正，种羊场不是撤销了吗？”齐怀正说：“是呀，是撤销了呀！”李国祥说：“那你为什么还这么干？”齐怀正说：“我干什么啦?”李国祥说:“齐怀正,你这是在违抗上级的命令,是在犯错误你知不知道?是在把我李国祥往墙角上逼你知道不知道你?我李国祥怎么向上级交代?”齐怀正说:“政委,我怎么违抗上级的命令啦?我做错什么啦?”李国祥说:“你为什么让林凡清赶着羊群进山?”齐怀正说:“羊群转场呀,这很正常嘛。”李国祥说:“你们种羊场的羊群什么时候转过场?”齐怀正说:“政委,你忘记啦?几年前,不是因为蝗灾转过场吗?林凡清把孩子都丢掉了。”李国祥说:“今年有蝗灾吗?”齐怀正说:“今年虽然没有蝗灾,但草长得不好又马上要入冬了,今年又产了那么多那么壮的羊羔,草不够吃怎么能行?只能转场进到山里的冬窝子去。”李国祥说:“林凡清和郑君不是已经下放劳动了吗?”齐怀正说:“对呀,没错。所以才让他们当个牧羊人,到山里放羊去了。”李国祥说:“齐怀正,你是在强词夺理!”齐怀正说:“政委,我是牧场的第二场长,林凡清他们还是我牧场的人吧?那些羊群还是我牧场的羊群吧?我这个场长,让自己的牧民赶着羊群转场进山,这不都很正常嘛,犯什么规了?”李国祥说:“可刘世棋同志向我报告说……”齐怀正马上插话说:“刘世棋同志是怎么向你报告的,我不知道,我也不想知道。我现在做的事只是个牧场场长职权范围的事,跟那个种羊场的事没关系。要有什么事,我齐怀正顶着!没你李国祥同志的什么事!更没有这个刘世棋的什么事!”

李国祥一脸的气恼和无奈。虽说齐怀正这次铁定是在搞阴谋,转移林凡清和种羊场,但他齐怀正是个战斗英雄,家里又是八代贫农,根正苗红。这场运动无论烧到哪儿,他齐怀正永远都比自己站得更稳。现在林凡清他们赶着羊群跑了,李国祥也只能找个台阶给自己下,决不能把这事给扩大化了。他转头气狠狠地对刘世棋说:“刘世棋,你是怎么汇报的?明明是正常的转场,怎么能说是带着羊群逃跑了呢?乱弹琴!”

刘世棋一脸的尴尬。

没过多久,齐怀正追上了林凡清他们的队伍,林凡清他们都在探询地看着他。齐怀正得意地说:“没什么事了,继续前进!”

又一个进山的路口,太阳已爬上了山冈。

齐怀正跳下马,同林凡清握手说:“凡清,我就送你们到这儿了。有什么困难让人给我带信来。我齐怀正就是上刀山、下火海，也在所不辞，因为这也是我齐怀正的事业，是国家的事业，是人民的事业。林凡清，郑君，还有同志们，我代表牧区人民拜托你们了。”说着，朝大家深深地鞠了一躬。

郑君说：“齐场长，你就放心吧。我们一定会服从林凡清的领导，把事情做好的。大家说对不对？”

众人喊：“对！”

林凡清说：“齐场长，从我认识你那天起，你一直就是支撑我们事业的顶梁柱。我不把事情办好，就对不起你，对不起人民，也对不起我的恩师。”齐怀正说：“那你们进山吧！家里的事有我呢！”林凡清在齐怀正耳边说：“红柳有些思想情绪，你回去帮我做做她的思想工作。”然后一挥手说：“进山！”

草原上山峦叠嶂，层林尽染。悬在山顶上的太阳鲜红鲜红的。一千多只羊与十几匹马、两头骆驼浩浩荡荡地走进山谷，走在金黄色的高原上。

月亮突然亮起嗓子唱起了“花儿”，郑君也激动地解下背上的琴，在马背上拉了起来。

歌声和琴声在山涧回荡。

正午，齐怀正回到种羊场，看到茂草带着妹妹丽兰和美兰在办公室门前的草地上玩耍。红柳独自坐在一旁，两腮还挂着泪。齐怀正把红柳叫到小河边。

红柳说：“齐场长，我不是不放心凡清，也不是小心眼，但我一想到凡清是同那个许静芝在一起，而不是同我在一起，我心里总觉得不是个味儿。”

齐怀正说：“林凡清不是那样的人。红柳，你知道吗？自他来新疆的路上，我跟他认识后，这个生死之交的朋友我就跟他交定了。他身上缺点也不是没有，人无完人嘛，可总体上他是个值得人敬重的人！他为了自己的事业，可以丢弃任何别的东西，他在他从事的事业上，他的力量、智慧和勇气，常常让我这个在战场上出生入死的人都由衷地钦佩！我为有这样的朋友感到骄傲，你也应该为有这样的丈夫而感到自豪。”齐怀正说的红柳都明白，但这次她使小性儿并不全是因为吃醋。父亲把自己的毕生事业交给了凡清，作为妻子，在丈夫最困难的时候却不在身边支持他，这让她觉得难受。尤其是想到许静芝进山后就有可能会取代自己的位置，帮助凡清继续他的事业，她的心更是酸酸的，没法平静下来。但这又不能对齐怀正说。她只能简单地说一句："正因为是这样，所以我才特别想跟他在一起。"齐怀正猜得到红柳的心思，他说："红柳，让你留下来，是林凡清提出来的。但你知道他为什么一定要你留下来吗？"红柳说："他说有重要的事情要交给我做。"齐怀正说："对！他说这事只有你做他才放心！因为你不仅仅是他的妻子，还是他的助手，他的工作伙伴，他最信任的人！"红柳听得心里热热的，问："他让我做什么？"齐怀正说："进了深山，就意味着与世隔绝。我们是他们的后援，目前你和我的任务就是带好孩子，管好这个家，让他们没有后顾之忧。等需要的时候，还要有人为他们输送给养和生活、工作的必需品。这个任务就压在你身上了，因为你从小在这儿长大，对这儿的一切，比谁都熟悉啊。"

进山的队伍还在前进，林凡清觉得有话要跟许静芝说，他策马来到许静芝身边说："静芝，我真没想到你也会来。"

许静芝淡淡一笑，刚才红柳的反应她看在眼里，心里也清楚为什么红柳想跟来。在决定要不要加入这个队伍时，她也想到这个问题。但一想到林凡清和红柳为了弥补她而做的一切，她就觉得所有的儿女情长在此时都不该成为她帮助林凡清继续他事业的羁绊。她由衷地对林凡清说："我想，我该为你做点事了。那天早上，当你们把茂草送回到我身边时，我知道你做出这个选择的用意。凡清，对不起，你没有错，我没有理由生你的气，更没有理由记你的仇。生活本来就是这样啊，意料之外的事情谁都躲不开。而且谁也不是神仙，能料事如神。但这并不是我原谅你了，因为我爱你的这份感情并没有随着岁月的流逝而有丝毫的褪色，它只会更深更浓。不过，我也没有别的奢求了，你能把茂草送到我的身边，我已经感到幸福了。谢谢你，也谢谢红柳的大度。"说着，鼻子一酸，眼泪落了下来。

林凡清对哈里木说："哈里木，我们歇口气吃顿饭吧。从清早到现在走了大半天的路，滴水未进，大家一定都饿了。"

杨北斗喊:“肚子已经饿得前心贴后背了!”

月亮对杨北斗说:“就你的事儿多!”杨北斗说:“我说的是实话嘛。”哈里木说:“好,那让大家都吃顿热饭吧。大家都下马,捡些干牛粪来。阿依霞古丽,你和面。”

小溪边上堆起了一堆干牛粪。哈里木把干牛粪点着后,吹了吹,干牛粪便燃烧起来。

榆木老汉说:“哈里木,烤馕吗?”哈里木说:“对,烤馕吃。”郑君说:“没炉子怎么烤?”哈里木说:“就这么烤!”

哈里木把阿依霞古丽和好的面拍成饼子,往牛粪火灰里一搁。林凡清和郑君相互看看,感到很奇怪。郑君说:“哈里木,太不卫生了吧。怎么直接把面搁到牛粪上呀?这烤出来的饼子能吃吗?”榆木老汉说:“怎么不能吃?怕你到时吃不够呢!香得很哪。”

不一会儿,哈里木用木棍从牛粪灰里挑出了几个烤得金黄金黄的饼子,喊:“大家来吃吧!”

小溪边,大家喝着清澈的溪水,吃着从牛粪火堆里烤出来的馕。

杨北斗喊:“嗨!好香啊,我再来一个!”说着,响起了一个大大的饱嗝。

蒋进江看不下去了,说:“杨北斗,你能不能文明点?”杨北斗不满地说:“你不也吃了好几个了!还说人家不文明呢,跟着我姐夫学了几天琴,就摆起了什么文明的臭架子了。”金巧花说:“你就是没进江哥文明!”杨北斗说:“金巧花,你搞错了吧?他啥时候成了你的进江哥了?”金巧花说:“我就爱这么叫,怎么啦?”杨北斗说:“你别忘了,你是投奔我来的!”金巧花说:“是你把我骗这来的!”杨北斗说:“谁骗你啦!谁骗你啦!”月亮说:“北斗,你少说两句行不行?”郑君说:“我看你就是不文明!人家蒋进江就比你文明。”哈里木说:“大家都多吃一点吧,下午就要过冰达坂了。”

林凡清看到许静芝坐在小溪边没吃东西,拿了两个刚烤好的饼走过去说:“静芝,吃吧,等一会儿就要过冰达坂了。”许静芝说:“不吃!”林凡清说:“为什么?”许静芝说:“我嫌脏!”林凡清说:“怎么,在这儿好几年了,你的洁癖还没改啊?”许静芝说:“干吗要改?我是兽医,有洁癖可以保护自己。”林凡清说："我记得你也不爱吃羊肉，那现在整天跟着羊群打交道，这个有没有改？"许静芝说："我只吃被松枝熏制过的羊肉干，别的羊肉我还是不吃。你知道吗，茂草熏的羊肉干真的很好吃，他五岁时就会熏了。唉，刚离开他，我就想他了。"林凡清说："那你也得吃点东西呀！"许静芝说："凡清，这事你不用为我操心，你看阿依霞古丽正在给我做呢。"

不远处，阿依霞古丽在牛粪上支起了一口铁锅，锅里的水已经煮沸了，她正往锅里揪面片。

林凡清点点头说："那就好。"说着，站起来要走。许静芝说："凡清，你先别走，我有话要同你说。"林凡清又重新坐下，这时阿依霞古丽把小铁锅端了过来。

阿依霞古丽说："静芝妹子，你快吃吧。"然后对林凡清一笑解释说："静芝妹子爱干净，就这条件，只能做这么一小锅。"

林凡清笑了笑表示理解。

阿依霞古丽离开后，许静芝说："凡清，从今天起，你少跟我接近，比如像现在这样。"林凡清说："怎么啦？"许静芝说："我虽然嘴上说我没有理由生你的气，也真心感谢你把新晨送到我身边，但这并不等于我彻底原谅你了。我说过，只要我爱你的心不变，我就不会原谅你。现在，我跟着你们来这儿，是帮你工作来的，不是同你和解的。"林凡清说："你能来帮我的忙，我就很感谢了。我没有权利有更多的要求。"许静芝说："所以除了工作上的事，你就不要跟我接近。再说，人多嘴杂，我许静芝不想给人落下话柄。如果有不好的话传到红柳耳朵里，红柳会伤心的，我不想伤害红柳。"林凡清点头说："知道了。"

天色灰暗，山上飘起了雪，鹅毛般大的雪花儿在空中飞舞。

杨北斗打着寒战说："这儿的天气咋这么怪，下面太阳大大的，到了山上就下雪，刚才热得浑身冒汗，现在冷得穿着夹袄还冻得发抖。"

郑君身子有些弱，牵着马，爬山时直喘粗气。蒋进江看到，忙上前说："郑技术员，马我来牵，琴我来背吧。"郑君脸色苍白，把马缰绳和琴交给蒋进江。

林凡清走上来搀扶郑君,说:“你就不该跟着来。”郑君一甩胳膊,挣开他说:“我不会当逃兵的。”

榆木老汉赶着那八只美利奴种羊,也很吃力地在爬着山。有一只种羊夹在石缝里爬不上来了。榆木老汉上去抱着种羊,用力往上一抬,种羊送上来了,但他却滑了下去,岩石把他的小腿划得鲜血直流。许静芝看到了,忙上去,打开药箱,为他包扎。

许静芝说:“榆木大爷,你这样的年纪就不该跟着来。”榆木老汉说:“你咋跟林场长说话一个腔调?你别看我年岁大点,但身体比郑技术员结实得多,人家不当逃兵,凭啥我要当逃兵?”

风大了,雪下得更乱了。人走得艰难,马也走得艰难,羊也走得艰难。那几只种公羊更是没见过这样场面,惊恐地咩咩叫着。榆木老汉一瘸一瘸地招呼着种羊,走得更艰难。

哈里木看着前面说:“再走半里地,就过冰达坂了。”郑君说:“进江,拉首进行曲,鼓鼓大家士气。”

蒋进江激奋地拉起了琴。

杨北斗说:“人都累死了,还拉什么琴呀!”金巧花瞪了杨北斗一眼。杨北斗说:“你瞪我干什么?没良心的!”

林凡清朝大家喊:“前面就过冰达坂了,大家再加把劲吧!进江,你再拉得激情点!”

郑君对月亮抱怨说:“你的这个弟弟,简直不可理喻!”月亮说:“我就摊上这么个弟弟了,有什么办法?杀了他?”郑君说:“月亮,你看你说的是什么话呀!我郑君有那么狠毒吗?你得好好教育他才是。”月亮说:“江山易改,本性难移,我杨月亮没这本事。你是当姐夫的,又是个大学生,这教育的责任该由你来承担!”

第二十五章

刘世棋领着老婆和女儿来到齐怀正办公室。

齐怀正一看刘世棋就火了，说："刘世棋，你来干什么？回你的牧业队去！"刘世棋哈着腰说："齐场长，我是来向你认错道歉的。"齐怀正说："你有什么错？还用得着来道歉吗？"刘世棋说："我不知道你们是正常转场，我以为你们是——是我搞错了，也向政委汇报错了。"齐怀正说："你没汇报错！是我齐怀正命令他们进深山的，就是为了躲避这场运动！我齐怀正敢作敢当，你可以再去向上级汇报去！"刘世棋说："我不敢了。齐场长，我是想来请示你一件事的。"齐怀正说："说！"刘世棋说："我能不能还住种羊场的房子？"

刘世棋年轻漂亮的媳妇拉着女儿库兰说："就是呀，齐场长，我们在这儿都住惯了，你看我女儿跟你家美兰玩得那么好，这会儿要分开，两个孩子哭得跟个泪人似的。"

齐怀正真想把他们轰走了事。可看看小库兰眼睛哭得红肿，小脸上还挂着眼泪，心软了。他说：

“为了孩子,可以住在这儿。不过你刘世棋,做人得光明正大!”

刘世棋忙点头说:“知道,知道。”

深山牧场里,晨曦刚刚爬上山顶,晨雾在塔松间萦绕,金黄的草原显得安详而静谧。

林凡清坐在草坡上,眺望着晨曦在抽烟。郑君走到林凡清身边坐下。

郑君说:“凡清,我发现你心情不太好啊。”林凡清说:“这种时候,心情能好吗?”郑君说:“这一路,就像走了个万里长征。”林凡清说:“虽然艰难,但跟万里长征比,那可是差远了。郑君,你知道吗? 上路时,红柳同我吵了一架。”郑君说:“我想也是,为了啥?”林凡清说:“她想跟我一起来。”郑君想了想说:“是不是因为许静芝也来了?”林凡清说:“是。”郑君说:“不能怪她,女人嘛! 红柳真的还算好的。说了两句也就这么算了,没像别的女人那样,吵死吵活地要跟来。”

林凡清点点头说:“自从我同她结婚以来,越是了解她,就越是爱她! 她那么单纯、坦率,热情又豪爽。她有时也会同你闹,但到了关键的时刻,你总能从她身上感到一股力量,那其实就是她对我的爱,对我事业上的支持。她是个识大体顾大局的女人。一旦碰到与我们事业相关的事,她就把自己的事全都放下。这次也是这样,我实在不应该在临走的时候,那样痛斥她,伤了她的心。这一路上,我心里就像压了块石头,很不好过。”

郑君嘻嘻一笑,说:“红柳这么爱你,她不会跟你计较的。”林凡清说:“可是我心里感到过意不去。如果我有翅膀,我真想飞回去给她道个歉。”郑君说:“其实应该让红柳跟着来,可以让月亮留下来看孩子。”林凡清说:“那你呢? 你偏要跟着来,那月亮就得来,你这身体需要她照顾。”郑君说:“我不就是得了那个病嘛,死不了! 没你说得那么玄乎。”

林凡清掐灭了烟头,摇摇头说:“发起病来不是也蛮吓人的吗? 月亮怎么也得在你身边。我和齐场长商量过这事,再说,红柳还有更重要的事要让她做。过几天让蒋有友回去报个信,然后红柳就跟着来一趟,认个路。今后我们的给养都得由红柳来运送。她是在草原上长大的,这儿的情况熟。”

郑君感动地紧握着林凡清的胳膊摇了摇，说："凡清，我一定会跟着你好好干的！"

夜晚，深山牧场里飘起了雪片。所有的人穿着皮大衣，拥挤在一起。雪花飘落在他们身上。

一群人挤在羊群里簇拥着到天亮，个个都变成了雪人似的。山上的天光比草原来得要早，一见到第一缕晨曦，哈里木就让大家活动活动身子，带领大家赶着羊群走下山。晨雾萦绕间，只见山下，是一大片平坦的草场。一条小河从草场中间穿过，河边有一栋废弃的小土屋。

哈里木指着那小土屋对林凡清说："十几年前，我们那儿遭了蝗灾、雪灾，接着又是瘟疫，我老爹就赶着羊群带着我们全家老小进了深山，在这儿住了有一年。那时我才十岁。"

林凡清点头说："这儿真是避灾的好地方啊！我们也是避灾来的，但不知道要避到哪一年啊！"

冬去春来，河边草地上鲜花盛开，百灵鸟在草丛中上下翻飞，啾啾地吟唱着。

茂草像个小大人似的，正在教齐美兰、林丽兰和库兰学骑马。

齐美兰和库兰已经轮流骑在马上走了一圈，茂草把已骑得很好的库兰抱下来，再把林丽兰抱到马上。六岁的林丽兰一到马上就吓得哇哇直哭。

茂草说："哭什么！胆小鬼！"林丽兰说："哥，我才六岁呀，等我长大了再学骑马吧！"茂草说："我的哈里木阿爸三岁就会骑马，四岁就能放羊了，你都六岁了，还算小啊！"林丽兰哭喊："妈妈……"库兰说："真是个胆小鬼，茂草哥哥，换我来骑吧！我想再骑一圈！"

林丽兰撒娇说："库兰，要你多什么嘴呀！"

齐怀正陪着红柳和蒋有友走出场部，他们牵着马和两头骆驼，骆驼上满载着粮食、蔬菜等给养。

齐怀正对他们说："路上要当心，见了林场长和郑技术员他们代我问声好。"

红柳因为可以去见林凡清了，很高兴地说："知道了。"这时她听到林丽兰在喊："妈妈……妈妈……"

红柳走过去说："怎么啦?"林丽兰说："妈妈，我害怕！"红柳说："骑马有什么好害怕的！茂草，你妹妹学不会骑马，就别让她从马背上下来。"茂草说："知道了！"红柳亲了一下丽兰，又抱了抱茂草，说："茂草，照顾好你的这几个妹妹。"齐怀正走上来说："还有我呢，你们就放心走吧。"

深山牧场里也是一片春色盎然。那栋小土屋已维修好了，房子两边是两座毡房，周围有十几株杨树，山风吹着树叶哗啦啦地响。山坡上鲜花盛开，蜂蝶飞舞，松林里薄雾缭绕，静谧而幽深。

蒋进江在拉琴，羊群在山坡下吃草。

金巧花走向前去说："进江哥，你的琴拉得真好听。"蒋进江严肃地说："金巧花，以后你少跟我套近乎。"金巧花说："咋啦?"蒋进江说："你没看见，你一同我说话，杨北斗的两只眼睛瞪得就像一对乌鸦的眼睛，恶狠狠的！"金巧花说："我都不在乎，你在乎他干什么！他爱瞪让他瞪去，谁也没欠他啥呀！"

山那一头，蒋有友领着红柳，牵着马和骆驼，正艰难地翻越冰达坂。

阿依霞古丽的毡房前，月亮和阿依霞古丽正在烤炉前准备做饭。月亮往和面盆里抖面粉袋，面粉只够小半盆了。

阿依霞古丽问："没面了?"月亮摇摇头说："没了。"阿依霞古丽说："今晚就断粮了，这怎么办?"

雾气在塔松林的山坡间萦绕。

蒋进江走进那间小土屋，里面摆满了试验器皿。林凡清、郑君正在忙着工作。

蒋进江探进头说："郑技术员，我要到远一点的地方去放羊了，还能带上你的琴吗?”郑君说:“你不是跟榆木大爷一起在放种羊吗?”蒋进江说:“我爹下山了,他的羊我在放。”郑君一摆手说:“那就拿上吧。”林凡清说:“进江的琴是越拉越好了。”郑君说:“这小子肯学,聪明,会有出息的。”

蒋进江一走,月亮也跟着进来说:“林场长,今晚就断粮了。”林凡清说:“蒋有友已经下山去接红柳了,这两天就会回来的。我们这里想办法坚持一下。”郑君说:“林子里蘑菇很多,那可是山珍啊,又好吃又营养,你们可以去弄些蘑菇来嘛!”

蒋进江背着琴,正赶着羊群上山。

金巧花挽着个小柳条篮追上来,说:“进江哥,我想跟你一起上山。”蒋进江刻意跟她保持距离说:“跟我上山干吗?”金巧花说:“听你拉琴呀。”蒋进江说:“不是让你当月亮姐的帮手吗?”金巧花说:“今晚要断粮了,月亮姐让我进林子去采蘑菇。”蒋进江说:“那你就进林子去呀!”金巧花说:“这前面不就是林子吗?可我还想听你拉会儿琴。”蒋进江说:“我拉琴是拉给自己听的,不是拉给你听的!”金巧花说:“可我偏要听!”蒋进江说:“你瞧,杨北斗那对乌鸦眼睛又朝这边扫过来了。你快进林子采蘑菇去吧,我可不想惹什么麻烦!”说着赶着羊群往山坡上走。

金巧花碰了个钉子,却也不生气。她知道蒋进江虽然嘴上生硬,但其实并不讨厌她,她感觉得出来。金巧花看着蒋进江走远了,这才要往林子里去,杨北斗气哼哼地骑着马来到她跟前。

杨北斗说:“金巧花,你干吗一个劲地缠着蒋进江这小子!你别忘了,你是我的!你要想跟别人好,我就打断你的腿!”金巧花嗤之以鼻说:“我凭什么是你的!我来这儿没用你的一分钱,而且你还想把我赶回去!你有什么资格说我是你的!我跟谁好是我自己的事,你敢动我一根汗毛试试,看看谁打断谁的腿!”杨北斗本来就没啥底气,被金巧花连珠炮地一通数落,立马就软了下来,耷拉着眼皮说:“巧花妹,我求你了,跟我好吧。”

金巧花看他那没出息的样儿,一脸的鄙夷。她铁着脸说:“跟你好,门都没有!”说着一甩头就进了松林。

黄昏,金巧花已经摘了一篮子的小松蘑,从松林中走出来。早就候在那里的杨北斗一下子又拦在了她跟前。

金巧花吓了一跳,说:“杨北斗,你这是干啥?”杨北斗说:“想同你谈谈。”金巧花说:“咱俩还有啥好谈的?不错,是你写信把我叫来的。可你把我叫来的想法是啥?是想让我来当你的婆娘,我不答应,你就想赶我回去!你把我当成啥啦?我能留下来,靠的是林场长,跟你一点关系都没有!我告诉你,你再这么缠着我,我就对你不客气了!”

杨北斗似乎是横下心来了,他一把抓住金巧花的胳膊说:“不客气又咋啦!你就得做我的婆娘!”金巧花说:“你放手!”杨北斗说:“我不放!”金巧花说:“你不放我喊人了!”杨北斗说:“你喊呀!你喊呀!”

金巧花挣开杨北斗的手就跑,杨北斗又追上去拽住金巧花的袖子,金巧花用力一挣,袖子连同衣服一下子都撕破了。金巧花又羞又恼,哭着喊:“杨北斗,你是个流氓!”

杨北斗也害怕了,拔腿就跑。

金巧花捂着被撕破的衣服,哭着回到毡房前。在烤炉边上,月亮正熬着奶茶。

金巧花对着月亮伤心地哭着说:“他非要让我做他的婆娘,我不答应,他就把我的衣服撕破了。”月亮恼恨地说:“他是不是想对你……”金巧花虽然生杨北斗的气,但她也不认为杨北斗真有那胆子想对她干些什么。可刚才杨北斗那样子,也没打什么好主意。金巧花想了半天,摇摇头说:“我也说不上。”月亮又问:“他现在在哪儿?”金巧花说:“我一哭一喊,他就跑了。”

月亮觉得事有些严重,宽慰巧花说:“巧花,你别哭,我来教训他。”

夕阳在松林间徘徊,暮霭飘浮在山谷里,也被层层印染出一圈圈的红晕。红柳、蒋有友牵着马和骆驼来到营地。

郑君高兴地迎上去说:“红柳,你要再不来,我们都要成饿死鬼啦!到时候林凡清就有危险了。”红柳说:“咋啦?”郑君说:“咱们今晚就要活吞了他呗。”红柳笑着说:“哪有这么严重啊!”

林凡清刚走出小土屋,红柳就奔了过去,一头扎进了林凡清的怀里。

林凡清紧紧地搂着红柳，闭上眼睛掩饰了一下自己的感情，然后说："红柳，对不起。临走那天，我不该对你发那么大的火。"红柳说："是我不好，我不该使那种小性子。我知道，你绝对不是那样的人！"林凡清说："红柳，我现在要告诉你，在我的生活里，不能没有你，我把你看得跟事业一样重！你不知道，我有多爱你！"

红柳喊了声："凡清……"感动地流泪了。

林凡清又把红柳紧紧地搂了搂说："什么都不要说了，说了反而生分！你这一路辛苦了。"然后一笑说："你要再不来，今天晚上我可能真的就要被大家活吞了。"

红柳破涕为笑说："齐场长让我给你们带的东西，把两头骆驼都快要压趴下了。他恨不得把种羊场里所有吃的用的东西都给你们带来呢！"

太阳已经沉到山后了，天色正变得越来越昏暗。林凡清和郑君急切地想知道现在外面的形势，还有种羊场到底怎么样了，齐怀正那里有没有受牵连。红柳在一桩桩一件件正给他们讲。月亮和蒋进江匆匆走进小土屋，把他们的谈话给打断了。

月亮去羊圈找杨北斗算账，可羊群已经入了羊圈，却不见杨北斗的影子。月亮也不想把事闹大，只是叫上放羊回来的蒋进江，还有金巧花一起去找了一圈。眼见着天快黑了，杨北斗还是没找着。月亮有点怕了，哈里木说这山里有熊，晚上从不让他们上山。杨北斗知道闯了祸回来要挨批，躲在山上死活不肯露脸，万一晚上碰见了熊，那还不把他生吞了。月亮越想越害怕，这才拉着蒋进江来找林凡清说："林场长，北斗不见了。"林凡清说："他没回来？"月亮说："回来了，但人又不见了。"蒋进江补充说："羊群回来了，但却没见上他的人。"林凡清说："发生什么事了？"月亮哭了，说："我这个弟弟，真是气死我了！……"

了解了情况后，林凡清让月亮把哈里木、蒋有友和许静芝都叫上，他对红柳说："红柳，你走了两天路，太辛苦了，你先休息吧！找到杨北斗我就回来，你等我，啊？"

红柳点点头，人就歪在床上睡着了，她太累了。

松树林里，夜幕降临，林子里已是一片昏暗。林凡清、许静芝、月亮、郑君、金巧花、蒋有友、哈里木一边晃着手电在焦急地寻找着，一边喊："杨北斗——你在哪儿？快出来吧！"

小土屋内，睡着的红柳突然惊醒过来，走到门外看看，门外黑漆漆的一片。红柳走回来坐在床边，看着小油灯那跳动着的灯芯。

油灯昏暗的光晕里闪出林凡清的脸，红柳耳边响起了林凡清的话："红柳，我现在要告诉你，在我的生活里，不能没有你，我把你看得跟事业一样重！你不知道，我有多爱你！……"

在灯光的映衬下，红柳的眼睛里有晶莹斑驳的光点在闪动。

夜更深了。松树林里，已经是黑漆漆的一片。大家还在找着杨北斗，手电筒的光束在林子里焦急地晃动着。

月亮带着哭腔哑着嗓子喊："北斗，你快出来吧！有什么事，姐给你担着。你要出啥事，姐可没法向爹交代啊！"金巧花也在喊："北斗哥，快出来吧！我知道，你不是有意想伤害我，只要你出来，我绝不再怪你！"

小土屋里，红柳呆呆地坐在床边，看着油灯中跳动的火焰。她还在等林凡清回来。

松树林里，月亮对林凡清说："林场长，回吧，别找了。我这个弟弟，就该让他尝尝教训！"林凡清说："不行，人命比啥都重要！要是累了，大家先歇一歇，然后继续找！"

晨曦已透进松树林，林凡清等人继续在寻找着。一声声凄厉的喊声从松林深处传来。林凡清打着手电朝喊声方向奔去。

杨北斗失魂落魄地从林凡清身边闪过，林凡清回头喊："杨北斗，我们在这儿！"话音刚落，一头黑熊朝林凡清扑来。

林凡清被黑熊一掌击倒，滚下山坡。

林凡清从许静芝身边滚过，眼看要滚下一处陡坡，许静芝扑过去一把抓住他。

林凡清半个身体悬在半空中，被他带起来的细碎的岩石正往陡崖下跌落。

哈里木飞出一刀，将黑熊扎伤，黑熊吼叫了几声，看到人群涌来，便惊慌地逃进松林深处。

山崖边。许静芝趴在地上，牢牢拽着林凡清的衣领，一只手紧紧抓住山崖边裸露的松树的根茎，使足力气大声地喊："来人啊！"

郑君听到许静芝的喊声，冲到许静芝身边。

许静芝眼看着要拉不住林凡清了，失去知觉的林凡清大半个身体已经滑到山崖外。郑君赶上一步，一把将林凡清拉住了。

小土屋里，在油灯边趴了一夜的红柳揉揉眼睛，窗外，霞光已经照了进来。她走出小屋，看到营地空空的，只有阿依霞古丽在毡房前熬着奶茶。

红柳整好自己的马鞍，牵上骆驼走到阿依霞古丽跟前说："阿依霞古丽，我要回去了。"阿依霞古丽说："你看，他们找人找了一夜，到现在还没回来。等他们回来你再走吧。"红柳摇摇头说："我家里还有一堆孩子呢。我不能等了，谁知道他们要找到什么时候啊。林凡清回来，你跟他说一声。"阿依霞古丽说："你再等等吧。"红柳固执地说："不了！回去又有两天的路程要赶呢。"阿依霞古丽说："那就吃了早饭再走吧。再带上几个馕，要不是你及时赶到，我们就得饿肚子了。"红柳说："没什么，这就是齐场长和林凡清给我安排的任务。我怎么也得完成哪。"

红柳喝了碗奶茶，包上几个馕，说："我在路上吃。"说着，骑着马，牵着骆驼向山外走去。阿依霞古丽喊："红柳，路上要当心！"红柳回头喊："见了林凡清你告诉他一声，我走了，说我对不起他！"红柳转过身继续走，但鼻子一酸，眼泪涌了上来。

红柳走了没一会儿，一群人从山上奔了下来。小土屋里一团骚乱，哈里木把还昏迷着的林凡清背进小土屋。其他人也都跟了进来，把小屋塞得满满的。许静芝说："其他人都出去吧，郑君留下帮我忙。"

走出屋外,月亮狠狠地扇了杨北斗一巴掌,哭着喊:“你啥时候才能懂点事啊?要是林场长有个三长两短,我就撕了你!”杨北斗捂着个脸,抱怨说:“全是金巧花闹的!”月亮说:“这不碍巧花什么事,你欺负人家,你还有理了?”金巧花气得牙齿直打架,她恨恨地说:“我不同你计较就不错了,你还赖到我身上了!好!我告诉你,你想要我当你婆娘,等太阳打西边儿出吧!”

小木屋里,林凡清已醒了过来。许静芝在给林凡清的伤口消毒、缝针,郑君在一边帮忙。林凡清忍着痛,额头上全是汗。

许静芝对林凡清说:“还好这一巴掌打在肩膀上,要是打在脑袋上,你就没命了。”郑君说:“凡清,真的好玄啊!要不是许静芝抓住你,你早就滚到山崖下面去了,一样的没命!还好……真看不出许静芝居然能有那么大的劲儿!”许静芝一笑说:“可你要不及时赶到,我恐怕也撑不住了。”郑君问林凡清说:“现在怎么样?”林凡清说:“我好多了,没事。静芝,谢谢你救了我,谢谢你们。”然后环顾四周问:“红柳呢?红柳怎么不在?”郑君说:“我们进屋时就没见着她。”

这时,阿依霞古丽端着盆热水走进小屋,说:“她已经走了。说是放心不下孩子。”林凡清坐起来说:“她走了?”

阿依霞古丽放下盆,说:“她临走的时候让我告诉你,说她走了,对不起你。”林凡清的眼睛湿湿的,说:“红柳,是我对不起你……”

许静芝默默地站起身,走到水盆边洗手。

第二十六章

初冬,大雪纷飞。

李国祥顶着风雪赶到沙门子牧场场部。现在形势越来越严峻,林凡清等人带着羊群进山一年多还没回,这件事已经在师部炸开了锅,一帮人叫嚣着要搜山找出这些人。李国祥刚挨过批,上面也下了死命令,勒令他必须尽快把国家的财产找回来,还要严厉地处分林凡清。李国祥恼怒地对齐怀正说:“你不是说林凡清他们是去转场的吗?怎么到现在还没有回来?都过了一年多了!”齐怀正说:“是我不让他们回来的。”李国祥说:“为什么?”齐怀正说:“你瞧瞧现在这形势,他们回来干什么?”李国祥说:“可现在这形势,我就要遭家伙了,你知道吗?”齐怀正说:“那你就推到我身上,我是牧场的场长,羊群去哪儿,我说了算。”李国祥说:“齐怀正同志,你这样硬顶是不行的!上面的政策比你硬得多!他们是要拿我是问的!”齐怀正说:“该硬顶的时候就得硬顶。只有硬顶才能守住阵地。只要阵地不丢胜利就有希望。要是阵地一失手,就会全军覆没！我这个出生入死的人死都不怕，还怕什么！”

李国祥一拍桌子说：“齐怀正同志，你是在自毁前程！”

齐怀正也不示弱，坚定地说：“我的前程，就是怎么帮助林凡清他们把羊的品种改良好。因为这是造福牧场，造福子孙万代的事！我现在知道，改良好羊的品种，需要十年，二十年，甚至几十年的努力，要毁掉一个羊的品种，只要一两年时间。林凡清他们的试验绝不能中断，这就是我现在要做的事！这就是我的前程！”

初春，红柳一个人，冒着风雪，牵着驮着物资的骆驼和马，艰难地翻越冰达坂。

进到冬窝子，她远远地就看到那两顶毡房和小土屋上的烟囱正冒着袅袅炊烟。毡房外的空地上，成群刚出生的雪白的羔羊在蹦跳着。

红柳牵着马和骆驼高兴地朝营地方向喊：“吆喝……”

正在毡房前烧奶茶的阿依霞古丽第一个看到红柳，就喊：“红柳来啦……”

所有的人都走出屋子朝红柳奔去。林凡清第一个冲到红柳跟前，他也不顾周围还有那么多人，便紧紧地把红柳拥进了怀里。

夜幕低垂，杨树枯枝上的积雪跌落在小土屋的屋顶上，发出噗噗的响声。屋里终于只剩下林凡清和红柳两个人，林凡清正在烧水，要给红柳洗脸泡脚。

林凡清说：“要不是许静芝和郑君两个，我就没命了，你今天也看不到我了。我的伤口也是许静芝给消了毒缝的针。”红柳深情地看着林凡清说：“伤好了吗？”林凡清说：“全好了。主要是消毒及时，没感染，现在只留下两条疤。”红柳说：“让我看看。”

红柳在看林凡清肩上的伤疤时，林凡清一把搂住红柳，两人深情地接吻。

阿依霞古丽的那个毡房是女同志的宿舍。早晨，毡房里只有许静芝在写工作笔记。红柳走了进来。

红柳朝许静芝深深鞠了一躬，说：“静芝姐，谢谢你救了凡清的命。”许静芝停下笔说："他也是为了救别人的命。人活在这个世界上，总会有救人和被救的时候。舍己救人与见死不救这两种做法，如果搁着是你，你会选哪一种？"红柳说："见死不救那还是人吗？"许静芝一笑说："所以你就不用谢我了，我们都是一样的。红柳，茂草好吗？我好想他呀！"红柳说："那下次我把他带来？他的个头又蹿了好几厘米呢，都快要赶上我了。马也骑得越来越好了，现在那几个小姑娘，也都跟着他学会骑马了。"许静芝觉得这是个机会，她需要和红柳沟通一下。于是站起身说："红柳，我真想同你好好谈一谈呢。咱俩出去说好吗？"

山坡上有些耐寒的草已从石缝中顶出了嫩芽，在风中摇曳。许静芝和红柳坐在山坡上。

许静芝对红柳说："红柳，那天林凡清让我们先走的时候，我知道你肯定是因为我跟他发生了误会。之后在路过阿吾斯齐乡时，我也想过要离开他们。但我又想，我要真的离开了，那不是心虚是什么？那不就真的证明我跟着来是因为我有那方面不纯的想法吗？"

红柳坦率地说："那天我是吃醋了。一想到你们俩在一起，而我却在这段时间里看不到他，心里就酸溜溜的不是个滋味了。"

看到红柳的这种坦率和单纯，许静芝一笑说："这不怪你，要换成是我，我可能反应会比你更激烈。红柳，我告诉你，林凡清是那种可以为了事业把所有一切都抛弃的人，爱情这种东西也拴不住他的心。而我呢，曾经是为了爱情不顾一切的人，但我千里迢迢追到这里来，爱情却像出了笼的小鸟一样从我身边飞走了。"

红柳说："静芝姐，我真的很同情你。"

许静芝苦笑了一下说："人生哪，真的有很多可抱怨的事情，但光抱怨是没有用的。爱情飞了，但事业对每个人来说都是可以去做的。我想，现在，我们所有人的事业都进入了低谷，只有互相帮助才有可能走出这个寒冬。如果在事业上我也能帮林凡清一把，这对我来说也是件有意义的事。其实，这也是我的事业，我们的事业是吗？红柳，你放心，我不会伤害你的。再说，凡清也不是这样的人！"

红柳一把抱住许静芝说:“静芝姐,请你原谅我,我这个人真是太小气了!”

第二天,林凡清把红柳送下山。林凡清说:“回去告诉齐场长,说我们这儿一切都好。我们这十几个人,团结得就像一个人一样。”红柳说:“凡清,昨天静芝姐跟我谈了好多,我不该不放心你们,更不该吃你的醋,你千万别生气。”林凡清说:“我现在爱你都爱不过来了,怎么会生气呢?对我来说,只要想到我们正在进行的事业,一切辛苦烦恼、私人间的怨恨都应该抛在脑后!人总要活出个价值来!”

红柳紧紧地拥抱林凡清说:“我走了,你要多保重。”

深山牧场,五月的鲜花开遍了山野。

蒋进江放牧的新一代羔羊正在吃草,他站在山坡上拉起了琴。由于羊只多了,金巧花也在山坡上放羊。她坐着倾听对面山坡上蒋进江拉的琴声。

杨北斗赶着羊群走过金巧花放羊的山坡。

杨北斗揉揉鼻子说:“巧花,咱俩真的没缘吗?”金巧花嗤了一声,说:“你说呢?”杨北斗说:“巧花,你再考虑考虑吧,咱俩毕竟是老乡嘛。”金巧花说:“你别再提老乡这两个字,有你这老乡丢死人了!杨北斗我告诉你,你再要来缠我,当心我手里的赶羊鞭,这次我可不会对你那么客气了!”杨北斗说:“我知道,你是看上蒋进江了。他不就是有点文化会拉拉琴嘛!”金巧花说:“对!这就比你强得多得多了!我就看上他了,咋啦?气死你!”杨北斗说:“你气不死我,以后你等着瞧!”

杨北斗赶着羊群走后,金巧花想了想,站起身把羊群吆喝着往蒋进江的那个山坡上赶。蒋进江远远地看到金巧花过来,停止了拉琴,大声喊:“金巧花,你别过来!”

金巧花喊:“咋啦?”蒋进江喊:“你放的这群羊是公羊,会欺负我放的这群小母羊的!”金巧花喊:“进江哥,你别瞎说了,才两个月大的小羔子,懂啥?”蒋进江说:“我没吓唬你,等把他们阉了,他们才会老实呢。”金巧花喊:

“我想听你拉琴！”蒋进江说：“那你就站远了听，就在那儿山坡上听，站远了听才好听呀。”金巧花说：“才不哩，我就想在你跟前听，那听着才有味呢。”蒋进江说：“那我不拉了。”金巧花：“进江哥，我还有话要跟你说！”蒋进江说：“你挨我那么近，我就不拉了，有话以后再说！”金巧花：“为啥？”蒋进江：“不为啥！你要过来我就走！”金巧花说：“进江哥，你知道我的心不？”蒋进江说：“不想知道！”金巧花说：“为啥？”蒋进江说：“知道不知道都一个样！”金巧花说：“进江哥，你要气死我呀！”蒋进江说：“那是你的事，我可不想气你！”

蒋进江把羊赶往另一个山坡，金巧花沮丧地嘟着个嘴。

蒋进江不时地偷偷回过头去看金巧花。他不是不喜欢金巧花，而是怕跟杨北斗之间会惹出麻烦来。

比起深山牧场那温暖安详的初夏，场部这边却是暴风骤雨。李国祥真是快顶不住了，他焦头烂额地来找齐怀正，用最严厉的口吻对齐怀正说：“齐怀正同志，我要给你下最后通牒了。你要再不把林凡清他们叫回来，我就撤你的职！”齐怀正还是一副镇定自若的神情，说：“我说了，你往我身上推呀，让他们来找我呀！”李国祥气恼地说：“我不跟你说了嘛，这么多人，这么多羊不见了，你让我怎么向上级交代？你就等着受处分吧！”话虽然这么说，可李国祥知道，这事弄到最后，真正受处分的也还是自己。为了不引火烧身，他必须得做点什么。

李国祥想起了那年来打小报告的刘世棋，现在只有这条路可以走了。他拐进刘世棋家，看到刘世棋正坐在长条凳上抽烟。李国祥说：“刘世棋，你怎么没去放羊？”刘世棋说：“我放的那群羊进山了。”李国祥说：“你不是回牧业队了吗？”刘世棋手一摊，说：“牧业队也没羊给我放。”李国祥想了想，说：“那我交给你一个任务。”

李国祥把自己的计划交代给刘世棋，然后说：“刘世棋，你一定要想办法给我找到他们！”刘世棋有些心虚，齐怀正之前已经给过他警告，这事要让齐怀正知道了，他可没啥好日子过。刘世棋心里想推掉，可看着李国祥在冲他瞪眼，嘴上不由得说：“我怕……”李国祥说：“怕什么？有我呢！而且这是个政治任务！一定要完成！”

小河边上鲜花盛开，绿油油的青草地上，几匹马在撒欢地跑。那是茂草领着齐美兰、林丽兰、库兰三个小姑娘正在赛马。林丽兰被茂草调教得很好，骑的马一直跑在最目前面，齐美兰与库兰两人骑着马一前一后在追赶着，两人一会儿一个在前，一会儿一个在后，最后林丽兰跑第一，库兰第二，齐美兰第三。

林丽兰高兴地拍着手喊：“我跑第一喽！我跑第一喽！”

茂草骑马过来说：“那时我让你学骑马你还害怕、还哭，现在怎么样？我的静芝妈妈告诉我说，啥事情只要肯学，世上没有学不会的东西！”

库兰跑了个第二也有些得意，齐美兰在旁边噘着嘴很不服气地对她说：“你不过是比我快了一点点，下次我肯定跑在你前面！”库兰说：“下次你跑得快，我会跑得更快，说不定一点点会变成一大截呢！”齐美兰生气地说：“好，看看下次谁会落下一大截！”

茂草领着林丽兰、齐美兰和库兰，骑着马在草原上跑了一圈。茂草的骑术已经很精湛了，他在奔跑的马背上做着许多高难度的动作，还俯身摘取草丛中的野花。三个小姑娘在后面跟着，一面惊呼，一面满是钦佩的目光紧随着他。红柳又要给山里去送给养了，她戴着头巾骑上马，牵着两头骆驼朝他们走来。

红柳也在欣赏着自己儿子的表演。等茂草停下马，跳到她面前时，红柳也下马拍了拍儿子的肩头，给了他个拥抱说：“茂草，看好妹妹们，妈要上山去了。”茂草把摘取的那几朵野花递给红柳，说：“妈妈，你放心去吧。”林丽兰在马上喊：“妈，你看我骑得好吗？”红柳高兴地笑着说：“好！你哥说你一直跑第一，要好好听哥哥的话，妈过上几天就回来了。”说着她把野花插在头巾上，跳上马走了。

茂草、林丽兰挥着手说：“妈妈再见！”

齐美兰和库兰也跟着喊：“大妈再见！”

红柳骑着马，牵着两头驮满东西的骆驼进了山。

远远的，刘世棋骑着马一路悄悄跟在后面。

阿吾斯齐乡，何玉田拎着一布袋熏羊肉又来到许静芝的那栋小木屋前。可小木屋依旧上着锁。何玉田从木屋窗户上往里望，里面静悄悄的。看得出小木屋已经许久没有人住了。

何玉田失望地离开许静芝家，信马由缰地走上山坡。远处的山路上，有一位戴着头巾的妇女骑着马牵着两头满载东西的骆驼正在往山里走。何玉田望了一下，正准备离开，突然看见后面有个男人骑着马偷偷跟着那位妇女。何玉田警觉地赶忙策马跟了上去。

冰达坂上依然是风雪连天，红柳牵着马和骆驼在艰难地行进。风雪中，红柳突然感觉后面似乎有个人影在跟着她。她猛一回头，那个人影就消失在冰岩后面了。红柳有些吃不准，但也不敢松懈，她继续前进并留心观察着。果然，那人影若隐若现地在后面跟随着。红柳疑惑地向前走着，她在思索那会是什么人。齐怀正顶着巨大的压力在保护种羊场，但红柳知道，无论是沙门子牧场，还是柳家湖总场，确实有很多激进的人们在逼问林凡清他们的下落。这个人，会不会是那些人派来的？一想到这儿，红柳的心被揪紧了，决不能让那帮家伙找到凡清他们。

红柳翻过了冰达坂，骑着马牵着骆驼消失在一片松树林里。刘世棋赶到松树林边上，已见不到红柳和牲口的踪迹了。

刘世棋在松树林外围转了一会儿，不敢进去。他对山里的地形不熟，知道进了松树林如果迷了路，那是凶多吉少。刘世棋卷了一支莫合烟，坐在松树林边守候着。

何玉田在远离松树林的地方下了马，观察着刘世棋的动静。

傍晚，松树林的另一侧。红柳从松树林里转了出来，因为不能确定是不是真的甩掉了后面的尾巴，她决定绕个道，走上了另一条崎岖的山路。刘世棋还眼巴巴地候在松林边上，他没看到红柳已经走出了松林，看看天色渐渐变暗，知道等下去也没什么意思，只好失望地往回走。远处的何玉田也转向了另一条路。

黄昏,红柳已下马,牵着马和骆驼往山下走。她这次绕道走的山路很陡,人和牲口都走得很小心。转过一个山岩,红柳终于远远看到了林凡清他们的营地,她心里一松,脸上露出喜悦的笑容,但突然她的脚下一滑,人便从岩石上跌了下去。锋利的岩石在红柳的大腿上划了一道很长很深的口子,鲜血顿时渗透了她的裤腿。红柳紧紧抓住马的缰绳,在马的帮助下才没有继续往山下滑落。

红柳的伤口在汩汩地往外冒血,她费力地扯着缰绳往上爬。马也在山路上倒退着想把她拽上来。马又倒退了几步,眼见着红柳的手已经攀上了山路上的岩石。突然,紧绷着的马缰绳松松地垂在了山岩上。

失血过多的红柳昏了过去。

深山牧场,晚霞映染了天空。

月亮和阿依霞古丽正在毡房前做饭,炊烟袅袅升起。

小土屋里,霞光从窗外射了进来。林凡清和郑君还在忙碌着。

山坡上,蒋进江、金巧花、杨北斗、蒋有友正各自赶着羊群往营地走。在毡房前的月亮正要招呼他们,突然看到山坳里出现了红柳的马和骆驼,于是大声地喊:“红柳姐来啦……”

林凡清和郑君听到声音都跑出了小土屋。可林凡清的脸很快由欣喜渐渐变得惊讶,郑君也吃惊地望着马和骆驼跑来的方向。

红柳没有鞍的马和两头骆驼越跑越近……

沉沉的夜幕笼罩在山坳上,一弯月牙儿升起。

小土屋内,许静芝包扎好红柳的伤口,忧心忡忡地对林凡清说:“可能割到大腿动脉了,现在虽然把血止住了,但之前血流得太多,得马上输血!”林凡清已经失了神,他茫然地说:“可输谁的血?红柳的血型也不清楚。”许静芝说:“你这个丈夫怎么当的?连自己妻子的血型都不清楚!就输我的吧!我的血型可以给任何人输。”林凡清说:“可……咱们这里没有输血的设备呀!”许静芝问哈里木说:“哈里木,最近的牧业队离这儿有多远?”哈里木说:“翻过这座山,还有十二三里吧。”许静芝说:“那快走,越快越好!”

红柳躺在床上,林凡清半跪在床前紧握住她的手,满脸焦虑地看着她。郑君、月亮、阿依霞古丽等人围在床边。时钟走得异常缓慢,空气凝固得让人煎熬。红柳的脸变得越来越苍白。

林凡清的眼睛里充盈着的泪水不自禁地流淌下来,他吻着红柳的手恳求说:“红柳,再坚持坚持,许静芝他们马上就到了……”

红柳的眼睛终于睁开了,脸色也已变得像纸一样苍白。她微微侧过脸,朝林凡清看了一眼,然后朝林凡清甜蜜地一笑,接着又闭上了眼睛。

林凡清说:“红柳,你要坚持住啊!”

暗夜中,马蹄声在急促地行进着。

小土屋前,马蹄声停了下来,许静芝、哈里木领着背着医药箱的陆医生冲进小屋。

许静芝冲进屋,往红柳身边一靠,说:“陆医生,快,输血!”

陆医生拿出输血的针管,摸摸红柳的脉,沉默了好一阵儿,然后摇了摇头。

许静芝急了,说:“怎么啦? 快呀!”陆医生沉重地说:“输不进去了。”

许静芝翻身,拨开红柳的眼睛,看着,瞳孔已经放大了。她怔怔地转身,环顾四周,发现所有人的脸上都满是泪痕,林凡清不在屋内。许静芝在床边呆坐了一阵,情绪终于爆发了出来,她凄厉地喊了一声:“啊——”眼泪哗地冲出了眼眶。

小土屋内,顿时响起了一片哭声……

郑君含着眼泪转身出屋。

营地外,林凡清独自跪在夜幕下,低着头。郑君走过来蹲下身,把手放在林凡清的肩上。

林凡清握住郑君的手,头不停地撞着郑君的肩头,呜咽着说:“我浑哪……我真浑啊!”

天山深处，在一座塔松苍翠的山坡下。大家用石块垒成了一个坟冢，用一块厚厚的松木竖起了一座碑。悲痛欲绝的林凡清突然冲向坟冢，要用头去撞石块，哭喊着："红柳，我不能没有你啊——"郑君、许静芝一把抱住林凡清。

许静芝流着泪说："凡清，你不能这样！你不是说过吗？生命诚可贵，爱情价更高，若为事业故，两者皆可抛！现在事业上正面临严峻的考验，正需要你带领大家闯过去。红柳正是为了你的事业才献出生命的，不是吗？"郑君说："林凡清，许静芝讲得对！"

林凡清什么都听不进去了，他感到自己身上的每一个地方都在撕心裂肺地痛。他哭喊："你们把石头挪开，我要从红柳身上拿一点东西啊！……"林凡清根本不知道自己在说什么，他只知道，他不想让红柳就这么离他而去，他只想搬开这堆压在她身上的冷冰冰、丑陋的石头，那样红柳就还会出现在他眼前，还会留在他身边。

许静芝紧紧抓住林凡清，不让他去做傻事。她说："凡清，这事我来给你办，好吗？"

天山上的白雪静静地隐在松林后，白云默默地从山边飘过，草原上朵朵的鲜花和长长的草青叶都被风吹拂着，低垂着头。哈里木看看悲伤的人们，又看看巍峨的天山，叹息着说："她干吗要走那条小路呢？那儿并不近呀？"

虽然出了这么大的事，但深山牧场里，所有的工作还得正常进行下去。羊圈边上，许静芝正在蒋进江的帮助下，给金巧花放的羊群里的几只羊灌药。

蒋进江也被营地里悲伤的气氛给感染了，他情绪低落地说："静芝姐，红柳姐就这么走了，我们所有人的心里都太难受了。榆木大爷在红柳姐的墓地上整整坐了一天一宿，要不是林场长去劝，谁也甭想拉回来。"许静芝的眼睛也是红红的，虽然红柳和林凡清的结合曾经让她痛不欲生过，但自始至终她从没有恨过红柳。因为红柳就是那种让人恨不起来的女人。她轻轻叹了口气，说："是呀，那天我的泪也没干过，多好的一个女人啊，单纯、热情、泼辣、豪爽，是一个真正在纯净草原上长大的女人。"

远处蒋有友在叫："进江，你过来一下！"

金巧花走过来说:“进江哥,你去吧,我给静芝姐当助手。”

蒋进江走到蒋有友身边。蒋有友说:“林场长找你有事,你去吧。不过这事我已经代你答应了。”

许静芝一面给羊灌药,一面对金巧花说:“这几只羊得的是绦虫病,把虫打下来就没事了。”金巧花说:“静芝姐,我想同你说件事,你帮我拿拿主意吧。”许静芝说:“什么事?”金巧花说:“那个杨北斗老是缠着我,可我看上了蒋进江,你说咋办?”许静芝说:“那你跟进江挑明了没有?”金巧花摇摇头,说:“还没有。”许静芝说:“那就赶快挑明,只要你俩好上了,杨北斗也就死心了。再说,爱情上的事,也是过了这村,就没这店了。”

蒋进江又回来了。金巧花问他说:“你爹叫你啥事?”蒋进江说:“是林场长找我,让我接红柳姐的班,往这里运给养。月亮姐也回,主要是让她回去带孩子,明天一早就走。”

傍晚,残阳西照,映红了山峰。蒋进江迎着夕阳在山坡上拉琴。金巧花朝他走来。

蒋进江停下琴,问:“你来干啥?”金巧花说:“听你拉琴啊,你明天不要回去了吗?我就听不到你的琴了。”蒋进江说:“郑技术员不也天天拉琴吗?他拉得比我好多了。”金巧花说:“那可不一样。”蒋进江说:“为啥?”金巧花说:“听着感觉不一样。”蒋进江说:“有啥不一样?”金巧花说:“进江哥,我有话对你说。”蒋进江说:“你到底有啥话要跟我说?这么一趟又一趟的。”

金巧花突然抱住了蒋进江。蒋进江被箍在金巧花的胳膊里一时不知所措,说:“金巧花,你这是干啥?”金巧花说:“这就是我要说的话。”

蒋进江愣了半天,琴滑落到草地上,他的双臂也抱住了金巧花。

金巧花的脸上绽开了甜甜的笑,她的感觉是对的。她低着头有意轻声地问:“进江哥,你这是干啥?”蒋进江豁出去了,说:“这也是我要说的话……”

年复一年,冬去春来,草原上又是一片欣欣向荣的景象。李国祥的小车在青绿的草原上疾驰，直奔种羊场。

李国祥急匆匆地走进齐怀正办公室，说："齐怀正，林凡清他们在哪儿？"齐怀正没急着回答，他偷眼看看李国祥。李国祥刚从师部开完会，直接就上他这儿来了。这一趟，李国祥的脸色可跟以前大不相同，满脸的春风得意。齐怀正心里有底了，说："政委，你为什么一定要知道他们在哪儿呢？"李国祥说："我想去看看他们，让他们回来。现在全国都在抓革命促生产，上级决定又要恢复种羊场了。我现在是全总场抓革命促生产指挥部的总指挥，自然应该去看看他们。"

齐怀正笑了，笑得很爽朗很开心。他知道形势已经开始变了，说："好吧，我带你去看他们。"

李国祥和齐怀正由蒋进江领着，进入深山牧场，来到林凡清他们的放牧点。林凡清、郑君和许静芝都很吃惊，但他们很快就明白，风向变了，山外也已经冰雪融化了。他们同李国祥和齐怀正热烈地握手，齐怀正还和林凡清、郑君拥抱在了一起，这些年，正因为有了齐怀正全心全力地支撑，他们才能有今天哪。

李国祥和齐怀正由林凡清、郑君领着来到红柳的坟地，李国祥、齐怀正对着坟茔深深地鞠了三个躬。齐怀正哭了。

傍晚，夕阳西下，天上是一片火红的晚霞。

郑君在山冈上拉起了琴。一声哨声，成万只羊从山坡上涌出来，像白云一样泻下山坡，羊的欢叫声响彻了整个山谷。李国祥和齐怀正看到这情景，深深地被感动了。

李国祥激动地对林凡清说："林凡清同志，你们干得好辉煌啊！"

齐怀正说："凡清，只要我们把阵地坚守住了，迎来的就是胜利！"齐怀正兴奋地冲进了羊群。

李国祥看看林凡清，有些惭愧地说："凡清同志，现在想想，真是对不住你们，那时候我迫于压力，派刘世棋到处找你们的踪迹，可你们藏得太好了，亏得藏得这么好……不然的话——"李国祥感慨地看着在羊群里抱着羊羔跟郑君说说笑笑的齐怀正,说:“要不是这个特级战斗英雄在那里死顶,这个战绩就不会这么辉煌!”

林凡清微笑的脸上浮现了一些阴霾,他突然想起了哈里木的一段话:“她干吗要走那条小路呢?那儿并不近呀?……”林凡清掩饰住了自己的情绪。

送走齐怀正和李国祥他们,林凡清他们就开始把试验仪器和研究的资料打包装箱。终于能回家了,众人的脸上都洋溢着收获时的幸福和满足。林凡清领着队伍和羊群浩浩荡荡地走出山谷,走在初夏铺满鲜花、充满生机的丰裕的草原上。

走到一个路口,许静芝勒住了马。哈里木和阿依霞古丽也勒住了马。许静芝对林凡清和郑君说:“凡清、郑君,哈里木和阿依霞古丽还有我的任务算是完成了,我们也该回去了。”

林凡清一时间不知道该说什么好,这么多年同甘共苦相濡以沫,突然之间就这样分开了。他想说感谢的话,却又觉得这种话说出来反而生分了。但除了这些,还能说什么呢?林凡清想了想,说:“静芝、哈里木、阿依霞古丽,谢谢你们,谢谢!静芝,让茂草回到你身边吧。”许静芝明白林凡清的心思,点头说:“凡清,这事你定吧。”

许静芝和哈里木、阿依霞古丽赶着羊群往阿吾斯齐乡走。

许静芝又想起红柳的事,她问哈里木说:“哈里木,有一件事我一直没想通,就是红柳那次干吗要走松树沟那条路呀?”哈里木说:“我到现在也没想明白,那条路不但远,而且也很危险,她肯定是遇到什么情况了。”许静芝思索着,说:“会遇到什么情况呢?”

许静芝送哈里木夫妻回家后,这才往自家的小木屋方向走。她远远地看到一匹马在她家门前的草地上。何玉田又一次失望地从小木屋门前走开,正准备上马,突然看见许静芝骑马的身影出现在对面山坡上,他的脸上露出了笑容。

小木屋的地板上搁着满满两布袋的熏羊肉。许静芝忙着收拾房间,何玉田帮她点火烧水。

何玉田对许静芝说:“许兽医,这几年你到哪儿去了?我每年都来找你,可每次都是铁将军把门。”许静芝说:“跟哈里木一起,同沙门子种羊场的林场长他们去了深山牧场。”何玉田说:“去深山牧场干什么?”许静芝说:“为了排除外界的干扰,进行羊只品种的改良工作。”何玉田点了点头,说:“难怪这么些年一直不见你的踪影。你们进行的工作顺利吗?”许静芝感慨地说:“工作进行得倒是很顺利,可为了这份事业我们也失去了很多……”何玉田说:“怎么?”许静芝说:“在深山牧场,林场长失去了妻子。她是在给我们运送给养的时候不幸遇难的。唉,还是想不明白,她为什么要走松树沟那条路呢?那条路多难走啊!而且还绕了远路。”何玉田听着,突然想起了什么,问:“林场长的妻子给你们送给养,是不是要翻过冰达坂?”许静芝说:“是啊,进深山牧场必须要过冰达坂。”何玉田回忆说:“有一年,我跟着两个人翻过冰达坂……”

许静芝专注地听着。

何玉田说:“翻过冰达坂后,那个女人就进了松树林,那个跟着她的男人在松树林外等到快天黑,没见那女人出来就只好往回走了。我看没发生什么也就离开了。现在想想,那女人不会就是给你们送给养的林场长的妻子吧?”

许静芝沉思了片刻,说:“那个跟着的男人长什么样?”

在种羊场,已经得到消息的茂草早早就领着齐美兰和林丽兰骑着马在草原上等候着。一见到漫山遍野的羊群朝这边涌动,三个人都激动地欢呼着,朝赶着羊群的林凡清他们奔去。

茂草他们在呼喊:“爸爸——”

马蹄在草地上欢腾,奔跑。林凡清拥抱着来迎接他的孩子们。他拍了拍已经快跟他一样高的茂草的肩头,说:“孩子,回到你静芝妈妈身边去吧。”

茂草再次拥抱了一下父亲,翻身上马,他策马在草原上奔驰,疾驰的马蹄在草原上飞奔。

第二十七章

又过了几年,骑在马背上的茂草已变成一个二十几岁的小伙子了,英俊,高大,结实。他刚刚大学毕业,背着行囊从城市又回到了草原上。茂草骑马来到小木屋前,跳下马朝小木屋奔去。茂草冲进小木屋喊:“妈妈!”

鬓角已微微染霜的许静芝,脸上已有了些岁月的褶痕。但她年轻时温婉秀丽的风韵依然清晰可见。许静芝一见茂草满脸的喜悦和欣慰,母子俩紧紧地拥抱。

母子俩围坐在炉边,许静芝给茂草端来一碗奶茶,对茂草说:“去你爸爸的种羊场工作吧。”

茂草想了想,说:“妈妈,我还是回阿吾斯齐乡来工作吧。在牧业队当个畜牧技术员也行。我要跟妈妈在一起,再说哈里木阿爸和阿依霞古丽阿妈也在这里。”许静芝轻轻摇摇头,说:“你高中毕业时,知道为什么我要让你报考农学院畜牧系专业吗?”茂草说:“我知道,是为了子承父业嘛。”许静芝说:“你爸爸是为了继承你外公的事业,才从上海来到新疆的。我也是为了你爸爸才追到这里来的。你的亲妈妈是怎么死的?不也是为了支持你爸爸的事业献出了生命的吗?我动员你考农学院畜牧系,就是想让你继承你爸爸的事业,也就是你外公的事业。所以,我主张你去你爸爸的种羊场工作。”茂草有些不以为然,但静芝妈妈既然这么说了,他也不好反驳。不过,顺着这条思路却又把一个他一直想问的问题给勾了出来。茂草说:“妈妈,既然你是为了追爸爸才来新疆的,我亲妈妈走了十几年了,那你为什么不同爸爸结婚呢?”

许静芝伤感地叹了口气,说:“这就要去问你爸爸了。我一直在期待着你爸爸的召唤,但他现在除了工作外,好像什么都不再想。”

茂草看着许静芝怅然若失的神情,心里陡然升起了许多不满。他父亲林凡清和静芝妈妈之间的往事他听过一些,里面有误会,有遗憾,也有许多纠结,小时候,他倒不曾想过这方面的事,但成人了,知道爱情为何物了,他却愈发不能理解父亲的作为。他知道自己没资格数落父亲,但他还是忍不住说:“妈妈,我这个爸爸是不是有点儿忒混蛋了?”

许静芝板着脸说:“茂草,不许你这么说你爸爸!你爸爸在我心目中,永远很完美。”

林凡清的头发上也有了些杂色,但岁月在他的脸上侵蚀的痕迹不多,只是额头上皱眉时,会有两道很深的刻痕。而今天,这两道刻痕尤为深重,他忧心忡忡地对齐怀正说:“齐场长,我们种羊场的羊群也跟牧场其他牧业队的羊群一样,由家庭承包了,这是党的改革开放政策,让牧民们发家致富,我举双手拥护。可我最担心一件事……”齐怀正说:“担心什么?”林凡清说:“担心羊的品种会出现退化。”齐怀正明白林凡清想说什么,但家庭承包是大势所趋,就算是种羊场,他们也不可能违背政策,他叹口气说:“有可能。因为家庭承包,不但承包草场,也承包羊群,羊怎么养,养什么样的羊,都由家庭自己做主。”林凡清说:“关键就在这里!牧民的素质是不一样的。再加上有些牧民急功近利,不懂科学,羊的品种退化就很难避免。我们这二十几年的辛苦就有可能全部付之东流了。”齐怀正说:“事情是有些严峻。但我想,只要我们把种羊场的阵地坚守住，就是出现这种情况也没有什么可怕的。”可困扰林凡清的正是这个问题，他说：“但怎么来坚守这个阵地呢？怎么来保住我们改良羊品种的种群呢？我觉得我们又得面临一次重大的挑战。”齐怀正说：“那我们就去面对这场挑战！要干成一件事哪有一帆风顺的？当然，开始搞承包时我们并没想到可能会出现这么个情况，所以说改革是摸着石头过河嘛。哪怕就是出现了状况，我们也不用怕，想办法去应付，去解决嘛！这二十几年我们不也这么坎坎坷坷走过来了吗？”话虽这么说，但目前为止两人还讨论不出什么切实可行的办法来。林凡清只好心烦气躁地回试验室去了。

试验室，林凡清和郑君两个正在核对一些试验数据。蒋有友敲门走进来。

蒋有友欲言又止，显得很是为难。他说：“林场长，郑畜牧师，有件事我想问问你们。”林凡清说：“什么事？”蒋有友说：“昨天，我发现在刘世棋承包的羊群里，养着几只阿尔泰的大尾公羊。”郑君说：“混在母羊群里？”蒋有友说：“是，他说，现在市场上羊毛卖不动，肉价天天涨，我想……”

郑君一拍桌子说：“我们担心的事真的发生了。”

林凡清的神色一下变得很严峻，说：“郑君，走，我们去看看。”

林凡清和郑君来到刘世棋放牧的羊群，发现母羊群里确实有几只大尾公羊混在里面。

林凡清对刘世棋说：“刘世棋，你也是在种羊场工作过的人，应该懂得改良羊的品种有多艰难啊！可毁了羊的品种，只要一两年就够了。我要把话说重点，你这就是在犯罪！”

刘世棋说：“林场长，你别生气，再说你生气也没用。现在羊毛价一个劲儿地往下跌，羊毛再多再好有什么用？不值钱！可羊肉价呢？天天看涨。眼下，我当然要养产肉多的羊，尤其是这种大尾羊，市场上特别看好。再说，现在羊群我们承包了，草场我们也承包了。咋养羊，养啥羊，全由我们自己做主。合同上不都写着的吗？这咋能说得上犯罪呢？搁着几年前，随便给人扣帽子可以，你拿到现在，吃不开！”

林凡清气不打一处来,但他忍住了,因为刘世棋说的话也有他的理。

郑君则气愤地说:“刘世棋,你这是鼠目寸光!”刘世棋说:“你咋说都行!可我这个老百姓看到的就是眼下的利益,别的我管不了那么多。再说,郑畜牧师,你内弟不也在羊群里养着大尾公羊吗?”郑君说:“你说的是真的?”刘世棋说:“我干吗要骗你?”

郑君对身边的蒋有友说:“蒋有友,你可别学他们!”林凡清说:“蒋有友,请你为我们保留好这群母羊,我谢谢你,拜托你了。”蒋有友说:“林场长,你放心,我蒋有友不是那种忘恩负义的人。”

正在这时,远处传来了歌声。杨北斗得意地唱着山歌赶着羊群从山坡上下来。郑君气得一策马直冲杨北斗而去,林凡清紧紧跟在后面。林凡清喊:“郑君,你要冷静点!”但郑君在杨北斗跟前跳下马,还没说话就一个耳光甩了上去。

郑君吼:“你把你羊群里的这几只大尾公羊立即给我处理掉!”杨北斗捂着脸说:“干吗呀?”郑君说:“还干吗呀!林场长和我这二十几年的心血眼看就要毁在你们手里了!趁母羊发情前,赶快把这几只公羊给我处理掉!”

杨北斗一梗脖子说:“姐夫,你要打要杀都可以,政府让我们承包羊群,不就是鼓励我们发家致富吗?这几只大尾羊就是我发家致富的路!我才不管你们什么良种不良种呢!”

郑君又要上去打杨北斗,林凡清一把把他拉开了,说:“郑君,武力解决不了问题的,咱们回去。”郑君痛心疾首地说:“我们二十年的辛苦就这么完了?”

杨北斗趁机骑上马,赶着羊群就往山坡下跑。

郑君蹲在草地上,痛苦地捧着脑袋。

回到场部,林凡清去了齐怀正办公室。他问齐怀正要了一支没过滤嘴的烟,想抽一根平息一下自己的焦躁和烦闷。林凡清对齐怀正说:“齐场长,我没想到这事会来得这么快。一想到这二十几年来,我们所付出的艰辛,想到红柳的死,我现在可以说是万箭穿心哪!”齐怀正说:“我跟你的心情是一样的。以前打仗时,我们也会遇到这样的情况,阵地眼看就要坚守住了,但又突然冒出来一股敌人,让你措手不及。这时候,你就得冷静,不能慌张,得稳住你的阵脚,另找出路,得想办法把阵地坚守住。”林凡清说:“可我觉得,我们现在的情况跟打仗不一样。”齐怀正说:“我看是一样的。以前有几次,我们把阵地坚守住了。这一次,同样也可以把阵地坚守住!关键要看我们有没有这份信心和决心!世上没有过不去的火焰山!”林凡清说:“现在,最重要的是要尽快保住我们的种群!种群保不住,我们这二十年真的就白辛苦了。”齐怀正说:“凡清,你别急,这几天我也在琢磨这件事,就这两天我们到各处去查一查,看看纯种的母羊群还有多少,然后想办法把它们集中到种羊场来。你看行吗?”林凡清说:“行,只要能保住一部分种群,就有希望!”齐怀正说:“这不就是办法嘛!”

齐怀正和林凡清骑着马在种羊场下的几个牧业队转了一圈,一直到黄昏,两人才往回走。齐怀正也被林凡清的情绪给感染了,两个人的心情都很沉重。

林凡清说:“齐场长,看到没有?情况比我们想象的还要严重。”齐怀正说:“我们的行动是晚了点,但今天才看了几个放牧点嘛。在羊群里不还是有一些很纯的品种羊吗?”林凡清说:“那是个别的几只,大多数羊群都在退化。”齐怀正说:“我们跟前不是还有几群羊吗?”林凡清说:“刘世棋的?杨北斗的?都没戏了!”齐怀正说:“还有蒋有友的嘛。”

林凡清和齐怀正来到蒋有友的羊群前,看到里面也有几只大尾公羊。

蒋有友不好意思地说:“齐场长,林场长,对不起,实在没办法。今年市场上的羊毛价真的实在太低了,我们没有卖出几个钱,明年再要这样,我们就要倒挂喝西北风了,所以得赶紧养产肉多的羊。”

林凡清有些绝望地看着齐怀正。

林凡清郁闷地推门走进试验室。郑君正和年轻的齐美兰在登记实验数据。

郑君在念:“表格第三十八号,越冬期不同补饲水平对生产性能影响……”

齐美兰在做记录,二十出头的齐美兰长得有些像月亮。

林凡清闷闷地坐在桌边,越想越觉得憋气,他突然情绪烦躁地把桌上的一排玻璃试管狠狠地扫落到地上。郑君和齐美兰吃惊地回过头看他。齐美兰忙站起身去找扫帚，打扫着地上的玻璃碎片。

郑君关切地问："凡清，你怎么啦？"林凡清摇摇头说："我什么也不想说了！如果我们的事业就此中断，我怎么对得起我的老师，我的红柳，还有我的生命啊"郑君也苦笑一声，说："我二十几年的生命不也在里面吗？"

林凡清猛地站起来说："不行，得想办法立即救出几群基本母羊群，保住我们的种群！要不，一到明年，我们二十几年的心血就全毁了！"说着，有一滴眼泪从眼角滚了下来，但他很快地把泪抹掉了。

林凡清已经无心在试验室里继续工作了，他认为当前最重要的事只能是如何保护好种羊场里残存的那群品种羊。他又去了齐怀正办公室，对齐怀正说："齐场长，师里通知我去师部开几天会，我想顺便去找一下李国祥政委。他现在是主管全师畜牧业的副师长了。"齐怀正点头说："让你去开会的事我知道，那你就放心地去开几天会吧。目前种羊场出现的问题你也不用太着急，我来想办法解决。我是种羊场的正场长嘛，而且我还兼着牧场的第二场长。这次我可学聪明了，种羊场恢复后，我坚持要保留我的牧场第二场长的职务。大权一旁落，你想要干的事就很难再干成了。"林凡清说："不急不行啊，这关系到我们整个事业的成败！"齐怀正说："林凡清，你别忘了，你说的'我们'里面就包括我齐怀正，而且是很重要的一分子！"

傍晚，月亮上杨北斗家来了。这时的杨北斗也结婚了，有两个孩子，一个还在母亲的怀里吃奶。

月亮指着北斗的鼻子说："北斗，是你姐夫让我来找你。"

杨北斗委屈地说："干吗？昨天他狠狠打了我一个耳光，凭什么呀？我又没做错什么事！我做的事都是政策允许的！"月亮说："你就欠打！还说没做错什么事！做人得有良心，林场长可是救过你命的人！你的工作，也是他帮忙安排的，没有林场长，哪有你的今天？你怎么能以怨报德呢！"杨北斗说："姐，你可别这么说。现在的羊群全都承包给牧民了，把羊喂好喂坏，那是咱自己的事。再说，我们每年都要交草场费、羊群的承包费，压力大着呢！

谁也不想把羊群喂坏了，自己吃亏赔钱！”月亮说：“谁让你吃亏赔钱啦？你姐夫的意思是，别糟蹋了林场长和你姐夫辛辛苦苦培育出来的这些品种羊。”杨北斗说：“可眼下市场上羊毛不值钱，肉值钱！不养产肉多的羊，我们不就赔钱了吗？”月亮说：“你知道你这样做多伤林场长和你姐夫的心哪！”杨北斗说：“姐，我可没这个意思。反正上级说了，发家致富光荣，多赚钱有什么不好！”

月亮用手指戳了一下杨北斗说：“你这个忘恩负义的家伙！你姐夫让我告诉你，总有你后悔的一天！”

杨北斗说：“能赚上钱，有什么好后悔的！”

吃完晚饭，齐怀正走进蒋有友家。蒋有友诚惶诚恐地站起身，他其实也心虚，说：“齐场长，你是为我羊群里的几只大尾公羊来的吧？”齐怀正说：“你说对了。蒋有友，你怎么说话不算数呢？你不是跟林场长答应得好好的吗？”蒋有友辩解说：“不是我说话不算数。那天我遇到刘世棋，刘世棋说你别傻了，你想为人家保留品种羊，这个想法当然高尚、伟大，可高尚、伟大能当饭吃吗？你不想想，你承包了羊群，合同上明明白白写着责任自负！等你亏了，倒挂了，谁会来帮你？人家两三句话就能把你给打发了。我想想也是，政府不是为了让我们富起来才搞的承包吗？”齐怀正说：“蒋有友，你说得没错，从大局看，我们当然不能再走回头路了，走回头路是没有出路的。可从小处看，保留上几群品种羊，继续把对品种羊群改良的试验做下去，肯定是有好处的！蒋有友，这样好吗？你把那几只大尾公羊处理掉，把你这群品种羊保留下来。你损失多少，我补你多少，咋样？”蒋有友说：“公家给我补助？”齐怀正说：“不，我私人给你补！我工资高，这些年我也积攒了一些钱，补你的损失，我想够了。”

蒋进江突然走了进来，说：“爹，咱们不能要齐场长的钱！刘世棋也动员过我，我告诉他，把细毛羊改成肉用羊容易，只要几年工夫就行了。可要重新把肉用羊改成细毛羊，那又得花二十年三十年的时间。再说，现在肉比羊毛值钱，可过两年，说不定羊毛又比肉值钱呢，我们又该怎么办？咱们做事不能这么急功近利呀!”齐怀正没想到蒋进江会有这觉悟,又惊又喜地说:“进江,那你的羊群呢?”蒋进江说:“去年,我从种羊室出来,也承包了一群羊,我一直坚持养我们自己种羊场培育出来的品种羊,你可以去看看。”齐怀正真是喜出望外,说:“那我代表种羊场谢谢你们父子俩。不过你们羊群的承包费和草场费还是由我来付。你们只要安心地把这两群羊放好,不受污染就行了。”

蒋有友其实早就被说服了,但一想到要从齐怀正自己私人腰包里掏钱贴补自己,心里怎么也不踏实。他想再说说这事,可齐怀正一摆手说:“不要讲了,这事就这么定!”

在师部的林凡清,开会前直奔李国祥副师长办公室。他把种羊场此时的现状跟李国祥描述一下,痛心疾首地说:“李副师长,自从羊群由家庭承包后,整个牧区羊只品种退化的现象很严重。我们二十几年来进行的羊只品种改良工作,眼看就要毁于一旦了!”李国祥也很为难,说:“那你说怎么办?让家庭承包制停下来?回到原来的老路上去?那我这个主管全师牧业的副师长不就成了改革开放的绊脚石了?”林凡清冲动地说:“那我们种羊场还需要不需要?”李国祥说:“我说不需要了吗?在我看来,你们种羊场的地位更重要了,责任也更大了。路是人走出来的,办法得自己去想!我个人可以对你们表个态,你们以前的工作是卓有成效的,你们必须把羊只的品种改良工作进行下去。作为主管全师畜牧业的副师长,我会尽力支持你们的。但具体方案,要由你们自己来拿!林凡清同志,我一直记住你说过的一句话,永不言败!你的这种精神也曾感动和教育过我啊!”

夕阳下,青绿的草原上蒙上了一层薄薄的暮霭,小河的水面上闪着点点粼光。齐怀正和林凡清沿着小河在走,林凡清还是满脸的忧虑。

齐怀正看看林凡清,问:“会开得怎么样?”林凡清说:“上面要求我们种羊场把改良羊的品种工作继续开展起来。李副师长说,改革开放越深入,我们种羊场的责任就越重大,我们的工作也就越需要深入地开展下去。”齐怀正说:“这话对!”林凡清说:“我把我们种羊场目前出现的问题也讲了,他让我们拿出具体的解决方案来,他会坚决支持我们的。”齐怀正一拍林凡清的肩膀,说:“凡清,走,咱们到羊圈去看看。”

林凡清走到羊圈边一看,脸上顿时有了喜色,说:“全是我们的品种羊嘛!”齐怀正说:“是我让牧场生产科的技术员下到牧业队,到每一家牧民的羊群里搜罗来的。”林凡清说:“他们愿意给我们?”齐怀正说:“让他们少交点承包费不就成了。我已经跟老杜说好了!不管咋说,我还是牧场的第二场长嘛!这群羊,我准备暂时让月亮来放。这样,你,我,还有郑畜牧师都会放心的。”林凡清说:“月亮年岁这么大了,怎么能还让她放呢?”齐怀正说:“只是暂时的!等找到更合适的人选再把她换下来好了。另外,蒋有友的羊群也保住了。”林凡清说:“他同意把他的大尾公羊处理掉了?”齐怀正点头说:“我准备把他的羊群承包费和草场费交掉。”林凡清说:“你私人掏的?”齐怀正说:“你不要问了,你不是说目前最重要的是要保住我们品种羊的种群吗?”

林凡清觉得嗓子里一阵哽咽,他握了握齐怀正的手。这才真是事业的伙伴哪!每一次他的事业遇到瓶颈时,齐怀正就是他最坚强的后盾,让他能够心无旁骛,一门心思地往前冲。

齐怀正望着远处的草原,说:“还有蒋进江的羊群,一只都没受污染!这小子真是不错……”

夜晚,齐怀正在屋里看自己的银行存折,齐美兰推门进来。齐美兰说:“爸,你在干吗呢?”齐怀正说:“老爹在看自己到底攒了多少钱。”齐美兰笑着说:“爸,你可从来没关心过自己的钱,今天怎么啦?”齐怀正说:“没什么怎么啦,就是今天突然想看看。”齐美兰说:“爸,我事先申明,自打我初中毕业你让我到试验室工作那天起,我可是自力更生的!我自己养活得了自个儿,我可不需要你的钱哦!”齐怀正收起存折说:“你放心,你老爹也没这个意思。孩子大了,能自立了,这是好事!美兰,我们不是说好了吗?不是让你到你妈和你郑叔那儿去住,怎么又回来啦?”齐美兰说:“可妈和郑叔一定要我回来同你住。”齐怀正说:“美兰,你不听老爹的话啦?”齐美兰抱怨说:“你们怎么啦？把我像个皮球一样地踢过来扔过去的！”齐怀正说：“可你郑叔的身体越来越差了，你得回去照顾你郑叔。”齐美兰说：“可我妈说了，郑叔有她照顾呢。她说，你是我爸，战争年代又留下很重的伤，我应该回来照顾你。”齐怀正说：“你郑叔忙，你妈也忙，你妈说不定又要去放一段时间的羊了。”齐美兰说：“为啥？”

杨北斗厚着脸皮来到郑君家。他央求月亮说：“姐，你借我点钱吧，到年底，我加倍还你！”郑君进来说：“你要借钱干什么？”杨北斗迟疑了一下，说：“我还想再买两头大尾公羊。”月亮恼怒地说：“你找死啊！”杨北斗说：“姐，姐夫，我告诉你们，现在大尾羊的羊肉价可着劲儿地往上涨！他们说，用大尾羊烤出的羊肉特好吃，卖得也好。所以我再买上两只公羊，秋天快到了，我就用我的公羊给别人的羊群配种，赚钱呀！所以我说年底我可以加倍还你们！”郑君气得血直往脑门冲，怒声说：“你自己把羊群糟蹋了不算，还想去污染别人的羊群啊？你给我滚出去！”杨北斗不服气地说：“有钱赚为啥不赚？姐，姐夫，我不是说你们，你们也太傻了！”郑君说：“谁稀罕你赚的那点臭钱！”杨北斗说：“臭钱也是钱！咋啦？在我看来，有钱不赚的人，才是一堆臭狗屎呢！”

郑君气得抄起一把扫帚就想揍他，被杨北斗一头撞在了地上。郑君的脸碰到了凳子角上，血顿时流了下来。

杨北斗拔腿就往外跑。

月亮赶忙去扶郑君，气得冲着门口喊：“杨北斗，你要再敢进我的门，我就打断你的腿！”

第二天早晨，郑君红肿着半边脸走进试验室。

齐美兰吃惊地问：“郑叔，你怎么啦？”林凡清说：“跟月亮干架啦？”郑君说：“我跟月亮干什么架！昨晚，我是跟那个不争气的小舅子干了一架。他跑来跟我们借钱，说是还想买两头大尾公羊，拿来给人家的羊群配种，可以赚钱。我说你糟蹋自己的羊群不算，还要污染别人的羊群啊！吵着吵着就干起架来了。”齐美兰说：“舅舅这个人也真是的！”郑君说：“他呀，眼里除了钱，什么都没有了！”林凡清说：“郑君，这事我想了几天了。一呢，羊群由家庭承包这是大势所趋，为了赚钱，他们想喂养什么样的羊，谁也挡不住；二呢，我觉得这事的责任其实还在我们。”郑君说：“此话怎讲？”林凡清说：“杨北斗也好，那个刘世棋，还有其他人也好，其实他们也不是存心要和我们作对。你想，既然羊群由家庭承包了，就应该给人家自主权，让人家自负其责，我们要强行干涉，出现了亏损，责任到底由我们承担还是他们承担？”郑君说：“那责任怎么又会在我们身上呢？”林凡清说：“如果我们培育的品种，毛肉兼优，能给牧民带来更大的收益，他们还会去喂养那些杂种羊吗？所以这事，还得从我们这儿做起，继续改良好羊的品种，真正做到毛肉兼优，让市场欢迎。所以眼下我们的当务之急，就是尽快保留住我们品种羊的种群，在此基础上提高发展，这才是我们真正的出路！”

又过了几日，林凡清走进试验室，看到一个高大的小伙子倏地站起来，喊了声：“爸。”林凡清先是一愣，看见小伙子边上站着许静芝，他立刻明白是儿子回来了。

林凡清仰头看着茂草，高兴地说：“嗨，长得比我高一个头啊！静芝，是你把他领来的？”齐美兰兴奋地说：“林叔叔，茂草哥分到我们种羊场来工作了！”林凡清说：“是吗？”茂草说：“是妈劝我来的。爸，这是我的行政介绍信。”许静芝说：“凡清，你有空吗？我想同你说几句话。”

林凡清把许静芝送到路口。许静芝说：“凡清，我把茂草交还给你了。希望他能继承好你的事业。这样你们祖孙三代在为同一个事业而奋斗，这事本身就很让人感动。”林凡清说：“静芝，让我怎么感谢你才好？”许静芝说：“凡清，我想问你几句话行吗？”林凡清说：“问吧。”许静芝说：“我为什么来新疆？”林凡清说：“为我而来。”许静芝说：“谢谢，这点你倒还记得。但我至今为什么还没结婚？”林凡清说：“你想要的回答，是不是还是因为我？”许静芝说：“是，你比谁都清楚，这么多年来我心里除了你林凡清之外，再也容不下别的男人。”林凡清说：“你问这些做什么？”许静芝说：“我想知道，你要让我等多久？”

林凡清沉默了好一会儿，说：“静芝，对不起。我现在的心里，除了工作就只有红柳，还腾不出位置去容纳另一份情感。”这个回答既在许静芝的意料之中，却又让她失望至极。她低声说：“红柳已经过世十几年了。”林凡清动情地说：“可我心里仍放不下她，对红柳的情感我至今还没有解脱出来。静芝，我需要时间。”许静芝说：“你不会让我一直等到我死的那天吧？”林凡清带着些愧意，但仍然说：“静芝，请原谅我，再给我点时间吧。”许静芝说：“好吧。”她翻身上马说：“林凡清，你是个既可敬，又让人同情，但也可恨的男人！但是为了你，我会永远等下去。男人可以为事业献身，而女人也能够为爱情坚守。”说着，策马飞奔进草原。

黄昏，茂草刚走出试验室，齐美兰在试验室里喊：“茂草哥，你等等我！”茂草说：“有事吗？”齐美兰说：“没事，同你说说话不行吗？”

河边，夕阳如火，照得河水像燃起了火光，红色的波纹在跳跃闪烁。茂草和齐美兰坐在河边的大岩石上。茂草凝视着办公室门前那两棵粗壮的胡杨树。

齐美兰歪着头在盯着茂草看，她说：“茂草哥，你在想什么呢？”茂草说：“看到这两棵胡杨树，我就想起了我的亲妈妈。我记得我正在教你和丽兰学骑马，妈妈牵着骆驼要给爸爸他们去送给养。妈妈同我告别时，我觉得那天我特别舍不得妈妈离开。想不到，那竟是我跟妈妈的最后一面。”齐美兰也记得这事，那天她赛马输了，正生闷气。可后来茂草在马背上表演给她们看，至今她还记忆犹新。就是那天，他们是最后一次见到红柳大妈。齐美兰的眼睛里闪着泪光说：“一想到这事，我也特别难过。红柳大妈是个多么好的妈妈啊！”茂草说：“所以当我的静芝妈妈在我高中毕业鼓励我考农学院畜牧系时，我就知道我静芝妈妈的意图了。所以大学毕业，静芝妈妈让我回到爸爸身边时，我就来了。其实我更喜欢跟静芝妈妈在一起，但一想到我的亲妈妈是怎么死的，我就毫不犹豫地来到了爸爸身边。”齐美兰含情脉脉地看着茂草，说：“茂草哥，你能回到种羊场来工作，你不知道我有多高兴呀！”

黄昏，戈壁滩上的公路。一辆长途公共汽车在路边一个小车站停了下来，街面上有一排小饭店。

司机喊：“大家下车，吃了饭再走。”林丽兰对楠森说：“楠森，下车吃饭。”

已二十岁的林丽兰长得亭亭玉立，美丽异常。楠森，二十二岁，中等个儿，长得很清秀很有气质。楠森跟着林丽兰一起下了车。

小饭馆门前摆了几张桌子，几条板凳，桌边围坐着公共汽车上的旅客。林丽兰和楠森坐在一张桌子旁，楠森被戈壁滩上的热风吹得睁不开眼。公路上不断有卡车疾驰而过，扬起许多灰尘直扑向公路边的这些饭馆。楠森揉了揉鼻子，看看满不在乎的林丽兰，想说些什么，最后还是把话咽了回去。

服务生端来一大盘新疆拉条子。

林丽兰说：“服务员，给一个空盘子好吗？”楠森愁苦地皱着眉说：“林丽兰，这拉条子你昨天不是在乌鲁木齐吃了吗？今天怎么还吃啊！”林丽兰说：“我是新疆人，就爱吃拉条子！你吃不惯？”楠森摇摇头。林丽兰说：“那你跟我到新疆来干什么？”楠森说：“我是为了爱情才来的，这跟吃不吃得惯新疆饭有什么关系？”林丽兰说：“关系大着呐，咱俩吃不到一个碗里，将来怎么共同生活？”楠森苦着脸说：“那好，我吃。”

林丽兰在服务员拿来的空盘子里拨出一半面，推给楠森说：“吃吧。”林丽兰大口大口吃得津津有味，但楠森吃了几口，难以下咽。林丽兰看着楠森那张哭丧的脸，就回到车上，从旅行包里抽出一罐饮料和一个面包，走回小饭馆到楠森的跟前说：“吃你的这个吧。以后你别再跟我到新疆来了。我对你的考验到此结束！”楠森说：“那你跟我去澳大利亚吧。”林丽兰说：“胡说！你们澳大利亚的饭我也吃不惯！”

夕阳如血，种羊场办公室前清澈的河水泛着红色的浪花。林凡清和茂草坐在河边。

林凡清抽出一支烟说：“茂草，抽不抽烟？”茂草摇摇头说：“不会。”林凡清一笑说：“不像个男人！”茂草说：“静芝妈妈严禁我抽烟。”林凡清又一笑说：“你妈妈身上这种千金小姐的儒雅气也影响到你身上来啦？她现在还不吃羊肉?”茂草说:“只吃松枝熏过的羊肉干。”林凡清摇摇头说:“从小养成的习惯要改也难啊！真是你静芝妈妈让你到这儿来的?”茂草说:“是,是她让我考农学院畜牧系的,毕业后又让我主动到你这儿来工作,说是为了让我继承你的事业。妈说,你爸是个把事业看得高于一切的人。”林凡清一笑说:“谢谢你妈能这么理解我。”

茂草迟疑了好一会儿,终于鼓足勇气说:“爸,我亲妈妈已经走了十几年了,静芝妈妈又一直这么苦等你,而且你们以前就是一对恋人,你干吗还要我静芝妈妈这么等呢?”

林凡清说:“孩子,我的心情一时很难对你讲清楚,连我自己也没弄清楚。我只觉得,我好对不起你的这两位妈妈啊！开始,我并没想到你的静芝妈妈会为我追到新疆来,当我知道的时候,我已经同你亲妈妈红柳结婚了。我也没想到,你亲妈妈会爱我爱得这么纯这么深这么无私,当她走的那一天,她也把我的心彻底地带走了。至今,我还是觉得你的亲妈妈就活在我身边。我知道,让你静芝妈妈再等下去是一件很残酷的事情,可我怎么也下不了决心,我不能因为歉意和愧疚就随随便便把她弄到我的身边,我不能亵渎了她的这份神圣的、真诚的、纯洁无瑕的情感……”

通往沙门子牧场的路口,林丽兰和楠森拎着旅行包从公共汽车上下来。

茂草在路口迎接他们。林丽兰高兴地一把抱住茂草喊:“哥！你回来啦!”茂草说:“回来啦,分配到老爸的种羊场工作了。这小子是谁?”茂草看着楠森身上的大花衬衫,感觉很扎眼。

林丽兰说:“楠森,来,介绍一下,这是我哥,林茂草。哥,这是楠森,是……”楠森马上接过话茬说:“我是林丽兰的男朋友。”林丽兰说:“暂时这么说吧,反正我还没同他敲定。”茂草说:“那你让他跟来干吗?”林丽兰说:“先磨合磨合呗！能不能成,一要看缘二还要看分。”楠森说:“茂草哥哥,请你放心,我会努力的。”说着,朝茂草鞠了一躬。

上马时茂草在林丽兰的耳边说:“这小子我不喜欢。”林丽兰说:“咋啦?”茂草说:“像个花花公子!”林丽兰说:“哥！他人挺老实的。”

即使是休息日，林凡清还是一如既往地泡在试验室里。茂草在家里没找着父亲，就把林丽兰和楠森领进试验室。楠森深深地朝林凡清鞠了一躬说："林伯伯，您好！"

林丽兰介绍说："爸，楠森的爸爸在澳大利亚办了一个现代化的牧场，所以他也特地想到这里来看看。"林凡清说："欢迎啊。你是学什么的？"楠森说："生物遗传学。"林凡清眼睛一亮，说："好啊，跟我们的工作靠谱！"林丽兰说："爸，你怎么什么都要扯上你的工作？想把他弄到你这儿来啊？"林凡清一笑说："那是你的事，不是我的。"林丽兰一跺脚说："爸……"

林凡清对楠森很有好感，他热情地说："走，去看看我们的羊群吧！"

林凡清、茂草、林丽兰、楠森走出种羊场，月亮正把羊群往山坡上赶。林丽兰冲上去一把搂住月亮的脖子说："月亮阿姨，你好！"

月亮说："啊呀，丽兰是你呀！你真是长得越来越漂亮了。"林凡清走到月亮跟前说："月亮，真不好意思，让你这么大年纪还来放羊。"月亮摇摇头说："林场长，你千万别这么说，一想到丽兰的妈妈，什么都不是个事了。"林凡清点头说："月亮，谢谢你。"

在林凡清和月亮说话时，楠森、茂草和林丽兰走进羊群。楠森拉过一头羊，很内行地查看着羊毛。然后摇摇头，很直率地对林丽兰说："这些羊，同我们家牧场的羊比，毛的密度、长度、纯净度都要差很多，羊毛最多只有58~64支。"林丽兰瞪了楠森一眼说："你小声点行不行？"楠森说："怎么啦？"林丽兰说："为了改良这些羊的品种，我爸爸已经付出了二十几年的心血，这就很不容易了！你说这些话，多伤他的心啊！"

林凡清已听到楠森说的这些话了，他朝他们走来。

楠森依然坦率地说："世界上的事情，原本是什么就是什么，成功了多少就是多少，要不，科学怎么能进步啊！"林丽兰说："喂，楠森，话是这么说，但你说话的方式能不能策略一点？"林凡清说："实事求是最好！"楠森说："你看你爸爸就比你强，能够面对现实。林伯伯我还能实话实说吗？"林凡清一笑说："能！"楠森说："在我父亲的牧场，已经培育出66~70支细型细毛羊了，现在还在培育80~100支超细型细毛羊。我们那儿还培育了肥羔羊品种,肉质非常好。在北京、上海的一些大饭店,可以卖到两百元一公斤呢!”

林凡清心情变得很沉重,神色严峻地说:“你说的这些情况,我在资料上都看到了。是呀,现在我们面临的压力太大了。国家的经济在转型,我们得跟上;与世界的先进科学相比,我们又有差距,那也得跟上!我们就是有三头六臂都还是忙不过来。但我们不怕,我们要下定决心去继续拼搏,毛泽东有句话说,下定决心,不怕牺牲,排除万难,去争取胜利。从现在开始,我们就要培育适合我们这里生长的更优质的细毛羊来!”

这时,齐怀正刚好在不远处骑马过来,说:“说得好!”然后策马来到林凡清跟前说:“凡清,李副师长在办公室等着我们呢。”

李国祥是专程来种羊场解决林凡清上次跟他汇报的难题的。他对齐怀正、林凡清说:“昨天,我把你们种羊场目前的情况提交到师党委会上,师党委决定给你们种羊场每年增拨一些款,以保障你们种羊场的日常开支。但增加的这点钱毕竟有限,所以师党委也建议你们尽快把你们的试验成果转化成生产力,走向市场,向市场要效益,来巩固和发展你们的试验成果,发展和扩大你们种羊场的规模。目前你们种羊场有多少只羊?”

齐怀正说:“前两年,根据上级的指示精神,全承包出去了。但现在看来不行,还得有自己的羊群。所以,从牧场又收拢了一群母羊,三百六十只吧,供做试验用。”

李国祥觉得这个数目太少了,他说:“还可以再收拢一些,搞个三群一千多只吧。以后就发展到一万只,两万只,甚至更多!师里不再要你们上交,你们可以把盈利的资金扩大再生产,用在你们的科研试验上。政策给你们了,你们就好好用吧!你们就大胆地走向市场,再要搞不好,那就是你们的事了。”

林凡清没想到师部这么快就给他们一个如此阳光的政策,他兴奋了,握住李国祥的手说:“谢谢师党委的支持和关怀!”

第二十八章

清晨,茂草、林丽兰和楠森在河边饮马。

茂草对楠森说:“小子,你追我妹妹的理由是什么?”茂草说:“因为她长得太漂亮了。”茂草说:“现在漂亮的姑娘多得很,你干吗非要追我妹妹?”楠森说:“因为你妹妹身上有股热辣辣的东西,特别地吸引我。”茂草说:“明天跟我们一起上趟山怎么样?”楠森说:“做什么?”茂草说:“我和我妹每次回来,都要去我妈那儿看看。”楠森说:“你们的妈妈不是已经……”突然悟到什么,忙说:“噢,我明白了,我去!”

天山深处。茂草、林丽兰、楠森牵着马,迎着高山的风雪过冰达坂。楠森感叹地说:“好艰险的路啊!”

深山牧场里,幽静的塔松,碧绿的草坡,涓涓流淌着的山崖间的溪水,静谧地围绕着沉睡在地下的红柳。茂草、林丽兰和楠森站在红柳的坟前,林丽兰采了一大捧野花摆在松木的墓碑前。楠森在红柳坟前深深地鞠了三个躬。

楠森说:“听了刚才你们讲的故事,我觉得你们的爸爸、妈妈真的太伟大了。尤其是你们的妈妈,多纯情、多崇高的女人哪!”林丽兰不满地说:“有这么夸我老妈的吗?”楠森说:“怎么啦?”林丽兰说:“崇高是当之无愧,纯情这个词有点过分吧!我老妈可是你的长辈!”楠森挠挠头,说:“那该怎么说?”林丽兰想了又想,说:“算了,我也想不出什么合适的词,姑且放过你吧。”茂草有点生气了,说:“你们俩都给我严肃点!”

茂草在种羊场闲待了几天,觉得自己是时候该干些什么了。他走进试验室,朝郑君和齐美兰打了个招呼,就问林凡清说:“爸,我的工作你们研究好了没有?我都等了好几天了。”林凡清说:“我和你齐伯伯商量过了。”茂草说:“让我干什么?”林凡清说:“放羊。”茂草睁大眼睛说:“爸,你没有搞错吧?让我放羊?”凡清说:“对,放羊!”茂草说:“爸,你让我这个大学生去放羊?”

林凡清看了看茂草,茂草的这个反应让他有些不太高兴。他说:“你去把你月亮婶婶的那群羊接过来。月亮婶婶年纪大了,而且她也要照顾你郑叔叔,这儿还有些杂务事要她做。目前就需要有一个年轻的身体强壮的人去放我们种羊场这群羊。”茂草觉得很可笑,说:“放羊?我到哪儿去不能放羊啊?干吗非要到种羊场来放羊呀!老爸,你就是这样叫我来继承你的事业吗?”林凡清说:“对,就从放羊开始,因为你放的这群羊,意义不一样!”茂草说:“老爸,我拒绝!我回我妈妈那儿去,到阿吾斯齐乡最起码可以让我当个畜牧技术员。”林凡清说:“可以,你回你妈妈那儿去吧。要留在我这儿,就是先放羊,放上两年羊再说。”

齐美兰一听茂草说要走,急了,忙说:“林叔,让我去放我妈的那群羊吧!让茂草哥留在试验室工作好了。”

林凡清坚决地说:“不行!”

茂草气恼而委屈地喊:“老爸,你也太小看我了!”

从试验室里出来,茂草坐在河边生闷气。他并不是真的要回静芝妈妈那儿,可老爸这个工作安排,太掉价了吧。郑君走上来,轻轻碰了碰茂草的肩膀。茂草回过头看了看郑君,委屈地喊了声:“郑叔。”

郑君从背上解下琴来,说:“茂草,郑叔先拉段琴你听听,解解闷怎么样?我给你拉段外国的诙谐曲。”郑君面部表情丰富地拉着一首诙谐曲,逗得茂草笑了。

郑君收起琴,坐到茂草身边说:“茂草,别生你爸爸的气。你爸让你放羊,是把一副重担子压在你身上呢。”茂草说:“这我可没感觉到。”郑君说:“你想,我们种羊场只剩下你月亮婶婶放的这群纯品种的羊群了。所以这群羊就是我们种羊场的命根子。一旦这群羊也不纯了,那你爸和我们二十几年的辛苦就真的付之东流了,今后的路我们又得从零开始。目前对我们种羊场来说,保证品种羊的种群,就是保住了种羊场的生命。现在牧场的羊群里,都混放着一些公羊。一到了母羊发情期,羊群是活的,又都散放在草原上,一旦出现什么局面就很难控制了。你月亮婶婶年纪大了,又是个女同志,我们怕她担不起这个担子。你明白我的意思了吗?齐场长和你爸爸的苦心你应该体谅。”

茂草听得有些动心了,但还是说:“我听美兰妹妹说,不是还有蒋有友和蒋进江他们父子俩的两群羊吗?”

郑君长长地叹了口气,说:“那两群羊都承包出去了,我们没法控制,只能靠他们的自觉了。我们目前能控制的,就只有你月亮婶婶放的这群羊了。”

茂草再也没说什么,倏地站了起来,朝试验室走去。

林凡清和齐美兰还在试验室工作。茂草推门进去说:“爸,我听你的,先放羊!”

暑期结束了。一大早,林丽兰和楠森背着行李,同林凡清、茂草告别。

楠森朝林凡清鞠了一躬说:“林伯伯,在你这儿住了几天,我的收获很大。也对我以前讲过的那些不知深浅的话向您道歉。”林凡清说:“你说的全是实话,用不着道歉。”楠森说:“不!一开始,我心里真有点嘲笑你们的落伍。可当我听到您和红柳伯母的故事后,我才感到,虽然你们培育的品种羊与世界先进水平比,是有些落伍,但你们培育品种羊时的艰辛,还有那种执着的精神,是永远不会落伍,是永远值得人敬重的。明年我和林丽兰就毕业了,我要到你们这儿来工作!”林凡清高兴地说:“那当然欢迎!我们的事业要发展,人才是第一位的。”楠森说:“但不知道林丽兰会不会同意?”林丽兰瞪了楠森一眼,说:“你想来就来,别拿我说事!”

阿吾斯齐乡。许静芝刚从乡里回来,又有牧民请她去看病。她正在收拾药箱,突然从窗口看到茂草骑马回来了,便走到门口打开门。

茂草进屋喊了声:“妈妈。”许静芝说:“你怎么来啦?”茂草说:“爸让我来看你的。”许静芝苦笑一下,说:“他还想得到我啊。”茂草说:“妈,上次你跟爸谈了你们之间的事吗?”许静芝说:“谈了。”茂草说:“他说什么?”许静芝说:“他让我再等等,他说他还没从对你亲妈的感情上解脱出来。”茂草说:“妈,你就别等了,干吗一定要等他呀!我认为爸在事业上也许是个顶天立地的男子汉,但在感情上却是个优柔寡断的人。让你一个人这样孤单地生活实在太说不过去了!要不,我还是回来跟你在一起?”

许静芝淡淡地说:“这么些年我不都这么过来了?再等等吧。你爸现在的心思不在这儿,我上次就觉着他正为工作上的事烦心呢。茂草,你哈里木阿爸和阿依霞古丽阿妈已经转场回来了,你去看看他们。妈这会儿得出门,要给一个牧民家里的羊看病,回来一起吃饭吧。”

茂草在哈里木家的毡房里喝着奶茶,同哈里木和阿依霞古丽讲述着自己在种羊场怎么被老爸打发去放羊的事。他咂着嘴说:“哈里木阿爸,阿依霞古丽阿妈,事情就是这样,所以我听从我爸爸的意见,先放两年羊。”

哈里木也有点想不通,但他也觉得林凡清这么做必定也有他的道理。雏鹰不磨炼,怎么能展翅高飞呢。他点头说:“让你这么个大学生去放羊,也太委屈了。可想想事情有那么重要,你还真该去做。”茂草想起林凡清最近忧心忡忡的事,他说:“阿爸,阿妈,我刚才看了你们的羊群,还是我爸爸培育出来的品种羊嘛。”哈里木说:“我从小就是放羊的,小时候放的羊是什么样子的,我心里清楚得很。再说,你爸为了培育这些羊花了多大的心血啊!你亲妈妈咋死的?所以咋能随随便便把这些羊只糟蹋了呢?”

茂草感动地说:“阿爸,阿妈,你们救过我的命。这些年来,别人为了一点眼前的利益,羊的品种不但没有保住还严重退化了,可你们却完整地保留了我爸爸改良的这些品种羊。你们这样重视我爸爸的工作,我在这里,就给你们磕个头吧。”

说着,就要跪下。

哈里木一把拉住茂草说:“嗨,茂草,你这话就错了,你也是我们的儿子,所以你爸爸的事,你的事,也就是我们的事。我们是一家子嘛!”茂草说:“阿爸,阿妈,你们不能去种羊场工作吗?”哈里木说:“这有什么不可以的?我现在放的这些羊,费用已经全都给乡里交过了,现在是属于我私人的了,只要种羊场要我们,我们赶着羊群去就是了!”

初秋,种羊场办公室门前停了两辆大卡车。十二只澳大利亚美利奴种公羊从卡车上被赶了下来。

齐怀正对林凡清说:“凡清啊,这是最新引进的澳大利亚美利奴种公羊,是上级对我们种羊场的又一次关怀,恐怕也是最后一次了,以后就得全靠我们自己了。”林凡清激动地说:“这就够了。如果我们再拼搏不出一个更大更新的种羊场,赶超不了世界先进水平,那么我们就太对不起国家和人民了。”齐怀正说:“凡清啊,等我退下来,我就帮你放这些种羊吧。”榆木老汉在一边说:“齐场长,这可没你什么事,别看我七十出头了,身板还硬朗着呢,我一直可以为你们干到一百岁!”齐怀正说:“真是委屈你了。当初把蒋进江派给你当助手,可后来他一定要去承包羊群,我们也只好放了。当时我还真有点生这小子的气,不过他倒也蛮争气,关键时刻还靠得住。不过榆木大爷,助手是一定要给你配的!不然我们这些当领导的就太不像话了!”

深秋如期而至,胡杨树的落叶再次铺满了院落。种羊场会议室里,齐怀正和林凡清把茂草、蒋进江、金巧花、哈里木和阿依霞古丽等人召集到一起开了个会。

齐怀正说:“上级为了保证种羊场的良种改良工作能顺利地进行,保证种羊场品种羊的种群,凡是承包放牧品种羊羊群的,我们都给予一定的补贴。当然,补贴不是很多,不足的就算是你们给我们种羊场做贡献吧,以后我们会加倍补偿的。我先代表种羊场谢谢你们!”蒋进江说:“就是不给补贴我们也会干的!”哈里木说:“我呀,跟茂草就说过,我从小就是个放羊的,小时候我放的羊是啥样子,现在我放的羊又是啥样子的,我心里清楚得很。将来,我们羊的品种会越改良越好的,你们种羊场能接收我哈里木,我能为种羊场放羊,这是我哈里木的荣幸,不要说什么补偿不补偿的话。”

大家热烈鼓掌。林凡清感动地点着头说:“谢谢大家,谢谢大家!”

入冬了,草场上雪花纷飞。茂草、蒋进江和金巧花正在草场上打桩子,用铁丝网围围栏。林丽兰领着楠森朝他们走过来。

林丽兰老远就挥着手喊:“哥——”茂草说:“你们怎么来啦?”林丽兰说:“我和楠森都到这里实习来了,楠森说,明年毕业,他一定来这儿工作。”楠森说:“但这有个前提,就是林丽兰得同我在一起。”茂草白了他一眼,说:“你来这儿是为了工作,还是为了我妹?”楠森坦率地说:“为林丽兰来。”茂草对林丽兰说:“妹,动机不纯,不要他来!”林丽兰说:“怎么啦?”茂草说:“整个爱情至上主义者!这种人你也要?”林丽兰说:“爱情至上有什么不好?你愿意跟一个不爱你的人一起生活?”茂草说:“那倒不是,但这种人不可能在工作上全身心地投入。要找就应该找一个像我们老爸那样,在事业上毫不动摇执着追求的人!”

林丽兰撇撇嘴,说:“哥,我承认,对咱们老爸我是由衷地敬重,也很崇拜他!但是,找男朋友,我绝对不会找我老爸那样的人!”

茂草说:“为什么?”

林丽兰说:“因为我没有办法接受在事业和爱情只能二选一的时候,毫不犹豫放弃爱情的人,我虽然不是个爱情至上主义者,但我希望爱我的人永远把我放在第一位!”

楠森受宠若惊地点头说:“谢谢,林丽兰,谢谢!”

金巧花也在旁边凑热闹说:“对!丽兰讲得真好。不把女人当回事的男人要他干啥?进江你说对吧?”

蒋进江不以为然，说："对倒是对，但刚才你们讲林场长可没讲对！你们没看见你们红柳妈妈走的时候，林场长悲痛得都想跟着一起走，这还不够至上啊？"

自从楠森上次来，把种羊场引以为傲的品种羊贬低了一通后，林凡清一直有些耿耿于怀。他倒不是对楠森有什么不满，小伙子坦诚直率，是他喜欢的那种类型。只是他亲手培育的这些品种羊，确实已跟不上时代的进步，太落伍了。林凡清对郑君说："郑君，这几天我一直在想一个问题。你看，我们搞了二十几年的品种改良，可是成效并不很大。"郑君可不想这么看轻自己的研究成果，把一群支边战士牙缝里挤出来的杂种羊，培养成现在这样，容易吗？他说："凡清，我可不这么看！我觉得我们的成果已经够辉煌的了。你想，要搞出一个新品种，至少需要几十年，甚至上百年的时间，可我们只用了二十几年的时间就搞出一个新品种了。"林凡清说："但与世界上最好的羊相比，我们的差距还很大啊！我们得用最短的时间赶上去！"郑君说："怎么赶？这事只能一步一个点地走。"林凡清说："我想搞近亲繁殖。"郑君瞪着眼睛说："那不是乱伦了吗？"林凡清笑着说："这是人的道德的标准，对牲畜来说可不存在。"郑君说："你别忘了，近亲繁殖会出现退化变异的！"林凡清说："可近亲繁殖，也有强化遗传因子的一面呀。我们可以用择优劣汰来控制其变异的一面嘛，这样，说不定就可以加速新品种育成的周期，你看呢？"

郑君被林凡清这个大胆的想法给吸引了，他低着头琢磨了会儿，一拍桌子说："有点冒险，但完全可以试试。"

草场上，楠森和林丽兰也在帮着打桩子。

楠森说："我不是说你们，你们现在才想到用围栏养羊，这也真是太落伍了！"茂草说："喂，小子！不要以为你是从发达国家跑到这来的，整天落伍落伍的，有什么好显摆的？不错，我们跟你们那些发达国家是有差距，我们现在不是在加倍努力想缩短这种差距吗？但迈大步也得一步一步地迈，做事情得脚踏实地地做，你当是放卫星哪？放卫星也是我们用算盘扒拉着算出来的！"楠森说："是，没错！可你得承认自己落伍。别人用计算机的时候，你用人力用算盘那就是落伍！所以我刚才说得没错。”茂草说：“没说你错，是你说话的口气不对！”楠森说：“什么样的口气才对？再说，话说得对不对是由口气来决定的吗？”

茂草气不打一处来，把榔头一扔指着楠森对林丽兰说：“妹，这人你不能要！”楠森说：“你不要用你妹妹来压我，我说的这些话跟爱情没关系！你就是拿爱情来压我，这话我还是要这么说。”茂草说：“我看你小子是欠揍！”楠森说：“你也不要用武力来压我，你就是揍了我，话我还是这么说。使用暴力也不能压制人说话的权利！”

这时，不远处传来了羊群的叫声和赶羊的吆喝声。杨北斗和刘世棋赶着那些已变成杂色的羊群，朝这边走来。他俩看到茂草他们正在围围栏。

杨北斗对蒋进江喊：“喂，妹夫！你们这是干啥嘞？”蒋进江皱了一下眉说：“去去去，谁是你妹夫！”杨北斗说：“金巧花是我妹子，你不就是我妹夫吗？”金巧花说：“闭上你的臭嘴，谁是你妹子！”杨北斗说：“我认你当妹子是你的光荣。我告诉你，今年我发财了，纯纯赚了五万！去年我让你们养大尾羊，你还不听，怎么样，后悔了吧？”蒋进江说：“别高兴得太早了，到时有你后悔的一天！”杨北斗说：“现在钱已经装进我口袋里了，我有什么可后悔的呀？哎，你们这是在干啥哩？”

刘世棋在旁边插嘴说：“他们这是在围围栏，国外养羊，就是用围栏养的。”杨北斗说：“我咋就没听说过？”蒋进江说：“你连字都不认识几个，只是个井底的青蛙，你知道什么！可能这辈子只认识那几张钱。”杨北斗说：“世棋哥，那咱咋不用围栏养羊？”刘世棋自作聪明地说：“我们这儿用不着！你看，咱们这儿草场这么大，走几天都走不到边，弄这种围栏干啥？”杨北斗说：“是哩，我也这么想，这么大的草场围上个围栏，不是把大把的钱往水里扔吗？”茂草说：“北斗舅舅，你这话好无知啊！”刘世棋说：“北斗，咱们走！不跟他们啰唆。”

杨北斗打了几声口哨，得意扬扬赶着羊群，跟着刘世棋走了。蒋进江摇着头说：“月亮姐怎么摊上了这么一个弟弟？”

楠森看看茂草，张大了嘴说：“天呐，你们这儿还有更落伍的啊！”

黄昏，雪已经停了。楠森蹲在小河边，脱光了上身在擦澡，身上的肌肉也是一块块的。

茂草看着他说："楠森，你会摔跤吗？"楠森说："男人哪有不会摔跤的，我在系里就是摔跤冠军。"茂草说："那咱俩比试比试行吗？"楠森说："茂草哥，比试就比试，我才不怕你呢！"

两人在河边的场地上摆开了架势。但楠森哪是茂草的对手，被茂草狠狠地连摔了两跤。

茂草说："还来不来？"林丽兰在一边喊："楠森，别比啦！我哥这是在找碴收拾你呢！"楠森说："这才是三盘两胜，我输了两局不代表我会放弃第三局，再来！"茂草说："好，有种！"

楠森冲上去，茂草又把他放倒在地。

茂草说："我就是想收拾你！既然你送上门来了，我还饶得了你！"楠森坐在雪地上说："我知道你是在收拾我，但茂草哥，我告诉你，你就是收拾我十次二十次，我该怎么说还怎么说！"

晚上，茂草在家里弄了一桌子的菜，还有大盘的手抓肉，很丰盛。他又拎了几瓶酒放在桌上。林丽兰领着楠森进来，看到桌子上的菜和酒，有些吃惊。

林丽兰说："哥，你这是干啥？"茂草说："请楠森喝酒啊！"林丽兰嘴一撇，说："哥，你打什么主意啊？又想拿酒来收拾楠森啊？"

茂草倒满了两大碗酒，手一指桌对面，说："楠森，请坐。"楠森说："坐就坐。你就是把我灌趴下十次二十次，我也不会改口！"茂草端起酒碗说："楠森，这第一碗酒，是我的道歉酒。为我上午对你的态度和下午收拾了你道歉。"茂草一口喝干后，又给自个儿满了一碗酒，说："第二碗酒，我觉得你这个小哥儿很可爱，不管你跟我妹能不能成，你这个朋友，我是交定了！你毕业后，一定来！"说着，举起碗就要喝。楠森拉住他的手腕，举起了另一碗酒，说："茂草哥，不管我能不能当成你的妹夫，是不是为爱情而来，只要是为你这个朋友，我一定过来，干杯！"

林丽兰在一旁气得直拍桌子，喊："喂！世上有你这样的爱情至上主义者吗?”

五月的草场,围栏里的草长得十分茂盛,点点繁花点缀其间。茂草悠然地在围栏里放牧,齐美兰骑马过来,在茂草跟前跳下马。

齐美兰说:“茂草哥,我妈让我给你送吃的来。”茂草说:“中午的干粮我带着呢。”齐美兰说:“我妈说,场里为了照顾她,让你这么个大学生顶她放羊,她心里感觉好过意不去。”齐美兰打开饭盒,说:“茂草哥,你吃吧。”茂草闻着香味,食欲也来了,说:“好丰盛的饭哪,还有熏羊肉。”齐美兰说:“是我给你煮的,你吃吃香不香?”茂草一笑说:“看着就香。”齐美兰说:“茂草哥,围栏里的草长得好茂盛啊!”茂草说:“草场也需要休养生息,围栏后的草场要比原始草场的载畜量高一倍。还有,羊群在围栏里放牧,活动量要小得多,再加上草也好,所以羊不但长膘快,肉质也要好。”齐美兰说:“茂草哥,跟着你真长学问。”茂草一笑说:“其实楠森说得对,我们是蛮落伍的。国外早就开始围栏放牧了,我们现在才开始推广,落后得不是一点点啊!”

蒋进江放牧的围栏草场,金巧花也给他送饭来了。

蒋进江吃着饭对金巧花说:“巧花,我给你讲件事。有一年,我跟老牧工克木尔拜大爷比赛过,那时我的羊群要比他的大也壮。可一到年底,他放的羊个个都比我大比我壮。他就告诉我说,你放的羊满山坡地跑,弄了个满天星,我放的羊呢,分块分块地放,不让他们乱跑,长膘就快。你听,他说的道理是不是跟这围栏放牧的道理是一样的?”金巧花笑着说:“是。”蒋进江说:“所以茂草一提出要围栏放牧,我马上就举双手赞成。”

这时杨北斗赶着羊群走过围栏,他很羡慕地看着围栏里那茂盛的草。

杨北斗朝蒋进江喊:“喂!妹夫,你们好舒坦哪!你看看我,得赶着羊群满山坡地跑。”蒋进江说:“去去去,一边儿凉快去。”杨北斗说:“又咋的啦?我又没惹你。”蒋进江说:“见了你就让人心烦。”杨北斗说:“为啥?”蒋进江说:“因为你这个人不知道好歹!”杨北斗说:“你才是个不知好歹的人呢!没有我杨北斗,你哪能娶得上我巧花妹子那么漂亮的女人啊!”金巧花站起来说:“杨北斗,你别来套近乎。我和进江的事,没你什么功劳!何况我们进江现在舒坦,只能说明我们进江的围栏放牧做对了!”杨北斗说:“金巧花,你这话说得比醋还酸哪。”金巧花说:“那你就多喝点!”

刘世棋的女儿刘库兰在北疆的一家贸易公司上班。在这之前,她已经换了好几份工作了。每份工都干的时间不长,心里也有着说不出的不痛快。这家公司,库兰做的时间比较长,但今天一早还是去递交了份辞职信。回到员工宿舍,她就开始打行李。刘库兰也已二十出头了,大眼睛,曲线优美的嘴唇,身材矫健而匀称。

一名员工推开门,说:“刘库兰,老板让你去一下。”库兰说:“他找我干吗?我已经不干了,还能有什么事?”员工说:“你还是去一下吧,库兰,我劝你一句,现在外面的工作不好找,你千万别赌气。”

总经理办公室,副总经理站在窗前,眺望着城市景色,有些烦躁。他四十岁左右,很有些风度和气质。库兰敲门进来,副总经理示意她把门关上,然后说:“库兰,你不要走,我让你当一个部门总经理怎么样?薪水是现在的三倍!”

库兰很镇定地看着他,没有说话。

副总经理说:“如果你觉得不够,我们还可以再商量?哪个部门你随便挑,薪水你来定!”库兰说:“为什么?”副总经理说:“我想留住你。”库兰说:“留住我?为什么?我不过是一个小小的职员,至于开这么丰厚的条件来留住我吗?”副总经理说:“你当然知道为什么,是我不想让你走。”库兰说:“不想让我走?那您的夫人呢?她愿意我留下来吗?”副总经理说:“库兰……”

库兰说:“这个公司真正的老板是您夫人吧!你说哪个部门随我挑,工资随我定,您有这个权利吗?您所希望的只是让我留下来,让我住进您瞒着您夫人购买的那栋别墅里吧!您觉得可能吗?”

副总经理有些恼羞成怒,说:“库兰,你别把自己看得太高了!你以为你是什么?千金小姐?你家不就是个放羊的吗?”

库兰说:“对!没错,我老爹就是个放羊的!我告诉你,打明天起我也就是个放羊的。放羊的怎么啦?放羊人的身上没有你们这种人身上的铜臭气！你不要假惺惺地打着爱情的旗号来糟践人，你以为有钱就能把人看低，有钱就能为所欲为，我刘库兰不是那种为了两个臭钱就能出卖自己的人！”

库兰回到员工宿舍，一进屋就扛起自己的行李大步地走出门。

库兰没再去找工作，直接就去了长途汽车站。在城市里待的这几年，她已经腻烦透了，也觉得疲惫不堪，她想念自己的家里，想念那片可以穿透心灵的蓝天，想念那一望无垠纯净的大草原，想念自己儿时的玩伴……是时候回家了。

库兰走进家门时，已经是晚上了。刘世棋的媳妇高兴地张罗着给回来的女儿准备晚饭。

刘世棋有点想不通，女儿在城里到底遇见了些啥。他坐在饭桌边对往桌上放碗筷的库兰说：“在城里干得好好的，听说工资也挺高，干吗要回来放羊？”库兰说：“老爹，城里人都坏透了！工资高有什么用，保不准什么时候就被套进去了，难道你想要女儿卖身过日子吗？”

刘世棋媳妇可不管挣的钱多不多，只要女儿在身边，比什么都好。她一边盛饭一边说：“就是，是钱重要，还是女儿的清白重要？回来得好！”

刘世棋抽着烟闷了半天，想想也是，就说：“那你还是跟着老爹放羊吧。现在放羊，不见得比城里人赚得少。”

初秋，林丽兰和楠森也大学毕业了，他们俩扛着行李走进试验室。

林丽兰把行李一放，对林凡清说：“爸，说吧！让我们干什么？”林凡清说：“你们的工作我跟齐场长商量过了……”林丽兰说：“不会是让我们放羊吧！”林凡清一愣，说：“怎么？”林丽兰说：“我哥一来，你不就说让他先放两年羊吗？”林凡清一笑说：“你是学财会的，应该是去场里的财务科工作。楠森嘛，当然是来我们试验室工作。”然后林凡清把双手搭在两人的肩上，把他们拢在跟前，话锋一转说：“但有件事还是想同你们商量商量。”林丽兰说：“爸，啥事？”林凡清说：“种羊场的羊群发展得很快，目前我们正在招聘牧羊人。但在招聘工作没有落实之前，你们暂时帮帮忙，放一段时间羊怎么样？”

第二十九章

大雪纷飞，积雪覆盖着草原。茂草、林丽兰、蒋进江气喘吁吁地奔向试验室。

茂草、林丽兰、蒋进江敲门走进试验室。茂草对林凡清和郑君说：“爸，郑叔，我们的围栏被人拆了好长一段。”林凡清说：“是谁搞的？”茂草说：“不知道。”林丽兰说：“爸，肯定有人在搞破坏！”蒋进江说：“我看也是！”

林凡清和郑君跟着茂草、蒋进江、林丽兰朝围栏走来，楠森和金巧花在围栏边等他们。围栏果然被推倒了两百多米长，积雪上满是羊蹄印。

楠森气愤地说：“这是有人有意在搞破坏！得查！查出来不但要叫他们赔偿，还要追查他们的刑事责任！”林凡清说：“楠森，我们得先把情况调查清楚，然后再下结论好吗？”茂草说：“老爸，楠森说得对！拆我们的围栏就是在犯罪！就是要追究他们的刑事责任！”林凡清说：“如果是牧民们看到围栏里的草好，才把围栏弄倒进去放羊的呢？而且他们很可能还是我们牧场的人呢？”茂草说：“老爸，不查了？就这样算啦？”林凡清说：“查当然要查，查出来首先是要批评教育。我看这事还挨不到追究刑事责任吧？”

楠森说：“林伯伯，这种事就得用法律来解决！”

郑君想了想，说：“林场长这话也对，咱们这儿的牧民，自由放牧放惯了，看到这么个围栏还不习惯呢。查出来教育一下就行了，要是再犯，那就对他们不客气了。”林丽兰说：“爸，郑叔，你们这样做不是在姑息养奸吗？”

林凡清说：“你们讲得都对，但什么事都得从当地当时的实际情况出发。郑畜牧师的话没错，咱们这儿的牧民，几千年都是搞自由放牧，所以首先得从教育入手。在咱们这儿，围栏放牧，才刚开始，是个新事物，总要让人有个认识过程呀，对吧？”

楠森困惑地摇着头说：“我不太理解……”

林凡清拍了拍他的肩，说：“回去拿工具吧，先把围栏修起来再说。”

雪花飘舞。草场上，茂草、蒋进江、楠森、林丽兰、金巧花把推倒的桩子重新埋起来，用榔头把桩子砸结实。

茂草显然不满意林凡清的态度，说：“我要是查出来是谁干的，我不美美地收拾他一顿才怪呢。丽兰讲得对，不能姑息养奸！”蒋进江说：“我看也是，得狠狠地收拾他！”楠森说：“这怎么行？得在法律上解决的问题，你们用私人的暴力去收拾他们，那也是违法。”茂草说：“你小子懂什么！有些事法律上解决不了，就得在私下里解决。你看，你要用法律，可我爸就是不干。说这可能是咱们牧民干的，得教育为主。”金巧花说：“林场长是当领导的，当然有当领导的想法。”茂草说：“那也不能无原则！”楠森说：“你如果像收拾我那样收拾他们，那倒可以试试。”茂草说：“我可没收拾你，我们是在摔跤比赛，哪有朋友收拾朋友的！蒋进江，你说，这事会是谁干的？”

蒋进江放下榔头，若有所思地说：“我琢磨着，十有八九是刘世棋，要么就是杨北斗。别的牧民不大可能。你不知道，我刚开始放羊的时候就是跟着刘世棋的。他那会儿为了能进种羊场，赶着羊群四处占人家草场，为这事儿还跟人干了一架。杨北斗嘛，打五月份起就眼巴巴地盯着我们围栏里的草，入冬的时候也老在我们这儿转悠。”

茂草也想到一块儿去了，说：“哼，我猜也是他们。我老爸可能也猜到了，所以才会那么说。”

早晨，雪停了，雪原上橘红色的晨曦横在天边。

刘世棋和杨北斗赶着羊群朝种羊场的围栏草场走去。但走到一半，刘世棋不走了，说：“杨北斗，你去吧，我不去了。”杨北斗说：“为啥？”刘世棋说：“我不想去惹麻烦。”杨北斗说：“你不是说了吗？草场是我们大家的草场，谁都能进去放。”刘世棋说：“话是这么说，但人家毕竟把围栏围上了嘛。”杨北斗说：“刘世棋你是个胆小鬼。气壮如牛，胆小如鼠，你看我的！齐场长是我老乡，郑畜牧师是我姐夫，我怕什么！”

杨北斗赶着羊群来到围栏边，想了想，还是把围栏推倒了五十多米，然后把羊群赶了进去。茂草和蒋进江突然从一个草包后面策马冲了出来。杨北斗一见茂草和蒋进江就有些慌，赶着羊群往围栏外面跑。茂草、蒋进江赶上去马一横挡在杨北斗前面。

茂草气愤地跳下马，一把揪住杨北斗的衣领说：“杨北斗，果然是你！你也太不像话了。按理讲，我也该叫你声舅，可你这个舅怎么干出这么不要脸的事！”杨北斗说：“我怎么不要脸啦！这儿的草场全是大家的，你们能放，我也能放！”蒋进江说：“这草场是种羊场的，上级政府给我们画了红线的！”

杨北斗说：“我也是种羊场的！”

茂草说：“几年前你就不属于种羊场了！自你承包羊群后，你就划归牧业队管了。”

杨北斗说：“可我姐我姐夫都是种羊场的。”

蒋进江说：“这跟你有啥关系！杨北斗，我告诉你，围围栏的资金，都是我们私人筹集的，你得赔偿我们的损失！”杨北斗说：“赔偿？笑话！我赔你个屁！公家的草场，我就能来放！”茂草说：“什么屁不屁的？你做了坏事还嘴硬！”杨北斗说：“我嘴硬了，你能把我咋样？屁！屁！屁！屁！”

蒋进江一个拳头把杨北斗撂倒在了地上。

杨北斗捂着脸说："蒋进江，你忘恩负义！你别忘了，你老婆是谁给你叫来的！"

杨北斗可不甘心就这么白挨打了，他跑到种羊场试验室去告状。林凡清看着他捂着红肿的脸，嘴角上还有些血丝，又是气又是可怜。

郑君恼怒地说："打得好！你就是欠揍！人家辛辛苦苦围起的围栏你就敢随便拆啊？要搁着过去，你这就是破坏生产，得送你去公安局！"林凡清说："北斗，他们打人肯定是不对的，但你拆人家围栏就对啦？"杨北斗说："围栏里的草长得好嘛。"林凡清说："你不也划分草场了吗？你也可以用围栏放牧呀。"杨北斗说："圈围栏不是要花钱的嘛。"郑君说："你就想吃人家现成的啊？这两年你不是赚了不少钱吗？"杨北斗说："我赚的钱都寄回家让爹盖房子去了。而且去年我亏了，羊毛价上去了，羊肉价又下来了，我现在没钱了。"郑君说："那是你自找的，你怨谁？老老实实去把人家的围栏修好，再向人家道个歉。"

齐美兰也在一边气急地说："舅舅，你自己就争口气吧！"

月亮知道了这事，也气得跟什么似的，跑到杨北斗家一通数落说："我怎么会有你这么个不争气的弟弟！你把我和你姐夫的脸都丢尽了。"杨北斗委屈地说："姐，我今天咋这么晦气呀。早上挨了蒋进江那小子一拳，还被姐夫一顿数落，现在你又来骂我！"月亮说："你看你做的那点事！你干吗一次次去拆人家的围栏？"杨北斗说："围栏里的草长得好嘛，我不能眼睁睁地看着我的羊挨饿呀！现在肉价低，羊再不长膘，我不就亏大啦！"月亮说："当初茂草、蒋进江他们围围栏时，你和刘世棋咋说人家的？我们这儿是大草原，走几天都走不到边，搞什么围栏呀，那不是把钱往水里扔吗？现在看人家围栏里的草养护得好，你又眼馋了？"杨北斗说："反正我不能让我的羊挨饿掉膘！我得让我的羊卖个好价钱。"月亮说："那也不能拆人家的围栏！你要再敢拆，我和你姐夫也绝不轻饶你！"

夜深人静，林凡清回到家里，看到茂草和林丽兰正在灯下说话。

林凡清说："茂草，我不是跟你说过吗？围栏放牧在咱们这儿还是件新鲜事，要让人们认识还有个过程。你们怎么能打人呢？而且打的又是杨北斗。"茂草说："老爸，他说的话也太气人了！"林丽兰说："就是呀！爸，我真为郑叔难过，怎么摊上这么个小舅子！"

林凡清说："你们围栏被拆的事，我和郑叔都怀疑是杨北斗干的，所以我才那么说。杨北斗毕竟是月亮婶婶的亲弟弟，不看僧面看佛面嘛。就是其他牧民，也得先教育，给人一个认识的过程。"

茂草说："爸，你这样说不对！围栏牧场不是我们自家的牧场，是种羊场的公共财产。如果因为私人的关系就这样不了了之，那你就是在拿公家的财产作顺水人情，说得不好听点，就是徇私！"

林丽兰说："对！爸，如果你觉得因为月亮婶婶的关系不好处理的话，那就由我和我哥出面，我们用法律解决！"

林凡清说："就算用法律解决，也不过是送去拘留几天，赔点款。但这样不是更让你们月亮婶婶难堪吗？就是你们郑叔脸上也挂不住啊！我没有说这事情就这样不了了之，因为这件事并不是什么大是大非的问题，徇私更是谈不上。我们需要做的是去教育他，给他做工作！如果处理得过于极端，把矛盾激化了，双方就会顶上牛，事情不就更不好解决了吗？"

茂草说："有的人你解释得通，可像杨北斗这样的人，不知好歹，你教育也好，做工作也罢，根本起不了作用！"

林凡清说："那打人就能起作用了？我们还是要以人为本，与人为善，这才是解决问题的最好办法。在这方面，你齐伯伯就做得很出色，我也一直跟你齐伯伯在学习。关于打人的事，你和蒋进江都去跟杨北斗道个歉去！"

茂草说："老爸，你这是在和稀泥！给他道歉？我做不到！"

林丽兰说："爸，我看你这个领导当得太没原则性了！要说道歉，那也是杨北斗该给我们道歉，只有他先道歉了，我哥才能说道歉的话。"

林凡清说："茂草，丽兰，我问你们，我们辛辛苦苦培育良种羊是为了什么？就是为了造福于人民。往近里说，就是造福于牧民嘛。我们需要凝聚起更多的人来做这件事，不是吗？"

茂草说:“话是没错,可当初带头把你们历尽艰辛培育出来的品种羊搞得严重退化的不就是他们吗?一个刘世棋,一个杨北斗!”

林凡清说:“是,开始时我也很生气,但现在我想通了,我们只有搞出更好的良种羊,让牧民们能获得更多更大的利益。这样,你用不着动员,牧民们就会蜂拥而至来养你的羊。你们搞围栏放牧也一样,只要他们看到围栏放牧的好处后,你用不着动员,他们也会自觉地效仿着去做。你们可以从另外一个角度来看待这事,像杨北斗推倒你们的围栏,本身就说明他已经看到围栏放牧的好处了。”

林丽兰有些不以为然,说:“老爸,没想到你这把年纪了,却还是个纯情的理想主义者。”

林凡清说:“理想主义错了吗?何况这正是我这些年来对生活和工作的感悟!”

茂草说:“要是他再拆我们的围栏呢?”

林凡清说:“那也得好好讲理,不许打人!哈萨克有句谚语说得好:善意有时比动武和争吵更有力量!”

没过几日,茂草、蒋进江、林丽兰和楠森赶着羊群来到围栏边,又一次看到围栏被拆倒,雪地上布满了羊蹄印。远处,他们看见杨北斗得意扬扬赶着羊群匆匆逃跑的身影,后面还跟着刘世棋。

楠森说:“看到没有,看到没有?我们一定要跟他们法律上去解决。我真想不通,林伯伯干吗不肯诉诸法律,那法律摆在那儿是干什么的?”茂草说:“因为他是郑畜牧师的小舅子,月亮婶婶的亲弟弟。”楠森说:“那也不行啊,就是亲爸爸该上法庭时也得上啊!”

林丽兰瞪了楠森一眼,说:“别瞎说八道,扯到哪儿去了!”

茂草气愤地想策马追上去。蒋进江一把拉住茂草说:“茂草,不用追!你追上去最多揍他们一顿,末了还是我们挨批。过两天,我要让他们吃不了兜着走!”

清早,杨北斗和刘世棋赶着羊群又来到围栏边,发现围栏已经敞开了一个大口子。

杨北斗得意了，他指着缺口说："你看看，他们屈服了吧，他们拿我杨北斗就是没办法！"说着，杨北斗就赶着羊群往里进，但刘世棋心眼多，在后面喊：

"当心！"

可说时迟那时快，杨北斗已连人带羊掉进了一个大陷坑里。

刘世棋把连哭带喊的杨北斗从陷坑里拉出来。回头一瞧，坑里还有十几只羊在咩咩地惨叫着，有一只羊腿折了，站也站不起来。杨北斗哭喊着："这事准是茂草和蒋进江干的！蒋进江，你这个忘恩负义的！还有茂草，你等着，我非要告诉你爸去！"

天气很寒冷，虽然试验室里炉火烧得很旺，但郑君还在不住地咳嗽。他一面看显微镜一面做着记录。

林凡清说："郑君，停下你的工作。美兰，今天你一定要陪着你郑叔去场部医院做检查。"郑君说："凡清，我这是老毛病，不是去医院检查过几次了吗？吃上几天药就好了。"齐美兰说："郑叔，我还是陪你去检查一下吧。"郑君说："上个月刚检查过，干吗再去检查呀？去一趟场部医院，来回就得一天，比干一天活还累。不去不去！再过半个月，母羊又要产羔了，我现在手上的资料还没总结完呢。"林凡清说："还是去检查一下吧，如果没有什么，我也可以放心啊！"

郑君岔开话题说："凡清，你还是关心关心你自己吧。你什么时候把许静芝娶过来呀？"林凡清说："从目前的情况来看，再等两年吧。"郑君不满地说："干吗还要人家再等两年？你就是这样对待一个苦苦等着你的女人吗？只考虑到自己的情绪，就没有想到别人是个什么心情。不是我说你，你也太自私了！"

门砰的一声被推开，杨北斗满身泥灰地冲了进来。

杨北斗喊："林场长，你一定要给我做主！你去看看，蒋进江那混蛋，还有茂草，他们挖了一个坑，把我的羊……腿都断啦！"说着大哭起来。

郑君说:“你是不是又拆人家围栏了？杨北斗,你这个人怎么屡教不改呀!”杨北斗说:“这次我没拆,围栏本身就开了个口子,他们是有意开这么个口子的!”郑君说:“那你还是进了人家的围栏了,不是吗?”林凡清说:“杨北斗,我首先要严肃地批评你！你怎么能这样一而再再而三地去拆别人的围栏呢？我想,你再不听劝,再去拆他们围栏,那不用他们,我就打电话给公安局,先把你拘留起来。破坏他人财产是犯法的,难道你不知道吗?”杨北斗急了,说:“这次我没拆!”郑君说:“但是你赶着羊群进了!”林凡清说:“本来,第一次就该把你送进公安局的！可我劝阻了蒋进江他们,我想,几千年来,我们这儿的牧民自由放牧惯了,哪儿草好,就把羊群赶到哪儿放牧。现在政府既然画了红线,让个人承包草场和羊群,有的承包人围起了围栏放牧,其他牧民也要有个认识过程。可是你一次又一次地去拆人家的围栏,那可就不只是个认识问题了!”郑君说:“别废话,送他进公安局去!”

杨北斗一跺脚,喊:“可我的十几只羊还在陷坑里呢！你们先去救救我的羊吧。”说着,坐在地上号啕大哭起来。

齐美兰气得在边上说:“舅舅,让我说你什么好呀！你真的太丢我妈的脸了!”说着,也哭起来。

林凡清气愤地对郑君说:“茂草和蒋进江干的这事也太下作了!”

围栏草场边上,茂草在陷坑里,把绳子绑在羊肚上,蒋进江乐呵呵地在往上拉。

茂草说:“进江,你就这么叫他吃不了兜着走啊。”蒋进江得意地说:“这家伙不这么教训他一下,他不长记性！茂草,你别说,我觉得杨北斗的脑子里还真缺根弦哩。”茂草说:“他才不缺弦呢。在算计钱上,他比谁都精明。他干吗一次次地拆我们围栏,不就是为了占点便宜让他的羊多吃上草,多长膘,多卖钱吗!”蒋进江说:“这真叫鸟为食亡,人为财死。”

蒋进江把陷坑里的最后一只羊拖出来,又把茂草从坑里拉出来。

茂草说:“杨北斗他人呢?”蒋进江说:“肯定是到齐场长或你爸那儿告状去了。”茂草说:“那咱们把羊给他赶过去吧。”

林丽兰和楠森也赶着羊群来了。

楠森看了看陷坑，说："这是怎么回事？茂草哥，你掉进陷阱里啦？"蒋进江说："没有，那是我挖的陷阱。"楠森说："干吗？"蒋进江说："教训教训那个拆我们围栏的家伙呗！这十几只羊都是杨北斗的，我看他下次还敢再来拆我们的围栏。"楠森不以为然地说："你们这样做不对！该法律解决的事就该法律解决，一味地姑息纵容和私底下使绊子都只会把事情越弄越糟！你们草原上的人，太缺乏法律意识了。"

林凡清朝围栏走来，一脸的怒气。茂草和蒋进江他们迎了上去，楠森和林丽兰也紧跟在后面。林凡清一见茂草，气不打一处来，不由分说狠狠打了他一记耳光。

林凡清恼怒地说："茂草，你一个大学生，干的事是不是也太下作了！"蒋进江没想到林凡清会发这么大的火，忙说："林场长，这事不关茂草的事，是我干的，要处分就处分我！"

茂草捂着挨打的脸说："老爸，你有是非观念吗？你不但是在姑息养奸，还在鼓励纵容！"他指着围栏说："所以这种事才会一次次地发生，杨北斗那种人才会肆无忌惮！在你这儿我干得太憋屈了，我走！"

茂草骑上马，头也不回地策马走了。

林丽兰急得直跺脚，说："爸，你冤枉我哥了！"楠森说："林伯伯，您不该打茂草哥。您不是说过，得先把情况调查清楚，然后再下结论吗？再说，不管这事做对还是做错，您都不该动手打呀！更何况茂草哥是个光明磊落的人！"

林凡清也感到自己的行为过火了，他看着儿子远去的背影，叹了口气，对林丽兰说："你和楠森把这些羊给杨北斗送去，他在试验室门口等着呢。我有话同进江说。"

雪原上，茂草骑着马在雪原上飞奔，眼里含着委屈的泪。

库兰骑着马正往围栏草场方向走，她远远看到茂草策马飞奔的背影。

草场这边，林丽兰和楠森正赶着那十几只羊往试验室方向走。

楠森停下脚步，说："不行，我得找林伯伯谈一谈。"林丽兰说："谈什么？"楠森说："他怎么能随便打人呢？"林丽兰说："你还有完没完了？我爸已经很后悔了，你去搅和什么？"楠森说："不管怎么说，他这个观念得纠正过来。"林丽兰说："什么观念啊？"楠森说："父亲打儿子，天经地义啊！就是因为有这种观念，你爸出手才那么快！可问题是，这种观念不对！茂草哥已经是成年人，有独立的人格，就算是父亲，也应当尊重他的人格，用平等对话来解决问题。"林丽兰说："你操心的事还真多。"楠森说："那当然，不光是你哥，这还关系到我自己。"林丽兰白了他一眼，说："这关你什么事？"楠森说："关系大了，因为我可能会成为他的女婿，那也是半个儿子啊！"

突然远处有人喊："林丽兰！"林丽兰回头，库兰骑着马奔过来了。

林丽兰开心地说："是你呀，库兰！"库兰跳下马说："自打你去内地上大学，我们好几年没见面了！"林丽兰说："是啊！给你介绍一下，这是我的朋友楠森，他刚分配到我爸的试验室工作。"

楠森看到库兰，眼睛一亮，伸出手说："你好，我叫楠森。"

库兰只是点头微笑了一下算是打招呼，并没有理会楠森伸出的手。库兰对林丽兰说："丽兰，我听说茂草哥也回到种羊场来工作了，是吗？"林丽兰说："对！"库兰说："那他人呢？我刚才去种羊场应聘怎么没见到他？"楠森插嘴说："被林伯伯打跑了。"库兰吃惊地问："为啥？"

跟库兰分手后，林丽兰和楠森赶着杨北斗的那十几只羊来到试验室门前。郑君、月亮、齐美兰和杨北斗都站在门口等着，杨北斗耷拉着脑袋，一脸的沮丧。

郑君问："丽兰，你爸呢？"林丽兰嘟着嘴说："我爸狠狠地打了我哥一个耳光。我哥跑了，我爸心里也不好受。"楠森说："其实这事跟茂草哥一点关系也没有，这事是蒋进江出于义愤干的！"

杨北斗看看那十几只羊，又数了数，说："我那只断了腿的羊呢？"林丽兰白了他一眼说："还在围栏那边卧着呢。"杨北斗哭丧着个脸说："那咋办？"郑君气得又想找东西砸他，碍着小辈的面，他一挥手说："那只羊我赔你！你赶着你的羊给我滚！你闯的祸还不够大吗?”

月亮咬牙切齿地朝杨北斗喊:“你快给我去死！你这个不知好歹的东西!”

一直站在门口的齐美兰走到杨北斗跟前说:“舅舅,你就快走吧。”但她更关心茂草怎么样了,转头问林丽兰说:“茂草哥挨林场长打啦?”

林丽兰说:“是啊!”说着狠狠瞪了一眼杨北斗说:“我哥被气跑了。要是我,我也跑!”

围栏草场边上,林凡清严肃地对蒋进江说:“这事,你一定要做检查！另外,这个折了腿的羊,你要赔偿。”

蒋进江有些懊悔地说:“是,我知错了。茂草为这事也批评我了。”

林凡清想到受委屈离开的茂草,脸上满是内疚。

林丽兰和楠森在回围栏草场的路上,林凡清正好朝他们走来。

林凡清问:“怎么样?”林丽兰说:“北斗叔赶着羊回去了。”楠森说:“林伯伯,我有话要对你说。”林丽兰拉了楠森一把。楠森挣脱了林丽兰的手,说:“林伯伯,行吗?”林凡清说:“说吧。”楠森说:“林伯伯,我是很敬重你的,但您今天在茂草哥的事上犯了两个错误。一是您冤枉了茂草哥,二是您不该打人,虽说他是您的儿子,但您也没有权利打他。所以我觉得您应该向茂草哥道歉。”林凡清真诚地说:“我会向他道歉的。还有吗?”楠森说:“还有,应该动用法律解决的事情,您一味地想用人情世故来化解,这样是不对的。您这样只有把事情搞得越来越复杂,而且也会诱发其他人动用非法律的手段来解决问题。”林凡清说:“这个意见我也会认真考虑的。还有吗?”楠森说:“还有,我将来要是成了你的女婿,你会不会因为一时冲动也来打我?”

林丽兰在背后捶了楠森一下。

林凡清一笑说:“你现在是我的下属,我作为领导,对下属决不会动一个指头,这点我可以保证。至于女婿嘛……”林凡清看看林丽兰,说:“现在还不确定呀。”楠森说:“要是了呢?”

林凡清说:“楠森,我告诉你,我林凡清表面上很冷静,有点内向,不像郑畜牧师那样,是个个性外露的人,但实际上我的内心却是有一团火,所以也会爆发。火山喷发的时候是很难控制的,所以你在当我女婿前,你就得慎重考虑好了再作决定。赶快放你们的羊去吧!”

林凡清转身往回走。

林丽兰对楠森说:“哼,怎么样? 咱俩的事是不是动摇了?”

楠森喊:“林伯伯……”然后追上两步,大声说:“林伯伯你就是天天打我,我也要当你女婿!”

林凡清一挥手说:“这话你得对我女儿说。”林丽兰和楠森回到围栏边。蒋进江正在填那个陷阱坑,库兰在一边帮忙。

林丽兰说:“库兰,你怎么到这儿来了?”库兰说:“进江叔说这个坑是要对付像我老爹那样的人,那我当然得来帮忙啦。”楠森说:“那我们也来帮忙吧。”

库兰对林丽兰说:“丽兰,对不起,我真没想到我老爹会做那种事情。”林丽兰说:“那是你爹干的,跟你又没关系! 对了,你说到种羊场应聘,应聘什么?”库兰说:“放羊啊!”

楠森问蒋进江:“你这坑,挖了多长时间啊?”蒋进江说:“三个晚上,悄悄地,谁也不知道! 我不想连累其他人,可没想到还是把茂草给搭进去了。”楠森说:“反正用这种方法不文明。”蒋进江说:“可是解恨啊! 做了坏事,不受惩罚怎么能行?”楠森说:“可这种惩罚会有后患的,还是用法律手段比较好。”

林凡清回到试验室。郑君说:“你打儿子了?”林凡清点点头说:“是我一时冲动。”郑君说:“他跑了?”林凡清说:“会回来的。”郑君说:“要是红柳还活着,她心里会是个什么滋味?”林凡清心烦地说:“你别说了行不行?”郑君还是不依不饶,说:“你得去把他找回来!”林凡清说:“我估计他是回许静芝那儿去了。”郑君说:“那你就去许静芝那儿找他,儿子被打,许静芝也会难过的。”

齐美兰在一边说:“林叔,你去把茂草哥找回来吧! 你打他,我心里难受到现在……”

林凡清叹了口气，这事他是做错了，但要他为这事专程跑一趟阿吾斯齐乡，他又觉得得不偿失。茂草应该不是那么脆弱的人，更何况许静芝，她也不会听任儿子这么意气用事的。想到许静芝，他的心也很乱。他不想再纠结这些琐事了，试验室里这么一大堆的事。林凡清又埋头到他的桌子跟前，说：“我是想把他找回来，可现在手头工作这么忙，再过两天母羊又要产羔了，他知道这点会回来的，他要真不回来，那他就不是我儿子！”

郑君在一旁不满地嘀咕：“找什么理由，你是拉不下你那当父亲的自尊吧！”

夜空中繁星点点，小木屋里灯光明亮。茂草闷闷地在炉边加柴火，火光在他脸上闪烁着。许静芝把熬好的羊肉汤端到小桌上，说：“茂草，吃饭吧。”茂草说：“妈，我不回去了。”许静芝说：“就因为你爸打你的这记耳光？”茂草说：“不完全是。”许静芝说：“那还有什么原因？”茂草说：“我也说不上来，反正待在那儿挺憋气的。”许静芝说：“在哪儿工作都会有憋气的事，要想办法自我化解。吃饭吧，在这儿住两天，然后回去。一个耳光，就把自己想要继承的事业打跑了，这算什么男人！”茂草觉得静芝妈妈有些太偏袒爸爸了，当初自己亲妈也是，一面骂爸爸混蛋，一面又说正因为这样才爱他。他真是越来越搞不懂这是什么样的爱情观。他坐到饭桌边说：“妈，你觉得我爸爸这个人怎么样？”许静芝说：“不管他怎么样，反正我一心一意爱着这个人。”

茂草说：“妈，你不觉得你爱得太盲目了吗？”

许静芝说：“没有经历过爱情的人是无法体会的，爱情有时确实很盲目，但我却是真心地爱你爸爸。”

茂草说：“妈，可你等他等了这么多年，他干吗还不肯跟你结婚呢？”

许静芝说：“这就是你爸爸的为人。再说，这事是我跟你爸的事，你别管！”

库兰回到家，也在抱怨刘世棋说：“老爹，你干吗要跟杨北斗一起去拆人家的围栏呢？你也划有草场，你也可以在自己的草场上围围栏嘛。"刘世棋说："围围栏？自古以来，你看哪有围围栏放羊的？都是赶着羊群看哪儿的草好，就往哪儿跑。"库兰说："那你干吗要去闯人家的围栏呀！"刘世棋说："因为那里面的草好！"库兰说："可那是人家的草场。"刘世棋说："草场都是公家的。"库兰说："可政府给人家画了红线。我们家的草场不是也画了红线吗？"刘世棋说："人家茂草都没来找我的事，你瞎吵吵个什么呀！"库兰说："因为你这样做，太丢脸了！我们的草场也圈个围栏吧。"刘世棋说："我不会把钱白扔到这个上面去！我供你上学长学问不是让你来教训老子的！好好地跟着我把羊放好，那才是正事！"

库兰张嘴还要说什么，但她也知道老爹的脾气，想想就没有再吭声。

第三十章

小木屋里，炉火在哄哄地燃烧，窗外飘着雪花。

许静芝看看睡熟了的茂草，陷入回忆……

她想起三十年前的那个夜晚，她冲进上海火车站的月台上，可月台上空空的，原本应该停着火车的轨道也是空空的，她站在月台前绝望地流着泪……

她想起在垦区总部招待所，她已经看到了窗外闪过的林凡清的身影，可她冲出院子，小汽车的车尾已扬起灰蒙蒙的尘土，她在拼命奔跑拼命追逐……

山路路口的哨卡，她眼睁睁地看着对面山坡上那几个骑马的身影消失在山路的拐弯处……

还有沙门子牧场的会议室里高悬的大红喜字，她在人群中看到林凡清与红柳披着红花，脸上洋溢着的笑容……

许静芝凝视着窗外的雪花，含泪自语："我干吗老在等着命运来左右我呀……"

清晨，许静芝骑上马对茂草说："茂草，你把妈妈屋里的东西都整理好,书籍都装上箱。”茂草说:“妈,干吗?”许静芝说:“我昨晚想了一夜,现在我下决心了,同你一起回到你爸的身边去!”茂草说:“那你现在去哪儿?”许静芝说:“我要去见一个人。”

上午,许静芝走进地委江一涛书记的办公室。

许静芝说:“江书记,你还认识我吗?”

江一涛又惊又喜,说:“许静芝!你就是烧成灰我也认识你呀!至今为止我一想到你,还是感到一种遗憾。过得怎么样?”

许静芝说:“我一直在找的那个人我现在才找到。”江一涛惊讶地说:“怎么?你就这么找了整整三十年?”许静芝说:“对。”江一涛说:“太不可思议了,没想到你会这么执着!”许静芝说:“我想求你帮个忙。”江一涛说:“怎么帮?你说!”许静芝说:“我想调到那个人的身边去工作。”

产羔棚外大雪弥漫,产羔前的母羊那焦虑而兴奋的叫声在里面此起彼伏。林凡清、郑君、月亮、齐美兰、楠森和林丽兰都在产羔棚里候着。

林凡清说:“郑君、月亮、齐美兰,你们都回去休息吧。母羊一般都在快要天亮时产羔,你们下半夜来就行了。这儿有我,还有楠森和丽兰呢!”郑君说:“这批羊都是近亲繁殖的,效果怎么样,品种的改良会不会有突破,你林凡清紧张,其实我们跟你一样紧张!我们在这上面毕竟花费了很大的心血。我让美兰把登记本都带上了。这样就可以及时地记录下所需要的数据。”林凡清很体谅地说:“那你就留下吧。要不,月亮回去给我们做点夜宵送来?”月亮高兴地说:“行啊。”

夜很深了。风雪中,齐怀正穿着军大衣,朝产羔房走来。齐怀正走进产羔房,看到林凡清、郑君、齐美兰、林丽兰、楠森正热热地吃着月亮给他们送来的夜宵。齐怀正说:“嗨,你们好热闹啊。吃的是什么?我肚子也正饿着呢。”月亮说:“鸡汤面,怀正哥,你也来一碗吧。”齐美兰从炉边站起来,说:“爸,你坐这儿吧。”齐怀正说:“茂草这小子还没回来吗?”

齐美兰把面端给齐怀正说:“还没呢。”

齐怀正接过面碗对林凡清说:“凡清,我了解过了,你打人家茂草,这可是犯下了严重的主观主义的错误。陷阱的事儿茂草压根就不知道，是蒋进江一个人干的！”说着腾出一只手拿出折好的两页纸递给林凡清，说：“你看看，这是蒋进江写的检讨。蒋进江就怕这事会牵连上茂草，所以一个字都没给茂草透。事后，是茂草跳进陷阱里，帮蒋进江把杨北斗的羊从陷阱里拉出来，一面还批评了蒋进江。所以，你林凡清同志得向茂草同志做深刻的检讨。”

齐美兰说：“我想茂草哥也不会做出这样的事来！”林丽兰说：“那当然，反正这事是我爸的错。”齐怀正说：“你看，凡清，开上你的批判会了吧？蒋进江同意赔偿杨北斗的损失了。”郑君说：“不要赔！赔什么赔？其他羊都好好的，就是一只跌折了前腿。他推倒了人家的围栏怎么没赔呀！月亮，你是北斗的姐，你说句话！”月亮说：“你这个当姐夫的哇啦哇啦都说了，表态了，我还说什么呀！我这个不争气的弟，老给你们添麻烦，把我的脸都丢尽了！”

齐怀正说：“公事公办。杨北斗的羊跌折了腿，蒋进江必须赔。杨北斗推倒围栏的事，也要做深刻检讨。以后让他做工补上。”

突然一只羔羊在叫。大家都不约而同地站起来朝羔羊叫声的方向张望，有人兴奋地叫：“母羊产羔啦！”

苍茫的雪原上，雪花儿在飞舞。许静芝和茂草骑着马，牵着两头骆驼走在路上。骆驼上驮着许静芝的东西。

哈里木、阿依霞古丽也正赶着大腹便便的母羊群往种羊场赶去。许静芝、茂草赶上哈里木和阿依霞古丽的羊群。

茂草问：“阿爸，阿妈，你们也去种羊场？”

哈里木笑着对许静芝和茂草说：“我放牧的草场离种羊场远，所以这群母羊比你和进江放的羊群配种晚了几天，这几天也要产羔了，我得把它们赶回种羊场的产羔棚去生产。你们这是……”

产羔房里一片忙碌。

齐美兰凑近正在接羔的林凡清说：“林叔，人手这么紧张，去把茂草哥叫回来吧。”林丽兰也在边上说:“爸,要不我去叫!”林凡清说:“我说了,不用去!他如果有责任心的话,昨天或者今天就该回来!一个他外祖父开创的事业,一个他亲生母亲为之而献身的事业,一个他父亲为之奋斗终生的事业,如果一个耳光就能把他打跑的话,那他就不配来继承这个事业!”

郑君抱着两只洁白的羔羊,兴奋地对林凡清说:“凡清,实践证明,你的近亲繁殖的理论是行得通的。你看看这两只羔羊的毛和体重!”

楠森跟在后面说:“林伯伯,你们近亲繁殖的设想真的很大胆,太厉害了!”郑君说:“女婿还没当上,马屁就拍上啦?”林丽兰说:“郑叔,你说的是什么呀,真难听!”楠森说:“郑畜牧师,难道你不认为近亲繁殖的设想很大胆吗?”郑君说:“那当然,一开始我就觉得有点冒险。”楠森说:“那我刚才就是实话实说,绝不是拍马屁!”郑君说:“你这小子,还真会抓人话柄。”

外面传来了羊叫声。

齐美兰冲到门外喊:“爸,林叔,郑叔,茂草哥回来啦!哈里木叔叔和阿依霞古丽婶婶,还有静芝阿姨,都来啦!”

林凡清走出产羔棚,看到儿子,一把握住他的手,给了他一个拥抱。

还没等林凡清说话,茂草就说:“爸,原谅我,我不该跑掉。静芝妈妈已经批评我了,说同事之间都还有误会的时候呢,更何况朝夕相处的父子呢。”林凡清欣慰地说:“儿子,这次是你老爸的错,我向你道歉!”“爸,本来我早该回来,可我静芝妈妈决定要调到我们种羊场来,所以才耽搁了两天。你看,行李都拿来了。爸,有句话我要对你说,这次别让我静芝妈妈失望,当儿子的求你了,妈妈已经等了你三十年了,你还要妈妈等多长时间啊?你要再让妈妈等,”茂草在林凡清耳边轻声说,“那你就是个混蛋爸爸!”

林凡清笑着点头,他知道儿子的心思,他也知道许静芝为什么会跟来。如果真的再拖下去,那他亏欠许静芝的会更多。他说:“儿子,放心吧,我已经是个混蛋爸爸了,我不能再这么混蛋下去啊。”

茂草说:“那爸,这次你要主动点。”

林凡清一拍茂草说:“儿子,放心!”

齐怀正也出来迎接了。许静芝走到齐怀正跟前,拿出一个大信封。

许静芝说:“齐场长,我已经调到你们种羊场来了,这是我的调令和行政介绍信。”

许静芝把信交给齐怀正。

齐怀正高兴地握住许静芝的手说:“这真是太好了,为林凡清来的吧?”许静芝说:“是。”齐怀正说:“早就该这样了!这个林凡清,你们知识分子啊,有些做法真让我们这些大老粗有些琢磨不透!”然后他看看许静芝身后的骆驼,又说:“走,先去把东西放下。其他的事,安顿好再说。”

凌晨,许静芝走进产羔房。林凡清、郑君、茂草、齐美兰、林丽兰和楠森都还在忙碌着。但此时母羊生产的高峰时段已经过去,几个人也都稍稍空闲了下来。

林凡清说:“静芝,房子都安排好了?”许静芝说:“齐场长亲自派人收拾的,月亮也一直在帮我忙。等到房子都收拾妥当后齐场长才走的。”

郑君脱掉胶皮手套,再用酒精洗了洗手,对林凡清说:“凡清,大家都累了,现在这一拨羊羔刚产完,下一拨羊羔肯定要等一会儿,所以我们想回去歇一歇,好振作精神,下半夜再来。”

林凡清知道郑君的用意,一笑说:“那你们都回去歇着吧,我在这儿值班。”茂草朝林丽兰使了个眼色。林丽兰喊:“好啦,大家都走吧!我们去伙房,先到月亮婶婶那儿去填饱肚子。”楠森说:“我陪林伯伯在这儿吧。”林丽兰踹了他一脚,把他揪起来小声地说:“走吧你,谁要你在这儿当电灯泡!”

郑君领着茂草、齐美兰、林丽兰、楠森走出产羔房,齐怀正迎面朝他们走来。郑君一把挡住齐怀正,朝产羔房努努嘴说:“许静芝刚进去。”

齐怀正会意地笑着点点头,然后说:“这个林凡清,在这件事上清高得过了头了,自己就不能主动点!干吗让女人这么追呀,追得多可怜哪。就这件事,我恨不得给他一巴掌。”

大家都笑了。

产羔房里夜深人静,待产的母羊也只是偶尔叫上两声。

许静芝看着林凡清沉默了一会，眼里便涌上了泪。一阵久久的沉默，两人都不知怎么开口才好。

还是许静芝首先找到了话头说："凡清，我发觉郑君怎么越来越瘦了？"林凡清说："他的身体状况是越来越差了。"许静芝说："那让他去医院好好检查检查呀！"林凡清说："我逼他去医院检查过几次，除了布氏杆菌病外，也没有查出什么来。现在他是更不想去医院了，总是说，老毛病，吃点药就行了。这家伙，干起活来也是不要命的。"许静芝说："郑君是我大学的同学，虽说不是一个系的，但也是同年级的。他原本就是个大大咧咧、不拘小节、活得很自在很潇洒的人。我没想到，他会这么死心塌地地跟着你干。"林凡清说："他同我也有过意见分歧，有时吵架也吵得很厉害，但他绝对是我最理想最得力最贴心的合作伙伴。"许静芝说："凡清，咱俩的事怎么办呢？你还要让我再等吗？"林凡清深情地说："静芝，在这件事上，茂草已经骂我是个混蛋了。我说我已经是个混蛋了，我不能再混蛋下去了，我们结婚吧。"许静芝说："真的？"林凡清说："明天就去领结婚证。"说着，拉住许静芝的手。

许静芝顿时泪流满面，一下扑进林凡清的怀里，说："凡清，我追你追得太难太累太痛苦了……"

林凡清说："静芝，对不起……"

两人紧紧地拥抱在一起。

一声声悠扬的琴声飘进了产羔房里。

两天的风雪已经平息了，薄薄的云雾在夜空中穿行。月色朦胧，郑君站在那两棵挂满积雪的胡杨树下，激动地拉着琴，他好像也很幸福……

茂草在围栏里放牧着羊群，库兰骑马来到围栏边，跳下马。茂草看着库兰，一时没有认出来，只感到这姑娘长得很漂亮很迷人。

库兰说："茂草哥，你不认识我啦？"茂草说："你是……"库兰说："我是刘库兰呀！小时候你教我学骑马，小学我们也都是一起上的，你都不记得了？"茂草这才恍然，笑着说："那时候你看上去……怎么现在模样全变了，我一时没认出来！"库兰说："你的模样可没多大变化，所以我一眼就认出来了。茂草哥,我来找过你,可你不在。丽兰妹妹说,你让你爸打跑了,好像这事跟我老爹也有关。”茂草说:“跟你老爹没啥关系。这事不说了,怎么你也回到草原上来了?”库兰说:“中专毕业后,在城里打了几年工,钱没赚上几个,受气却受得够够的了,真没劲!所以又回到草原上来了,在草原上一样可以发展自己。”茂草说:“说得对,你老爹这几年不就发了吗?”库兰苦笑着摇摇头说:“前几年倒是赚了些钱,因为羊肉价格好。可是从去年开始就不行了,羊肉卖不出价,羊毛的价却看涨了。我老爹的那些细毛羊全都成了杂毛羊了,所以他的羊毛品级太低,卖不出价了,在走下坡路呢。”茂草说:“为这事我老爸劝过他,也说过他,可他不听。现在羊群都由家庭承包了,自负盈亏,我老爸也不好强求,你回来就好,可以劝劝你老爹。”库兰一笑说:“我的话他也不见得听,我老爹从来就是个刚愎自用的人,不撞在南墙上是不肯回头的。”聊了一会儿,库兰骑上马,说:“茂草哥,我该去报到了。以后你得多帮帮我!”

茂草看着库兰骑在马上那年轻优美矫健的背影发了好一阵呆,齐美兰提着个柳条筐骑马来到他的身边他都没发觉。

齐美兰跳下马拉了他一把说:“那个人是谁呀?怎么让你看得呆头呆脑的?”茂草还没缓过神来,说:“你说什么?”齐美兰说:“那人是谁?”茂草说:“库兰呀!刘库兰,刘世棋的女儿,你们不是从小一起长大的吗?”齐美兰有些酸意,说:“好啦!你看我妈又特地给你熬了羊肉汤,我妈比疼我还疼你呢!”

夜深了,林凡清家的墙上贴着一个大红喜字,桌上摆着一桌刚吃剩的酒席。许静芝把门关上,然后收拾桌子。

林凡清从背后抱住许静芝说:“别收拾了,早点休息吧。我现在就想同你在一起。”许静芝说:“不是已经在一起了吗?”林凡清深情地轻声说:“也许是因为我让你等得太久了,现在我觉得跟你在一起的每分每秒都很宝贵。”许静芝甜蜜地一笑,说:“我三十年都等了,你这一会儿就等不住了?”林凡清说:“你这是在报复我?”许静芝说:“先收拾吧,把屋子收拾干净了,歇着也踏实。你知道,我这个人有洁癖。”林凡清说:“那我帮你一起收拾。”

卧室里，许静芝打开她的皮箱，取出个小盒子。许静芝说："凡清，你有红柳的照片吗？"林凡清说："有，怎么啦？"许静芝说："给我！"

林凡清从一本旧相册上取出红柳的一张年轻时的照片。许静芝接过照片小心地贴在了小木盒上。

林凡清说："你这是干什么？"许静芝说："这里面有我们俩对红柳永远的纪念。那天你不是哭死哭活地要红柳身上的一点东西吗？这里面是她的一绺头发……"林凡清感动地说："静芝，我觉得我好对不起你啊。"许静芝说："没有谁对不起谁，只能说是老天在捉弄人。"

夜色如水，皎洁的月光倾洒在房间里。林凡清和许静芝躺在床上却毫无睡意，他们凝视着窗外的月光，心里不约而同地都在思念一个人。

许静芝突然坐起身，说："凡清，对红柳的死我一直有个疑问。"林凡清说："怎么？"许静芝说："哈里木说她不该走那条路呀。"林凡清说："为什么突然提起这事？"许静芝说："我觉得当时很可能有人在后面跟踪她。"

许静芝同林凡清讲述着何玉田告诉她的那些事……

林凡清不语，他想起了深山牧场里李国祥的那段话："凡清同志，现在想想，真是对不住你们，那时候我迫于压力，派刘世棋到处找你们的踪迹，可你们藏得太好了，亏得藏得这么好……"

林凡清长叹了一声，说："静芝，我知道那个跟踪的人是谁，也知道派他跟踪的人。算了，不要追究了。那个年代，总会有人被迫去做一些违心的事。再说，红柳是自己不小心落崖牺牲的，跟他们没有太直接的关系。再说就是追究到底，又能有什么意义呢？只会揭开旧的疮疤，让大家都痛苦。"

又到了收购羊毛的季节，齐怀正的办公室里，两个羊毛收购公司的代表正在同齐怀正讨价还价，种羊场供销科的王科长在一边为齐怀正敲边鼓。

周经理是个四十几岁头脑机敏嘴皮子利落的人，他说："齐场长，王科长，这样吧，你们种羊场每年产的羊毛全由我们公司包了。咱们订个长期合同怎么样？"齐怀正说："周经理，长期合作可以，但合同我们还是一年一年签订，这样对我们双方都有利。"王科长说："我们齐场长的意思是，羊毛的价格每年都在变,签订个长期合同,每年的价格变化就不好掌握。价格跌了,你们不就吃亏了?”周经理说:“还是签订个长期的吧!五年怎么样?如果价格跌了,中间的损失由我们公司来承担。”

齐怀正一笑说:“要是价格涨了呢?你们捞足了,我们不就损失了?现在我们种羊场的羊毛质量越来越好,肉用羊的肉质也越来越好。现在不是你们一家来订我们的货了,合同一年一年签订吧,这不能变。合同的具体事项你们同王科长谈吧。”

周经理无奈地苦笑着摇摇头说:“想不到你这个老革命,比我们市场上混的人还精明。”

王科长说:“我们齐场长以前是特级战斗英雄,现在又是模范企业经营者。”

齐场长半开玩笑说:“王科长,你这马屁拍得可不怎么高明。不过,你同周经理好好谈吧,原则就是双赢,谁也别太坑谁了。”

种羊场羊圈。齐怀正、林凡清和郑君正陪着一些专家在对品种羊做鉴定,茂草和楠森也在旁边跟着,偶尔还兼职做翻译。有一位外国专家同楠森聊得很欢,还朝林凡清竖了竖大拇指。

鉴定的结果很让人满意,齐怀正、林凡清、郑君、茂草和楠森的脸上都露出欣喜的笑容。

送走专家,林凡清对齐怀正说:“齐场长,咱们羊群的数量越来越多,招聘承包人的工作进行得怎么样了?”齐怀正说:“差不多了,这次我们特意招了一些有文化的年轻人,补充新鲜血液嘛!现在正在组织培训,等培训结束就可以分派工作啦!其中还有个学农牧的中专生,叫李春森,我想让他去当榆木大爷的助手。”郑君说:“怎么,现在牧羊人也得培训啊?”齐怀正说:“当然得培训,羊的品质提高了,牧羊人的素质也得跟上!”林凡清:“齐场长,你的想法比我们两个都超前啊!种羊场规模发展得这么快,得赶快让茂草和楠森进试验室了。”郑君说:“再让他们放羊,那就是在浪费人才!”

刘世棋家羊圈边上，杨北斗蹭了过来。他清了清嗓子对刘世棋说："刘大哥，我想问你借点钱。"刘世棋说："干啥？"杨北斗说："我想在我的草场上围围栏。"刘世棋冷笑一声说："觉悟啦？"杨北斗说："老去闯人家的围栏，吃人家草场上的草，这不是长事儿。"刘世棋说："把钱往水里扔？"杨北斗说："围栏放牧的好处我看到了，我姐又劝我，所以这是我的事儿，你别管。你只说，钱你肯不肯借？"刘世棋说："你咋不向你姐和你姐夫借钱？"杨北斗说："我姐和姐夫都拿的死工资，我姐夫身体又不好，常吃药，家里就没几个钱。我只问你肯不肯借吧？"刘世棋说："我们是好朋友，借当然可以借。但亲兄弟，明算账。问银行贷款还要个抵押呢，我借你钱，你拿啥东西作抵押？"杨北斗想了想说："把我的母羊群作抵押吧。"刘世棋："杨北斗，你别在我跟前要小聪明，俗话说，家财万贯，带毛的不算！再说母羊群不许卖，也不许宰，只能剪点羊毛卖，那能值几个钱？要抵押，就把你的育肥羊群抵押上。"杨北斗："那你也太占便宜了。"刘世棋："那你就找别人去借吧。"

杨北斗一咬牙说："好吧，我豁出去了。年底还不上钱，你就把我的育肥羊全拿走！"

知道自己要被调回试验室，楠森一开始还挺高兴。但一听林丽兰说自己的哥哥还得再放几天羊，楠森不乐意了，说这不公平，要去找林凡清理论。林丽兰叫他别多事，可楠森偏是个认死理的人，气呼呼地同林丽兰一起走进试验室。

楠森对林凡清说："林伯伯，你这样做不对！"林凡清说："又怎么啦？"楠森说："你为什么先把我换掉，进试验室工作，而不是先把茂草哥换下来进试验室？"郑君说："楠森，这不好吗？"楠森说："当然不好，什么事都有个先来后到呀！我就是排队也应该是排在茂草哥的后面。这种违背规则的事，我不干！我还是和林丽兰一起放羊。让顶我们的两个人先去顶茂草哥吧！该不会是因为茂草哥是你儿子，我是你女婿你才这么决定的吧？"

林凡清眉头一皱，说："你还不是我女婿呢！我告诉你，你和林丽兰的工作不是我一个人能决定的，现在种羊场发展很快，供销科的任务加重了，所以才让林丽兰去供销科当会计。而你的工作呢,是因为我们正在搞羊群的近亲繁殖,你的专业又是生物遗传方面的,正好用得上!所以才让你赶快回试验室工作。这跟儿子女婿扯不上关系!”

郑君开玩笑说:“就算是有关系又怎么啦?我们中国人的习惯,女婿是娇客嘛,啊!该优先!”

林凡清说:“郑君,你别瞎搅和。”

楠森一脸很认死理的样子,说:“林伯伯的第一个理由我接受,郑畜牧师的第二个理由我坚决不接受!我想,人应该凭本事吃饭而不是靠关系蹭饭!”

郑君说:“你这小子怎么这么顶真啊?”

林丽兰在一边说:“楠森,你也别自我吹嘘了,真的凭本事,我哥可比你强多了!你只不过学的专业同他不一样罢了,比摔跤,你不还是我哥的手下败将吗?吹什么吹!”

楠森诚恳地说:“我说错了,我道歉。”

郑君说:“好啦,你们也别乱打抱不平了!过几天茂草也会回来的,场里已经给他物色了一个接班人,很快就到位了。”

五月的草原阳光灿烂,牧草肥美。围栏里那些半大的羔羊雪白的一片,正在津津有味地吃着草。茂草看着,脸上透出喜色。

库兰骑马来到围栏边,她跳下马,高兴地对茂草说:“茂草哥,齐场长让我来接你的羊群。你跟我交接一下吧。”

茂草说:“你不是跟你老爹在一起做吗?”

库兰一笑说:“他干他的,我做我的。虽说我和他是父女,但在怎么养羊上,分歧太大,天天吵,我劝他围围栏他不干,让他改喂品种羊他也不干,所以没法处在一块儿。年初的时候种羊场招聘员工,我瞒着他偷偷来应聘,被招聘上了。为这事差点跟我老爹翻脸,不过现在他也同意了,他做他的,我做我的。开春的时候还培训了两个月,因为你的这群羊比较特殊,给我交代的事情也特别多,所以就晚来了几天。”

茂草点点头,盯着库兰的脸看了好一会儿,看得库兰有些不好意思了。齐美兰刚好给茂草送饭来,都看在了眼里,脸上顿时有了些醋意。

茂草和齐美兰一起骑马往回走。

齐美兰看看茂草,又回头看看正在放羊的库兰,说:“茂草哥,你知道吗?你要回到试验室来工作了,我有多高兴呀!”茂草说:“我老爸开始时让我放两年羊,我思想上还很抵触。现在要让我回试验室工作,我反而有些舍不得这些羊了。”齐美兰说:“茂草哥,你还记得我们小时候,你教我们学骑马的事吗?”茂草说:“记得,怎么啦?”齐美兰说:“那时候我就特别崇拜你了。这么小小年纪,马就骑得那么好。”茂草说:“你学骑马也学得挺快。”齐美兰说:“所以你那时也特别喜欢我,不是吗?”茂草一笑,爽直地说:“现在也是。”齐美兰有了信心,说:“茂草哥,我一直爱着你,现在更爱了。”茂草愣了半天,说:“但我一直是把你看成我的妹妹,现在也是。”齐美兰一下失望了,说:“你不是喜欢我吗?”茂草说:“哥哥当然喜欢自己的妹妹,不是吗?”齐美兰说:“那就是说,你光是喜欢我,不是爱我?”茂草爽直地说:“对,因为我心里已经有我想要爱的人。”齐美兰说:“谁呀?”茂草说:“现在我还不能告诉你。”齐美兰用嘴指指后面说:“是那个人吗?”茂草说:“我不是说了吗,我还不能告诉你!”齐美兰伤心极了,眼里顿时涌出了泪。茂草说:“美兰,你怎么啦?”齐美兰气恼而伤心地说:“我怎么啦? 还用我说吗?”

茂草和楠森回到试验室工作,林凡清、郑君和齐美兰都感觉到队伍壮大了许多,很多未能及时启动的研究也都交给了两个年轻人去做。

月亮走进来对林凡清和郑君说:“林场长、郑君,杨北斗要在自己的草场上围围栏了,他人手不够,想让我去帮个忙。”

林凡清惊喜地说:“什么,北斗要在自己的草场上围围栏啦?”月亮说:“是,材料都买来了。”林凡清说:“大家把手头的工作停一停。我们都去帮个忙。”郑君说:“让月亮一个人去帮忙就行了。”林凡清说:“不,只要有人肯相信科学了,我们都应该支持。何况杨北斗还是美兰的舅舅嘛。走,大家都走!”

草场上，林凡清、许静芝、郑君、月亮、茂草、楠森、齐美兰都在帮杨北斗筑围栏。

杨北斗感动地走到林凡清跟前说："林场长，以后我一定好好听你和我姐夫的话，再也不犯错了。我把那几只大尾公羊也处理掉了。"郑君说："处理给谁了？"杨北斗说："刘世棋。"郑君说："还是留在我们的草场上了，总是个祸害！"林凡清说："北斗觉悟了，总是好事。有些事要慢慢来，急不得。尤其是人思想上的事。"

第三十一章

傍晚,茂草从试验室走出来,齐美兰追上来喊:“茂草哥,你等我一下。”茂草说:“有事吗?”齐美兰说:“你先不忙走吧?我问你一句话。”茂草说:“说吧。”齐美兰说:“茂草哥,你真的不能爱我?”茂草点点头。齐美兰说:“你干吗点头点得那么快?你知道这样多伤我心哪!你知道吗,我小时候就在想,咱俩肯定会成为夫妻的。”茂草真诚地说:“说真的,早两年我从来就没想过这件事,连什么是爱情都不太懂,也许那会儿我们之间倒是有可能。可是,如今我发现自己真的动了感情,才知道爱上一个人到底是啥滋味,所以……对不起,美兰。”齐美兰伤心地说:“她爱你吗?”茂草说:“不知道。”齐美兰说:“那就是说我还有希望,是吗?”茂草说:“我不知道。但是美兰,你还是放弃我吧!我现在这颗心已经被她撑得满满的,不会再容下别人了。”

晚上,齐怀正在客厅看电视。门砰的一声被推开了,齐美兰哭着走进家门。

齐怀正吃惊地问:“美兰,你怎么啦?有谁欺负你吗?”齐美兰说:“爸,谁也没欺负我,我是那种被人随便欺负的人吗?”齐怀正说:“那你哭什么呀?”齐美兰说:“我爱上茂草哥了。”齐怀正一乐,说:“你俩从小就很好,我心里早就盼着你俩能成。无论从哪个方面来讲,你们明摆着就是一对嘛!这有什么好哭的?”齐美兰说:“可茂草哥不爱我!”齐怀正说:“咋的?你俩谈过?”

齐美兰说:“爸,你说我该怎么办呀!”说着冲进自己的卧室,把门砰地关上痛哭起来。

齐怀正直犯愣,不爱我们家美兰?那他想爱谁?听着齐美兰在屋里哭,齐怀正心疼了,喊:“美兰,不哭!不就这点事嘛!”

河边,阳光下草丛中的鲜花开得十分的鲜艳。

齐怀正递给林凡清一支烟说:“凡清,今天是星期天,你也休息上一天吧。我看你从来就不知道有休息天。”林凡清说:“闲着无聊更难受,还不如工作起来有乐趣。有什么事吗?这么正儿八经地把我叫出来?”齐怀正说:“眼下我们不能老想着工作,也得想想生活上的事,所以我今天把你叫出来,就是想同你聊一点家务事,儿女情长的事。”林凡清一笑说:“齐场长,你哪来的儿女情长的事?”齐怀正说:“怎么没有?齐美兰不是我女儿吗?我告诉你,我家美兰看上你们家茂草了。”林凡清笑着说:“那不是好事吗?”齐怀正说:“是呀,我也这么看。昨晚我为这事想了一夜,心想,这事真是再好不过了。美兰的事你清楚,她不但连着我,也连着郑君和月亮呢。你、郑君还有我,为了眼下的事业奋斗了几十年了,而且还要奋斗下去,这辈子就都交给这份事业了。美兰和茂草也进入我们的阵地,这份事业以后就由他们来继承了,如果我们能成亲家,这是多好的事呀。你说是不是?”林凡清说:“那当然。”齐怀正说:“所以你要好好做你儿子的工作!”林凡清说:“做我儿子的工作?茂草怎么啦?”齐怀正说:“他心里就没有美兰,而是有另外的人了。”林凡清说:“是谁?”齐怀正说:“他没说。”

林凡清考虑了一会儿,说:“这事就不好办了。婚姻的事可强制不得,我们这头越反对,他们那头就会越热!事情就会变得很糟糕的!”

齐怀正说:“做思想工作呀！婚姻的事也能做思想工作的嘛。”

林凡清想了想,说:“这工作我可做不来。因为我历来认为,婚姻应该是自由的！强迫是不道德的。”

齐怀正不乐意了,心说林凡清这人真是,自己对这方面就是磨磨叽叽的,把个许静芝拖累了三十年。我女儿可不行,我非得快马加鞭不可。他敦促林凡清说:“婚姻的事也可以积极争取嘛。茂草和美兰结合是多好的事呀！干吗不争取呀？争取不上再说嘛。”

林凡清被齐怀正叫出试验室,齐美兰立刻就猜到为了什么事。她偷眼看看茂草,心里想着自己老爹会跟林叔叔谈些什么。不管怎么说,老爹也好,林叔也好,还有郑叔,他们心里肯定都是向着我这边的。果然,林凡清一回屋就对茂草和齐美兰说:“你俩到羊群去采样去,看看今年产下羊羔的羊毛情况怎么样。不要漏掉任何一群羊。”茂草放下手上的工作,说:“知道了。”林凡清说:“你俩都是第一次出去采样,一定要好好配合。采集到的羊毛样本,要分好类,记录好,不要搞乱了。”齐美兰几乎是欢蹦着站到茂草身边,她高兴地说:“林叔,这我知道,去年我就跟着你去采过样。”

茂草和齐美兰从马厩里牵出马,两人上了马。齐美兰说:“茂草哥,你知道为什么林叔要叫我们俩一起出去采集羊毛样本吗?”茂草说:“这不是工作吗?”齐美兰得意地说:“才不是呢！是我老爹今天同林叔谈过话了。”茂草说:“谈什么?”齐美兰说:“咱俩的事!”茂草反感地说:“怎么？搞包办婚姻?现在什么年代了!”齐美兰撒娇说:“你不要这样说嘛,他们也是希望咱俩能好。”茂草说:“对！从他们的角度来看,这当然是好事！但是,也得考虑我们本人的想法呀!”齐美兰说:“本人的想法你还不清楚吗？我的心里只有你!”茂草说:“可我心里有别人了！那个人已经在我心里扎了根,谁也别想从我心里挖走!”齐美兰说:“她到底是谁?”茂草说:“我说了,我不能告诉你。”齐美兰说:“你不是把我当你的妹妹吗？那你也应该告诉妹妹呀!”茂草说:“你别再缠我了,我不会告诉你的!”说着策马就走。齐美兰气得直想哭,猛地一夹马肚,追上去大声说:“你要不告诉我,我就缠住你不放！因为我爱你,我爱你！我爱你!”

郑君在窗口看着茂草和齐美兰骑马离开种羊场，转头笑着对林凡清说：“凡清，真没想到，眼睛一眨，儿女们都到了谈婚论嫁的年龄了。”林凡清感慨地说：“我们也都老了嘛。可我感到我们的事业才刚刚起步，老天爷给我们的时间真的是太短了，人生苦短啊！”郑君凑到林凡清耳边，低声说：“凡清，美兰是我女儿，这点你清楚。”林凡清点头说：“是。”郑君说：“所以我也很希望美兰和茂草的事能成。你和静芝都做做茂草的工作，让他娶美兰吧。我想，这不但是齐怀正的意思，也是我和月亮的意思。我和月亮更希望能这样。”

林凡清抽出一支烟，有些为难地说：“茂草的脾气你知道，是头倔牛。你越压他他顶得就越厉害，解铃还须系铃人，让他俩好好沟通，自行解决吧。”

郑君说：“凡清，你这话说得让我有点不高兴。刚才我说的话，是我和月亮一起在求你。你要知道美兰在我、在月亮、在齐怀正心中是个多大的分量，我们可以为她牺牲一切。”

林凡清说：“我和静芝心里也希望能这样。但孩子的婚姻总该顺其自然比较好。”

郑君说：“你这话我不爱听。你和静芝，我和月亮，还有齐怀正，都认为这是件好事，再说美兰已经爱上茂草了。我们为什么不能共同来努力一下做做茂草的工作，而且茂草要继承你的事业，那么美兰绝对是他的好帮手。你和红柳的结合不也是这样考虑的吗？你对红柳的爱不也是结婚后才有的，不是吗？”

林凡清叹了口气，说：“好吧，那就试试吧。但我觉得成功的希望可能不大！”郑君说：“你还没有试怎么知道结果？凡清，你可不能这么消极！我们把希望都寄托在你身上了，因为你是他爸！”林凡清苦笑着说：“要是他不愿意，我再打耳光？”郑君把手中的东西重重地往桌上一放，说：“我说让你打他耳光了吗！凡清，这事要不成，我就怪你！”

在房间另一个角落埋头工作的楠森，吓了一跳，抬头看看这边。郑君不再说话，转身回到自己桌前。

库兰在围栏草场里放牧着羊群。刘世棋赶着羊群过来。

刘世棋对库兰说:“女儿,把你边上的围栏打开。”库兰说:“干吗?”刘世棋说:“让我在里面放上几天羊。”库兰说:“这怎么行！你干吗不到我们家的草场去放呀?”刘世棋说:“我那草场里的草没你这儿好。我想在你们草场上放上几天羊,让羊长长膘,也让我那草场里的草好好养一养。”库兰说:“老爹,你也太自私了。”刘世棋说:“我这也是为你好!”

库兰当然不肯开门,她对刘世棋说:“老爹,你赶快回你的草场去吧,我是不会让你进围栏的。”刘世棋还在死缠烂磨,说:“我想多赚点钱难道是为我自己吗？还不是为了你！将来你结婚,我也可以多给你备些嫁妆!”

库兰被缠得烦死了,她忽然看到不远处茂草和齐美兰骑马朝围栏走来,忙喊:“茂草哥,美兰姐,你们过来一下!”

刘世棋狠狠地瞪了库兰一眼,说:“我白养你这么个女儿了!”

茂草和齐美兰策马奔到围栏跟前,跳下马。

茂草对刘世棋说:“刘叔,你怎么把羊赶到我们这儿来了？你瞧瞧,你羊群里还混着几头公羊。库兰放的是去年产下来的优种母羊群,还好母羊没发情,再过几个月,母羊要发情了,如果出现这种情况,后果会很严重！赶快赶上你的羊,回到你的草场去!”刘世棋说:“库兰是我女儿。”茂草说:“但她承包的是我们种羊场的羊群,这草场是种羊场的草场！刘叔我劝你一句,你也该觉悟了,杨北斗都在自己的草场围上围栏了,围栏放牧的好处你也不是没看到!”刘世棋说:“那是我的事！用不着你个毛头小子来教训我!”茂草说:“那你就赶快离开这儿。别看你是库兰的父亲,我对你一样不会客气的。”

刘世棋不情愿地赶着羊群离开了。

库兰朝茂草鞠了一躬说:“茂草哥,谢谢你。我爹这么死缠着我,我真不知道该咋办了。”茂草说:“谢啥,都是我们自己的事。”齐美兰看了一眼茂草,心里酸酸的,但说:“是啊,这都是我们种羊场的事嘛。”

从牧场采样回来,齐美兰一直是情绪低落。她现在几乎可以认定茂草说的那个占据他心灵的人肯定是库兰。库兰是很漂亮,可自己也不见得差呀!而且库兰在外面打过工,名声也不咋的,为啥茂草哥就那么看重她呢?现在林叔郑叔他们都表态说支持我,可大人们一掺和,茂草哥反而更烦自己了。齐美兰思前想后,觉得还是应该找个同龄人来商量这事。夜里,她轻轻敲供销科办公室的门。林丽兰把门打开。

林丽兰说:“美兰姐,你怎么来了?”齐美兰满腹心事地说:“我找你有事。”林丽兰说:“那快进来吧。”

齐美兰走进办公室,看到办公室里支了一张床,说:“丽兰,你怎么睡在办公室里?”

林丽兰说:“我爸跟静芝阿姨结婚了。我和我哥总不能再挤在家里睡了吧。你老爹就安排我住在办公室里了,说顺便还可以值值班。你老爹又从招待所腾了间房间,让我哥和楠森住。楠森原是住在试验室里的。我爸和郑叔经常要加夜班,他住在那儿不方便。美兰姐,你找我有啥事?”

齐美兰实话实说:“为你哥的事。”林丽兰说:“我哥怎么啦?他欺负你啦?”齐美兰说:“丽兰,我问你,我跟你哥配不配?”林丽兰说:“怎么不配!天生地就的一对儿!我一直把你看成是我未来的嫂子。”齐美兰说:“丽兰妹妹,那你就帮帮我!”林丽兰说:“怎么啦?我哥不要你?”齐美兰说:“他心中有别人了。”林丽兰说:“是谁?”齐美兰说:“他没告诉我,但我早看出来是谁了。如果他心里的那个人是他大学里的同学,或者是个城里人,我心里还平衡些,可他看中的人,根本不比我强,而且她在城里工作的这几年,名声也不好!”林丽兰说:“谁呀?”齐美兰说:“刘库兰。”林丽兰说:“那我第一个就反对!不过美兰姐,我哥看上的真是刘库兰吗?”齐美兰说:“你哥没直说,但我感觉得到,你哥看中的肯定就是她!”林丽兰说:“我哥咋会看上她呀!”齐美兰说:“比我漂亮呗。”林丽兰说:“嘘!”

深夜,林凡清回到家。许静芝看出他有心事,便问他怎么了。

林凡清这些年一个人过,很多事都憋在心里没人诉说。和许静芝结婚后,他终于有了倾诉对象,话匣子一开,两人有时就会说到半夜。他对许静芝说:“静芝,有件事让我好为难呀。”许静芝说:“什么事?”林凡清说:“齐美兰看中茂草了。齐场长、郑君还有月亮一定要我想办法促成这门婚事。”许静芝一笑说:“这不是亲上加亲吗?是件好事呀。”林凡清说:“可这事茂草不愿意啊!”许静芝说:“美兰已经向茂草表白过了?”林凡清说:“是。”许静芝说:“茂草没同意?”林凡清说:“他对齐美兰说他心里已经有别人了。”许静芝说:“那人是谁?”林凡清说:“我怎么知道!”许静芝说:“你这个老爸也真是,儿子的婚姻大事也不过问!只知道一门心思做你的事业。”林凡清说:“不是我不想问,我一直认为婚姻问题是儿女们自己的事,大人最好不要从中干涉。一掺和反而把事情弄得更复杂了。”

许静芝一笑说:“婚姻自由,听其自然最好!关键是看有没有缘,只要有缘总会有结果的。我和你不也是这样嘛。”

林凡清烦躁地说:“可齐场长和郑君都要我俩做做茂草的工作,如果我们没动静,也不太好吧?”

许静芝想了想,点头说:“这倒也是,你同齐场长、郑君这一路走过来,几十年了,也真不容易。你们之间的感情和友谊真是太深厚了,如果茂草和美兰的婚事能成,当然再好不过了。”

林凡清说:“那你去做做茂草的工作?他对你比我亲多了。”

许静芝说:“虽说有点违心,但值得去试试。”

夕阳西下,草原一片鲜红。茂草骑马来到库兰的羊群边。

库兰:“茂草哥,你怎么来了?”茂草说:“我想来帮帮你。我刚开始放羊时,也是费了好大劲才能把羊群赶进圈里,有时金巧花嫂子还来帮我忙。何况你还是个姑娘呢。”库兰一笑说:“那就谢谢你了。”茂草说:“你不知道,这群母羊我老爸和郑叔都特别地重视。对于羊品种的改良是很关键性的,所以那时才决定让我来放牧。”库兰说:“让我来接你的这群羊时,林场长和郑畜牧师已经跟我说了。你也是不放心才来的吧。”茂草说:“有一点,但不完全是。”库兰说:“还有别的原因?”茂草说:“对。”库兰说:“是啥?”茂草想了想,说:“现在还是不说好,以后我一定会对你说的。”

落日的余晖倾洒在斑驳的草原上,茂草和库兰有说有笑地赶着羊群往回走。

库兰说:“茂草哥,你知道吗?在草原上生活惯的人,怎么也适应不了城市的生活。尤其是人际关系,特难相处。一不小心,就会钻进别人给你设的套里,特烦人!”茂草说:“要说人际关系,草原上当然单纯多了。每天同你打交道的就是羊群,这也太单调点了。所以城市生活也有城市生活的好处。”库兰说:“可我还是喜欢草原上的生活,所以我就回来了。在城市里,你随时随地都得防着人,老是让人提心吊胆的。”茂草说:“可能是因为你长得太漂亮了。在城里,你得有个男人保护你才行。”库兰说:“但那个保护你的男人,本身就让你不放心。你得先提防着他,你咋能指望他的保护?”茂草说:“那现在呢?”库兰说:“现在我起码用不着提心吊胆地生活了。生活单调就单调点吧。反正,两头只能着落一头,我现在情愿着落在草原这一头。这里的人,都是我相识熟悉的人,包括你茂草哥。”

夕阳沉入群山,天色开始变得昏暗。茂草和库兰把羊群赶进羊圈。他们不知道,此刻远处有两对眼睛正看着他俩,那是齐美兰和林丽兰的眼睛。

库兰感激地对茂草说:“茂草哥,谢谢你。”茂草说:“我每天都来帮你吧。”库兰说:“这不太麻烦你了?”茂草说:“你不愿意?”库兰说:“哪能呀!我求之不得呢!”茂草一笑,还想试探,但还是把话咽了回去,大概他觉得太鲁莽了不好。

齐美兰和林丽兰正牵着马站在远处看着茂草和库兰。

齐美兰说:“丽兰,你看,我没说错吧。”林丽兰说:“美兰姐,我看出来了,他俩就是有那层意思,那肯定也是萌芽状态。”齐美兰说:“你咋看出来的?”林丽兰说:“这还用问?要是已经好上了,还会隔着那么远的距离说话吗?美兰姐,这种时候,你得先下手为强!直接去跟刘库兰说,你说,茂草哥是我的,你刘库兰别在里面瞎搅和!”齐美兰说:“这样行吗?”林丽兰说:“有什么不行的!就这么说!你得当机立断掌握主动权!”齐美兰说:“那……我现在就去说?”林丽兰说:“等等,你瞧,刘库兰自己走了。好,你赶快追上去!记住,把话说得坚决点!你就说已经跟我哥好上了,一定要理直气壮地告诉她!”

库兰正骑着马回家,齐美兰从后面追了上来。

齐美兰喊住库兰。库兰说:“美兰姐,你找我有事?”齐美兰说:“刘库兰,你能来我们种羊场工作,我当然很欢迎,因为我们是一起长大的姐妹。但我想告诉你,我和茂草哥的关系你应该知道吧?”库兰说:“美兰姐,我知道。”齐美兰说:“那就好。希望你跟他不要来往得太密切!”库兰说:“我没同茂草哥密切呀,他只是来看看我,帮帮我的忙。我们不都是从小一起长大的吗?”齐美兰说:“这就好!还有,你在城里的那些事,这儿的人可都知道。”库兰说:“那是男人们的错,又不是我的错!而且我也没有让他们得逞过。”齐美兰说:“这可说不清,你好自为之吧。我告诉你,你可别玷污了我茂草哥的名声!”

库兰委屈得满眼是泪。

深夜,许静芝拎着饭盒走进试验室。正在显微镜下记录着数据的茂草抬起头来。茂草说:“妈。”许静芝说:“你爸让你在这儿加夜班,妈特意给你做了点夜宵。”茂草说:“妈,辛苦你了。妈妈,爸待你咋样?”

许静芝淡淡一笑,说:“窖藏了三十年的酒,能不香甜吗?茂草,你爸对你的工作很满意,说你用功、认真,这么快就熟悉掌握了这方面的工作,这样他就省心多了。我听了也很高兴,总算这二十年我没白养育你。”

茂草一面喝着鸡汤,一面说:“妈,从小一起长大,青梅竹马就一定要成为夫妻吗?”许静芝说:“你对美兰没感情?”茂草说:“我很喜欢她,但没有那种感情。只是把她看成自己的妹妹。”许静芝说:“你心中有别人吗?”茂草说:“嗯,有一个。就是因为我对她产生了那种感情,而且特别强烈。如果在没有见到那个人之前,齐美兰提出这件事,我说不定会考虑的。但自从遇到那个人,产生了那种感情,我就知道我和齐美兰是不可能的了,因为我知道什么叫爱情了。”许静芝说:“那个人是谁?”茂草说:“妈,对不起,我还不能告诉你。”许静芝说:“为什么?”茂草说:“目前,我还只是单方面的感情,还不知道对方的想法。”许静芝说:“单相思啊!”茂草说:“不,我会有希望的。”许静芝说："那个人还没有给你明确的答复，还是个未知数，是吧？可齐美兰这边已经明确地向你表示了，你不考虑考虑吗？现在齐场长、你月亮婶婶，还有你郑叔，都希望你能跟美兰结合。他们同你爸的关系，你也知道。"茂草说："妈，我知道。可是，妈，我觉得这种事你应该最理解我。如果你心里已经被一个人占据了，心里除了工作之外想的都是她，那你还有可能腾出地方去考虑其他人吗？"许静芝说："那还是有些不一样，因为那时我和你爸爸的感情曾经踏踏实实确立过，而且也谈了两年。可你现在仅仅连开始都不算，怎么可以这么武断地认定感情的归属呢？"茂草说："妈，你们都是过来人，也都知道爱上一个人究竟意味着什么。如果只是因为他人的意愿而随随便便和一个自己并不爱的人结合，那其实是对对方的不负责任。难道不是吗？"许静芝叹口气说："妈还是希望你能认真考虑一下。"茂草说："妈，我知道你为什么要跟我谈这些，但我不会轻易改变我的爱，要不，那还叫爱情吗？"许静芝说："茂草。"茂草说："妈，我现在才体味到什么叫爱情，这种情感真的是太神秘太神圣了，所以我就特别地珍惜它。"

许静芝看着茂草，有些动情地说："是呀，爱情对有些人来说可以有几次甚至更多，但对有些人，却只能有一次，而且会用一辈子去呵护它！"

茂草说："妈，我这是跟你学的，是你让我懂得了什么叫爱情。"

许静芝回到家。林凡清说："跟茂草谈了？"许静芝说："谈了。"林凡清说："怎么样？"许静芝说："他已经彻彻底底是我儿子了，不像你的儿子。"

林凡清微笑着说："静芝，你这话是在指责我吗？"

许静芝淡淡一笑说："戳到痛处了？"

林凡清说："过去的事我没有错，爱情生活本来就是多方面的，不会只有一种模式。只要感情是纯洁的，那就没错。"

许静芝说："你不要太敏感，我没有说你错，如果你真的错了，我还会嫁给你吗？我只是说茂草跟我一样，是个很注重感情的人。所以他真的心有所属的话，齐美兰的事上，我们是很难有所作为了。"林凡清说："真的没有一点回旋的余地吗？"许静芝说："我的意见是，尊重儿子的选择，就是尊重儿子本人。"

林凡清长叹一声，说："我何尝不是呢。但齐场长、郑君他们那儿怎么交代呢？你想，齐场长、郑君和我，这几十年风风雨雨走得多艰辛，多不容易啊。鲁迅先生说人生得一知己足矣，我是很荣幸的，有了这么两个知己。让齐美兰和茂草结合，是他俩的愿望。一想到要让他们失望，我好不忍啊！"

许静芝说："实在不行他们的工作我来做。我知道，你跟他们的渊源太深了，张不开口。"

清晨，太阳刚露了个头，林丽兰就跑到茂草和楠森住的房间门口，咚咚地砸着房间的门。楠森慌慌张张打开门，不知道出了什么事。

林丽兰说："楠森，我哥在吗？"楠森笑着说："你找你哥呀，我还以为你是来找我的呢！我正想你这么早就来找我，让我好感动啊。"林丽兰说："牙都被你酸掉了，别自作多情！我哥呢？"楠森说："加了一夜的班，刚躺下没多久，找他有事？"林丽兰说："废话，急事！要不我来这么早干吗？"楠森说："什么事，我能听吗？"林丽兰说："家事！你，回避！"楠森说："我也快成你们家里的一分子了嘛。"林丽兰说："现在还不是！而且这是我哥的私事，就算你挤进我们家门了，还是不能让你听！去去，快去食堂吃早饭，然后上班去！"

楠森耷拉着脑袋满心不情愿地离开屋子。

林丽兰使劲地摇躺在床上的茂草，茂草睡眼惺忪地看看林丽兰，转身背对着她嘟囔说："别闹，让我再睡会儿……"

林丽兰大声地问："哥，你是不是跟刘库兰好上了？"

茂草闷了一会儿，突然坐了起来，瞪大眼说："你怎么知道？"

林丽兰说："你别问我是怎么知道的，你就说有没有这事！"茂草愣了半晌，说："对，我是看上她了。"林丽兰说："不行！我反对！我不能让这么个女人当我嫂子！我的嫂子应该是美兰姐。"茂草看看林丽兰，说："你有毛病啊！"林丽兰说："怎么啦？"茂草说："我看上谁要你同意啊！你是不是霸道惯了？对楠森这么着我管不着，在我这儿行不通啊！"林丽兰说："怎么行不通？楠森愿意让我霸道是因为他爱我，当哥哥的让妹妹霸道也是因为爱！"茂草说："胡说八道！"林丽兰说："本来就是！"茂草说："走你的！一大早跑来胡搅蛮缠什么!”林丽兰说:“不行!这事一定要说清楚,刘库兰不行!”茂草说:“干吗?”林丽兰说:“因为你是我哥,是我心中的偶像!我不允许在我的偶像边上出现这么个女人。”茂草说:“库兰碍着你什么啦?”林丽兰说:“她不干净!在城里混不下去了,才回到草原上来的!她以为这里闭塞,不知道她那点事,其实草原上早传遍了!别的人躲都来不及呢,你还往上凑,绝对不可以!”茂草说:“这关你什么事?是我看上她的,又不是你!”林丽兰说:“我是你亲妹妹,这当然也是我的事,是我们家的事!”茂草说:“你跟楠森的事我干涉过吗?”林丽兰说:“干涉过!刚一见面你就说这小子是个花花公子,我不喜欢,不是吗?当中你还老找他碴,净挑刺!”茂草说:“那你听了吗?”林丽兰说:“那是因为楠森本质好,表现也很出色。你现在不是跟他称兄道弟了吗?这说明你接受他了,不是吗?”茂草说:“那不就得了。你还叨咕什么!以后你也会接受库兰的。”茂草说完倒头躺下,背过身不再理会林丽兰。

林丽兰说:“永远不会!还有她那个老爹刘世棋,打死我也不会接受!”

第三十二章

太阳西斜,郑君和背着药箱的许静芝朝围栏走去,身上都披着霞光。

许静芝觉得这是个好机会,她把跟茂草谈过的事告诉郑君说:“郑君,我跟茂草谈过了,茂草心里已经有人了,而且爱得挺深的。”郑君吃惊地说:“那人是谁?”许静芝说:“他不肯告诉我。”郑君说:“不会是我们身边的人吧?会不会是大学的同学?”许静芝摇摇头说:“不知道。我知道茂草的脾气,他在感情上是很热烈也很专一的,倔脾气的人往往是这样。”郑君说:“凡清也是这样认为?”许静芝点头说:“对。”

郑君有些不高兴,他觉得林凡清和许静芝在这件事情上完全是不作为。郑君说:“你和凡清怎么都是这么个态度?是不是你们也没有看上我们家美兰?我就不信茂草看上的那个姑娘比我们美兰强!这儿没什么外人,你也知道美兰是我的女儿,我想看到我女儿幸福!”

许静芝说:“我和凡清也是这么希望的。凡清把你和齐场长视为知己，能同你们一起共事是他一生中的荣幸。但是，儿女有儿女的想法，也许事业的道路我们可以为他们安排，给他们铺垫，但在情感上，我们却很难左右他们按我们所设想的轨道来走。更何况，在这个时代，怎么可能再有父母包办婚姻了呢？记得那时我爷爷把我关起来，我在逃跑的路上遇见你，你帮我的时候不也慷慨激昂地说过这样的话吗？”

郑君说：“这不一样！不行，我得找茂草谈谈，看着我女儿痛苦就像在割我心上的肉！”

许静芝叹口气说：“看来身份转移了想法也就变了。郑君，不管怎么说我还是要劝你，不要去碰这个钉子。那孩子我知道，逼急了没什么好处。”

在外面兜了一圈，羊群还是没吃饱。刘世棋赶着羊群准备回自家草场，他看到库兰还在围栏里放牧，就又打起了小算盘。

库兰一见老爹把羊群往自己的围栏这边赶，就知道没好事。她说：“老爹，你怎么又来啦？”刘世棋说：“我那草场的草今年特别地稀拉，跟你们这儿的草一点都没法比。你就打开围栏，让我把羊赶进去吃上几天。”库兰跺脚说：“绝对不行！”刘世棋说：“我要闯围栏了。闯进去后，我就说是你让我进的。”库兰急得要哭，说：“老爹，你这不是要害你女儿吗？”正说着，库兰看到远处的郑君和许静芝正往她这边走来，她忙喊：“郑畜牧师！许兽医！”刘世棋慌忙说：“你别喊了行不行？等今年年底，杨北斗把借我的钱还我，我明年开春，也在草场上围上围栏！今年你就帮我凑合凑合，把羊喂肥了也好卖个好价钱。”库兰说：“老爹，郑畜牧师和许兽医就是来我这儿的。昨天他们就告诉我，今天来我这儿给羊群打防疫针。”

刘世棋只好赶着羊群离开围栏，迎面刚好碰上郑君和许静芝。

郑君说：“刘世棋，你来这儿干吗？”刘世棋说：“我跟女儿说上几句话不行吗？”郑君气恼地说：“要说话回家说去，别赶着你的羊群来。你看看你羊群里的那几只公羊，对我们母羊群来说可是祸害啊！”刘世棋说：“对我来说可是福。我就靠这些公羊配下种的羔羊，增肥卖肉呢！”郑君说：“刘世棋，你好无知啊！你没看到我们现在的羊比你的那些杂种羊，产肉量更高肉质也更好，卖的钱也更多吗？更不要说羊毛了，你就没看到？"

刘世棋有些灰溜溜的。

郑君说："快赶着你的羊群走！下次我再看到你赶着羊往我们这儿凑，我就对你不客气了！"

围栏里，库兰在帮着抓羊，郑君接住羊，许静芝就势抓住羊的后腿就是一针，打防疫针的速度又快又利索。打好针后，郑君蘸着红药水在羊背上画一道红。

郑君说："许静芝，想不到你这么个女人，给羊打防疫针，比男人还利落。"许静芝淡淡一笑，说："这活儿干了三十几年，不就熟能生巧了吗？"郑君看看库兰，说："库兰，刚才你爸来干吗？"库兰不敢说实话，她知道自个儿老爹在种羊场的名声不太好。要是知道老爹是想闯围栏，自己说不定也会受牵连。她想了想说："他想明年开春，也在草场上围上围栏。"郑君虽然信了，但还是不放心，说："这当然是好事，说明也觉悟了，但不能再让他赶着羊群来你这儿了。你放的是母羊群，他的羊群里可夹着公羊呢！会直接威胁到我们的试验成果的。"库兰说："我知道了。"

黄昏，林凡清和楠森从牧业队抽样回来，一起骑马往种羊场走。

楠森说："林伯伯，从目前我们抽样的情况看，你搞的近亲繁殖的成效确实很明显。培育新的品种羊的周期完全可以大大缩短。"林凡清说："科学就是这样，不怕做不到，就怕想不到。"

林丽兰站在通往种羊场的路口。楠森老远就看到了，高兴地朝林丽兰挥手，说："林伯伯，你看，丽兰在等着我们呢！"林凡清说："恐怕是在等你吧，不是等我。"楠森更高兴了，说："林伯伯，我什么时候才能改口叫你爸呀？"林凡清说："我不是说了吗，这事的决定权在丽兰那儿，而不是我这里。"

他们骑马走到林丽兰跟前，楠森跳下马。

林丽兰没等楠森说话，板着脸对林凡清说："老爸，我有重要的话跟你说。楠森，你先回办公室去吧。"楠森不情愿地说："林伯伯，你瞧。"

林凡清看着林丽兰一脸严肃的样子，知道肯定有什么重要的事。他说：

“楠森,那你就先回办公室去整理资料吧。”

楠森垂头丧气地翻身上马,继续向种羊场走去。

林凡清下马,说:“丽兰,什么事?”林丽兰说:“老爸,这件事你不能不管了!你得出面阻止我哥。”林凡清说:“阻止什么?”林丽兰说:“当然是阻止他们继续发展啦!你知道我哥看上谁了?”林凡清说:“谁呀?我也很想知道呢。”林丽兰说:“刘库兰!刘世棋的女儿。”

林凡清极力掩饰住内心的震惊,没有说话。

林丽兰说:“老爸,这会儿你一定得出面说话!美兰姐好可怜,苦苦爱着我哥,可我哥却看上那么个人。”

傍晚,试验室窗外,太阳正沉入群山间。

林凡清走进试验室,郑君就说:“凡清,你来得正好。我有件不大不小的事要同你说。”林凡清说:“什么事?”郑君说:“今天我和静芝一起去给羊群打防疫针,看到刘世棋赶着羊群在库兰放羊的围栏边。”林凡清说:“他去那儿干吗?又要去闯围栏?”郑君说:“不管他是去干吗,反正这事儿我想起来,有点麻烦。你想,库兰放的那群母羊是我们近亲繁殖的第二代,势头很好,但基因还不很稳定。刘世棋的羊群里仍混着几头大尾公羊,母羊一旦到了发情期,那几只公羊要是闯进围栏,后果将会是什么?将来产的羊羔出现问题,是近亲繁殖出现的变异,还是其他问题,整个试验结果和鉴定都会出现混乱。”林凡清说:“那你的意见呢?”郑君说:“得赶快把库兰换下来,让她去放牧育肥羊。刘世棋和库兰是父女,父亲赶着羊群去找女儿,这是免不了的事。我们也不可能再派个人去守在那儿。”

林凡清搓着手。

郑君说:“怎么啦?”林凡清说:“这事有点棘手。因为当时招聘牧工考核时,库兰的分数最高,素质也最好,所以才会选她去放这群母羊,现在要找能接手的人有点困难。这样吧,等我同齐场长商量一下再说。”郑君说:“还有,凡清,茂草这小子到底爱上谁了?”林凡清苦笑了一下说:“郑君,现在我们是工作第一,我们的试验正在进入攻坚阶段,把那些儿女情长的事先搁一搁行不行?”郑君说:“凡清,你别忘了,美兰是我的亲生女儿啊！我能不着急吗?齐怀正比我还心焦呢!”林凡清说:“你们的心情我都理解。尤其是齐场长,做事喜欢直来直去,一是一二是二的,想到的事就想立马做成。他是军人出身,就这么个脾气。可你是个大学生、专家、知识分子,怎么也这么沉不住气。心急吃不了热豆腐,这道理你不懂?”郑君说:“你当然不着急,因为是我女儿在追你儿子,不是你儿子追我女儿。咱俩换个位置,你可能比我还急!”林凡清说:“换个位置,我就会劝我女儿别追了。茂草那小子有什么了不起的,再找一个好的。”郑君说:“爱上了一个人,怎么会轻易放弃?许静芝追你追了多少年?”林凡清说:“翻这些陈年老账干吗?我和静芝都找茂草谈过了。”林凡清苦笑着摇了摇头。

郑君心急火燎地说:“那我去找他谈谈,你看行不行?”

林凡清看看郑君,知道拦他也拦不住,说:“好,你去谈。茂草还不知道美兰是你女儿,你现在是个局外人,也许和他更好沟通一些。”

中午,郑君拎了一兜苹果走进茂草和楠森的宿舍。茂草正躺在床上看书,看到郑君进来,赶忙翻身下床。

茂草说:“郑叔,你怎么来了?还拿着苹果。”郑君说:“我今天跟你静芝妈妈去给羊群打防疫针,回来看到有人从总场给我捎来一些苹果,我拿点给你和楠森尝尝鲜。”茂草说:“那就谢谢郑叔了。”

茂草接过苹果兜放到桌子上,然后拿了两个出去冲洗了一下,给郑君一个,自己拿着一个啃了起来,说:“郑叔,这苹果很香呢,又脆又甜!”郑君说:“那当然,口里新引进的品种,红富士！茂草,你爸爸是怎么到这儿来的你知道吗?”茂草说:“郑叔,这你比我清楚呀。”郑君说:“我当然知道。我就是想问问你知道多少。”茂草说:“是我外公把我爸叫到这儿来的。”郑君说:“为什么?”茂草说:“为了让我爸继承他的事业呀。”郑君说:“你爸爸和你静芝妈妈的事你也知道吧?”茂草说:“太知道了。”郑君说:“一个男人,首先是为了事业,然后才是爱情。你爸爸就是这样,所以我特别佩服你爸爸的这种精神,这也是我一直忠心耿耿地跟着你爸干的原因。”茂草说:“我也会像我爸一样的。”郑君说：“这就好，其实你爸和你亲妈妈红柳开始时也是为了事业才结合的。要不，你静芝妈妈不会因为爱情而等了你爸三十年。”茂草说：“可我爸和我亲妈的感情也很好的呀！我亲妈死的时候，我爸爸悲痛得都想往石头上把自己撞死，跟我妈一起走。”郑君说：“那感情是以后培养出来的。”茂草说：“郑叔，你跟我说这些有什么用意吧，我听出来了。”郑君说：“美兰非常爱你，就像你亲妈妈红柳爱你爸一样。为了事业，郑叔希望你能和美兰像你爸妈一样共同生活。茂草，跟美兰结婚吧。你们俩就像你爸妈继承你外公的事业一样，好好地把我们的事业也继承下来。”茂草说：“我不跟美兰结婚，就不能继承你们的事业吗？我觉得同样可以。”郑君说：“茂草，我不明白，这是件好事，你为什么要这么排斥呢？你认为齐美兰配不上你，是吗？”茂草说：“郑叔，你怎么这么说呢。她什么都配得上，但我不想同她结婚。”郑君说：“为什么？”茂草说：“因为我没爱上她，而是爱上了另一个人！”郑君说：“那个人是谁？”茂草说：“郑叔，对不起，我现在不能告诉你，以后你会知道的。”郑君说：“你这孩子，让我好失望啊！包括你齐伯伯、月亮婶婶都希望你能同美兰结合。”茂草说：“郑叔，我知道你们都是好意。但婚姻就是婚姻，没有爱情的婚姻只能是不负责任的婚姻。我会好好继承你们的事业的，但就婚姻问题上，我希望你们能给我自主的权利。因为你们都是过来人，应该更能体会爱情和婚姻对一个人究竟有多重要，毕竟这是两人之间的事，和事业没有多大的关联。”

茂草把郑君送到门外说：“郑叔，谢谢你送的苹果。”

郑君走后，茂草看着桌上的苹果，已经没了心情。林凡清脸色严峻地走了进来。

茂草看看林凡清，说：“爸，你也是为我的事来的吧。”林凡清说：“茂草，我问你，你看上的姑娘，是不是刘世棋的女儿刘库兰？”茂草也恼了，觉得自尊心遭到了极大的伤害。他大声地说：“是！怎么啦？我爱上库兰不行吗？你们这是干吗？轮番跑来轰炸！非要我跟齐美兰好呀？怎么着，我没爱上齐美兰天就要塌下来啦？对，没错！齐美兰什么都好，可我就是没爱上她！”林凡清说：“茂草，你先不要叫，我和你静芝妈妈都跟你表过态了，你们兄妹的婚姻问题我们可以提自己的意见,但绝不会横加干涉!”茂草说:“怎么没有干涉?每个人都在干涉!这事好像除了我,人人都有发言权!”林凡清说:“我们仅仅是在表明我们的态度,不是吗?我今天来找你,只是想同你商量一下,也只是征求一下你的意见,希望你同库兰的进程稍稍延缓一下。”茂草说:“延缓什么?还没开始呢,铁丝网一道道地就架起来了!”林凡清说:“你们还没开始?”茂草说:“我还没向她表白呢,哪还有什么延缓!”林凡清说:“那更好。目前库兰的工作可能要动一动,在她的工作调动后,你想要跟她表白就表白去吧。”茂草说:“库兰出什么事了?”林凡清说:“这事跟她本人没有太大关系。”茂草说:“那是为什么?一边是拼命说服我和齐美兰好,另一边又要动库兰的工作,你们到底要做什么?”林凡清说:“她调动工作的事跟你也没什么关系,这是领导上考虑的事!你也用不着知道。茂草,不要把你爸想得那么狭隘!我只是提醒你一下,让你先把感情的事缓一缓,让大家都冷却一下,你这事已经在给你爸添麻烦了!”

夕阳下,暮归的羊群如白云般在山坡上游动,湛蓝的天空中,几抹红霞横在天边。茂草骑马来到库兰的围栏边,库兰已经把羊群赶出了围栏。

库兰心情复杂地看了看茂草说:“茂草哥,你以后不要再来找我了。”茂草说:“怎么啦?”库兰说:“因为美兰姐吃醋了!她让我好自为之。”茂草说:“她来找过你了?”库兰说:“对。你我之间又没啥,她吃什么醋呀!所以茂草哥,我求你,你别再来帮我忙了。对这类事情我已经厌烦透了!”茂草说:“她说什么?”库兰说:“这你别问了,既然你们俩的关系早就定了,你就不应该让她产生这种误会。”茂草说:“库兰,她说得不对!我跟她没啥特别的关系,你也知道,我跟她只不过也跟你一样,是从小一起长大的。这阻挡不了我每天都来看你。”库兰说:“你干吗非要每天来看我?”茂草冲动地说:“因为爱你。”库兰吃惊地问:“你说什么?”茂草不想再遮遮掩掩的了,他原本美好的感觉早就被一群不相干的人给搅乱了,此时他只想说出自己的真实感觉,不管对方是否能接受。他说:“我爱你。本来我不想说的,这是你和他们逼出来的。”库兰越听越觉得事情很不对,她问:“茂草哥,你一直说他们、他们,他们是谁呀？你这些话听得我好糊涂！听你的口气，好像这事还闹得挺大？可我跟你啥事也没有呀！”茂草说：“库兰，你听我说……”库兰打断他说：“茂草哥，我不想再往下听了！你走你的吧。”说着，库兰继续赶着羊群出围栏。

茂草没想到自己的表白居然被这么粗暴地置之不理，他一脸的诧异和失望，怔怔地站在那里。

库兰走出围栏后，看看呆呆地站在围栏边的茂草，觉得自己还是把话说得更明白为好，就算是茂草对自己有那个心思，她也不想接受。从城里回来就是为了能活得更单纯更简单，她不想再招惹那些莫名其妙的议论。她转身又对茂草说：“茂草哥，谢谢你。但你说的那话不可能！”茂草说：“为什么？”库兰说：“因为爱你爱你这一类的话我听烦了听腻了，听恶心了。我回到草原上来，就是不想再听这码子话了。茂草哥，对不起，请你再也不要来看我，也不要再拿这些事情烦我了！”

茂草回到试验室门口，他还没有从刚才的情绪中解脱出来。他在等齐美兰，有些话必须要说清楚。

齐美兰一走出试验室，茂草走上前说：“美兰，我想同你谈一谈。”齐美兰开心地说：“那好呀，咱俩去小河边吧。”

太阳已经沉入到雪山后，雪峰的边缘还残存着一点绯红。河水静静地闪动着，水中的鹅卵石似乎在随着波光荡漾。茂草和美兰在河边慢慢走着，齐美兰深情地望着茂草，期待他能说出让自己惊喜的话语。

茂草在一块大岩石旁停下了脚步，转过身严肃地对齐美兰说：“美兰，我想告诉你，咱俩只能像兄妹一样，不可能有别的关系。”齐美兰说：“茂草哥，这话你已经说过了，我也不想听了。难道你不能说点别的吗？”茂草说：“是，我是还有别的话说。美兰，做人要诚实，是什么就是什么！我郑重地提醒你，你不要再对库兰说那些不着边际的话！这种话不应该出自你的口，而且你这样做也不道德！”

齐美兰有些委屈地说：“什么叫不着边际？我又怎么不道德了？我只是不想她缠着你，而且我也确实吃醋了。”

茂草说:“这件事原本就跟她没关系,是我爱上她了,她爱不爱我还不知道,你怎么就可以这样无端地指责她、威胁她,甚至不惜撒谎来欺骗她?你这是为达到目的而不择手段!”

齐美兰的眼泪在眼眶里打转,说:“那是你妹妹丽兰叫我这么说的。”

茂草说:“你们都是成年人了,能不能用成熟点的方式来思考问题?丽兰她叫你这么做虽然是在帮你,但没有用!这种小儿科的做法只能让人觉得愤怒,觉得讨厌!”

齐美兰的眼泪夺眶而出。

茂草发泄完了,又觉得自己语气重了。他缓了缓说:“对不起,美兰,我的话重了。但是我还是要告诉你,我只能让你失望了,真是对不起。”

晚上,楠森洗漱完,躺到床上看看茂草。茂草正阴着脸在床上看书。

这两天林丽兰心情也不好,不时地给楠森脸色看。楠森觉得试验室里的气氛有点不大对,连平常爱说笑的郑叔最近也是唉声叹气,琴也不怎么拉了。他歪着头想了想,坐起身拐弯抹角地对茂草说:“茂草哥,我觉得这些天,我们家……噢,不,不,我现在还不能算你们家的人,只能算是个候补。”

茂草躺在床上斜了他一眼,说:“你到底想说什么?”

楠森一面比画一面说:“我觉得吧,你们家最近气氛有点怪!你爸、你妹,尤其是你,周围的空气都有些紧张。你们家到底发生什么事了?不能让我知道吗?咱们就好朋友之间交谈一下,这事能让我知道吗?”

茂草心里正为这事烦着呢,也想找人说说。便从床上坐了起来,告诉楠森说:“我看上了一个姑娘,我妹不赞成。”

楠森立马来劲儿了,说:“丽兰不赞成?你看上的姑娘干吗要她赞成?”茂草说:“我爸、我妈,虽然没明着说,但明显地他们也不是很乐意。”楠森说:“那他们也没有反对呀!”茂草说:“我周围那些人,包括郑畜牧师、月亮婶婶,可能还有齐场长,都不乐意。”楠森说:“那又怎么样?你看上的姑娘跟他们有什么关系吗?”茂草说:“没有。”楠森说:“那就行了,干吗要管他们乐意不乐意呀!这种事情只要有两个人乐意就行!”茂草说:“谁呀?”楠森说:“你,还有你看中的姑娘!”茂草说:“哪有你说的那么简单。”楠森很认真地说:“爱情是你们自己的事情,爱上谁是你的自由,是由你的主观意志决定的。但要得到对方的爱,就必须那个姑娘乐意,所以这事只和你们两个人有关,别人都得靠边站!”茂草说:“问题是,就是因为那帮人的搅和,人家姑娘不愿意接受我。”楠森说:“那他们干吗要搅和?理由是什么?”茂草说:“他们希望我同另一个姑娘好。”楠森挠挠头,问:“另一个姑娘跟他们有关系?”茂草说:“废话,否则犯得着在我跟前连轴转吗?”楠森说:“能告诉我他俩是谁吗?我都认识吗?”茂草说:“我爱上的那姑娘就是刘库兰。”楠森说:“好呀!我要不是爱上你妹妹了,肯定也会去追她的。”

茂草眼一瞪,说:“喂,喂!”

楠森憨憨地说:“实话实说嘛。你想想,她那双会说话的大眼睛多纯真哪!还有那身材,矫健、优美,尤其是身上散发的那种……那种草原女性独特的味道,绝对是摄人魂魄!”

茂草嗤之以鼻地说:“楠森,注意点形象,眼睛都快瞪出来了,太肆无忌惮了吧!听你那口气,你不会……”

楠森忙摇头,说:“不,不不!我只是就事论事,分析一下你爱上她的理由。要知道,在这世上,我心中最完美的姑娘就是你妹妹林丽兰!那……另一位呢?那个跟他们有关系的姑娘又是谁啊?”

茂草一倒头又躺倒在床上,脑袋枕着手臂说:“这你还猜不出来嘛?就是跟我们在一起工作的齐美兰。”

楠森说:“她也不错呀!”楠森还想发挥,看着茂草的脸色收了口,说:“也很值得爱呀。”茂草说:“楠森,你不会真像我说的,是个花花公子吧?怎么见一个爱一个的?”楠森说:“不,不不!我只是想说齐美兰也很讨人喜欢。其实她们两个都很优秀,都很值得人爱。”茂草郁闷地说:“可我只爱一个,就是库兰。齐美兰她爱我,但我不爱她,我只是喜欢她,仅仅是喜欢而已,那不是爱,两种感觉完全不一样!”楠森说:“这我知道,喜欢只是在一起很愉快,离开了不在一起的时候也没有什么特别的感觉。但爱就不一样了!爱是那种让人心里时时牵挂着有时候又酸又涩但回味起来又很甜蜜的东西,一旦沉浸在里面,只要一想到她心里就会翻江倒海地不能自已。你妹给我就是这样的感觉。”茂草说：“看不出你还蛮有诗意呢？”楠森说：“这是我内心最真实的感受！茂草哥，如果你对刘库兰真的已经有这种感觉了，那别的任何人都阻挡不住你，你只能有一个障碍，那就是如何得到对方的爱！”

林凡清把郑君对库兰的担心跟齐怀正提了一下。本来他是不想出这个头，但郑君说的事也确实是他所担心的。刘世棋不像杨北斗，这人心眼多，有时候还真的让人防不胜防。齐怀正办事向来是雷厉风行，他立刻就把库兰找来办公室谈话。虽然只是商量要调动岗位，但在库兰听来，这简直就是晴天霹雳。

库兰委屈地说：“齐场长，当初让我放牧这群母羊时，说我考核的成绩最好，有文化，工作认真细致。为啥事情又变了呢？我做错啥了呢？”齐怀正说：“你啥也没做错，工作得也很好。但在安排你工作时，有些因素我们领导上没有考虑到。现在这种情况出现了，很可能会对我们种羊场的科学试验工作产生不好的影响，所以你的工作得动一动。当然你跟我们种羊场订的合同不变，待遇也不变。”库兰说：“让我干什么？”齐怀正说：“当然还是放羊，放育肥羊。”库兰哭了，说：“齐场长，你们是不是不信任我了？”齐怀正说：“我们对你的信任没有变，但有些因素我们必须得考虑进去。”库兰心里明白肯定跟他老爹有关，但齐美兰还有茂草那些事也让她觉得肯定有关系。她问齐怀正说：“是我爸的因素还是其他的？”齐怀正没想那么多，只是说：“你不要再问了，放上一群育肥羊吧。这样对你更好，用不着承担那么大的责任了。你的待遇不会变的。”库兰喊：“不，我不怕承担责任，你们突然调我去放育肥羊，这里面肯定还有别的原因！”她愈发认定这事和齐美兰、茂草都有牵连，立刻就感到自尊心遭到了极大的伤害，于是就伤心地哭起来。

早晨，河水在朝霞的映照下波光粼粼，郑君在河边洗马。

齐怀正朝郑君走来，对郑君说：“郑君，昨晚美兰伤心地哭了一夜。”郑君说：“又怎么啦？”齐怀正叹口气说：“说茂草昨晚指责她了，说她不道德。”郑君说：“咱们美兰怎么不道德了？”齐怀正点了支烟说：“闹不清，这中间的事还挺缠人挺麻烦。你知道茂草看上谁了？看上刘世棋的女儿刘库兰了！我昨天刚刚找库兰谈过话，调动了她的工作。库兰说我们不信任她了，哭得也很伤心。好嘛，这么一来，她肯定觉着我们是在有意整她！你瞧这事闹的。”郑君说：“我同茂草也谈过了，他呀，认准了一个其他一概不管，跟他的静芝妈妈一样，爱情上也是一根筋！拗不过来的，让他去吧。”齐怀正说：“美兰的事我们就不管了？阵地就这么放弃了？”郑君说：“不是不管，是没法管了！有些阵地你可以攻占，有些阵地你还真的攻陷不了，搞不好全军覆没。”齐怀正说：“你们这些知识分子呀，都这么个德行，没一点打持久战的精神！我不管，齐美兰是我的女儿，我得为了她的幸福负责！你没见昨晚她哭得那份伤心劲儿，多可怜啊！不行，这块阵地攻不下来也得攻，我还就不信了！”

一轮夕阳红彤彤地悬在雪山顶，茂草又骑马来到库兰放牧着羊群的围栏边。没过几天库兰就要跟这些羊群分开了，她情绪低落地盯着羊群发呆。直到茂草走到她身边跳下马，才发觉身边多了一个人。库兰看看茂草，她心里的愤懑和委屈瞬间就爆发了出来。

库兰愤怒地对茂草说：“茂草哥，你怎么可以这样？”茂草莫名其妙，说：“我怎么啦？”库兰说：“你上了几年大学，也跟城里人学坏了！”茂草说：“我到底怎么啦？发生什么事了？”库兰说：“你想爱谁就爱谁吗？我没答应你，你就这样跟我过不去吗？你怎么可以达不到目的就给人小鞋穿呀！”茂草说：“库兰，你越说越不着边际了，我什么时候给你小鞋穿了？”库兰突然捂着脸哭起来，说：“要不是你，他们为什么不让我放这群羊了？我知道，他们是不信任我了，就是因为你！……”

等库兰平静下来，茂草这才了解了事情的原委。他帮着库兰把羊群赶进羊圈，说：“库兰，齐场长真是这么通知你的？”库兰的眼圈还红红的，她说：“当然是真的，昨天下午齐场长亲自找我谈话的。”茂草生气地说：“这也太不像话了！父亲是父亲，女儿是女儿。怎么能把父亲和女儿的事放在一口锅里煮呢！”库兰却认为茂草只是假惺惺地安抚自己罢了，她别过脸说：“茂草哥，你也用不着为我打抱不平。反正过两天，我就去放育肥羊了，你也用不着来帮我什么忙了。你昨天对我说的那些话，我听得多了，我不信，你就到此打住吧。”

茂草隐忍了半天了，这会儿也受不了，大声吼起来说：“库兰！你把我看成什么人了？看成城里那些玩弄别人感情的小混混吗？我把对你的感情看得那么神圣，你却用这样的眼光来看我？你这是对我的一种莫大的侮辱！”

茂草翻身上马，气恼地策马离开羊圈。库兰看着茂草离开时那愤怒的背影，她突然感到自己说的话大概是错的，于是她喊：“茂草哥……”

回到家，茂草控制不住自己的情绪，激动地对林凡清说：“老爸，我一直认为，你是个很正直的人，还有齐伯伯，在我心目中你们都是顶天立地的男子汉！但为什么，在对待刘库兰的事上，你们的做法，实在太过分了，简直有些卑鄙！不错，我爱上了库兰，但她还没有接受我，甚至刚刚知道这件事。可你们，忙不迭地举起大棒，用这种手段去打击报复她，这是你们当领导的作为吗？库兰她有什么错？你们凭什么这样对待她？这不公平！”

林凡清说：“儿子，你先别激动！我告诉你，我们决定调动库兰的工作跟你看中库兰完完全全是两码事！你齐伯伯也是昨天晚上才知道你看中库兰这事的，在这之前调动工作的事早已经决定好了，也跟库兰谈了。在搞清楚事情的始末之前，你这么武断地指责我和你齐伯伯，这也不公平！”

茂草说：“那么，请你说出理由，为什么要调动库兰的工作？”

林凡清说：“这是因为工作的需要。这个提议是你郑叔提出来的，因为库兰的父亲三天两头赶着羊群去找库兰。你应该知道，库兰放的那群母羊有多重要，而刘世棋的羊群里混着的那几只公羊有多大威胁！你也应该知道，时下还不是母羊发情的季节，可一旦进入秋季，母羊开始发情，他的那几头公羊如果冲进围栏，后果会怎样！”

茂草不吭声了。

林凡清说：“我们的事业从你外公开始到现在，你齐伯伯、郑叔叔和我，现在算上你的加入，三代人哪！这几十年一路走来有多艰难啊！每一步都付出了巨大的代价，包括你红柳妈妈的牺牲，历经千辛万苦才到了今天这一步。你也应该明白，在科学试验上是一点都马虎不得的！所以我认为你郑叔的顾虑是对的，调动库兰的工作就是未雨绸缪，和一切私人感情无干！”

茂草说：“老爸，我误解你们了，对不起，我道歉！但有一点，我还是要同你们说明白，我爱库兰，无论你们怎么打压，我绝不会变！”林凡清很严肃地说：“茂草，我也郑重地重申一下我和你静芝妈妈的态度，在你的婚姻问题上，你的父母可以表达自己的意见，但我们绝不会强迫你、干涉你的决定。恋爱自由，这是你的权利！作为父母，我们尊重你的这种权利。”茂草说：“那你们同意我的选择了？”林凡清说：“没有，只是尊重你的权利。”

第三十三章

齐怀正在小会议室召开防疫工作总结会，许静芝同牧场的几个畜牧卫生员在会上汇报工作。今年因为有许静芝管着防疫这一块儿，整个牧场基本都没出现啥传染病，齐怀正也挺高兴。

齐怀正问那些卫生员说："你们负责的片儿的防疫针都打完了吗？"畜牧卫生员们都异口同声说："都打完了。"只有一个新来的卫生员怯生生地说："有一家不肯打。"齐怀正说："哪一家？"那个卫生员说："杨北斗家。"齐怀正说："为什么？"那个卫生员说："他说所有的羊群全打了，他的就用不着打了，别的羊群都不生病，他的羊群就染不上病了。"齐怀正心里暗骂，这个贼人。他咳嗽一声说："还是要动员打。"卫生员说："我动员了好几趟了，可他说没钱。"齐怀正说："不是记在上交的成本中吗？"卫生员低着头说："他说那也没钱。"

许静芝叹口气，说："明天我去吧，我去给他做工作。"

天空中刚刚透出些亮光，许静芝背着药箱去了杨北斗的草场，杨北斗也在围栏里放牧，但都是些杂种羊。许静芝在围栏边跳下马。

杨北斗一见许静芝，就说："许兽医，你来啦。你是来动员我给羊打防疫针的吧。"许静芝说："是呀，前几年你都打了，今年为什么不打了？"杨北斗说："打了没用。"许静芝说："你怎么知道没用？"杨北斗说："大家的羊都打了，我的羊就不用打了。别的羊不得病，我的羊也传染不上。我还花那个钱干啥！反正我的这些育肥羊一入冬就得卖掉，我还欠着刘世棋的钱呢。"许静芝说："杨北斗，你这种侥幸的心理可很危险啊！"杨北斗说："许兽医，现在我经济上很紧张，欠了一屁股的债，能省一点是一点，所以你也别劝我了，劝也没用。反正我不打！"说着赶着羊往围栏的深处走去。

许静芝无奈而痛心地长叹了口气。

清晨，太阳还没从山顶上露头，天空中的启明星还在熠熠发光。林凡清已经在试验室里工作了，窗户里透着灯光。库兰走到试验室门口，犹豫了一会儿，还是敲门走了进去。

林凡清看看库兰说："刘库兰，你找我有事？"库兰说："林场长，我有个请求，还是让我继续放牧那群品种羊吧！"林凡清说："为什么？"库兰说："因为我觉得这是一件挺光荣挺神圣的事。"林凡清说："库兰，齐场长不是已经找你谈过了吗？"库兰说："是。"林凡清说："这是我们种羊场领导集体研究慎重考虑后决定的。你知道，羊只的品种改良工作是件非常细致要求非常严格的事情。一旦出现些状况，就会直接影响整个试验数据的准确性。"

库兰的眼泪在眼眶里打转，说："是因为我父亲的关系吗？"

林凡清肯定地说："我不想隐瞒什么。你父亲是牧场的牧工，不属于我们种羊场管。自从牧场实施家庭承包后，羊群的管理和饲养由牧民自己决定。这项改革是成功的，牧民们的工作积极性有很大提高，牧民们的收入也成倍地在增长。而我们种羊场的责任是，在科学养羊方面，在羊的品种改良方面做出示范、做出榜样，用事实来吸引牧民们如何科学养羊，而不是靠行政命令。单靠行政命令只会打击牧民们的养羊积极性。"

库兰还不死心，依然恳求说："林场长，这些道理我都懂，所以我想放牧那群品种母羊群，为羊的品种改良工作出上一份力。"

林凡清说："你的这一愿望当然好，但我们也得面对现实。你父亲养了几只大尾公羊，搞自然繁殖。他有他的自主权，我们不能横加干涉，只能今后用事实慢慢地引导他。你父亲的草场又紧挨着我们种羊场的草场。一旦母羊到了发情期，他放牧的公羊又到处乱跑，染指了我们正在改良的品种母羊群，后果是什么，我不说你也清楚。"

库兰说："那我跟父亲划清界限好了。"

林凡清说："那个时代早就过去了，父女就是父女，正常的交往是应该的。你还是去放牧育肥羊吧。齐场长不是跟你说了嘛，你同种羊场签的合同上有关你的待遇和报酬都不会变。"

库兰说："我不在乎报酬！我只是舍不得离开这个岗位。林场长，我可以立个保证书，哪怕是减少我的报酬都可以！"

林凡清说："该说的道理我都跟你讲明白了，很多事情不是靠立保证就能解决的。你是个懂理的姑娘，希望能配合我们的工作，从现今的政策看，我们种羊场的发展前景是非常美好的，你就好好在种羊场干吧。"

库兰在林凡清那里也没能挽回自己的这个岗位。她早就在种羊场的牧工那里听说林场长耳朵根软，心肠好，但在她的这件事上，林场长给她的回答却是毫无商量的余地。一脸沮丧的库兰骑着马来到羊圈。羊圈前站着两个年轻人，一个是楠森，另一个是跟着榆木老汉一起放牧种羊的李春森。

楠森看到库兰就说："刘库兰，你好。齐场长让我陪着李春森来接你的羊群，你们交接一下吧。"库兰哭了，说："楠森技术员，你去跟齐场长、林场长说说吧，让我还放这群羊吧！要不，我觉得我都没脸再待在种羊场了。"楠森很同情地叹口气说："今天齐场长给我的任务就是让你和李春森交个班，然后我再陪你去接另一群羊。至于别的，我真的爱莫能助。"

楠森和库兰一起骑马在草原上走着。

库兰说："楠森技术员，你不是咱们草原上的人吧？"

楠森说："我是在草原上长大的，但不在这里，我们那片草原跟你们这里隔着一个大洋，在澳大利亚。”

库兰说：“你是华侨啊。”

楠森想了想，说：“从某种意义上说，在我回国以前可以这么称呼。但从严格意义来说，我应该是个澳大利亚爱国华侨的子女。现在呢，受父辈所托，也为了自己所爱的人，同她一起来到祖国大西北的草原上，我要和我的爱人，在这大西北的草原上扎根，振兴这里的畜牧业！”

库兰扑哧一声笑了，说：“楠森技术员，我怎么觉得你好像是老电影里的热血青年啊！”

楠森说：“对！我就是要做那个时代的热血青年，满怀一腔热血准备为祖国大西北的畜牧事业奉献自己的一生。”

库兰不笑了，很认真地对楠森说：“你的这个自我介绍虽然啰唆，但真的很让人感动。”

楠森说：“这样介绍才全面，是吧？”

两人又走了一会儿，楠森说：“刘库兰，我告诉你，我也很喜欢你。”

库兰的脸色突然沉了下来，说：“你们男人怎么都这样啊！”

楠森说：“刘库兰，你不要误会。我说的喜欢，不是谈情说爱的爱！我只是想说，你是个让人喜欢的姑娘，有人仰慕你爱你是很正常的，我的茂草哥喜欢你爱上你也是很自然的。他是真的爱你，就像我爱林丽兰一样，爱得很深而且不含任何杂质。要知道，茂草哥为了你，那么坚决地拒绝了齐美兰的爱。齐美兰很美丽也很可爱，也是个一看就让人很喜欢的姑娘。所以说，茂草哥对你的爱是纯洁的、深刻的、真诚的、专一的，非常非常可贵的！”

库兰说：“楠森技术员，你说这些干吗？”

楠森说：“不干吗。我不是在帮他拉线搭桥，我只是看到你就想起了茂草哥，一想到他因为爱你，被那么多人围追堵截承受着那么大的压力，而你却还在误会他，所以就忍不住想把这些话告诉你。我觉得不管你对他是怎么个态度——因为这是你的事——但至少你应该知道茂草哥究竟是在怎样的爱你。这些话绝对不是他委托我说的，而是我作为他的朋友，作为他将来的妹夫，我认为我有义务向你通报这种情况。”

库兰看了楠森一眼，看到他满脸的真诚，转过头没有再说话，但眼里却流露出了感动。

这次给库兰转换岗位，齐怀正和林凡清没少花心思，因为种羊场里跟库兰同样学历的牧工太少了，周转起来捉襟见肘。他们俩凑在办公室里讨论这个问题，商议着再招一批高素质的牧工。

齐怀正拍案表决说："行，就按你说的办！招聘的牧工也得有学历，高中毕业以上的。现在要当咱们种羊场的牧羊人没有文化可就不行了。"林凡清见这事没什么异议了，这就想回试验室。齐怀正一把拉住他，说："哎，等等，你慢走，还有点事。"林凡清苦笑一下，说："不会又是美兰和茂草的事吧？"齐怀正说："对，就这事！对我齐怀正来说，这也是天大的事！你把美兰和茂草这个任务完成了，咱俩还是同事加兄弟；你要完不成这任务，咱俩就是同事关系，这一层兄弟关系就没了。"林凡清说："那我就不要这个儿子了。因为这个任务我恐怕很难完成。而咱俩的兄弟关系我可不愿意丢！"齐怀正说："你这是在撂挑子，不行，儿子也得要，婚事也得成！这是我齐怀正这几十年来给你下的头一件也是最后一件死任务，必须完成！"林凡清愁苦地一笑，说："那你干脆杀了我吧。"

齐怀正说："杀你干吗？我还想跟你做亲家呢！算我求你了，好不好？"

林凡清说："齐场长，那我也求你了，你再分派个其他任务给我，上刀山，下火海，只要是让我扛得起的都行！但这个任务不是我努力就能完成的，因为这事的决定权不在我。如果我们非要来硬的，最后的结果，肯定是事与愿违！在婚姻这个问题上，给孩子们一个可以自主的空间吧。"

晚上，齐怀正坐在家里的沙发上闷头抽烟。齐美兰进屋，喊了声："爸。"齐怀正内疚地长叹一口气说："美兰，老爹对不起你呀！"齐美兰说："爸，咋啦？"齐怀正说："就你跟茂草这档子事，老爹都给你办不成，真是没面子啊！连你林叔、郑叔、静芝阿姨都出马了，结果茂草那小子就是不松口！"齐美兰说："爸，这才是我的茂草哥，我的茂草哥就应该是这样。所以，你们也甭为这事操心了,也不要再让林叔、静芝阿姨为难了。”齐怀正说:“怎么?放弃啦?”齐美兰说:“爸,我觉得在这件事上,从一开始我就不该把你们牵扯进来。不管茂草哥爱我也好不爱我也好,这都是我们两人之间的事情,可我却把它弄得全民皆兵,让你们这些几十年的老交情为这事烦心,我真的很过意不去。”齐怀正说:“你放弃了?”齐美兰说:“我才不会呢!我会像静芝阿姨那样,永远追下去!”齐怀正说:“哎,这才像我的女儿!坚守住阵地,阵地坚守住了,胜利才有希望!”

黄昏,库兰在另外一处草场放牧着羊群。这儿的围栏要大得多,因为是放牧育肥羊的地方。

随着太阳西下,茂草又骑马来到围栏边。

库兰看着走近的茂草,心情有些复杂,说:“茂草哥,你怎么又来啦?”茂草说:“因为你误解了我,所以我必须来!”库兰说:“对不起,那天,我不该对你说那样的话。我把你也看成城里那些游手好闲的小混混了。”茂草说:“你怎么会把我看成那种人?”库兰说:“我说了,对不起。”

茂草跳下马,走到库兰跟前说:“库兰,你和齐美兰一样,是同我从小一起长大的。我同齐美兰在一起时,没有这种感觉,但那天我看到你,突然就产生了那种感觉。你爱不爱我,这是你的事,我不会强求,但我爱上你了,我就得说出来,憋在心里你知道有多难受!”

库兰说:“我没有想到过,也没有往那儿去想过,因为我们的家庭是有差距的。所以那天你突然对我那么说,我感到很突然也很吃惊。我在城里那几年,总是有一些家伙围着我转,嘴上说着爱你爱你心里却只想着要玩玩我,所以我才会说出那些话。我那是本能地说了那些误解你的话。茂草哥,给我时间好吗?”

茂草说:“太阳下山了,我陪你回吧。”

夕阳映在树梢上,红红的一片。茂草与库兰骑马赶着羊群在往羊圈走。齐美兰骑马来到他俩跟前,库兰有些紧张。

茂草说:“美兰,有事吗?”齐美兰说:“我是来找库兰的。”说着,跳下马。

库兰和茂草也相继跳下马。

齐美兰朝库兰鞠了一躬，说："对不起，刘库兰，请你原谅我。"库兰说："美兰姐，你这是……"齐美兰说："那天我说了些伤你的话，还跟你撒了谎，说我和茂草哥已经是定了的关系，我不该那样，因为这不是事实。"库兰有些不知所措，说："美兰姐……"齐美兰说："我做出那种傻事，是因为我爱茂草哥，可他却看上了你。我为了把你这个竞争者赶出局，所以才会那样说。这事我做得不对，我向你道歉。"

库兰看看茂草，不知道该说什么好。

齐美兰又转向茂草，说："茂草哥，也请你原谅我。那些大人们，还有丽兰，他们是因为关心我，希望我俩能好，所以才会去找你的，结果把事情搞得越来越复杂，让你和林叔还有静芝阿姨为难，对不起。"

茂草说："我知道，他们都是好意。"

齐美兰说："但是茂草哥，我还要告诉你的是，我向刘库兰和你道歉，并不意味着我放弃了对你的爱。我会像静芝阿姨一样，坚守住我对你的爱，哪怕是一辈子！"说完，齐美兰翻身上马，头也不回地策马走了。

七月，火辣辣的阳光灼烤着大地。围栏边草场的草长得十分茂盛。林凡清、茂草、齐美兰、林丽兰、楠森还有其他一些牧工在挥刀割草。李春森正在围栏里放牧着羊群。楠森带了个录音机正在放着节奏强烈的迪斯科音乐。

郑君骑马来到草场。

林凡清说："不是让你在家休息吗？割草这活太累，你身体又不好。"郑君说："让我也晒晒太阳，活动活动嘛。我这身体再不活动，那就真成病秧子了。"楠森说："割草出一身汗，什么病也都治好了。"林凡清说："那也得看是什么病。郑君，你自己把握好，别太累着了。"

中午，月亮牵着马给割草的人们送饭来。大家一面休息，一面吃着饭。

林丽兰说："楠森，这会儿不干活了，换个音乐，吵死了。"楠森说："那你想听什么啊？"林凡清说："郑君，你的琴怎么没带来？好久没听你拉琴了。"郑君说："又被蒋进江那小子借走了，这家伙现在比我还痴迷呢！"楠森说："对了，有一次郑叔拉的小提琴我录下来了，录音带我带了，我们就听这个吧。”

郑君来了兴致，说：“好啊，放出来听听！这东西比留声机可方便多了，到哪儿都能带着。”

录音机里响起了郑君拉的小提琴声，是一首欢快的舞曲。郑君和着录音机里的节拍兴高采烈地跳起舞来，大家开始鼓掌，楠森和林丽兰也跟着跳。草原上响起了一片欢笑声。

忽然间，几道闪电划破天空，霹雷响彻大地，然后大风狂吼。

楠森说：“林伯伯，这儿的天气怎么说变就变呀，刚刚天气还蓝天白云好好的。”

林凡清指着围栏边一个牧羊人休息的小屋，说：“大家都到小屋里去避一避吧。”

围栏边的小屋里挤满了人。屋外狂风四起，天昏地暗。围栏被刮倒，羊群涌出围栏，在狂风中四处逃散。

林凡清首先冲出屋子，紧跟着茂草、郑君、林丽兰、齐美兰、李春森等人也都冲出小屋，去赶逃跑的羊群。楠森也冲出屋子几步，黄豆般大的冰雹倾泻下来，楠森立即逃回小屋里。

林凡清、郑君、茂草、林丽兰、齐美兰、李春森等人在冰雹下把被打得惊慌失措四散奔逃的羊群汇集起来往围栏里赶。林凡清的额头被冰雹砸得流出血来。茂草把自己的衣服脱下来，说：“爸，你头上流血了，快包上吧！”

林凡清推开茂草的衣服说：“快赶羊！”

羊群被赶进围栏。

风停了，冰雹也停了。乌云在天空上翻滚着飘散开来，一缕阳光射了下来。林凡清、郑君、茂草、林丽兰、齐美兰、李春森等人把吹倒的围栏扶起来。楠森也从小屋里出来帮忙。

林丽兰气不打一处来，冲着楠森喊：“楠森，你个胆小鬼！我们都出来赶羊群了，你干吗躲在屋子里？看我老爸、郑叔，这么大年纪了，又是场长、专家，郑叔的身体又不好，都跑出来了。你跟我老爸郑叔比，是不是也太渺小了？”

楠森不以为然地说:“所以呀,我觉得你们挺可笑的。”茂草说:“什么?我们可笑?”楠森说:“是呀,你们想想,是人重要还是羊重要? 当然是人的生命更重要! 所以在这种情况下,首先要保护好人。”茂草说:“喂,外国佬! 你为你的胆怯倒找出理由来了?”楠森说:“我不是在找理由,而是事情就该是这样。尤其是像林伯伯、郑畜牧师这样的年纪,根本就不该这么做!”

林丽兰恼怒地说:“楠森! 你这理论在我们这儿可是行不通。我就是认为你胆怯,怕死!”

林凡清说:“别吵了。楠森啊,你说的道理没错,人当然是第一重要的。但你林伯伯这几十年就养成了一个习惯,把一种思想变成了一种本能。当我们的事业需要我挺身而出的时候,我就会毫不犹豫地挺身而出,包括郑畜牧师也是这样,因为这往往是最能体现你人生价值的时候。当然,我们也会尽可能避免无谓的牺牲。如果今天冰雹下得会砸死人,我和郑畜牧师,还有我的孩子们也会逃到小屋来的。这几十年来,齐场长、郑畜牧师还有我都是这么走来的,更不要说茂草和丽兰去世的亲妈妈红柳了。”

郑君说:“我们中国人也有中国人的价值观,以人为本不错,但我们也不怕死,关键得看是不是有这个需要,是不是值得!”

黄昏,夕阳倚在山边打着盹儿。天空中布满了五光十色的彩霞,连草原也被层层浸染,如波斯花毯一般绚烂。林丽兰、楠森跟着人群往回走。林丽兰还在气头上,嘟着嘴不理楠森。

楠森小心翼翼地说:“林丽兰,你怎么啦?”林丽兰说:“滚回你的澳大利亚去!”楠森说:“林伯伯和郑畜牧师也没说我错呀。”林丽兰说:“你把我的脸都丢尽了,还没错?”楠森说:“我当然没错。不过你爸爸和郑畜牧师说的那种精神也很伟大,我会向你爸爸和郑畜牧师学的。”

林丽兰气得不知道该说什么好了,一甩胳膊大步流星地就往前走,边走边喊:“你今天真是丢死人了,丢死人了!”

楠森紧紧跟着,慈憨地说:“那我改还不行吗?”

茂草离开人群,独自骑马来到库兰放牧的羊群的围栏边。草坡上,刚刚投掷过冰雹的雨云已经退散,几道橘红的云霞穿过天空。但库兰放牧羊群的草场显然没下冰雹，只是湿漉漉的一片。

茂草跳下马，问库兰说："你这儿没下冰雹？"库兰说："没有，只下了点雨。我看着冰雹从我们草场的边上过去。雹打一条线么。茂草哥，你是特地赶过来看我的？"茂草说："当然是。冰雹下得这么大，我不来看你心里放不下。"库兰觉得心弦一阵的颤动，她说："茂草哥，谢谢你。"茂草说："谢什么，你没事就好。"库兰说："茂草哥，你砸上冰雹了吗？"茂草一笑点了点头说："脑袋上砸了好几个包呢。"库兰说："让我看看。"茂草说："别看了，有什么好看的！"库兰说："我不！我要看看。"

茂草低下头，库兰拨开头发，看到茂草头上一连串的包，突然一把抱住了茂草的头，把脸贴在了茂草的头上。茂草下意识地轻轻推开她。库兰说："砸得不轻啊。"茂草说："所以我担心你也会被砸。"

库兰眼里忽然充盈着泪水，别过头去。

茂草说："怎么啦？"

库兰抬起头，脸上满是泪痕，她又一次拥抱了茂草，说："茂草哥，我感觉到了，你是真心的……"

茂草没有再说话，只是紧紧地拥抱着库兰。

夜晚，林凡清家。许静芝帮林凡清处理额头上的伤，有些心疼地说："你和郑君跟楠森说的倒是挺有道理，还好冰雹不是很大，我看就算个个都像乒乓球似的，你和郑君还是会一股脑地往外冲。"

林凡清一笑说："大概是惯性吧。"

秋天，草原上已是一片黄色。杨北斗去打开羊圈时，发觉不少羊都耷拉着脑袋。杨北斗一看就知道情况不妙，脸色顿时变了。

杨北斗一回到家就哭丧着脸蹲在地上，两腿夹着脑袋，对抱着孩子的老婆说："完了，这下完了，羊染上病了。"杨北斗老婆气恼地说："谁让你不打防疫针的呀！谁劝你都不听，连刘世棋大哥都说，什么钱都能省，就是打防疫针的钱不能省。你就是不听！"

东边的雪峰间已有晨光乍现,林凡清一早就已经上班去了,许静芝也收拾着准备出门。杨北斗冲进林凡清家,带着哭腔对许静芝喊:“许兽医,快去救救我的羊吧!”

杨北斗把许静芝领到羊圈边上。他心里还抱着点希望,紧张地问许静芝说:“许兽医,你看看我的羊到底咋着啦?”

许静芝往羊圈里一看,就明白是怎么回事了,说:“杨北斗,你的小精明害了你的羊群了。你这些羊如果打上防疫针,根本就染不上这种病的!”杨北斗:“那现在咋办?”许静芝说:“没有别的办法,全得埋掉。”杨北斗说:“许兽医,没救了吗?”许静芝坚决地摇摇头说:“杨北斗,我得立即去告诉齐场长、林场长,然后派人来赶快把羊群全部处理掉。”

杨北斗抱着头,一屁股坐在地上,说:“我的娘哎!”绝望地痛哭起来。

郑君家里,月亮还没出门,正在收拾屋子。杨北斗领着老婆和儿子,一进门就跪在月亮跟前喊:“姐,救救我!”

出了这种事,月亮也没了主意。她让杨北斗先回家,等着牧场派人来处理羊,自己跑去试验室找郑君。偏巧今天郑君和林凡清都下牧业队去了,月亮都快急红眼了。

晚上,郑君一回到家。月亮就哭着把这事告诉了郑君。月亮对郑君说:“不管咋说,他总是我弟弟。你这个当姐夫的,帮他想想办法吧。”郑君气恼地说:“他这是咎由自取。他就会耍他那点愚蠢的小聪明。自从你弟来后,事情就没断过。”月亮说:“那他该怎么办呢?他还有老婆孩子,总不能眼看着他饿死吧!”郑君说:“把我们的积蓄全拿出来吧,借给他,让他重新开始!”月亮说:“全都借给他?还是拿出一半来?”郑君说:“就那么点积蓄,拿出一半管什么用?全借给他!”月亮说:“那你看病吃药怎么办?”郑君说:“公家不是可以报销一部分吗?”月亮说:“有些药可是要自己掏钱买的。”郑君说:“我们不是每月发着工资吗?”月亮哭了,说:“郑君,我那个不争气的弟弟,你平日里恨他,骂他,可是到这种时候,最帮他的人还是你……”

郑君说："说什么呢，咱俩是夫妻，肉贴着肉呢。你那个弟弟，跟你又是血连着血，我怎么可能不帮他！"

月亮抽噎着说："……我这辈子只有往死里爱你，才能报答你。"

郑君说："好啦，越说越没谱了！你弟的草场围上围栏后，现在的草长得很好，说明他还是有觉悟的时候。让他现在就到咱们场里的供销科把钱交上，预订上明年的育肥羔羊，只要好好把羊喂好，翻身也不是什么难事。"

第二天，月亮拿出个存折，去了趟牧场场部，把里面的钱都取了出来。下午她去了杨北斗家。把一叠钱放到桌子上，对杨北斗说："从今后，你好好按你姐夫说的去办，你要再耍你那小聪明，我和你姐夫再也不管你了！"杨北斗感激涕零地说："姐，我知道了，我该咋谢我姐夫呀！"月亮说："我这辈子最庆幸的事就是没嫁错人。"杨北斗说："以后我一定听姐夫的。"月亮说："你姐夫这个人是嘴上凶，但心肠比姐还要好，你有这样的姐夫是你的福气！"杨北斗："姐，我心里明白了。"

杨北斗送月亮出门。月亮叮嘱说："这钱是你姐夫省下看病买药的钱给你的，你可得用到实处，别再耍你的小聪明了。"杨北斗说："姐，我知道了。"

不远处，刘世棋来找杨北斗，听到了姐弟俩的谈话。杨北斗送走月亮，回来正要进门。刘世棋想了想，从墙角转了出来，说："杨北斗，你什么时候还我钱呀？"

杨北斗说："不是要到年底才还吗？"刘世棋说："你现在啥都没有了，年底拿啥来还呀？"杨北斗说："要不你先缓一年，我姐夫给我借了一点钱，明年让我买上种羊场的育肥羊羔，我围栏里的草已经长好了，明年一年我只要好好把羊喂好，肯定能翻身。后年我一定把钱给你还上，利息给你翻倍。"刘世棋说："你说的是年底还，哪能一动嘴皮子就挪到后年了！我可等不上这么长时间，明年开春我也要围围栏。要不，你把你的围栏草场同我的草场换。"杨北斗说："草场是队上划的。"刘世棋说："我跟队长说去。另外，围栏草场你已经用了一年了，得按折旧后的价钱算！所以你还得赔我一些钱。"杨北斗说："赔多少？"刘世棋说："你姐夫借你多少？"

杨北斗老实地说："在屋里头，我还没数呢。"

刘世棋说:“走,进屋,我给你数数。”

一进屋里,刘世棋拿起桌上的钱数了数说:“就赔这些吧。再加上你草场上的围栏,咱们就算两清了。呶,这是你的借条!”

刘世棋把借条往桌子上一拍,然后装上钱就要出门,杨北斗追上去喊:“世棋大哥,你不能这样呀。”刘世棋说:“借债还钱,天经地义!要算总账,我刘世棋还吃着亏呢!我刘世棋不能因为帮你忙,跟着你一起喝西北风!杨北斗,我跟你说实话吧,你这个人,谁还敢相信你呀?一个扶不起的孬种!”说完,拔脚出了门。

杨北斗抱着脑袋绝望地蹲在了地上。郑君和月亮正在吃晚饭。杨北斗领着孩子老婆走进郑君家。一进家门,杨北斗哭了。

月亮吃惊地看着他说:“不是才把钱给你送去吗?又咋啦?”杨北斗哭着说:“姐,姐夫……”月亮说:“又咋啦?刚不是说好了吗,明天去供销科预订上明年的育肥羔羊,只要好好把羊喂好,翻身是没问题的!”杨北斗哭着说:“我钱没了,羊也放不成了!”

郑君火了,说:“怎么回事?”

月亮也是又气又疑惑,问:“到底是咋回事,你说呀!”

郑君气得一宿没睡好,趁第二天上班的时候,他把这事讲给试验室里的这几人听,最后感慨地对林凡清说:“你看看刘世棋,他干的这事!这不就是现代黄世仁和杨白劳的故事吗?”

楠森正把一份表格送给茂草,齐美兰在埋头登记数据。

齐美兰叹了口气,说:“唉,我这个舅舅,既不争气又可怜。不过,刘世棋的心肠也太狠点了吧!”楠森在一边说:“我觉得这件事情也不能这么责怪刘世棋。面对一个丧失信誉的人,刘世棋只能这么做。他当然应该保护自己的利益,有什么错!”茂草说:“楠森,你哪来这么多奇谈怪论啊!刘世棋拿走的钱,是郑叔叔借给杨北斗的!他怎么能随随便便拿走了。”楠森说:“他为什么不能拿走?郑畜牧师把钱借给杨北斗,只能说明郑畜牧师现在是杨北斗的债权人,但这钱就已经不再属于郑畜牧师,而是属于杨北斗的了。杨北斗欠了刘世棋的钱,刘世棋也是他的债权人,当然可以拿走已经属于杨北斗的钱,因为这笔钱的所有权转移了,不属于郑畜牧师了,所以刘世棋也没错啊。”

茂草气得横眉怒眼的,一挥手说:“去去去,什么嘛,还绕上了!楠森,我看你这个人就是有点是非不分,我妹妹怎么会看上你这么个货!”

楠森说:“茂草哥,我不是货!我只是随便听到了发表点意见,而且我的意见并不见得就是错的呀!你干吗这么专制,不让人说话呀?应该民主嘛!每个人都有自己说话的权利!”然后咬着茂草的耳朵悄悄说:“将来刘世棋可是你的老丈人啊!”

茂草说:“去!这是两码事!反正我也认为他做得很过分!”

齐美兰说:“郑叔,那我舅舅现在怎么办呢?”

郑君叹口气说:“我也不知道该怎么办。经济上,再想帮他我已经是无能为力了。反正我说了,有月亮和我一口饭吃,也会有他们的一口饭。总不能眼看着他们全家饿死吧。”林凡清说:“郑君,你别说得那么凄惨。杨北斗身上是有不少毛病,但毕竟是放了这么多年羊,是个有经验的牧羊人。要给他安排个工作应该是没什么问题。而且,在围栏放牧这件事上,他比刘世棋觉悟得还快嘛!现在他人呢?”郑君说:“应该是在家里待着吧。”林凡清说:“现在我们种羊场发展了,正缺少有经验的牧羊人呢。他现在面临的这点困难其实也算不得什么呀!这事我同齐场长商量后再说。”

这事很快整个种羊场的人都知道了,库兰听到了些议论,一时间也觉得脸臊得慌。回到家,她对刘世棋说:“老爹,你这样做也太过分了!”

刘世棋眼一翻,说:“咋的啦!”

库兰说:“你知道吗?整个种羊场都传遍了!你把人家杨北斗逼得走投无路!你就是个现代的黄世仁。”

刘世棋说:“你少跟着人家嚼舌头!也用不着你教训我!那能怪我吗?杨北斗那个人我最清楚,整个一个扶不起来的刘阿斗!上次打防疫针的事,那么多人劝他,我也好心跟他说,省这两个钱不值得!老话说,家财万贯,带毛的不算,你这些带毛的畜生,一旦染个病落个灾就啥都没了,可他就是不听!我说你还借着我的钱呢,小心驶得万年船。他好家伙,一拍胸脯,你放心,年底连本带利一分不少还给你!哼,这会儿真出事了吧!羊都没了,他拿什么还我!他这种人,我要不趁他手上有俩钱的时候赶快讨回来,末了就是我去喝西北风!"

库兰说:"我们家有穷到这份上了吗?没这笔钱我们就活不下去了?那钱可是郑畜牧师借给杨北斗的!"

刘世棋说:"管他谁借的,只要是在杨北斗手里那就是他的钱!我的钱也是血汗钱,又不是天上掉下来的!凭啥就不能讨回来?"

库兰说:"你这是在落井下石,把人家逼上绝路!"

刘世棋说:"不是没上绝路吗?再说了,他不是还有他姐跟他姐夫吗?我呢?我有谁?养了个女儿,成天胳膊肘还往外拐!"

库兰说:"老爹,你说这话,也太没同情心了吧!"

刘世棋说:"同情心值几个钱?不要说眼下,想当年在战场上要是对敌人有那么一分一厘的同情心,你老爹我早就没命了!"

第三十四章

早晨,初升的太阳暖暖地照在围栏边上,库兰赶着羊群出羊圈。茂草骑马来到她跟前,跳下马来帮她的忙。

库兰心情很不好,说:"茂草哥,你不会看不起我吧。"茂草说:"怎么啦?"库兰说:"我老爹对杨北斗做的那件事,真的很缺德。有这样的爹,有时候我都觉得很羞愧。"茂草说:"你这是什么话!你是你,你老爹做的事跟你有什么关系!再说了,我看中的是你,又不是你老爹。"库兰说:"其实,自打我从城里回来,就有好多闲言碎语也跟着来了,那些人怎么说我我不在乎,也不会理会,因为我觉得我没做错啥,你们爱说说去!可是茂草哥,跟你在一起的时候,我还是有些担心,因为我们两个家庭的差距实在太大。要知道,林叔是个很正直很让人尊敬的人,可我爹,却是个……"茂草说:"库兰,我说了,我看中的是你,不是你爹!我爸再伟大,他也只是我父亲,将来生活在一起的是我们俩,不是他们,所以没有必要顾忌什么!就像你说的,你又没做错啥,跟我在一起你应该很坦然!"

这两年,种羊场的发展势头迅猛。齐怀正又打算要破土动工了。他把林凡清叫到办公室来,小心地铺开一张大图纸,对林凡清说:"凡清,你看看,这是咱们新办公楼的图纸。我把你们的试验室和办公室集中在一个楼里了。这样工作起来,方便多了。"林凡清看着图纸说:"不错,就按这图纸盖吧。只是两棵胡杨树得保留下来。"齐怀正指着图纸说:"你瞧瞧这里,这就是那两棵胡杨树的位置。我在胡杨树的边上还盖了个亭子,四周用木栅栏围起来。胡杨树可以活一千年呢,我们就得保留它一千年!"林凡清说:"我们可活不了那么久。但我想,我们的事业应该比胡杨树活得更长久,这就需要一代又一代的人不断地继承下去。"齐怀正看看图纸,又看看林凡清,说:"凡清,有件事我要告诉你,但现在这事只能你一个人知道,暂时不要告诉别的人。"林凡清说:"什么事?"齐怀正说:"我要调离种羊场了。"林凡清吃了一惊,说:"齐场长,你说什么?"齐怀正说:"凡清,我没有告诉过你,其实这十几年来上级已经调我几次了,我都不肯走。我说,没有看到种羊场事业的稳定和发展,我决不离开种羊场。但这一次,上级说,你不走也得走,这是死命令。"林凡清说:"调你去哪儿?"齐怀正说:"到师农科所去当党委书记,说我能同知识分子拧成一股绳。现在是个尊重知识、尊重人才的时代,师农科所需要你去,种羊场就交给林凡清吧。"林凡清难受地说:"你能不能不走?你不是立过规矩吗?你、我、郑君,我们三个谁都不能散伙。"齐怀正说:"这次是不行了,总是党的利益高于一切吧?不过我还是说,等我把种羊场的办公楼盖起来再走。让我给种羊场办好最后一件事吧。"

林凡清拉住齐怀正的手,泪水情不自禁地涌了上来,然后两人紧紧地拥抱在一起,两人相识相知的往事一件件都浮现在眼前,齐怀正也流泪了。

林凡清哽咽着说:"齐场长,没有你就没有我,也就没有我们今天的种羊场……我真的不想让你走。"

齐怀正摇摇头,说:"不可能了。我要再拖下去,那也太不像话了。我毕竟是个共产党员、国家干部,老是顶着命令不执行那怎么行!况且,现在种羊场已发展为有上万只的羊、上千万的收入,我们又把培育的品种羊推广到了那么多的牧场,而且上级又把我们的科研成果申报了国家级的科技进步奖。谁也不会再撤销种羊场了,现在又有你来当场长,我完全可以放心地走了。”

林凡清说:“我怕我担不下来。因为这几十年来,一直是你在为我撑着腰。”

齐怀正说:“现在的情况不一样了。中央已经提出了科学是第一生产力的指导思想,你就大胆地干吧!不过,凡清,有件事,到现在还是感到遗憾啊。”

林凡清心里很清楚他指的是什么,说:“我知道,你说的是茂草和美兰的事吧?”齐怀正显得有些伤感,说:“咱俩走过了风风雨雨几十年,可以说是生死之交了吧,但却没能做成亲家,你不觉得是个遗憾吗?”

林凡清低头沉思着,没再说话。

黄昏,清澈的河水急促地淌过石滩,夕阳留下一团乱影,在水中躁动着。林凡清在河边踱步,抽着烟等茂草回来。一直到太阳隐没在山那头,茂草才骑马回来了。他远远地看到林凡清,忙跳下马。茂草说:“爸,你找我?”林凡清点点头,示意茂草跟他在河边的大石头上坐下来。

林凡清不知道该怎么开口好,他又拿出一支烟点燃,狠抽了几口。

茂草看着父亲欲言又止的样子,有些不安。茂草说:“老爸,出什么事啦?”林凡清说:“关于你的个人问题,我想再跟你谈一次。”茂草说:“爸,你还是不同意我的选择?”林凡清说:“按理讲,这事我已经向你表过态了,再找你谈似乎是有些出尔反尔。可是,这件事闷在我心里也很难受,我还是想把我的一些看法跟你谈谈。”茂草说:“爸,你就说吧。”林凡清说:“你可能还不太知道我跟你齐伯伯的关系吧?因为以前也从没有好好跟你说起过,你一直住在你静芝妈妈那儿。”林凡清又点了一支烟稳定了一下自己的情绪,说:“我是在人生最困难的时候遇见你齐伯伯的……”

往事如烟,林凡清跟儿子讲述着他在酒泉部队停车场遇见齐怀正的情景。那时火车只通到西安,汽车也大都是军车往来。林凡清好不容易打听到这有车队能到新疆,却被驾驶员小王干脆地拒绝了。就在林凡清近乎绝

望的时候,齐怀正来了……车队疾驰在公路上,坐在驾驶室里的林凡清突然晕倒,齐怀正把他送进医院,守了他一夜

林凡清发现自己的行李丢在车上,齐怀正再次出现在病房中,不但拿来了行李,还陪着他一路辗转来到乌鲁木齐……

即使到了新疆,林凡清依旧是一筹莫展,四处奔波却没有找到邵教授,齐怀正在安慰他,鼓动他一起来到了沙门子牧场……

从找到试验站,到种羊场成立,齐怀正一直在身后支持着他的事业,即使是在那段非常岁月中,齐怀正也还是无畏地守护着他们的事业……

林凡清说着说着,眼睛湿润了。他感慨地说:“儿子啊,没有你齐伯伯,就没有我的今天,我也实现不了你外公让我继承他事业的愿望。几十年了,你齐伯伯同你爸一直是风雨同舟,是他用特级战斗英雄的身板支撑和支持着你老爸的事业。”茂草说:“可是爸……”他很想说父辈们的这些往事都很让他感动,但这与他这个做儿子的爱情无关。

林凡清打断他的话说:“我知道,我知道。库兰是个好姑娘,他父亲刘世棋也不是什么坏人,应该说还是个能干的人。但你老爸我也不是个脱俗的人,世俗观念总也有一点。还有关于你红柳妈妈的事大部分你知道,但有一些老爸埋在心里一直没跟人说起过。”

茂草说:“你说……”

林凡清说:“那年,李国祥政委跟着你齐伯伯进山来找我们,提到一件事,就是当初他迫于压力曾经派刘世棋四处寻找我们的踪迹。这让我想起你红柳妈妈下葬的那天,哈里木说过的话,他说你妈妈不应该走松树沟那条路,因为那条路既危险还绕远。李国祥的话让我就隐隐觉着,你妈妈的死可能跟刘世棋有关。后来,你静芝妈妈告诉我,有人看到过你妈妈往山里送给养时被人跟踪的情景,也许就是因为有人跟踪,你妈妈才会改变路线,走上那条又险又陡的山路。而且,那个跟踪的人的体形相貌和刘世棋很像……”林凡清的眼睛湿漉漉的,又点了一支烟,点烟的手有些抖。他说:“我也不想去责怪刘世棋或者其他什么人,我只想把它埋在过去的记忆里永远不要翻出来。可是,现在一想到要同刘世棋做亲家,我的心里……它总是个疙瘩。”

茂草沉默着。

林凡清说："说真的，希望能跟齐怀正做亲家，这其实也是老爸的一点私心，包括你静芝妈妈也是这样想。你知道，郑叔，还有月亮婶婶跟我们家的关系，他们都是我们家最好的朋友、同事和工作伙伴。当然，选择的决定权还是在你的手里。但……你是不是再考虑一下？"茂草心情沉重地说："老爸，请给我一点时间行吗？"

杨北斗原本打算要回老家。他虽然别的事不济，但对自家的老爹一直很孝顺，年年都往家里寄钱。现在牧场这里是混不下去了，回老家种种地，总还能养活自己吧。可杨北斗的媳妇儿不乐意走，两人一直为这事闹别扭。这天刚吵着呢，齐怀正走了进来。

杨北斗一见齐怀正，惊喜地说："怀正哥，你咋来啦？"齐怀正说："杨北斗，你来这儿后，摔了多少跤啦？啊？就是刚学会走路的小孩儿摔上这么几次也该走得稳当了！"杨北斗说："怀正哥，我改。我以后一定好好干活，好好过日子。"齐怀正说："我来通知你，明天去种羊室报到！去帮着榆木大爷放种羊。自从李春森接了库兰的羊群后，他身边就没人了。你去以后，要抢着多干点活！榆木大爷都这么大把年纪了。"

杨北斗不敢相信自己的耳朵，他语无伦次地说："我……我知道，我一定好好干！干活我杨北斗是不怕花力气的！"

齐怀正叹口气说："你是一而再再而三地犯错。按我齐怀正的脾气，我是要让你滚蛋的！可林场长说你有那么多年的牧羊经验，那也是一笔财富。人犯再大的错也得给出路，所以才决定让你先在种羊室干着，明年你要是还想承包，开春我们来做担保，让你跟上级贷点款。你要是再把羊群给我放成这个德行，就算是林场长和郑畜牧师磨破嘴皮子我也不会管你的！就叫你自作自受，看你还给他们丢脸不！"

杨北斗感动得眼泪快掉下来了，说："怀正哥，你放心！我保证，我保证一定好好干……"林凡清把杨北斗领到榆木老汉跟前。

榆木老汉看看杨北斗，说："小子，你学好了没有？齐场长、林场长说你来给我当些日子的助手，我还真不放心哪！"杨北斗说："榆木大爷，你就放心收下我吧。我跟你好好学，你看行了就让我干！不行了，我就卷起铺盖回老家。齐场长、林场长这么一次次地关照我，我要再犯浑，我就不是人了！”榆木老汉点点头，说：“俗话说，浪子回头金不换。场领导既然这么说了，那我就收下你。你要再不学好，让你回家是小事，我先把你的屁股打烂再说。”

林凡清说：“北斗，那你就先跟着榆木大爷好好干上段时间吧。”

杨北斗朝林凡清一鞠躬说：“谢谢林场长。”

夕阳西下，库兰在围栏里放牧着羊群。她不时地伸长脖子，望着草原。依着往日这个时候，茂草骑马的身影一定会准时出现在草原上，但此刻暮霭沉沉，却不见一个人来。库兰怅然若失地叹了口气。

夕阳沉入群山间，库兰沮丧地往回赶着羊群。

种羊场场部办公室的墙被推土机推倒了，扬起一团团的尘土。场部的广场，一车车的红砖、水泥、沙子，堆放在场地上。

一直到夜晚，工地上依然是灯火通明，机声隆隆。

齐怀正在工地上监督施工。月亮挑着一担开水，来到建筑工地上。

齐怀正看到月亮，想了想走上去说：“月亮，我想单独同你说上几句话，行吗？”

月朗星稀，两棵胡杨树下。

齐怀正说：“月亮，我想问你一件事。”月亮说：“怀正哥，啥事？”齐怀正说：“你和郑君为啥不再生孩子了？”月亮说：“不是不想生，是郑君生不出来了。”齐怀正说：“为啥？”月亮说：“郑君得了那种病后，就不能再生孩子了。”齐怀正呆了半晌，这才说：“月亮，你真可怜，找了两个男人都这样！”月亮说：“怀正哥，他跟你的情况不一样，他只是不能让女人再生孩子了，其他都还一样。”齐怀正说：“那你也得早告诉我呀，我好把美兰还给你们。”月亮说：“郑君说了，美兰是你的女儿，永远是你的女儿。我有他，他有我，我俩相依为命就够了。”

眼泪在齐怀正的眼睛里打转转，他沉默了一会儿，说：“为了这份事业，我们付出的也太多了……”

齐怀正回到家，坐在客厅的沙发里，闭着眼睛长长叹了口气。

齐美兰进屋说：“爸，你咋还不休息？”齐怀正说：“来，坐，我有话跟你说。”齐美兰到齐怀正对面坐下说：“爸，你说吧。”齐怀正说：“美兰，你这年纪应该什么都懂了，老爹要给你讲件事，这事在我心里藏了好长时间了。”

齐怀正叙述着那场惨烈的战斗和他负伤的经过；以及那一年，月亮从老家来找他；李国祥跟他谈了话，他迫于压力与月亮结婚……

新婚之夜，月亮明白了一切，痛苦得泪流满面。草原上，郑君和月亮对唱“花儿”，两人都彼此动了心……

齐美兰明白了，说：“爸，这么说，郑叔才是我的亲爸爸？”

齐怀正说：“是这样。现在回想起来，我这个人有时也是很自私的，做了几件不该做的事，你郑叔为了这事还受了处分。现在想想，真正是让我很后悔。”齐美兰说：“怪不得郑叔为我和茂草哥的事也这么上心。”齐怀正说：“他当然也希望你跟茂草的事能成。可是美兰，我得告诉你，我看你们这一代年轻人跟我们那一代人不一样，在婚姻上自主性更强。当然，老爹也希望你能嫁给茂草，因为我和你林叔，还有你亲爸，为了同一个事业已经拧在一起了。但是，人生有许多事要做，不只是婚姻这件事。”

齐美兰说：“爸，我知道了。静芝伯母不就是这样吗？她是为爱情而来，但却是为事业而留下来。我挺敬佩静芝伯母的。”齐怀正说：“但你不能学她，与茂草的事能成，当然最好；如果实在不成，就尽快再找一个。”齐美兰说：“我倒是挺想学静芝伯母的，我觉得她现在过得挺幸福，人也显得年轻了。”齐怀正说：“用不着。一代人有一代人的活法，一代人有一代人自己的故事。人活在这个世上，不能只为一个人活着！另外我还要告诉你，等种羊场的办公楼盖好后，我就要调离种羊场了，到师里的农科所去工作。”齐美兰说：“爸，那我也跟你走。”

齐怀正说：“不行，你得留下！你郑叔的身体越来越不好，除了要好好孝敬你的亲爸爸，你也得像茂草那样，继承你父辈的事业。”

齐美兰含着泪说:“爸,我舍不得你走!”

天已经黑透了,几个年轻人早就回去休息。试验室里只有林凡清和郑君。

郑君显得有些焦躁不安,他已经知道了齐怀正要走的消息。他想不明白齐怀正为什么要走,他们不是说好的嘛,三个人要坚守这阵地。郑君问林凡清说:“凡清,齐场长非得走吗?”林凡清说:“这次不走恐怕是不行了。本来上级让他现在就走,但他说,等把我们的综合办公楼盖完了再走。他主要是怕我们会分心,影响我们的工作。”郑君知道这是铁板钉钉的事了,他心里更是难受,说:“真舍不得他走啊。”林凡清说:“我又何尝舍得呢！我们科研单位,需要的就是像齐怀正这样的领导啊!”郑君想了想,说:“凡清,让美兰跟着齐怀正走。革命了一辈子,不能让他的身边连一个亲人也没有。”

林凡清点头说:“对,这也是我们唯一能为他做的事。”

郑君在自己的桌前低头回忆起了以往与齐怀正的一些事,他突然情不自禁地大喊了一声。

林凡清吓了一跳,回头说:“怎么啦?”

郑君的眼泪情不自禁地落了下来,说:“没什么,就是觉着胸口堵得慌!”

茂草已经有好几天没去见库兰了,父亲讲的事确实给他的心里留下了阴影。下班后茂草翻身上马,下意识地朝草原方向走,但那年妈妈临走时的情景突然在他眼前闪了一下,他勒住马,望着西斜的太阳,仿佛看见妈妈把他采撷的野花插进头巾里,回眸向他微笑。茂草沉思着……

围栏里放牧的库兰又伸长脖子,眺望远处。

远处,有人在策马飞奔而过。库兰紧张期待地望着那人,可骑马人又远去了,不是茂草。库兰的脸上充满了痛苦与沮丧,但又满含着期盼。

茂草骑在马上,看着草场方向,一脸的惆怅。

夕阳在山边只露出半边脸。茂草站了许久,但最终还是无奈地跳下马,转身牵着马走回种羊场。

鲜红的太阳钻入山后，库兰赶着羊群走出围栏。她还在不停地往种羊场方向望，还是没有茂草的身影。库兰骑上马，赶着羊往羊圈方向走去。走着走着，眼泪顺着脸颊流了下来。她不明白茂草那颗滚热的心为什么忽然冷却了。她擦拭了一下泪痕，眼睛里满是伤心和惆怅。但她还是不相信，茂草哥真的会像过去她遇见的那些人一样，只有片刻的热情。

中午，林凡清、茂草、楠森离开试验室去吃中午饭了。

郑君也起身对齐美兰说："美兰，你妈今天宰了只鸡，跟我喝鸡汤去吧。"齐美兰说："郑叔，我有话想同你说。"郑君说："怎么?"齐美兰说："昨晚我爸把你们之间的事全告诉我了。我以前一直纳闷，我爹这么好的一个老革命，我妈干吗要跟他离婚，又为什么要同你结婚呢？我现在全明白了。郑叔，你是我亲爸是吧?"

郑君眼里渗出了泪，说："美兰，你只有一个老爹，就是齐怀正。我永远只是你的郑叔，这是一个约定。不能改变，也不应该改变。是你老爹做出了牺牲，让我和你妈妈相亲相爱幸福地生活在了一起，一直到永远。你老爹对你的爱要比我深得多，你身上有我的血，这不假，但你的老爹只有一个，那就是齐怀正!"

齐美兰说："爸爸，让我抱你一下吧!"齐美兰冲上去抱住郑君，哭了。

郑君说："美兰，爱你老爹，照顾好你老爹，这是我和你妈对你唯一的期望。你老爹是天下最好的好人……"齐美兰说："可是我爸要我留下来，照顾好你，让我和茂草一样继承好你们的事业。"郑君说："我这里有你妈在呢，事业到哪里都能发展！你老爹年纪大了，以前打仗也落下不少伤，身边没人照顾哪行呢？听我的，我和你妈，还有林叔就把照顾你老爹的重任交给你了!"

回家的路上，郑君对齐美兰说："美兰，我很想劝你一句，就是不要再追茂草了。人家不愿意，已经有了意中人，你要再追下去，最后可能大家都会受到伤害，尤其是你。处理这段感情的最好办法，就是跟你爸去师部，去农科所。到时候你会碰上真正爱你也值得你爱的人。"

齐美兰执拗地说："郑叔，我不！我要留下来，一是为了你，二是为了茂草哥。我也会像静芝伯母那样，为爱情而来，为事业而留。”

郑君轻轻摇摇头，说：“千万不要学你静芝伯母，她是个傻女人。”

齐美兰说：“不，她是我心中的偶像。”

白天，茂草和齐美兰正在一群羊身上采集羊毛标本。齐美兰发现茂草的神情有些阴郁。

齐美兰看了看茂草，说：“茂草哥，这几天你怎么啦？又有烦心的事？”茂草说：“是。”齐美兰说：“这次跟我有关吗？”茂草说：“对，有一些关系，但也不全是。”齐美兰说：“又有人劝你要跟我好，是吗？”茂草说：“这次是我老爸出马了。”齐美兰说：“那你就跟我好呗，我就这么让你讨厌吗？”茂草没正面回答，只是说：“我是想好好整理一下自己的感情。”齐美兰感觉似乎有一些曙光，忙说：“那就是说，我还有希望？”

黄昏，西边映着一片红霞。齐美兰跟茂草骑马回种羊场。

齐美兰对茂草说：“茂草哥，再过几天就是草原上一年一度的阿肯弹唱会了，你去参加吗？”茂草说：“去，我要去参加赛马。”齐美兰说：“我跟你玩一次姑娘追吧！”茂草想了想，说：“可以，但在姑娘追上，我不会对你说什么甜言蜜语的。”齐美兰说：“我没指望你会说什么甜言蜜语，我只是在等一个可能的希望。”茂草说：“美兰，你还是当我的好妹妹吧。”齐美兰说：“所以对我来说，这次玩姑娘追，绝对有现实的意义。”

突然一匹马横在了他们面前，骑在马上的是库兰。

西边的火烧云变得越来越红。库兰怒视着茂草。

茂草转头对齐美兰说：“美兰，你回去吧。”齐美兰点点头，拨转马头绕过库兰往种羊场方向走去。

库兰说：“茂草哥，你也像城里那些小混混一样，在玩弄我的感情吗？”茂草说：“我玩弄了吗？”库兰说：“那你这些天在干什么？消失了吗？”茂草说：“我一直在种羊场，只是没有去看你。”库兰说：“为什么？因为我老爹的事？还是别的？”茂草说：“我不想对你撒谎，事情确实跟你老爹有些关系，因为这件事对于我的压力你是想象不到的！所以我必须离开你几天，让自己冷静下来，认真地考虑一下我对你的感情。”库兰说：“到底是什么事？你想说是因为我老爹的关系让你改变主意了吗？”茂草说：“这事我不想跟你说，因为它跟我们之间的感情无关。我上次就告诉你，我爱的人是你，希望将来能跟你生活在一起。不管你老爹是怎样的人，做过什么，都与此无关。”库兰说：“那你这些天咋没来看我？”茂草说：“没来看你就叫玩弄了吗？”

库兰委屈得满眼是泪，说：“可这些天，一到太阳快下山了，我就眼巴巴地等着你来，帮我一起把羊群赶回去。以前我没爱你时，你就那么一个劲地追我，可当我发现自己再也离不开你，深深爱上你的时候，你为什么就变冷了呢？还玩起了失踪，你知道我有多伤心多痛苦吗！”

茂草诚挚地说：“库兰，我现在要告诉你，我不但没有对你变冷，反而是变得更热烈了。我没有去见你，确实是想让自己冷却一下，看看我是不是真的爱你，是不是像我当时那么热烈那么不顾一切地爱你。现在我可以明明白白地告诉你，这感情比我想象的还要强烈！”

库兰哭了，喊：“那你为什么不告诉我？为什么这么多天把我一个人孤零零地撂在草原上不来看我？”

茂草说：“库兰，你先冷静一下，今天我原本就是要去找你的。我已经跟场里请了假，也给你请了两天假，你同我去一个地方好吗？”

清晨，茂草和库兰骑马在草原上飞奔。茂草的表情凝重，库兰看看他，有些疑惑，但什么也没说。

茂草和库兰牵着马艰难地走过冰达坂。

黄昏，火红的晚霞铺满了山前的半边天。在深山牧场里，茂草和库兰肃穆地站在红柳的墓前。

茂草深情地对库兰说：“库兰，你知道吗？爱你对我来说有多不容易。很多事情我不想告诉你，你也没必要知道。现在我带你来看我的亲妈妈，因为我相信，我的亲妈妈她一定会同意我爱你的！”

库兰朝墓碑鞠了三个躬，突然抱住茂草大声哭了起来。山谷中，轻柔的风在两人周围盘旋，夕阳映红了他们的身影。

第三十五章

阿肯弹唱会是草原上的盛会，牧民们的大聚会。到处是马的嘶叫声，人们的欢笑声，哈萨克牧民的歌声。在人群中，我们可以看见许多熟悉的面孔：除了齐怀正、林凡清、郑君、许静芝、月亮、茂草、齐美兰、库兰、林丽兰和楠森，还有哈里木、阿依霞古丽、赵乡长、贾队长等人。

林凡清和许静芝同赵乡长谈完话，正准备离开。从托克里乡赶来参加聚会的何玉田看到许静芝，牵着马走到许静芝跟前，朝许静芝微笑着点了点头。

何玉田说："许兽医，你好。"

许静芝伸出手，同何玉田握了握手，把林凡清拉到身边介绍说："何玉田同志，介绍一下，我的丈夫林凡清。"何玉田同林凡清握手说："林场长，您好。"林凡清说："你好。"许静芝说："何玉田同志，你的家人都好吗？"何玉田一笑说："许兽医，我还没结婚呢。"许静芝说："这么长时间了，为什么还不结婚？"何玉田淡然地说："其实我跟你一样，在爱情上是个理想主义者。不过许兽医,你放心,我一定会结婚的,祝你和林场长幸福。”

何玉田很有礼貌地欠了欠身,牵着马转身离开了。

林凡清问许静芝说:“他是谁?”许静芝苦笑了一下,说:“他就是何玉田,我跟你说过的。跟我一样,是个走不出感情圈子的傻子。不过,刚才他说了,他一定会结婚的,至少这一点比我明智得多。”

草原上,大家都在看姑娘追。茂草和齐美兰一组。齐美兰穿着哈萨克的衣裙,也真像哈萨克的姑娘。

齐美兰骑马在前面跑,茂草在边上也没说什么甜言蜜语的话,只说:“美兰,我向你保证,我会当你的好哥哥的。”齐美兰没有理他。

往回追了,小伙子们策马往回跑。姑娘们挥着鞭子在后面追。齐美兰追上了茂草,在他背上狠狠地抽了一鞭子,茂草疼得哎哟了一声。小伙子和姑娘们都回到了目的地。齐美兰和茂草都跳下了马。

齐美兰对茂草说:“茂草哥,把你抽痛了吧?”茂草说:“是抽得狠了点,但我懂你的意思了。”齐美兰眼里一下又涌上了泪,说:“我不想做你的妹妹。”

赛马场内,一声枪响,赛马开始。茂草和楠森都在赛马的人群中。赛马场外,林丽兰、齐美兰、库兰站在圈外看着。

齐美兰对库兰说:“库兰,你在城里待得好好的,干吗要回到草原上来?”库兰说:“因为我不想在城里待了,就这么简单。”齐美兰说:“如果不是你半路上杀出来,我和茂草哥就会成为草原上最幸福的一对。”库兰说:“美兰姐,如果茂草哥真的爱你,就算我库兰出现多少次都不会夺走他的心!”齐美兰说:“茂草哥是个感情专一的人,如果他对我承诺过当然就不会有你插足的余地。”库兰说:“那只能说明他没有对你承诺过,也没有爱上你,所以他才会选择我爱上我。”齐美兰咬了咬嘴唇,说:“你想知道刚才在姑娘追上他跟我说了些什么吗?”

库兰说:“我不知道,也不想知道。但我可以告诉你的是,只要茂草哥还爱着我，我就不会离开茂草哥的，也不会离开种羊场，更不会离开草原！”

赛马场内。茂草和楠森一开始都冲得比较靠前，而且跟得很紧。渐渐地，茂草还在前几位，楠森落在了十几位后，但他咬着牙还在策马往前追。

林丽兰挥着帽子一面在给茂草加油，一面又给楠森鼓劲。齐美兰和库兰也在拼命地喊着加油。齐美兰和库兰喊出的是满腔的深情，但两人都怒视了对方一眼。许静芝和林凡清也在圈外看着，两人相视一笑，都想起了当年林凡清和郑君赛马时的情景。郑君、哈里木也在激动地为茂草加油。

赛马场内，茂草第二个冲出终点。楠森和几个牧民几乎同时冲过终点，名次靠后。

林凡清、许静芝、郑君和哈里木迎上茂草。哈里木说：“好样的，茂草！想当年，你老爸只得了个第三，你是更进了一步嘛！”郑君说：“这叫青出于蓝！”茂草对哈里木说：“这是阿爸你教得好呀！让我四岁就学会了骑马。”

林丽兰嘟着嘴看着楠森牵马走了过来。

林丽兰说：“你不是吹牛说你在你爸的牧场里赛马总是拿第一的吗？”楠森说：“是真的呀！不过在我爸牧场里，赛马的人没这么多。”林丽兰说：“有多少？”楠森说：“三个，我老爸，阿妹，还有我。”林丽兰摘下帽子向楠森的身上打了过去。

夜晚降临，天空中繁星点点，草原上燃起了一堆堆篝火。在篝火旁，男人们吃着手抓羊肉，喝着酒。楠森也跟着茂草豪爽地同别人碰杯，大碗地喝酒，他觉得很有趣。

茂草看看楠森，说：“喂，楠森，少喝点！平常跟我都喝不上两瓶，你悠着点！”楠森说：“茂草哥，没事！喝酒要讲究气氛，你看这么美妙的夜景，这么热闹的场面，就是要一醉方休！”

夜越深，篝火旁的气氛就越浓烈。人们围着篝火，唱歌、跳舞、弹琴。郑君也在拉着琴。

已喝醉了的楠森跟一位姑娘在对舞，姑娘长得十分漂亮，舞姿也很是优美。茂草、库兰、齐美兰也在里面跳，林丽兰挨着林凡清等人拍着手在看。

音乐越来越热烈，舞也跳得越来越狂热。突然间，楠森猛地抱住那姑娘在她脸上亲了一下，姑娘用力把他推开。

楠森差点跌进篝火里，但他立即爬起来朝那姑娘鞠了一躬说："姑娘，对不起，我鲁莽了，请原谅。"

周围一片哗然，有人想揍他，但一看他真诚地道歉了，也就收起了拳头。

可林丽兰却冲到楠森跟前咬牙切齿地喊："楠森，你怎么这么流氓！"

楠森从围着篝火的人群中踉踉跄跄地走出来，没几步，就一头栽在草地上。茂草上去扶他，林丽兰恼怒地说："哥，你别扶他！谁也别管他，就让他趴在那儿，睡死拉倒！"茂草说："开什么玩笑，他楠森也是我的哥们儿，把他扔在这儿我茂草可做不出来。"说着，扶起楠森，朝帐篷走去。

林丽兰说："你还把他当哥们儿，这么个花花公子还能当哥们儿吗？"茂草说："对，他是个花花公子，我以前也这么说过，但他的心肠不坏。他是有毛病，对所有漂亮的姑娘都喜欢，但我知道，他心里真正爱的就只有一个，就是你林丽兰。"林丽兰说："这种人的爱我不稀罕！"茂草说："可这个朋友我稀罕！他这是酒后无德，无非也就是酒品不好，作为男人，这是可以原谅的！"林丽兰说："可我不原谅他！"茂草说："那是你的事，等他醒来，你怎么骂他教训他都可以，但这会儿我可不能把他撂在外面不管。"林丽兰说："好！那你明天就到草场上，帮我狠狠地摔他几个跟头！"茂草说："行，没问题！"

阿肯弹唱会结束的第二天，试验室里又恢复了原先紧张的工作气氛。林凡清、郑君、茂草、楠森和齐美兰都在忙着各自的工作。

林丽兰气势汹汹地冲了进来，指着楠森对林凡清说："爸，你把这个澳大利亚的小流氓给我赶走！"林凡清头都没抬，说："这个小流氓是你带来的，可不是我请来的，我怎么赶？"林丽兰转向楠森说："楠森，你立即给我从这里消失！"

楠森说："丽兰，我昨天就跟你解释了，那时我是一时的感情冲动。我看那姑娘长得那么美，舞又跳得那么好，为了表示我对她的欣赏，我就做出了那样的举动，我已经向那姑娘道歉了，你还要我怎么样？况且，昨晚我真的是酒喝多了。"

林丽兰说:“楠森,我没法再同你交往下去了,你走吧!”

楠森很认真地说:“我不会走,也不可能走。你们这儿有句我很欣赏的话,叫为爱情而来,为事业而留下,这对我楠森来说也很合适。在这儿,我从林伯伯身上、从齐场长身上、从郑畜牧师身上,感到了一种力量,看到了一种崇高。只要齐场长林伯伯郑畜牧师不赶我走,我就会跟茂草哥、美兰姐一样,用我的终身来继承你外公开创的事业,因为这是我们共同的事业!”

林丽兰说:“你少来了!一个连道德准则都没法保证的家伙,还夸夸其谈说什么继承我外公的事业,你根本就是用这些大话来掩盖你的错误!”

楠森说:“可我说的是真心话。错误人人都会犯的呀,你不能因为一次过错就把人一闷棍子打死啊。”

林丽兰说:“这种过错就是不许犯!”

林凡清听不下去了,说:“丽兰,回你的财务室去!这里是工作场合,吵吵嚷嚷像什么样子?我不想看到你因为私人感情来干扰我们试验室的工作。不要说楠森不愿走,就是要走,我也要全力挽留他。人才可贵,人才难求。楠森身上也有不少优点,业务精通,工作上一丝不苟,还有自己独到的见解,这正是科研工作所需要的品质。昨晚的事,他做错了,也道歉了,认错了,这不就行了?干吗一定要揪住不放呢!”

郑君说:“丽兰,你老爸说得对,楠森犯的那点事,也没有越轨到不可收拾的程度,而且这点事是每个男人都有可能犯的事,原谅他吧。”

茂草说:“这话我赞成!不过郑叔,不是每个男人都会犯下这种错的。我茂草就要争取不犯!”

林丽兰一跺脚喊:“楠森,你气死我了!”

黄昏,刘世棋赶着羊群走上山坡,不远处是库兰放牧羊群的围栏草场。

在夕阳的余晖的映衬中,茂草和库兰靠着围栏依偎在一起。

库兰说:“茂草哥,你家里人会同意我俩的事吗?”茂草说:“库兰,我实话对你说吧,我俩的事,我爸我妈虽然没有明说,但他们心里肯定不是很乐意的。你知道,齐场长,还有郑畜牧师和月亮婶婶,他们都希望我能跟齐美兰结合。我爸妈跟他们的关系你也知道,所以他们打心眼里也是希望我能和齐美兰成一对。”库兰说:“是啊,就家里的条件来说,美兰姐和你好像更般配。”茂草说:“可我现在爱的是你。”库兰说:“我知道,所以我更担心。因为我也已经爱上你了。”茂草说:“你担心什么呢？齐美兰？还是我的父母?”库兰没有说话,眼睛里透着忧郁。

茂草说:“库兰,我曾经告诉过你,我爱的是你,希望以后能跟你生活在一起。所以任何人反对都没有用！但你得给我一点时间,让我去说服我的父母,我相信他们会接受你的。至于齐美兰,我没有办法保证能让她改变心意,但我却能郑重地向你承诺,我爱你,绝不会因为某个人或某件事让这爱改变。”

库兰的眼里闪着泪光,她深情地拥抱了一下茂草。

围栏边库兰和茂草拥抱的情景被山坡上的刘世棋看到了。刘世棋坐在山坡上,卷了一支莫合烟,远远地望着库兰和茂草。

太阳缓缓地在往雪峰后面沉,茂草骑马离开了,库兰笑着朝他挥挥手,夕阳映在她脸上,泛着暖暖的光。

刘世棋这才赶着羊群来到库兰跟前,看看远去的茂草,说:“库兰,刚才那小子是谁?”库兰说:“茂草哥。”刘世棋说:“你俩在谈对象?”库兰也不想瞒着,点头说:“是。”刘世棋板着脸说:“趁早收场！”库兰说:“为啥?”刘世棋说:“我看茂草这小子只是玩玩你。”库兰说:“老爹,你咋说话的！”刘世棋冷笑着说:“亏你还是我刘世棋的女儿,这点都看不明白！他将来的女人是齐美兰,不是你刘库兰！”库兰说:“茂草哥是真心爱我的,我也爱他！”刘世棋说:“女儿,听老爹一句劝,咱家配不上人家,你现实点吧！你也在城里待了不少日子了,这点觉悟还没有吗?”库兰说:“老爹,我的事我自己会拿主意的。”刘世棋叹了口气,说:“以后吃了亏,就有你后悔的了！”

郑君对刘世棋羊群里的那几只大尾公羊一直耿耿于怀,他同林凡清商量说:“凡清,有件事搁在心里一直提心吊胆的。现在整个牧场好像就剩下刘世棋的那群羊里还杂着几头大尾公羊,一看到他天天赶着羊群在草场上乱转，我就觉得很扎眼。母羊的发情期很快又要到了，我说过，他那几只公羊对我们来说总是个祸根。”林凡清也有同感，说：“我也一直在考虑这事，这样吧，我还是去找他谈一谈。他早就不是我们种羊场的牧工了，种羊场解散时，他就跟杨北斗一起划归到牧业三队了，所以只能说服，行政命令可不好使。”郑君说：“那就同贾队长讲一下，让他回牧业三队住去！”林凡清为难地说：“当初种羊场恢复时，他和杨北斗都要求还留在种羊场住，齐场长也同意了的，现在又要赶人家走恐怕不好。”郑君说：“你这是因小失大！要让他再这么赶着羊群四处乱跑，非出状况不可！”林凡清说：“我知道，我去找他谈谈，让他想办法把那几只公羊圈养起来。实在不行的话，再让他搬回三队去住。”郑君说：“这话可是你说的，决不能心软！搞不好这家伙，将来就是你的亲家。”

林凡清叹口气，说：“公事好处理，家事反而难办。这儿女婚姻的事，伤脑筋啊！”

郑君说：“可不是，现在想想包办婚姻也是有它的好处，当父亲的一发话，就这家姑娘了，儿子不娶也得娶。”

林凡清说：“那你我都成什么人了？逆历史潮流的事我可不干。”

林凡清和许静芝刚吃过晚饭，正在收拾碗筷。茂草推门走了进来，神情庄重地说：“爸，妈，我有话要跟你们说。”林凡清和许静芝一看就明白了他的来意。

茂草说：“老爸，请原谅我。自从你那次同我谈话后，我有意不再同库兰见面，想把我与她之间的感情冷下来，因为我觉得老爸讲得也有道理，很多感情之外的因素我应该考虑进去，可是……”

林凡清：“你说吧。”

茂草说：“在没有见库兰的那段日子里，我努力把心思全部放在工作上，别的什么都不去想。我想这样也许我能彻底搁下这段感情，可半个月后，我发现我根本做不到，我其实每天每时每刻都在想她，我对她的那种情感反而在心里燃烧得更热烈了。”

林凡清深深地叹了口气，说：“我知道了，也明白你的意愿了。”茂草说：

“爸，妈，那你们能接受库兰吗?”许静芝说：“儿子，在这世上，能爱上一个同样爱着自己的人，并不容易。虽然我们都希望你的选择能和我们的意愿相重合，有个皆大欢喜的结果，但人生不如意十有八九，如果你坚持，对你的选择妈妈是不会投反对票的。”林凡清看看许静芝，许静芝示意他也说些什么。林凡清说：“茂草，我知道，你做出这样的决定也不容易。家庭、事业、爱情，这些原本就是相辅相成的，既然你做出了决定，我的态度还是跟过去一样，尊重你的选择。”

这显然并不是茂草期待的回答，他的眼里透着失望。

种羊场新办公楼的脚手架正在拆除。齐怀正、林凡清和郑君在不远处看着，三个人的心情反而都有些沉重。郑君说：“齐场长，我能同你单独谈谈吗?”

齐怀正和郑君走到小河边。

郑君说：“齐场长，你真要走?”齐怀正说：“看着新楼房一天天盖起来，我的心就一天天地沉下去。我当然也不想走，在这块阵地上，我们共同坚守了几十年，这个地方真的是浸透了我们的血汗，我们的友情。让我离开这里，就像割我的肉，心疼啊!”郑君说：“那就不要走!”齐怀正说：“不行啊！我毕竟是个党员，又是个领导，不能再违抗上级的命令了。”郑君说：“那你就把美兰带上吧。”齐怀正说：“郑君，你想跟我谈的就是这事?”郑君说：“对!”齐怀正说：“那就不用多说了，美兰要留下，不仅是因为工作，更重要的是我已经告诉她了，你是她的亲生父亲!”郑君说：“可她姓齐，她叫齐美兰!”齐怀正说：“那就让她改回姓郑！郑君，在你身上，我做了两件很自私的事，至今我心里都不踏实!”郑君说：“齐场长，你的大度，你的通情达理，让我有了这一辈子的幸福，我感谢你还感谢不过来呢！你，还有凡清，你们是能让我郑君死心塌地跟着你们干事业的人。我郑君这辈子，感到活得很充实，我无怨无悔！我现在有这么爱我的月亮，这就够了，我很满足了！所以，齐场长，我恳求你，让美兰跟着你走。”

齐怀正说：“郑君，我已经很后悔我的自私了，你不能让我再这样自私下去！美兰应该回到亲生父母身边。”

郑君说：“我说过，齐美兰永远是你齐怀正的女儿！”齐怀正说：“可你是她的亲生父亲！”郑君说：“你是在嫌弃美兰了？”齐怀正说：“疼都疼不过来了，咋会嫌弃？”郑君说：“那你就继续好好疼她！”

草原上秋意浓浓，刘世棋正在山坡上放羊。林凡清骑马来到刘世棋跟前。

刘世棋说：“林场长，你找我？我们很快就要成亲家了是吧？我刘世棋感到很荣幸很荣幸。你这会儿找我是不是想谈谈孩子们的婚事？”林凡清跳下马说：“孩子们的婚事恐怕现在还谈不上，我找你是有件很严肃的事情要同你谈。”刘世棋说：“林场长，私事咱能坐下唠唠嗑。公事嘛，你别忘了，我现在不属于种羊场管，只归牧业队管。”林凡清说：“但你不还住在种羊场吗？”刘世棋说：“那是得到齐场长同意了的。”林凡清说：“所以我要同你谈。”

林凡清看看刘世棋的羊群，说：“你承包羊群，有你的自主权，所以你在羊群里养公羊，搞自然繁殖，我们都没干涉你。但现在情况发生了些变化，如今我们种羊场的品种羊发展越来越快，周边的母羊群也越来越多，为了保证我们试验数据的精确，保证品种羊的纯正性，所以，我们希望你能想办法处理一下你的这些公羊，因为它们对我们种羊场的母羊群构成了潜在的威胁。”

刘世棋说：“这我有啥办法，总不能刀一横就把它们都宰了，我也得繁殖我的羊群呀！”

林凡清说：“我真的不明白，你为什么还要死守着这么落后的方式来繁殖你的羊群呢？这两年你不是赚不到什么钱了吗？你看看现在市场的需求，再看看你周围的那些承包户，不都已经开始承包我们的品种羊了吗？再说，你把杨北斗的围栏草场也占了，为什么还要赶着羊群四处跑呢？”

刘世棋说：“林场长，你说得没错，这两年我是亏了。可山水轮流转，市场上的羊肉价格一起一落的，保不准明年的价格又涨了呢？至于那围栏草场，我是想让围栏里的草好好长长，等明年入冬，我把我的羊群喂得肥肥的，然后就一次性把它们全部处理掉！所以你也甭着急上火，后年我就跟其他牧工一样，承包你们的品种羊。怎么样？林场长，到时候你得支持我。”

林凡清说：“这当然没问题。但是……”刘世棋说：“这不就结了！亲家，你的面子我是肯定给足的。”林凡清说：“你先别这么叫，我听得别扭。”刘世棋说：“咋的，茂草跟库兰的事你不愿意？”林凡清说：“不是不愿意，只是现在还不是！”刘世棋说：“反正迟早的事嘛，亲家，干吗这么见外呢。”林凡清说：“我们先不说这事，我还是得提醒你，你的那几只公羊，现在你得管好！最好是圈养起来，再也不能混在羊群里四处游逛了！要是再让我们发现，那就得请你搬出种羊场了。”刘世棋说：“可以可以，亲家发话了嘛，当然得执行！”林凡清说：“现在你能不能不要这样叫！”刘世棋说：“我知道，这门亲事你肯定不愿意。我不过是个牧工，你是个场长，门不当户不对嘛。”林凡清说：“刘世棋，你把我看成什么人了？未免太世俗了吧！”

晚上，刘世棋对走进家门的库兰说：“库兰，我再提醒你，茂草的老爹好像对你跟茂草的事不大愿意。”库兰说：“那全是因为你！”刘世棋说：“我咋啦？”库兰说：“你也不想想，他是种羊场的场长，现在除了你，全牧场的牧工都在喂养种羊场培育出来的品种羊，连杨北斗都觉悟了，明年也要承包喂养品种羊了，可就是你，还把那些杂七杂八的杂种羊捧在手心里，赶着羊群到处招摇，还在顽固地搞最原始的自然繁殖。有你这样的亲家，人家能愿意吗？”

齐怀正这两天也不清净，李国祥催他赶快去上任的电话打到家里来了。齐怀正解释说：“李副师长，我不是说了吗，等办公楼一竣工，剪彩仪式一结束，我就跟你走，去农科所上任！不就这几天工夫了嘛。”李国祥说：“这次不能再变卦了，你要再变，我要求师党委把你就地免职。”齐怀正说：“那才好呢，那我就不用离开种羊场了，当个牧工也不错。”

齐怀正知道这样拖也拖不了多久，只得开始收拾东西。但捡起一样，就会想起一些往事，不时地就陷入了沉思。林凡清敲门走进来他都没觉察到。

林凡清拍了拍齐怀正的肩，齐怀正这才如梦初醒。他回头看看林凡清说：“怎么，还想来拖我后腿啊？”林凡清说：“这次想拖也拖不住了。明天办公楼剪彩，之后你就要走。平常咱俩都忙工作，很少聊天，今晚上怎么也得聊上一夜吧。三十几年的风风雨雨，这么一路走来，突然到了岔道，要分开了，真是让人牵肠挂肚的。想想在酒泉搭车的情形，好像就是昨天的事。”齐怀正说：“坐吧，我给你泡杯好茶。”

林凡清坐下说：“郑君想让我给你带句话。”

齐怀正说：“又是美兰的事！凡清，这事你最清楚。我已经害了他和月亮了，我把人家的女儿夺过来，只是为了自己能当爹，能有人给自己养老，这种自私的行为我不能再继续下去了！”

林凡清说：“郑君说，他说过，美兰永远是你的女儿，所以他不能食言。况且你年纪大了，战争年代又受过伤，你需要美兰留在身边，这样他和月亮才能安心。”

齐怀正说：“不行！我不能把美兰带走。凡清，我跟你说句掏心窝子的话吧，把美兰留在这儿，就是把我的心留在了这儿！我跟你一样，在种羊场干了半辈子，现在要我离开，这多揪我的心哪！我怎么舍得走呢？说实话，我心里最重的除了种羊场就是美兰，我把她留在这儿，就因为美兰永远是我女儿，所以我要让她跟茂草他们一同继承咱们的事业。这样，就算我齐怀正跑到天涯海角，我的心还留在这儿，还有个念想在这儿。等有一天我退休了，我还要回种羊场来，安度我的晚年。我指望着，咱们三个人退休了也还要在一起不能散伙！你说说，美兰能跟着我走吗？这一走，不就把我想回来的根彻底给铲了吗？你林凡清不会这么狠心吧？”

林凡清感动地说：“齐场长，我明白了。”

种羊场办公楼已竣工，场门口鞭炮齐鸣，锣鼓喧天。在两棵大胡杨树底下站满了人，正在进行种羊场办公楼竣工剪彩仪式。

李国祥剪完彩，大家热烈鼓掌。

李国祥对林凡清说：“林场长，我这次来这儿，有四大任务。第一是正式任命你为种羊场场长，挂了几十年的副字也该撤掉了；第二，为你们的综合办公楼剪彩，这说明你们种羊场的发展又上了一个新台阶；第三，我给你们带来了这五位大学生，给你们种羊场输送新鲜血液，他们都希望到种羊场来工作，这一位来自北京，这一位是上海的，还有一位西安的，这两位是我们新疆的。”李国祥一一介绍完大学生，接着说：“第四，我得把齐怀正同志带走，我们师农科所党委书记的位置已经空缺大半年了，齐怀正同志该去上任了。”

种羊场办公楼前。林凡清、郑君、月亮、许静芝、茂草、齐美兰、林丽兰、楠森、蒋有友、蒋进江、榆木大爷、杨北斗，还有其他人一同把李国祥和齐怀正送到小车旁。

齐美兰一下抱住齐怀正，含着泪说：“爸……”

齐怀正拍着齐美兰的背，说：“美兰，昨晚老爹已经把话都给你讲清楚了，你要学习你林叔，为了继承他恩师的事业，他抛下自己优越的家庭，离开繁华的大上海，到这里扎根，不管多大的风暴，都能矢志不渝地为着自己的理想和事业奋斗。我这个老爹没办法，不能不走，但你得留下，你要跟茂草他们一起好好继承这事业，你老爹对种羊场的这份心就寄托在你身上了！”

齐美兰流着泪，点头说：“爸，你放心。我会跟着林叔和郑叔好好干的。”

郑君走上前，紧紧握住齐怀正的手不放。

齐怀正在郑君的耳边轻声而诚恳地说：“郑君，想想以前，那件事我真有点对不住你，你不该受那个处分。本来我们很可能是一对仇人，是事业让我们走在了一起，拧在了一起。几十年来，我们相处得很好，让美兰留在你身边，请带好她，这是你的心愿，也是我的心愿。”

郑君再也控制不住自己，一把抱住齐怀正哭了。

种羊场办公楼前，人们挥手向开下坡的小车告别。郑君从蒋进江手里拿过小提琴，动情地拉起一首送别的曲子。

山坡下的土路，齐怀正坐在颠簸的车里，还在向山坡上挥手。郑君的小提琴曲传来，齐怀正的眼睛湿润了，李国祥拍了拍他的肩头。

山坡上。郑君动情地在拉小提琴，突然一阵眩晕，险些栽倒。

林凡清扶着郑君说：“郑君，你没事吧？”

郑君抱着小提琴，晃了晃脑袋，勉强一笑说：“没什么，大概是情绪太过于激动了，有些晕。”说着，站直了身体。

林凡清说：“郑君，你这身体太让我担心了。要不，明天让月亮陪着你去师部医院再仔细检查一下，要是还查不出什么，就回内地，到上海的大医院查。”

郑君说：“凡清，你又来了！现在是什么时候？马上就要给羊配种了，这几十年来，给羊配种的事都由我具体负责的。现在虽然有楠森做我的帮手，但他毕竟还是个新手。配种工作关系重大，我能走吗？我保证，等给羊群配完种，我一定去医院！彻底做个检查，行了吧？”

林凡清想想，说：“那好吧，等羊配完种后，你立即去医院检查！然后再给你两个月的假，由月亮陪你到内地好好去疗养。”

郑君有些伤感地说：“唉，几十年没回老家了，我也正想带着月亮回老家看看呢。”

第三十六章

种羊场的新办公楼已经投入使用,林丽兰也搬进了自己的办公室。楠森轻轻敲开门,探头探脑地走进来。

林丽兰一看是楠森,脸一板,说:“出去!”楠森说:“丽兰,你到现在还不肯原谅我啊?”林丽兰说:“你的行为,我没法原谅!”楠森说:“丽兰,你这样对我,是不是太苛刻了?太不近情理了?人总是有犯错误的时候呀。”林丽兰说:“在我的概念里,这种错误就是不许犯!”

楠森委屈地说:“丽兰,在学校里你就知道我的。看到美丽的女孩,我都会欣赏,都会称赞一番,那时候你也没说什么呀。你还说,喜欢美好的事物是人之常情,就像你们女孩喜欢美丽的花草喜欢可爱的动物一样。”

林丽兰说:“那时是那时,现在是现在。那时你只是说说而已,可现在呢?还动起手来了!这就是耍流氓,是可忍孰不可忍!”

楠森急了,说:“这怎么叫耍流氓呢?我只是看那姑娘长得那么漂亮，舞也跳得那么好，我只是想表达一下对她的欣赏。要是在平时，我能控制住自己，可那天酒喝得太多了，酒精作用那么强烈……所以才会做出这么鲁莽的事。丽兰，我真的希望你能原谅我，以后我再也不了。”

林丽兰说：“没有以后了！从现在开始，你可以自由地欣赏任何姑娘！你也不用再上我这儿来了，你的那些狗屁说辞，我越听越恶心！”

楠森说：“丽兰，不管你怎么说，反正……我楠森从头到脚就只爱你一个，这一点永远不会变！”

林丽兰手往门外一指，说：“随你的便，出去！”

新的试验室是一间宽敞明亮的大房间，有一些隔断。茂草正在指导其他几位新进试验室的大学生们工作。

林凡清走进房间，对茂草说：“茂草，交给你个任务。到刘世棋家去看看，看他有没有把他的那几只公羊圈养起来。”茂草说：“这事我待会儿问问库兰不就行了？”林凡清说：“不，你要自己去，而且现在就去！你一定要确认一下，这事马虎不得！要给我回话。”

刘世棋家的羊圈，茂草和库兰牵着马站在空荡荡的羊圈边上。茂草的脸色很难看，库兰也又气又急。

晚上，库兰回到家，对刘世棋说：“老爹，林场长让你把那几只公羊圈养起来，你不是已经答应了吗？怎么还在外面放呢？”刘世棋振振有词地说：“为啥要圈养？现在天还没下雪呢！草场上的草还旺，不放出去就得动用我的储备草料，那可不行！那点草料是我防雪灾预备的，现成的草场不去，还得搭上储备草料，我刘世棋才不会那么傻呢！”库兰说：“茂草哥说，林场长说了，如果你还不把公羊圈养起来，那就把家搬回牧业三队去。”刘世棋说：“凭啥？我就是不搬，他能咋的？”库兰气极，喊：“老爹！”

刘世棋息事宁人地说：“你别嚷嚷，大不了我把羊群赶得远远的，到你表叔家住一阵儿，行不？反正，我是不会动那些储备草料的。”

第二天清晨，刘世棋正把羊群从自家羊圈往外赶，郑君骑马来到刘世棋跟前。

郑君跳下马，生气地说："刘世棋，你这个人怎么能这样！到现在还赶着你的羊群到处乱转！"刘世棋说："我现在就走行不行？"郑君说："你要去哪儿？"刘世棋说："去几十里外的一个亲戚家，离种羊场远远的，不碍你们的事，这总可以了吧？"郑君说："刘世棋，不是我说你！你也是个老牧工了，在我们种羊场也工作了那么长时间，有些道理你该比别的牧工更清楚更明白，可你现在却是最落后最保守的一个！"

刘世棋嘿嘿一笑，说："郑畜牧师，我知道你也是个直肠子，说话不带转弯的。你给我戴的这么多高帽子，我也不计较。明年，我把这群羊处理掉了，我一定改路子！既然要跟林场长做亲家，怎么也得给足亲家面子你说对不？"说着一扬鞭，赶着羊群往草原上走，又说："再怎么说，也不能丢了亲家的脸呀。"刘世棋扬扬得意地赶着羊群走了。郑君气得只是摇头。

深秋枯黄的草原上，第一场雪早早地到来。鹅毛般的雪花漫天飞舞。配种站前，林凡清冒着大雪走近从配种站出来的郑君。

郑君对林凡清说："我们种羊场和周边的母羊群，配种已经基本完成了，就是哈里木的羊群到现在还没来。按以往，他前天，最迟昨天就该到了。过了发情期，母羊就配不上种了。"林凡清说："会不会有什么事耽搁了？"郑君说："我想去看看。"林凡清说："就让茂草去吧。"郑君说："你刚刚升任场长，行政上的事都得你管了，现在你把许多试验上的事全压在了茂草身上，他也忙得不可开交，还是我去吧。"林凡清说："那就把楠森叫上，让他跟着你去。"

大雪纷飞。郑君和楠森迎上了正急急赶着羊群往种羊场走的哈里木和阿依霞古丽。

郑君说："哈里木，你怎么到现在才来？"哈里木解释说："老母亲病了，我们在家照顾了两天。你看，害得你这么大的雪还来接我们。"郑君说："我是怕你的母羊错过了发情期，会影响羊群的怀胎率。"哈里木一笑说："目前没问题，一只只母羊现在都骚动着呢，保证都能怀上双胎，说不定还会有三胎四胎呢！去年不就有两只母羊下了三胎嘛。"

风雪中,刘世棋突然也赶着羊群出现在了山坡上。

羊群中混杂的几只大尾公羊闻到了不远处发情母羊的气息,情绪激动地朝哈里木的母羊群冲了过去。

风雪中,郑君突然看见几只大尾公羊朝哈里木的母羊群冲了过来。他大喊了一声:“不好!”赶紧跳下马,哈里木和阿依霞古丽也忙下了马,楠森也跟着跳下马。郑君去阻挡一只冲过来的公羊,被公羊顶倒在地,后面一只公羊又从他身上踩过去。

楠森扶起郑君说:“郑畜牧师,你……”郑君打断他说:“楠森,快点,把那只公羊挡住,别管我!”

楠森急忙去追公羊。

郑君用力翻身,一口鲜血喷在了雪地上。

风雪交加,牧羊犬在狂吠。正在不远处围栏放羊的库兰也看到了这情形,马上关上栅栏门,朝母羊群奔来。

楠森冲上去拦腰抱住了一只公羊,却被公羊甩了下来。倒在地上的楠森一把拽住公羊的后腿,被那只奔跑的公羊拖着前行,身下拖出长长的印子。

郑君用力爬起来,又一次奔向羊群。附近的一只公羊刚爬上一只母羊,郑君冲上去,把公羊从母羊背上推下来。他跌倒在地上,又吐了一口鲜血。库兰奔到郑君身边,刚想去扶郑君,看到一只公羊又冲了过来,她去拦公羊,却被公羊撞翻在地,公羊也倒退了几步,紧接着又往前冲。眼看又要踩到郑君身上了,库兰一下子扑到郑君身上,公羊从库兰身上踩了过去。

哈里木用鞭子使劲抽打着爬胯的公羊。

楠森奔过来喊:“哈里木大叔,快把羊群往围栏里赶!”

风雪中,库兰看到倒在地上的郑君已经昏了过去,他的嘴边有一大摊血在慢慢渗进雪地里。库兰忙背起郑君,她摸摸身上被公羊踩踏的地方,强忍着疼痛站了起来,咬紧牙向着种羊场办公楼的方向走。

围栏边,一场人羊大战。母羊群进了围栏。楠森正准备关围栏门,被赶到一边的公羊又冲了过来。楠森去挡公羊,也被公羊抵倒,两只公羊从他身上踩过去。

哈里木眼快,冲上去把围栏门关上了。

公羊都被隔在了围栏外。

风雪中,背着郑君的库兰走了一阵,终于支撑不住,腿一软跌倒在雪地上。追过来的刘世棋扶起郑君喊:“郑畜牧师? 郑畜牧师!”

脸上凝结着血水和雪块的库兰冲着刘世棋喊:“老爹,看你干的事!”说着,再次背起郑君往种羊场方向走。刘世棋急惶惶地跟着,说:“库兰,让老爹来背。”库兰含着眼泪咬牙说:“你走!”说完背着郑君继续往前走。

刘世棋呆呆地立在那儿,望着女儿的背影,他感到自己闯下了大祸。

库兰背着郑君往种羊场方向走,脸上被汗水融化了的夹杂着血的雪水不停地流淌下来,还有库兰满脸的泪水。一串红色的点沿着她走的路线渗进了雪地里。库兰滑了一下,扶了扶地面。郑君的头无力地歪在她的肩膀上。库兰喘着粗气咬牙努力又在风雪中向前走着,泪水时不时地模糊了她的双眼。

库兰的步伐已经开始踉跄了,脚下不停地在打滑。她忍着疼痛说:“郑畜牧师,你要坚持住! 我们快到了!”

背后一个身影赶了过来,是楠森。

楠森说:“库兰,我来!”

种羊场办公楼前。楠森背着郑君,库兰紧跟在楠森后面,朝大楼喊:“快来人哪!”

楠森背着郑君继续走着,在后面扶着郑君的库兰,体力已经到了极限,眼睛也看不清前面的东西了,她隐约感到有人冲出办公楼的大门,终于眼睛一黑,栽倒在雪地里。

库兰幽幽地醒来,发现自己正躺在办公室的长椅上。许静芝正在为她清理脸上的血,擦拭碘酒消毒。

楠森在边上说:“库兰姑娘,你真了不起!”

林凡清冲进办公室说:“车到了,快! 把库兰和郑君一起送医院!”

草原上,一辆面包车在风雪中疾驰。面包车里,林凡清坐在驾驶员边上,不时焦虑地回头张望。月亮和齐美兰守在昏迷的郑君身边,月亮抱着郑君的头,泪水止不住地往下流。齐美兰一面安慰着月亮,一面心情复杂地看向车厢后排座位上的茂草和库兰。库兰半靠在茂草身上,她身上的伤也不轻。

留在办公室里的楠森对许静芝和林丽兰说:“今天这一幕,真是太激烈了!我一直认为,人的生命是最宝贵的。可是今天,我才真正体会到了什么叫作奋不顾身!”许静芝说:“楠森,今天你也表现得不错呀!”楠森摇摇头,说:“比起郑畜牧师和库兰来说,我真的差远了。”

林丽兰看看楠森,楠森脸上也有伤。

许静芝笑了笑,说:“丽兰,你给楠森处理一下伤口。”

楠森看看林丽兰,林丽兰没有说话,径自给他包扎伤口。林丽兰的手比较重,痛得楠森直咧嘴。楠森苦着脸,说:“丽兰,你不要再生我的气了好吗?”林丽兰说:“你这个人,真要勇敢的时候,也还算不错!原谅你了!”说着,在包扎好的伤口上使劲地亲了一下。

许静芝笑了,楠森也傻呵呵地笑了起来。

师部医院医务室里,医生把一张X光片插在照明箱上。

医生对林凡清和茂草说:“你们看,这两根肋骨断裂,我听说她背着个人,还走了四五里地?”茂草点了点头。林凡清在一边看着片子,眼里透出了感动。

郑君的病房,郑君依旧昏睡着。月亮守在床边,她的眼泪就没有干过。齐美兰的眼睛也红肿着,她悄悄走出病房。

齐美兰站在医院的走廊上,看看隔壁库兰的病房,想敲门,但又把手放下了。她走到走廊窗前,看着窗外纷纷扬扬的大雪,陷入沉思。

她在回想着,小时候在草原上,茂草在教她、林丽兰和库兰骑马,她崇拜地望着在马背上英姿勃勃的茂草。

当看到大学毕业后的茂草跟着许静芝来到试验室,她兴奋欣喜得不知道该怎么表达好。

还有围栏草场边,她看见茂草在和库兰交谈。茂草是那么专注地凝视着库兰,她的心里是一阵阵的酸……

可是在草原上,在她向茂草表白时,茂草却拒绝了她,她哭了。

她的眼前还浮现出在赛马场上,茂草在马背上驰骋,她和库兰互不相让地瞪着对方的情景。

可想到在雪原上,库兰背着昏迷的郑叔在雪地上艰难地行进;想到面包车里,郑叔昏迷不醒,库兰歪倒在茂草身上,伤口流的血还在从包扎好的纱布后渗出来……想着这些,齐美兰觉得一阵揪心的痛,她凝视着窗外,眼睛里满含着失落和痛苦。

林凡清、茂草和医生在往病房方向走。

医生说:"郑君同志的情况不太好,他身上还有其他病,已经错过了治疗期,现在又有一些并发症。"

林凡清的神情越来越凝重。

茂草突然看到齐美兰,叫了声:"美兰。"

齐美兰终于抑制不住,扑到茂草怀里,痛哭起来,说:"茂草哥……"

齐美兰的哭声传进了病房,躺在病床上的库兰看着门的方向,她的眼里满是不忍和复杂的感情。库兰闭上眼,眼泪从她的眼角滑落。

郑君的病房里,郑君醒了过来,看到月亮沉睡在他的床边。

守在边上的护士轻声地说:"你醒啦,你昏迷了五天了。你爱人一直流着泪守在身边。"护士看着沉睡的月亮说:"她累坏了,刚睡着。"

郑君点点头。

齐美兰出现在门口,看到郑君醒了,高兴地走到床边,说:"爸,你醒啦。"然后摇着月亮说:"妈,爸醒了。"郑君忙说:"别摇醒你妈,让她睡吧。"月亮醒了,说:"郑君,你醒啦,你吓死我了!"说着,泪又流了下来。

茂草轻手轻脚走进库兰的病房,却发现库兰醒着。

茂草温柔地说:"库兰,你醒啦。"

库兰微微点了点头。

茂草说:"我问过医生了,他说过几天你就能出院了。"

库兰没有说话，只是默默地看着茂草。

茂草问："怎么啦，库兰？"库兰说："茂草哥，你不要每天老往医院跑，医院离种羊场那么远，你工作又忙，还是专心忙你的工作吧！"茂草说："我要是不来看你，心里就跟丢了什么似的，更难受。"库兰背过脸，说："茂草哥，你真的别再来看我了。反正过两天我就可以出院了，到时候我们还会见面的。"茂草说："好，我知道了。"

林凡清虽然已经回到种羊场，但他一直在关注郑君的病情，生怕他会出现恶化。这天，他接到李国祥的电话。李国祥在电话里说："林凡清同志，祝贺你啊！你们的成果，获得了国家科技进步一等奖。师部准备隆重地召开表彰大会来表彰你们！"林凡清听着电话，又是激动又是心酸，百感交集中，一滴泪水从眼角滴落在电话上。

师部医院里，库兰走进郑君的病房。郑君看到她，微笑了一下说："库兰，听说你今天出院，是吗？"

库兰点点头，说："郑畜牧师，对不起，都是我老爹把你害成这样。"

郑君艰难地摇摇头说："是我的病根太深了，跟你老爹那事没什么太大关系，你不要太放在心上。我还要感谢你呢，美兰跟我说，那天你被踩断了两根肋骨还硬撑着背了我四五里路。库兰，你真了不起。"库兰说："郑畜牧师，你一定要好起来呀！不然，我跟我老爹会愧疚一辈子的。"郑君说："不要说得那么沉重嘛。你跟茂草的事怎么样了？美兰是我女儿，可能你们都知道了，做父亲的，总有那么点私心，想让自己的女儿得到幸福。"

库兰的眼泪落了下来，说："郑畜牧师，你不要再说了，都是我不好。"

郑君叹口气，说："不，不！爱情这东西，轮着自己的时候可以什么都不顾。可换了身份当了父母，有时候也就难免会做出一些违背孩子意愿的事。既然茂草爱的是你，而且爱得那么坚决，那么真心实意，我想……"

库兰含着泪说："郑畜牧师，真的是我不好！"说着，离开了病房。

库兰含着泪走出郑君的病房，齐美兰拎着保温壶来给郑君送饭，两人在走廊里相对而立。

齐美兰打破沉默说："库兰，我一直想要去谢谢你，可是……"库兰说："美兰姐，我……我要走了，今天出院。"齐美兰也不知该说什么好，就说："好的，那你路上当心。"

库兰说："美兰姐，再见！"说着，低头从齐美兰的身边走过。在走过齐美兰的一刹那，她的眼泪滚落了下来。

齐美兰看着库兰的背影，觉得她刚才的话有些奇怪，刚想说什么，库兰已经快步走远了。

护士在整理库兰的床铺。茂草推门走进病房，看着空荡荡的病房有些蒙。

茂草问护士说："护士，住在这里的病人呢？"护士说："今天早上出院了呀！"茂草说："不是说后天才出院吗？"护士说："病人坚持要提前出院的。"

刘世棋的家里一片狼藉，行李和锅碗瓢盆该打包的打包，装箱的装箱，库兰的母亲还在收拾一些琐碎，刘世棋沮丧地坐在边上。库兰推门进来。

刘世棋说："女儿，你真的要去城里？那你跟茂草的事咋办？"库兰说："老爹，我想过了，你说得对。我要现实点，我跟茂草哥真的不合适。去城里，虽然凶险些，但至少不会伤害到我熟悉的那些人。也许在那里，我反而能活得更坦然些。"刘世棋叹口气，说："都是老爹害了你！那几只大尾公羊都让我给宰了。我叫你娘收拾了一下，我们也要搬到牧业三队去了。郑畜牧师咋样了？老爹捅了那么大的娄子，真是没脸再在种羊场待下去了！"

库兰说："我听医生说，郑畜牧师的病很危险。我也没什么能为他做的，只希望他的女儿能得到幸福……"说着，库兰的眼睛里满含泪水，充满了不舍。

雪原上，太阳裹着淡淡的光晕，悬在铁灰色的天空中。茂草和齐美兰往种羊场方向策马飞奔。

齐美兰说："库兰临走的时候那神情，我觉得有些怪怪的！她真的没告诉你今天出院？"

茂草点点头，满脸的焦虑。他一夹马肚，又加快了速度，恨不得飞回种羊场。

库兰敲门走进林凡清的办公室，她向林凡清鞠了一躬说："林场长，我是来辞职的。"林凡清吃惊地说："为什么？"库兰说："我老爹闯了这么大的祸，我觉得我没脸再待在种羊场了，所以我们一家要搬到牧业三队去。我也想离开种羊场，去城里工作。"

林凡清刚想说什么，桌上电话响了。林凡清让库兰稍等一下，他拿起电话。耳边是齐怀正沉重的声音说："凡清，告诉你一个不太好的消息，郑君报病危了……"

林凡清拿着电话筒，痛苦的脸在抽搐。他完全沉浸在痛苦中，没有注意到库兰。库兰默默地放下两封信，悄悄离开了。

走出种羊场办公楼前，库兰骑上马依依不舍地回头望了一眼办公楼，尤其是茂草工作的办公室的窗户。转身策马离开。林凡清注意到桌上的信，拿起给自己的一封拆开读着，脸微微有些变色。

库兰走了没多久，茂草和齐美兰策马飞奔而来。茂草一跳下马就冲进办公楼，齐美兰紧跟着。

茂草和齐美兰冲进林凡清的办公室。

林凡清把另一封信交到茂草手里。

库兰的信上写着："茂草哥，我给林场长递了一封辞职信，我要离开种羊场了。在住院的那段时间，我一直都在反省我们的感情。在我接受你的爱并爱上你的时候，我真的很幸福，可是，经过这段时间，我感到自己的压力越来越大。你曾经说过，爱我对你有多不容易！现在我也觉得，我们两人家庭的差距实在太大。虽然林场长和静芝伯母是很好的人，但我不是他们理想的儿媳。所以我想放手，离开种羊场，离开草原。茂草哥，美兰姐会成为你在事业和生活上很好的伴侣，我祝福你们！"

林凡清说："儿子，库兰是个好姑娘。你去告诉她，只要你们真心相爱，我欢迎她成为我的儿媳妇！"齐美兰说："茂草哥，我跟你一起去找她！"茂草说:“美兰,你就别去添乱了!”美兰含着泪真诚地说:“茂草哥,我是想帮你!”

雪原,茂草、齐美兰骑马往刘世棋家的方向奔去。刘世棋赶着马车,车上放着行李,边上坐着库兰的妈妈。库兰骑着马赶着羊群,一家人往牧业三队方向去。远处,茂草、齐美兰策马朝他们奔来。

茂草最先冲到库兰跟前,跳下马拦住库兰的马头说:“库兰,你这是干什么?”

库兰下了马,说:“茂草哥,你不该来。”

茂草说:“库兰,你以为自己这样做很高尚吗?你把我看成什么了?你把我们的爱情看成什么了?”

齐美兰也来到了跟前,说:“库兰,你别走!我知道,你走是想成全我和茂草哥,可我心里清楚,茂草哥对你的感情我是没法替代的!过去,我只考虑自己的感情,只想着自己的幸福。可我爹跟我说,人不能只为一个人活着!我现在明白了,单方面的付出和等待只会让自己更痛苦,也会让别人为难。爱情是两个人的事,只有两个人相爱那才会有真正的幸福!”

库兰的眼睛模糊了。

茂草说:“库兰,我爸说了,你是个好姑娘,他欢迎你当他的儿媳妇。还有,你的辞职信,我爸让我还给你。”库兰的眼泪在眼眶里打转,说:“茂草哥,我真的很爱很爱你。”茂草说:“我也是。所以,不要离开我!”

库兰扑到茂草的怀里,眼泪涌出了眼眶。

茂草对刘世棋说:“刘叔,你们也不要走!你把那几只大尾公羊处理掉的事,我爸已经知道了。他让我告诉你,只要你愿意,种羊场的品种羊随时欢迎你来承包!因为在放羊上,你也是个人才,我们种羊场需要你这样有经验的牧羊人。”

刘世棋既感动又惭愧地抹着泪,不住地点头。

齐美兰看看他们,强忍住自己的眼泪,转过马头离开了。

师部医院的病房里挤满了人,齐怀正、林凡清、许静芝、月亮、茂草、齐美兰、林丽兰、楠森……

林凡清握着郑君的手说:“郑君,我们的科研成果获得了国家科技进步一等奖。”郑君一笑说:“凡清,祝贺你啊,几十年的努力,终于看到了结果。你也可以告慰你的岳父邵教授了。”林凡清说:“这成果是我们大家的,你付出的心血,我心里最清楚。”

郑君吃力地说:“凡清,其实,我是从你身上看到了我们这一代知识分子的那种精神。国家、事业,你始终都是放在第一位的,但你也不是个苦行僧,感情的事一样看得很神圣。我跟着你,这一路走来,看着你在前面顶着风雨,咬着牙,不停步地往前走,还时不时地回头拉别人一把。凡清,你给了我很多,让我分享你的奋斗历程,也让我看到了我们的辉煌成果,我要谢谢你!”

林凡清情不自禁地流下泪来,说:“郑君,是我应该好好地谢谢你!”

郑君的目光扫到齐怀正身上,说:“齐场长,你是我心中的英雄!你是个真正配得上特级英雄称号的人!”

齐怀正走上前握住郑君的手,含着泪说:“我们三个这么一路走来,最让我对不住的一个人就是你呀!我算什么英雄,你跟凡清才是!我告诉你,你不能走!我们三个退休了也要在一起,不能散伙,这是咱们三个定的规矩!”

郑君笑着点点头。

蒋进江和金巧花也来到病房。

郑君眼睛亮了一下,说:“进江,巧花,你们也来啦。我正想找你呢。月亮,我的琴你带来了吗?”月亮点点头说:“我知道,我可以什么都不带,但不能不带你的琴。”郑君说:“把琴给我。”郑君拿起琴对蒋进江说:“进江,来,拉一个,这琴就给你了。”蒋进江接过琴说:“拉什么?”郑君说:“《在那遥远的地方》呀。我就是拉着这首曲子进疆的。”

林凡清握住了他的手,单腿跪在他的床边。

蒋进江拉琴,郑君慢慢地闭上了眼睛,以往的景象一幕幕地展现在他的眼前。郑君似乎停止了呼吸,蒋进江的弓弦停下来,郑君突然睁开眼睛说:“接着拉!”病房里又悄悄来了许多的人,李国祥、哈里木、阿依霞古丽、蒋有友、榆木大爷、杨北斗、库兰、刘世棋……

蒋进江泪流满面地继续拉琴,大家都在流泪。

郑君的目光转向已经泣不成声的月亮。他的手艰难地抬起,伸向月亮。月亮哭着扑到床边。郑君轻声地说:“月亮,我爱你……”

郑君就这样在琴声中告别了大家,但那琴声仍然在山间、在森林、在草原回荡着。

草原上鲜花盛开,李国祥、齐怀正、林凡清、许静芝、哈里木、阿依霞古丽站在山坡上。茂草、楠森、齐美兰、林丽兰、库兰、背着琴的蒋进江、杨北斗还有那些新来的大学生们骑着马,在草原上奔驰着,把一把把揉着鲜花的骨灰撒向一望无际的草原,撒向广阔无垠的山谷……

数年后,种羊场的综合办公楼里已经是年轻人的天下了。茂草、楠森、齐美兰和那几位大学生在电脑屏幕上正通过卫星监控着围栏里的羊群。林凡清和许静芝在门口高兴地看着他们。

林凡清和许静芝离开试验室,并排在走廊上走。一阵琴声传来,拉的曲子正是《在那遥远的地方》。两人顺着琴声走向楼梯,一直向上到达综合楼的屋顶平台。他们看到那位来自北京的大学生正在如醉如痴地拉小提琴。

林凡清和许静芝站在平台上聆听。

拉琴的大学生看到了他们,赶忙停了下来,说:“对不起,林院士,我知道在办公楼里不该拉琴,就是有点手痒,想拉一曲……”

林凡清说:“你琴拉得不错,喜欢这首曲子是吗?”大学生说:“是,林院士。在内地读书的时候,拉着这首曲子就好像看到了大草原,看到有位美丽的姑娘在等着我,所以毕业分配的时候我才报名来到这儿。”林凡清说:“稍微调剂一下可以,不要影响工作。”大学生说:“是,林院士。”

林凡清和许静芝离开平台,走下楼梯。平台上的琴声又响了起来。

许静芝说:“又来一个郑君。”林凡清说:“是新一代的郑君啊!”许静芝突然从窗口看到了什么,微笑着轻轻碰了碰林凡清,示意他看窗外。

办公楼外那两棵粗壮的胡杨树旁,齐美兰正斜靠在树下倾听着琴声。

突然齐美兰欣喜地叫了起来:“爸……”

齐怀正骑马来到办公楼前,跳下马。齐美兰飞也似的扑到齐怀正怀里,说:“爸,你回来啦!”

齐怀正和齐美兰走进办公楼,林凡清和许静芝迎了上来。

齐怀正对林凡清说:“凡清,我退休啦,回来了!”林凡清紧握住齐怀正的手,说:“太好了!”齐怀正说:“怎么样,弄个岗位让我发挥发挥余热!”林凡清笑着说:“你想做什么?”齐怀正说:“放羊啊!”林凡清说:“你这把年纪还放羊?”齐怀正说:“咋的?放羊多好啊!既能活动活动筋骨,又好多呼吸点新鲜空气!这样还能多活几年哪!啊?”

几个人都笑了起来。

林凡清感慨地说:“要是真有下辈子,我还想这么活!”

鲜花盛开的草原上,已是满鬓霜白的齐怀正、林凡清、许静芝骑着马站在山坡上,满脸喜悦地看着洁白的羊群在围栏里涌动。

2007.7.26完稿于新疆奎屯。

2007.12.6二稿完成于上海锦秋。

2008.1.18三稿完成于新疆奎屯。

2008.2.3校毕。